破立之间

鲁迅新解

朱崇科 著

广西师范大学出版社
·桂林·

破立之间：鲁迅新解
POLI ZHI JIAN: LU XUN XINJIE

图书在版编目（CIP）数据

破立之间：鲁迅新解 / 朱崇科著. -- 桂林：广西师范大学出版社，2024.12. -- ISBN 978-7-5598-7717-8

Ⅰ. I210.97

中国国家版本馆 CIP 数据核字第 2024H047B5 号

广西师范大学出版社出版发行
（广西桂林市五里店路9号　邮政编码：541004）
　网址：http://www.bbtpress.com
出版人：黄轩庄
全国新华书店经销
广西广大印务有限责任公司印刷
（桂林市临桂区秧塘工业园西城大道北侧广西师范大学出版社集团有限公司创意产业园内　邮政编码：541199）
开本：700 mm × 960 mm　1/16
印张：27　　　字数：400 千
2024 年 12 月第 1 版　　2024 年 12 月第 1 次印刷
定价：69.00 元

如发现印装质量问题，影响阅读，请与出版社发行部门联系调换。

名家推荐

当我细读朱崇科教授这部《破立之间：鲁迅新解》时不禁感慨万千，让我再度确认2001年大力推荐他拿"杰出学者奖学金"进入新加坡国立大学攻读博士的理由坚持与正确远见。当时新加坡已决定建构国际一流大学，而中文系的师生，必须有潜力"越界跨国"，跨越民族国家的区域界限，跨越学科、文化、方法、视野的边界，同时也超越文本，进入社会及历史现场，回到文化／文学产生的场域，甚至有时也有必要打通古今，进出现代与古代之间，重新解读现代与古典文学。

如今，20多年过去了，朱崇科教授这部《破立之间：鲁迅新解》涵容广阔，从诗学、话语、空间、系谱、系统、中间物、赓续、生成、演绎与重读等层面与方法生发出关于鲁迅的诸多新解，一再证明我们已经实现了新加坡国立大学当年要打造国际一流大学的学术文化之预设。作为崇科的博士导师，与有荣焉，同时也欢迎大家不吝指正。

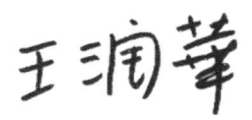

王润华

马来西亚南方大学资深教授
兼 中华语言文化学院院长

目 录

绪 论 / 1

第一章 《野草》诗学 / 9

[第一节] 《野草》中的自我裂合与整饬 / 11

[第二节] 《野草》中的"故事新编" / 30

[第三节] 《野草》中的临界点设置 / 53

[第四节] 《野草》中的梦话语 / 71

[第五节] 《野草》中的"潜在"过客话语 / 88

第二章 《野草》系统 / 101

[第一节] 《野草》中的国民性空间 / 103

[第二节] 《野草》中的"立人"维度 / 115

[第三节] 《野草》中的笑 / 134

[第四节] 《野草》中的植物系统 / 147

[第五节] 《野草》中的动物谱系 / 161

第三章 话语凝练 / 177

[第一节] 论鲁迅小说中的教师话语 / 179

[第二节] 鲁迅小说人物命名中的解/构辩证 / 191

[第三节] 鲁迅小说中的创伤话语 / 207

[第四节] 论鲁迅作品中的寡妇话语 / 224

[第五节] 鲁迅小说中的英雄话语 / 237

第四章　主题展演 / 251

[第一节] 鲁迅"中间物"再辩证：进化的中间物 / 253

[第二节] 后殖民鲁迅：主体性建构视野下的逆袭与正道 / 270

[第三节] 汉语修行与现代中国文学的文化自信力提升 / 286

[第四节] 论鲁迅在狮城的赓续 / 305

[第五节] 论"王润华鲁迅"的生成及理路 / 322

第五章　重读新颜 / 337

[第一节] "立人"的"出悌"切入与多维验证：重读《弟兄》/ 339

[第二节] 论《故乡》的"意绪秀异" / 352

[第三节] 论《故乡》中鲁迅"感受结构"的演绎 / 366

[第四节] 底层游民之"承认的政治" / 381

[第五节] 从"立人"到"立国"的尝试隐喻及其破灭 / 398

参考书目 / 414

致　谢 / 421

绪　论

　　大家耳熟能详的《藤野先生》里曾写到对鲁迅倍加关照的藤野先生与鲁迅的一段精彩交流：

　　"我因为听说中国人是很敬重鬼的，所以很担心，怕你不肯解剖尸体。现在总算放心了，没有这回事。"
　　但他也偶有使我很为难的时候。他听说中国的女人是裹脚的，但不知道详细，所以要问我怎么裹法，足骨变成怎样的畸形，还叹息道，"总要看一看才知道。究竟是怎么一回事呢？"[1]

　　从以小见大的角度思考，这其实精妙呈现了（传到日本的）西方解剖学（文化）与晚清帝国文化劣习的遭遇和交锋，也似乎注定了对一个西医学生必然包含的身份——"解剖者"的强调与确认，当然也有其对自身落伍及劣根性的尴尬回应姿态。
　　实际上，晚清留学生鲁迅在实际参与尸体解剖时，还是面临了不能为

---

1. 鲁迅.鲁迅全集：第2卷[M].北京：人民文学出版社，2005：316.以下引用，如无特别注明，《鲁迅全集》皆来自此版，为节约篇幅，只标明卷数和页码。

外人言的文化冲击。在1904年10月给蒋抑卮的信中，鲁迅写道："解剖人体已略视之。树人自信性颇酷忍，然目睹之后，胸中亦殊作恶，形状历久犹灼然陈于目前。"[1]非常耐人寻味的是，藤野先生给鲁迅解剖学课程的分数恰恰是他在日本仙台医专就读时的最低分——59.3分。解读的面向可以复杂多元，但有些解读把鲁迅弃医从文的要因归结为得分偏低、无力继续学业，明显是错误的认知。作为"解剖者"的鲁迅，显然还有更复杂的文化指向：向外的社会批判与文明批判，以及向内的自我审核。换言之，也就是"废墟重建"与"刀刃向内"相结合。作为新文学文化解剖隐喻学[2]的杰出代表，"解剖者鲁迅"富含了重述与再论的宏阔空间。

"解剖者鲁迅"并非只是一个医学形象，尽管"小医医病，大医医国"的理念是历史悠久的医学理念和文化传统之一，但"解剖者"也契合特立独行的鲁迅破传统、立规矩的追求——他长期坚守的显然是一种探寻特征的精神与繁复文学实践。与此相关的是，大家耳熟能详的话语："我的确时时解剖别人，然而更多的是更无情面地解剖我自己。"[3]但这只能算是其中复杂缠绕的一个精彩面向。

实际上，"解剖者"是一个非常开放、多元而又指向未来的理念与实践。从宏阔的层面思考，解剖的方向包含了"破"与"立"的辩证。所谓"破"就是对旧土壤之上的人、事、物进行筛检、剖析与重估，尤其是侧重对国民劣根性及其生成机制的猛烈批判和韧性战斗。毫无疑问，对自我的解剖和重构也位列其中，甚至首当其冲。而"立"则是重申和践行"取今复古，别立新宗"，尤其指向"立人"（无论是个体还是群体），并指向在此基础之上的"立国"。在这个过程中，"解剖者鲁迅"一直把自己架在火上直至燃烧成火烬。这既是个案自我的浴火重生，同时也借助自己的千锤百炼温暖了他所心心念念的他者，从而铸就了"民族魂"的连缀性和

---

[1]. 鲁迅全集：第11卷.330.
[2]. 有关解剖学文化隐喻发展的简要梳理可参：邓小燕.鲁迅与新文学解剖学隐喻的发生[J].文学评论，2023（01）.
[3]. 鲁迅全集：第1卷.300.

相通性。更耐人寻味的是，这两者中，"破"的一面往往会被过度强调，这是因为鲁迅的笔锋犀利、批判的覆盖面广且往往不留情面，但实际上破立之间自有丰富的辩证。这一点在回到个体审视时，往往会更加凸显。榨取精华的当儿剔除了糟粕，同时又注入了新的元素，谱写出新的篇章。从宏阔的意义上说，鲁迅的所有创作都和破立并存的"解剖"息息相关；从微观的意义上说，在不少经典文本、意象、话语中，这一点都可谓得到了集中体现，尤显突出。

很多时候，作为后来人的我们从传统中找寻可再生资源时，往往容易心生骄矜。不少古代人习惯厚古薄今，而今人似乎因为添加了后顾者视角而有了"事后诸葛亮"式的自大，"鲁迅式现代性"恰恰可以反衬出这种虚荣的虚妄与误置。比如骄傲于自古有之的民族主义分子会认为古人所言的"一日三省吾身"就等于现代意义上的"解剖"，实则不然。简单举例来说，《野草》中，鲁迅对自我的思考主要可分为整体上的分裂式串合、自我剖白、自我复仇、自我悬置以及经典个案中的自我审视，明显超越了古代文化中哪怕是最丰富的自我的边界与层次。

近些年来，作为"中间物"的我一直努力尝试在鲁迅研究领域有所推进和突破，哪怕微不足道，也可算是一面张扬创新欲望的旗帜。然而兜兜转转几经尝试，最终发现其实并未突破"解剖者鲁迅"的范畴。比如焦点之一是论述《野草》，在主题上既论及了不少人论述的国民性空间，同时又触及其"立人"维度。不仅如此，还通过"笑"、动物、植物系统等加以聚焦和辨析。当然，作为一部自我之书，《野草》的解剖诗学令人印象深刻甚至叹为观止，为此我勠力探勘了其间的"故事新编"策略、临界点设置、梦话语梳理以及有关虐审与裂合的整体操作。

《野草》中鲁迅选择以相对隐晦的方式和梦的技艺谨慎地传递内心的繁复、痛苦和幽深，同时不惜创设出令人目瞪口呆的临界点存在，并对这种难以直说的苦衷、哲学思想或复杂情愫进行了再现。从此意义上可以说，《死火》《影的告别》《死后》的主要角色都有一种相似性，那就是身份、自我主体的裂合、对话以及与此相关的彷徨性。但如果再度进行细分，所谓"临界点设置"，一方面是物理层面的，另一方面则是精神和心理层面的。看似互不相干，但其实二者往往鱼水交融、密不可分，并同时带来了神奇的效果和可能的悖论。

《野草》中的梦话语有其独特品格：一方面是其梦诗学的精彩创制，既遵循梦的相关特征同时又利用强烈的主体介入人工筑梦；另一方面，他的梦话语意义指向又可以继续深挖，其中既有个体梦，呈现出鲁迅对弗洛伊德等人的性欲说的借鉴与反拨，以及他以梦修复创伤、弘扬英雄气质的关怀，同时也有国族梦，彰显出鲁迅对个体现代性的张扬与对国民劣根性的批判，此外，鲁迅还有更高远的宇宙视野，他的梦话语中不乏超越时代和现实的未来反思与指涉。

《野草》中存在着一个过客话语/系统，它主要可分为三个阶段：前过客（尤以《求乞者》为中心）、过客（代表文本《过客》）和后过客（《死后》）。通过这些文本，鲁迅深入反省了过客的诸多层面——坚守、彷徨、疲惫、堕落、决绝、非功利，等等。从上述话语系统中，我们不难看出鲁迅既为同行者又为自己所提供的反抗绝望的道路的复杂性、决绝性和暧昧性。从诗学层面角度思考的话，这三篇代表性文本恰恰也是对话及对话性丰富的实践。

在小说的有关话语操练中，我们可以从多个层面彰显出"解剖者鲁迅"犀利的批判性，比如其间的"创伤""寡妇"与"教师"主题，等等。考察鲁迅小说文本中的教师话语，可以发现鲁迅在小说书写中主要呈现出两种风格：同情式剖析与入木式批判。前者涉及了作为谋生职业中教师的个体变异以及为师的艰辛，后者则批判了伪现代的卑劣与旧传统的僵化。相较而言，鲁迅在有关散文的书写中，对这一话题主体褒扬更多，因为其中贯穿了"立人"的现代性教育理念及有关角色形塑，同时鲁迅也从"破"的角度进行了独特的反思与高度警醒，从而呈现出有破有立、双管齐下的深入思考。

类似的,"创伤话语"亦然。鲁迅少年丧父、生活从小康堕入困顿、赴日留学走异路中有颇多艰辛,而后的兄弟失和的打击、与多人笔战、长期患病,等等,鲁迅一生经历的创伤体验并不少,在其文学生产中,"创伤话语"亦屡屡可见。他在对"创伤"的小说再现中,呈现出的"创伤"的挫败性惯习(habitus)(布尔迪厄语):一方面指向了传统致人挫败的杀伤力;另一方面则说明现代转换中亦有类似惯习。鲁迅亦有"复仇创伤"的书写实践,他强调反抗遗忘和自奴的同时,亦有攻击性乃至同归于尽的复仇理念。而在其作品中,亦有"疗治创伤"的书写,其中也是悖论重重。

同时,我也认真爬梳了鲁迅小说创作中关于人物命名的张力。拥有小说命名权的鲁迅的小说人物命名可谓别有洞天,呈现出丰富的话语张力:在严谨正名(名正言顺)的实践中,他再现了"旧"的刻板与顽固,也彰显了"新"的希望与没落;在无名/共名的命名实践中,以洋文命名国人本身既有无处可逃的尴尬又借之呈现出可能的含混与丰富,而共名背后既有麻木单一,又可能有民间力量的反拨;在《故事新编》中,他又有"去名"的操作,企图呈现出他更繁复而深刻的思考——依靠旧传统,即使是神仙圣贤也未必能够适应新时代,而批判国民劣根性从不该停止脚步。

除此以外,我也认真思考灌注新素质的可能性。比如鲁迅在小说中对"英雄"的再现与强调,某种意义上说,他们都是"民族的脊梁"。鲁迅在小说中的"英雄话语"有其独特追求:一方面是状描与剖析英雄气质,如其个性与创造,实干与牺牲,借此实现对"新人"的强调/再造和"立人"思想的再现;另一方面他也可以以同情之笔抒写并自我投射英雄,尤其是迟暮之感。当然他也批判了某些劣根性,其中既有对借助英雄的符号化使用的批判,又有对滥权的伪英雄的描写。

毫无疑问,鲁迅作为一个巨大的(文化)宝藏,具有极强的时空穿透力和借鉴延伸性。从国内语境来看,探讨汉语修行与现代中国文学文化自信力提升的关系问题涉及汉语文学创作的方方面面,它包括语言及其背后相关文化的丰富、淬炼以及创造性提纯，也包括文体形式创新的可行性，还涉及意义建构和世界观、人生观、价值观范式更新的宏大议题。经由鲁迅个案，其卓越实践和丰富内涵帮助和引导我们进行深入而开阔的思考——我们必须尊重汉语修行过程中语言发展的专业性、精神性与超越性；我们必须立足当下中国，认真汲取古今中外的文化资源与精神创制，重新审视我们自身的缺憾、劣根性，汰除杂质、推陈出新；我们必须继续全面开放、引育并举，尊重个体的独创性与涵容其可能的缺陷，最终才能另立新宗。

放眼海外，非常令人震撼的是，鲁迅个案几乎是所有现代、后现代理论的最佳落脚点之一。其中，后殖民理论遭遇鲁迅以后也会产生新的可能性与误读。"后殖民鲁迅"作为鲁学中相当热门的论题之一彰显出有关理论与个案分析对话的繁复张力和有益联结，在不同时空都有相当精彩的实践。在东南亚地区赫赫有名的学者、作家王润华的相关书写，犀利地反映出曾经的殖民地子民"逆写"的合法与急切，也偶有伤及中国的矫枉过正的操作。但作为"南洋"诗学的建设者，他对作为精神资源和中国文化象征的鲁迅的挪用与警醒又令人同情且深思。北美学者刘禾的实践既有清醒的棒喝、反问与提醒，同时又有剑走偏锋的偏执和悖论。实际上认真回归鲁迅本体，他本人也有对殖民主义的深入理解，"香港借助"与"上海补偿"功能各司其职，展现出其丰厚、锐利与不断发展着的伟大。

真正的鲁迅传统，哪怕只是在文学层面也从未断绝，比如新加坡优秀作家英培安就是鲁迅传统在狮城的赓续。此外，"王润华鲁迅"不是一个单纯概念的新造，而是一个安放到东南亚语境以及王润华个体思想经历之后的认真总结。其研究理路清晰、新意盎然、风格独具，有其迷人风采。按照历时性发展，大致可分成三个层次：第一，去蔽：独特发声；第二，跨越：国界与疆域；第三，回归：壮大本土。当然"王润华鲁迅"也有其可能的限制，比如相对新颖但略显清浅，多点透视但偶尔散漫。

同时，本书也是我对鲁迅的自我认知和规律思考的结晶。比如"中间物"其实也可以有新的再确认——鲁迅"中间物"的话语论述模型主要有三种：历史的中间物、价值的中间物和生命哲学论，但也各有缺点。不容忽略的是，鲁迅的"中间物"的使用是有其谱系的，也有繁复的意义指向，我们必须回到其不同文本的原初语境中才能有更准确的判断与逻辑推演。如果非要用一个词来概括鲁迅"中间物"的话，那应该是"进化的中间物"，这里的进化显然不是线性演进的机械进化论，它可能推进，也可能退化，又可能多种类型并存；它不只是历史的，又不能窄化为价值判断，偶尔还可能回环；它就是在进化中的，既有古，又有今，但也指向未来。

我素来特别强调文本细读理念下对鲁迅的文本进行立体多元的新解读，实际上不只是为了追求新的可能性，努力一点一滴靠近鲁迅，同时也是为了成为一种有意义和价值的自圆其说。《弟兄》一文在我看来不乏对"立人"的多维验证，它通过空间诗学以"出悌"作为切入点探讨了"立人"的可能性及其限制。鲁迅通过家庭、梦境、公司三种空间来探讨其中的兄弟情谊与文化抗衡、精神焦虑与物质压迫、生死吊诡与对比表演，具有超越性追求和浓厚的现实关怀——宣泄焦虑、平复自我、刻画人性以及重新"立人"。

《故乡》作为鲁迅的经典名作，其意义指向相当繁复，可以理解为一种鼎立并合关系。其主题蕴含至少可以包含三个层面：第一，作为老中国的隐喻/寓言，既有宏观图像描述，又有个体荏弱状描，同时也引发了读者对变革的反思或冲动；第二，揭示其间对隔膜/国民劣根性的人为制造机制，一方面是精神奴化，另一方面则是经济动物驯养；第三，绝望的反抗与反抗绝望之间的意绪的复杂辩证。同时，其中的"情感结构"何尝不是一个民族游子"出走—回归—再出走"的中年落寞、努力探求与无尽悲哀的诉说？重审《故乡》，它既反映出民国时期国民们的相通劣根性与可能隔膜的精神感受，结合鲁迅文学生产的自身特征，又反映出"小我"的颠沛模式，同时并置了填充/攫取模式。但无论如何，"立人""立国"

都更多是悲剧。从此角度看,《故乡》更是鲁迅抚慰自我、记录思想、反思自我及国家的生产性文本。

类似的《伤逝》中也有对从"立人"到"立国"有意实践的预设与挫败。他以爱情作为切入点,反衬出现实压迫的强大,既批判了抱残守缺的惯习,又指出"新人"们谋生乏力。若从精神资源角度思考,其中亦不乏个体提升的悖论,子君和涓生分别呈现出自动停滞和被动停滞的风格。当然,如果从"新人""立人"的空间转换角度思考,也可以探勘其间大小社会的张力以及新人内部相当明显的隔膜,而这一切却未必和空间的优化成正比。

《阿Q正传》是鲁迅最精彩的自我与他者合二为一的"解剖"实践之一。从意义的指向上看,它既有其时代特征,又有其开放性和未完成性,很多时候它的中性指向(而非单纯批判)意义范围被严重压缩,同时它也有新时代的延展性。即便是回到相对窄缩化的国民性批判视角进行挖掘,它本身也是一种近乎最大公约数模型的构筑,其中既有游民类型的聚焦与分层处理,亦有鲁迅小说中常见的其他不同类型角色身份与时空连缀语境中的宏阔联动,需要用"超时代"与"去阶级"的眼光加以审视或观照。《阿Q正传》其实书写了一个无名游民的辛酸挣扎、强作狂欢与满地破碎。

某种意义上说,这种鲁迅式"解剖"的文本实践是遍地开花的,在他的古体诗、散文、译文和杂文中都不乏此类操作,期待有心人继续开掘。从此角度看,鲁迅不只是从精神资源化用上为广大读者指向了未来,他之于鲁学及其研究者的提升亦然。创新创造才是对大师最好的继承。

第一章

《野草》诗学

毫无疑问,如果从(自我)解剖的视角来看,《野草》绝对是浓度最高、层次最丰和特色最强的代表性文本。问题在于:《野草》如何展现其独特的解剖诗学?我们可以从宏观方法与代表性文本视角进行梳理。简单而言,"自我"的形态可以有:分裂式串合、自我剖白、自我复仇、自我悬置,等等。在代表性文本中,"自我"更是别有洞天,比如《腊叶》中繁复的自我情感——自怜、自伤、自剖与自强等。这些"自我"既分裂又啮合,最终在对抗中、撕裂中浑然一体。

如果想认真探勘《野草》诗学如何实现解剖,特别重要的策略之一就是"临界点设置"。这里的操作既有物理和生理层面的设计,比如烧完和冻灭之间的"死火"(《死火》),在黑暗与光明之间彷徨于无地的"影"(《影的告别》),半死不活、有感知却不能动的"活死人"(《死后》),又不乏精神指向和细察。这种悖论式感受和"中间物"理念契合,鲁迅文学虚构与科学理念并举的杰出构造令人惊叹。

同样值得关注的还有"梦"的妙用。鲁迅《野草》中的梦话语有其独特品格:一方面是其梦诗学的精彩创制,他遵循梦的相关特征的同时又利用强烈的主体介入人工筑梦;另一方面他的梦话语意义指向又可以继续深挖，其中既有个体梦，呈现出鲁迅对弗洛伊德等人的性欲说的借鉴与反拨，以及他以梦修复创伤、弘扬英雄气质的关怀，同时也有国族梦，彰显出鲁迅对个体现代性的张扬与对国民劣根性的批判，此外，鲁迅还有更高远的宇宙视野，他的梦话语中不乏超越时代和现实的未来反思与指涉。

如果具有连贯性思路，我们不难发现鲁迅文本之间的内在贯穿。比如《野草》中的"过客话语"，其主要可分为三个阶段：前过客（以《求乞者》为中心）、过客（代表文本《过客》）和后过客（《死后》）。若从话语的形态特征而言，显在和潜在是顺理成章的层面。相较而言，论者往往对显在的《过客》研究甚多，而缺乏对这种"过客话语"的线性把握。反过来，其中的"过客话语"也有助于我们理解有关文本，尤其是《野草》的丰富性以及鲁迅创制的别具匠心，如此一来，也方便解剖。

饶有意味的是，《野草》中也存在一种"故事新编"诗学，代表作为《我的失恋》《复仇（其二）》《风筝》。它们都有自己的前文本（pre-text），也呈现出某些统一性，比如：意义层面的狂欢特征，它们或多或少都指向了现实层面（具体人事的纠纷）和哲理的反思性层面（比如人性或国民劣根性等）。它们同时也呈现出相对独到的"故事新编"（散文）诗学，比如新、旧文本的复杂张力，意绪穿行于可能的叙事，等等。

[第一节]

《野草》中的自我裂合与整饬

一、《野草》中的自我裂合与整饬

如果非要找寻《野草》文本中最重要的关键词，那么"自我"则极可能是最当仁不让的选择。如果从狭隘的意义上进行限定，《野草》首先是一部自我之书，它要再现自我的各种样式、组合、痛苦纠结，实现自我宣泄和升华的功能，借此展开一种自我的想象（历史中间物意识、死亡意识、反抗意识）[1]，同时在此基础上可能变成一种现实关怀与哲学思辨。

汪卫东把《野草》的创作视为鲁迅第二次绝望的表征和产物，为此，他很犀利地指出此时鲁迅的自我状态是"自厌与自虐"[2]。这当然是一种很好的观察和切入途径，但在我看来，如果以"自我"作为关键词，《野草》中的自我形态简单而言，至少还有如下几种：

（一）分裂式串合

跳出细枝末节，《秋夜》有一个颠覆性的读法，那就是文本中所有的角色书写其实不过是鲁迅自我的分裂式串合。

我们相对比较容易接受的是"枣树"是鲁迅精神的象征，如他的坚韧

---

[1] 相对简略的论述可参：欧阳小昱.论《野草》中的自我想象[J].中州大学学报，2006（03）.
[2] 汪卫东.探寻"诗心"：《野草》整体研究[M].北京：北京大学出版社，2014：21-25.

挺拔、不屈不挠、遍体鳞伤却反抗黑暗和绝望，像战士一样，虽不乏彷徨，却始终如一直指战斗目标，不管对方如何变脸。但同时，需要指明的是，和"枣树"对立的"夜的天空"其实也可视为鲁迅身上/内心的毒素，从旧传统/旧阵营反戈一击出来的战士难免沾染一些"毒气和鬼气"，因此，整篇《秋夜》其实是鲁迅的自剖记录。同样可以这样理解的是，美好、幼小的"小粉红花的梦"其实也就是"青春鲁迅"的曾经梦想，如《呐喊·自序》里所言的"我在年青时候也曾经做过许多梦"[1]。而其可能的退缩与明哲保身，虽不符合鲁迅最终呈现的反抗坚守，但亦可能是他曾经出现的弱点之一。"小飞虫乱撞"亦是一种漫无目的的探索，鲁迅向它们的致敬有自己的态度，好比他自己以笔为刀长期批判国民劣根性与专制黑暗的方法，虽然和秋瑾们痛快酣畅的亲身刺杀方法不同，但革命精神殊途同归、相互贯通。

（二）自我剖白

归根结底，《影的告别》是一种自我剖白，其中的角色、性格、优缺点或多或少都部分拼凑出鲁迅的情绪与生存关怀。

毫无疑问，当"两间余一卒，荷戟独彷徨"的现实出现的时候，彷徨成为鲁迅此时心境的底色，其他元素还包括痛苦、清醒、寂寞，包括对自身的阴暗面进行深入的剖析和入木三分的反省，也包括不屈地反抗和找寻出路。鲁迅的心境是极其复杂的，在过于黑暗的时候，他甚至想到了同归于尽的复仇方式，快意恩仇，但同时，他更有韧性战斗的坚守，勇敢的自我牺牲精神，肩起黑暗的闸门，尘封自我的形体，呈现出对幽暗意识反省后的真义。

---

1. 鲁迅全集：第1卷 .437.

（三）自我复仇

这尤其体现在鲁迅的两篇《复仇》中，但若说开去，鲁迅的复仇还有更复杂的蕴含。比如，涉及鲁迅自身的自反性（self-reflectivity）。从创作上看，从一开始的第一篇现代白话文小说《狂人日记》开始，"狂人"在反省封建制度/文化"吃人"的本质时，亦未忘记自己的"吃人"血统/原罪。而到了和《野草》同时期（或交叉）的《铸剑》时，小说中作为复仇之神的黑衣人，不管是有意还是无意，主动还是被动，最终将复仇演变成一锅煮三头的鏖战狂欢。显而易见的事实是，复仇主体与复仇对象同归于尽了。

同时，"复仇"这一概念可以呈现出强大的旧阵营与作为"中间物"的启蒙者/复仇者之间的繁复角力。一方面旧文化阵营依旧相当强大，尤其是数千年的文化/糟粕传承往往根深蒂固、比比皆是。鲁迅对此具有深刻和犀利的认知："社会上多数古人模模糊糊传下来的道理，实在无理可讲；能用历史和数目的力量，挤死不合意的人。这一类无主名无意识的杀人团里，古来不晓得死了多少人物。"[1]另一方面则是启蒙者/复仇者的"中间物"[2]特征，他们是来自旧阵营的反叛者，因此不得不戴着镣铐舞蹈。我们不应该忘记"鲁迅式复仇"的牺牲精神与承担感。某种意义上说，在鲁迅的《野草》文本中，复仇者往往既具有战斗的韧性，同时亦勇敢刚猛：从《影的告别》中没入黑暗中独自吞没黑暗的"影"，《死火》中宁愿烧完的"死火"，到《秋夜》中遍体鳞伤却依旧指向天空作战不屈的"枣树"，等等，诸多意象无不具有这种不屈不挠、勇于牺牲的精神气质。

---

1. 我之节烈观［M］//鲁迅全集：第1卷.129.
2. 有关"中间物"的论述可参：汪晖.反抗绝望：鲁迅及其文学世界［M］.石家庄：河北教育出版社，2000；何浩.价值的中间物：论鲁迅生存叙事的政治修辞［M］.北京：北京大学出版社，2009.

(四) 自我的悬置

某种意义上说，《死火》《影的告别》《死后》的主要角色有一种相似状态，那就是身份、自我主体的裂合、对话以及与此相关的彷徨性。我们可简称为"悬置状态"。

《死后》中预想了一种非生非死的生存状态，好比"死火"，好比徘徊于明暗之间的独特的"影"。"在我生存时，曾经玩笑地设想：假使一个人的死亡，只是运动神经的废灭，而知觉还在，那就比全死了更可怕。谁知道我的预想竟的中了，我自己就在证实这预想。"[1]这样既可以以生者的后顾的眼光观看后续发展，又可以以死人的身份经历死亡。因此，鲁迅一开始就悬置了死亡的诸多细枝末节性线索，而不加详细解释，"这是那里，我怎么到这里来，怎么死的，这些事我全不明白。总之，待到我自己知道已经死掉的时候，就已经死在那里了"[2]。同时又加以限制，"我想睁开眼睛来，他却丝毫也不动，简直不像是我的眼睛；于是想抬手，也一样"[3]。因为如果"半死"依旧可以活动自如，那就可能会因为愤怒、不满或难以忍受诸种骚扰而过早"诈尸"，进而吓退参与者和批判对象。如此一来，就无法通过眼睛连接他人和"我"并存的丰富多彩的现实。这恰恰是鲁迅对中间状态的精心设置：你可以观察，可以思考，但无法行动。"听到几声喜鹊叫，接着是一阵乌老鸦。"[4]喜忧并存的写法也可以让人看出"半死"的临界状态和巨大包容性。

相当耐人寻味的是，"半死"中的灵魂"我"与尸体之间存在着无法自控的裂合，它们之间主要是分裂关系，"我"有知觉、能思考、有判断，却无力控制已死的身体免受各种尴尬和骚扰，这让人产生绝望感、悲剧感和彷徨意识。有些分裂性描写是感官的、细节的，更耐人寻味的是对抗性、分裂性更强的展览。比如"我"对死后盖棺定论的言论期待，"我

---

1. 鲁迅全集：第2卷.214.
2. 鲁迅全集：第2卷.214.
3. 鲁迅全集：第2卷.214.
4. 鲁迅全集：第2卷.214.

忽然很想听听他们的议论。但同时想，我生存时说的什么批评不值一笑的话，大概是违心之论罢：才死，就露了破绽了"[1]。但结果只有看客们没有态度和判断力的无聊哝嚅，以及蚂蚁和青蝇的骚扰，令人厌烦。任人摆布的尸体在安放、入棺等过程中，都不乏苦闷，但更令人难受的是勃古斋小伙计在"我"死后对"我"继续攘扰。内心清醒，却连连遭遇现实的扭曲、利用和不负责任，又无力还手或拒斥，这是主体死后的一种悲哀与痛苦，也是对自我的再度审视和确认。

或许正是由于鲁迅内心深处巨大的痛苦、哲学的思辨、表达的艰难、现实的繁复纠结不已，才让他以更多的姿态呈现/再现内心那个纠葛得无以复加的自我。《野草》中其实还有很多精彩的单篇文本对此进行单独、密集又连缀式缕述，我们不妨以颇具代表性的《墓碣文》《腊叶》进行细读。

二、《墓碣文》中的自我对视

日本学者竹内好曾对《墓碣文》进行特别评点："很显然，这是没有被创造出来的'超人'的遗骸，如果说得夸张一些，那么便是鲁迅的自画像。"[2]如果我们认为《墓碣文》是鲁迅自画像的话，自然有必要考察成像原因，其中之一就是镜像作用。实际上，鲁迅的确在此文本中精心设置了镜像结构，相当奇特、诡异，却又别出心裁。

《墓碣文》写于1925年6月17日。值得一提的是，这恰恰在震惊中外的五卅事件发生后的拉锯或滞后期内。此时密切关注上海的鲁迅对此事势必感触良深，实际上他对此确有密集的文章抒发，如《忽然想到（十）》（6月11日）、《杂忆》（6月16日）、《忽然想到（十一）》（6月18日）、《补白

---

1. 鲁迅全集：第2卷.215.
2. 竹内好.近代的超克[M].孙歌，编；李冬木，赵京华，孙歌，译.北京：生活·读书·新知三联书店，2005：100.

(一)》(6月23日),等等,都是同一月份发表的相关主题文章,可以看出鲁迅的情绪、思考和态度。

在这组文章中,特别引人注目的是鲁迅独特的批判视角,他批评了肇事殖民者的残暴,但更着力于批判国民劣根性,无论是个体,还是作为民族国家的集体。"自家相杀和为异族所杀当然有些不同。譬如一个人,自己打自己的嘴巴,心平气和,被别人打了,就非常气忿。但一个人而至于乏到自己打嘴巴,也就很难免为别人所打,如果世界上'打'的事实还没有消除。"[1]

(一) 分裂与啮合

某种意义上说,"墓碣"就是"我"的一面镜子,而其阴、阳面既是"死尸"经历/思想言简意赅的描述,同时又部分呈现出"我"可能的认知乃至模样,是一种对立统一的深切自剖。从这个角度看,"我"和"墓碣"之间是一种分裂又啮合的关系。

从分裂层面来看,我们可以清晰看出"我"和"墓碣"(后面变成了"死尸")的关系变迁:1."自己正和墓碣对立"[2];2."我绕到碣后"[3],见到"死尸";3."我在疑惧中不及回身,然而已看见墓碣阴面的残存的文句"[4];4."我就要离开"[5];5."我疾走,不敢反顾,生怕看见他的追随"[6]。整体来看,这是一种并不愉快的相遇,貌似主动的观者被强行拖入了奇特的思想氛围中,但也情有可原。毕竟,作为活人的"我"和"死尸"以及"墓碣"原本阴阳两隔,而"死尸"的阅历又相当激烈可怖。

同时,它们又是一种啮合关系。从"我"和"死尸"的整体关联来看,

---

1. 忽然想到 [M] // 鲁迅全集:第3卷 .97.
2. 鲁迅全集:第2卷 .207.
3. 鲁迅全集:第2卷 .207.
4. 鲁迅全集:第2卷 .207.
5. 鲁迅全集:第2卷 .207.
6. 鲁迅全集:第2卷 .208.

第一章 《野草》诗学

"我"对"死尸"的了解是逐步递进的。简单而言，从表面进入内心，从物质进入精神层面。回到墓碣文字内容层面，鲁迅写道："有一游魂，化为长蛇，口有毒牙。不以啮人，自啮其身，终以殒颠。"[1]"长蛇自啮"的意象其实也是啮合的一种隐喻，其中充满了丰富的吊诡。这既是一种自我吞噬、息息相关、可能实现的共存，又是一种自我的暂时建构与因此消解。从此角度看，这种复杂吊诡和鲁迅对"兄弟失和"事件的反刍虽然未必明确对应，但在实质情感结构和逻辑上又不无关联。如人所论："整篇文章通过虚拟的'死者'与'我'之间的一场潜对话，曲折隐晦地表现了'兄弟失和'给作者本人带来的心理创痛与紧张情绪，暗示了自己在这一事件中的无奈与无助，并表达了对这一事件中的自己最终会得到人们理解的某种自信。"[2]这自然是一种解读法，如果不过分坐实为唯一答案的话。

第一个"离开"可以理解为墓碣主人因为毒蛇自啮般的行为得到的必然结局——中毒并离开人世，但又可视为"死尸"留给阅碣者（包括文本中的"我"和文本外的读者）的善意提醒。如人所论："就在这简单的'离开'两个字面中，也包含着鲁迅先生伟大的矛盾的心情。他一面是说，对于自己的更无情面的解剖，的确是太过冷酷，希望酷爱温暖的人，远离一些；但在另一面，却又觉得，只有热爱自己，同情自己，而且更加欢迎自己深刻的解剖的人，才是自己的真正的朋友，甚至不怕这人竟然是枭蛇或鬼怪。"[3]

墓碣阴面的文字既有一种对自我痛苦、观念、阅历的概述，同时又有一种对话关系。"答我。否则，离开！"[4]一句，更多指向了阅碣者，或者是更大意义上的广泛读者。"我"的离开或逃避是因为"死尸"精神气质的强大感染力、攻击性和渗透力。

---

1. 鲁迅全集：第2卷.207.
2. 刘骥鹏.被封口的"我"与滔滔不绝的"他者"——《墓碣文》之探究[J].文艺争鸣，2012(09)：79.
3. 许杰.释《墓碣文》[J].天津师院学报，1979(02)：31.
4. 鲁迅全集：第2卷.207.

（二）自剖与记录

张洁宇指出，鲁迅"在墓碣正面集中写出的是他思想中最内在最核心的东西：矛盾、困境、自我反省……而在背面，则是他一生中最重要的事业——文学和写作"[1]。实际上，"墓碣"无论阴、阳面书写都指向了"自我"，是一种自剖式的记录和再现，可以理解为它们是一种互文关系。

鲁迅首先营造了有关"墓碣"和"死尸"的阴森、颓败氛围和物质环境。"那墓碣似是沙石所制，剥落很多，又有苔藓丛生，仅存有限的文句……才见孤坟，上无草木，且已颓坏。"[2]这些书写，部分折射出具有独特奇诡经历和深切反省习惯的墓碣主人空前绝后的、缺乏理解和同道的超级孤绝的心理，也部分吻合了鲁迅作品（无论是小说还是杂文）中常见的特异者／孤独者处于荒原（有时是"铁屋子"）之中的必然命运。

回到墓碣阳面的文字，可以看出主体彷徨、清醒、无奈而又痛苦的精神阅历，这和鲁迅自身的否定式思维、"倒退着前进"的先锋性特征吻合。化为长蛇的游魂是一个有个性的、痛苦的孤魂，它自啮其身的形象，既是一种自剖，又是一种与自身毒气／鬼气同归于尽的品位与驱除象征。如人所言，"整个《墓碣文》是鲁迅对自己的一种基本分析和真诚的面对"[3]。《墓碣文》对我们的最大启发是它张扬了一种全新的生命意识：首先是真诚意识，其次是勇敢意识，再次是独立意识。

鲁迅对"死尸"神情／身体的书写别有深意："即从大阙口中，窥见死尸，胸腹俱破，中无心肝。而脸上却绝不显哀乐之状，但蒙蒙如烟然。"[4]表面看来，相当诡异，而实际上却反映出主体"抉心自食"之后的内心的苦闷，以及人生寻路无果的心如死灰（当然"死尸"更绝，连心都没了，更不必说"如死灰"）。墓碣阴面的文字更强化了这一点，却同时反映出激烈自剖的悖论：直接自食时，创痛过于剧烈，这种痛感超过了"本味"，

---

1. 张洁宇.独醒者与他的灯：鲁迅《野草》细读与研究[M].北京：北京大学出版社，2013：226.
2. 鲁迅全集：第2卷.207.
3. 王雨海.鲁迅《墓碣文》中的生命意识[J].广西社会科学，2004（04）：115.
4. 鲁迅全集：第2卷.207.

而难以感知到"本味"的具体性和可感性；如果等到痛定之后再慢慢品尝，却又由于心已经变陈，"本味"已失，正如人同一时间不能踏入两条河流里，如刻舟求剑，无法感知"本味"了。从此意义上说，"本味"和"我"其实都是难以真切感受的存在，而此角度更反映出主体的彷徨、苦闷与孤寂。

不难看出，鲁迅通过墓碣阴阳两面的文字既展示出主体对自我的思路历程的描述、反思，又对其悖论性加以刻画，可谓是自剖与再现的珠联璧合。但鲁迅并未到此为止，甚至还借用了"诈尸"的策略与手法，让"复活"的主体继续自我表述，呈现出它的乐观性和预见性，在毁灭中呈现出同归于尽的欢喜，乃至狂欢，毕竟，其他人并未感染到它的毒气。如人所论："它们在总体上表明鲁迅对现实自我及其意识心理的审美态度与审美评价，而它们都避免不了必然死亡或趋于火亡的命运，则显示出鲁迅所感得的自我存在的悲剧意识，以及鲁迅从虚无的深坑中跳出，毫不留恋地对现实自我彻底否定的决绝态度与那种看到了自我新生的欣喜之情。"[1]

（三）从"审己"到"审群"

张洁宇指出："鲁迅所提醒的是，声讨与反抗帝国主义当然是必要和重要的，但与此同时还要借此机会从本国本民族的自身进行必要的反省和反思。——这可以说是鲁迅的一种思维惯式。对于他人和自我、他国与本国，他都是采取的这样一种辩证的、自省的态度的。"[2]其实，写于1925年6月的《墓碣文》亦有此倾向，即从"审己"到"审群"。

《墓碣文》中不乏鲁迅对自我的苛刻解剖与书写上的精心雕琢，可谓自我的解剖和记录。如人所论："《墓碣文》是探索自我的作品。内心冲突引发了对自我的探索，而自我探索却走向绝境，原本不言而喻的自我变得模糊不定，甚至无法看见，——这是个'提灯寻影，灯到影灭'的追寻过

---

1. 李玉明.通往心灵世界的门扉——鲁迅《墓碣文》新析[J].齐鲁学刊，1992(05)：101.
2. 张洁宇.独醒者与他的灯：鲁迅《野草》细读与研究[M].北京：北京大学出版社，2013：216.

程,注定失败。不仅如此,这种探索带出了更广更深的困惑,在无边的泥沼中,鲁迅越陷越深。"[1]但同时,细查这份记录,我们也不难从"个"与"群"的对抗中发现他对"群"的审查与省思。

"于浩歌狂热之际中寒;于天上看见深渊。于一切眼中看见无所有;于无所希望中得救。"[2]上述文字固然呈现出主体选择的清醒与痛苦,但同时又反衬出群体的喧嚣浮躁、虚假幻想、茫然空洞、绝望死寂。某种意义上说,"我"既是个体,一个无意闯入的旅人,又可以是群体,一群好热闹或相对无知的看客。如人所论:"本篇通过对孤坟、死尸和墓碣语文句的描述,采用梦境的方式和象征的手法,来表达鲁迅对于腐朽、颓败的旧文化以及由这种文化模式所塑造的国民灵魂的一种独特认识。在这一认识中,包含了鲁迅对民族现状及未来的深深的忧患意识,体现了他对于民族命运和作为启蒙者个体人生道路的迷茫心态,从中也流露着鲁迅这时一定的虚无与绝望的潜意识心理。"[3]

从群体的"我"的角度看,"诈尸事件"是一个饶有意味的审判过程,"死尸""口唇不动",居然可以发出颇有自信心、预见性和杀伤力的话语,而后果是:"我疾走,不敢反顾,生怕看见他的追随。"[4]"我"的迅疾逃走,一方面固然是因为惊恐,另一面则很可能担心它的传染,其实更是审视与灵魂逼问。"诈尸事件"其实是鲁迅特别设计的追加式审视,因为墓碣的阴阳面已经高傲或善意地提醒观者"离开",但在"我"准备离开时,它却依旧"诈尸"断喝,这是多么威武独特而又寂寥意味深长的追问与表述,这更是一种独特而集中的自我剖白、虐审和裂合。

---

1. 富强. 提灯寻影 灯到影灭——从《墓碣文》看《野草》[J]. 鲁迅研究月刊, 2000 (06): 36.
2. 鲁迅全集: 第2卷.207.
3. 季桂起. 国民灵魂的绝望写照——试说鲁迅《墓碣文》的主题[J]. 东岳论丛, 2001 (06): 128.
4. 鲁迅全集: 第2卷.208.

三、《腊叶》：自"个"的凝思与深化

纵览《腊叶》，我们发现，无论是从宏观架构还是细节描述来看，"枫叶"或"腊叶"都是不折不扣的焦点。大的结构上，鲁迅在开门见山之后，引出了"去年的深秋"和"今夜"不同时空下"腊叶"的"前世今生"及相关抒怀，其中不乏自怜自伤的情愫。

（一）自怜：腊叶的自喻

细读文本，不难看出鲁迅的自怜情结，"腊叶"其实也是一种自喻。

1. 独特性。毫无疑问，鲁迅个性独具，为人为文张力十足，即使是聚焦在不同文体上，亦可呈现出不可踵武的某些特征——各类极具创新性的文体形式独到（小说、散文诗、杂文、散文等各具风格，但也有文体互涉），而主题关联和意义指涉却又纵横交错，颇具杀伤力、冲击力和寓言性。这也可以帮助理解，为什么鲁迅没有长篇却能通过他的文字建立起纸上的、宏阔博杂的"国族寓言"（national allegory）[1]。《腊叶》亦是如此，鲁迅首先关注的是"腊叶"前身的独特性。

鲁迅首先铺陈了"枫树"和"枫叶"的整体状况："去年的深秋。繁霜夜降，木叶多半凋零，庭前的一株小小的枫树也变成红色了。我曾绕树徘徊，细看叶片的颜色，当他青葱的时候是从没有这么注意的。他也并非全树通红，最多的是浅绛，有几片则在绯红地上，还带着几团浓绿。"[2] "枫叶"因为深秋变换了颜色，反倒比青葱时更惹人注目。可以感知，这既是写树（叶），其实也是写人。某种意义上说，有阅历、有积淀的人生远比

---

1. 最出名的论述来自詹明信，他认为所谓"国族寓言"起因于第三世界文学的寓言性与独特性，第三世界的文本都可被当作国族寓言来阅读。甚至某些第三世界看似有关个人的文本，也无不以国族寓言的形式投射其政治性。所以，在第三世界文学中，即使是某些叙述个人命运或细节的故事作品，往往亦含有阐述第三世界社会遭受强权或外力干预冲击的寓意，他也以鲁迅为例加以说明。具体论述可参：Fredric Jameson .Third- World Literature in the Era of Multinational Capitalism [J] . Social Text，1986（15）．
2. 鲁迅全集：第2卷 .224.

轻狂年少或单纯的青春值得瞩目。接着，鲁迅细描（thick description）了"病叶"："一片独有一点蛀孔，镶着乌黑的花边，在红，黄和绿的斑驳中，明眸似的向人凝视。"[1]不难看出，此片病叶很独特，虽有残缺，却引人注目。当然，这也可视为"中年鲁迅"自身的状摹。

许广平写道："持久而广大的战斗，鲁迅先生拿一支笔横扫千军之后，也难免不筋疲力尽，甚至病起来了。过度的紧张，会使眠食俱废。这之间，医生的警告，是绝对不能抽烟，否则吃药也没有效验，周围的人们都惶恐了。在某一天的夏夜，得着他同乡人的见告，立刻，我们在他的客厅里，婉转陈说，请求他不要太自暴自弃，为了应付敌人，更不能轻易使自己生起病来，使敌人畅快，更使自己的工作无法继续。我们的话语是多么粗疏，然而诚挚的心情，却能得到鲁迅先生的几许容纳。后来据他自己承认，在《野草》中的那篇《腊叶》，那假设被摘下来夹在《雁门集》里的斑驳的枫叶，就是自况的。而我却一点也没有体会到，这是多么麻木的呢！"[2]上述文字，一方面写出了鲁迅"工作狂"的某种病态，觉得自己可能短寿因此不珍惜身体，甚至有种赶快做的自暴自弃与积极进取的矛盾心态，而另一方面，他却又是自怜的，这一点甚至连细腻的许广平亦未察觉。

2. 自存。面对"病叶"的独特魅力，鲁迅的反应是："我自念：这是病叶呵！便将他摘了下来，夹在刚才买到的《雁门集》里。大概是愿使这将坠的被蚀而斑斓的颜色，暂得保存，不即与群叶一同飘散罢。"[3]不难看出，文字中不乏自怜自爱，同时也解释了自存的原因。

作为编辑并与鲁迅交往甚密的孙伏园曾经披露，鲁迅创作《腊叶》时对他说过这样的话："许公很鼓励我，希望我努力工作，不要松懈，不要怠忽；但又很爱护我，希望我多加保养，不要过劳，不要发狠。这是不

---

1. 鲁迅全集：第2卷.224.
2. 许广平.许广平忆鲁迅[M].广州：广东人民出版社，1979：146.
3. 鲁迅全集：第2卷.224.

能两全的，这里有着矛盾。《腊叶》的感兴就从这儿得来，《雁门集》等等却是无关宏旨的。"[1]虽然不能两全，但鲁迅在文本中的确也表达了一种自爱，即使是"暂得保存"，但总可以留下一些颜色。由写景回到人自身，好好珍惜自我，生产出更多有意义的文学作品，是一种自我描述、确认和对才华的爱护，也是对关爱自己的人士的积极回应。

如果我们坐实鲁迅叙述的时间性，"去年的深秋"也即1924年12月，检索鲁迅的创作和发表记录可以发现，12月22日鲁迅修订了演讲稿《未有天才之前》并加以发表。在此文中，鲁迅主要批评了三类有害于天才产生的事物："整理国故"，褊狭的"崇拜创作"自我国粹化和"恶意的批评"；同时，他主张做培养天才的泥土的重要性："泥土和天才比，当然是不足齿数的，然而不是坚苦卓绝者，也怕不容易做；不过事在人为，比空等天赋的天才有把握。这一点，是泥土的伟大的地方，也是反有大希望的地方。而且也有报酬，譬如好花从泥土里出来，看的人固然欣然的赏鉴，泥土也可以欣然的赏鉴，正不必花卉自身，这才心旷神怡——假如当作泥土也有灵魂的说。"[2]鲁迅当然不会自诩天才，却一直身体力行、脚踏实地地担负着培养天才的泥土的重任，比如呕心沥血培养青年人才等，这也是一种"自存"——体现自己的价值，也传递自己的思想。

（二）自伤：病叶的易逝

依照常识，时间就是一把杀猪刀，对人对物皆然。《腊叶》中有一种对生命哲学的感伤和叹惋。

1. 生命易逝。到了一年后的今夜，"他却黄蜡似的躺在我的眼前，那眸子也不复似去年一般灼灼"[3]。而更耐人寻味的则是鲁迅的感喟："假使再

---

1. 孙伏园.鲁迅先生二三事[G]//中国社会科学院文学研究所鲁迅研究室.1913—1983鲁迅研究学术论著资料汇编：第3卷（1940—1945）.北京：中国文联出版公司，1987：792.
2. 王世家，止庵.鲁迅著译编年全集：第5卷[M].北京：人民出版社，2009：440.
3. 鲁迅全集：第2卷.224.

过几年,旧时的颜色在我记忆中消去,怕连我也不知道他何以夹在书里面的原因了。"[1]

这是作者"我"的主体介入,同时也是今夜的"我"对一年前的"我"的慨叹:不只是"病叶"斑斓的颜色的消失,还有记忆的遗忘。这表面是说"病叶",其实亦是在谈论彷徨时期大家的健忘:新文化运动陷入低潮期,国粹国故极易死灰复燃,在新旧对立、新依旧羸弱之际,鲁迅亦有一些感伤。

接下来还有耐人寻味的对比:"将坠的病叶的斑斓,似乎也只能在极短时中相对,更何况是葱郁的呢。看看窗外,很能耐寒的树木也早经秃尽了;枫树更何消说得。"[2]回应开头描写去年深秋的情况,次序是从"树"到"叶"到"病叶",本段则是从"病叶"到"青葱枫叶"再到"枫树"(其他树种),次序相反。这样的层进互相映衬,甚至对称,结构井然,更容易让人慨叹生命的自然轮回与残酷。如人所论:"它是鲁迅对生命境遇的本真书写,是鲁迅回归到生命本体的感悟。'腊叶'承载着鲁迅真实的生命感悟和朴素的生命意识,蕴含着深刻的生命哲学。"[3]

2. 无暇他顾。 在感伤的同时,鲁迅精心设置了一些繁复的张力拉伸:"当深秋时,想来也许有和这去年的模样相似的病叶的罢,但可惜我今年竟没有赏玩秋树的余闲。"[4]一方面是继续叹惋,但也顺应规律,或许可以再找到相似的"病叶",笔锋一转,找寻的主体却又无此意愿了,因而"病叶"又成为一种独特的感伤存在。

《腊叶》末句亦有再阐述的空间。"没有余闲"一方面可能是自己心境不同了,另一方面也可能因为忙碌或有更重要以及有意义的事情需要处理。如郜元宝所言,《腊叶》暗示了"柔情的短暂和战士生命的粗糙必有

---

1. 鲁迅全集:第2卷.224.
2. 鲁迅全集:第2卷.224.
3. 杨青云.《腊叶》:对生命的本真书写[J].大理学院学报,2012,11(02):60.
4. 鲁迅全集:第2卷.224.

的矛盾"[1]。

而在五天后，1925年12月31日，鲁迅书写了《〈华盖集〉题记》，其中也不乏对生命的叹惋，但同时又有坚守的心境："现在是一年的尽头的深夜，深得这夜将尽了，我的生命，至少是一部分的生命，已经耗费在写这些无聊的东西中，而我所获得的，乃是我自己的灵魂的荒凉和粗糙。但是我并不惧惮这些，也不想遮盖这些，而且实在有些爱他们了，因为这是我转辗而生活于风沙中的瘢痕。凡有自己也觉得在风沙中转辗而生活着的，会知道这意思。"[2]更进一步，书写这些杂文显然不只是一种自我的满足和愉悦，亦是为同路人、有心人士提供精神支撑和会心的感悟。

需要指出的是，鲁迅在《腊叶》中自怜但不自恋，自伤但不自残。相反，文本中亦不乏自剖自强的追求，这也就跳出了小肚鸡肠、小打小闹式的揽镜自恋的窠臼。

（三）自剖

鲁迅素来有自我解剖的习惯和勇气，在貌似写景的《腊叶》中也有呈现。

1. 沉重感。 钱理群说："在写《腊叶》的时候，鲁迅正面临着死亡的威胁，从某种程度上说，鲁迅写《腊叶》，是留给后人的遗言。所以他在文章中说，希望'爱我者'、想要保存我的人不要再保存我。这也就是说《腊叶》是鲁迅最具个人性的一个文本，是作为一个个体生命，在面对死亡威胁的时候，一次生命的思考。……《腊叶》这篇文章写的正是生命的深秋的季节，但却如此的灿烂，乌黑的阴影出现在红、黄和绿的斑驳中，这是生和死的并置和交融。"[3]钱理群的分析结合鲁迅个人经历，情景交融，特别精彩。考察1925年12月鲁迅日记，创作《腊叶》前有三次"往山本

---

1. 郜元宝. 鲁迅精读[M]. 上海：复旦大学出版社，2005：151.
2. 王世家，止庵. 鲁迅著译编年全集：第6卷[M]. 北京：人民出版社，2009：555.
3. 钱理群. 与鲁迅相遇[M]. 北京：生活·读书·新知三联书店，2003：10.

医院诊"的记录（分别是12月4日、10日、19日）。对自己很苛刻、善于忍耐的鲁迅除非迫不得已，一般不会主动麻烦医生。疾病对病人有潜移默化的影响。

再读对"病叶"的细描，"一片独有一点蛀孔，镶着乌黑的花边，在红，黄和绿的斑驳中，明眸似的向人凝视"[1]。其中既有热烈又有凄冷，甚至可以感受到一种凝视之下的复杂的病态迷恋。"蛀孔"就好比鲁迅身体里肺部的穿孔，同时又可以是彷徨时期其心灵创伤的隐喻，这何尝不是一种"疾病的隐喻"[2]（或明喻）呢？

从此意义上说，《腊叶》并非是一篇简单的、向情人示爱的诗篇，一如李天明所言："需要指出的是，《腊叶》决不像献给情人的诗章。散文诗中，诗人毫不隐瞒他的倦怠和颓唐。爱情带给他的心理负担，似乎大大重于带给他的欢愉。"[3]其实，这更像是鲁迅的一种"自剖"。

2. 悲剧感。不难看出，《腊叶》中同样存在着悲剧感。比如"病叶"历经一年就难以光彩依然。韶华易逝，何况是"只能在极短时中相对"[4]的"病叶"？如前所述，"病叶"是鲁迅的自况，我们从文本中既能够读出鲁迅顺应天时和规律的豁达和洞察，又能够感受到其潜在的无奈与悲剧感，"可惜我今年竟没有赏玩秋树的余闲"[5]，文字中有一种败落的氛围。

某种意义上说，其中既有一种彷徨感，又有一种"中间物"心态：虽然灿烂、斑斓，但终会消失；反过来，也因会消失，更要努力做事，毕竟，这斑斓存在过。如人所论："和《野草》其他篇章一样，它同样是鲁迅对自我及其心态的一次调整，同样是鲁迅将解剖的利刃刺向自身的结果。虽然在这一重新认识的过程中，鲁迅发现自己身心两个方面都面临着尴尬而难堪的处境及其不可避免的悲剧性命运：是'病叶'，不能珍藏，

---

1. 鲁迅全集：第2卷.224.
2. 具体论述可参：苏珊·桑塔格.疾病的隐喻[M].程巍，译.上海：上海译文出版社，2003.
3. 李天明.难以直说的苦衷——鲁迅《野草》探秘[M].北京：人民文学出版社，2000：176.
4. 鲁迅全集：第2卷.224.
5. 鲁迅全集：第2卷.224.

而且最终将在时光的长河中泯灭、消失，但是，敢于将解剖的利刃刺向自身，敢于确认并正视自己的悲剧性历史地位和难堪的现实际遇，这本身就饱含着一种罕有的勇气和向命运抗争的可贵精神。"[1]

（四）自强

正如鲁迅战斗的韧性和反抗绝望的坚强，《腊叶》中亦有自强的精神追求。

1. 广阔的爱。 有论者指出："可以说，在鲁迅的生命哲学里，青春、生命，当然也包括爱情，归根结底都是'只能在极短时中相对'的，这是鲁迅对于生命的一种彻悟，同时也是推动他'赶紧做'、不断前行的最大动力""在这个意义上说，鲁迅与许广平之间的爱情关系这一背景对于《腊叶》的写作并不是特别重要的……把《腊叶》置于这样一个系列文本中，考察其思想和情绪的一致性和连贯性，或者可以收获对这一文本的更深入的理解"。[2] 所论很有见地，《腊叶》的主题可能关联了爱情，但又可能是对其的一种超越。如前所述，其中的慨叹既针对生命、死亡哲学甚至是天时运转规律，又不乏鲁迅对"自我"的一种认真审视、反思与解剖。显而易见，这种自爱亦是广阔的。如果拓展开去，这里的"我"可以是"小我"，亦可以是"大我"，即鲁迅所言的"立人"的人——国人，然后是"立国"。

如果我们把《腊叶》的主题视为爱情的献辞，其中也有一定的玄机。有论者指出："鲁迅通过《腊叶》这篇作品，揭示了存在于人们之中的普遍的爱的误读，昭示了作者对真正的爱的渴求的孤独情怀。同时，作者以此引导人们对真正的爱进行思考：你的爱是否建立在理解与尊重的基础上？"[3] "理解与尊重"当然是相爱着的人的重要基础与共通要素，但在我

---

1. 李玉明. "人之子"的绝叫：《野草》与鲁迅意识特征研究[M]. 北京：北京大学出版社，2012：171.
2. 张洁宇. 独醒者与他的灯：鲁迅《野草》细读与研究[M]. 北京：北京大学出版社，2013：298.
3. 王雨海. 真正的爱的探求：浅论鲁迅《腊叶》的主体精神[J]. 殷都学刊，2003（04）：94.

看来,在此文本中鲁迅亦有其他蕴含:(1)要坚持自己的独特性,自爱,有追求;(2)要反思自身的缺憾,同时承认爱的有限性和即时性。

2. 民族魂追求。《腊叶》的末句开启并暗示了鲁迅的其他追求,那就是和他被追认的"民族魂"角色相对应的工作。

一方面,我们要看到,鲁迅看到了自己的"中间物"角色和平凡性。如日本学者片山智行在《鲁迅〈野草〉全释》一书中所言,具有强烈"进化论"观念的鲁迅,并不认为自己是"新文化主将",而是认为,"应该和光阴偕逝,逐渐消亡,至多不过是桥梁的一木一石,并非什么前途的目标、范本"[1],他亦有自己的缺点,以及面对挫败之后的彷徨、孤独、沉重与悲剧意识。[2]

另一方面,我们也要看到鲁迅的独特追求。如肖新如在《〈野草〉论析》一书中认为:"《腊叶》通过枫叶两种不同的境遇中的不同姿态和颜色,寄托了作者宁愿在艰苦条件下斗争,而不愿在安逸的环境中生活的志趣等。"[3] 换言之,这种斗争既指向了敌人、对手,亦指向了自己和同道。只要是劣根性,无论是其各种内容,还是其生成机制、制度、载体等,都是鲁迅的批判对象。

结语:不难看出,《腊叶》中呈现出耐人寻味的有关"自我"的反思性:一方面是以"病叶"自喻的自怜自伤,既强调和珍视个体的独特性,又感慨生命的易逝和短暂;另一方面又有自剖自强,其中有沉重感和悲剧感的流露,但同时更强调广阔的爱以及更坚韧宏阔的精神追求。其他文本也各有千秋,或多或少呈现出鲁迅对"自我"的高度反省。某种意义上说,我们这样的总结似乎也有悖论之处:一方面,鲁迅对"自我"的反省既深刻又丰富,并互相勾连,因而连缀和整体解读必不可少,而本文此处的

---

1. 写在《坟》后面[M]//鲁迅全集:第1卷.302.
2. 片山智行.鲁迅《野草》全释[M].李冬木,译.长春:吉林大学出版社,1993:8.
3. 肖新如.《野草》论析[M].沈阳:辽宁教育出版社,1987:15.

论述依然可能是不完整的，至少对于博大精深的鲁迅"自我"的锤炼是残缺的；另一方面，我们也要看到，鲁迅的单篇文本往往有着跨越主题整合与提炼的可能性，而"自我"主题即使涵盖性强，也不过是一个角度。因此，即使是同一个文本，也具有相对丰厚的立体阐释空间。

　　如果转换视角，窃以为，不容忽略的是，《野草》表面上看和个人性、诗性密切关联，实际上它也对作者毕生关注的国民性话语有着独特而精致的关注与反思，尤其是它从空间视角的切入犀利敏锐而又功力深厚。《墓碣文》中结合"丧葬话语"，鲁迅对劣根性的批判更多呈现出对有关功能、意义和姿态的强调，而非侧重或缕述内容。除此以外，《秋夜》中也经由自然对国民性进行点评。更难能可贵的是，借助《淡淡的血痕中》，鲁迅提出了改造和革新国民性的可能性。[1]

---

1. 具体论述可参拙文：《野草》中的国民性话语空间[J].文艺争鸣，2014(10).

[第二节]

《野草》中的"故事新编"

　　《故事新编》(1936)作为鲁迅的第三本小说集自诞生起似乎就争议不断，无论是意义解读，还是文体诗学（包括文体归属、"油滑"策略等）等都可谓众说纷纭、各执一端。而所谓包含了鲁迅全部哲学的《野草》(1927)同样自诞生之日起就因其晦涩和繁复令人爱恨交加。表面上看，二者之间似乎缺乏交集，实则不然。实际上，《野草》中也有"故事新编"式书写，代表性文本是《我的失恋》《复仇（其二）》《风筝》。长期以来，对于《野草》的解读更显艰深与众口难调，其中一个非常重要的原因就是《野草》内部往往缺乏常见的系统性、体系性和主题贯穿。若从论者角度反省，就是我们往往缺乏对症下药的解读策略。换言之，对于《野草》中这些别致的"故事新编"式创作，我们必须借鉴新的问题意识。在我看来，和对"故事新编"式小说创作主题的理解思路类似，理解上述文本亦需要注意"张力的狂欢"：来源于历史前文本、现实介入以及哲学思考层面的指涉[1]都要铭记于心，虽然未必一一对应，探勘方法却值得借鉴。

---

1. 具体论述可参拙著：张力的狂欢——论鲁迅及其来者之故事新编小说中的主体介入[M].上海：上海三联书店，2006.

一、《我的失恋》:"失恋"的三重境界

如果从大家熟知的反讽当时的失恋诗角度来解读《我的失恋》的话，这或许可以视为第一重境界。在此境界里，鲁迅亦有自己的独特性：在可见的层面里，他痛批无病呻吟，实际上，他又采用了无恋可失的策略。

（一）无恋可失

鲁迅在此诗中戏拟了两个层面：

1. 恋爱的程式化。爱人四次赠给"我"的礼物分别是："百蝶巾""双燕图""金表索""玫瑰花"。这些礼物都是相对经典的爱情礼物，寓意吉祥、相爱等。在张衡的《四愁诗》中，我们不妨看看礼物的对应/交换（前为美人馈赠，后为回赠）："金错刀"与"英琼瑶"，"琴琅玕"与"双玉盘"，"貂襜褕"与"明月珠"，"锦绣段"与"青玉案"。这些礼物在中国历史的较早阶段就喻示了男女之间礼尚往来的传统和对称性：或是成双成对，或是郎才女貌，或是高端典雅，等等。

2. 情感的泛滥化。鲁迅对文中的恋爱（场景）似乎有意调侃，所谓的"山太高""人拥挤""河水深""没有汽车"等都是一些无病呻吟的"为赋新词强说愁"，而后面对应的情感更夸张到令人难以直视："泪沾袍""泪沾耳""泪沾襟""泪如麻"，都是陈词滥调。鲁迅通过这样明显的不协调性表现了对浅薄、无聊乃至萎缩感情的调戏和嘲讽，更进一步，也呈现出鲁迅对当时失恋诗背离现代诗的创新性、健康性和积极实验性的不满。

同时需要指出的是，鲁迅也使用了"无恋可失"的深层策略：

1. 真爱匮乏。如前所述，"我"和爱人之间的爱情可谓相当程式化，而且有情感泛滥的缺憾，更关键的是，呈现出真情的阙如：一方面是"我"的诸多抱怨（畏惧恋爱中的芝麻大的所谓的艰难险阻），这显示出他们之间的爱更像是小孩过家家；另一方面则是"我"回赠礼物后的悲惨结

局,"从此翻脸不理我"[1],可见所谓的爱人亦相当儿戏和任性。而更令人啼笑皆非的则是"我"的夸张表情对应,"心惊""糊涂""神经衰弱"等,心理素质极差,根本不是可以付出真爱的"真汉子"的表现,这也说明了失恋的必然性。

2. 现实观照。"无恋可失"其实也指向了鲁迅自身的现实境遇——他和朱安之间有名无实的婚姻。他曾多次对友人许寿裳说:"这是母亲送给我的一件礼物,我只能好好地供养她,爱情是我所不知道的。"[2]当然从朱安的层面看,她也是名存实亡的婚姻的牺牲品,近乎守活寡。和丈夫形同陌路,无子嗣膝下承欢,闭塞枯燥的生活,朱安也真的更像是婆婆的礼物和侍应。她曾经努力改变夫妻之间的隔膜状态,比如剪掉发髻、学体操等,终究无济于事。虽然创作此诗时是1924年,鲁迅、许广平未曾定情,但后来现实的发展也延续了无爱婚姻的悲剧感和某种命定。等到许、鲁同居后,朱安彻底绝望了,"我好比是一只蜗牛,从墙底一点一点往上爬,爬得虽慢,总有一天会爬到墙顶。可现在我没有办法了,我没有力气爬了"[3],读来也令人不胜唏嘘。

某种意义上说,基于如此痛苦的婚姻,鲁迅自身"无恋可失"的现实语境恰恰也是他调侃失恋诗的一种深切感受,他反对虚假的、做作的爱情姿态表演。更悲剧的是,于他自己,似乎根本没有恋爱可言,这让他对彼时泛滥的失恋诗也更多了一丝厌恶和批判性。

(二) 悄然示恋

《我的失恋》中同样蕴含了丰富的恋爱信息,除了"失恋"中的反弹琵琶——无恋可失,还有第二重境界——悄然示恋。

仔细考察"我"对爱人的回赠礼物:"猫头鹰""冰糖葫芦""发汗

---

1. 鲁迅全集:第2卷.174.
2. 许寿裳.亡友鲁迅印象记[M].北京:人民文学出版社,1977:60.
3. 具体论述可参:乔丽华.我也是鲁迅的遗物:朱安传[M].上海:上海社会科学院出版社,2009:136.

药""赤练蛇"。这些礼物看起来风马牛不相及，且的确惹怒了"爱人"，使其不再理"我"，其中却有意蕴悠长的指涉。对于这一点，许寿裳对鲁迅的选择做了解释："阅读者多以为信口胡诌，觉得有趣而已，殊不知猫头鹰是他自己所钟爱的，冰糖葫芦也是爱吃的，发汗药是常用的，赤练蛇也是爱看的。还是一本正经，没有什么做作。"[1]不难看出，这些礼物不是粗俗的调笑，而是认真选择的结果。

"猫头鹰"既是鲁迅喜爱的，又是鲁迅神形俱备的象征，头发蓬松的他在人群中一声不吭的形象，是典型的守夜人的隐喻。如鲁迅自己所言："我有时决不想在言论界求得胜利，因为我的言论有时是枭鸣，报告着大不吉利事，我的言中，是大家会有不幸的。"[2]"冰糖葫芦"是鲁迅爱吃的甜食，酸甜相宜、软硬结合；"发汗药"则是对症下药的必备常用西药；"赤练蛇"，按照动物科学的解释，属于夜行性蛇类，多在傍晚出没，晚上10点以后活动频繁，脾气非常暴躁，是少数吃同类的蛇之一，并且具有微毒，野生个体较凶猛，一旦被抓住会乱咬，尤其喜欢咬啮软的东西，有咬人不放的习性。精神气质上，似乎和属蛇的鲁迅不乏叠合之处。

某种意义上说，上述回赠礼物恰恰反映出鲁迅的关切和口味，要么真实、韧性十足；要么体贴，帮助爱人康复；要么口味整合度高，貌似普通却别具个性。如人所论："从《我的失恋》中可以看出，鲁迅是自觉地将这一新的审美原则（按：指怪诞、幽暗、神秘等的氛围）与古典的审美观念予以对比的，'爱人赠我'与'回她什么'的四组事物显露出古典的审美观念和鲁迅所理解的现代的审美观念的差异。"[3]

《我的失恋》中还富含了鲁迅张力十足的爱恋态度。最末一句："不知

---

[1] 许寿裳.我所认识的鲁迅[M]//鲁迅博物馆，鲁迅研究室，鲁迅研究月刊.鲁迅回忆录：专著（上册）.北京：北京出版社，1999：532.
[2] 鲁迅.《且介亭杂文二集》序言[M]//王世家，止庵.鲁迅著译编年全集：第19卷.北京：人民出版社，2009：521.
[3] 李玉明."人之子"的绝叫：《野草》与鲁迅意识特征研究[M].北京：北京大学出版社，2012：39.

何故兮——由她去罢！"¹反映出相当耐人寻味的姿态。一方面，这是对所谓夸大的爱情的调侃和拒绝（搁置）；另一方面，又是一种悄然示爱。此文最初发表于1924年12月8日《语丝》第4期，我们不必过分坐实《我的失恋》与鲁迅、许广平之间的爱情对应，因为那时二人还没有定情。但毫无疑问，彼时的许广平是此文的忠实读者之一。该文中呈现出的鲁迅别致的口味、飞扬的个性以及文末看似调侃的拒绝，对许广平来说都可能风味独具。很多时候，爱情的发生既可能潜移默化，又可能具有偶然性。从此视角看，《我的失恋》又可能是一种隔空示爱。

（三）失恋诗学

《我的失恋》作为"故事新编"式制作，亦有其独特的诗学实践。

1. 从政治诗到文化诗。张衡的《四愁诗》诗中至少有两个层面的含义值得关注：第一是"我所思兮"的地点分别是"泰山""桂林""汉阳""雁门"。泰山是文化中心（亦是高度的政治隐喻，如汉代的封禅地点），其他为边塞要地，可以看出"我"的政治抱负。第二个层面是礼物互赠，可以显现出"美人"对"我"既有嘘寒问暖的实在体贴，又有建功立业（保家卫国）的鼓励和期许；"我"对"美人"既有高尚情操的尊崇，又有宝石/玉器般的珍视。结合中国古代"香草美人"比喻政治的传统，张衡的此首诗作是政治诗的可能性更大，虽然做纯粹的爱情诗亦无不可。²

《我的失恋》在新编之后则呈现出更丰富的文化意味。如前所述，它既可以是"无恋可失"的诗，又可以是"悄然示爱"的诗，还可以是"恋上国族"的诗，具有多姿多彩的文化关怀。而尤其值得关注的是，其中灌注的现代性元素，如"发汗药""猫头鹰"等指涉可能呈现出鲁迅的某种现代审美观，甚至是一种打破旧有文学、诗学观并建立可能的"现代文学"观念的实践。如人所论："关键的问题是，这样的调侃和恶作剧，正

---

1. 鲁迅全集：第2卷．174.
2. 陈安湖．《野草》释义［M］．北京：人民出版社，2013：43.

是鲁迅有意为之的，在这个玩笑的背后，其实隐藏着一个非常严肃的有关'现代文学'的观念。这是一个非常严肃的文学观。鲁迅以恋人之间互赠礼物的贵贱美丑的悬殊，对所有自以为高雅尊贵的文学家们开了一个玩笑。"[1]

2. 失恋元素新编。创作于1924年10月3日的《我的失恋》能够进入到《野草》系列中似乎有一定的偶然性。它的发表出了一点小事故，鲁迅加了一段后才于当年的12月8日《语丝》周刊第4期刊发。它的打油色彩让人误以为鲁迅草率而不认真，也颇有争议。如孙玉石就认为："这篇在文体与风格上都和《野草》中其他篇散文诗完全不协调的新打油诗，也就'混入'《野草》，成为其中的一个篇章了。"[2]

在我看来，《我的失恋》风格上有其解构的一面，因为要嘲讽当时的恋爱诗，鲁迅不仅从内容上亦从风格和诗学上加以反讽，所以和《野草》中常见的诗学风格不太一致。但《我的失恋》中亦有相对晦涩、繁复的意义追求，需要认真细读，亦即前面提及的"恋上国族"。鲁迅独特的口味超出了读者的文化惯性，也可能引起不满。从此视角看，鲁迅的《我的失恋》作为拟古的新打油诗既是一种解构，同时又是一种建构，但读者往往容易为前半部分的风格占领，而忽略鲁迅后半部分的良苦用心。

二、《复仇（其二）》：现在式复仇的狂欢

简而言之，《复仇（其二）》呈现出现在式复仇的狂欢。

（一）故事指向：复仇大众

《复仇（其二）》文本的第一重意义指向是内部的意义新编。鲁迅把一

---

1. 张洁宇.一个严肃而深刻的"玩笑"——重读《我的失恋》兼论鲁迅的新诗观[J].鲁迅研究月刊，2012（11）：20.
2. 孙玉石.现实的与哲学的：鲁迅《野草》重释[M].上海：上海书店出版社，2001：52.

个颂扬"神之子"受难、救赎、重生,上帝法力超人的故事改编成一个悲悯、复仇而落寞的"人之子"的悲哀故事。

1. 复仇。早在1919年撰写的《暴君的臣民》中,鲁迅就从残暴的行为在专制下传递并增强的吊诡逻辑角度解读耶稣被钉上十字架这一事件:"暴君治下的臣民,大抵比暴君更暴;暴君的暴政,时常还不能餍足暴君治下的臣民的欲望。中国不要提了罢。在外国举一个例:小事件则如Gogol的剧本《按察使》,众人都禁止他,俄皇却准开演;大事件则如巡抚想放耶稣,众人却要求将他钉上十字架。"[1] 言辞中隐隐透出彼时鲁迅对暴民的复杂心态:哀与恨并存。

《复仇(其二)》中亦有对大众的复仇心理。文本一开始就略去了旧文本中交代耶稣为何被钉十字架的说明而直接进入结果,但同时保留了他被戏弄、羞辱的细节,并加上了旁观者的渲染,"看哪,他们打他的头,吐他,拜他……"[2]

有论者指出,在《复仇(其二)》中鲁迅写到了三类看客行为:第一类是兵丁们、祭司长和文士的戏弄,尤其突出了兵丁们幸灾乐祸的羞辱;第二类是路人的辱骂;第三类是"和他同钉的两个强盗"的讥诮,鲁迅将"两个强盗"视为讥诮基督的人。[3] 同时需要强调的是,耶稣/鲁迅将矛头也指向了自我。归根结底,他对前面所提大众的复仇都是心理的,无非诅咒和仇恨,对自己的复仇却是可以部分控制的。如人所论:"耶稣的'复仇'对象是'可悲悯的,可咒诅的'民众,但'复仇'行为最终不过是拒绝喝'那用没药调和的酒'……而永久地傲视着观赏自己赴刑的以色列人。"[4] 文本中写道:"他不肯喝那用没药调和的酒,要分明地玩味以色列人怎样对付他们的神之子,而且较永久地悲悯他们的前途,然而仇恨他们

---

1. 王世家,止庵.鲁迅著译编年全集:第3卷[M].北京:人民出版社,2009:202-203.
2. 鲁迅全集:第2卷.178.
3. 葛体标.一个人的受难:论鲁迅《野草》中的《复仇(其二)》[J].鲁迅研究月刊,2010(06):18.
4. 片山智行.鲁迅《野草》全释[M].李冬木,译.长春:吉林大学出版社,1993:39.

的现在。"¹然后，又用"他没有喝"打头，重复了一次后面的文字。其中的原因和理由或许比较复杂，但指向对自我的复仇也是一个层面。当然，他也借此牺牲反衬出钉他的人们的愚昧、罪恶，以痛楚和清醒对抗，复仇狂热和残暴。

2. 悲悯。不必多言，即使是回归"人之子"的耶稣同样具有伟大的悲悯情怀。鲁迅在文本中进行了复仇、悲悯情绪的区隔处理，所谓"较永久地悲悯他们的前途，然而仇恨他们的现在"²。易言之，悲悯或许成为仇恨的另一面。正是仇恨他们现在的愚昧、残暴，才会更想复仇，才会代替他们受难、承担原罪，也更悲悯他们的可能得救，并引领他们走向一个可能美好的前途。

李玉明指出："题曰《复仇（其二）》仅仅是一种表面上的愤激情绪，在最深处则奔泻着雄奇博大的爱的潜流。也因此，其意义已经超越了神的受难传说或悲剧本身，而被诗人引入了隐喻领域：借助象征性意象——受难来显现爱，凭借先觉者的死亡来自证其价值——人之罪得以救赎。"²所以说，受难是双重的救赎，无论是对于大众，还是对于耶稣本身。文本中的书写也呈现出这种心态的两面性或双歧性，"柔和""舒服"成为耶稣凭借需要救赎的大众来对抗被钉杀的痛楚的真切而复杂的感受。

日本学者竹内好指出："鲁迅在一般所说的作为中国人的意义上，不是宗教的，相反倒是相当非宗教的。'宗教的'这个词很暧昧，我要说的意思是，鲁迅在他的性格气质上所把握到的东西，是非宗教的，甚至是反宗教的，但他把握的方式却是宗教的。"³此论可谓一针见血，在《复仇（其二）》中，这种判断尤显犀利，某种意义上说，这是鲁迅附身耶稣形象

---

1. 鲁迅全集：第2卷.178.
2. 鲁迅全集：第2卷.178.
2. 李玉明."人之子"的绝叫：《野草》与鲁迅意识特征研究［M］．北京：北京大学出版社，2012：54－55.
3. 竹内好.近代的超克［M］.孙歌，编；李冬木，赵京华，孙歌，译.北京：生活·读书·新知三联书店，2005：8.

的自我投射。

在文本结尾中，鲁迅写道："上帝离弃了他，他终于还是一个'人之子'；然而以色列人连'人之子'都钉杀了。钉杀了'人之子'的人们的身上，比钉杀了'神之子'的尤其血污，血腥。"[1]鲁迅如此定调，可以看出，他依旧是愤怒的，因而坚决地亮出自己的立场、判断底牌。虽然骨子里不乏悲悯，但复仇大众和昏庸的群体又是必须的，所以他不惜顶着"不宽恕"的名声谴责罪恶，挞伐劣根性。

（二）现实关怀：以"兄弟失和"为中心

某种意义上说，耶稣对"现在"的仇恨同样寄予了鲁迅的主体关怀，那就是和现实息息相关。即使简单比较新文本（《复仇（其二）》）、旧文本（《马太福音》27章、《马可福音》15章）的基调，也不难发现鲁迅的改写情绪相对激烈、氛围令人压抑，文字张力也显而易见。"在这里，鲁迅似乎是写耶稣，实际上是借耶稣来写自己，是以己之心来感受和体验耶稣临死时的悲悯、仇恨和咒诅，从而以此向这个曾欺骗过自己的世界和某些个人复仇。鲁迅改写这个故事，显然不在宗教解释，而是在于体味受难、蒙遭弃绝的意义，是借宗教故事来表达自己的心理体验。"[2]

1. "兄弟失和"的折射。之所以称之为折射，而非主题决定论，一方面是因为"故事新编"（含《复仇（其二）》）往往具有意义的狂欢特征；另一方面，"兄弟失和"事件过于复杂，亦非单篇文本可以涵盖。此外，之所以称之为折射，又并非瞎扯漫谈、穿凿附会。实际上，周作人在1923年7月18日给哥哥鲁迅的绝交信中有基督教关涉。"鲁迅先生：我昨天才知道，——但过去的事不必再说了。我不是基督徒，却幸而尚能担受得起，也不想责难，——大家都是可怜的人间。我以前的蔷薇的梦原来都是虚幻，现在所见的或者才是真正的人生。我想订正我的思想，重新入新的

---

1. 鲁迅全集：第2卷 .179.
2. 刘骥鹏 . 尴尬的拯救者——《野草·复仇（其二）》的互文性阐释 [J]. 名作欣赏, 2005 (20): 61.

生活。以后请不要再到后边院子里来,没有别的话。愿你安心,自重。"[1]

周作人此函中有着颇多绵里藏针的信息,貌似平和宽容,实则老辣狠毒,令人坐卧难安。事实上,鲁迅想去当面解释而未被允许,而且终生为此困扰。周作人在其中涉及的"基督教"说辞或情结可谓意味深长:一方面它表明了鲁迅罪责的重大,需要弟弟以基督徒的受难力和牺牲精神才可包容与承担;另一方面,周作人抢占了道德高度,做出对鲁迅莫须有的罪责既往不咎的姿态,但结尾的"安心,自重"的说辞其实相当阴险,暗含嘲讽,乃至羞辱的机锋。

《复仇(其二)》若从"兄弟失和"的影响的角度考察的话,至少有两个层面值得关注:

(1)声名缠绕。耶稣之所以被钉十字架,恰恰是为"神之子"的声名所累。如前所述,鲁迅不纠缠于此事的来龙去脉,恰恰是因为内在被冤枉的反映,所以他没有省略反倒部分强化了耶稣被人戏弄、羞辱的成分,甚至强化这种声名带来的讥讽、恶劣环境和被玷污感。"路人都辱骂他,祭司长和文士也戏弄他,和他同钉的两个强盗也讥诮他。"[2]把耶稣和强盗同钉是一种抹黑、降格和羞辱,"男盗女娼"原本就是大恶名,鲁迅借此复仇强盗,也隐喻着洗刷周作人强加的恶名——偷窥/偷情。如人所论:"耶路撒冷人将耶稣夹在两个强盗中间一起钉杀的场面,在某种意味上暗示了周作人夫妇以人类所不齿的、最犯众怒的罪名将作者诬陷了。这是人格的污损,是精神的虐杀!"[3]同样,文本内耶稣受难和救赎的繁复心理亦接近鲁迅文本外自我的微妙主体介入,表明他其实也是既受难又救赎的"人之子",为声名所累、满腔愁苦、愤懑,但又不得不救赎,毕竟那是自己的亲人。

(2)苦绪缠绕。通读《复仇(其二)》,不难察觉鲁迅在文本中倾注了

---

1. 周海婴.鲁迅、许广平所藏书信选[M].长沙:湖南文艺出版社,1987:34.
2. 鲁迅全集:第2卷.178.
3. 刘彦荣.奇谲的心灵图影——《野草》意识与无意识关系之探讨[M].南昌:百花洲文艺出版社,2003:160.

浓厚而复杂的感情：既有委屈，又有仇恨；既有悲悯，又有压抑。这恰恰是"兄弟失和"事件后鲁迅的情绪反应。因为无法和解、不能解释，又无法宣泄，还给外人看笑话，于是满腔无处可逃的情愫化成张力十足的文字。当然其中又有兄弟怡怡之情的折射："他在手足的痛楚中，玩味着可悯的人们的钉杀神之子的悲哀和可咒诅的人们要钉杀神之子，而神之子就要被钉杀了的欢喜。"[1]手足相残、手足被残，十指连心，鲁迅借此寄托了他对兄弟之情的凭吊，同时又将无法奔腾宣泄的情绪指向自己："突然间，碎骨的大痛楚透到心髓了，他即沉酣于大欢喜和大悲悯中。"[2]

鲁迅在此文中的新编，实现了从"神之子"到"人之子"主题/声名的变迁，其中亦可能含有对自己作为兄长的角色的反省。从威严的父亲相对遥远的慈爱到兄弟怡怡/相争的近距离纠葛，让人倍觉"兄弟失和"事件对努力营造和谐美满大家庭的鲁迅这个当事人、原本的一家之长的巨大杀伤力。侧重复仇层面思考，此文的复仇情绪和诗性张扬更可以看出鲁迅内心深处的繁复痛感和伤痕累累。如人所论："面对饮过自己血的人的无情'打杀'，悲悯、愤怒和报复之心，变成'哀莫大于心死'的精神绝望，变成放弃拯救的痛苦的冷漠。这种充满矛盾与绝望的复仇欲望，正是鲁迅当时的精神痛苦和内在的体验。"[3]

2. 中国现实。毫无疑问，我们不能过分坐实"兄弟失和"与《复仇（其二）》的繁复指涉之间的一一对等关系，我们还要看到文本中同样可能关联了中国的现实，甚至还有论者指出，鲁迅的这种书写其实也不乏从宗教中找寻民族魂形塑和救赎中国策略的考量：（1）黑暗与敌意的现实。鲁迅在新编文本中平添了主观情愫很强的环境感受，其中显而易见的是："四面都是敌意，可悲悯的，可咒诅的。"[4]（两次重复强化）恰恰是通过被钉的

---

1. 鲁迅全集：第2卷.179.
2. 鲁迅全集：第2卷.179.
3. 刘雨.精神复仇的两种悖反形式——鲁迅的两篇同名散文《复仇》的另一种解读[J].齐鲁学刊，2003（01）：35.
4. 鲁迅全集：第2卷.178.

耶稣的所见、所感、所闻，鲁迅描写了一个令人觉得压抑、沉重、痛楚而迷离的周边世界，其实这也是鲁迅亲身感知的中国的部分现实。而从正面视角思考，背后也隐隐然显露出鲁迅"立人"之后继续"立国"的某种追求。（2）启蒙或救赎的艰难。文本里写道："他腹部波动了，悲悯和咒诅的痛楚的波。遍地都黑暗了。"[1]这直观书写出周边环境的压抑和黑暗，同样这也意味着作为先驱者、启蒙者感悟的真切、生存的艰难和勇于承担后可能牺牲的命运，这自然也会引起并符合鲁迅塑造的"庸众—精英"之间的紧张关系。

以耶稣为代表的启蒙者们令人尴尬的悲剧和吊诡之处是，（愚昧的）大众往往是钉杀自己拯救者和启蒙者的凶手。毫无疑问，这里面安放了鲁迅不少来自现实的痛切体验，也寄托了"复仇"哲学的现实存在基础与升华反思。如孙玉石所言："'人之子'的反抗，是'绝望的反抗'，更艰难，更悲壮，然而却被他所为之献身的同类所杀，这是鲁迅《复仇（其二）》所流露的内心最深的痛苦吧。这，也就更显示了鲁迅所传达的人的生命存在中拥有的'复仇'哲学的深广内涵。"[2]

（三）现在哲学：血肉宗教

《复仇（其二）》中亦有一种人神之辩的关联。

1. 脱冕/加冕：冷暖自见。新旧文本中都涉及耶稣被戏弄的场面，但鲁迅的新编更显活泼与传神。"兵丁们给他穿上紫袍，戴上荆冠，庆贺他；又拿一根苇子打他的头，吐他，屈膝拜他；戏弄完了，就给他脱了紫袍，仍穿他自己的衣服。"[3]

需要指出的是，上述场面有点类似加冕/脱冕的仪式戏仿。依照苏联思想大师巴赫金的论述，狂欢节的演出——加冕和脱冕是狂欢式的主要表

---

1. 鲁迅全集：第2卷.179.
2. 孙玉石.现实的与哲学的：鲁迅《野草》重释[M].上海：上海书店出版社，2001：76.
3. 鲁迅全集：第2卷.178.

现:"狂欢节上的主要仪式,是笑谑地给狂欢国王加冕和随后脱冕。"[1] 在本身具有两重性的仪式背后,巴氏异常敏锐地指出了狂欢式世界感受的核心作用:"国王加冕和脱冕仪式的基础,是狂欢式的世界感受的核心所在,这个核心是交替与变更的精神、死亡与新生的精神。狂欢节是毁坏一切和更新一切的时代才有的节日。这样可以说已经表达出了狂欢式的基本思想。但我们还要再次强调,这个思想在这里不是抽象的思想,而是体现在具体感性的仪式之中的生动的世界感受。"[2] 简而言之,这里的加冕/脱冕仪式原本既有消解,又有新生。而到了鲁迅的新文本中,这种仪式却主要变成了戏弄和羞辱。

某种意义上说,正是因为大众的愚昧无知、残暴猥琐,耶稣才会在被连番羞辱后,钉上十字架。需要指出的是,这种从"神之子"到"人之子"的转变是被动的,是大众有意剥落耶稣原本可能的神圣面目(鲁迅并没有因袭旧文本,让上帝前来救他,而是让他彻底命丧黄泉),耶稣被逼与民同乐,甚至是他的悲剧促成了民众的乐趣和狂欢;同时,相当吊诡的是,他只有牺牲、受难才可能变成真正的救赎者,但鲁迅用他被刻意卑贱和虐杀成"人之子"的血淋淋现实拒绝了"神之子"的荣光身份和复生可能性,目的是对这个荒诞、残忍、血腥、黑暗现实进行强化、确认与状摹。

易言之,他只有是"人之子"(不管是主动还是被动)才能更好地体验现实人生,也才能更深切地明了个体、复仇、悲悯的终极关联。如人所论:"鲁迅以个体心理真实和对个体生命价值的尊崇为依据斩断了对终极价值的关怀和眷注,复仇既表现出他心理的不堪重负和紧张,又表现了个体与社会价值之间的不可通约特点。鲁迅在《复仇(二)》里所表现的耶稣复仇主要发生在心理上,而不是表现为外在行为,这区别于传统的

---

1. 巴赫金. 巴赫金全集: 第五卷[M]. 白春仁, 顾亚铃, 译. 石家庄: 河北教育出版社, 1998: 163.
2. 巴赫金. 巴赫金全集: 第五卷[M]. 白春仁, 顾亚铃, 译. 石家庄: 河北教育出版社, 1998: 163.

侠。"[1]

2. 宗教救赎。《复仇（其二）》中的耶稣具有强烈的人性，虽然同时他也有神圣的悲悯高度。某种意义上说，《复仇（其二）》中的耶稣有点古希腊诸神的风格，虽有强大神性，但亦有个性、人性，乃至兽性。这种将"神之子"变成"人之子"的转换实践是鲁迅有意为之的结果。

鲁迅之所以更强调"人之子"而非"神之子"，是因为他其实更在警醒宗教神话中神功的无远弗届 / 无所不能套路，乃至虚假性，因为这样放弃了对自我的认真、深刻和有效的反省。如果耶稣变成了"神之子"，他明知自己的有意牺牲最终必将获得重生 / 新生，那么这种受难 / 救赎就变成了预知结局的魔术表演，好比大团圆结局的廉价和欺骗性。而在文本中，鲁迅坚持让耶稣不喝药酒，也可以体现出鲁迅的清醒。即使在黑暗恐怖中，他也突破了中国传统语境中的自我麻痹和放纵模式，如对药和酒的沉迷，"在对传统药和酒之迷障的破除上，鲁迅走到了自己文化的边界，他所面对的是醒后无路可走的彷徨"[2]。

易言之，神性哲学一旦被过分抽离化，变成了经院哲学，它就切实脱离了民众，而更多地成为一种或被束之高阁，或面目可憎的晦涩艰深理论；如果过分神圣化、完美化，它就变成了无所不能的夸饰 / 夸耀；如果过分仪式化，它就变成了机械表演。不必多说，鲁迅在"伪士当去，迷信可存"中之所以强调"迷信"，并非因为他迷信，而是因为"迷信"中富含了汹涌澎湃、鱼龙混杂的活力和凶猛，是对枯干、羸弱、怯懦、轻信等宗教神学的冲击或补充。从此角度看，鲁迅更多强调活在人间的宗教，它既救赎思辨，又血肉丰满，借此鲁迅也可以自我拓展。

---

1. 王本朝.救赎与复仇——《复仇（其二）》与鲁迅对宗教终极价值的消解[J].鲁迅研究月刊，1994（10）：29.
2. 葛体标.一个人的受难：论鲁迅《野草》中的《复仇（其二）》[J].鲁迅研究月刊，2010（06）：22.

三、《风筝》：自解的吊诡

在我看来，风筝意象本身就是个值得继续探研的概念。从 1919 年的《我的兄弟》到《风筝》(1925 年 1 月 24 日)，鲁迅对旧文的改编显然赋予了不少新意。和表面过于直白的精神虐杀、儿童本位观解读不同，我更倾向于此文是鲁迅的一种自我安慰，不过他采取了严厉自剖的吊诡方式，其结果是相对的失望与真实的虚无，呈现出彷徨期鲁迅的常规状态。

（一）自解的吊诡：主题论

竹内好指出："作为思想家的鲁迅总是落后于时代半步。那么，这又该靠什么来说明呢？我认为，把他推向激烈的战斗生活的，是他内心存在的本质的矛盾。"[1] 不必多说，鲁迅的矛盾性或者说悖谬性同样存在于《风筝》中。

1. 自解的主题。 李玉明在比较《我的兄弟》和《风筝》的差异时指出："《风筝》中鲁迅力图借助于对负疚感的坦露以达到进一步透视自我内心世界的深层心理意识，在一种绝望心境的煎熬之下痛苦地寻求自我的位置和归宿……《风筝》的立体立意则在于跨过这种负疚感，直接指向自我意识的最隐秘处——负载着深广的现实与历史内容并联结着个人战斗途径的鲁迅心态"。[2] 此论有一定道理，但还是略显笼统。若从意义分布的结构角度对《风筝》加以解读，此文在构成上可简化为悲哀意绪（头尾）+ 风筝事件（中间主体）。

（1）悲哀意绪：无法排解。某种意义上说，风筝事件是弥漫在文本中的悲哀意绪的一种存在载体，鲁迅对此事件的虚构性处理使其更显得文学化和情绪上更浓烈化。易言之，《风筝》本身内蕴的更高层面其实是一种

---

1. 竹内好. 近代的超克 [M]. 孙歌, 编；李冬木, 赵京华, 孙歌, 译. 北京：生活·读书·新知三联书店，2005: 12.
2. 李玉明. "人之子"的绝叫：《野草》与鲁迅意识特征研究 [M]. 北京：北京大学出版社，2012: 80.

抒情性的阐发。

　　文本第一段："北京的冬季，地上还有积雪，灰黑色的秃树枝丫叉于晴朗的天空中，而远处有一二风筝浮动，在我是一种惊异和悲哀。"[1]这里的关键词一为"惊异"，是因北京冬季出现一二风筝迹象的感慨，而"悲哀"更是弥漫全文与书写者全身/满腔的意绪流动，此处"风筝"变成了导火索。

　　在叙述家乡的风筝时节后，鲁迅更凸显了现实的周边环境情况，"我现在在那里呢？四面都还是严冬的肃杀"[2]。无疑，作者心境中的森森寒意和外在环境同步共振、内外夹击。在风筝事件回忆后的结尾，鲁迅又写道："我倒不如躲到肃杀的严冬中去罢，——但是，四面又明明是严冬，正给我非常的寒威和冷气。"[3]这种颇令人进退维艰的尴尬环境同样反映出鲁迅内心的矛盾、彷徨与寒意凛然，尽管无处可逃，他却依旧选择更真实而料峭的严冬。

　　（2）风筝事件：罪无可恕。回到《风筝》占据主体篇幅的风筝事件上来，显而易见的是鲁迅对儿童本位观的强调，同时不乏自我批判。如李何林所言，此文"在解剖自己，在深刻地批判自己。通过自我解剖和批判，批判了一般有孔孟之道思想影响的父兄，违反儿童心理，禁止儿童游戏的愚蠢行动"[4]。

　　但细读此事件，在表面内涵之外更加感受到的是鲁迅微妙的意绪蠢蠢欲动、流动，这是一种无可饶恕的罪感和沉重感，归根结底还是指向悲哀基调的。弗洛伊德指出："关于惩罚这个潜意识需求的起源，我以为是无可怀疑的。它表现为良心的一部分，或延伸为潜意识的良心；它的起源与良心相同，换句话说，它相当于超我所采取的内向攻击。我们或者可

---

1. 鲁迅全集：第2卷 .187.
2. 鲁迅全集：第2卷 .187.
3. 鲁迅全集：第2卷 .189.
4. 李何林 .鲁迅《野草》注解[M].西安：陕西人民出版社，1981：80-81.

称它为一种'潜意识的罪恶感'。"[1]一般人尚且如此,何况自我反省的主体是善于自剖的鲁迅?这种罪感也加深了文本中的悲哀意绪(氛围)。

易言之,此事件更多是意绪流动的管道和载体,尤其是提及哥俩中年后"我"对此事的再审式解剖感受:"我的心也仿佛同时变了铅块,很重很重的堕下去了。""但心又不竟堕下去而至于断绝,他只是很重很重地堕着,堕着。"[2]这种细描读来让人感同身受。到了最后,甚至有一种绝望、赌气和无奈又沉重的虚无感。"全然忘却,毫无怨恨,又有什么宽恕之可言呢?无怨的恕,说谎罢了。我还能希求什么呢?我的心只得沉重着。"[3]

不难看出,作者在文本中预设了多种解决此事的可能,"送他风筝,赞成他放,劝他放,我和他一同放"或"去讨他的宽恕"[4]。但时过境迁,原本物是人非,已相对难以释怀,可能解决得不那么圆满,但无论如何可以给人一个缓减负罪感的答案。但更悲哀的是,长大后的弟弟居然连曾经的"物是"都否认了,由此更显出文本内里重点叙述的罪无可恕(无法落脚)的永久悲哀。

2. 自解的吊诡。如前所述,《风筝》的基调之一就是悲哀和沉重的意绪,甚至升华为一种无可赦免的罪感。或许更加吊诡的是,一般人在排解和洗涤这种感觉时多向外抒发或排遣,鲁迅则选择了严厉自剖。换言之,他通过深切自我解剖的方式排解悲哀。

在《风筝》中,鲁迅相当罕见地征调出故乡资源,并且让故乡成为一个相当正面和温暖的意念凭借:"故乡的风筝时节,是春二月,倘听到沙沙的风轮声,仰头便能看见一个淡墨色的蟹风筝或嫩蓝色的蜈蚣风筝。还有寂寞的瓦片风筝,没有风轮,又放得很低,伶仃地显出憔悴可怜模样。但此时地上的杨柳已经发芽,早的山桃也多吐蕾,和孩子们的天上的点缀

---

1. 弗洛伊德. 精神分析引论新编[M]. 高觉敷, 译: 北京: 商务印书馆, 2017: 87.
2. 鲁迅全集: 第2卷.188.
3. 鲁迅全集: 第2卷.189.
4. 鲁迅全集: 第2卷.188.

第一章 《野草》诗学

照应,打成一片春日的温和。"[1]相较而言,这绝对不只是自然气候的描述,同时也是现实环境、情感结构的寄托与附着,在北京严冬的肃杀氛围中,故乡的春天是一种罕见的温暖乃至诱惑。这还是"我"和小兄弟风筝事件发生的季节。不难看出,这是鲁迅魂牵故土,在精神故乡和现实北方之间意识的滑动。

但鲁迅终究是鲁迅,故乡既是资源,又是诱惑,同时也是批判和拒绝对象。在文章结尾,他写道:"现在,故乡的春天又在这异地的空中了,既给我久经逝去的儿时的回忆,而一并也带着无可把握的悲哀。"[2]易言之,故乡既是温暖回忆,又是一种难以把握的悲哀,更是拒绝对象,作者实际上无处可逃。

纵览风筝事件,我们难免有一种鲁迅用力过猛的感慨:他首先说明儿童游戏的合理性和精神虐杀的缺陷,然后根据现实和可能性穷尽了一个事件所有的解决方案,结果却出人意料——不圆满:已经成年甚至人到中年的"我"和小兄弟根本找不到合适的解决和排解方法,此时已经让"我"和读者倍觉内疚,沉重不堪。但更让人难以预料的是,小兄弟根本不给"我"任何被饶恕的机会。他轻易否定了此事发生的可能性,轻松地表示不记得此事的存在。这就让已经累积到极致的罪感完全没有出口。耐人寻味的是,作者将这种罪感的递增一步步清晰写出,一一叠加,变成了一种精神自虐、自剖,或变成了无解的自解。如汪卫东所言:"《野草》中的终极悖论随处可见,这是作者自我危机的扭结所在,似乎有新的生命的催促,使他必须对此作出最终的解决,而如果不把它推到极端,也就难以最终解决。"[3]但在《风筝》的语境里,其实即使推到了极致,也未必能够真正解决,只是倾诉出来而已。

---

1. 鲁迅全集:第2卷.187.
2. 鲁迅全集:第2卷.189.
3. 汪卫东.鲁迅的又一个"原点"——1923年的鲁迅[J].文学评论,2005(01):163.

（二）风筝的缠绕：意象论

某种意义上说，我们往往忽略了风筝意象的复杂指涉。作为一种既可以貌似自由飞翔、探索更大空间和可能性，又可以尽在掌握、安全系数较高的玩具，风筝可以满足孩子和爱好者这种双重的梦想与追求，同时又部分折射出风筝主人的某种性格，比如敏感、自卑和悲观等。更进一步，风筝意象被高度借重可以反映出书写者鲁迅的精神关怀和幽暗意识。

1. 作为心绪的风筝。 如果把"风筝"当作作者的心绪象征的话，有两个饶有意味的问题值得关注：

（1）心绪的无法彻底释放。从此视角看，鲁迅选择"风筝"作为文眼，已经意味着悲哀等意绪一如风筝，表面上看似自由地飘荡，但始终不能淋漓尽致地释放，因风筝线在手（牵绊在胸），所以难以真正排解文本内外浓重累积的幽暗意识。易言之，无论他如何解剖自己，被毁坏的半成型的风筝已经意味着良好心绪的被破坏和蔓延（洒落一地）。其中既包括"我"的道歉和罪恶感的无处可去，同时又意味着悲哀心绪始终藕断丝连、如影相随。当然，反过来说，这也可能是鲁迅明知无法排解却又不得不为之的理念在起作用。

（2）非爱情。有论者将《风筝》解读为鲁、许爱情主题：风筝飞得高，显目招眼，象征公开恋爱的方式。"我"即鲁迅自己，小兄弟指许广平。从他俩的通信中可看出，鲁迅曾称呼她为"广平兄"，而文中把她称作小兄弟是故意所为，是障眼法。"我"和小兄弟对待风筝的态度不同，就是鲁迅和许广平对待爱情方式的态度不同。北京的冬季放风筝不合时宜，隐含爱情在此环境中公开也不适宜。[1] 此种说法的漏洞之一就在于对故乡意象的处理不当。如果小兄弟被解读为许广平，那么"我"和小兄弟在故乡的风筝经历该如何解释和安放？继续下去，如何理解"我"要破坏小兄弟辛辛苦苦做的主体结构接近完工的风筝？如果只是不方便示人，何不暂时

---

1. 余放成.《风筝》是兄弟之情，还是爱情——兼与胡尹强先生商榷[J].淮北职业技术学院学报，2009，8(06)：8.

藏起来呢？如果真的是隐喻了鲁、许爱情，现实中的鲁迅何时对爱情如此豪气干云呢？事实恰恰相反，鲁迅既怜香惜玉，又顾虑重重，最终还是许广平更加勇敢，并对鲁迅加以引导，才能玉成爱情的表白、释放和结晶。

2. 作为意义的风筝。若从意义的角度考察风筝意象，除了前面所言的悲哀心绪主题，我们还可以找到与风筝相关的其他意义指涉。

（1）兄弟失和。某种意义上说，风筝事件投射了鲁迅对"兄弟失和"事件的反思和悲哀。其中可分为两个层面：一个层面是对自我的反省。其中显而易见的是"我"的大家长作风，但我们不难看出，这是鲁迅有意典型化的结果，实际生活中的鲁迅对兄弟可谓情真意切。[1]但不容忽略的是，尽管"兄弟失和"事件由于缺乏直接证据而变成鲁迅研究中的难解之谜，但鲁迅从自己的层面不断反省自我缺憾：在他心中潜存和实践中的八道湾大家庭其乐融融氛围下亦偶尔难免有长兄如父的威权。

另一个层面是对失和后事件的反省。文本中小兄弟对此事的忘却隐喻了宽恕、和解之路被堵死。鲁迅对罪感的深切描述、对小兄弟轻描淡写地带过历史其实也是对既往兄弟怡怡美好的留恋，显然此事件他和周作人都有责任。风筝意象喻示了兄弟之情的藕断丝连，至少从鲁迅的层面看是如此。

（2）人性本位。《风筝》中对儿童本位观的呈现有其相当精彩的表现。首先是对小兄弟与风筝密切关系的呈现。虽然小兄弟体弱多病，但向往自由与活力。"和我相反的是我的小兄弟，他那时大概十岁内外罢，多病，瘦得不堪，然而最喜欢风筝，自己买不起，我又不许放，他只得张着小嘴，呆看着空中出神，有时至于小半日。远处的蟹风筝突然落下来了，他惊呼；两个瓦片风筝的缠绕解开了，他高兴得跳跃。"[2]所以，小兄弟临

---

1. 具体论述可参：黄乔生.周氏三兄弟：周树人 周作人 周建人合传[M].杭州：浙江人民出版社，2008；孙郁.鲁迅与周作人[M].沈阳：辽宁人民出版社，2007.
2. 鲁迅全集：第2卷.187.

渊羡鱼，不如退而结网，偷偷制作起自己的风筝。

其次，鲁迅借助风筝的特征加以处理。当它成为理想、寄托时，它就成为孩子眼中的宝贝和真爱。可以从反面看出它对他的重要性："果然就在尘封的什物堆中发现了他。他向着大方凳，坐在小凳上；便很惊惶地站了起来，失了色瑟缩着。"[1]也可看出"我"的霸道对他的伤害。但同时，风筝的另一端风筝线握在人的手中时，就注定了它无法脱离现实的一面，它的被践踏似乎也就难免。而小兄弟长大后对儿时旧事"创伤"的有意无意的忘记，恰恰喻示了他已经成人化，或不敢正视自我，缺乏真正的童趣与兴趣了。更进一步，这表明了成长/成熟对人的天性的蚕食和腐蚀作用及其后果。从此角度看，《风筝》透露的也可是天性丧失或天性难以存续的绝望心理。

3. 作为叙事的风筝。鲁迅并不信仰崇拜任何宗教，却有着很深的忏悔情结、自反性乃至罪感，《风筝》中亦不乏此感。

（1）回忆的吊诡。某种意义上说，鲁迅在此文本中对罪感的呈现与某种程度的开解都和回忆手法息息相关。比如，文章开头悲哀心绪的泛起，既有现实的促发，又有风筝实物的勾引。通过回忆，可以借助语言文字唤起内心的忏悔对象、欲念，可以重述和记录事件，确认和涤荡自我，也可以让忏悔在此记录中得以延续。

到了风筝事件中，"我"除了回忆儿时经历，也拉出成年后的小兄弟一起回忆。"'有过这样的事么？'他惊异地笑着说，就像旁听着别人的故事一样。他什么也不记得了。"[2]但就如风筝的双重性——既自由，又受限一样，回忆终究变成了一种审判、自剖而非酣畅淋漓的开解和彻底释放。如人所论，"这时的写作其实质是一种变相或曰打折的忏悔和救赎行为"，结果很可能变成了一种无奈的挫败、痛苦，无力实现救赎的初衷，"颇具悲剧意味的是，鲁迅的寻找终因没有彼岸之光的照耀而感受不到天堂的光

---

1. 鲁迅全集：第2卷 .187-188.
2. 鲁迅全集：第2卷 .189.

辉和温暖，其朝向彼岸的回忆注定沾染上浓厚的受难色彩。回忆成就了鲁迅的思想深度，但也损坏了生命本该有的恬静和愉悦"。[1]

（2）文学性虚构／凝练。如前所述，《风筝》中的风筝事件不乏虚构成分，现实中的周作人、周建人都曾撰文否认鲁迅曾经"虐杀"过他们。鲁迅通过这种刻意虚构的手法，强化并凝练了自省效果，企图达致自虐式自解的目的。

其具体表现是，一方面，添油加醋强化"我"的粗暴。和1919年的《我的兄弟》短文相比，那时候小兄弟受欺负后是"我的兄弟哭着出去了"[2]，而《风筝》则是施暴者扬长而去，"论长幼，论力气，他是都敌不过我的，我当然得到完全的胜利，于是傲然走出，留他绝望地站在小屋里。后来他怎样，我不知道，也没有留心"[3]。不难读出《风筝》中被强化的粗暴、野蛮，这反过来烘托出忏悔、自省的可贵和力度。另一方面则是加大自我批判的力度。在文本中几乎把"我"所有的批判、错误说透、不留余地，也把可能解决的方案和盘托出。这和鲁迅及其创制（包含《野草》）一贯的含蓄、凝练、晦涩很有落差，但这恰恰可以凸显鲁迅文本背后的悲哀主题和自我嘲讽。从此角度看，鲁迅对自己的剖析深入骨髓，借此可能可以更好地理解鲁迅所言的"我也一个都不宽恕"[4]的深切内涵，无论是对自己，还是对负有国民劣根性的公敌以及庸众。

结语：由上可见，采用针对"故事新编"实践的理论诠释和《野草》中的"故事新编"文本结合分析，我们可以借助新的再解读利器找寻新的可能性。为此，《我的失恋》《复仇（其二）》《风筝》都呈现出：（1）意义层面的狂欢特征，比如它们或多或少都指向了现实层面（具体人事的纠纷）

---

1. 唐伟. 寻找另一个世界的回忆——论鲁迅写作的内在发生兼读《风筝》[J]. 现代中文学刊，2011（04）：86.
2. 鲁迅全集：第8卷.119.
3. 鲁迅全集：第2卷.188.
4. 鲁迅全集：第6卷.635.

和哲理的反思性层面（比如人性或国民劣根性等）。（2）相对独到的"故事新编"（散文）诗学，比如新、旧文本的复杂张力，意绪穿行于可能的叙事，等等。

　　这再次说明，单纯借助单一视角（如爱情等）去解读想象《野草》往往是褊狭的，甚至是可笑的（如胡尹强等人的解读）。我们自然不能否定新的可能性，但是对《野草》的再解读必须在尊重文本的基础上对症下药，而不是为了自己论述的圆满性和理论的普适性而肆意扭曲文本。

[第三节]

《野草》中的临界点设置

在《野草》中，鲁迅选择以相对隐晦的方式和梦的技艺谨慎地传递内心的繁复、痛苦和幽深，同时他不惜创设出令人目瞪口呆的临界点存在，对这些难以直说的苦衷、哲学思想或复杂情愫进行再现。从此意义上说，《死火》《影的告别》《死后》的主要角色有一种相似性，那就是身份、自我主体的裂合、对话以及与此相关的彷徨性。如再度进行细分，所谓临界点设置一方面是物理层面的，一方面是精神和心理层面的，二者往往鱼水交融、密不可分。

一、《死火》：建基于物理临界之上

《死火》是相关代表作之一，其中必然掩藏了作者某些真实的生活及视域，我们有必要认真地对其加以检视。在我看来，鲁迅以相当富有想象力的方式营造出一个物理/科学上的临界点存在并以此幻设出一个相对科幻的冰谷世界，令人叹为观止；同时，他又在这物理世界之上投射了自我、现实、人生的隐喻世界，这两重世界相互辉映、光彩夺目，令人眼花缭乱。某种意义上说，鲁迅的敏感聪慧加上其相当繁复的跨学科体验（私塾、水师、路矿、医学等）和相对于绍兴的丰富异域经历（留学日本、工作地点由绍兴到南京到北京等），让他往往具有令人讶异的想象力，同时又具有严谨认真的科学精神。这些不仅在他早期的文言论文书写（如《科学史教篇》等）和（科幻小说）翻译中有所体现，如人所论，"鲁迅由对科幻小说的倡导开始，逐步深化对科学与文学之间关系的认识，由单纯的强调科学普及，到同时关注科学与文艺对于人性的作用，以至于最后试图以纯粹的文学作品来作用于人性，这其中的思想轨迹清晰可见，同时也为鲁迅'弃医从文'这一重大事件的发生提供了确实而详尽的理性说明"[1]。他还在《野草》中有所强化，《死火》就是其中相当精彩的一篇。

（一）梦与科学的合奏

作品伊始，鲁迅写道："我梦见自己在冰山间奔驰。"[2]这样的"画梦"开端给这篇文章的后续和作者开拓奇思怪谈以更大可能空间。接着是一种相当幻设的景色描写："这是高大的冰山，上接冰天，天上冻云弥漫，片片如鱼鳞模样。山麓有冰树林，枝叶都如松杉。一切冰冷，一切青白。"[3]恰恰是因了"我忽然坠在冰谷中"[4]，才制造出"我"与"死火"的奇遇。需要指出的是，恰恰是因为梦境对偶然性、荒诞性、非理性等"异"的涵容能力特别强大，鲁迅才让"死火"的现身与重点推介显得相对合理——即使"死火"的设计有瑕疵，甚至不合科学逻辑，也是被允许的存在，因为有梦作为保护盾和外壳。

相当耐人寻味的是，鲁迅把"死火"变成了一个临界点般的精心设计存在："这是死火。有炎炎的形，但毫不摇动，全体冰结，像珊瑚枝；尖端还有凝固的黑烟，疑这才从火宅中出，所以枯焦。"[5]作者还特别写到瞬息万变中"死火"定形的难能可贵："当我幼小的时候，本就爱看快舰激起的浪花，洪炉喷出的烈焰。不但爱看，还想看清。可惜他们都息息变

---

1. 任冬梅.论鲁迅的科幻小说翻译［J］.现代中文学刊，2012（06）：93.
2. 鲁迅全集：第2卷.200.
3. 鲁迅全集：第2卷.200.
4. 鲁迅全集：第2卷.200.
5. 鲁迅全集：第2卷.200.

幻，永无定形。虽然凝视又凝视，总不留下怎样一定的迹象。死的火焰，现在先得到了你了！"[1]

"死火"的存在是一种短暂的定形，因为，一方面，如果继续待在冰谷中，它最终将冻灭，"我也被冰冻冻得要死。倘使你不给我温热，使我重新烧起，我不久就须灭亡"[2]；另一方面，如果给予它温热，若"永不冻结"，它"将烧完"。"死火"的这种悖论性和《影的告别》中的"影"有相似的存在逻辑，它具有很强的依赖性，但又想保持自己的个性和风格，"我不过一个影，要别你而沉没在黑暗里了。然而黑暗又会吞并我，然而光明又会使我消失"[3]。

钱理群指出："这'死火'的生存困境，两难中的最后选择，都是鲁迅对生命存在本质的独特发现，而且明显地注入了自己的生命体验；因此，我们可以说，这是一种'个性化'的想象与发现。"[4]鲁迅对"死火"的设计显然有个性的想象力和科学性。在临界点时，"死火"远比"冰水"这种零度环境中水的形态转化与浑融来得刺激和富有张力，而"死火"被冻住的实践好比琥珀的形成，具有相当的合理性，同时鲁迅顾及水（冰）/火难容的特征设计出其短命的暂时性风格，这种操作不可谓不精妙或苦心孤诣。

稍微推开去，鲁迅在《野草》中也喜欢那种稍纵即逝的东西，或者是极富悖论的精神思考与物质关联。除了"死火"，其他还有《影的告别》中的"影"，彷徨于明暗之间，徘徊于无地；《雪》中的雨、雪与日光、冰等，其形状和元素之间也有一种复杂和往复的密切关联。从此角度看，鲁迅对《死火》的刻画也是一种记录自我瞬间的抒发，如人所论："写作本身对于鲁迅而言，正是一种对经验或思想的瞬间的最好的保存方式，因

---

1. 鲁迅全集 . 第2卷 .200.
2. 鲁迅全集 . 第2卷 .201.
3. 鲁迅全集 . 第2卷 .169.
4. 钱理群 . 对宇宙基本元素的个性化想象——读鲁迅《死火》《雪》《腊叶》[J] . 苏州科技学院学报（社会科学版），2003（01）：82.

此，对于抽象的、易逝的事物的喜爱与描绘，也即构成了他写作的动因与特质之一。"[1]

（二）"死火"及其物理世界

鲁迅在描写"死火"及其周围世界时，观察细致、描写传神："这样，映在冰的四壁，而且互相反映，化为无量数影，使这冰谷，成红珊瑚色。"[2]利用反射和折射原理，冰冷而青白的世界因此有了亮色。鲁迅还写到直接遭遇"死火"时的复杂反应："我拾起死火，正要细看，那冷气已使我的指头焦灼；但是，我还熬着，将他塞入衣袋中间。冰谷四面，登时完全青白。"[3]其中既有尖锐的触觉感应，又有"冰谷"冻人的本真面目。孙玉石指出了"冰谷"的象征内涵："这冰山的形象，是作者处于那个暗夜一般冷酷的社会中而又存在很强孤独感的自我内心的寒冷、虚无情绪的一种深层象征。"[4]这当然深刻而发人深省，这种孤独和寒冷更是物理/精神世界内外夹击、心冷身冷合力造成的细微感受，如此更彰显冰冷的双重效果。

鲁迅继续书写"死火"受热之后的表现："我的身上喷出一缕黑烟，上升如铁线蛇。冰谷四面，又登时满有红焰流动，如大火聚，将我包围。我低头一看，死火已经燃烧，烧穿了我的衣裳，流在冰地上了。"[5]这种描述相当文学性，亦是科学的。"死火"一旦被唤醒，对"冰谷"来说，具有强大的杀伤力，令人触目惊心、印象深刻。

毋庸讳言，鲁迅具有令人敬佩的想象力，不仅刻画"冰谷"动人魂魄，他还通过"我"与醒来的"火"的对话强调了"死火"的来龙去脉，临界点功能，可谓又一种强化和深化。当然，这样的设计背后是为了凸显他

---

1. 张洁宇. 独醒者与他的灯：鲁迅《野草》细读与研究[M]. 北京：北京大学出版社，2013：187.
2. 鲁迅全集：第2卷.200.
3. 鲁迅全集：第2卷.200.
4. 孙玉石. 现实的与哲学的：鲁迅《野草》重释[M]. 上海：上海书店出版社，2001：156.
5. 鲁迅全集：第2卷.201.

们为何及如何走出"冰谷"的策略。此处又让人不得不佩服鲁迅的科学知识与想象力互融的神奇,"他忽而跃起,如红彗星,并我都出冰谷口外",以神力窜出冰谷,却又即刻遭遇劫难,"有大石车突然驰来,我终于碾死在车轮底下,但我还来得及看见那车就坠入冰谷中"。[1]无论如何,"死火"最终得偿所愿,跳出"冰谷",直至"烧完"。

从鲁迅描绘"死火"及其物理世界来看,这是一个相当有趣、神奇而博杂的物理世界,如果加上鲁迅通过想象而幻设的更繁复的经历与视野的话,其中的科学与虚构、平实与惊奇、温热与冰冷、决绝与死寂,既互相对立,又和谐共存,展现了鲁迅宏阔而精致的宇宙观。如人所论:"《死火》实际上是诗人宇宙观的反映。世界不是由孤立的、分离的物质组成的,是永远运动的、互相关联的物质的组合。物质之间的关系的基本原则是相生相克,对立共存。鲁迅在他创造的诗的世界里,把这个相生相克的过程形象化了,死火便成了体现宏观世界的微观世界。"[2]

厨川白村指出:"艺术的最大要件,是在具象性。即或一思想内容,经了具象底的人物,事物,风景之类的活的东西而被表现的时候;换了话说,就是和梦的潜在内容改装打扮了而出现时,走着同一的径路的东西,才是艺术。而赋予这具象性者,就称为象征(symbol)。"[3]毋庸讳言,在鲁迅以梦幻勾画艺术的实践中,象征手法是其得力武器,我们不妨考察一下《死火》中相当丰富而又奇谲的意义指向。

(三) 人生无路 / 歧路之痛

《死火》的临界点首先隐喻了主体的尴尬、彷徨与存在状态的暂时性:一方面,他似乎有二元的选择,或烧完,或冻灭,却又近乎没有选择,因为都是死灭;另一方面,他又必须尽快选择,毕竟,他的临界点身份

---

1. 鲁迅全集: 第2卷.201.
2. 吴晓铃, 吴华.《死火》的符号诗学解读(下)[J].鲁迅研究月刊, 1990(01): 63.
3. 厨川白村.苦闷的象征[M]//鲁迅博物馆.鲁迅译文全集: 第2卷.福州: 福建教育出版社, 2008: 240.

并不长久，而冻灭的可能性似乎更大。这种辩证的两难结构折射出鲁迅内心的苦痛，也反证出他认清现实之后勇于牺牲的可贵。如人所论："上述矛盾两极，思辨理性（认识）的彷徨苦闷与实践理性（伦理）的昂扬奋进，相反相成地构成前期鲁迅独放异彩的心理特征，双重逆向结构的'死火'精神。为后来者肩着闸门，独战黑暗的苦斗形象，就是鲁迅光辉人格的确证。"[1]

回到"死火"的象征上来，这被瞬间冻住的火可被视为诸多象征，很多含义在鲁迅的小说中也有所体现。比如启蒙者的困惑（如《在酒楼上》）、革命理想的停滞与自我背叛（如《孤独者》），或美好瞬间的机械存留，乃至涤荡罪恶火种的欲望（如《长明灯》里面的"我放火"），等等，但鲁迅的深刻与独特似乎并未就此戛然而止，反而通过"死火"加以凸显。

李欧梵指出："'死火'隐喻着鲁迅的内心状况，陷入自己心中那冷的、荒芜的深处是一种受难，他并不愿永远蛰伏下去，因而呼唤一种有行动的生活。但是按照诗中矛盾的逻辑，这行动又终将导致死亡。"[2]我们有必要重新审视"冰谷"——也即"死火"被遗落的生存环境，冰冷而青白是应有之义，但更值得警惕的是，周边环境对"死火"的欺骗式挟裹和利用。鲁迅曾经提及"先知先觉者"被傀儡化、偶像化的悲剧性，他指出："他（'预言者'）要得人们的恭维赞叹时，必须死掉，或者沉默，或者不在面前……待到伟大的人物成为化石，人们都称他伟人时，他已经变了傀儡了。"[3]更有甚者，他们可能帮统治阶层做"醉虾"，鲁迅曾犀利地自我批判道："中国的筵席上有一种'醉虾'，虾越鲜活，吃的人便越高兴，越畅快。我就是做这醉虾的帮手，弄清了老实而不幸的青年的脑子和弄敏了他的感觉，使他万一遭灾时来尝加倍的苦痛，同时给憎恶他的人们赏玩这较灵的苦痛，得到格外的享乐。"[4]这样原本的先驱反倒变成了助纣为虐者。

---

1. 税海模."死火"意象简论[J].中国现代文学研究丛刊，1987（04）: 137.
2. 李欧梵.铁屋中的呐喊[M].尹慧珉，译.长沙：岳麓书社，1999: 113.
3. 无花的蔷薇[M]//鲁迅全集：第3卷.272.
4. 答有恒先生[M]//鲁迅全集：第3卷.474.

类似的道理也呈现在"死火"的角色中，它的微红在冰谷中被反射、映射，反倒变成了青白主流真相的一种装饰和助兴。天真的人们还以为冰谷世界的主持者真正尊敬"死火"及其象征，实际上"他们早已去掉了先觉者和革命家的锋芒，使之成为他们的护身符、保护伞"[1]。冰谷里的人们（被统治者）或许在这微红里相对怡然，继续被欺骗、被奴役。

正因如此，"死火"才做出哪怕烧完也要逃出冰谷的抉择，和"我"一条心，如红彗星一样，"出冰谷口外"。"死火"和"我"其实都是鲁迅自我认同（self-identity）的象征并共同组成了鲁迅的内心世界以及彷徨的精神结构。如人所言："'死火'和'我'是鲁迅内心中两个自我的象征，是一个鲁迅所分裂成的两个不同角色（身份）而已，鲁迅借助于这一有力的结构方式，力图呈现出一个心灵深处充满着矛盾冲突、正在进行着激烈搏斗的灵魂的全貌。"[2]

尽管如此，无论是"死火""我"，还是背后的鲁迅都呈现出相当决绝的"反抗绝望"的实践，与其困守在冰谷的逆境中等死——烧完/冻灭，不如冲出去发光发热，死得其所。二者的对话更彰显出鲁迅内心的彷徨、分化、整合与再抉择，如人所言："'死火'和'我'其实是鲁迅内心主客体的映象；'死火'是沉寂多年的鲁迅，'我'是自我拯救的鲁迅，二者的对话是鲁迅内心的犹豫和抗争，是鲁迅理智与激情的交锋与碰撞，最终激情胜出，是鲁迅对言说与沉默的艰难取舍和抉择，最终在沉默中爆发。"[3]

（四）左右为难的爱（情）

或许正是由于《野草》中颇多难以直言的苦衷，《野草》往往被不少学者解释为爱情主题的散文诗，如李天明的《难以直说的苦衷——鲁迅〈野草〉探秘》（人民文学出版社，2000）等。其解读作为一个方向和维度，

---

1. 陈安湖.《野草》释义[M].北京：人民出版社，2013：112.
2. 李玉明."人之子"的绝叫：《野草》与鲁迅意识特征研究[M].北京：北京大学出版社，2012：107.
3. 曹颖群.冻灭还是燃烧——从《死火》看鲁迅的生命哲学[J].名作欣赏，2012（08）：13.

自然有新人耳目之效，但后继者往往难以持中，慢慢放大了爱情主题诠释说的偏至。或者夸大其词，如胡尹强的《鲁迅：为爱情作证——破解〈野草〉世纪之谜》(东方出版社，2004)；或者过度坐实现实，变成了"索隐派"；或者相对单一、僵化，反倒将自己的臆想和小气投射并强加给鲁迅。

《死火》是否可以解释为爱情抒发？似乎未尝不可。比如，"冰谷"给人的感受可能寄托和投射了鲁迅和朱安有名无实的婚姻现实。鲁迅曾经多次对友人说："这是母亲送给我的一件礼物，我只能好好地供养她，爱情是我所不知道的。"[1] "冰谷"的冰冷和青白是否也映射了没有爱情的生活的苍白？甚至也可能部分暗含了"禁欲"的存在与后果。在《回忆鲁迅》中，郁达夫曾同来访他的学生谈起鲁迅，学生说："鲁迅虽在冬天，也不穿棉裤，是抑制性欲的意思。他和他的旧式的夫人是不要好的。"[2]

更进一步，我们还可以看到《死火》中鲁迅对"爱"的矛盾态度。如人所论："作品抒发的是作者思想中曾经闪现的关于爱情的一些小感想。被'遗弃'在冰谷中冻灭了的'死火'经'温热'后'惊醒''燃烧'，其象征意义是被压抑、扼杀，'死灭'了的爱情在一定条件下的复生。'死火'出冰谷时的犹豫，便是在爱情问题上的顾虑和思想矛盾的折光反映。"[3] 这种矛盾的态度并非偶然，在《过客》中，过客对小姑娘的"爱"的布条最终加以拒绝；《死火》中"我"的温热唤醒了"死火"，"死火"报恩，将"我"带出了冰谷，而过客却选择了主动上路，"唯其如此，他才可以更好地履行行走的使命，因为一旦有了牵挂，背负内疚等情感，过客往往则难以专心致志、淡泊致远"[4]。类似的，接受了"我"的温热的"死火"最终选择了烧尽。从此意义上说，这种左右为难的爱更能反映出鲁迅的彷徨态度。

---

1. 许寿裳.亡友鲁迅印象记[M].北京：人民文学出版社，1977：60.
2. 郁达夫.回忆鲁迅[M]//鲁迅博物馆，鲁迅研究室，鲁迅研究月刊.鲁迅回忆录：散篇(上册).北京：北京出版社，1999：150.
3. 蒋荷贞，李秀贞."死火"象征意义新解[J].鲁迅研究动态，1988(05)：37.
4. 朱崇科.执著与暧昧：《过客》重读[J].鲁迅研究月刊，2012(07)：34.

但是，我们不能过分坐实"死火"与鲁迅现实婚恋的一一对应关系。有论者认为是鲁迅、许广平的爱情让鲁迅有感而发，对这份难得的婚外情展示出如斯的态度："'死火'在出冰谷前的犹豫，也是现实中许广平的顾虑，鲁迅有妻室，自己的介入很可能遭到社会的谴责，但是留在冰谷里的话，那将被冻灭，几经思索后，她终于鼓起勇气离开了这没有任何生命气息的冰谷。我们从'死火'被温热惊醒后由'毫不动摇'到'红焰流动'的形状变化，就可以看出与鲁迅的相识相知给了许多么大的活力！"又说，"'我'这种跳出冰谷的决心和勇气，感染了'死火'，使得'死火'最后选择了如红彗星一样与'我'共同跃出冰谷，并肩作战。这充分显示了鲁迅作为胜利者的自豪与视死如归的豪迈，以及在得到渴望已久的爱情后心理上瞬间的狂喜"。[1]

但实际上，这更像是一种臆想。一方面，彼时的许、鲁爱情关系还远未定型/定性，毕竟他们才通信一个多月，双方并未真正吐露心迹。无论是鲁迅，还是许广平，都不至于在如此短的时间内表现出痴情或达到干柴烈火、饥渴发狂的程度。论者往往根据后来人的经历和社会交往的开放性比附并夸大了许、鲁当时的关系。另一方面，依据鲁迅多疑、犹豫、谨慎的性格，他在和许广平的关系/交往中，尤其是关涉到爱情的阶段时从某种意义上说更显被动：一个是考虑到二人17岁的年龄差距，社会上的闲言碎语难免议论纷纷；另一个则是身份考量——鲁迅不可能给许广平妻子的身份，因为朱安的妻位不能休掉，否则，容易造成更大的悲剧。当然更宏阔的考虑还有外围对手们对青年导师、文化名人、革命闯将的鲁迅的虎视眈眈和伺机攻击，鲁迅不该主动授人以柄，所以，"不如烧完"的决绝绝对不是鲁迅对待和许广平的婚外情的态度。从此角度说，将《死火》过度现实化并在解读时一一对号入座漏洞太多，无法自圆其说。

从更稳妥的角度看，我们不妨把这份爱升华为一种泛爱，如对青年、

---

1. 龙彦竹.《死火》中"情与理"的解读［J］.河北科技大学学报（社会科学版），2007（04）：76.

对民众等的相当复杂的爱。鲁迅对青年和民众有一种自觉的爱和呵护，当然对其劣根性也大力挞伐。在《北京通信》中他写道："我自己也正站在歧路上，——或者，说得较有希望些：站在十字路口。站在歧路上是几乎难于举足，站在十字路口，是可走的道路很多。我自己，是什么也不怕的，生命是我自己的东西，所以我不妨大步走去，向着我自以为可以走去的路；即使前面是深渊，荆棘，狭谷，火坑，都由我自己负责。然而向青年说话可就难了，如果盲人瞎马，引入危途，我就该得谋杀许多人命的罪孽。"[1]所谓"烧完"是指牺牲自己、成全他人，可谓"肩起黑暗的闸门"给人以开阔光明而自己被黑暗吞没，是一种大爱。如人所论，"《死火》是以意象象征的诗意化方法表现的作者的一场激情与理智的对话，是以形象化的方式描绘了作者从充满热烈的改造社会的青春激情到陷入苦闷沉默到再次燃起激情重新投入战斗的一段特殊的思想变化历程"[2]，而非和爱人、国人同归于尽，虽然同时鲁迅对国民劣根性的批评不遗余力。

二、"在"却"不属于"的精神临界：以《影的告别》为中心

如果从精神临界的视角思考，《死后》也是一种思路，借助于常人不能体验的"梦死"策略，鲁迅探讨了死后不能安生的悲剧性和现实性。不必多说，《死后》是鲁迅又一篇瑰丽奇幻的独创。作为《野草》梦幻系列创制之一，它巧妙借助了"梦死"的双重策略，借此预支性反观个体死后的诸多尴尬、无聊或无奈，反过来又折射出对生者世界尴尬存在的深刻反省，的确别具匠心。值得关注的还有《死后》的双重封套结构：第一重是"梦死"策略，"我们常说'浮生如梦'或'醉生梦死'。这些浸淫中国传统智慧的词语至少有两层意思，一是生如梦，梦如生，两者是可通可变的存在状态，二是梦又如死，至少是对死的推延和想象。这样一来，我

---

1. 鲁迅全集：第3卷 .54.
2. 田建民，刘志琴. 激情与理智的对话——鲁迅散文诗《死火》赏析[J]. 名作欣赏，2004（08）：73.

第一章 《野草》诗学

们便明白鲁迅为什么要写梦,为什么要在梦中写死,又为什么故意混淆回忆('生'的状态)与梦境"[1]。借此,鲁迅可以实现对现实人生的关切、反省与批判,同时又可以展示其文学式的哲学省思,有更高的精神提炼。第二重则是文本内部的张力结构,"我的心"和"他的身"之间的节奏不合拍亦可以反衬出主体的选择与拒斥。

有论者指出,《死后》中有一种"反生理性":"按生理规律,人死后,思维和感觉都已不复存在。但作者为了揭露种种丑恶的社会相,基于盖棺论定的传统的不顾忌死去的人会复生,世人的真面目会一反过去地在死人面前暴露出来的原因。"[2]这恰恰是鲁迅对中间状态的精心设置:你可以观察,可以思考,但无法行动。

同时,鲁迅也写到了"半死"的时间性问题。按照一般传说,死尸/鬼魂多属于凄冷的阴间,很难见到阳光,容易魂飞魄散。鲁迅的《死后》却从"大约正当黎明时候罢"[3]写起,让这种悬置的半死"中间物"经历光天化日之下的现实琐屑、龌龊与卑劣,但因此梦的功能就会减弱了。"梦是黑暗的产物,但《死后》却从太阳升起的时候写起。太阳是意识的象征,则梦就成了无意识活动的残迹,这时已成为一个空壳。出现在梦中的都是现实中存在的问题,'许多梦也都做在眼前了'。这样,《野草》的无意识活动就基本结束了。"[4]

实际上,更典型和精彩的是另一种精神临界,即借助自我的分裂来呈现这种"在"却"不属于"的悖论抑或中间物特征,这尤其体现在《影的告别》中。在我看来,《影的告别》一文折射出主体(不只是创作主体)的背面与断续,鲁迅恰恰是从别人容易忽略的罅隙入手,构设了独特的时间造境,营构了独特的发声角色,借此缠绕了多元的意义纠葛,彰显出

---

1. 李点.鲁迅《野草》的梦幻叙述[J].新文学评论,2012(03):163.
2. 陈光陆.象征主义与鲁迅《野草》中的"梦"[J].东疆学刊,1988(04):38.
3. 鲁迅全集:第2卷.214.
4. 刘彦荣.奇谲的心灵图影——《野草》意识与无意识关系之探讨[M].南昌:百花洲文艺出版社,2003:263.

主体苦闷、复杂、断裂而又统一的主体特征。

（一）何时告别：从虚拟／感觉时间到实际时间

《影的告别》之所以颇有争议，原因之一就是读者／论者往往忽略了鲁迅造境的特殊性，尤其是其中的"时空体"[1]（虚拟／感觉时间）设置。从此视角观照，"影"的独特性就显得更加突出了，明乎此也才更容易理解"影"的丰富性与特异性。

在文本开头，鲁迅写道："人睡到不知道时候的时候，就会有影来告别。"[2]这个"不知道时候的时候"有其含混性和模糊性，但也因此呈现出时间方面的开放性。恰恰是在此基础上，鲁迅才可以在可能幻设的"时空体"内，呈现出"影"的特异性。而颇耐人寻味的是，这个虚拟的时间里其实也包含着双重内容：

1. "影"的否定时空体。 鲁迅写道："有我所不乐意的在天堂里，我不愿去；有我所不乐意的在地狱里，我不愿去；有我所不乐意的在你们将来的黄金世界里，我不愿去。"[3]这段话写出了"影"的拒绝姿态和内容。易言之，有"影"所不乐意的东西所在之处，它皆不愿前往，不管这时空是天堂、地狱，还是"将来的黄金世界"。

某种意义上说，这三者的并置也可以呈现出鲁迅强烈的怀疑性和关注当下与自我责任承担的侧重。如人所论："《影的告别》的中心思想，就是'执着现在''执着地上'的思想；它所批判的就是'厌恶现在''想出世''想上天''灵魂要离开肉体'的思想。"[4]这是鲁迅一直坚持的观念之一。

2. 延宕或变异的感觉时间。 鲁迅无意特别明晰化这种虚拟时间的具

---

1. 最出名的理论叙述无疑是巴赫金在《长篇小说的时间形式和时空体形式——历史诗学概述》中的经典论述，但限于理论和鲁迅文本之间的文体差异和时空隔阂，本文并不打算借用此理论，而只是泛指。
2. 鲁迅全集：第2卷．169.
3. 鲁迅全集：第2卷．169.
4. 陈安湖．《野草》释义[M]．北京：人民出版社，2013：25.

体指向，而是不断地加以延宕。主要的关键词就是"彷徨于无地"，然后是更详细的解释："然而黑暗又会吞并我，然而光明又会使我消失。然而我不愿彷徨于明暗之间，我不如在黑暗里沉没。"[1]此言（包含三个"然而"的纠结性论述句式[2]）更指出"影"的彷徨性格，不只是心灵的无奈，更是感觉在虚拟的时空体中的左支右绌、无地安放。

相当耐人寻味的是，鲁迅一直在强化这种模糊性以及虚拟的感觉时空体。"然而我终于彷徨于明暗之间，我不知道是黄昏还是黎明。我姑且举灰黑的手装作喝干一杯酒，我将在不知道时候的时候独自远行。"[3]这里含混了黄昏和黎明的界限，又重复强调了"不知道时候的时候"，表明这种感觉时间其实相当混沌、丰厚，甚至无法触及边际。

在文本的后半段，鲁迅一方面继续深化和丰富虚拟时间的内在包含；另一方面，他也揭示出了实际时间的指涉，而这两者又水乳交融地混合在一起，不易分辨。

1. 继续虚拟/混杂。"影"把自我的命运、时空限定在"无地"中，"我将向黑暗里彷徨于无地"[4]。在和"你"的对话当中，它又将自我和黑暗、虚空结合得更紧密："我愿意只是黑暗，或者会消失于你的白天；我愿意只是虚空，决不占你的心地。"[5]最后，"只有我被黑暗沉没，那世界全属于我自己"[6]。这时候，它已经用无边无际的黑暗包围了自己，自己亦心甘情愿沉没其间，吞噬所有的黑暗，这无疑具有强烈的牺牲精神。

2. 实际时空。在后半段，鲁迅揭示出"不知道时候的时候"的底牌。他先说，"朋友，时候近了"[7]，而后描述了"影"和黑暗的接近，直至最后

---

1. 鲁迅全集：第2卷.169.
2. 具体论述可参：王本朝."然而"与《野草》的话语方式[J].贵州社会科学，2012（01）；张克."倘若"与"然而"——鲁迅话语世界的理想类型[J].鲁迅研究月刊，2008（04）；等等.
3. 鲁迅全集：第2卷.169.
4. 鲁迅全集：第2卷.170.
5. 鲁迅全集：第2卷.170.
6. 鲁迅全集：第2卷.170.
7. 鲁迅全集：第2卷.170.

"影"完全沉没于黑暗中。这可以推断出"不知道时候的时候"其实是黄昏后的黑夜中,而非黎明——毕竟,黎明到来后,"影"虽亦会消失/消灭,但那反映出的是光明的杀伤力,而非"影"同归于尽的主动和功绩。

由上可见,鲁迅巧妙地把感受/虚拟时间和"影"本身的时空取舍判断合二为一,并不断加以充实、延宕,而又水乳交融,精致地把具体时空和升华后的感觉时空相互镶嵌,显示出优雅而特异的构思能力。如人所论:"至于那满腔孤独心语,那痛感文学阵营分化的失意以及那彷徨苦闷的心态中激活的自立自强之锐气,最后都以幽默谐趣的散文诗的审美传达昭示与众。并且不无感慨地体现出向影告别后精神解脱的欣慰,再一次撩拨生命的激情,伸展出奋斗的双臂,拥抱——'那世界全属于我自己'。"[1]《影的告别》未必在风格和审美上实现了所谓的"谐趣",但的确涵容了鲁迅很多复杂的心语。

(二)谁在告别:"影"的主体性

在《影的告别》中鲁迅设置了别出心裁的时间流变与浑融,这同时意味着身居其间的"影"的独特性,尤其是它具有强烈而复杂的主体性。从此视角看,单纯把"影"、"形"(人)、"我"的关系定位为鲁迅、许广平、朱安的三角关系或爱恋纠葛是相当片面和肤浅的。如人所论:"《影的告别》中的'影'是一个在人的潜意识里出现的'影',它会说话,它有自我意识,它会告诉你它的所想和不得已的抉择","影"有其主体性,"因此,《影的告别》中的'你'代表着一个当下的存在、一个听倾诉者倾诉的倾听者。'我不想跟随你了,我不愿住',抒发的是一种独立远行的情感,而不能将'你'实在化为'睡着的人'或'许广平','影'也不能实在化为鲁迅。这也是艺术地理解该诗的诗意所必须的阅读要求"。[2]

---

1. 徐张杰.论鲁迅向个体生命寻求"和谐"的艺术精神——以散文诗《影的告别》透析[J].湖北社会科学,2008(04):130.
2. 蒋济永,黄志生.《影的告别》的误读与再阐释[J].名作欣赏,2012(32):56.

在我看来，"影"的主体性可分为三个层面：

1. 拒绝／否定。显而易见的层面是"影"对"你"的拒绝，不愿跟随，即使"彷徨于无地"，也不愿意去天堂、地狱和"你们将来的黄金世界"。从这个视角看，"影"拒绝了神、鬼、人间乐园。相对容易理解的是，它不愿去地狱。毕竟，那是阴暗而恐怖的所在，而它自己也有阴暗面的存在，可谓同质相斥。它拒绝天堂和人间乐园，却要略做解释。

天堂有其过于美好的虚幻性、刻板性和刻意营造的伟光正特征，作为"影"的归宿并不适宜。人间乐园，作为各色"形"的聚集地，本是"影"最好的居处之一，但它依旧被"影"拒绝了。这或许可以说明鲁迅（影）的双重取向：（1）不相信完美的／理想的黄金世界的真正存在，毕竟，在有人的地方，劣根性必然蔓延；（2）更多着眼于批判寄托于黄金世界的理念的问题和缺憾，强调向往黄金世界的人们往往逃避了现世该负的责任。在他的小说《头发的故事》中，他甚至直接说出了类似的观点和质疑："我要借了阿尔志跋绥夫的话问你们：你们将黄金时代的出现豫约给这些人们的子孙了，但有什么给这些人们自己呢？"[1]批判性可谓异曲同工、殊途同归。在论者看来，这既反映了"影"的追求，也反映出鲁迅对他所欣赏的尼采的某种扬弃："'影'的身上不只有着Zarathustra（以及他的'影子'）的孤独、哀愁和彷徨，也有着尼采所说的'战争'（在鲁迅为'抗战'）的影响，而又异其内容。"又言，"《影的告别》中，'影'不追随任何人，去'独自'寻求。这表明尼采的'超人'，在鲁迅看来，也不过如'天堂、黄金世界'，为一'渺茫'的梦想，并非他所追求的目标"[2]。

《影的告别》处处可见"不"的字眼，可以明显看出"影"的否定性思维乃至哲学。从某种意义上说，拒绝同流合污也是一种高雅气节的基础和捍卫姿态。因而，我们同时也要看到这种否定／拒绝背后的积极性，比

---

1. 鲁迅全集：第2卷.488.
2. 闵抗生.《影的告别》与《Also Sprach Zarathustra》[J].淮北煤师院学报（社会科学版），1987（01）：33.

如,"我愿意只是虚空,决不占你的心地"[1]。"影"未必可以清除自身的毒素和阴暗,但它可以选择不去传染给他人,甚至可以具有更高的自我牺牲精神。

2. 彷徨犹疑。 1926年11月,在《写在〈坟〉后面》一文中,鲁迅写道:"我的确时时解剖别人,然而更多的是更无情面地解剖我自己,发表一点,酷爱温暖的人物已经觉得冷酷了,如果全露出我的血肉来,末路正不知要到怎样。我有时也想就此驱除旁人,到那时还不唾弃我的,即使是枭蛇鬼怪,也是我的朋友,这才真是我的朋友。倘使并这个也没有,则就是我一个人也行。但现在我并不。因为,我还没有这样勇敢,那原因就是我还想生活,在这社会里。"[2]由上述话语不难看出彷徨期的鲁迅的精神苦闷及其巨大杀伤力,无论是对别人,还是对他自己;但同时更要看出长久以来他对自己这种阴暗面的围追堵截的辛苦、自觉与痛苦,这本身也构成了其彷徨的特征和内容。

这里的彷徨一方面呈现为"影"的物理限定——黑暗吞没它,光明使之消失,"呜乎呜乎,倘若黄昏,黑夜自然会来沉没我,否则我要被白天消失,如果现是黎明"[3];另一方面,又呈现为"影"的精神特征——原本具有依附特征的"影",在离开"形"之后则较难生存,即使"影"的主体性相当浓烈,但它依旧因为缺乏新的强有力支撑而陷入了困境,由"不如彷徨于无地"变成了实际的"只能彷徨于无地"。尽管如此,它也宁愿选择没入黑暗,而非回归旧途。某种意义上说,彷徨情境中的痛苦清醒本身也是一种反抗绝望、重新上路的努力/基础,但我们不能乐观地认为,"影"就摆脱了彷徨和绝望,如人所论:"《影的告别》中的'影'并没有告别彷徨、苦闷、虚无和失望,而恰恰是通过'影的告别'之意象来表达

---

1. 鲁迅全集: 第2卷 .170.
2. 鲁迅全集: 第1卷 .300.
3. 鲁迅全集: 第2卷 .169-170.

了彷徨、苦闷、虚无和失望。"[1]

3. 施予／奉献。难能可贵的是,"影"还具有施予能力。"你还想我的赠品。我能献你甚么呢?无已,则仍是黑暗和虚空而已。但是,我愿意只是黑暗,或者会消失于你的白天;我愿意只是虚空,决不占你的心地。"[2] 尽管不能给予"你"很多正面的"赠品",它却选择了不传染给"你"负面的元素。更进一步,它还具有伟大的牺牲精神:"我独自远行,不但没有你,并且再没有别的影在黑暗里。只有我被黑暗沉没,那世界全属于我自己。"[3]

"影"选择不跟随"你",不只是一种坚决的主体性的体现,也是一种爱心的体现。因为最后它选择了和黑暗同归于尽,让别的"影"不必继续黑暗下去,从而活得更幸福些。日本学者竹内好指出:"我想象,在鲁迅的根柢当中,是否有一种要对什么人赎罪的心情呢?要对什么人去赎罪,恐怕鲁迅自己也不会清晰地意识到,他只是在夜深人静时分,对坐在这个什么人的影子的面前(散文诗《野草》及其他)。"[4] 联想到此时纷纷扰扰的现实,鲁迅静心赎罪的对象似乎颇不少。"兄弟失和"事件的压力和后遗症依旧强烈存在,当然,还有他面对朱安时所感受到的压迫感、诡谲多变的时局、新文化运动陷入低潮,甚至还包括自我中残存的封建性等,都是值得反思和自我追问,乃至赎罪的理由。

结语:从整体意义上说,鲁迅写作《野草》时的心境由于内外、大小恶劣环境的环绕而颇为压抑、孤独、悲愤。如人所论:"这一次似乎比他以往所表达过的孤独都更加深邃彻骨。同时,这里面还带有一种悲愤的成分,我想,这不仅是对失和的家人而言,更是对自己的孤独的处境——甚

---

1. 蒋济永,黄志生.《影的告别》的误读与再阐释[J].名作欣赏,2012(32):58.
2. 鲁迅全集:第2卷.170.
3. 鲁迅全集:第2卷.170.
4. 竹内好.近代的超克[M].孙歌,编;李冬木,赵京华,孙歌,译.北京:生活·读书·新知三联书店,2005:8.

或命运——的一种体会和感叹。"[1]处于此困窘中的鲁迅既要韧性战斗，毕竟他是理性的战士，又有同归于尽的冲动，毕竟鲁迅颇具血性和激情。此外，他还要给爱人一种关爱和幸福感。

在1925年5月30日致许广平的信中，鲁迅提及："但我的反抗，却不过是与黑暗捣乱。"[2]这种手法颇具鲁迅风格，既可以看出鲁迅的复杂性、深刻性，也可以看出鲁迅不按常理出牌的可爱、吊诡与杀伤力。从此角度看，临界点设置的策略何尝不是鲁迅的一次精致的捣乱呢？无独有偶，在小说《铸剑》中，鲁迅精心塑造的黑衣人的复仇也倾注了类似的吊诡——复仇的理性、刚硬和戏谑、性爱隐喻、自我消灭并存的狂欢化。[3]

---

1. 张洁宇. 独醒者与他的灯：鲁迅《野草》细读与研究［M］. 北京：北京大学出版社，2013：56.
2. 鲁迅全集：第11卷 .80-81.
3. 具体论述可参拙著：张力的狂欢——论鲁迅及其来者之故事新编小说中的主体介入［M］. 上海：上海三联书店，2006.

[第四节]

《野草》中的梦话语

无论从其现实经历还是其文学实践来看，鲁迅都和"梦"缘分匪浅。在其著名的《呐喊·自序》中他曾提及"我在年青时候也曾经做过许多梦"[1]，回忆的精神丝缕变成了创作源泉。在新文化运动的书写初期，他还要"听将令"，于是"在《明天》里也不叙单四嫂子竟没有做到看见儿子的梦"，而至于自己，"却也并不愿将自以为苦的寂寞，再来传染给也如我那年青时候似的正做着好梦的青年"。[2]实际上，即使在青年时期，鲁迅也倍尝梦碎的艰辛与痛苦。比如弃医从文，"我的梦很美满，预备卒业回来，救治像我父亲似的被误的病人的疾苦，战争时候便去当军医，一面又促进了国人对于维新的信仰"[3]，结果幻灯片事件让他大梦初醒；而他从文后企图以文艺救国，办刊物《新生》时又遭滑铁卢，"而其后却连这三个人也都为各自的运命所驱策，不能在一处纵谈将来的好梦了，这就是我们的并未产生的《新生》的结局"[4]。除此以外，1923年的"兄弟失和"事件打破了他兄弟怡怡其乐融融的大家庭的美梦，而广州1927年的"四一五"事件则让他慨叹，"我的一种妄想破灭了"[5]。

---

1. 鲁迅全集：第1卷 .437.
2. 鲁迅全集：第1卷 .441 - 442.
3. 鲁迅全集：第1卷 .438.
4. 鲁迅全集：第1卷 .439.
5. 答有恒先生 [M] // 鲁迅全集 . 第3卷：473.

厨川白村在《创作论》中指出："梦的世界又如艺术的境地一样，是尼采之所谓价值颠倒的世界，在那里有着转移作用（verschiebungsarbeit），即使在梦的外形即显在内容上，出现的事件不过一点无聊的情由，但那根本，却由于非常重大的大思想……梦又如艺术一样，是一个超越了利害道德等一切估价的世界。"[1] 鲁迅曾翻译此书，并在多所大学以之作为文艺学课程的教材，对有关梦的作用可谓谙熟于心。

作为一个敏感锐利、才华横溢的作家，鲁迅从未真正放弃过以梦为马的文学生产实践，而且在各种文体中都有类似的实践。小说写作中，从《呐喊》《彷徨》到《故事新编》皆然，可谓贯穿始终，代表性篇目包括《明天》（收入《呐喊》）、《弟兄》（收入《彷徨》）、《补天》《起死》（收入《故事新编》）等。

相当有意味的是，《明天》中的单四嫂子梦见了去世且已经下葬的宝儿，"叹一口气，自言自语的说，'宝儿，你该还在这里，你给我梦里见见罢。'于是合上眼，想赶快睡去，会他的宝儿，苦苦的呼吸通过了静和大和空虚，自己听得明白。单四嫂子终于朦朦胧胧的走入睡乡，全屋子都很静"[2]。可以理解的是，"听将令"的鲁迅最终给她和读者留下了一个相对光明的尾巴。

相较而言，《弟兄》中的噩梦却洞穿了兄弟怡怡的表面假象，其实沛君内心深处并不想接手靖甫死后的烂摊子，所以他才会暴露掌掴靖甫儿子——荷生的内心焦虑。"他命令康儿和两个弟妹进学校去了；却还有两个孩子哭嚷着要跟去。他已经被哭嚷的声音缠得发烦，但同时也觉得自己有了最高的威权和极大的力。他看见自己的手掌比平常大了三四倍，铁铸似的，向荷生的脸上一掌批过去……"[3]

《补天》受了弗洛伊德的影响，开篇中女娲从梦中醒来，"伊似乎是从

---

1. 厨川白村.《苦闷的象征》[M] // 鲁迅.鲁迅全集：第13卷.北京：中国文联出版公司，2013：180-181.
2. 鲁迅全集：第1卷.479.
3. 鲁迅全集：第2卷.143.

梦中惊醒的，然而已经记不清做了什么梦；只是很懊恼，觉得有什么不足，又觉得有什么太多了。煽动的和风，暖暾的将伊的气力吹得弥漫在宇宙里"[1]。其中一方面是性压抑的痕迹，而另一方面则彰显出梦醒后易忘的特征。这是有原因的，"梦很少从现实生活中选取有序的整体，而是挑一些细枝末节，以及那些现实的精神生活的整体中记得住的部分内容。这样，梦的构成在心灵的精神秩序的组织中就不易找到地位了"[2]。

《起死》中关联了"庄周梦蝶"的典故。"我庄周曾经做梦变了蝴蝶，是一只飘飘荡荡的蝴蝶，醒来成了庄周，是一个忙忙碌碌的庄周。究竟是庄周做梦变了蝴蝶呢，还是蝴蝶做梦变了庄周呢，可是到现在还没有弄明白。这样看来，又安知道这髑髅不是现在正活着，所谓活了转来之后，倒是死掉了呢？"[3]某种意义上说，恰恰是因为庄子自以为是的做梦哲学——从庄周与蝴蝶推演到生死无异而罔顾了历史记忆的鲜活具体性以及个体性，才让他狼狈不堪，这同时也彰显了意义指涉的狂欢特征。[4]

杂文书写中，其代表作则是收入《南腔北调集》的《听说梦》。这是一篇相当精彩的论述，一方面鲁迅强调了梦与现实的差异，说明做梦与说梦的不同；同时他主张做梦的实践，"他们不是说，而是做，梦着将来，而致力于达到这一种将来的现在"[5]。此外，他还提及了对自己颇有影响的弗洛伊德，对其有赞同（压抑说），有拓展（性欲说转换），"食欲的根柢，实在比性欲还要深，在目下开口爱人，闭口情书，并不以为肉麻的时候，我们也大可以不必讳言要吃饭。因为是醒着做的梦，所以不免有些不真"[6]。这既是鲁迅对梦的总结，又呈现出他对弗洛伊德态度的盖棺论定式总结。实际上在翻译日本作家厨川白村的《苦闷的象征》时，鲁迅对

---

1. 鲁迅全集：第2卷.357.
2. 弗洛伊德.梦的解析[M].江月,译.苏州：古吴轩出版社，2017: 31.
3. 鲁迅全集：第2卷.487.
4. 具体论述可参拙著：张力的狂欢——论鲁迅及其来者之故事新编小说中的主体介入[M].上海：上海三联书店，2006.
5. 鲁迅全集：第4卷.482.
6. 鲁迅全集：第4卷.483.

他早有感应。

呈现出梦话语最为集中且精致的作品是鲁迅的《野草》。以"我梦见"开头的有七篇:《死火》《狗的驳诘》《失掉的好地狱》《墓碣文》《颓败线的颤动》《立论》《死后》,可谓构思精巧、想象奇特、气势逼人。从开篇《秋夜》开始,篇中的植物,如小粉红花做梦,枣树知道它们的梦。《影的告别》中对睡的程度的拿捏,"人睡到不知道时候的时候,就会有影来告别,说出那些话"[1],这也是"影"告别的时刻。《好的故事》其实就是一个美好的梦叙。末篇《一觉》中亦有梦书写,"我疲劳着,捏着纸烟,在无名的思想中静静地合了眼睛,看见很长的梦。忽而惊觉,身外也还是环绕着昏黄"[2],这强调内心深处的黄昏意识与周边环境现实人间的杂糅、对立或对话关系,因此,《一觉》"既给人以觉醒的振奋感,同时又有些许模糊感和彷徨感"[3]。

有关《野草》中梦的书写研究可谓汗牛充栋,这些书写往往可以开人眼界、发人思考,增益我们的认知。但若从话语形构[4]的角度思考,作为梦书写的《野草》还有继续申论的空间。尤其是结合鲁迅作为学者、作家的双重身份思考,他对梦话语的实践有其强烈的主体性,易言之,其理论与实践之间是有复杂张力的,他借鉴多家理论却又不为其所囿,其文本生产亦有其独特的诗学特征。

一、梦诗学

某种意义上说,熟谙梦理论的鲁迅在呈现梦话语时自有其清醒认知与独特实践。一方面,他相当清晰地部分遵从梦特征,另一方面,他也展现出个性鲜明的主体介入,打造出具有鲁迅风格的梦诗学。如木山英雄所

---

1. 鲁迅全集: 第2卷.169.
2. 鲁迅全集: 第2卷.229.
3. 具体论述可参拙著:《野草》文本心诠[M].北京: 人民出版社, 2016: 322.
4. 具体论述可参拙著: 鲁迅小说中的话语形构[M].广州: 中山大学出版社, 2017.

言:"他只是闯进死与幻想的境域试图努力抓住生机,结果确切认识到即使在死与幻想的世界里也不可能有完结性的东西,最后把人类的这种定数之象征化而为诗,又返回日常世界的。"[1]简而言之,在此幻想或梦成为他追寻、穿越和超越的重要手段或空间。

(一)梦特征

毫无疑问,《野草》中鲁迅的梦生产自有其吻合梦特征的风格。

1. 筑梦。比如说做梦的主体。《秋夜》中极细小的粉红花,"她在冷的夜气中,瑟缩地做梦,梦见春的到来,梦见秋的到来,梦见瘦的诗人将眼泪擦在她最末的花瓣上,告诉她秋虽然来,冬虽然来,而此后接着还是春,胡蝶乱飞,蜜蜂都唱起春词来了。她于是一笑,虽然颜色冻得红惨惨地,仍然瑟缩着"[2]。不难看出,鲁迅细腻地照顾到了它的颜色、神态与周围气候的关系。

当然鲁迅的书写也吻合了做梦的某些特征,比如容易记不住梦中内容。如前所述,根据弗洛伊德的相关理论,那是因为不重要的细节可能更容易占据梦的主题。《好的故事》中就有类似书写:"我大爱这一篇好的故事,趁碎影还在,我要追回他,完成他,留下他。我抛了书,欠身伸手去取笔,——何尝有一丝碎影,只见昏暗的灯光,我不在小船里了。"[3]

或许更令人关注的是"我梦见"系列。有的梦相对完整、有始有终,并且指明原因,比如《颓败线的颤动》的结尾:"我梦魇了,自己却知道是因为将手搁在胸脯上了的缘故;我梦中还用尽平生之力,要将这十分沉重的手移开。"[4]根据弗氏理论,"许多情况下,内部器官的不舒服显然是

---

1. 木山英雄. 文学复古与文学革命——木山英雄中国现代文学思想论集[M]. 赵京华,编译. 北京:北京大学出版社,2004: 62.
2. 鲁迅全集. 第2卷. 166.
3. 鲁迅全集. 第2卷. 191.
4. 鲁迅全集. 第2卷. 211.

形成梦的诱因",虽然"器官的疾病并不是必要的条件"。[1]有的梦书写则是逃出梦境,如《狗的驳诘》("我一径逃走,尽力地走,直到逃出梦境,躺在自己的床上。"[2])、《墓碣文》("我疾走,不敢反顾,生怕看见他的追随。"[3])、《死后》("然而终于也没有眼泪流下,只看见眼前仿佛火光一闪,我于是坐了起来。"[4])等。而有的则是在梦中消失或戛然而止,如《死火》《失掉的好地狱》《立论》。不难看出,鲁迅呈现出做梦再现的多元性风格及其原因。

2. 梦幻。采用梦书写方式有其更大的闪跳腾挪空间。相较而言,人们一般认为做梦是人类在控制力较弱的情况下的一种关于欲望的自由想象。"梦的常用语言无法离开表达欲望这个事实,如果事情的发展超出自己的欲望和预料,我们会兴奋地说:'我连做梦都没想过会这样。'"[5]可以理解的是,鲁迅是有意凭借梦的此优点而展开更雄奇的想象来幻化一个现实中难以推演的世界的。

相对常见的,如借用拟人手法来呈现植物(如《秋夜》)和动物的反问(如《狗的驳诘》),而慢慢地进入了更奇特的世界,如地狱(鬼魂)、死亡(半死或尸体)等。其中不乏幻设风格,如人所论:"篇中的世界,基本上都是作家主观幻化了的世界。例如冰谷、地狱、墓碣、请教问题的课堂,以及死后的世界,都是非现实的客观世界。作家正是凭借着这非现实的客观世界的描写,自由地表达自己的心境,抒发自己的情感,流露自己对现实的批判。"[6]

弗洛伊德指出:"荒谬也是梦的工作用来表达矛盾的一种方法。但梦之荒谬并不能简单地译为'不',它旨在重现梦念的心境,正是梦念把嘲

---

1. 弗洛伊德.梦的解析[M].江月,译.苏州:古吴轩出版社,2017:25.
2. 鲁迅全集.第2卷.203.
3. 鲁迅全集.第2卷.208.
4. 鲁迅全集.第2卷.218.
5. 弗洛伊德.梦的解析[M].江月,译.苏州:古吴轩出版社,2017:85.
6. 陈光陆.象征主义与鲁迅《野草》中的"梦"[J].东疆学刊,1988(04):36.

弄和矛盾结合为一体。梦制造一切荒谬的事，目的就在于此。通过这种方法，隐梦的一个部分又被授予显梦的形式。"[1] 显然，《野草》中的梦话语亦充分利用了梦的荒谬功能。《狗的驳诘》一文中或许让人惊讶的不是"狗"的能言善辩，而是它对人类自以为是的成见的辛辣反扑。更关键的是，"狗"采取了以退为进的方式来戳穿人类的劣根性，"我惭愧：我终于还不知道分别铜和银；还不知道分别布和绸；还不知道分别官和民；还不知道分别主和奴；还不知道……"[2] 而更令人瞠目结舌的则是《墓碣文》，文中的"我"与墓碣对视，在阅读完阴面文字后，"我就要离开。而死尸已在坟中坐起，口唇不动，然而说——'待我成尘时，你将见我的微笑！'"[3]。在我看来，通篇既有对"自我"的审视，又有对"群体自我"的审判。"诈尸事件其实是鲁迅特别设计的追加式审视，因为墓碣的阴阳面已经高傲或善意地提醒观者'离开'了，但在'我'准备离开时，它却依旧'诈尸'断喝，这是多么威武独特而又寂寥、意味深长的追问与表述。"[4]

（二）主体介入

作为一个卓越的文体家（stylist），鲁迅对梦诗学的实践自有其相当浓烈的主体介入。某种意义上说，个体做梦有其偶然性、生理性和可能的随意性，而《野草》中的梦话语实践却是人为的产物。弗洛伊德认为："梦的形成关系到两种根本不同的精神过程，其中，一个过程产生和正常思维一样有效、理性的梦念，而另一个过程则以令人费解的非理性方式，对这些梦念进行处理。"[5] 问题的关键在于，鲁迅如何利用梦的非理性方式拓展再现空间，同时添加其精心创制的诗学建构。

首先，鲁迅拓展了梦幻非理性的容纳空间，从而让梦话语显得五彩缤

---

1. 弗洛伊德. 梦的解析[M]. 江月, 译. 苏州：古吴轩出版社, 2017: 355.
2. 鲁迅全集：第2卷.203.
3. 鲁迅全集：第2卷.207-208.
4. 朱崇科. 互看的奇特与灵思：《墓碣文》重读[J]. 鲁迅研究月刊, 2016（01）: 21-22.
5. 弗洛伊德. 梦的解析[M]. 江月, 译. 苏州：古吴轩出版社, 2017: 351.

纷，同时他让理性介入其间，加以中和，从而让人工做梦变得摇曳多姿。以《失掉的好地狱》为例，鲁迅在其中呈现出神魔与人类的交织、魔鬼与人类的对话、现实与复古的角力，而这一切都是"我的梦"。更进一步，文本中也不乏对国民劣根性的反思。不仅拆解其统治制度，戳穿奴性建构，同时借助现实反对复古，而且还尽量注入反抗气质以及相对难得的理性与睿智。推而广之，在诸多层面，鲁迅的文本呈现出非理性与理性的融汇创制。如人所论："《野草》之梦的显象表层充满了极度的虚幻荒诞。从取材看，有天堂地狱、神魔鬼魂，亦有暴尸颓坟、死火阴影，许多梦境的画面都充斥着这些非经验、非现实的意象；从梦中意象的行为来看，影会告别，狗会驳诘，人魔可以对话，死尸可以坐起，这些也完全是非逻辑非理性的。然而，我们从这些荒诞不经的显象流动中，又分明体察到一种内在的合理性。"[1]

其次，鲁迅还特别借助梦幻创制了一类临界点书写。其中就包括《影的告别》中"影"徘徊于光明与黑暗之间的尴尬，《死火》中"死火"到底是烧完还是冻灭的两难，《死后》中的"我"身体活动力已失但头脑感受依然鲜活的奇特并存。此类书写若从常识上看皆有其合理性，但因为强烈的主体介入而让其梦幻效果更加彰显。以其中的《死后》为例，它呈现出对几种国民劣根性的批判，比如看客（包括闲人和看客动物）、唯利是图、不认真等，但是另一种精彩则是其双重封套结构，"大结构方面的'梦死'与醉生策略，小结构内部的'我的心''他的身'之间的复杂张力，借此他呈现出个体自我在裂合中的彷徨性，同时又写出了无处可逃的悲剧性：无论是生者的现实时空，还是死者的阴间世界都是悲剧的，这也潜在的提醒我们必须直面当下、勇敢反抗"[2]。

加斯东·巴什拉在《梦想的诗学》中指出，我们要研究的"不是使人入睡的梦想，而是进行创造的梦想，是准备作品的梦想。因此，我们的

---

1. 陈锦标.《野草》与"梦"[J].福建师范大学学报(哲学社会科学版)，1989(01): 61.
2. 具体论述可参拙著:《野草》文本心诠[M].北京: 人民出版社，2016: 264.

资料是书而不是人,而我们在再次体验诗人梦想时的全部努力,在于认识创作的特性"[1]。以此为指引,我们更能够发现,鲁迅关于梦话语的生产自有其独特的风格,既有相对散漫的梦话点缀,又有相对浓缩和瑰丽的梦语再现,但归根结底呈现出的是一种相对独特而精致的梦诗学。

二、个体梦

《野草》的晦涩难懂也部分论证了其意义指向的多元性乃至歧义性。在1934年10月9日致萧军信中,鲁迅谈到《野草》时说:"我的那一本《野草》,技术并不算坏,但心情太颓唐了,因为那是我碰了许多钉子之后写出来的。"[2]无论如何,《野草》首先是一部自我之书、个体之书,而其中的梦书写则既有个体梦,又有国族梦,这两种梦又都指向了可能的哲学思考维度。

(一)性压抑及其反拨

弗洛伊德指出:"在梦中,当焦虑感伴随着抑制感时,这个梦就一定与意志力——这种意志力每次都能够唤起性欲——有关,所以,这样的梦中可能会有性冲动情节。"[3]这种思考某种程度上看有其锐利性。

《秋夜》中的"枣树"可以看作男性生殖器的象征,"他知道小粉红花的梦,秋后要有春;他也知道落叶的梦,春后还是秋……而最直最长的几枝,却已默默地铁似的直刺着奇怪而高的天空,使天空闪闪地鬼䀹眼;直刺着天空中圆满的月亮,使月亮窘得发白"[4]。"枣树"也会做梦,"猩红的栀子开花时,枣树又要做小粉红花的梦,青葱地弯成弧形了"[5],此中有爱

---

1. 巴什拉.梦想的诗学[M].刘自强,译.北京:生活·读书·新知三联书店,2017:238.
2. 鲁迅全集:第13卷.224.
3. 弗洛伊德.梦的解析[M].江月,译.苏州:古吴轩出版社,2017:204.
4. 鲁迅全集:第2卷.167.
5. 鲁迅全集:第2卷.167.

的渲染。

从此角度看,《好的故事》可以理解为一场春梦,虽然蕴含可能不止于此,其中既有对各种美好意象的描述,同时亦有对女子及姿采的强调。"河边枯柳树下的几株瘦削的一丈红,该是村女种的罢。大红花和斑红花,都在水里面浮动,忽而碎散,拉长了,如缕缕的胭脂水,然而没有晕。茅屋,狗,塔,村女,云,……也都浮动着。大红花一朵朵全被拉长了,这时是泼剌奔进的红锦带。带织入狗中,狗织入白云中,白云织入村女中……在一瞬间,他们又将退缩了。但斑红花影也已碎散,伸长,就要织进塔,村女,狗,茅屋,云里去。"[1] 有一种天人合一、男欢女爱的隐喻。《墓碣文》中长蛇的自啮亦有性的喻示。

特别明显的是《颓败线的颤动》,梦中的房屋可以象征女人,投射了鲁迅的焦虑感和可能的性压抑。年轻母亲以身体养活饥饿的女儿,其焦虑不仅和性欲有关,而且以满足他人性欲作为生存方式,顺便也彰显/满足了自己的(被动引发的)性欲。"在光明中,在破榻上,在初不相识的披毛的强悍的肉块底下,有瘦弱渺小的身躯,为饥饿,苦痛,惊异,羞辱,欢欣而颤动。弛缓,然而尚且丰腴的皮肤光润了;青白的两颊泛出轻红,如铅上涂了胭脂水。"[2]

相当潜隐的则是《死火》,按照弗洛伊德的相关理论,"被车碾过"象征性交[3],"他忽而跃起,如红彗星,并我都出冰谷口外。有大石车突然驰来,我终于碾死在车轮底下,但我还来得及看见那车就坠入冰谷中",[4] 其中有一种同归于尽的性释放意味。"我拾起死火,正要细看,那冷气已使我的指头焦灼;但是,我还熬着,将他塞入衣袋中间。冰谷四面,登时完全青白。我一面思索着走出冰谷的法子。"[5] 这里的口袋有女性生殖器

---

1. 鲁迅全集:第2卷.191.
2. 鲁迅全集:第2卷.209.
3. 弗洛伊德.梦的解析[M].江月,译.苏州:古吴轩出版社,2017: 216.
4. 鲁迅全集:第2卷.201.
5. 鲁迅全集:第2卷.200.

第一章 《野草》诗学

的隐喻,因而"死火"其实象征了男性生殖器。从此视角看,《死火》的确是纠缠了性欲的。类似的,《死后》亦有焦虑的情结,比如被带刀的巡警丢进棺材,"我被翻了几个转身,便觉得向上一举,又往下一沉;又听得盖了盖,钉着钉。但是,奇怪,只钉了两个。难道这里的棺材钉,是钉两个的么?"[1]这里的棺材和刀鞘按照弗氏理论都具有性的隐喻。

巴什拉指出:"精神分析学家要以白天生活残留在表面上的渣滓解释我们深层的存在,无疑使我们身心中对深渊的意识泯灭。谁将协助我们深入我们的洞穴呢?谁将协助我们再找到,认出并认识我们的双重存在呢?这双重存在一夜一夜地将我们保留在生存中。这双重存在是那并不在生命道路上行走的梦行者,它往下深入,永远深入去寻找无法追忆的居处。"[2]某种意义上说,弗洛伊德的性欲说引导我们仔细探勘书写(主体)的潜意识/无意识中间的本能视角,借助梦幻鲁迅实现了对痛苦现实自我的安抚,同时他也采用了向死而生的策略,比如《墓碣文》《死火》。但需要提醒的是,其中也呈现出某种"菲勒斯中心主义"(phallus centrism)的色彩,比如《好的故事》中女性被客体化、《颓败线的颤动》中女人被消费的惨痛实践,以及《秋叶》中枣树的特异和对小粉红花的俯视。

若从更宏阔的视角思考,结合鲁迅梦书写的厚度,这种理解显然也只能是角度之一,如何深挖鲁迅人工筑梦的巧夺天工之处似乎更加重要。上述《野草》篇目显然有性欲之外的更多意义内涵。比如《好的故事》中的精神/原乡指涉,既有物质上的绍兴故乡,又有精神上的回归母体的追求;同样《死火》中更多呈现出鲁迅内心深处的彷徨与坚守。我们不能过分坐实其现实关怀,自然也不能只纠结于其中的性欲指涉。《墓碣文》作为鲁迅最为难懂的篇章之一,其中更有丰富指涉,比如互看的奇特与灵思。[3]当然,其他篇章也有其独特追求,比如《立论》中言志的吊诡[4],《失

---

1. 鲁迅全集:第2卷:216.
2. 巴什拉.梦想的诗学[M].刘自强,译.北京:生活·读书·新知三联书店,2017:193-194.
3. 具体论述可参:朱崇科.互看的奇特与灵思:《墓碣文》重读[J].鲁迅研究月刊,2016(01).
4. 具体论述可参拙著:《野草》文本心诠[M].北京:人民出版社,2016:251.

掉的好地狱》中不乏对国民劣根性的深切反思——既有制度反思,又有人性考量。

(二) 创伤与英雄情结

仔细思考可能影响《野草》创作(1924—1926)的重要事件,可以清点如下:兄弟失和、新文化运动陷入低潮、女师大事件、"三一八"血案(1926)、和许广平的恋爱发展、和朱安无爱的婚姻、"四一五"事件(1927),等等。这些现实的人事纠缠、情愫牵绊、政治拉扯与曲折隐晦的表述结合起来,就成了非常个性化的诗学操练。相较而言,上述事件往往变成较大的精神创伤(除了许、鲁恋爱可能产生焦虑)。如人所论:"在《野草》中的鲁迅对梦特别是对噩梦的集中展现,是他曾经的'美梦'遭受重创后以最极端的方式展现其'绝望的反抗'。因此,他以噩梦的集中展现和梦中的行走的方式来诠释其所有的孤独和在孤独中的对生命意义的理解。"[1]从此角度看,《野草》中不乏创伤修复意味,但另一个层面也有对英雄气质的弘扬(如《这样的战士》),而有关梦话语也有此倾向。

《颓败线的颤动》指向丰富,其中亦不乏对"兄弟失和"事件的凭吊,尤其批判了老妇人女儿一家的背叛,乃至忘恩负义。同时,其中也寄托了鲁迅对某些伤害的失望与辛酸,"连饮过我的血的人,也来嘲笑我的瘦弱了"[2]。从此角度看,鲁迅借此创作实现自我疗治的目的。《墓碣文》则采取了自虐式疗伤的作法,"他化为长蛇的游魂其实是有个性的孤魂,它的自啮其身形象,既是一种自剖,又是一种对自身毒气/鬼气的同归于尽式品味与驱除象征"[3]。对于创伤的修复还有其他手段,比如《好的故事》中他对美好自然风景以及山水等的细描,令人心情宁静、平和舒畅。巴什拉指出:"湖、池塘、静止的水以它们反映的世界之美自然而然地唤起我

---

1. 陈蓠瑾. 生命意义的探寻——《野草》中梦与死的浩歌[J]. 甘肃社会科学, 2009(05): 64.
2. 两地书·九五[M]//鲁迅全集: 第11卷.253.
3. 具体论述可参拙著:《野草》文本心诠[M]. 北京: 人民出版社, 2016: 220.

们对宇宙的想象……前往水边梦想的诗人不会试图将水描绘为一幅想象的图画，他将永远比现实更高一等。这是诗的现象学的法则。诗继续了世界的美，并使世界美学化。"[1]

除了大力批判国民劣根性、深切地自我解剖，鲁迅也大力建构，或至少是弘扬某种英雄气质。比如《失掉的好地狱》就不乏对勇于反抗的精神的讴歌，尤其是鬼魂们反抗魔鬼的统治，"人类便应声而起，仗义执言，与魔鬼战斗。战声遍满三界，远过雷霆。终于运大谋略，布大网罗，使魔鬼并且不得不从地狱出走。最后的胜利，是地狱门上也竖了人类的旌旗！"[2]而《死火》从此视角看也呈现出彷徨与困窘之中的坚守和牺牲精神，无论是烧完，还是与大车同归于尽，都可视为一种反抗绝望的实践以及对个体自我重塑的梦幻操作，具有英雄品格。如人所论："在《野草》中，鲁迅以梦的形式表达了内心的压抑、孤独与焦虑，这些心理体验并非由他在20世纪20年代的个人经历所产生的情感应激反应，而是作为一种相对独立的心理生命内嵌于鲁迅的生命中，这种心理生命在他少年时期就已形成，只是在社会现实、家庭关系、个人情感等因素的促使下进一步深化。鲁迅在梦中通过对自我心理生命的理解与表达，突破了自我的精神困境，实现了对自我生命的主体认同，最终走上反抗绝望之路。"[3]

三、国族梦

如人所论："本来，经典作品不像盘子里的水，可以一览无遗，它更像大河，深潭，常常是探不到底的。更何况这是鲁迅在政治环境险恶，难于直抒胸臆情况下，用曲笔、用比喻、用心写出的作品。他是作者心灵的绝唱、灵魂的火花。尽管这样，我们从字里行间仍可部分领会到鲁

---

1. 巴什拉.梦想的诗学[M].刘自强，译.北京：生活·读书·新知三联书店，2017：259.
2. 鲁迅全集：第2卷.205.
3. 王彬.鲁迅心理生命的表达与超越——以《野草》之梦为中心[J].东方论坛，2016(04)：21.

迅的哲学思维、他的自我解剖精神，以及他对社会的批评。难解中包含可解，曲折中隐藏深意，这正是《野草》诸梦吸引人反复琢磨难以释手的魅力所在。"[1]从意义的指向来说，《野草》中的"梦系列"不乏指向"国族梦"的建构。

（一）个体现代性及"这一个"

《野草》的"梦系列"中有不少对个体现代性的建构，其中既有对国民劣根性的批判，又有对新的可能性的挖掘与宣扬。鲁迅在现实中并不反对做梦，他认为梦总是可以做的。他在著名的《娜拉走后怎样》中告诫人们："万不可做将来的梦"，"只要目前的梦"。[2]但对于那些空洞的理想家们的梦，鲁迅一向是否定的，他不无愤慨地说："……虽然梦'大家有饭吃'者有人，梦'无阶级社会'者有人，梦'大同世界'者有人，而很少有人梦见建设这样社会以前的阶级斗争、白色恐怖、轰炸、虐杀、鼻子里灌辣椒水、电刑……倘不梦见这些，好社会是不会来的，无论怎样写得光明，终究是一个梦，空头的梦，说了出来，也无非教人都进这空头的梦境里面去。"[3]我们需要理解鲁迅貌似矛盾的观点，既要立足现实，认清现实的残酷性，做目前的梦，但又不能沉浸在空头的未来的梦想里，忘记了如何打烂和改造旧世界。不难看出，在过去、现在和未来之间，鲁迅有其丰富的辩证，在杂文文体中尤显得犀利直接，但也可能是矫枉过正，散文和小说则显得相对迂回曲折。

《失掉的好地狱》包含了对国民性的解/构操作，其中不乏经由与魔鬼的对照进行的反思：一方面批判人类统治的残暴性和顽固性；另一方面则反映出人、魔相比之下前者更为卑劣。文末说："朋友，你在猜疑我了。

---

1. 唐应光.鲁迅笔下的梦[J].上海鲁迅研究，2016(03): 254.
2. 鲁迅全集：第1卷.167.
3. 鲁迅全集：第4卷.482.

是的，你是人！我且去寻野兽和恶鬼……"。[1]更进一步，鲁迅其实消解的是所有的专制统治，无论是天神、人类还是魔鬼，这是个体现代性在努力打破一个旧世界。《墓碣文》中通过对视、自啮等残酷手段，鲁迅实现了对自我个体及群体的犀利重审，无论结果如何，这种重审都是一种自我观照。

类似的，《颓败线的颤动》亦有国民劣根性批判书写。其中包括对本土文化传统的生成机制及恶劣产物的批判，老妇人女儿一家一方面罔顾自己的历史与复杂性，站在后顾的道德高度批判长辈；另一方面却从未自我反省：比如身上的阴损刻薄、暴戾恣睢。《立论》中亦有对瞒和骗传统的批判，个体的求真在其间倍觉艰难，哈哈论成为生存之道就更令人尴尬了。《死后》亦有批判，尤其是对其间的看客形象、功利心态以及不认真恶习的批判。整体而言，这些可以被视为鲁迅再造民族精神的一种企图和努力。如人所论："建立现代品格的主体人格意识，是20世纪和21世纪中国现代化进程的一项重要内容，鲁迅正是沿着这一思路在他的作品中表达了民族精神的再造主题。在这方面，《野草》以其深邃的心灵世界和崭新的现代意识显示出了永久的魅力。"[2]

（二）"中间物"与乌托邦

弗洛伊德指出："或者更真实的说法是，梦为我们提供了关于过去的知识……当然，认为梦预知未来的这个古老信念也并非毫无依据。梦借助把愿望表现为已被实现，从而把我们引向未来。但是，这个被梦者表现为现在的未来，却是根据恒久的愿望以过去的方式塑造出来的。"[3]易言之，梦和未来之间有相当紧密的张力。

某种意义上说，"我梦见"系列中鲁迅的书写有较强的未来指向性。

---

1. 鲁迅全集：第2卷：205.
2. 鲍明晖. 梦 无意识 心灵——《野草》解读. 华中师范大学研究生学报[J].2005（02）：11.
3. 弗洛伊德. 梦的解析[M].江月，译.苏州：古吴轩出版社，2017：366.

相当典型的是《狗的驳诘》，通过以人狗对质的方式，鲁迅呈现出自视甚高的人类文明的劣根性及其更繁复的问题。文中亦有对"我"作为"中间物"的批判和反思：从身份来看，被狗吠的"我"，要么是求乞者，要么是过客，但无论如何，"我"的逃走都映照出人类奴性或懦弱性的问题；从劣根性角度思考，可以反衬出人类文明的缺陷。从这个角度看，它是指向未来的回望式反省。《失掉的好地狱》则更多指向对专制制度的深入反思，无论是谁专制统治，只要是地狱，那么其制度设计就依然是黑暗而冷酷的。从这个视角看，鲁迅的犀利批判亦指向了更远的未来，提醒我们要建构更好的新人间／新世界。

巴什拉指出："当一个梦想者排除了充斥着日常生活的所有'忧虑'，摆脱了来自他人的烦恼，当他真正成为他的孤独的构造者，终于能沉思宇宙的某种美丽的面貌而不计算时间时，他会感到在他身心中展现的一种存在。一刹那间，梦想者成为梦想世界的人。他向世界敞开胸怀，世界也向他开放。"[1]

《野草》"我梦见"系列中也有此类操作。从此角度看，《立论》首先是对历时性文化传统的深切反思，它通过批判过去指向未来。言论自由或立论权当然是需要争取的，但其中亦不乏对男权社会中对男性的特殊期待以及瞒骗共性的揭示。特别值得关注的则是《死后》，鲁迅借助梦手法让国民性批判指向未来。活着的人可以预判许多人生悲剧，比如死后无法盖棺，生存依然艰难等，而更多劣根性依然扩展和蔓延，鲁迅的批判也因此指向了未来。"在我看来，整篇文本中，心灵和肉体之间往往不合拍，张力十足，而在结尾，鲁迅却又一次让其尸变，(《墓碣文》中已有一次)，可谓意蕴深长：这是鲁迅对未竟的国民劣根性批判的不放心、不甘心以及高度用心，最终他还是成全了灵魂'我的心'，同样也隐喻了他自己的如椽大笔必须继续嘲讽、批判、揭露下去。"[2]

---

1. 巴什拉.梦想的诗学［M］.刘自强，译.北京：生活·读书·新知三联书店，2017：224-225.
2. 具体可参拙著:《野草》文本心诠［M］.北京：人民出版社，2016：259.

特别需要指出的是，鲁迅《野草》梦话语的意义指向有着令人欣喜的关联性和逻辑结构：个体梦、国族梦的层次递进和现实界、想象界、象征界（拉康意义上的近似）的递进神似——《野草》梦话语本身就是鲁迅对个体性自我的复杂建构。

结语：鲁迅《野草》中的梦话语有其独特品格：一方面是其梦诗学的精彩创制，他既遵循梦的相关特征又利用强烈的主体介入进行人工筑梦；另一方面他的梦话语意义指向又可以继续深挖。其中既有个体梦，呈现出鲁迅对弗洛伊德等人的性欲说的借鉴与反拨，以及他以梦修复创伤、弘扬英雄气质的关怀，同时也有国族梦，可以彰显出鲁迅对个体现代性的张扬与国民劣根性的批判。此外，鲁迅还有更高远的宇宙视野，他的梦话语中也不乏超越时代和现实的未来反思与指涉。如人所论："鲁迅叙述的梦（忆）因此呈现出一种诗学内涵，不仅是美的，充满象征意味的，而且梦与忆在对话，梦（忆）与过去、现在和将来也在对话。鲁迅借忆，尤其是借梦表露并隐藏自己，同时在圆环结构和连环套结构的连接处（现在，也即'昏黄'）隐藏自己非理性的激情，坚守清醒的现实主义。通过如此曲折的方式，他表达着对存在的体验。"[1]

---

1. 李国华.《野草》：梦与忆之诗[J].鲁迅研究月刊.2011（05）：48.

[第五节]

《野草》中的"潜在"过客话语

从表面上看,鲁迅散文诗集《野草》中独立篇章的书写往往貌似散落一地的原子,从意义建构方面很难结合具体描述/意象找寻到有关的严谨系统性和丰厚凝聚力。而实际上,即使不采用诗学、"立人"、国民劣根性等宏大字眼,我们依旧能够发现其中存在着很多特殊而有意味的内在关联,甚至是某种话语建构(系统)。举例言之,比如其中的过客话语。

在我看来,《野草》中的过客话语/系统主要可以分为三个阶段,即前过客(以《求乞者》为中心)、过客(代表文本《过客》)和后过客(《死后》)。若从话语的形态特征而言,显在和潜在自然是顺理成章的层面。相较而言,论者往往对显在的《过客》研究甚多,缺乏对这种过客话语的线性把握。反过来,其中的过客话语有助于我们理解有关文本甚至是《野草》的丰富性以及鲁迅创制的别具匠心。

不必多说,《过客》作为鲁迅耗时持久且相对开放的一个文本,有其独特性和复杂性。在我看来,其丰富性和歧义性恰恰和它的未完成性所带来的暧昧性息息相关。从此意义层面来看,文中的三个人物既有差异性,又有内在关联。从身份执着的角度看,正是通过主客身份的流动与置换,鲁迅既强调要警惕堕落,又暗涉了"立人"乃至"立国"的可能路径。同样,在"反抗绝望"的补充与路向层面上,过客又呈现出迎拒的暧昧,"西"未必就不包含修正过的西方现代性。过客在坚守中有一种自我放逐（self-exile）的精神追求，他在绝望中反抗绝望。[1]需要指出的是，过客同样需要一种动力补偿，他聆听并遵从"声音"的召唤，但从内部机能来看，他也需要补充能量，而这种补充机制又是暧昧的。[2]

简单而言，我们可以把"过客精神"归结为"在路上"。略作区分，"在路上"又可分为两重：（1）行走的坚定姿态；（2）"在路上"的阶段性，好比"铁打的营盘，流水的兵"。从这个层面思考，过客精神其实本身就有它暧昧性和坚定性并存的繁复面孔。但鉴于本人已有专文对《过客》进行分析，所以本文的侧重点是潜在的过客话语描述——前过客和后过客的话语分析。

一、前过客批判：与自我的遭遇

细读《野草》相关文本，我们不难发现在《影的告别》与《求乞者》之间虽然有一种彷徨意绪的勾连性与共通性，但其中亦有"行走"的主题连缀。如《影的告别》中，"我独自远行，不但没有你，并且再没有别的影在黑暗里。只有我被黑暗沉没，那世界全属于我自己"[3]。《求乞者》中亦一再出现"走路"意象（7次）。将视野拓展开去，如果说《死后》是过客主题的后续，除了剑指国民劣根性，其中的方向之一是探索死后"坟"的归宿的荒诞性与无地可逃；那么，《求乞者》则是过客的前身，缕述过客走路过程中的独特境遇和省思。

某种意义上说，《求乞者》中"我"的身份更多是一个过客、走路者。"我"是在一种枯干瑟缩、漫天灰土的环境中前进的，此时"我"遭遇了求乞者。简单而言，这里的求乞分为两类：一类是孩子们的求乞——他者求乞；另一类则是有强烈的主体介入的"我"的求乞。当然，文本中过客

---

1. 有关《过客》中"反抗绝望"的分析总结可参：冯光廉．多维视野中的鲁迅[M]．济南：山东教育出版社，2002：482-483．
2. 具体论述可参：朱崇科．执著与暧昧：《过客》重读[J]．鲁迅研究月刊，2012（07）：30-37转68．
3. 鲁迅全集：第2卷：170．

对于求乞的态度是显而易见的——拒绝，不仅拒绝了他人，甚至也断绝了自己求乞的退路。

不仅如此，过客还对求乞进行了深入的反省——比如批判他者求乞中体现出的"奴隶道德"，同时也痛恨"做戏的虚无党"，而更独特的是，鲁迅从未将自我批判人为屏蔽掉。因此，除了拒绝奴性和虚伪，还包括自我的强烈介入，其中亦可分为两个阶段：

（一）指向自我

陈安湖将文本中拒绝施舍的"我"的角色视为鲁迅的一种反串，并借此批判其可鄙性，这样就剥离了鲁迅和拒绝"人道主义"援助罪名的关系。"作者串演这样一个角色，表面上处处表现他的理直气壮，义正词严，其实处处以夸张的笔墨，凸现他冷酷无情、骄横无理、以势压人的一面，把他漫画化，使其成为一个可憎可鄙的人物。这是作者讽刺艺术的一大特色"，然后"作者的反串到此为止，随后是角色的转换，反过来扮演了孩子一样的求乞者，以一个叛逆者、战斗者的姿态现身了"。[1]陈安湖相当善良地将"我"拒绝孩子们的求乞视为一种角色反串，似乎要借此为"民族魂"鲁迅开脱，其用意虽是好心，但似乎并未真正符合鲁迅本意。在我看来，其中的"我"就是鲁迅自我的化身或投射——他之所以不布施并非因为他不热心助人，而是另有原因。

窃以为，文本中的"我"既是拒绝布施的主体，又是反省的对象，同时也是被拒绝的对象，其中的连缀意象之一就是"夹衣"。"我"是穿着夹衣的，鲁迅在书写两个求乞的孩子时用了同样的表达"也穿着夹衣"。这里的夹衣不仅仅指向物质层面的御寒性，同时隐喻了"我"和孩子们部分共享了某种文化、精神的逻辑结构外衣，这意味着"我"和求乞者并不能截然分开。

1.陈安湖.《野草》释义［M］.北京：人民出版社，2013：36.

另一原因则来源于鲁迅的自我反省和自我解剖的习惯。如其所言："我的确时时解剖别人，然而更多的是更无情面地解剖我自己。"[1]批评虚假的求乞的孩子们是题中应有之义，可谓"哀其不幸，怒其不争"的表现；同时，鲁迅从未将自己排除在外，不是高高在上、指指点点，而是苦心孤诣自剖，和广大民众同呼吸、共命运。

（二）如何反省？

鲁迅对"我"的求乞有所预设，"我想着我将用什么方法求乞：发声，用怎样声调？装哑，用怎样手势？……"也明晰会有怎样的结果，"我将得不到布施，得不到布施心；我将得到自居于布施之上者的烦腻，疑心，憎恶"。[2]换言之，"我"求乞的结果和"我"拒绝布施的结果并无二致，这种重复强调了鲁迅对做戏的换位思考型批判，结局自然也该一样。

但鲁迅毕竟是鲁迅，他给出了"我"的独特坚守，"我将用无所为和沉默求乞……我至少将得到虚无"[3]。易言之，"我"以真实和原生态求乞，可以得到有尊严的"虚无"，而且，这还只是底线。某种意义上说，这种做法是"我"对另一半自我的否定和批判，升华一点，是对中国文化传统劣根性的双重否定。"对'求乞者'自我的自谴自责，毫不可惜的决裂，甚至于彻底的否定，则预示出：鲁迅力图从对现实自我的历史性扬弃过程中，达到对整个封建传统文化及由这种文化根深蒂固的影响而构成的整个现存秩序的全面否定，并在这种双重否定之中寻求历史的变迁，把握人生的真髓！"[4]

不难看出，鲁迅深入地反省了两种求乞，不管是他人的求乞，还是可能的自我的求乞，他都进行了严厉地批判。如果结合过客身份认同的内化

---

1. 鲁迅全集：第1卷.300.
2. 鲁迅全集：第2卷.171-172.
3. 鲁迅全集：第2卷.172.
4. 李玉明.《求乞者》：先觉者的"罪感"[J].中国文学研究，2011（02）：76.

和侧重，同时考虑到更大范围内的《野草》的复杂哲学指向，他对自我的反思其实更具贯穿性、繁复性和本能色彩。

二、前过客突围：与他者的对话

作为一个在路上的过客，"我"呈现出相当繁复的矛盾和彷徨心理：一方面，过客的核心使命就是要听从内心的召唤，排除诱惑和险阻，勇敢前行；但另一方面，又不得不面对各种遭遇，作为自我救赎（并启蒙他人）的孤独者，他似乎有必要乃至有义务帮助他人，批判他人的劣根性。在前进与暂停、拒绝接受与拒绝布施、理性与感性之间似乎都张力十足。如人所论："在《求乞者》中，鲁迅寓言化地告诉我们，一个自我或一个作为自我的人，总是在不断选择的过程之中。但是这不是自由的选择，而是被与他人关系所制约的选择。主人公对他人的拒绝和自身的犹疑都是这种制约的具体表现。出于感情上的厌恶他拒绝施舍，出于理性的疑虑他又畏惧求乞。这种情感与理性的两难是《野草》散文诗主要哲学命题之一，它向众多的主人公挑战，在《过客》《墓碣文》诸篇中更触目惊心地表达出来。"[1]

（一）自然隐喻

《求乞者》中的自然环境书写给人一种不愉快的冲击力，其中特别重要的意象有两个：一个是"墙"，一个是"灰土"。

1. 厚障壁。 文本中出现"墙"的句子主要有："我顺着剥落的高墙走路"，"我顺着倒败的泥墙走路，断砖叠在墙缺口，墙里面没有什么"。[2] 这里的"墙"的破败和剥落显然蕴含丰富。墙，原本起着防御和区隔的功能，如城墙，可理解为一堵厚重而绵长的墙，但它们都已颓败。这意味

---

1. 李天明. 难以直说的苦衷——鲁迅《野草》探秘[M]. 北京：人民文学出版社，2000: 67.
2. 鲁迅全集：第2卷.171.

着古老帝国——中国封建社会的败落，即使有墙也无力保护它。另一方面，物质的墙虽然败落，精神的墙——通过焚书坑儒、闭关锁国、"各人自扫门前雪"等建立起来的人与人之间的隔膜——厚障壁却又强化了。

2. 糟粕围城。"灰土"是另一个不容忽略的关键词。鲁迅这样写道："微风起来，四面都是灰土。"[1]结尾除了重复性强调，还描写了扑面而来的漫天灰土阵仗：

"微风起来，四面都是灰土。另外有几个人各自走路。

灰土，灰土，……

………

灰土……"[2]

毫无疑问，这里的灰土飞扬意味着生存环境的恶化。也有论者解释为人际关系的冷漠，"微风，灰土，人与人之间关系的冷漠，这是北京街头的现实即景，然而更是诗人灵魂的真实。在冷漠的人际关系中，诗人只能隐藏着心头炽热的爱情和对这爱情的种种悬念，只能无所为和沉默，诗人的灵魂里，仿佛也只有被微风弥漫起来的灰土，灰土……"甚至结合了爱情加以串联，"《求乞者》中，诗人在爱情面前的自卑感，集中凝聚在文本创造的'求乞者'的意象中"。[3]在我看来，"灰土"其实更是古老帝国文化糟粕的毒害的隐喻。

除此以外，鲁迅提及了一种日益萧索、枯干的表象，"微风起来，露在墙头的高树的枝条带着还未干枯的叶子在我头上摇动"[4]。这隐喻着国人生存气候的萧杀和文化创造的精神枯竭、缺乏生机。

---

1. 鲁迅全集：第2卷 .171.
2. 鲁迅全集：第2卷 .172.
3. 胡尹强 . 鲁迅：为爱情作证——破解《野草》世纪之谜 [M]. 北京：东方出版社，2004：80.
4. 鲁迅全集：第2卷 .171.

（二）人文环境

需要指出的是，文本中亦有意蕴深长的人文意象，其中最常见的就是"走路"。不必多说，"路"是鲁迅创作中非常重要的意象，如在其小说中也有对路的反思、再现和探寻操作。[1]在《求乞者》中的"走路"可分为两个层面：

1. 在路上的"我"。鲁迅写道："我顺着剥落的高墙走路，踏着松的灰土""我走路"等。这里的走路其实是一种精神的探寻和坚守，在漫天灰土中依旧坚持寻路、探路并前行。"如果说，孩子的求乞是物质乞讨，处于形而下的层面的话，则'我'的求乞就具有精神寻觅的性质，而处于形而上的层面。'我'走在尘土飞扬的路上的意象，正象征着精神在受到伤害之后的漂泊流浪，象征着痛苦的灵魂为寻找心灵的避难所所作的漫游。"[2]

遭遇孩子们的求乞则是行进途中一种阻隔。"我"拒绝布施事出有因：一方面"鲁迅反对求乞和布施，不是反对真正人道主义的同情，而是反对奴隶式的乞怜和浅薄虚伪的人道主义"[3]；另一方面，"我"要继续上路、回归主业。

2. 散沙的"各自"。鲁迅还写道："另外有几个人，各自走路"（1次）；"另外有几个人各自走路"（3次）。相当有意味的是，这些文字，鲁迅重复了好几次。在我看来，这些人的走路，或许各有目的，或许亦可能是精神探寻，但关键词"各自"说明他们各自为政、一盘散沙，缺乏团结作战、共同对敌的合作精神，因此不可能取得好的效果，哪怕是给寂寞的同道一点温暖和呐喊。某种意义上说，这也是国民劣根性之一。他们的各自存在也增加了过客的彷徨和孤独感。

---

1. 具体论述可参拙文：思路、写路与寻路——论鲁迅小说中路的话语形构［J］. 新世纪学刊（新加坡），(10): 93-103.
2. 刘彦荣. 疏离现实的追寻——鲁迅《求乞者》主导意向新探［J］. 江西社会科学, 2004(06): 88.
3. 孙玉石.《野草》研究［M］. 北京：北京大学出版社, 2010: 86.

（三）主体选择

走在路上的"我"和孩童"求乞者"的相遇呈现出相当丰富的内涵。

1. 清除奴性。 某种意义上说，文本中的孩童、"我"和国民劣根性之间有一种共同的东西在流动。我们不能简单把孩子和"我"截然分开，实际上孩子身上的奴性未必在"我"身上就已彻底根绝。鲁迅着力刻画他们的相遇和不同的求乞实践，是一种勇敢的直面与卓有成效的清理。"这一篇散文诗的核心思想，或者说鲁迅想传达的生命哲学，就是蔑视与反对生命存在中奴隶性的卑躬屈膝，反对托尔斯泰式的人道主义的说教。鲁迅对于当时社会的憎恶和他对于民族奴隶性的憎恶是同样的强烈。他在这篇象征的散文诗中暗示人们：社会已在废弛与崩坏中，而人的真正的解放乃是从奴性的求乞走向人性的抗争。"[1] "我"和孩子们恰恰都有类似的遭遇："得到自居于布施之上者的烦腻，疑心，憎恶。"[2]

鲁迅这种对奴性的憎恶、痛苦的清醒与他自身的经历不无关联。除了"从小康人家而坠入困顿"的过程中体验到的世态炎凉，还包括"兄弟失和"事件之后的神伤。此外，现实中统治者的暴戾、奸诈和恣睢，何尝不是一种提醒？

2. 艰难选择。 毫无疑问，爱的付出是一种能力，更是一种责任，而接受他人的爱对于一个知恩图报的现代主义者，又何尝不是一种负担和过重的赏赐？有论者指出："没有终极意义，缺乏爱的源泉，即使他想给出爱也不可能，每个人都需要爱，鲁迅亦不例外；联想到《过客》中'我'拒绝小女孩的爱与同情，希望有超然独往的冷酷心智去思考和战斗，不在布施与求乞中被牵连而消弭掉行走意志和丧失行走能力，鲁迅的既不接受爱与同情又无布施心似乎又是一种自觉的选择。"[3] 可以肯定的是，鲁迅的拒绝与明知被拒绝、真实的求乞操作都是一种主体选择。

---

1. 孙玉石.关于《求乞者》[J].鲁迅研究月刊，1996(02)：29.
2. 鲁迅全集：第2卷.172.
3. 范美忠.民间野草[M].北京：中央广播电视大学出版社，2012：43.

行走、艰难存活、付出、接受、终极付出（包括牺牲生命）之间的关系过于复杂，却恰恰可以反映出彷徨时期的鲁迅人生的丰富性，当然也包括精神的痛苦。有论者认为："可以说，《求乞者》一文既是出自私人经验的一个非常隐晦的发泄，同时又是一篇内涵深邃而丰富的散文诗；其中，既有对那些在灰土颓垣中纷纷登场的'做戏的虚无党'的尖锐批判，也有鲁迅自己以'无所为和沉默'与之对抗的倔强身影。"[1]

三、后过客：死无可死

前过客后面的话语应该是进入过客阶段。在《过客》的书写中，我们看到了有关话语的复杂性。就终极而言，过客必须上路，不停地走，直至生命的最后一息，但是过客途中的遭遇令人唏嘘：温暖和关爱让人眷恋，但亦可能因此堕入温柔乡而停滞不前乃至堕落；继续上路，前路漫漫、疲倦不堪，亦让人纠结。易言之，这种处境和身份的确暧昧、纠结和令人彷徨。接下来可以反思的是，即使是死路——坟，如果是作为过客的，甚至是所有人的最终去向——又该意味什么呢？某种意义上说，我们可以借此看到鲁迅思考的繁复性、决绝性（某种意义上说，"在路上"是最好的结局）与趣味性。

《死后》中弥漫着一种无处可逃的悲剧性，某种角度上看，可谓生不如死，但死后亦无处可逃，仍需面对劣根性重重的生者的侵犯。如人所论："《死后》所揭示的这种'非全死'的存在的恐怖，是生存恐怖的死后延续。其恐怖在于：一方面不仅'生'是被任意处置、四面碰壁，绝无自由和尊严可言，而且死也是无可选择，'六面碰壁，外加钉子。真是完全失败'，生和死都必然处于令人绝望的'失败'境地；另一方面，死亡虽然是生命的消失和否定，却又不是思想意识的彻底摒弃，生命消失的死

---

1. 张洁宇. 鲁迅《野草·求乞者》考论[J]. 鲁迅研究月刊, 2012 (09): 21.

第一章 《野草》诗学

亡,延续着生存时的孤独寂寞以及被围攻被观赏的痛苦知觉。"[1]

(一)死后无法盖棺

人常言,"死后一了百了"。鲁迅却通过《死后》深刻反省了这种论点的虚妄性和逃避性。比如,所谓"盖棺论定"就化成了看客们的无聊谈资和八卦消费,他们根本无力提供有用的评论,更多的只是观望、骚扰和找寻可资利用的剩余价值。同样,死后也很难"入土为安",敛尸者根本不敬业,抱怨连连且加以羞辱,甚至连钉棺材都只是浮皮潦草地只钉两个钉子,可谓死后无法盖棺,无论从精神评价上还是从物质运作上皆如此。如人所论,《死后》的琐屑、无聊打破了《过客》中"坟"作为栖息之地的可能性,而和"过客"曾经走过、不愿回首的地方成为一样的境域,以至于让"我"终于"坐了起来"……"死"已经成为一个平庸而嘈杂的世界。在这个痛苦思索和体会的过程中,鲁迅意识到死不但不能成为生的救赎或解脱,而且根本就是生之苦的延续,生不能解决的问题,死更不能解决,因为死首先就意味着活动力的丧失。这样,他就穿过了死亡。[2]

如果结合《野草》的其他篇章略微展开,从精神旨趣上看,《死后》恰恰是居于《过客》和《墓碣文》之间的精神连接与连缀。《死后》接过了《过客》中对"坟"的反思,否定了驻足不走的老翁的幻想,指出"坟"并非最后的美好归宿,恰恰因为"半死",它维系和折射出许多现实的关联。"《死后》中的'我'完全可理解为是进入了他的归宿'坟'中的'客',鲁迅正是借'我'死后的苦痛与荒诞影射了'我'在现世人间的无量悲哀。"[3] 同时,《死后》更多是从自我存在的主客观环境层面加以反思,

---

1. 吴小美,肖国庆."生死场"——鲁迅生死观的文化哲学意蕴[J].中国现代文学研究丛刊,1996(04):26.
2. 靳丛林,刘颖异.寻找"鲁迅创造的鲁迅"[J].中国现代文学研究丛刊,2013(03):208.
3. 丁念保.上穷碧落下黄泉,两处茫茫皆不见——论鲁迅散文《过客》和《死后》的精神关联[J].美与时代(下),2011(11):45.

而《墓碣文》侧重于让"我"见到主体/自我的主动、深刻而又惨烈的剖析,但不必多说,"死"亦并非逃避的港湾和尘埃落定的归宿。

(二)生存依然艰难

鲁迅之所以设置一种悬置状态,以死喻生、以死察生的目的显而易见。"《死后》确乎像是鲁迅在为他自己的重要经历与思想进行一次汇集和总结。这进一步印证了我们前面所说的:这一篇不是写'死',而是写'生'。事实上,鲁迅无论是写鬼、写动物、写植物,其实都是为了写'人';同样,他写'死'、写神魔、写来世前生,也都是为了写'现世',这一点,是他在写作中始终从来不变的基本原则与特征。"[1]

以后顾者的眼光反观生者的荒谬世界时,我们不难发现其间生存的艰难。鲁迅在文本中多有涉及,比如,有关碰壁的说法,"我想:这回是六面碰壁,外加钉子。真是完全失败,呜呼哀哉了!……"[2]在书写《死后》之前,鲁迅于5月21日写过《"碰壁"之后》,他就北京女师大事件写道:"碰壁,碰壁!我碰了杨家的壁了!""中国各处是壁,然而无形,像'鬼打墙'一般,使你随时能'碰'。能打这墙的,能碰而不感到痛苦的,是胜利者。"[3]这是既关联现实,又进行升华的精妙论断。

有关勃古斋的小伙计事件,也有现实介入。鲁迅指涉了复古派的行径,他主张青年们少读经,甚至不读中国书,碰到他人阴险的借刀杀人——言及鲁迅能够有今天,也是古文教育和涵养成就了他。这当然是极其荒谬的。文中对小伙计的精细刻画和厌恶至极别有现实深意,"这里体现了鲁迅先生的良苦用心——反对读经、关心青年读书,鲁迅对书店小伙计的厌恶,是对虽经劝说而依然麻木不觉者的厌恶,是对宣扬经书者的

---

1. 张洁宇. 独醒者与他的灯:鲁迅《野草》细读与研究[M]. 北京:北京大学出版社,2013:262.
2. 鲁迅全集:第2卷.
3. 王世家,止庵. 鲁迅著译编年全集:第6卷[M]. 北京:人民出版社,2009:230.

拒绝姿态"[1]。

耐人寻味的是,《死后》有一种貌似调侃和浮华的风格。如人所论:"《死后》则把对于生存现状中他人以及自我的生存虚无都在某种近乎调侃、戏说的氛围中展示出来。"[2]这其实更是一种"含泪的笑",以喜写悲,其悲更悲。而在1925年7月9日的信函《致许广平》中,鲁迅在解释《莽原》为何刊发许广平的议论文章时写道:"先前是虚伪的'花呀''爱呀'的诗,现在是虚伪的'死呀''血呀'的诗。呜呼,头痛极了!"[3]不必多说,他自己在书写《死后》时,想必对虚伪的"死"书写风格有所警醒,而相关的真诚性元素的介入也是题中应有之义,所以在调侃的背后依旧是认真和悲凉。

毫无疑问,本文对于有关文本的解读是相对侧重某个层面,而非面面俱到的。在我看来,《死后》除了上述层面,还可以有更丰富的内涵:剑指国民劣根性,主要批判了看客唯利是图和不认真的缺陷。同时,鲁迅采用了双重封套结构,也即大结构方面的"梦死"与"醉生"策略,小结构内部的"我的心""他的身"之间的复杂张力,借此他呈现出个体自我在裂合中的彷徨性。

结语:《野草》中由代表性文本《求乞者》《过客》《死后》构成的过客话语系统不仅呈现出文本内涵方面的关联,鲁迅还通过这些文本,深入反省了过客的诸多层面——坚守、彷徨、疲惫、堕落、决绝、非功利等。从上述话语系统中,我们不难看出鲁迅既为同行又为自己提供的"反抗绝望"的道路的复杂性、决绝性和暧昧性。另外,从诗学层面思考的话,这三篇代表性文本恰恰也是对对话及对话性(巴赫金意义上的)的丰富实践,值得我们继续从更多角度探研。

---

1. 李斌.鲁迅的散文诗《死后》新解[J].海南师范学院学报(社会科学版),2006(06):16.
2. 彭小燕.存在主义视野下的《野草》:鲁迅超越生存虚无,回归"战士真我"的"正面决战"(下)[J].中国现代文学研究丛刊,2006(06):232.
3. 王世家,止庵.鲁迅著译编年全集:第6卷[M].北京:人民出版社,2009:289.

第二章

《野草》系统

　　作为"解剖"的代表性集子,《野草》不仅勠力彰显了自我解剖,还涉及了更宏阔而悠远的追求,比如国民性批判、"立人"思考等。在此过程中,我们还可以另辟蹊径去考察鲁迅的解剖策略,比如其间的植物系统、动物谱系,以及别具一格的"笑"(声)聚焦。它们都展现出非常精致的解剖取向,即便这不是文本单一的追求和意义建构。颇有意味的是,这些创制往往实现了意义建构与形式诗学的完美融合,凸显出《野草》的经典品格。

　　《野草》从表面上看和个人性、诗性密切关联,实际上它对作者毕生关注的国民性话语也有着独特而精致的关注与反思,尤其是它从空间视角的切入显得犀利敏锐而又功力深厚。《失掉的好地狱》中包含了对国民性的解/构两个层面,既对制度、逻辑结构和个人劣根性进行反思,又提出了建构的精神层面;《墓碣文》中结合丧葬话语,鲁迅对劣根性的批判更多呈现出对有关功能、意义和姿态的强调,而非内容侧重或缕述;除此以外,《秋夜》中也经由自然对国民性进行点评,更难能可贵的是,借助《淡淡的血痕中》,鲁迅提出了改造和革新国民性的可能性。

　　《野草》中有丰富的鲁迅哲学,"立人"思想也不例外,其中自然有其整体性观照。如果从单篇思考角度来看，也有相当别致和丰富的呈现：既有借助自然的抒情性策略，呈现出他对"立人"姿态和立场的描绘和情感投射（比如《雪》），又有对这种思想的中国践行可能性反思，呈现出对"立人"思想的具化和丰富策略（如《这样的战士》），同时还借助"互文性"诗学，无论是从"立人"思想正面/负面的繁复性考量还是从更宏阔的意义关联探勘上都呈现出其别致的匠心（如《聪明人和傻子和奴才》）。

通读《野草》中的笑声话语，我们不难发现，借助"笑"的力量，鲁迅呈现出对德性的弘扬，尤其是对牺牲、美好等层面的坚守，又有对非堕落存在状态的拷问和自律性的思考；同时，借助批判他人、自我及人类身上的劣根性多管齐下，鲁迅呈现出"笑"的多重功能与繁复意义指向。

《野草》中存在着一个独特的植物系统，它们既可以担任各类背景（包括自然、抒情、文化层面），又可以和谐并存。《野草》中有一种等级序列，既有高度标准，又有价值判断，而最终还是回归野草本位，并以此进行自我改造与补偿。在《野草》植物系统构成的隐喻世界中，我们既可以感受到以《过客》为代表的对终极关怀的探寻，又能察觉出其间技艺与人格的现代性追求。

《野草》中的动物谱系耐人寻味，其动物再现既有简单的背景功能与契合界定再现，又有相对繁复的辨析，从而部分超出了刻板印象（stereotype）。而在意义的营构上亦有其超克的辩证：鲁迅可以借助动物批判国民劣根性，同时又吊诡地批判兽性，难能可贵的是，他亦借助动物弘扬个性，与其"立人"思想吻合。不容忽略的是，鲁迅也借助动物谱系反观与解剖自我，探寻人/物和谐并存的途径，实现了个人主义与人道主义的对话。

第二章 《野草》系统

[第一节]

《野草》中的国民性空间

一般而言，大家耳熟能详的国民性（劣根性）话语更多呈现在鲁迅的小说（如《阿Q正传》的高度代表性）和杂文书写（如其点点滴滴、犀利敏锐的多层次、多角度批判）中[1]，在相对个人化且高度诗化的《野草》中似乎较为少见。但实际上，作为富含了鲁迅各种哲学的《野草》同样未放过这个鲁迅毕生关注的主题思想之一。整体而无处不在的犀利批判自不必说，甚至在貌似无关的篇章中也有精彩呈现。如《狗的驳诘》并非一篇简单的借狗讽人的寓言，也不是单纯结合现实影射对手或叭儿狗的批判。在我看来，它是对奴化和物质化丑恶文明的双重反讽，一重指向了制度反讽，另一重则是对自我的解剖。其中，"我"的身份的犹疑性和作为"中间物"的劣根性也是值得警醒的存在。

本文并不想泛泛而论，借此凸显国民性如何点缀《野草》其间。反过来，本文更关注鲁迅在单篇散文诗书写中的交叉连缀或集中处理策略及其后果。这样既可以保证单篇书写的宏阔性和完整性，又可以呈现其可能的繁复性和诗性实践。在我看来，《野草》中有关国民性的代表性篇章主要有：《失掉的好地狱》《秋夜》《墓碣文》《淡淡的血痕中》等。某种意义上

---

1. 有关著述如：谭德晶.鲁迅小说与国民性问题探索[M].北京：中国社会科学出版社，2004；杨联芬.晚清与五四文学的国民性焦虑（三）：鲁迅国民性话语的矛盾与超越[J].鲁迅研究月刊，2003(12)；等等。

说，鲁迅在《野草》中对国民性话语的反思和空间密切相关——比如作为高度隐喻的"地狱"、个体死亡后的"墓穴"、现实人间和自然环境"秋夜"等。

一、《失掉的好地狱》：国民性解／构

在我看来，《失掉的好地狱》有另一个特别重要的指涉，即解／构国民性。既对其进行了痛快淋漓的消解，又暗暗地进行了建构，至少有改革的努力和趋势。主要可分为两个层面：一个是对有关制度的解构，另一个则是对国民性的反思与建构。

1925年3月31日鲁迅在致许广平的信中犀利地写道："一到二年二次革命失败之后，即渐渐坏下去，坏而又坏，遂成了现在的情形。其实这也不是新添的坏，乃是涂饰的新漆剥落已尽，于是旧相又显出来。使奴才主持家政，哪里会有好样子。最初的革命是排满，容易做到的，其次的改革是要国民改革自己的坏根性，于是就不肯了。所以此后最要紧的是改革国民性，否则，无论是专制，是共和，是什么什么，招牌虽换，货色照旧，全不行的。"[1] 表面上看，《失掉的好地狱》貌似和国民性反思没有太大关系，其实不然。毕竟，魔鬼和鬼魂们的对立面就是人类——他们更阴险狡诈、无所不用其极，将地狱的凄惨和更多功能发挥得淋漓尽致。

（一）自我省思

对国民劣根性的反思，首先指向了人类（自我）。

1. 与魔鬼的对照。 地狱在本质上就是一种专制黑暗的（实存）时空，也是一种神似的奴役制度、机制和思想逻辑。如果要详细区别文本中魔鬼和人类的统治差别，那么我们可以说人类的统治更变本加厉、无耻之极。

---

1. 王世家，止庵. 鲁迅著译编年全集：第6卷 [M]. 北京：人民出版社，2009: 145.

借用鲁迅的话说，人类治下的地狱就是"做稳了奴隶的时代"，而魔鬼时期则是"想做稳奴隶而不得的时代"。如人所论，《失掉的好地狱》"则以象征的方式进行了更精炼和形象的表达：魔鬼统治的时代和人类统治的时代，统治者虽然更替，地狱依然是地狱。只是残暴专横的程度有一些差异而已；人类统治之时类似于做稳了奴隶的时代，魔鬼统治之时类似于没做稳奴隶的时代。当然有一些微小的差异。比如魔鬼统治时比人类统治时好，而没做稳奴隶的时代似乎不如做稳了奴隶的时代。人类统治时更有秩序，更太平，更稳定，但自由空间更小，更残酷。所以，做稳了奴隶的时候也未必就比没做稳奴隶的时候好"。[1]

有关文本中的魔鬼角色的解读有不少误读。有些论者将之解读为西方殖民者，认为鲁迅安排魔鬼作为"失掉的好地狱"这个故事的叙述者与评价者，又安排满腹猜疑的"我"作为听众，这富有戏剧性的安排的深意，也许就是提醒人们要对西方殖民主义者及其文化这个魔鬼保持足够的警醒。更为发人深省的是，鲁迅认为肩负着启蒙重任的知识分子往往不是站在鬼魂们一边，而是人类之一员，甚至于他自己也可能是人类之一员。[2]在我看来，这样的解读虽然有新意，但其中问题也不少，可以追问的是：鲁迅未必把启蒙者划入人类行列，因为那是比魔鬼更暴戾和专制的生物，他们汲汲于统治的技艺，在奴化和专制层面可谓登峰造极；反倒是魔鬼，固然有其劣根性，但亦有可取之处。

同样值得推敲的还有文末一句，魔鬼对"我"说："朋友，你在猜疑我了。是的，你是人！我且去寻野兽和恶鬼……"[3]胡尹强将之解读为："魔鬼似乎窥伺到诗人陷入婚外恋的进退维谷，试图挑拨、消解诗人的启蒙主义信念。然而没有成功……诗人尽管有'失掉的好地狱'的叹息，却依然以自己是'人'而不是不可救药的奴隶而自豪。魔鬼只能去寻野兽和恶

---

1. 范美忠.民间野草[M].北京：中央广播电视大学出版社，2012：163.
2. 李中扬.地狱边的曼陀罗花——解析《野草·失掉的好地狱》中的隐喻形象[J].名作欣赏，2007(06)：44.
3. 鲁迅全集：第2卷：205.

鬼。"[1]可以进一步思考的是，如果所论中的"人"和《失掉的好地狱》中的人类叠合的话，那么这里的"人"其实也并非真正的人，而只是奴隶主，他们不过是居于"主—奴结构"的一端，身上同样有奴性。而魔鬼去追寻"野兽和恶鬼"，是进行身份的区隔，并非赞扬人类，言外之意是——和人类相比，魔鬼和野兽才更是他的同类，远比"人"好。

2. 奴役的进化拆解。鲁迅某些思想层面的深刻性其实有其发展过程。回到文本中来，比如一个多月前在创作《杂语》时，鲁迅关注的还是同类的神—魔角度，二者本质上差别不大，而到了《失去的好地狱》时，人类角度介入，就可以看出鲁迅复杂的褒贬取向——人类才是真正的恶魔和狠角色。如人所论："作《杂语》时，可能还未构思出'人类'的角色，但神与魔都不是好东西。《失掉的好地狱》文中出现'人类'，顿使寓言增添了历史预见，具有令人战栗的深度。"[2]

结合现实，到了1930年代，看到人间地狱——监狱对人（无数个案）的迫害、摧残与压迫以后，鲁迅在《写于深夜里》一文中忍不住写道："我先前读但丁的《神曲》，到《地狱篇》，就惊异于这作者设想的残酷。但到现在，阅历加多，才知道他还是仁厚的了：他还没有想出一个现在已极平常的惨苦到谁也看不见的地狱来。"[3]这是一种怎样深化了的绝望与感慨啊！

某种意义上说，我们甚至可以部分消解和颠覆《失掉的好地狱》中的角色区分。所谓天神、魔鬼、人类其实都是一丘之貉，他们都是非人、假人，尽管不断变换旗号，无论打着怎样美妙、先进与冠冕堂皇的旗子与口号，这正是鲁迅敏锐而深刻的地方。"他不仅坚持了早期的'立人'思想，同时更提出了一种警惕，即警惕那些在'立人'的过程中产生的新的奴相，警惕那些具有新的伪装的似'人'非'人'的假'人'和非'人'。

---

1. 胡尹强.鲁迅：为爱情作证——破解《野草》世纪之谜[M].北京：东方出版社，2004：213.
2. 黄继持.鲁迅论天地鬼神[J].鲁迅研究月刊，1990(08)：17.
3. 鲁迅全集：第6卷.520-521

更值得注意的是，他们也可能就在新文化阵营的内部。可以说，这是鲁迅对于新的历史环境中的新现象的一种非常直接严厉的批判。"[1]鲁迅的这种警惕心和批判性的确具有很强的指涉面、深刻度与立体感。

（二）理性勇敢倾注

不容忽略的是，鲁迅既是国民劣根性的强有力批判者，又是新国民性的建设者和实践者，《失掉的好地狱》中同样有此关怀。

1. 勇于反抗。文本中鬼魂们的反抗主要有两次，一次是反抗魔鬼，在人类的助力下顺利推翻魔鬼的统治。"人类便应声而起，仗义直言，与魔鬼战斗。战声遍满三界，远过雷霆。终于运大谋略，布大罗网，使魔鬼并且不得不从地狱出走。最后的胜利，是地狱门上也竖了人类的旌旗！"[2]另一次则是反抗更加暴虐的统治者——人类，"当鬼魂们又发出一声反狱的绝叫时，即已成为人类的叛徒，得到永久沉沦的罚，迁入剑树林的中央"[3]。从言辞中我们不难读出鲁迅对人类伪善的反讽，同时又可感受到鲁迅对鬼魂们反抗失败的惋惜和同情。

更进一步，鲁迅借助梦和寓言，将地狱抽象成所有不合理、专制黑暗的结构存在，结合现实，他其实也在鼓励人们反抗不合理与暴虐。"统治者用来利用、麻痹和恐吓民众的地狱思想，在鲁迅笔下却成为锐利的武器，他以地狱来比类人间，以地狱'鬼魂'来比类众生，并将这痛苦示诸笔端，希冀有一天打破这地狱，求得人的解放，无疑是有积极意义的。"[4]

我们不妨结合鲁迅同日所作的《杂忆》加以分析，鲁迅特别指出，在反抗的过程中，勇气、理性是在愤怒之后必须更长远坚守的原则，这其实就说明了什么是真正的有效的反抗。鲁迅写道："然而我们在'毋友不

---

1. 张洁宇. 独醒者与他的灯：鲁迅《野草》细读与研究[M]. 北京：北京大学出版社，2013：211.
2. 鲁迅全集：第2卷.205.
3. 鲁迅全集：第2卷.205.
4. 钱光胜. 人间世·地狱·无常——鲁迅与地狱探述[J]. 华北电力大学学报（社会科学版），2011（06）：104.

如己者'的世上,除了激发自己的国民,使他们发些火花,聊以应景之外,又有什么良法呢。可是我根据上述的理由,更进一步而希望于点火的青年的,是对于群众,在引起他们的公愤之余,还需设法注入深沉的勇气,当鼓舞他们的感情的时候,还须竭力启发明白的理性;而且还得偏重于勇气和理性,从此继续地训练许多年。这声音,自然断乎不及大叫宣战杀贼的大而闳,但我以为确是更紧要而更艰难伟大的工作。"[1]

2. 理性睿智。耐人寻味的是,即使对同一主题进行剖析,鲁迅往往既能苦口婆心,又可花样翻新。在《〈"碰壁"之后〉》他曾经写道:"我平日常常对我的年青的同学们说:古人所谓'穷愁著书'的话,是不大可靠的。穷到透顶,愁得要死的人,那里还有这许多闲情逸致来著书?……正当苦痛,即说不出苦痛来,佛说极苦地狱中的鬼魂,也反而并无叫唤!……华夏大概并非地狱,然而'境由心造',我眼前总充塞着重迭的黑云,其中有故鬼,新鬼,游魂,牛首阿旁,畜生,化生,大叫唤,无叫唤,使我不堪闻见。我装作无所闻见模样,以图欺骗自己,总算已从地狱中出离。"[2]其中,明明对鬼魂相当执着,却又说已从中"出离",而同时"境由心造"一词却又提醒我们:我们固然可以从现实背景及鲁迅的位置体验考察其文字,但同时亦该有超越性,不可过分坐实和拘泥于现实比附。

从此视角解读,《失掉的好地狱》其实亦有鲁迅的心灵构造:天神、魔鬼、人类何尝不可以理解为有代表性的人类理念(如制度更换或重大事件等)的巨大冲击和可能的撕裂?政治制度当然可以是一种维度,故乡其实亦可以是一种可能性,当然更大的理解(精神层面)维度还可以是一种宇宙观(如"天地作蜂蜜色"),甚至急剧变化的现代性理念(时间演进)都可能是一种解说。如人所论:"在更高的意义上说,《失掉的好地狱》又昭示出鲁迅的'世界观',无论是空间,还是时间,或时空交错,对于自我都构成了某种侵夺和压迫,因此,本质上呈现于鲁迅观念中的宇宙秩

---

1. 王世家,止庵.鲁迅著译编年全集:第6卷[M].北京:人民出版社,2009:262-263.
2. 鲁迅全集:第3卷.72.

序又是一个分裂着的世界，显现着个人与历史运动和现实秩序的某种紧张关系……自近代化以后，身处困境的现代人即已敏感于世界的分裂，因此而陷入无可挽回的紧张感撕扯感之中。鲁迅更是敏感于此，虽然鲁迅所在的是另一个世界，一个后进的封闭的社会秩序，但是分裂了的世界感觉已然被其捕捉到。"[1]不难看出，此中的"情感结构"和精神关怀既是鲁迅个体的，又是对时代特征的部分把握。

二、批判及其可能出路

《野草》集的暧昧、晦涩乃至歧义性，背后的关键因素之一就是其中隐藏了难以说尽的哲学意蕴，而涉及国民性话语时，其中的批判意味显而易见。更发人深省的是，鲁迅并非只会批判，他也探寻可能的出路。

（一）《秋夜》：点评国民性

正如李欧梵所言："这里是现实在和幻想相争。《秋夜》之奇不仅来自诗意的想象，同时也来自鲁迅对主观境界着意的处理。"[2]《秋夜》貌似和国民性这种宏大叙述关系不大，其实不然。仔细考察一下，便可发现鲁迅从两大层面展开其国民性批判策略。

1. 批评其生成机制。这尤其以"夜的天空"和其帮凶为代表。"夜的天空"故作神秘，这是专制统治的常用伎俩，以其虚伪高深和"几十个星星的眼"众星拱月般神化自我。与此同时，在假笑（貌似镇定自若、真理在握、以德服人）的外表下却又欺压花草，以此卑劣手段呈现出其统治的威严和强权。

除此以外，它还有帮凶——"月亮"。虽然"月亮"也抗不过"枣树"的坚韧直刺，但至少在统治策略上可以呈现出一种群体效果，可以对付意

---

1. 李玉明．"人之子"的绝叫：《野草》与鲁迅意识特征研究［M］．北京：北京大学出版社，2012：117．
2. 李欧梵．铁屋中的呐喊［M］．尹慧珉，译．长沙：岳麓书社，1999：107．

志不坚定、头脑不清醒的"乌合之众"[1]。此外,"夜的天空"还有威逼利诱等其他蛊惑方式,如眨着各式各样的"许多蛊惑的眼睛"。不难看出,国民性,尤其是其劣根性的生成和相关统治机制与传统延续密切相关。

2. 劣根性种种。国民劣根性在《秋夜》中也时有展现,如前述的瞒和骗传统对个体不无影响,相互作用、恶性循环。而其中也不乏助纣为虐者,这些指涉与批判可谓一目了然。

相对隐藏的是一种中性角色,如小粉红花的懦弱、爱做梦而缺乏反抗精神,其缺陷如果深入发展就可能变成"事不关己,高高挂起",甚至变成自欺欺人。同样还有小青虫,虽有匹夫之勇和不怕牺牲的精神(如冯雪峰认为,作者"对于为了追求亮光而死于灯火的小青虫也表示了尊敬、肯定的态度"[2]),但更多是不清醒的乱撞,缺乏真正的韧性战斗和有的放矢、运筹帷幄的策略与能力。当然,鲁迅对国民性的直面和批判也和烘托出反抗绝望、确立刚韧思想密切相关。"正视并揭露黑暗,赋予鲁迅的理性以现实的战斗的品格。勇敢、执着正是理性精神在现实的战斗中的表现。他独特坚韧的战斗风格即是以对黑暗的深刻的理性认识为基础的。韧战把他锻炼成独立支撑的大树,《秋夜》中的'枣树'便是它的象征。"[3]

(二)《墓碣文》:重审劣根性

1. 从审己到审群。引人深思的是,同样是对国民劣根性加以审视和批判,《墓碣文》采取了相当不同的策略。或许是限于超短的篇幅,或许是鲁迅企图以更凝练的方式表达自我内心,鲁迅对劣根性的批判更多呈现出对有关功能、意义和姿态的强调,而非内容侧重或缕述。此文本中,他也以旁敲侧击的方式批评了群体劣根性的内容,但是相对晦涩而凝练。

相较而言,他更多是以个体示范的方式进行深切解剖的,虽然未曾缕

---

1. 相当经典的论述可参:勒庞.乌合之众:大众心理研究[M].冯克利,译.桂林:广西师范大学出版社,2007.
2. 冯雪峰.论《野草》[M]//冯雪峰.鲁迅的文学道路.长沙:湖南人民出版社,1980:209.
3. 闵抗生.看夜的眼·听夜的耳·夜的史诗——《野草·秋夜》重读[J].鲁迅研究月刊,2007(12):24.

述劣根性具体表现，结局也未必完美，但毫无疑问这是一种丰富而有意味的实践。借此他强调了自省的功能与意义，正是因了自己的孤独自省，借别人的火，煮自己的肉，同时继续生发点染，传递火种，并期冀其可能的星火燎原。有论者指出："鲁迅已决心把旧我的灵魂和躯壳永远埋葬。他以自己的经验清醒地认识到，黑暗和消极虚无只会使人绝望、自弃和痛苦，死尸的'微笑'意味着自己的彻底毁灭，因此必须义无反顾地疾走。这里，已不是告别，而是埋葬，使黑暗与虚无的阴影和烟尘永远不能追随；也不仅是无私地与黑暗一道沉没，而是更崇高地经过自我批判而求得彻底解脱。"[1]

同时，鲁迅又深知这种重审的吊诡与限度，其中包含着失败与成功、新生与毁灭的相辅相成的复杂辩证。一般而言，彷徨和困惑自然也是重审和探索的题中应有之义，即使并不确认未来与前途，但挣扎着、努力着，本身也是一种希望，或至少是找寻希望的有益实践。

2. 如何重审？ 丧葬话语在鲁迅的各种文体中似乎都有所呈现，比如散文、小说等，在鲁迅的小说中丧葬话语占据了相当重要的地位。而其运行轨迹亦有其复杂之处，它不仅可以呈现出其作为常规打压角色对个体／群体真情的压制，而且还可以呈现出其相对积极的一面，对丧葬礼仪的反抗与僭越则可以映照出相关人士的性格乃至劣根性。丧葬可以架构小说情节、充当核心事件以及作为重要的场景进行细描，颇具意义。[2]在《墓碣文》中鲁迅就巧妙借助了此类话语。

丧葬礼仪制度在中国文化史上源远流长。即使缩小范围，单论棺材的发展史也可谓博杂繁复。比如，其中涉及不同权力阶层和身份的规定，使用怎样的材料和规格，以及棺椁上的不同雕饰等都耐人寻味。[3]而在《墓

---

1. 黄梓荣."具象化的心象"——简析鲁迅《影的告别》和《墓碣文》[J].中国社会科学院研究生院学报，1986（04）：51.
2. 具体论述可参：鲁迅小说中的丧葬话语[M]//朱崇科.鲁迅小说中的话语形构——"实人生"的枭鸣.北京：人民出版社，2011：151-164.
3. 具体论述可参：徐吉军，贺云翱.中国丧葬礼俗[M].杭州：浙江人民出版社，1991：274-283.

碣文》中，我们不难发现，"那墓碣似是沙石所制，剥落很多，又有苔藓丛生"[1]。这些描述说明墓碣的主人是相当孤寂的（有可能是特立独行的），墓碣缺乏必要的祭奠、打理说明了他的"非主流"，在民众中毫无市场。从微妙的意义上说，这恰恰可能反衬出启蒙者和被启蒙者的对立而非对话的关系。

而在儒家的丧葬观念中，"入土为安"理念蕴含着不同时代的先人们对于身体/灵魂死后安放的一种认知，如《礼记·祭义》中所言，"众生必死，死必归土，此之谓鬼。骨肉毙于下，阴为野土，其气发扬于上，为昭明"。而《礼记·郊特牲》中亦言："魂气归于天，形魄归于地。"否则，尸体很可能出来祸害别人。为此，更进一步，"入土为安"还要考虑到墓地的选择，比如强调自然和人文的风水，甚至会非常重视对葬日的确认，最好是吉日良辰。[2]

反观《墓碣文》："即从大阙口中，窥见死尸，胸腹俱破，中无心肝。而脸上却绝不显哀乐之状，但蒙蒙如烟然。"[3]鲁迅不仅让死尸暴露，还让它"诈尸"。不难看出，借助此种对既有的丧葬礼俗的恶作剧式的粗暴批判，鲁迅在渲染着反抗的、同归于尽的快意与无奈。不必多说，这也是对国民劣根性生成机制和传统的有意的反戈一击。鲁迅显然更强调自我批判的姿态，而且不仅仅是让自我全面、痛苦而艰辛地实践，同时又对旁观者加以棒喝和提醒。"诈尸"的方式相当奇异而有效，不只是批判陈旧的礼仪制度，又是对"我"、读者的棒喝和启发。为此，墓碣下面的主体所企图解决的不只是个人孤绝问题，更是对懵懂看客的独特启蒙，也是对劣根性生成机制的攻击。而结尾时的成尘时的微笑其实是对自我牺牲的欣慰告白。

---

1. 鲁迅全集：第2卷.207.
2. 具体论述可参：徐吉军，贺云翱.中国丧葬礼俗［M］.杭州：浙江人民出版社，1991：106-107.
3. 鲁迅全集：第2卷.207.

(三)新国民

虽然涉及篇幅不多,但鲁迅在精神关切上的主要指向之一就是国民性的出路问题。其中可能最优先的出路就是国人要自强。这在《淡淡的血痕中》有不多但相对清晰的思考。

1. 改造国民性。有论者指出:"在大家都竞言希望的时候,鲁迅常常是黑暗绝望和孤独的;但是当大家都受到沉重的打击而沉默的时候,鲁迅却是最坚持的……这一篇《淡淡的血痕中》就是'三一八'惨案之后的一次起身,虽然他自己的灵魂也是伤痕累累。"[1]这的确看到了鲁迅的韧性、洞察力以及貌似慢别人半拍实则引领未来的先锋性。

纵览文本,我们不难看到"人类中的怯弱者"的诸多劣根性,他们不仅怯弱,而且自欺、自奴、坐以待毙,缺乏应有的勇气和反抗精神。当然其中也涉及了庸众中普及的庸俗中庸之道等。所以,鲁迅在文本中相当失望地写道:"这都是造物主的良民。他就需要这样。"[2]对互相奴化表达了不满和愤怒。同时,我们还要看到其间的生者、将生者、未生者的新的可能性,而且人类中亦不乏微弱的异议者,他们是改造和革命的火种。

2. 新国民的可能性。鲁迅写道:"他将要起来使人类苏生,或者使人类灭尽,这些造物主的良民们。"[3]其中包含了至少两重内涵:一种是灭掉造物主的良民们,让旧有的劣根性及其帮凶消失,以此实现代际替换,从头来过;另一种则是让人类苏醒,不再受欺诈、奴役,变成真正的人类,"猛士"就是这样的样板和示范。有论者指出了"猛士"与尼采"超人"的差别:"鲁迅则不仅立足大地,而且立足现实,将超人的价值进行转换,使其与青年学生和'三一八'烈士的价值联在一起。这些地方,反映了作者在现实斗争的范围内,将超人改造、设计成提高人的灵魂的模式

---

1. 张洁宇.独醒者与他的灯:鲁迅《野草》细读与研究[M].北京:北京大学出版社,2013:310.
2. 鲁迅全集:第2卷.226.
3. 鲁迅全集:第2卷.227.

的企图。这样,超人意识便转换成反抗现实的战士的巨大的人格精神。"[1]

尽管没有指明具体的方向和可能性,鲁迅在文末还是提供了一点亮色:"造物主,怯弱者,羞惭了,于是伏藏。天地在猛士的眼中于是变色。"[2] 无论如何,这也是新国民、新世界的开始。《淡淡的血痕中》自然有其指向现实批判与反省"三一八"惨案的意义的维度,但同时亦有超越现实的指涉。在我看来,它具有破解奴役的双重策略:一方面是揭示出造物主的统治技艺,拆解其间的奴役机制与角色对话;另一方面,鲁迅在文本中也彰显了反抗与建构的维度——他亮出"猛士"的大旗,凸显出其洞察力和行动力,同时又寄望于改造国民劣根性之后的人类自强,新国民或新世界因此得以产生。

结语:《野草》表面上看和个人性、诗性密切关联,实际上它也对作者毕生关注的国民性话语有着独特而精致的关注与反思,尤其是它从空间视角的切入显得犀利敏锐而又功力深厚。《失掉的好地狱》中包含了对国民性的解/构两个层面,既对制度、逻辑结构和个人劣根性进行反思,也提出了建构的精神层面;《墓碣文》中结合丧葬话语,鲁迅对劣根性的批判更多呈现出对有关功能、意义和姿态的强调,而非内容侧重或缕述;除此以外,《秋夜》中也有对国民性的点评,更难能可贵的是,借助《淡淡的血痕中》,鲁迅提出了改造和革新国民性的可能性。

---

1. 刘彦荣.奇谲的心灵图影——《野草》意识与无意识关系之探讨[M].南昌:百花洲文艺出版社,2003:275.
2. 鲁迅全集:第2卷.227.

[第二节]

《野草》中的"立人"维度

毫无疑问，富含了鲁迅哲学的《野草》中也包蕴了鲁迅的"立人"思想。鲁迅在1907年写的《文化偏至论》里就很明确地提出了此一思想："欧美之强，莫不以是炫天下者，则根柢在人……是故将生存两间，角逐列国是务，其首在立人，人立而后凡事举。"[1]这个思想，成为鲁迅终其一生不败的坚守和梦牵魂绕的精神探寻主题。"立人"思想是一项相当繁复而深邃的系统工程和理念设计[2]，尤其是如果要结合历史、现实中的中国的方方面面继续实践、总结、反思与深化"立人"并形成"立国"思想的话，它可以从更多复杂层面加以思考与处理，如制度设计、个体强化、身心提升等。但若采用简单的二分法战略，则既要从反面祛除障碍、弊端和劣根性，又要从正面注入新的现代性（含人性）、可行性元素。

"立人"思想在《野草》中的整体表现近乎遍布《野草》，这已在前人的论述中有所体现。比如崔绍怀等人的《论鲁迅〈野草〉的立人思想》就是一篇相对精彩的论述，既从反面批判愚昧落后的消极形象，又有正面

---

1. 鲁迅全集：第1卷 .58.
2. 有关论述可参：李新宇.鲁迅的选择[M].郑州：河南人民出版社，2003；钱理群.与鲁迅相遇[M].北京：生活·读书·新知三联书店，2003；王得后.鲁迅教我[M].福州：福建教育出版社，2006；房向东.鲁迅与胡适："立人"与"立宪"[M].石家庄：河北人民出版社，2011；刘国胜.渐远渐近：鲁迅"立人"思想启示录[M].北京：中信出版社，2013；等等。

诉求,如直面现实的反抗者、顽强不屈的韧战者、美好理想的追求者等。[1]但在我看来,鲁迅在他的《野草》中对此亦有整分结合、交叉连缀的描述策略。故而,本节更侧重借助文本细读探勘其间耐人寻味的维度和诗学策略。代表性文本主要是《雪》、《这样的战士》、《聪明人和傻子和奴才》(以下简称《聪明人》)三篇。

一、自然风情:《雪》中的"立人"姿态和立场

一般认为,《雪》更多是一种风景描写,里面蕴含着作者的选择性情感。但在我看来,《雪》也有鲁迅"立人"思想的投射,其中既有他对"暖国的雨""江南的雪""朔方的雪"的态度呈现,又有横断面截取的立场凸显。不仅如此,他还呈现出相当有意味的"立人"的重要内容,包含:批判依附性,弘扬奋飞的独立性。

(一)鲁迅的态度演进

鲁迅对《雪》中出现的各种雨、雪事物有其认同和态度。

1. 递进式认同。 鲁迅对"暖国的雨"呈现出平静而淡然的态度。若以人作为比喻,"暖国的雨"算是处于形成初期,"江南的雪"算是青少年期,"朔方的雪"可谓壮年期。鲁迅对雨并无贬义,而且结尾写道:"是的,那是孤独的雪,是死掉的雨,是雨的精魂。"[2]将"雨的精魂"和"朔方的雪"画等号,其实也是对雨的形态的回望与基础性肯定。

鲁迅对"江南的雪"着墨甚多,态度上却一分为二:一方面是盛赞其美艳,"江南的雪,可是滋润美艳之至了;那是还在隐约着的青春的消息,是极壮健的处子的皮肤"[3],甚至鲁迅还特地加上一些人工设置衬托其春意

---

1. 崔绍怀,刘雨.论鲁迅《野草》的立人思想[J].东北师大学报(哲学社会科学版),2010(02).
2. 鲁迅全集:第2卷.186.
3. 鲁迅全集:第2卷.185.

盎然。同时，鲁迅在精雕细琢的文字中，尤其对孩子们堆雪罗汉的过程及结果，进行了相当幽微而细致的描述与揭示。而另一方面，相对呈现遗憾态度的则是雪罗汉的结局，从神仙偶像般的精心装扮变成了孤单凄清，再到面目模糊乃至消失殆尽，可以看出鲁迅的某种遗憾和不满。

毫无疑问，"朔方的雪"是鲁迅高度礼赞的对象。"在无边的旷野上，在凛冽的天宇下，闪闪地旋转升腾着的是雨的精魂……"[1]它们不粘连，随风飘扬、弥漫苍穹，绝不受人操控，这是鲁迅最认可的雪的类型以及精神品格。

2. 态度对照。 令人印象突出的是鲁迅对于"江南的雪""朔方的雪"的精彩对照。孙玉石指出："鲁迅在自然景物描写中寄托了自己的爱憎感情，向往江南雪景温暖的春天一般的美好理想，而憎恶把朔方的雪花变成孤独和冰冷的严酷的冬天。就是鲁迅在这篇散文诗中所寄寓的幽深的情怀。"[2]坦白说，上述解读是有些问题的，恰恰是因为论者把北方的自然空气和当时的政治气候隐喻相结合，才呈现出解读的偏差。不难看出，"朔方的雪"之所以如此飘逸与别致，恰恰主要是因为温度较低，而这其实更是鲁迅暗暗尊重的科学事实。同时，如果从更深层的象征意义解读，"朔方的雪"灵动、豁达、大气与"江南的雪"的浓艳、粘连、沉沦又形成一种人格的比拟与对照，当中可以看出鲁迅的取舍态度。

（二）"立人"的主体性层次

若从"立人"思想关键词去重诠《雪》，我们不难发现，鲁迅在文本中倾注了对相关内容主体性的思考，而这恰恰已成为其褒贬和认同态度的主要标准。他一方面批判依附性，另一方面则是大力弘扬独立性。

1. 批判依附性。 往往有论者把《野草》中鲁迅的彷徨、苦闷和孤独感归结为未和革命群众结合和尚未找到中共的指引等，这无疑是荒唐地误

---

1. 鲁迅全集：第2卷 .186.
2. 孙玉石.《野草》研究[M].北京：北京大学出版社，2010：56.

读鲁迅——先入为主、强行把鲁迅变为论证"政治正确"的既定结论的注脚。实际上,此一时期,无论是中共,还是人民群众都处于成长期或上升期——中共相对稚嫩,群众大多愚昧,甚至是启蒙者/思想革命者都有自己的缺陷。鲁迅在《雪》中批判了其依附性,这尤其以"江南的雪"为中心。

(1)格局狭小。鲁迅对"江南的雪"的美艳进行了相当密集的渲染与美誉,也不乏着力烘托,"雪野中有血红的宝珠山茶,白中隐青的单瓣梅花,深黄的磬口的蜡梅花;雪下面还有冷绿的杂草"[1]。好一副精致温暖的艳丽气象。在他的小说《在酒楼上》里也有类似的书写,颇有惊艳之感,和主人公的颓唐心境有对比的张力。

实际上,鲁迅对于这种过分精致的园林化美艳并无太多好感,或许这也是他在作品中对故乡不太青睐的要因之一。相反,在北京生活了10多年的他更喜欢北方气质的风光,原生态呈现,更具有雄阔的旷野情怀。

(2)任人揉捏。鲁迅还批评了"江南的雪"的随遇而安和任人揉捏,这尤其是以塑雪罗汉为中心。罗汉原本是圣僧,是膜拜偶像,在文本中却面目模糊,一开始甚至不成功,后来在孩子父亲的帮助下,才得以成形,但好景不长。耐人寻味的是鲁迅对这个罗汉结局的细描和情感投射,首先是他在喧嚣中的孤独,别人是难以真正理解他的,虽然他不过是个塑像;其次,他一任"晴天"蚕食,慢慢地不复罗汉模样,显出他的寂寞、彷徨,因为自己本身也已经颓败了。雪罗汉的败落、消亡表面上看是它难以对抗晴天的温度,实际上却是因为它自身的局限——如果在严冬,它能够抗住凛冽,自然可以长久生存,比如巧夺天工的冰雕。对于雪罗汉的遭遇,有论者指出:"这是鲁迅笔下的一个典型模式'看——被看'的再现。在其他作品里,这种模式曾被鲁迅作为一种揭示国民劣根性的有效手段,但是在本文里,这种'被动性'模式很显然又具有了另外一重含义——不

---

1. 鲁迅全集:第2卷.185.

能把握自己命运,不具备独立品格,必将最终沉沦——的暗示。"[1]这也呈现出鲁迅的否定肯定态度的辩证。

2. 弘扬独立性。更值得关注的是鲁迅对独立性、自主人格和孤独感的坚守与弘扬。

首先,"朔方的雪"象征的是孤独的独立性,"朔方的雪花在纷飞之后,却永远如粉,如沙,他们决不粘连,撒在屋上,地上,枯草上,就是这样"[2]。这当然也是一种反抗,拒绝依附,拒绝被收编和把玩,而且格局宏大开阔。三种形态的事物中间,它最具豪迈而不羁的性情。"作者在《雪》中所描写的三种生命存在的形态,目的是在隐藏的意象中,传达一种《希望》里所要继续阐发的思绪:即使身外的青春真正的已不再存在,那么,在他的'死掉的精魂'之身上,也就是进行'朔方雪花'所象征的孤独反抗的生命存在中,仍然有永不绝灭的希望在的!这些,或许就是我所理解的鲁迅写作这篇《雪》的深层的象征内涵。"[3]

其次,鲁迅虽然在《雪》中透露出悲哀和彷徨的意向/情愫,但更强调一种内在的自由自我、不羁特异的灵魂高贵与无拘无束的创造力、冲击力,这才是"立人"的核心要素之一,个性、精神不可遏抑、挥洒自如。

再次,鲁迅亦关注孤独的奉献精神,以"朔方的雪"为例,它们是雨的精魂,是主动赴死的大欢喜,虽然亦有清醒而孤独的痛苦和一闪而过的彷徨感。"在这里,鲁迅强调的是他对于孤独的体认和选择。这种孤独,首先是战士的孤独,而不是弱者的孤寂。同时,这更不是被动的被人遗弃,而是一种主动的选择,是战士自己的'决不粘连'的性格所造就的。因此,这种孤独也是一种倔强的孤独,是将自我置之绝地之后所产生的孤独感。"[4]

---

1. 李振峰,王硕.精神的涅槃飞升与生命的超越性指向——重读鲁迅的散文诗《雪》[J].吉林师范大学学报(人文社会科学版),2008(04):166.
2. 鲁迅全集:第2卷.186.
3. 孙玉石.现实的与哲学的:鲁迅《野草》重释[M].上海:上海书店出版社,2001:101.
4. 张洁宇.独醒者与他的灯:鲁迅《野草》细读与研究[M].北京:北京大学出版社,2013:132-133.

有论者指出,《雪》的构思及表达和中国文化密切相关:首先,渗透了作者关于理想和现实的思考。其次,不同地方的雪的品质和作者的不同态度,象征性地表现了中西文化的冲突。最后,也表现了作者在个人情感生活中的矛盾心理和某些痛苦体验。[1] 所论颇有新意,但似乎亦有过度诠释之嫌,而且如何找寻情境描述和意义指涉之间的关联也成问题,必须有更多明确(哪怕是蛛丝马迹)的过渡证据和论证。"江南的雪"中的雪罗汉事件或许可以反证出把玩和消费语境下的人们精神信仰的游戏性、虚妄性,所谓"吃教""无特操"等,到了"朔方的雪"中似乎变成了——以自由、虚浮,乃至虚无为信仰和追求的实践了,但这都是主体的主动选择。

二、《这样的战士》:"立人"思想的践行者及其中国遭遇

在我看来,《这样的战士》更是对鲁迅"立人"思想的一种纸上践行,也是对他小说创作(《呐喊》《彷徨》)的一种主题呼应、佐证和总结。从此视角看,"战士"角色既是他对自我的期许,更是对强力意志式的超人、启蒙者的设定,又是对这种思想革命精神的策略追寻与坚守;同时,鲁迅还设置了这样的战士所遭遇的中国语境——对手们的狡猾多变,以及战士可能的困境。恰恰是从此角度,我们可以看到在立足现实语境基础之上的执着与可能的形而上超越。

(一)战士与"立人"

在文本的开头,鲁迅写道:"要有这样的一种战士——"[2] 这既是一种期待——"要有",同时又是一种指明——"这样的一种战士"。联系上下

---

1. 刘彦荣.奇谲的心灵图影——《野草》意识与无意识关系之探讨[M].南昌:百花洲文艺出版社,2003:275.
2. 鲁迅全集:第2卷.219.

文,不难看出,其中的"立人"思想与战士角色有一种幽微的勾连。

1. 赓续"立人"。相当多的论者忽略了鲁迅此段书写的丰富内涵。"已不是蒙昧如非洲土人而背着雪亮的毛瑟枪的;也并不疲惫如中国绿营兵而却佩着盒子炮。他毫无乞灵于牛皮和废铁的甲胄;他只有自己,但拿着蛮人所用的,脱手一掷的投枪。"[1]为更清晰地思考,我们不妨用表格来说明:

身 份	特 征	武 器	备 注
非洲土人	蒙昧	雪亮的毛瑟枪	
中国绿营兵	疲惫	盒子炮	
战士	只有自己	蛮人用的投枪	不要甲胄(牛皮+废铁)

从武器来看,战士使用的只是相对落后的投枪,他拥有的却是自己,具有高昂的斗志和强大的内在。易言之,鲁迅更强调思想革命的重要性。虽然客观来说,如果战士使用的是杀伤力更大的新式武器,那么他悲哀和彷徨的程度可能有所减轻,但这不是重点。如果结合鲁迅留日时期的"立人"思想论述(如《文化偏至论》《摩罗诗力说》等),不必多说,其中更强调的不是船坚炮利、唯"物"主义,而是一种科学精神以及相关的文化土壤;不是物质欲望的满足,而是强力意志的生发。如乐黛云在《尼采与中国现代文学》中说,"过客"和"这样的战士"都带着这种尼采式的强者的色彩,都是鲁迅认为在中国的特定条件下特别需要强韧的意志力这一思想的形象再现"。[2]

鲁迅对文本中提及的"自己"的强调既指向了升华的战士、超人/强人,反过来也是对自我的一种设定和期许。如李玉明指出,借助此文,鲁迅完成了对自我人格结构的形塑,主要分成如下几个层面:(1)思维敏捷、敏于行动,"寸铁杀人";(2)清醒;(3)冷静;(4)有辨别、有主见;(5)从容镇定、俯瞰人间;(6)韧性十足;(7)无赖精神;(8)信念——反

---

1. 鲁迅全集:第2卷.219.
2. 乐黛云.尼采与中国现代文学[J].北京大学学报(哲学社会科学版),1980(03):25.

抗绝望。¹

2. 如何"立人"？ 毫无疑问，"立人"的内在发动更多该是由己，好比"启蒙"。在康德看来，启蒙运动就是人类脱离自己加之于自己的不成熟状态，不成熟状态就是不经别人的引导，就对运用自己的理智无能为力。当其原因不在于缺乏理智，而在于不经别人的引导就缺乏勇气与决心去加以运用时，那么这种不成熟状态就是自己所加之于自己的了。²但很多时候，由于相对漫长的封建统治、瞒和骗的传统根深蒂固，"立人"又需要先觉者/启蒙者的帮助，所以到了中国语境中，这就成为五四运动和1980年代新启蒙运动的困境之一。所谓启蒙者并不深入钻研有关理论，救出自己，而是更急功近利地呼吁群众跟随。因此邓晓芒犀利地指出："当这些自认为是'启蒙'的思想家用各种方式宣传群众、启发群众、发动群众和领导群众时，他们已经在做一种反启蒙的工作了，并且总以盲目追随的群众的人数作为自己'启蒙'成就大小的衡量标准。"³

而鲁迅则与众不同，他不仅超出了同时代人的部分局限，甚至到了1980年代新启蒙时期也未必就有合格的接班人和空谷足音的知音，他其实是最具自我反省精神的启蒙者，深知自己的局限。鲁迅的"立人"思想何尝不是如此呢？回到文本中来，鲁迅更强调的也是自我的内驱力，尽管战士也是一个具有典型性的角色设置。为此，"立人"思想找到了一个合理的出口——战士，战士既能自我启蒙，又可以通过以身作则，让民众见贤思齐。

（二）践行者及其中国遭遇

如前所述，战士就是"立人"思想的践行者，其角色相当复杂：一方

---

1. 李玉明."人之子"的绝叫：《野草》与鲁迅意识特征研究[M].北京：北京大学出版社，2012：153-157.
2. 康德.历史理性批判文集[M].何兆武，译.北京：商务印书馆，1990：23.
3. 邓晓芒.启蒙的进化[M].重庆：重庆出版社，2013：22.

面，他是鲁迅的自画像，是鲁迅自我反省、激励与确认的载体；另一方面，战士的核心任务就是要革命和战斗，在鲁迅的语境中，尤其强调思想革命必须毕生坚持。为此，他就必然面对各色敌人。某种意义上说，这些敌人既是外在的，又是内化的，或至少是环绕在战士周围的，我们不妨考察一下践行者在中国的遭遇。

1. 对抗空头 / 点头。相当耐人寻味的是，鲁迅对战士作战的对象的设置有一个循序渐进的过程，或者说，先礼后兵，卑劣程度依次递进。在第一个阶段中，战士的敌人以头作为武器，战士亦不得不从头谈起。

（1）点头。"他走进无物之阵，所遇见的都对他一式点头。他知道这点头就是敌人的武器，是杀人不见血的武器，许多战士都在此灭亡，正如炮弹一般，使猛士无所用其力。"[1]表面上看，"点头"貌似是示好的标志，但这只是表面现象。相较而言，中华文化传统相对匮乏如何面对陌生人（个体）的应对策略，所谓有关文化大多指向熟人社会或者上下等级关系的制度和道德设置。对于外来者，或者以蛮夷等歧视性称号远之，或者以怀柔政策远人，等待他者的朝贡，很少借助武力征服。

在此文本中，"点头"之所以成为一种隐蔽的杀伤性武器，是因为它仿若糖衣炮弹或软刀子，让观者首先麻痹大意或以为对方是熟人或同道，但一旦陷入后，就会被各种"软实力"收编，如过继子嗣的封建伦理体系、道德规训、利益诱惑、众口铄金等。这在鲁迅的小说中亦很常见，比如《长明灯》中如何处理祖辈曾经当过官的叛逆者"疯子"，《孤独者》中族人如何对付魏连殳，策略都一脉相承。

（2）空头。"那些头上有各种旗帜，绣出各样好名称：慈善家，学者，文士，长者，青年，雅人，君子……头上有各样外套，绣出各式好花样：学问，道德，国粹，民意，逻辑，公义，东方文明……。"[2]到了空头策略中，"无物之物"的头上首先是貌似名正言顺的好名声，但这些名词的内

---

1. 鲁迅全集：第2卷 .219.
2. 鲁迅全集：第2卷 .219.

容都已被偷梁换柱，却继续打着类似的旗号来对付那些轻信者和愚昧之徒。鲁迅在写此文前其实已经对"正人君子"之流的话语术加以打击。

"无物之物"的头下还有花样迭出的外套包裹。仔细看来，这些名词其实绝不限于中国语境和特产，还不乏普世价值的词语和西方舶来品。实际上，他们也只是挂羊头卖狗肉——以此打击对手。无疑这也是鲁迅反省的对象。异常清醒的战士不仅勇猛，而且心细如发，颇有谋略，他的应对策略是，"举起了投枪"[1]，一副不受收编、不受麻醉、清醒而坚定的战斗模样。

2. 刺破瞒和骗。 面对战士的坚守，"无物之物"快速变阵，他们以发誓作为欺骗的手段和工具，可谓张力十足。他们还继续虚假制造自己的特异，而且以后天的证据作为补充，妄图说服战士。这种伎俩呈现出他们瞒和骗的传统延续，既可以凸显自己的独特性、诚恳度，又可以奴化人民/庸众，让自己的利益和统治制度长治久安、千秋万代。

但战士既有韧性，又有理性，"他微笑，偏侧一掷，却正中了他们的心窝。一切都颓然倒地；——然而只有一件外套，其中无物"[2]。某种意义上说，"无物之物"所实践的瞒和骗的传统也就是长年延续下来的意识形态统治逻辑，"与其说鲁迅的伟大在于他深刻地洞察到意识形态的渗透功能，不如说在于他明知不可为而为的战斗精神，实际上正是这种坚韧的永不放弃的战斗，在某种程度上突破了意识形态，给我们提供了一些启示"[3]。

毫无疑问，对于瞒和骗的传统，鲁迅一直坚守"痛打落水狗"的精神，也许生活在和平时期的人会误以为这不够宅心仁厚、多元包容，但实际上，无论是现实中的鲁迅的同道——革命战士王金发没有替遇害的秋瑾复仇，而是被糖衣炮弹收编、日益堕落，最终被反动势力杀害，还是在小

---

1. 鲁迅全集：第2卷．219.
2. 鲁迅全集：第2卷．219.
3. 强东红．"无物之阵"与意识形态——《野草·这样的战士》解读[J]．中国文学研究，2008(04)：102.

说《药》中，借助夏瑜的牺牲悲剧带来的无药可救的结局思考，鲁迅（也希望读者们）对此做出深切的反省。到了杂文中，他也依旧不无苦口婆心之举。

3. 启蒙的困境。"无物之物"还有更强大的围困策略。战士虽然一击就中，但"无物之物已经脱走，得了胜利，因为他这时成了戕害慈善家等类的罪人"[1]，恍如孙悟空三打白骨精的典故，虽然火眼金睛的孙悟空察觉了妖精的本质，但因为狡猾的妖精变化多端、逃走及时，让孙悟空多次背负杀人的恶名以及肉眼凡胎的唐僧的埋怨和驱逐。某种意义上说，这是统治阶层的意识形态逻辑生效的结果——少数既得利益者不仅以权和钱收买打手、联合同道，更以统治思想同化庸众，使之成为牺牲品、心甘情愿的奴才，甚至成为对付来解救他们的启蒙者的敌人和统治者的帮凶。这种被误读、狙击和复杂困境恰恰是鲁迅自我和现实中国的投影，"正像竹内好所指出的那样，这篇作品并非只是单就具体事件所阐发的感想。应该说它是将中国'黑暗'状况的特征以及与此进行持续战斗的鲁迅的特质鲜明形象化的艺术作品"[2]。

更进一步，坚守的战士亦会挫败，他终于英雄迟暮、繁华落尽、油尽灯枯，而"无物之物"必然以虚假的"太平"（恍如《希望》中形容青年们的"平安"）粉饰太平、奴化中国。于鲁迅而言，这种挫败感、荒诞感既是他自身的深切体验，也是他对预设"立人"理念及践行此理念的战士命运的揭示。

如果回到当时的北京女师大事件的现实世界中去，"无物之物"的策略——流言和谎话——恰恰是"正人君子们"的伎俩，为鲁迅所深恶痛绝。但鲁迅终究是鲁迅，战士依旧是战士。"明知山有虎，偏向虎山行。"明知自己亦会老化死去，但墓碑亦指向进攻的方向，"但他举起了投枪"，身躯已倒，但战斗不息，精神不死。

---

1. 鲁迅全集：第2卷.219-220.
2. 片山智行.鲁迅《野草》全释[M].李冬木，译.长春：吉林大学出版社，1993：99.

三、《聪明人》:"立人"的繁复性及互文性诗学

在我看来,《聪明人》一文内蕴丰腴,主要指向了鲁迅"立人"思想的繁复性。鲁迅对"立人"的繁复思考可分为两大层面:其中之一是主要从反面切入,认真清理不同层次、类型人物身上各色各样乃至根深蒂固的奴性;另一个层面则是采取互文性(intertextuality)的诗学建构继续思考他留日时期就提出并阐发的"立人"议题。其中包括打破"铁屋子"的意象隐喻,在中西文化序列中考察"傻子"的位次并注入合理的元素更新。

(一)反面切入:清理奴性

回到鲁迅的《聪明人》文本中来,显而易见的层面是从反面切入,对形形色色的奴性进行清理。某种意义上说,《聪明人》中的奴性可谓无处不在。

1. 奴才的自奴化。《聪明人》中奴性显而易见且浓烈张扬的是"奴才"这个角色。简而言之,他就是在接受意识形态规训后愚昧懦弱、自噬苦难、自我奴役的代言人。

(1)精神欺骗法。这种自我慰安和阿Q的"精神胜利法"有共通之处,但亦有差异。其中一点是:阿Q的"精神胜利法"是一种自我欺骗、安慰的胜利法,而精神欺骗法则更被动——依赖于他人的不痛不痒的鼓励,所以鲁迅在文本中写道:"奴才总不过是寻人诉苦。只要这样,也只能这样。"[1]

根据"奴才"的自述,他生活凄苦、饮食寒碜,同时又不得不完成细密而折磨人的不尽劳作,居住环境也十分恶劣,甚至不如猪狗。除此以外,还要时常受到"主人"的各种刁难和欺凌。

---

1. 鲁迅全集:第2卷.221.

第二章 《野草》系统

"官逼民反"或"主逼奴反"似乎是人之常情和社会常态,而"奴才"却选择了诉苦。换言之,他不是选择冲冠一怒,愤而反抗,而是时不时乞求别人的怜悯和廉价同情,借此压抑可能的反抗,达到自我欺骗、自我奴役的效果。如"奴才"回答"聪明人"安抚之后的言辞,"可是我对先生诉了冤苦,又得你的同情和慰安,已经舒坦得不少了。可见天理没有灭绝……"[1]甘心自我奴役,牢骚得到慰安就变成了天理的安排和服从命定。

(2) 自奴与奴他。孙玉石指出:"鲁迅在这篇散文诗中所写的三个人物,是对现实斗争中某类人物命运和态度的集中概括,但不能认为他们就是现实生活中那一种阶级和阶层人物的直接代表。鲁迅所写的应该看做一种诗的精神的象征,而并非小说的对真实人物性格的刻画,也不能当做带有历史性的典型人物来理解。"[2]此论相当中肯,作为来自现实的感喟、反思与体悟的文本,《聪明人》中的指涉极可能关联了现实,但更可能是一种诗学提炼和哲学总结。

"奴才"角色亦有呈现鲁迅深刻性的层面,也即"奴才"的角色成为专制统治及其伦理规训暴力下的牺牲品,他自然达不到乐在其中的境界,在被逼刻意忍受的过程中,他通过诉苦来纾解压力,可悲的是,他却懦弱贫乏,没有勇气反抗,甚至没有勇气承担责任与接受别人施予的解放与自由,从而反映出其深重的"奴他"(由被逼奴役辛勤劳作到自我奴役到按照此思维奴役他人)意识。

"奴才"第二次诉苦的对象是"傻子",而"傻子"闻听其惨状后就大叫大怒,而且直接动手准备帮他"打开一个窗洞来"。结果,他不仅不感激,而且一方面担心"主人"责骂,另一方面又出卖了"傻子"。换言之,习惯了自奴化的"奴才"不仅不能接受真正的自由,同样不允许自由思想/载体的存在与蔓延。

---

1. 鲁迅全集:第2卷.221.
2. 孙玉石.《野草》研究[M].北京:北京大学出版社,2010:92.

2. 帮闲与奴主。 文本中还有其他样式的奴性，比如帮闲和奴才主人身上的奴性。

（1）聪明人的利己本质。"聪明人"的出现有两次，两个场景中可以看出其立场、姿态和灵魂深处的奴性。

第一个场景中他是"奴才"的诉苦对象，也是博取廉价同情的资源之一。"聪明人"的表现依次为，"'这实在令人同情。'聪明人也惨然说""'唉唉……'聪明人叹息着，眼圈有些发红，似乎要下泪"。[1]神态表情配合到位，颇有影帝风采，但基本上都是没有个性和真实立场的附和与敷衍。最后一句的安慰话——"我想，你总会好起来……"[2]是一句相当安全而又博人好感，甚至麻痹人的措辞：对方若失败了，可感受到他的"善意"；对方若成功了，则感激他"洞察力"或"慧眼识人才"，总之是旱涝保收的骑墙话语。

第二个场景则是"傻子"被"奴才"们赶走后，"主人"也出来夸奖了报警的"奴才"。不难看出，"聪明人"的随口赞扬、信口开河安抚既方便了自己、得人赞誉或感激，同时又帮助了主子——"主人"安抚"奴才"，为其站队服务。如果说第一个场景中的"聪明人"还身份暧昧——让人难以揣摩他是以表演收编奴才还是真情流露乐于助人的话，第二个场景已经凸显了他的高级奴才身份。冯雪峰的见解一针见血："'聪明人'其实也是一种奴才，不过是高等的奴才；他很聪明，知道迎合世故和社会的落后性，以局外人或'主子'的邻居的姿态替'主子'宣传奴才主义哲学，所以也是一种做得很漂亮的走狗。"[3]

（2）主人的奴化与自限。《聪明人》中极少出现却又近乎无处不在的是"主人"，他是文本中"主—奴结构"中相对潜隐却又至关重要的存在一极，他的身上也吊诡地存有奴化他人和难逃奴化的双重性。

---

1. 鲁迅全集：第2卷.221.
2. 鲁迅全集：第2卷.221.
3. 冯雪峰.论《野草》[M] // 冯学峰.冯雪峰论文集（下）.北京：人民文学出版社，1981：361.

一方面，他是这种专制黑暗结构、制度和逻辑的暴力执行者，毫无疑问也是既得利益者。在前面奴才诉苦的场景中，他是一种不在场的在场，他残酷、冷漠、穷凶极恶，对奴才极为苛刻吝啬，自己却穷奢极欲。同时需要指出的是，他是一个极端自私却又相当"成功"的统治者，尤其是从规训各个阶层、灌注奴性思想借此固化自己的利益来看，他既能够收编"聪明人"，又能够奴役"奴才"，显示出相对高超的奴化技艺。他一直秘不示人，深谙专制社会中保持神秘感对奴才精神威慑的重要性，直到"奴才"举报可能是威胁的"傻子"后，"听到了喊声，慢慢地最后出来"[1]。而且，面对"奴才"的谄媚，他平淡地表示："你不错。"[2]让"奴才"感恩戴德，全然忘记了自己苦难的直接和间接根源恰恰是主人和以之为代表的专制制度。

但另一方面，"主人"也是"主—奴结构"的牺牲品。在这种奴化思想中，他也是奴性十足的承载者和选择之一。在他之上，还有更大的主人，或者是相关的奴役专制思想、逻辑结构。因很可能随时被置换，他必须借此结构榨取最大化的利益，"主人"也因此丧失了真正的自我。实际上，他也是臣服于"主—奴结构"牵涉的巨大利益和统治思想的，无人可以幸免，甚至他也可能随时被撤换。当然，在"主—奴结构"中，离开了奴才的主人并不能真正的存在，这是他奴性和依附性的又一层体现。

（二）"立人"的繁复性：互文性诗学观照

鲁迅采取了多种策略来丰富和思考其"立人"思想，并结合诗学创设考量，在《聪明人》中相当突出的则是互文性[3]诗学。这里的互文归结到鲁迅这里主要呈现为两个层面：一方面是鲁迅对自我思路，尤其是互文中

---

1. 鲁迅全集：第2卷．222．
2. 鲁迅全集：第2卷．222．
3. 有关互文性的介绍和研究可参考：王瑾．互文性[M]．桂林：广西师范大学出版社，2005；蒂费纳·萨莫瓦约．互文性研究[M]．邵炜，译．天津：天津人民出版社，2003；等等。

呈现出有关主题的共享与深化，而另一方面则表现为鲁迅和其他思想之间的互文，尤其是鲁迅在借鉴这些思想之上的发展与再创造。

1."铁屋子"隐喻及打破策略。某种意义上说，《聪明人》中所哭诉的状况，尤其是居住环境的恶劣，令人不免想起"铁屋子"的意象，这是此文本和《呐喊》进行互涉的表现之一。

（1）回望"呐喊"。《聪明人》中"奴才"的居住环境非常恶劣，"奴才"描述道："先生，我住的只是一间破小屋，又湿，又阴，满是臭虫，睡下去就咬得真可以。秽气冲着鼻子，四面又没有一个窗……"[1]臭气熏天，甚至没有窗户。如果我们将这间屋子抽象化、隐喻化，并加以文本互涉，不难看出，这其实可以视为鲁迅对《呐喊》的回望。在《呐喊·自序》中，鲁迅写道："假如一间铁屋子，是绝无窗户而万难破毁的，里面有许多熟睡的人们，不久都要闷死了，然而是从昏睡入死灭，并不感到就死的悲哀。现在你大嚷起来，惊起了较为清醒的几个人，使这不幸的少数者来受无可挽救的临终的苦楚，你倒以为对得起他们么？"[2]

鲁迅曾经将中国的历史时代相当犀利地归结为："一，想做奴隶而不得的时代；二，暂时做稳了奴隶的时代。"[3]类似的，作为奴隶和奴才[4]们的居所——"铁屋子"成为现实存在和精神奴化的双重桎梏象征。从此视角看，批判国民劣根性及其生成机制一直是鲁迅"立人"思想的践行和展开过程中必须实施的任务，甚至是当务之急。打破外在的铁屋子，驱除精神上的奴性、疗治精神创伤，然后才能有效注入新元素，塑造新人。

（2）注意策略。在这种互文性诗学中，我们也看到《呐喊》和《彷徨》时期（也包括个案文本）的精神差异和鲁迅思想的嬗变特征。在《呐喊》中，鲁迅（"我"）对于能否打破"铁屋子"心存疑虑，但最终还是抱

---

1. 鲁迅全集：第2卷 .222.
2. 鲁迅全集：第1卷 .441.
3. 灯下漫笔 [M] // 鲁迅全集：第1卷 .225.
4. 毫无疑问，"奴隶"和"奴才"有着质的差别，前者算是物质/阶层身份，后者则是精神认同描述。此处更多用来描述底层的乌合之众，故不做具体区分。

有希望——"听将令"并为前行的先驱者呐喊几声；而《野草》的《聪明人》一文中，"傻子"对于为"铁屋子"开窗的想法颇为赞同，热火朝天、雷厉风行，"傻子跟奴才到他屋外，动手就砸那泥墙"[1]，并且，相当固执，"'这不行！主人要骂的！''管他呢！'他仍然砸"[2]，直到被一群奴才赶走。

某种意义上说，这两种斗争策略，无论是过于绝望（虽然深刻、洞察力强），还是过于冒进/激进（虽然行动力十足）都是更成熟之后的鲁迅所着力反思和加以完善的对象。这和鲁迅偶有犹豫和彷徨，但往往更坚定反抗绝望、韧性战斗的策略有所差别。"傻子"的行动中亦有缺点，"在这个'傻子'的身上，同样能看到鲁迅对于'战士'们的斗争方式的强调，特别是在诸如'无物之阵'中，在面对'奴才'这样的愚众的情况下，仅有斗争的热情和鲁莽的行动是不够的。'傻子'最终被奴才诬为'强盗'了，这里当然更多的是对奴才相的愤怒和暴露，但同时，按照鲁迅善于反思的习惯，也应该认识到这里面对'怎样的战士'所进行的思考"[3]。卓有成效且韧性十足才更是鲁迅的选择。

2. "傻子"的文化角色吊诡。在《聪明人》中，"傻子"的角色颇耐人寻味：他如何从一个不甘于倾听诉苦、奋起助人为乐的勇士变成了一个被受助者——"奴才"揭发/检举的"强盗"？鲁迅将之命名为"傻子"又有何深意？

（1）对话厨川白村或尼采？需要指出的是，鲁迅在撰写《野草》期间也翻译了厨川白村的《出了象牙之塔》，译本后记刊登在1925年12月14日《语丝》第57期上。半个月后（26日），鲁迅写了《聪明人和傻子和奴才》一文。厨川白村有关于"呆子"的介绍和论述："所谓呆子者，其真解，就是踢开利害的打算，专凭不伪不饰的自己的本心而动的人；是决不能姑且妥协，姑且敷衍，就算完事的人。是本质底地，彻底底地，第

---

1. 鲁迅全集：第2卷.222.
2. 鲁迅全集：第2卷.222.
3. 张洁宇.独醒者与他的灯：鲁迅《野草》细读与研究[M].北京：北京大学出版社，2013：284.

一义底地来思索事物，而能将这实现于自己的生活的人。是在炎炎地烧着的烈火似的内部生命的火焰里，常常加添新柴，而不怠于自我的充实的人。从聪明人的眼睛来看，也可以见得愚蠢罢，也可以当作任性罢。"[1]"呆子"和"傻子"当然有差别，需要强调的是，《聪明人》中的"傻子"和厨川所言的"呆子"有神似之处：他不伪饰、极富同情心，而不似"聪明人"那样具有表演性和世故的敷衍，同时具有即时迅猛的行动力，甚至被人目为"强盗"。

孙玉石还考察了此文中的观点和尼采哲学的契合与差别。"也可以说，鲁迅在尼采的哲学中找到了自身生命哲学思考的基点。《聪明人和傻子和奴才》的艺术构思，就可能成为这种生命哲学化成的内在火焰的一种形象状态的释放。在鲁迅神圣的愤怒与讽刺中，隐藏着他对人民的大爱在内的。这也许正是鲁迅与尼采之间的一点区别罢。这篇散文诗似乎没有很深的哲学，而一向不被一些向潜深处开掘的研究者所注意。"[2]"傻子"内在的生命状态（或者说幼稚型的"强力意志"）的确呈现出和周围形形色色的奴性不同的内质，虽然略显粗糙。

需要说明的是，虽然鲁迅很可能从厨川白村和尼采那里获得了某种精神资源，但理论上他必须回到中国语境，鲁迅也的确是扎根中国的"民族魂"作家。毕竟"傻子"作为助人为乐的启蒙者，身上亦有"中间物"特征——作为相对简单的人物，他对"奴才"表面诉苦实则寻求安慰继续忍受奴役的深层现实缺乏深切了解。从这个角度看，他又不得不面对自己对中国文化资源的依附性。

（2）鲁迅自我的赓续：狂/癫/疯的谱系。需要指出的是，《聪明人》中的"傻子"其实也是鲁迅对自我书写的一种有意互文，我们可以将之安放在鲁迅创造文本的狂/癫/疯谱系中。这在鲁迅的小说中有着相当精彩

---

1. 厨川白村.苦闷的象征[M]//鲁迅博物馆.鲁迅译文全集：第2卷.福州：福建教育出版社，2008：318.
2. 孙玉石.关于《聪明人和傻子和奴才》[J].鲁迅研究月刊，1996（11）：35.

的表现，可以称为癫狂话语。[1]

为此，我们要看到"傻子"的独特性和锐利性，他有真情实感，有即席的行动力和主体性，他也有坚守和信仰，从某种意义上说，是一种有勇气的知识分子/启蒙者的象征。当然"傻子"亦有缺陷，他有可爱的、真傻的一面，如没有充分调查研究就急于乐于助人，有冲劲但冲动，有勇气但少谋略，甚至其身上亦有可能的奴性。正是借助对"傻子"正反面（尤其是正面冲击力）的缜密思索和象征诗学策略，鲁迅的"立人"思想才呈现出其多姿多彩性。而这一切都和鲁迅思考的谱系学息息相关，并非孤立自足的存在。

结语："立人"思想在鲁迅《野草》中的呈现，表面上看似可以一概而论，所谓破立结合，但实际上，即使从单篇思考角度来看，也有很多别致和丰富的呈现：既有借助自然的抒情性策略，呈现出他对"立人"姿态和立场的描绘和情感投射（如《雪》）；又有对这种思想的中国践行可能性反思，呈现出对"立人"思想的具化和丰富策略（如《这样的战士》）；同时还借助互文性诗学，无论是从"立人"思想正面/负面的繁复性考量还是从更宏阔的意义关联探勘上，都呈现出其别致的匠心（如《聪明人和傻子和奴才》）。从此视角看，《野草》是鲁迅的精心创制，具有不可蹱武的经典性。

---

1. 具体论述可参拙文：论鲁迅小说中的癫狂话语[J].中山大学学报（社会科学版），2008（04）：41-47.

[第三节]

《野草》中的笑

某种意义上说，嬉笑怒骂或反讽（irony）等风格/手法已经成为鲁迅文学书写的重要策略，乃至成功标签之一。"笑"作为其中相当重要的手法有其独特功能。如有论者指出，"在鲁迅笔下，对笑的描写，常常是刻画人物性格的一种手段"，"有时也是展现人物历史的一种方法"，"有时还作为揭露反面人物的武器来使用"，"有时还是鲁迅小说构思的重要线索"。[1]有论者借助西方理论把鲁迅小说中的"笑"的书写类型分门别类处理，也自有其洞见。论者指出，鲁迅小说中的"笑"大致可分为装饰型、反讽型与布尔列斯克（burlesque）型三类。鲁迅所说的"装点些欢容"形成装饰型的笑；"言在此而意在彼"构成反讽型的笑；"夸张的滑稽模仿"则是布尔列斯克型的笑。[2]同样，在鲁迅的杂文书写中，"笑"及其话语[3]亦卓有成效、令人瞩目，近乎是常识。

作为现代文学经典的《野草》，其中的笑话语同样值得仔细探勘。但遗憾的是，这方面的专门探究并不多见；偶有论者，如陈安湖，也只是相对富有联想性地在论述某篇时对其进行只言片语地论述。如提到《死

---

1. 叶润桐.出色的细节处理——鲁迅小说关于笑的描写[J].贵州文史丛刊，2006（04）：36-37.
2. 陆芸.在笑噱中直面社会与人生——略论鲁迅小说中的笑[J].浙江学刊，2001（01）.
3. 这里的话语（discourse）主要是指围绕某类主题展开的历史形成过程、相关认知过程、社会关系和思想形式等的总结，它往往包含了其运作轨迹和文化权力机制。具体论述可参拙著：鲁迅小说中的话语形构——"实人生"的枭鸣[M].北京：人民出版社，2011.

火》第一次"哈哈"出现时,论者论述道:"发笑者是'我',也可以说就是作者自己。这是看穿了冰谷统治者的伎俩而发出的纵声大笑,含有强烈的讽刺和鄙夷的意味。这样的笑,在《野草》中是常见的。这是作者常用以揭穿敌人伪装的武器。《死后》……含义也一样。这'哈哈'一笑,恰如一支利剑,刺进了敌人的心脏,使他们无所遁形。"[1]

《野草》中的"笑话语"和鲁迅小说、杂文中的"笑话语"既有相似性、相通性,又有差异性。比如它们可能都指向了对各色国民劣根性的大力挞伐以及对自我的深刻解剖。但由于《野草》的独特性,比如相对晦涩、歧义/奇异,因而让其中的"笑话语"在解读与诠释时更显芜杂,甚至有些突兀和发散。而在结构设置上,《野草》中的"笑话语"多散居分布,未必对大的结构推进作用重大,但在有些篇章中也偶露峥嵘。如《题辞》一文中,"但我坦然,欣然。我将大笑,我将歌唱"[2]。这一句中的"大笑""歌唱"出现了三次,重复、排比、回环,对作者的情绪抒发有强化性,对篇幅的推进亦呈现出特别的韵律感。《死火》中"哈哈"第一次出现时,将笔墨暂时荡开,从幻设的冰谷世界进入了幼时的经验世界,亦有丰富和推展情节的作用;第二次"哈哈"的出现出人意表,对于结局的构设亦不乏推助。

整体而言,恰恰是因为《野草》意义的繁复性,我们才更倾向于将论述焦点锁定在其"笑话语"的意义指向上。简单而言,如果采用关键词(key words)总结法,《野草》中的"笑话语"主要有三个指向:(1)德性。"笑"喻示和象征了一种道德高度,或是可能的牺牲与升华,或是对美好/豁达素质的拥有等;(2)理性。这是对存在中的非堕落状态的描绘和反思,其中既有自律,又有坚守和考问/强化;(3)劣根性。其间亦不乏对各种劣根性的挖掘与批判,其中既包括个体与群体,又包括自我解剖。

---

1. 陈安湖.《野草》释义[M].北京:人民出版社,2013:113.
2. 鲁迅全集.第2卷.163.

一、德性

从某种意义上说,《野草》不仅包含了鲁迅的哲学理念,是鲁迅直面自我的篇什,而且寄托了鲁迅对某些建设性、褒扬性理念的弘扬,尽管这些理念在《野草》中被呈现的程度有异。简单而言,"德性"在鲁迅的思维中颇为复杂,既有其相对激烈的反传统主义倾向,又难免有对儒家伦理中类似于"大我"的"为公"精神和坚守原则,并不乏对西方现代性中新型的道德伦理的接受和弘扬。笔者认同麦金太尔的观点:"德性必定被理解为这样的品质:将不仅维持实践,使我们获得实践的内在利益,而且也将使我们能够克服我们所遭遇的伤害、危险、诱惑和涣散,从而在对相关类型的善的追求中支撑我们,并且还将把不断增长的自我认识和对善的认识充实我们。"[1]

(一)牺牲/升华

《野草》首篇《秋夜》不仅奠定了整本集子的情感/意义基调,而且在"笑话语"上亦别具一格。文本中的"笑"有不同层次。比如,虚假的自以为是的笑,(夜的天空)"他的口角上现出微笑,似乎自以为大有深意,而将繁霜洒在我的园里的野花草上"[2];在冷峻的环境中对美好的某种可能性的瑟缩期待的笑,(小粉红花)"她于是一笑,虽然颜色冻得红惨惨地,仍然瑟缩着"[3]。

特别引人注目和颇具争议的还有"夜半的笑声","吃吃地,似乎不愿意惊动睡着的人,然而四围的空气都应和着笑。夜半,没有别的人,我即刻听出这声音就在我嘴里,我也即刻被这笑声所驱逐,回进自己的

---

1. 麦金太尔. 德性之后[M]. 龚群, 译. 北京: 中国社会科学出版社, 1995: 277.
2. 鲁迅全集: 第2卷.166.
3. 鲁迅全集: 第2卷.166.

房。灯火的带子也即刻被我旋高了"¹。张洁宇认为,无论是"枣树",还是奇怪的"笑声",都是"一个带有分裂特征的'我'。如果把'我'看作作者本人,就无法理解为什么我自己不知道笑声出于自己的口中。而如果把这个'我'看作者自画像中的形象,就很容易理解了"²。而在李何林看来,"'我'很欣赏枣树的英勇战斗和天空的狼狈,他情不自禁地,也是不自觉地吃吃地低声笑了,对天空的狼狈相有些痛快"³。陈安湖也持类似观点,认为这是一种"讥讽的笑"⁴。李玉明则别出心裁地指出:"这是一种嘲弄的笑声,暗示着一种消解的倾向,一种对枣树所作出的挑战的人生选择的解构趋向和否定倾向。并且,整部《秋夜》情绪脉络的演变也透露出这种解构倾向。"⁵在我看来,这种笑声具有多重含义,既有对"夜的天空"(而非对"枣树"的努力的对抗)的嘲讽和解构,又有对自我的激励和确认(通过分身貌似"异"的方式),同时也是对自我存在,乃至牺牲与反抗精神的赞许。

在《题辞》中,作者亦颇有激情地提及,"但我坦然,欣然。我将大笑,我将歌唱"⁶。陈安湖认为:"这是对敌人践踏、删刈的憎恶和蔑视,表现了作者坦荡的胸怀和豪迈的战斗风度。"⁷在我看来,这里的"大笑"至少有两重含义:一是对表面的野草命运的笃定、认同乃至部分赞扬;二是对阴暗、凶险人生中坚守者(包括自我)的激励与表态。

(二)豁达/美好

前述《秋夜》中的"小粉红花"的"笑"虽然屡弱,但其实不乏对美好的简单憧憬与向往。在《过客》中,这种对美好理想/目标进行确认

---

1. 鲁迅全集:第2卷.167.
2. 张洁宇.独醒者与他的灯:鲁迅《野草》细读与研究[M].北京:北京大学出版社,2013:46.
3. 李何林.鲁迅《野草》注解[M].西安:陕西人民出版社,1981:24.
4. 陈安湖.《野草》释义[M].北京:人民出版社,2013:19.
5. 李玉明."人之子"的绝叫:《野草》与鲁迅意识特征研究[M].北京:北京大学出版社,2012:17.
6. 鲁迅全集:第2卷.163.
7. 陈安湖.《野草》释义[M].北京:人民出版社,2013:8.

（identify）和坚守的倾向则更加突出和复杂。鲁迅在写过客的"笑"时，也有不同的场景和用意。小女孩告诉过客前面为何路时提及："那里有许多许多野百合，野蔷薇，我常常去玩，去看他们的。"[1]过客的反应是"西顾，仿佛微笑"[2]。这里表达了过客对自己目标和理想的向往，虽然不能完全确认。其中的"西"有丰富的含义，既有对现状的否定，又有对西方现代性的坚定追求。[3]而下文提及的"没一处没有皮面的笑容"[4]作为和"西"对立的存在，则反映出"过客"对伪善等劣根性的憎恶与厌弃。

当过客返还小女孩布片时，小女孩拒绝了："（惊惧，退后，）我不要了！你带走！"[5]过客的反应是："（似笑，）哦哦……因为我拿过了？"[6]这里的"笑"含有歉意和示好，也体现了过客对充满希望和爱心的小女孩的善待。当老翁建议把布片挂在野百合野蔷薇上时，小女孩"（拍手，）哈哈！好！"[7]她对这种把爱心转换成大自然的装饰和点缀的行为表示高度赞同。正是对理想虽然彷徨却不乏有意味的坚守、对美好非常尊重却又拒绝同情之爱，让过客更坚定前行、轻装上路。如人所论，这时候过客的前行，"是在甩掉了种种沉重的牵累，剥离了层层胶着的情感纠缠以后，是在历经了思想上情感上的大分裂大痛苦大矛盾大搏斗的心灵煎熬过程，并最终战胜了自我的前提下开始的，因而又带有一种深沉的坚如磐石的韧性挑战倾向！"[8]

鲁迅对美好的关注还体现在《死火》中。如前所述，第一个"哈哈"的出现助推了情节的进展，其中不乏对诸多美好瞬间（包括无意间获得的"死火"）难得定格的喜爱。"这是一种积极明亮的声音，表达了对于得到'死火'的欣然情态，同时也表现了与'死火'相类似的性格。"[9]

---

1. 鲁迅全集：第2卷.195.
2. 鲁迅全集：第2卷.195.
3. 具体论述可参：朱崇科.执著与暧昧：《过客》重读[J].鲁迅研究月刊，2012（07）：34-35.
4. 鲁迅全集：第2卷.196.
5. 鲁迅全集：第2卷.197.
6. 鲁迅全集：第2卷.197.
7. 鲁迅全集：第2卷.198.
8. 李玉明."人之子"的绝叫：《野草》与鲁迅意识特征研究[M].北京：北京大学出版社，2012：99.
9. 张洁宇.独醒者与他的灯：鲁迅《野草》细读与研究[M].北京：北京大学出版社，2013：187.

《希望》中两次出现的"笑的渺茫"也是一种美好，是和青春并列的可以珍存的事物之一。虽然它未必完美，但毕竟是美好的，而且可以对抗"青年的消沉"。当然，如果从更高的层面看，鲁迅对美好的、豁达的质素的褒扬背后的核心理念其实也是"立人"。如人所论："《野草》从多个角度提出了实施立人思想的具体途径，或抨击歪劣文风、或弘扬'傻子'正气，或痛恨看客无聊、或激励青年奋起，或揭露御用文人嘴脸、或表达真诚与爱意，或批评军阀政府、或同情受难民众，或批判孔孟之道、或赞扬战士韧战、或怒斥世俗染缸、或歌颂一尘不染，或揭批心灵阴影、或呼唤追求猛进等。"[1]

二、理性

鲁迅给人印象深刻的特点之一是其众人皆醉我独醒的清醒、痛苦、深刻交织而成的复杂性。其多疑的性格及其哲学思维帮助他开拓视野、锐意思考，虽不争人先，但常有洞见。[2]在《野草》的"笑话语"中，他同样高扬理性旗帜，既呈现出存在的真实状态，又有所坚守，有关文字表述发人深省。

（一）坚守 / 自律

在相当别致的《墓碣文》结尾处有一段意味深长的话："待我成尘时，你将见我的微笑！"[3]李何林认为，这是"死尸"化为灰尘、行将完全消灭时，虚无思想被消灭后的胜利的微笑。[4]陈安湖持类似观点，并认为"他以笑结束全诗，大大地减轻了前面渲染过多的阴暗绝望气氛，增添了作品

---
1. 崔绍怀，刘雨. 论鲁迅《野草》的立人思想 [J]. 东北师大学报（哲学社会科学版），2010（02）：93.
2. 有关鲁迅多疑及其思维特征的论述可参：刘春勇. 多疑鲁迅：鲁迅世界中主体生成困境之研究 [M]. 北京：中国传媒大学出版社，2009.
3. 鲁迅全集：第2卷. 208.
4. 李何林. 鲁迅《野草》注解 [M]. 西安：陕西人民出版社，1981：130.

的欢容和亮色"[1]。张洁宇也倾向于强调其积极的一面:"或许我们应该在这个意义上去理解'成尘时的微笑'中的那相对积极的一面吧。那个墓中的另一个'我',对于死亡'绝不显哀乐之状',但'成尘'时却要'微笑',这里面的深意的确值得细细揣摩。"[2]

在我看来,这里的"微笑"具有相对繁复的含义:第一,是对曾经存在的确认与褒扬,"死尸"和"我"其实是作者鲁迅自我的两个分身;第二,成尘后的"微笑"也是对苦痛和绝望的话别,同时还是一种坚守自我之后的逼视。正因为如此,"死尸"才让"我"感到恐惧,生怕看见他的追随,而不仅仅是因为"死尸"的过激和身上的阴暗面。

同样值得肯定的还有《这样的战士》。尽管有一个惨痛的结局——战士老死,"无物之物"获胜。"他终于在无物之阵中老衰,寿终。他终于不是战士,但无物之物则是胜者。"[3]但"战士"的表现令人欣慰,"他微笑,偏侧一掷,却正中了他们的心窝"[4]。他的微笑呈现出他的清醒、自信、睿智与坚守,"从容镇定,居高临下,俯视众生,笑看人间,于是,产生了某种喜剧效果。这里,深藏着战士战斗的展开方式,亦即深藏着鲁迅杂文的奥秘"[5]。而连续几次"但他举起了投枪"的强调更显示出战士的坚守、韧性、决绝与永不妥协。这跟鲁迅提及和强调的"青皮精神"中的闪光点是一致的。"世间有一种无赖精神,那要义就是韧性。听说'拳匪'乱后,天津的青皮,就是所谓无赖者,很跋扈,譬如给人搬一件行李,他就要两元,对他说这行李小,他说要两元,对他说道路近,他说要两元,对他说不要搬了,他说也仍然要两元。青皮固然是不足为法的,而那韧性却大可以佩服。"[6]

---

1. 陈安湖.《野草》释义[M].北京:人民出版社,2013:137.
2. 张洁宇.独醒者与他的灯:鲁迅《野草》细读与研究[M].北京:北京大学出版社,2013:227.
3. 鲁迅全集:第2卷.220.
4. 鲁迅全集:第2卷.219.
5. 李玉明."人之子"的绝叫:《野草》与鲁迅意识特征研究[M].北京:北京大学出版社,2012:155.
6. 娜拉走后怎样[M]//鲁迅全集:第1卷:169.

值得一提的还有《死火》结尾中的"哈哈",呈现出"我"的另样态度:"我"当然为选择逃出"冰谷"而无怨无悔乃至庆幸,但同时"我"又为"冰谷"里面缺少了"星星之火,可以燎原"的"死火"而感到惋惜。某种意义上说,青白的"冰谷"也应该是被启蒙和拯救的对象。如陈安湖所言:"如果'死火'统统逃离冰谷,那就意味着冰谷永远不再有火种、火星,人们永远没有改变命运的希望,这倒是大不幸的事,所以作者只希望'死火'在冰谷里得到人民的温热和他们一起燃烧。"[1]

(二)考问

前述《墓碣文》中不乏鲁迅式"抉心自食"的深刻解剖,同样《风筝》一文也存在着对自我存在的考问。简而言之,《风筝》是一个关于深刻自责、反省,力图自我救赎却不能如愿的故事。此文并非针对个体的劣根性,因为"我"并没有遗忘自己的错误——"精神虐杀",而是认真地加以反省,并希望解决或补偿当年的过失。

当"我"告知"小兄弟"当年践踏他所扎(半成品)风筝的事情时,他的回答是,"'有过这样的事么?'他惊异地笑着说,就像旁听着别人的故事一样。他什么也不记得了"[2]。他的笑更像是一种遗忘,虽然说不上无动于衷,但似乎和他关系不大。对于满怀期待的"我"来说,这样的结果自然令人无法释怀,因为"我"将长期背负这种自责、考问与反省。如果略微扩展此文的寓意,或许也呈现出鲁迅对周氏兄弟失和的某种祭奠和自我精神拷打。这种深层的长线考问、无法终结的自责,在效果和程度上可能不亚于《墓碣文》一时的惨痛而壮烈的"抉心自食"。如人所论:"《风筝》的主体立意则在于跨过这种负疚感,直接指向自我意识的最隐秘处——负载着深广的现实与历史内容并联结着个人战斗路途的鲁迅心

---

1. 陈安湖.《野草》释义[M].北京:人民出版社,2013:115.
2. 鲁迅全集:第2卷.189.

态！"[1]

整体而言，在通过"笑话语"所进行的理性思考中，鲁迅也指向了某些阴暗面、绝望、彷徨和否定思维，但他的这种反思、反抗、坚守更多的是对堕落的拒斥，以及对虚无主义、自私自利等消极倾向的消解。好比在《影的告别》中呈现出"影"的悖论性——无地彷徨，却也否认了未来黄金世界的可能性，但它还是选择肩起黑暗的闸门，与黑暗同归于尽。如人所论："'影'虽然也否定了'黄金世界'的理想，否定了自身的前途，要以生命的毁灭去进行绝望的抗战；但他的这种否定却始终和为'再没有别的影在黑暗里'而奋斗的伟大思想相联系。因此，在他那忧郁绝望的告白中始终敲击着执着现实、积极战斗的深沉鼓点。"[2]

三、劣根性

毫无疑问，鲁迅从未放弃对国民劣根性的犀利批判，其中既指向个体，又指向群体；既有借助人物的常见策略，又偶尔借重动物和其他角色，可谓苦心孤诣。

（一）批判他人：以"哈哈论"为中心

《野草》中特别典型的是"哈哈论"，而其典型文本则是《立论》。在文本中，"老师"所提供的既不想说谎，又不愿遭打的应对策略就是，"那么，你得说：'啊呀！这孩子呵！您瞧！那么……。阿唷！哈哈！Hehe！he，hehehehe！'"鲁迅借《立论》批判"哈哈论"的说法之一主要来自荆有麟的回忆，他在《哈哈论的形成》一文中写道，鲁迅曾和他提及王小隐待人接物的表现："我想不到，世上竟有以哈哈之论过生活的人。他的哈哈是赞成，又是否定。似不赞成，也似不否定。让同他讲话的人，如

---

1. 李玉明."人之子"的绝叫：《野草》与鲁迅意识特征研究[M].北京：北京大学出版社，2012：80.
2. 汪晖.论鲁迅的《野草·影的告别》[J].扬州师院学报（社会科学版），1984（04）：39.

在无人之境。"[1]

此后对《立论》意义的解释多数未超出荆有麟的判断，但慢慢亦有更新。如李玉明就认为，这是一种"先觉者"的"失语症"，并进一步认为："我的无法驳难，不仅是一种'失语'，它更指向自身，面对这样的自我无言以对，'失语'了。这是更透彻的对于自我悲剧性存在的一种体察和确认。"[2]而张洁宇则做了进一步升华，超越了单纯对"哈哈论"的具体阐释："如何不'瞒'、不'骗'，不说假话，同时又避免简单机械地说真话的负面影响，这些都是鲁迅在写作中所面临的困境。更进一步说，《立论》所表达的不仅仅是这个写作中的困境，其实更已深入到如何认识世界、如何表达自我之类的写作哲学的问题。说到底，这是一个如何面对、认识、处理和表现'真实'的问题。"[3]这有了较大推进，更具哲理性。

在我看来，结合文本，这当然是鲁迅对"打哈哈"的一种批判，但更是对无是非原则，"无特操"坚守、无真假判断、无冷暖人性等国民劣根性的炮轰。归根结底，鲁迅是在不遗余力地批判地国民劣根性中的不认真等恶习，他指出："中国实在是太不认真，什么全是一样。"[4]在《死后》一文中，鲁迅对旁观者的议论的呈现也展现出类似的个案批判性。比如"活人"们彼此说话时固然"哈哈哈"，即使面对"死人"，也无非是"死了？……""嗡。——这……""哼！……""啧。……唉！……"[5]鲁迅还以"死人"的口吻调侃"活人"们："可恶，收敛的小子们！我背后的小衫的一角皱起来了，他们并不给我拉平，现在抵得我很难受。你们以为死人无知，做事就这样地草率？哈哈！"[6]这是对国人做事的不认真、苟且加以调侃和批判。李何林指出："这是表现了'我'虽在'死后'也仍然具有的

---

1. 荆有麟.哈哈论的形成[M]//鲁迅博物馆，鲁迅研究室，鲁迅研究月刊.鲁迅回忆录：专著(上册).北京：北京出版社，1999：191.
2. 李玉明."人之子"的绝叫：《野草》与鲁迅意识特征研究[M].北京：北京大学出版社，2012：136.
3. 张洁宇.独醒者与他的灯：鲁迅《野草》细读与研究[M].北京：北京大学出版社，2013：249.
4. 今春的两种感想[M]//鲁迅全集：第7卷.408.
5. 鲁迅全集：第2卷.215.
6. 鲁迅全集：第2卷.216-217.

强烈爱憎感情。"[1]

除此以外,《颓败线的颤动》中描写了被羞辱和嘲笑的平凡而又伟大的母亲,她在极度贫穷的情况下忍辱出卖自己的身体养活子女,却被活下来的两代人嫌弃和唾骂。于是这位老母亲,"她开开板门,迈步在深夜中走出,遗弃了背后一切的冷骂和毒笑"[2]。这里的"毒笑"来自背信弃义、不知感恩的子女,还包括全无同情心、颇具杀伤力的孩子们——"最小的一个正玩着一片干芦叶,这时便向空中一挥,仿佛一柄钢刀,大声说道:'杀!'"[3] 儿童们固然可以是希望和未来,但反过来同样可以成为陈旧伦理道德蚕食健康人性的牺牲品和施暴者。[4]

有论者指出,在鲁迅的杂文中,他以"笑"作为手段"同旧传统、旧文化英勇作战,不论是轻松的讪笑、善意的嘲讽,还是愤激的嬉笑怒骂,抑或是文白相间不大协调的语言风格,均能恰切巧妙地刺痛敌人的心脏,表现了作者'横眉冷对千夫指'的憎恨感情及高超的讽刺语言艺术。"[5] 其实,在散文诗集《野草》的"笑话语"实践中,鲁迅何尝不呈现出类似的杀伤力?但相较而言,风格上似乎显得更凝重、松散与诗性。

(二)批评人类自我

前述无论是《墓碣文》,还是《风筝》都呈现出鲁迅对自我的深刻考问和解剖,他还别出心裁借助动物意象[6] 呈现出更丰富的意义指向和讽刺效果。《狗的驳诘》一文借梦境里人、狗对话的方式对自我以及更宏大的

---

1. 李何林.鲁迅《野草》注解[M].西安:陕西人民出版社,1981:130.
2. 鲁迅全集:第2卷.215.
3. 鲁迅全集:第2卷.210.
4. 具体论述可参拙文:论鲁迅小说中的儿童话语及其认知转化[J].西南民族大学学报(人文社科版),2008(01).
5. 陈金凤.鲁迅杂文讽刺语言"笑"的艺术特征[J].洛阳大学学报,2004(01):22.
6. 具体论述可参:靳新来."人"与"兽"的纠葛——鲁迅笔下的动物意象[M].上海:上海三联书店,2010.

第二章 《野草》系统

人类进行了犀利批判。

当"人"——"我"指责"狗"的势利时,它的回答是:"嘻嘻!"他笑了,还接着说,"不敢,愧不如人呢。"[1] 解读此语,一方面,如果把"我"视为鲁迅,则可以看出鲁迅对自己的深刻反省和解剖,如李玉明所言:"《狗的驳诘》中鲁迅大胆地决绝地解剖自身、直面自我难堪困窘的现实处境和悲剧命运,正昭示出这种罕有的精神襟怀。"[2] 另一方面,如果我们将"我"视为人类,"狗"视为动物,那么人、狗对话恰恰反衬出人类的劣根性,不管是在文化建设上,还是在物质追求上皆如此。从此角度看,鲁迅的思想指向了"立人",此文中的"人"是奴性的人、不完整的人。如人所论:"这样的'人',其实还算不上真正的'人',算不上启蒙思想者观念中的真正的'人'。因此,要改造观念中的奴性。"[3]

借原本以为最势利的狗的口呈现出对人的批判和嘲讽,这也是鲁迅的分身的观点。"我惭愧:我终于还不知道分别铜和银;还不知道分别布和绸;还不知道分别官和民;还不知道分别主和奴;还不知道……"[4] 其中也有一种悖论性,鲁迅并没有完全跳出他所批判的对象的劣根性和缺憾,他是颇有带入感的。正如他在《立论》的"哈哈论"中呈现出的类似的暧昧姿态,"当然这决不是鲁迅所认可的,但这又正是他的巧妙之处,使得作品中同时出现了抨击时弊和表露内心两个声音。在否定和讽刺了'哈哈'论者的同时,鲁迅说出了自己的困惑和矛盾,因为,既不愿意谎人又无法说出真实的,正是他自己"[5]。

结语:通读《野草》中的"笑话语",我们不难发现,借助"笑"的力量,鲁迅呈现出对"德性"的弘扬,尤其是对牺牲、美好等层面的坚

---

1. 鲁迅全集:第2卷.203.
2. 李玉明."人之子"的绝叫:《野草》与鲁迅意识特征研究[M].北京:北京大学出版社,2012:112.
3. 张洁宇.独醒者与他的灯:鲁迅《野草》细读与研究[M].北京:北京大学出版社,2013:200.
4. 鲁迅全集:第2卷.203.
5. 张洁宇.鲁迅作品中的"梦"[J].鲁迅研究月刊,2005(03):33.

守，同时还有对非堕落存在状态的考问和自律性的思考。借助批判他人、自我及人类身上的劣根性，多管齐下，鲁迅呈现出"笑"的多重功能与繁复意义指向，值得我们仔细反思。

[第四节]

《野草》中的植物系统

相较而言，鲁迅作品中的植物系统书写不太引人注目。如果从书写者主体角度思考的话，原因相当繁复：比如鲁迅并不热爱旅游，并不特别关注风景，但他对有关植物的知识相当有兴趣，早期还支持弟弟周建人研究植物[1]，这也有助于他对植物进行文学再现。而从写作理论角度看，他未必遵循某些文学理论去撰写"典型环境"中的"典型人物"，尽管他对国人社会性的关注和解剖的确占据他文学实践的主体部分，植物系统显得相对弱势。

但文学巨匠就是不同凡响，在相对不那么集中的植物再现中（尤其是和抒情性很强的沈从文等人相比），鲁迅呈现出他高超的技巧和繁复的意义追求。以小说为例，《在酒楼上》关于冬雪梅花的状描和整体沉郁的氛围形成强烈对比："几株老梅竟斗雪开着满树的繁花，仿佛毫不以深冬为意；倒塌的亭子边还有一株山茶树，从晴绿的密叶里显出十几朵红花来，赫赫的在雪中明得如火，愤怒而且傲慢，如蔑视游人的甘心于远行。"[2]《社戏》中，由豆麦、小草的清新，偷来的罗汉豆的美味等构成的自由自在、自食其力的美好反衬出成人世界看戏的嘈杂与烦琐；《故乡》中少年闰土

---

1. 有关鲁迅对周建人相关影响的叙述可参：周建人.鲁迅先生和植物学[M]//乔峰.略讲关于鲁迅的事情.北京：人民文学出版社，1954；周建人.回忆大哥鲁迅[M].上海：上海教育出版社，2001.
2. 鲁迅全集：第2卷.25.

的多才多艺、活泼可爱也和月光下多元融合的西瓜地自然契合。这和鲁迅研究植物的主张是吻合的，如周建人所言："他认为学文字学，学进化论，都是好的。但植物学更适合于这样的目的，除却容易采集和保存（只是相比较而言，它也自有它的难处），闲暇的日子到山里去采集的时候，不但可以游览风景，还可以观察生物的形态；采集到奇异的草木，使人高兴，就是对于身体，也是很有益处的。"[1]

《故事新编》中也有相当精彩的书写，比如《补天》中描写了女娲用来帮助造人的"紫藤"如何从美丽的植物存在变成力比多（libido）过剩、无聊情绪发泄时的粗暴附着物。"伊自己也不知道怎样，总觉得左右不如意了，便焦躁的伸出手去，信手一拉，拔起一株从山上长到天边的紫藤，一房一房的刚开着大不可言的紫花，伊一挥，那藤便横搭在地面上，遍地散满了半紫半白的花瓣。伊接着一摆手，紫藤便在泥和水里一翻身，同时也溅出拌着水的泥土来，待到落在地上，就成了许多伊先前做过了一般的小东西，只是大半呆头呆脑，獐头鼠目的有些讨厌。然而伊不暇理会这等事了，单是有趣而且烦躁，夹着恶作剧的将手只是抡，愈抡愈飞速了，那藤便拖泥带水的在地上滚，像一条给沸水烫伤了的赤练蛇。"[2]此外，《采薇》中的薇、松针，《理水》中的水苔、榆叶，都因其刻画的卓然兀立而令人印象深刻。而在散文中也不乏此类书写，比如大家耳熟能详的《从百草园到三味书屋》中关于各色植物如数家珍，弥漫着自由的欢快与亮丽。而在杂文中也可谓星星点点、偶有涉及。

植物不仅是陪伴人类的自然环境、食物来源之一，而且也成为历代文人墨客书写的焦点与核心之一。他们赋予了植物更多的主观意志，从情操到志向（言志又言情），比如香草美人、桃花[3]、梅兰竹菊等已经成为经典的文化意象。不难看出，鲁迅书写植物时往往更呈现出他的抒情性特征，

---

1. 周建人，周晔.鲁迅故家的败落：增订本[M].福州：福建教育出版社，2017：172.
2. 鲁迅全集：第2卷.359.
3. 有关分析可参：渠红岩.中国古代文学桃花题材与意象研究[M].北京：中国社会科学出版社，2009.

前述文类，无论是小说还是散文，相当高比例的文本皆属此类。而在鲁迅相当晦涩而又独特的文类创制——散文诗《野草》中，也有着相当别致而繁复的植物系统。既传承了中国文学传统的主流总结，又有自己的心得；既和自己的小说、散文、杂文文类具有共通的指向，也因《野草》的哲理性追求与暧昧表达而另立门户。如李欧梵所言："在《野草》中极易发现三个交织着的层次：召唤的，意象的，隐喻的。鲁迅像中国古代诗人一样，很能在咏物中作召唤性的、即引起联想的描写。但他的语言却很少是直接的，词语往往是由奇异的形象组成，整篇的语境有时也可从超现实的隐喻的层次会意。"[1]

整体而言，从此视角研究《野草》的论述相对稀少，但在我看来，这是一种相当独特的维度：一方面，植物系统可以（部分）呈现出《野草》里面的鲁迅的复杂哲学；另一方面，它可以呈现出《野草》书写实践的独特性与卓越，正可谓相辅相成。

一、系统与等级

表面上看，《野草》中的植物书写似乎是散乱的，实际上则不然。就单篇书写来说，鲁迅不无重点命题之作，如《腊叶》；若就整体系统架构而言，他反倒是最后才书写《题辞》（1927年4月26日）。他在其中做了高屋建瓴的总结，"野草"意象的出现及其比较包含了一种态度、价值判断的张力，"呈现出作者取舍中的自谦与底气并存的淡泊与平静。'乔木''野草'自然有高度和生命等级序列的差异"[2]。

（一）系统：如何设置？

论者指出："鲁迅笔下的树木花草以形姿为骨，以色彩为容，以花期

---

1. 李欧梵.铁屋中的呐喊[M].尹慧珉，译.长沙：岳麓书社，1999：105.
2. 具体论述可参拙著:《野草》文本心诠[M].北京：人民出版社，2016：9.

为灵,具有了人情美。野外生长的高高的荒草,亭亭耸立着的、高大的枣树和枫树,表达出他对季节变化的深切感受和生命本质的理解……在鲁迅的笔下,自然物野草是生命的象征,体现了灵魂放逐后的漂泊感,无所归依的茫然和无着。"[1] 毋庸讳言,植物系统在《野草》的诗学与哲思阐发中是不可替代的载体,其设置大致可分为两个功能层面:

1. 背景。在《野草》的植物系统中,绝大多数篇章中的植物都有类似的背景功能。《求乞者》中提及"微风起来,露在墙头的高树的枝条带着还未干枯的叶子在我头上摇动"[2],这表明有关季节和灰暗的自然以及人文环境令人压抑。《风筝》中"地上还有积雪,灰黑色的秃树枝丫叉于晴朗的天空中"[3],具有同样的效果。《死火》的梦中冰山是如此样貌,"山麓有冰树林,枝叶都如松杉"[4],这一点呈现出冰山的浩瀚与严酷。《墓碣文》"那墓碣似是沙石所制,剥落很多,又有苔藓丛生"[5],借助"苔藓"这样的植物反衬出墓碣主人死后的孤寂与冷落。《颓败线的颤动》书写梦中老妇人年轻时的居住环境,"自身不知所在,眼前却有一间在深夜中禁闭的小屋的内部,但也看见屋上瓦松的茂密的森林"[6],这呈现出老妇人年轻时不得不卖身养活一家人的困窘现实基础。

当然植物还可以有更深指向的文化背景功能。如《我的失恋》中出现的"玫瑰花",已经成为不同语境里爱情的象征。作为宇宙间"最具精华的代表性花卉","玫瑰花"其实有更值得探究的更宏阔的象征意义空间。[7] 在《我的失恋》中,它也是作为一种众所周知的刻板印象而存在的。《希望》中"暗中的花"位居"身外的青春"序列,是一种难得的美好。《复

---

1. 张晓红.论《野草》的"空寂"美[J].齐齐哈尔大学学报(哲学社会科学版),2009(03):81.
2. 鲁迅全集:第2卷.171.
3. 鲁迅全集:第2卷.187.
4. 鲁迅全集:第2卷.200.
5. 鲁迅全集:第2卷.207.
6. 鲁迅全集:第2卷.209.
7. 具体论述可参:哈顿.玫瑰解密:文化史和符号学[M].丁占罡,钱亚萍,王爱英,等译.北京:北京大学出版社,2015.

仇(其二)》中,"兵丁们给他穿上紫袍,戴上荆冠,庆贺他;又拿一根苇子打他的头"[1]。这里的"荆冠""苇子"已经成为一种文化符号:它们是愚昧的人们利用戏仿"加冕""脱冕"仪式来嘲讽和打击耶稣的工具,而今天已经成为一种宗教符号。《失掉的好地狱》中的"曼陀罗花"也有类似的宗教意蕴,之前的"萌生"和人类统治时期的"曼陀罗花立即焦枯了"[2],呈现出不同主体执掌地狱的差异,更吊诡惨痛的是——无论何种主体统治的地狱都是令人唾弃的地狱。

2. 并存。作为系统设置的另一种方式,并存也可以分成不同类别:

一种是美好事物的并存。如《好的故事》中,记忆中的幻化,"丛树和枯树""河边枯柳树下的几株瘦削的一丈红""大红花和斑红花,都在水里面浮动,忽而碎散,拉长了,如缕缕的胭脂水,然而没有晕"[3]。不难看出,在不同的树之间、树和新生的大红花等之间都有一种并存关系。此外,还有想象之中的动物、植物、人之间的和谐并存,其间也可能含有春梦的意味。[4]

另一种则是动植物的互动。如《秋夜》中的"小粉红花""梦见春的到来,梦见秋的到来,梦见瘦的诗人将眼泪擦在她最末的花瓣上,告诉她秋虽然来,冬虽然来,而此后接着还是春,胡蝶乱飞,蜜蜂都唱起春词来了"[5]。在它的梦里,动植物互助互爱。在"枣树"和"打枣的孩子们"之间也有类似的关系,"他简直落尽叶子,单剩干子,然而脱了当初满树是果实和叶子时候的弧形,欠伸得很舒服"[6]。不同之处在于,承担责任更多的"枣树"会受更多的伤。

还有一种则是植物及其拟态的并存,如《雪》中的书写:"雪野中有

---

1. 鲁迅全集: 第2卷 .178.
2. 鲁迅全集: 第2卷 .205.
3. 鲁迅全集: 第2卷 .189.
4. 具体论述可参: 朱崇科.原乡的春梦:《好的故事》之一种解读[J].山东社会科学,2014(11).
5. 鲁迅全集: 第2卷 .166.
6. 鲁迅全集: 第2卷 .166.

血红的宝珠山茶,白中隐青的单瓣梅花,深黄的磬口的蜡梅花;雪下面还有冷绿的杂草。胡蝶确乎没有;蜜蜂是否来采山茶花和梅花的蜜,我可记不真切了。但我的眼前仿佛看见冬花开在雪野中,有许多蜜蜂们忙碌地飞着,也听得他们嗡嗡地闹着。"[1] "雪花"既是自然存在,又是和花卉互相辉映的拟态存在,其中还有其乐融融的动植物共存书写。

(二)等级:如何定位?

《野草》中植物系统并非一个平面上的皆大欢喜的并存世界,在其中,鲁迅设置了等级序列,且这种序列往往是潜显并存的。

1. 等级序列。其中之一是高度序列,也即《野草》中存在着一个植物高度等级,分别是从乔木(灌木)到花/草。这在《题辞》中有所描述:"生命的泥委弃在地面上,不生乔木,只生野草,这是我的罪过。"[2] 从"乔木"到"野草"到"地面",高度决定作者主体的态度。可以理解的是,从此视角看,《秋夜》中的"枣树"自然就成为寄托鲁迅奋斗与搏战精神的高度象征,它远高于"小粉红花",甚至有一种掌控感:"他知道小粉红花的梦,秋后要有春;他也知道落叶的梦,春后还是秋。"[3]

另一个序列则是价值序列。如前所述,《野草》的植物系统中也不乏文化背景描述,而其中的价值判断亦相当重要。从此角度看,"玫瑰花""梅花"等超出了"苇子""秃树枝",其中的善恶、明暗等具有一种对抗性,"在明与暗,生与死,过去与未来之际,献于友与仇,人与兽,爱者与不爱者"[4]。

2. 回归野草。鲁迅有其立足于现实自我的独特品味,在等级之外,他有自己的立场、认同和关怀——他超越了前述的等级划分,认同了"野

---

1. 鲁迅全集:第2卷.185.
2. 鲁迅全集:第2卷.163.
3. 鲁迅全集:第2卷.166.
4. 鲁迅全集:第2卷.163.

草"的身份。"野草,根本不深,花叶不美,然而吸取露,吸取水,吸取陈死人的血和肉,各各夺取它的生存。当生存时,还是将遭践踏,将遭删刈,直至于死亡而朽腐。"[1]这不仅仅是附身于"野草"的旺盛生命力和强韧性格,而且也将其作为一种存在见证。"我以这一丛野草,在明与暗,生与死,过去与未来之际,献于友与仇,人与兽,爱者与不爱者之前作证。"[2]

更进一步,或许是依然激愤于1927年4月15日的广州反革命大捕杀,鲁迅借助"野草"的自然生死功能("一岁一枯荣")与他憎恶的以"野草"做装饰的"地面"(象征可能罪恶的人间世俗)同归于尽。"地火在地下运行,奔突;熔岩一旦喷出,将烧尽一切野草,以及乔木,于是并且无可朽腐。"[3]其中有深切的精神关切——速朽、埋葬和可能的重生。"在鲁迅这里,《野草》的确是相当平凡而又特异的存在:平凡,是因为野草(及其隐喻)很常见,而且亦未达至乔木的高度,但同时它又很特异,尽管它无论生存时相当艰难、死亡时相当普通,作者却希望它速朽。毋庸讳言,速朽的期待中其实也包含了作者对自身劣根性、阴暗面、旧传统毒素的埋葬。"[4]

二、隐喻世界

在分析《秋夜》的"夜的天空"时,日本学者木山英雄指出:"问题在于,把那种既可以成为澄澈美丽的风景,亦可以成为苦闷悲哀之风景的秋夜星空,视为狡猾而略微可怖之物的作者感觉之质与相,同时又在于把夜空下面诸种表象按照某种秩序展开的作者之观念内涵,乃至这两者结

---

1. 鲁迅全集:第2卷.163.
2. 鲁迅全集:第2卷.163.
3. 鲁迅全集:第2卷.163.
4. 具体论述可参拙著:《野草》文本心诠[M].北京:人民出版社,2016:17.

为一体的样式。"[1]《野草》中密布了作者的"观念世界",而植物系统本身也是这种隐喻世界的载体乃至本体,值得仔细探勘。

《野草》包含了鲁迅的不少哲学,是一种诗性哲思的结晶。简单说来,里面不乏不同类型自我的对话、纠结、痛苦、阴暗、反抗、挣扎等细腻的解剖,同时又有对国民劣根性及其运行机制的再现及批判,对"立人"思想的诗化表达与点面呼应,以及对人生哲理、伦理与相关制度的呈现与反思。[2]《野草》中的植物系统未必对上述所有理念/观点进行面面俱到的涉猎,但对大部分核心主题却也是积极承担的。

(一)终极关怀

纵览《野草》,我们不难发现其中有一个过客话语/系统,主要可分为三个阶段:前过客(尤其是以《求乞者》为中心)、过客(代表文本《过客》)和后过客(《死后》)。通过这些文本,鲁迅深入反省了过客的诸多层面——坚守、彷徨、疲惫、堕落、决绝、非功利等。从上述话语系统中,我们不难看出鲁迅既为同行又为自己提供的反抗绝望道路的复杂性、决绝性和暧昧性。从诗学层面角度思考的话,这三篇代表性文本恰恰也是对话及对话性丰富的实践。[3]若结合具体文本,其中也不乏相当独特的思考,这尤其体现在《过客》一文中。

《过客》中,疲惫至极的过客讨碗水喝,顺便问寻西向的路途/去处。老翁的回答是"坟",过客表示疑惑时,小女孩则说:"不,不,不的。那里有许多许多野百合,野蔷薇,我常常去玩,去看他们的。"[4]而过客继续追问:"不错。那些地方有许多许多野百合,野蔷薇,我也常常去玩过,

---

1. 木山英雄.文学复古与文学革命——木山英雄中国现代文学思想论集[M].赵京华,编译.北京:北京大学出版社,2004:27.
2. 具体论述可参拙文:《野草》中的"立人"维度及其诗学[J].学术研究,2015(05);《野草》中的国民性话语空间[J].文艺争鸣,2014(10);互看的奇特与灵思:《墓碣文》重读[J],鲁迅研究月刊,2016(01).
3. 具体论述可参拙文:《野草》中的"潜在"过客话语[J].南方文坛,2017(01).
4. 鲁迅全集:第2卷.195.

去看过的。但是,那是坟。(向老翁,)老丈,走完了那坟地之后呢?"[1]

关于这三种回答/思路(坟、花、之后呢?)可以从不同的层面展开多种理解:(1)可以代表不同的人生态度:所谓的保守主义(老翁)、理想主义(小女孩)和批判现实主义(过客);(2)也可以表征三种年纪:老年、少年、中青年。当然,如果更包容一点,这亦可能是一个人的三种态度,是鲁迅在分身之后的合体,它表征了过客行进中的不同阶段及其虚拟身份:暮气的、理想的与质疑的。[2]

作为最重要核心的过客也呈现出其反抗绝望的特征:在彷徨时段虽然精疲力竭却坚持听从内心召唤勇于前行的高贵品格。而他和小女孩的爱的馈赠亦有交集:作为象征的布条,如果接受了,相对独立和轻装前进的路途上难免加上了爱的负累;如果抛弃了,则显得无礼,也会打击小女孩的善良之心。最后处理的结果是,"你挂在野百合野蔷薇上就是了"[3]。这是一个皆大欢喜的结果,象征着爱与理想主义的拥抱与相互衬托。而若从终极关怀的角度思考,鲁迅一方面安置了过客的坚守与内心,不堕落不放弃;另一方面又尊重了外在世界帮助的可能性,让这种开拓前进与助威帮手和谐并存。

(二)现代人格

李欧梵在论述《雪》时指出:"在这些抒情诗里,自然景象的描写似乎已经浸透了幻想的、隐喻的意象。这不仅赋予鲁迅散文以诗意,而且由于大胆地离开了中国古诗中自然意象的运用,决定了鲁迅散文诗的'现代性'……他的散文诗却绝对地属于象征主义的结构,再加上许多小说和戏剧的手法,似乎是在讲述一个梦或寓言领域内的虚构的'故事'。"[4]上述

---

1. 鲁迅全集: 第2卷.195.
2. 具体论述可参: 朱崇科.执著与暧昧:《过客》重读[J].鲁迅研究月刊,2012(07).
3. 鲁迅全集: 第2卷.198.
4. 李欧梵.铁屋中的呐喊[M].尹慧珉,译.长沙: 岳麓书社,1999: 108-109.

论述特别指出了《野草》隐喻世界所产生的现代性效果或质变。我们不妨以《雪》为例加以说明。

如前所述，在形式方面，《雪》自有其别致之处，首先营造了一个自然和谐、动植物并存的生机勃勃的世界。"暖国的雨，向来没有变过冰冷的坚硬的灿烂的雪花。博识的人们觉得他单调，他自己也以为不幸否耶？江南的雪，可是滋润美艳之至了；那是还在隐约着的青春的消息，是极壮健的处子的皮肤。雪野中有血红的宝珠山茶，白中隐青的单瓣梅花，深黄的磬口的蜡梅花；雪下面还有冷绿的杂草。"[1]这里既有的"宝珠山茶"和各种梅花都是珍贵而又美好的存在，甚至连"杂草"都有"冷绿"的鲜活，都和拟态的"雪花"（天气结晶）相映成趣。从通篇来看，这一段书写生机盎然、灵动活泼，令人心旷神怡。

我们可以从人生际遇角度解读《雪》中的人生阶段性："暖国的雨"可以视为婴幼儿时期，"江南的雪"为青少年时期，而"朔方的雪"可谓壮年时期，不同的阶段风格特征和要求不同。[2]"朔方的雪花在纷飞之后，却永远如粉，如沙，他们决不粘连，撒在屋上，地上，枯草上，就是这样。"[3]在这段描写中，"枯草"和"雪花"结合，可以看出鲁迅对这种寄寓于"野草"的现代人格的钟爱，"雪花"可以飞舞，降落时则可以惠泽植物。

鲁迅对"江南的雪"既有批评也有褒扬。在用"江南的雪"塑罗汉时，点睛之笔是"龙眼核"，于是"他也就目光灼灼地嘴唇通红地坐在雪地里"[4]。易言之，植物在"雪"的现代人格塑造中发挥了积极有效的作用。

除此以外，鲁迅在《秋夜》中亦有此类关怀，其中的"小粉红花"可理解为有理想但又相对脆弱的青年的人格意象。"她在冷的夜气中，瑟缩地做梦，梦见春的到来，梦见秋的到来，梦见瘦的诗人将眼泪擦在她最末

---

1. 鲁迅全集：第2卷 .185.
2. 具体论述可参拙著《野草》文本心诠 [M] . 北京：人民出版社，2016：123.
3. 鲁迅全集：第2卷 .186.
4. 鲁迅全集：第2卷 .185.

的花瓣上，告诉她秋虽然来，冬虽然来，而此后接着还是春，胡蝶乱飞，蜜蜂都唱起春词来了。她于是一笑，虽然颜色冻得红惨惨地，仍然瑟缩着。"[1]对这类青年既要鼓励，又要呵护。从此角度看，"枣树"其实就是鲁迅自我人格的角色之一，至少是分身。而同时"小粉红花"的梦又何尝不是"枣树"的梦呢？"猩红的栀子开花时，枣树又要做小粉红花的梦，青葱地弯成弧形了。"[2]从此角度思考，他们共享了大致相同的梦想/理想/未来期冀，但在人格和执行力上差异较大。

三、自我与现实

有论者曾经以植物作比指出"朦胧诗"之于彼时文坛的独特作用——"改造和修补"功能。"也许可以这么说，'朦胧诗人'最勇敢的行动之一，就是在革命文艺的大花圃里移栽了一些当时的人们比较陌生的植物……容易让糊涂的人误以为自己是看到了一份园林局的生产报表。这些陌生的、屑小的事物，是构成'朦胧诗'的隐喻结构的基本成分。"[3]照此看来，《野草》亦有类似的功能。

（一）自我的纠缠

如果从书写功能的角度思考，相当晦涩繁复而又迷人的《野草》首先是一部自我排解之书。其中既有各种自我的分裂与啮合，又有对视与自审（如《墓碣文》）；既有对个体/群体自我的解剖（如《狗的驳诘》），又有自解的吊诡（如《风筝》《影的告别》）；既有对现代人格自我的确立性实践刻画（如《这样的战士》《聪明人和傻子和奴才》），又有论者所洞察的《野草》中的抒情主体具有的相当忧郁的气质。"'消极主体'（negative

---

1. 鲁迅全集：第2卷.166.
2. 鲁迅全集：第2卷.167.
3. 张闳.声音的诗学：现代汉诗抒情艺术研究[M].上海：上海书店出版社，2016：50.

subject)，因为它生成于现代生存的一系列的主要消极元素中：空白、人格分裂、孤独、丢失的自我、噩梦、失言、虚无……我的观察是，凡是消极的元素和意绪，都会促成和催化主体对其主体性的自我意识，而这意识，又会引发遍在的生存的忧郁感，正是这种忧郁缔造了现代书写的美学原则。"[1]结合本节主题中的植物系统，直接相关的代表性作品是《腊叶》。

1. 自怜自伤。文本中这样的忧伤情绪可谓扑面而来。"今夜他却黄蜡似的躺在我的眼前，那眸子也不复似去年一般灼灼。假使再过几年，旧时的颜色在我记忆中消去，怕连我也不知道它何以夹在书里面的原因了。"[2]"枫叶"变得相对陈旧而且从记忆的角度考察也可能会被遗忘。"枫叶"的"病叶"身份被确认，可以看出鲁迅对自我（尤其是他彼时大病）的怜惜与感伤，甚至作者还有一丝悲剧感和萧索的心绪："当深秋时，想来也许有和这去年的模样相似的病叶的罢，但可惜我今年竟没有赏玩秋树的余闲。"[3]

2. 自剖自强。但在文本中我们也不难感知鲁迅反抗的勇气与实践。即使是"病叶"，亦有其风采："我曾绕树徘徊，细看叶片的颜色，当他青葱的时候是从没有这么注意的。他也并非全树通红，最多的是浅绛，有几片则在绯红地上，还带着几团浓绿。一片独有一点蛀孔，镶着乌黑的花边，在红，黄和绿的斑驳中，明眸似的向人凝视。"[4]需要指出的是，这里提及了相对高大的"枫树"（对于枫叶而言）。如前所述，这在《野草》植物系统中其实是一种较高等级的救赎和补偿。

同时，经由保存"病叶"，鲁迅践行了对抗遗忘的理念，其中亦有自强的成分——正视既有的缺点，又保留存在的证据，并彰显其意义。这本身就是"野草"的精神特征/身份之一种。

---

1. 张枣.秋夜的忧郁[J].当代作家评论.2011(01)：178.
2. 鲁迅全集：第2卷.224.
3. 鲁迅全集：第2卷.224.
4. 鲁迅全集：第2卷.224.

（二）勇于奋斗

我们往往容易被《野草》中的晦涩名篇吸引，如《影的告别》《墓碣文》等，甚至因此认为这就是《野草》的核心乃至唯一主题。倘若如此，实在是低估了鲁迅《野草》哲学指向的繁复性与行动性。实际上，《野草》末篇《一觉》就呈现出相当鼓舞人心的对抗性，我们不妨结合其间的植物书写进行分析。

1. 美的幻梦与粗暴现实。鲁迅在文本中至少设置了两组比较或对抗。其中之一是外在飞机轰炸的恐怖与残酷和小我世界的静好相比较。"隐约听到一二爆发声以后，飞机嗡嗡地叫着，冉冉地飞去了。也许有人死伤了罢，然而天下却似乎更显得太平。窗外的白杨的嫩叶，在日光下发乌金光；榆叶梅也比昨日开得更烂漫。"[1]实际上，这种罔顾危机的生机和短暂的安稳是躲进书斋成一统的主观描绘，其中不乏嘲讽和批评意味。

另一种比较则来自幻梦。"漂渺的名园中，奇花盛开着，红颜的静女正在超然无事地逍遥，鹤唳一声，白云郁然而起……"[2]这段和《好的故事》近乎互文的书写和现实人间中人们的努力与艰辛创造形成对比。从某种意义上说，这是《野草》中的后期战斗性和现实性自我对前期舒适型浪漫主义自我的修正与超克。

2. 实干与沙化。"野蓟经了几乎致命的摧折，还要开一朵小花，我记得托尔斯泰曾受了很大的感动，因此写出一篇小说来。但是，草木在旱干的沙漠中间，拼命伸长他的根，吸取深地中的水泉，来造成碧绿的林莽，自然是为了自己的'生'的，然而使疲劳枯渴的旅人，一见就怡然觉得遇到了暂时息肩之所，这是如何的可以感激，而且可以悲哀的事？！"[3]在这段话里，鲁迅一方面褒扬了"草木"为自己的生存对抗沙化的顽强与韧性，同时另一面的悲哀感又反证了主体主动实干/践行的必要性。当然，

---

1. 鲁迅全集：第2卷 .228.
2. 鲁迅全集：第2卷 .228.
3. 鲁迅全集：第2卷 .228.

《一觉》中可能还有更复杂的对话关系，其中至少可以分为两大层面：一个层面是在青年们及其外部世界之间展开，青年们具有纯真、粗暴的魂灵，他们以此对抗混沌，以较强的冲击力敲打"太平"，显示出顽强的生命力和牺牲精神；另一个层面发生在"我"的内部，呈现出"我"的主体选择，舍弃"名园""活在人间"，同时，回到现实中的"我"其实亦有青春与黄昏的内外角力，也给未来留下了一丝不确定性。[1]

结语：《野草》中存在着一个独特的植物系统：作为植物，它们既可以担任各类背景（包括自然、抒情与文化层面），又可以和谐并存。实际上，鲁迅在《野草》中设置了一种等级序列，既有高度标准，又有价值判断。最终他还是回归"野草"本位，并希望其速朽。

在《野草》植物系统构成的隐喻世界中，我们既可以感受到以《过客》为代表的对终极关怀的探寻，又能察觉出其间对技艺与人格的现代性追求。若从植物系统的功能角度思考，其中既有鲁迅对自我纠缠的复杂再现，又有对话现实、勇于奋斗的实干性呼吁。即使从植物系统这一层面探勘，我们也可以感知到《野草》的精巧别致与博大精深。

---

1. 具体论述可参拙文："觉醒"的对话——重读《一觉》[J].关东学刊，2016(03).

[第五节]

《野草》中的动物谱系

毫无疑问，在人类与动物之间存在着历史悠久、张力繁复的共处关系。在不同历史时期，人类处理动物有不同的策略：从猎杀到人工饲养再到保护爱护，人和动物之间相生相克亦相濡以沫。如果加上人类对动物的想象、图腾或隐喻式处理，人和动物的关系在前者占主动地位的同时就更显错综复杂了。反过来看，对动物的处置，哪怕是文化不成熟时期不怎么科学的分类，也可以反映出人类的文化生态。如人所论："各种分类体系一方面对自然界的物种进行组织，另一方面又反映观察者的世界观，反映观察活动赖以出发的文化背景，不论这个分类体系是不是能自圆其说。"[1]

即使压缩时空，将之窄化为先秦两汉时期的中国，即使受困于资料限制，胡司德依然呈现出其间的繁复精彩，而焦点则是动物理念与中国人的自我认知（包含社会、政治、思想等方面的权威的形成过程）。在胡司德看来，动物研究至少可以在人类自我认知的考察中扮演四种角色：第一，动物是自然范畴或生物学范畴；第二，动物也是社会学范畴，动物既是社会实践对象，又反映社会组织状况，甚至影响社会组织；第三，动物是权力的对象和媒介；第四，动物作为形象和符号，是人类思维的助手。[2] 上述论断不仅拓展了我们对动物角色的认知，而且从某种程度上破解了人

---

1. 胡司德.古代中国的动物与灵异［M］.蓝旭，译.南京：江苏人民出版社，2016：89.
2. 胡司德.古代中国的动物与灵异［M］.蓝旭，译.南京：江苏人民出版社，2016：4-6.

类中心主义的迷思,至少点明了动物之于人类社会的可能的反作用。

作为中国现代文学史上的巨匠,兼擅多种文体的鲁迅自然也是书写动物的高手,各种文体中都不乏精彩实践:小说中,《狂人日记》中的虫豸说法其实是进化论和尼采超人学说的表征,当然也可以有更宏阔的关怀与立场——人、动物、超人之间的联系与差异引人深思。如人所论:"鲁迅的进化论则与他的天赋本善的人性论相联系。鲁迅认为,人与非人动物最本质的区别在于人有人性而非人动物只有兽性;'类猿人'与'真的人'的本质区别则在于,'类猿人'虽然已具有天赋本善的人性,但还不同程度地残留着兽性,其人性又常遭到从兽性滋生出来的兽道文化的扭曲、污染、泯灭,无法健康地生长发展,因而'类猿人'难免保留着一些'类猿'的性质,而'真的人'则是一种彻底根除了兽性,人性得到充分发展的人。"[1]《兔和猫》《鸭的喜剧》在书写造物主之余也不乏人道主义的关怀。《阿Q正传》中既有对看客们类似"蚂蚁"的书写,又有对他们眼神如狼噬人的警惕性细描。"四年之前,他曾在山脚下遇见一只饿狼,永是不近不远的跟定他,要吃他的肉。他那时吓得几乎要死,幸而手里有一柄斫柴刀,才得仗这壮了胆,支持到未庄;可是永远记得那狼眼睛,又凶又怯,闪闪的像两颗鬼火,似乎远远的来穿透了他的皮肉。而这回他又看见从来没有见过的更可怕的眼睛了,又钝又锋利,不但已经咀嚼了他的话,并且还要咀嚼他皮肉以外的东西,永是不近不远的跟他走。"[2]在鲁迅的杂文、散文中亦不乏此类书写。如李欧梵所言:"无数的例子证明鲁迅是多么地关注着中国国民性的这否定的方面,独异个人正是面对着这一切卓然而立,孤独,无权。当然,这一切聚合在一起,也形成鲁迅对中国,以及他自己所处地位的悲剧的看法。"[3]

迄今为止,对鲁迅笔下动物的研究最为集中的是靳新来的《"人"与

---

1. 钱振纲. 从非人动物到"类猿人",再到"真的人"(上)——从鲁迅进化论看其早、前期思想体系的统一性[J]. 鲁迅研究月刊, 1995(03): 5.
2. 鲁迅全集: 第1卷: 551-552.
3. 李欧梵. 铁屋中的呐喊[M]. 尹慧珉, 译. 长沙: 岳麓书社, 1999: 122.

"兽"的纠葛——鲁迅笔下的动物意象》。该书基本论及了鲁迅笔下动物的方方面面，既择其重点动物，如狼、猫头鹰、蛇、狗、猫、羊等进行分类论述，同时也涉及了动物意象的整体分类，划分出两个相对立的大类，"联系着鲁迅对中国知识分子问题的思考。如果说在以狼为代表的动物意象的刻画中，蕴含了鲁迅对理想中的现代知识分子人格的深沉探索和热切期望，那么在以'叭儿狗'为代表的动物意象的营造中，则蕴含了鲁迅对现实中的现代知识分子奴性的深刻思考和强烈批判"[1]。但在笔者看来，在获益匪浅之余亦意犹未尽。基本上论者有关《野草》中的动物书写都是散落其间的，缺乏对动物谱系可能性的探究，而同时论者对动物主体性的勘察亦相对薄弱。因此笔者企图继续深挖，集中研究《野草》中的动物谱系。

一、分类：繁复与简单

《现代汉语词典》如此解释"动物"："生物的一大类，这一类生物多以有机物为食料，有神经，有感觉，能运动。"[2]以这个相对传统/主流的界定去查找《野草》中的动物书写，加上《题辞》，24篇文章中有14篇和动物有关。当然，也按照定义剔除了《失掉的好地狱》中的魔鬼、《死后》中可以感受可以思考但不能动弹的尸体，《死火》中处于临界点的"火的冰"也不能列入其间。

（一）背景与契合

在多数时候动物是人类生存空间中的背景设置，它们是中性的，很多时候所谓的益与害是出于人类中心主义的利益考量与命名。

---

1. 靳新来."人"与"兽"的纠葛——鲁迅笔下的动物意象[M].上海：上海三联书店，2010：44.
2. 中国社会科学院语言研究所词典编辑室.现代汉语词典：2002年增补本[G].北京：商务印书馆，2002：302.

1. 宏观并举。无论是在《题辞》中，还是在《颓败线的颤动》中，或者是在前述的《失掉的好地狱》中，鲁迅都把人与兽并举。这里的"兽"是对动物的一种统称，它既是人类的对立面、他者、被命名/贬抑的对象，又是统一于整个自然界（包含人类）的存在。即使是在古代中国，也有"一种无所不及的秩序既笼罩着动物世界，又把人类和人类文明包括在内。于是动物既代表自然界，又服从这个包罗万象的秩序，两种角色浑然一体"[1]。《野草》中人类和动物的并存其实也笼罩在这个宏大秩序中。

2. 微观契合。或许更常见的是鲁迅在作品中对个体动物的处理。比如《复仇》中出现的"槐蚕""蚂蚁"等都是密集恐惧症的经典对象，用来形容群体的盲从性特征。两次"槐蚕"的使用有所差别，一是形容血管的密集，二是形容人群的层密。还有《颓败线的颤动》里面的"虫鸟"："她在深夜中尽走，一直走到无边的荒野；四面都是荒野，头上只有高天，并无一个虫鸟飞过。"[2]此处的"虫鸟"是自然界的象征，反衬出老妇人身心内外的孤寂。

值得一提的还有《死后》。"听到几声喜鹊叫，接着是一阵乌老鸦。"[3]这其实是从生入死之后关于死亡初期环境的素描，如乌鸦的恶兆，蚂蚁的袭扰"大约是一个马蚁，在我的脊梁上爬着，痒痒的。我一点也不能动，已经没有除去他的能力了；倘在平时，只将身子一扭，就能使他退避。而且，大腿上又爬着一个哩！你们是做什么的？虫豸！"[4]还包括"青蝇"，"事情可更坏了：嗡的一声，就有一个青蝇停在我的颧骨上，走了几步，又一飞，开口便舐我的鼻尖"[5]。其中呈现出相当清晰的恶感：从个体被骚扰到被传播细菌，是后续的人类烦扰的前奏。《秋夜》中的"小飞虫"则耐人寻味，"后窗的玻璃上丁丁地响，还有许多小飞虫乱撞。不多

---

1. 胡司德.古代中国的动物与灵异[M].蓝旭,译.南京：江苏人民出版社，2016：117.
2. 鲁迅全集：第2卷.210.
3. 鲁迅全集：第2卷.214.
4. 鲁迅全集：第2卷.215.
5. 鲁迅全集：第2卷.215.

久，几个进来了，许是从窗纸的破孔进来的。他们一进来，又在玻璃的灯罩上撞得丁丁地响。一个从上面撞进去了，他于是遇到火"[1]。它们的乱撞或死亡呈现出鲁迅的复杂心态：既向它们的勇敢致敬，同时也间接批评其莽撞。[2]

（二）繁复的辨析：以狗为中心

在胡司德看来，在古代中国，狗颇引人注目，"狗的主要作用向来有三种：狩猎、守门、充当食材。这算是狗的世俗功能，除此以外，许多文献还记载了狗在宗教仪式中的用途，记录怪异时也多表现狗的所作所为，可见狗还是一种灵异动物。这种看法之所以流行，是因为人们认为狗是变化的中间环节，处在人兽之际的门槛上"[3]。不出意外而又耐人寻味的是，狗在《野草》中亦有繁复的功能。

1. 常规呈现。一般而言，狗在文化传统中有其双面性：一方面是忠诚的象征，它甚至演化成家庭成员之一，俗话说的"看家狗，算一口"就是一种例证。这在鲁迅的作品中亦有所呈现，如《好的故事》中，"茅屋，狗，塔，村女，云，……也都浮动着。大红花一朵朵全被拉长了，这时是泼剌奔迸的红锦带。带织入狗中，狗织入白云中，白云织入村女中……。在一瞬间，他们又将退缩了。但斑红花影也已碎散，伸长，就要织进塔，村女，狗，茅屋，云里去了"[4]。狗多次出现，它其实是美好的象征，是和村女、乡村、自然等天人合一的存在物之一。当然这篇作品中可能有更繁复的蕴含，甚至可能包含了鲁迅的原乡的春梦。[5]

但另一方面，狗也因为过于忠诚于主人而缺乏自我，有其地位低下、奴性十足的负面形象。在《聪明人和傻子和奴才》中，"奴才"诉苦道：

---

1. 鲁迅全集：第2卷 .167.
2. 具体论述可参拙文：《秋夜》中的三重内蕴[J].鲁迅研究月刊，2015（02）：21.
3. 胡司德.古代中国的动物与灵异[M].蓝旭，译.南京：江苏人民出版社，2016：294.
4. 鲁迅全集：第2卷 .191.
5. 具体论述可参：朱崇科.原乡的春梦：《好的故事》之一种解读[J].山东社会科学，2014（11）.

"你知道的。我所过的简直不是人的生活。吃的是一天未必有一餐,这一餐又不过是高粱皮,连猪狗都不要吃的,尚且只有一小碗……""我住的简直比猪窠还不如。主人并不将我当人;他对他的叭儿狗还要好到几万倍……"[1]猪狗、叭儿狗都被视为低下和卑贱的象征。

2. 变形"逆袭"。其中相当经典的则是《狗的驳诘》,我们可以从中读出很繁复的意义,比如对制度的反讽和批判文明的丑恶(奴化/物质化)、自我解剖于"中间物"的劣根性等。[2]

特别引人反思的是鲁迅有意设置让"狗"自主"逆袭":它的反驳让"人"从自以为是的刻板印象中惊醒且落荒而逃。这是鲁迅对动物主体性思考的辩证:他既预设了人狗关系中狗可能或常见的低下地位,却又在实践中让狗占据了考问者的有利位置,借此反衬出人的奴隶道德。如果从更宏阔的文化背景思考,它也突破了某种文化惯性——动物反常往往是被(圣)人压抑的对象。如人所论:"每当自然界有怪事发生,有怪物出现,圣人的解释策略首先是把原因归结为观察的人有误解,或者人类社会的运行机制出了问题。其次是把怪物安放到已知范畴的框架里,给它命名立号,从而使动物的异常性质得到控制和解释。"[3]换言之,这种控制既指向了普通人,也指向了(怪异/变形)动物。《狗的驳诘》的精彩之处就在于动物的主体性得以确立,反过来拓宽了人类的(刻板)视域。除此以外,相当繁复而精彩的个案书写还有"蛇"和"猫头鹰",它们身上更是附着了鲁迅的精神关怀与价值取舍。以下会详论。

二、意义:超克的辩证

简单而言,鲁迅文学实践的目的和意义指向大致可分成两重:一是批

---

1. 鲁迅全集:第2卷.221-222.
2. 具体论述可参拙著:《野草》文本心诠[M].北京:人民出版社,2016:192-199.
3. 胡司德.古代中国的动物与灵异[M].蓝旭,译.南京:江苏人民出版社,2016:303.

判，破解与剖析各种劣根性及其文化生成逻辑；二是弘扬，在"立人"视域下对各种脊梁气质的确立。而在《野草》中，鲁迅借助动物谱系却呈现出别致的破/立策略。

（一）批判国民性

整体而言，《野草》表面上看和个人性、诗性密切关联，而实际上它也对作者毕生关注的国民性话语有着独特而精致的关注与反思，尤其是它从空间视角的切入显得犀利敏锐而又功力深厚，在《失掉的好地狱》《墓碣文》《秋夜》中各有千秋。[1]

其中相当引人注目的是借助"兽"对人性的批判。《失掉的好地狱》中"魔鬼"最后说道："朋友，你在猜疑我了。是的，你是人！我且去寻野兽和恶鬼……"[2]表面上看，读者容易堕入魔鬼怪兽蛇鼠一窝的负面判断，但实际上依据前文的意义指向，鲁迅对"魔鬼"的批判是程度相对轻的，尽管所有类型的地狱依然是地狱，不可抱有希望。恰恰是借助"野兽"，鲁迅批判了人类的劣根性：更功利专制（貌似更进取），同时背叛，缺乏原则（"无特操"）。

另一种路向则来自《颓败线的颤动》。被侮辱和伤害的老妇人赤身裸体走到荒野的中央："她于是举两手尽量向天，口唇间漏出人与兽的，非人间所有，所以无词的言语。"[3]在我看来，这里的兽至少具有两重功能：第一，悲惨至极的老妇人失却了对人类文明的控制、束缚，而回到人兽不分的原生态表达；第二，恰恰是借助人兽不分又人兽合一的力量，老妇人呈现出相当惊人的爆发力、感染力乃至杀伤力。同时，借助这一表达，反面批判由老妇人卖淫养活的女儿一家在文明道德牵引下的禽兽不如。

---

1. 具体论述可参拙文：《野草》中的国民性话语空间[J].文艺争鸣，2014(10).
2. 鲁迅全集：第2卷.205.
3. 鲁迅全集：第2卷.211.

（二）批判兽性

作为20世纪中国文化史上最痛苦的灵魂之一，相当孤绝的鲁迅在庸众中找不到温暖时就更可能借助禽兽载体加以抒发痛苦。比如他有名的"枭鸣说"，在《且介亭杂文二集·序言》中他写道："我的言论有时是枭鸣，报告着大不吉利事，我的言中，是大家会有不幸的。"[1]如人所论："在鲁迅内心漆黑的夜空中飞翔着一只猫头鹰，它发出的'真的恶声'更凄美、更有力、更叫人心灵为之震悚。这是现代中国最痛苦的心灵发出的最苦痛的声音，是现代中国的夜空曾经回荡过的最骇人的枭鸣。"[2]但悖谬的是，这并不意味鲁迅不批判兽性，比如对自然界弱肉强食的批判。甚至在早期文言论述中，他就曾批判伴随着现代性发展强大的兽性（如穷兵黩武、霸权逻辑）。

1. 寄生性。《野草》中鲁迅批判了兽性的诸多层面，其中之一就是寄生性。这尤其体现在《死后》一文中，而特别明显的则是"青蝇"。"事情可更坏了：嗡的一声，就有一个青蝇停在我的颧骨上，走了几步，又一飞，开口便舐我的鼻尖。我懊恼地想：足下，我不是什么伟人，你无须到我身上来寻做论的材料……。但是不能说出来。他却从鼻尖跑下，又用冷舌头来舐我的嘴唇了，不知道可是表示亲爱。还有几个则聚在眉毛上，跨一步，我的毛根就一摇。实在使我烦厌得不堪，——不堪之至。"[3]在这段传神的描绘中，鲁迅特别表达出两种愤慨：一是对寄生性（寻做论的材料）的批判；二是对其无内容、平庸恶的愤怒。从此角度看，"青蝇"几乎就是平凡小动物劣根性的集大成者和代表。而颇有意味的是，它也是相关国民性的象征，勃古斋旧书铺的小伙计的后续骚扰不过是这种寄生性的延续和人证。

2. 底层奴性。在《聪明人和傻子和奴才》一文中，"奴才"老是找人

---

1. 鲁迅全集：第6卷 .225.
2. 靳新来．"人"与"兽"的纠葛——鲁迅笔下的动物意象［M］．上海：上海三联书店，2010：83.
3. 鲁迅全集：第2卷 .215.

诉苦自己所过着的非人的生活。比如恶劣的饮食,"吃的是一天未必有一餐,这一餐又不过是高粱皮,连猪狗都不要吃的,尚且只有一小碗……"[1];悲惨的待遇,"我住的简直比猪窠还不如。主人并不将我当人;他对他的叭儿狗还要好到几万倍……"[2];恶劣的条件,"住的只是一间破小屋,又湿,又阴,满是臭虫,睡下去就咬得真可以。秽气冲着鼻子,四面又没有一个窗子……"[3]不必多说,这里的"猪狗不如"系列语汇里提及的动物都是最底层的象征,"臭虫"更是卑贱环境的衍生物。从此角度看,这是鲁迅对底层肮脏与卑贱的理性描述。相当耐人寻味的地方在于,倾诉者本身的奴性潜伏在这些动物身份底下,鲁迅借此批判了连动物都不如的奴性。当然,如果从更复杂的"主—奴结构"来看,其中的"聪明人""主子"身上都有不同的奴性特征展现。[4]

(三)弘扬个性

毕生信奉个人主义的鲁迅在《野草》的动物谱系书写中也呈现出其类似的价值取向——浓郁而独特的个性关怀。其中尤其体现在蛇、猫头鹰这些经典动物意象身上。整体而言,《野草》文本中个性的弘扬一方面彰显出鲁迅独特的品位选择,而另一方面则由动物的特性加以凸显。

1. 蛇:韧性存在。不必多说,鲁迅是真心喜欢蛇的,这不仅是因为他生肖属蛇,而且有其深层文化思考。这在其各种形式的作品中都有所呈现,文学作品自不待言,甚至连书籍装帧[5]亦然。在《死火》中亦表现出其对蛇的喜好,被塞入口袋温暖着的"死火"发生了变化:"我的身上喷出一缕黑烟,上升如铁线蛇。"[6]将处于临界点的"死火"的变化比喻为"铁

---

1. 鲁迅全集:第2卷.221.
2. 鲁迅全集:第2卷.221-222.
3. 鲁迅全集:第2卷.222.
4. 具体论述可参拙著:《野草》文本心诠[M].北京:人民出版社,2016:286-288.
5. 在鲁迅的书籍装帧中据说有鹰蛇图案组合,可参:上海鲁迅纪念馆.鲁迅与书籍装帧[M].上海:上海人民美术出版社,1981:88.
6. 鲁迅全集:第2卷.201.

线蛇",可以看出鲁迅对无毒的小蛇的喜爱,也反映出其品位。

颇具代表性的则是《我的失恋》:

"我的所爱在豪家;

想去寻她兮没有汽车,

摇头无法泪如麻。

爱人赠我玫瑰花;

回她什么:赤练蛇。

从此翻脸不理我,

不知何故兮——由她去罢。"[1]

表面上看,以"赤练蛇"对应"玫瑰花"有恶搞/无厘头的嫌疑,但实际上这是一种文化品位和个性的体现。该节中首先呈现出恋人间物质层面的难以门当户对——爱人身居豪宅,"我"无汽车前往,这是铺垫。而"赤练蛇"应对的则是文化价值观的差异,因为"玫瑰花"实际上已经成为美好爱情的象征与常规道具。从此角度看,鲁迅在此节中既有悄然示恋,又有个性坚守的特征。除此以外,"蛇"在《野草》中还有自我剖析的功能,下文述及,此处不赘。

2. 猫头鹰:"真的恶声"。在《热风·随感录四十》中鲁迅写道:"是黄莺便黄莺般叫,是鸱鸮便鸱鸮般叫。"[2] 其中可见鲁迅对"猫头鹰"认同的坦荡与真率。而在《希望》之中,他写道:"我早先岂不知我的青春已经逝去了?但以为身外的青春固在:星,月光,僵坠的胡蝶,暗中的花,猫头鹰的不祥之言,杜鹃的啼血,笑的渺茫,爱的翔舞……。"[3] 在他看来,即使是发出不祥之言的"猫头鹰"亦是"身外的青春"的象征之一。

《秋夜》中"哇的一声,夜游的恶鸟飞过了"[4]。一般以为,这里的"恶鸟"就是"猫头鹰"。它的叫声至少具有两重功能:一是将整篇文本的状

---

1. 鲁迅全集:第2卷.174.
2. 鲁迅全集:第1卷.338.
3. 鲁迅全集:第2卷.181.
4. 鲁迅全集:第2卷.167.

态由静态带入动态；二是这"恶声"唤醒了沉睡的世界，不只是"我"的回应的笑声[1]，而且还有小飞虫们的飞蛾扑火实践。

引人注目的是《我的失恋》："爱人赠我百蝶巾；回她什么：猫头鹰。"[2] 对应"百蝶巾"的"猫头鹰"同样呈现出双重的个性弘扬关怀：一方面是以自我的喜好回应对方的馈赠；另一方面则彰显出自己真实的个性选择，可以称为"鲁迅口味"。[3]

三、反观自我与和谐并存

众所周知，鲁迅是一个善于勇于时时刻刻自剖的文学大家，在《野草》的动物谱系书写中亦不乏此类关怀。同时需要注意的是，鲁迅此类书写中亦有其他志趣和追求，比如对可能的人兽合一的和谐世界的追寻。《好的故事》中"狗"的角色，似乎就可做如此理解，它一洗狗在文化传统中的负面和刻板印象。

（一）自我反观与解剖

某种意义上说，《野草》就是一部自我之书，乃至是对大我、小我内部哲学探勘的辩证。其中既有自我解剖，又有自我的分裂与啮合，同时，鲁迅从未将自己排除在国民性批判之外。除了将自我深切关联大众，鲁迅还对自我进行了更严厉与繁复的解剖，而这一核心主题在《野草》的动物谱系中亦有所呈现。

1.《狗的驳诘》：以他者批判自我。 在这篇文章中，需要提醒注意的是"我"的可能身份。"自己在隘巷中行走，衣履破碎，像乞食者。"[4] 从外

---

1. 具体论述可参：朱崇科，陈沁.论《野草》中的笑[J].首都师范大学学报（社会科学版），2017（01）.
2. 鲁迅全集：第2卷.173.
3. 具体论述可参拙著：《野草》文本心诠[M].北京：人民出版社，2016：68.
4. 鲁迅全集：第2卷.203.

表来看,"我"至少可以有三种身份:(1)乞食者。这是相当可以理解的现象,"我"穿着破旧,但当狗吠"我"时,"我"傲慢地回顾,斥责之。(2)过客。《狗的驳诘》一文迟于《过客》,其中落魄的"我"和一直在路上的"过客"在形象上有不少叠合;(3)看客。从此角度看,"我"被置于具有强烈主观能动性的"狗"的对立面,成为驳诘对象,而这一对象又承载了个体人或人类的劣根性,比如物质化、奴性、势利等。易言之,借助于狗眼与狗语,鲁迅其实反观了自我(及集体自我)的问题乃至原罪。如钱理群所言:"在鲁迅的艺术世界里,'人'的世界与'兽'的世界,'人性'与'兽性'的互相渗透,以至于《野草·狗的驳诘》里那样的人被'狗'追逐的幻梦,《野草·颓败线的颤动》里'人'的返归'自然',这不仅仅是一种单纯的艺术想象或表现手法,表示着作家对于'人'的本质的一种认识,对于现实的中国国民性的一种观察,同时寄寓着作家对于'人'的改造,国民性改进的理想与追求。它构成了作家对客观世界与人的一种把握方式。"[1]

2.《墓碣文》: 痛苦自噬。熟读鲁迅的人往往会知道,《墓碣文》是鲁迅《野草》中最为艰深晦涩的文本之一,可谓意义繁复。在我看来,鲁迅在其中呈现出一种互看的奇特与灵思: 既有自我的对视,也即呈现出自我/主体的分裂与啮合,同时又是一种对自剖的深切记录。此外,在此文中,鲁迅还别具匠心地重审劣根性,实现了从审己到审群的转变与并存。它不太侧重具体内容,而更强调批判的功能、意义与姿态,从而实现棒喝式启蒙的用心。[2]

相当引人注目的是其中的"长蛇"意象:"有一游魂,化为长蛇,口有毒牙。不以啮人,自啮其身,终以殒颠。……"[3]某种意义上说,这"长蛇"就是鲁迅自己。在《野草》中,其他的蛇都是无毒的、相对可爱的动

---

1. 钱理群.人与兽——鲁迅的艺术世界之一[J].社会科学,1987(04): 79.
2. 具体论述可参: 朱崇科.互看的奇特与灵思:《墓碣文》重读[J].鲁迅研究月刊,2016(01).
3. 鲁迅全集: 第2卷.207.

物，而《墓碣文》中的"长蛇"有毒又自噬，反映出鲁迅的痛苦与焦虑。"原来所追求的目标奇妙地落空，被引进了行为无以达到所期结果这一令人焦虑的迷途之中。除非难诘得到解答，否则死不能成为解脱，彷徨亦没有停息之时……残酷的孤独依从孤独的逻辑发展，最终却被引致无法成其为孤独的境地，而在那里受到审判。"[1]同时，"长蛇"并未停止自我探寻的脚步，阴面文字也可视为自我阐述或描绘的痕迹（蛇迹／设计）。既要排除鬼气／毒气，却又苦苦探勘不得其果；既孤绝傲娇，同时又热切期待对话与交流，呈现出至为痛苦的反刍、自噬与灵魂搅拌。

（二）个体主义对话人道主义：和谐路径

在胡司德看来，战国两汉时期关于动物的学说，如道德教化说、动物变形理论等"有助于形成自然因素与文化因素融为一体的动物概念……在这种情况下，'文化、人类、道德'和'自然、动物、兽性'，大家就不觉得是各自独立的两个世界，而认为是相辅相成的两个领域，彼此都变动不居，同时又互相影响"[2]。这真是描绘出动物与人类和谐并存的有趣认知理念与价值观，《野草》中亦有对此趋向的状描。

一类是对固有美好事物的强调／侧重，如蝴蝶、蜜蜂等。《希望》中两次提及"僵坠的胡蝶"，这是被纳入了"身外的青春"的事物之一。可见即使其相对悲凉，但依然令人感怀与爱慕。《雪》一文中，又一次提及："胡蝶确乎没有；蜜蜂是否来采山茶花和梅花的蜜，我可记不真切了。但我的眼前仿佛看见冬花开在雪野中，有许多蜜蜂们忙碌地飞着，也听得他们嗡嗡地闹着。"[3]不难看出，这里的蝴蝶与蜜蜂都是想象的在场的美好。它们要么美丽，要么勤奋，而且都具有锦上添花的效果。更关键的是，

---

1. 木山英雄.文学复古与文学革命——木山英雄中国现代文学思想论集[M].赵京华，编译.北京：北京大学出版社，2004：46.
2. 胡司德.古代中国的动物与灵异[M].蓝旭，译.南京：江苏人民出版社，2016：262.
3. 鲁迅全集：第2卷.185.

它们化成了和可爱孩子们堆雪人等事件并列的美好，从而呈现出"自然—动物—人"并存的温馨与祥和。

另一类则是拟态/想象的美好。《风筝》的意义指向相当繁复。《风筝》作为鲁迅《野草》里的名篇，既有常人易于看到的儿童本位观、自我批判等主题内涵，同时又有一般人易于忽视的绵密主题——悲哀意绪，整篇作品就是对这种意绪的化解的尝试。其中不乏自解的吊诡：鲁迅往往采用自虐式自剖的方式自解，自解的抽刀断水效果可想而知。同时，风筝意象中富含了多元角色。[1]结合本文焦点，更应该关注的是动物风筝。"故乡的风筝时节，是春二月，倘听到沙沙的风轮声，仰头便能看见一个淡墨色的蟹风筝或嫩蓝色的蜈蚣风筝。"[2]某种角度上看，这些动物的原型并不漂亮，乃至有些瘆人，如蜈蚣，但一旦变成拟人态的动物风筝，尤其是整合了童真童趣，便立即变得萌态丛生。而需要注意的是，作为深切忏悔与自责的"我"破坏的是一只蝴蝶风筝。"大方凳旁靠着一个胡蝶风筝的竹骨，还没有糊上纸，凳上是一对做眼睛用的小风轮，正用红纸条装饰着，将要完工了。我在破获秘密的满足中，又很愤怒他的瞒了我的眼睛，这样苦心孤诣地来偷做没出息孩子的玩艺。我即刻伸手抓断了胡蝶的一支翅骨，又将风轮掷在地下，踏扁了。"[3]如前所述，蝴蝶（哪怕是残缺的）的美丽是可以屡次确认的美好，借此恰恰可以反衬出"我"的粗暴与迷乱。

由上可见，为了营造人/物之间可能的和谐与美好，鲁迅一方面强调了自然界中原本的美好，另一方面则借助拟态/想象再现这种美好，呈现出人工/天然的叠合。如果从其思想发展的主干线来看，他则在个人主义的洪流中掀起了人道主义的滔天巨浪。

结语： 王得后曾指出："鲁迅思想的知识结构之一，是动物行为学及

---

1. 具体论述可参拙文：自解的吊诡——重读《风筝》[J].名作欣赏，2016（25）.
2. 鲁迅全集：第2卷.187.
3. 鲁迅全集：第2卷.188.

其与人类行为的比较。这在人类生命本体和对人的生存、温饱和发展的探索中,具有独特的思想意义和文化意义。"[1]这是一种大致而言的二分法风格的正确趋势概论,如果仔细探究,鲁迅有关动物的思想似乎远比这种说法复杂。

考察《野草》中的动物谱系,我们不难发现鲁迅的匠心独具与深刻别致。其中的动物书写既有简单的背景功能与契合界定再现,又有相对繁复的辨析,且部分超出了刻板印象。此外,在意义的营构上,亦有其超克的辩证:他借助动物批判国民劣根性,同时又吊诡地批判兽性,更难能可贵的是,他借助动物弘扬个性,与其"立人"思想吻合。不容忽略的是,鲁迅也借助动物谱系反观与解剖自我,并探寻人/物和谐并存的途径,实现了个人主义与人道主义的对话。

---

1. 王得后.鲁迅心解[M].杭州:浙江文艺出版社,1996:374.

第三章

话语凝练

经历相对丰富、触角异常敏锐和反思深邃绵长的鲁迅在其文学作品中有非常丰富的话语建构。这种文学生产本身就有再现、总结、审视和重建的伦理意图和功能展演，其中往往有破立并存的双重实践，只是各有侧重：比如创伤、寡妇话语偏批判性和自我疗治，英雄、教师话语中的树立与建设，当然也不乏清理层面。在为小说人物命名的过程中也可以凸显其犀利洞察力，这类话语剖析也内外兼修。

考察鲁迅作品中的教师话语，可以发现鲁迅在小说书写中主要呈现出两种风格：同情式剖析与入木式批判。前者涉及了作为谋生职业中的个体变异以及为师的艰辛，后者则批判了伪现代的卑劣与旧传统的僵化。相较而言，鲁迅在有关散文书写中褒扬更多，因为其中贯穿了"立人"的现代性教育理念及有关角色的形塑，同时鲁迅也从"破"的角度进行了独特的反思与高度警醒，从而呈现出有破有立、双管齐下的深入思考。

拥有小说命名权的鲁迅在小说人物命名中别有洞天，呈现出丰富的话语张力与解／建构辩证：在严谨正名（名正言顺）的实践中，他再现了"旧"的刻板与顽固，也彰显了"新"的希望与没落；在无名／共名的命名实践中，以洋文命名国人本身既有的无处可逃的尴尬，又借之呈现出可能的含混与丰富，而共名背后既有麻木单一，又可能有民间力量的反拨；在《故事新编》中，他又有去名的操作，企图呈现出他更繁复而深刻的思考——依靠旧传统，即使是神仙圣贤也未必能够适应新时代，而批判国民劣根性从不该停下脚步。

鲁迅少年丧父，生活从小康堕入困顿，赴日留学走异路中亦颇多艰辛，而后的兄弟失和的打击、与多人笔战、长期患病等，鲁迅一生经历的创伤体验并不少，在其文学生产中，创伤话语屡屡可见。他在对创伤的小说再现中，呈现出创伤的挫败性惯习，一方面指向了传统致人挫败的杀伤力，另一方面则说明现代转换中亦有类似惯习。鲁迅亦有复仇创伤的书写实践，一方面他强调反抗遗忘和自奴，同时亦有攻击性乃至同归于尽的复仇理念。而在其作品中，亦有疗治创伤的书写，其中也是悖论重重。

鲁迅作品中呈现出一种独特的寡妇情结，从文化隐喻角度看，文本中的无父设置本身就是一种弑父欲望的表现；吊诡的是，它们往往呈现出在场与不在场的辩证，父权的伦理道德规范依然在起作用，当然其中偶尔亦闪耀着人性的光辉。整体而言，多数寡妇往往扮演了牺牲品的角色，其中既有被动的存在，又有主观能动指向层次的复杂性。相当耐人寻味的是，上述书写呈现出现实中和母亲曾经相依为命的鲁迅内心深处的寡母情结：其中既不乏依恋与理解，又有伤害和怨恨情愫。

鲁迅在小说中的英雄话语自有其独特追求：一方面是状描与剖析英雄气质，如其个性／创造，实干与牺牲，借此实现对新人的强调／再造和"立人"思想的再现；另一方面他也以同情之笔抒写并自我投射了英雄泪，尤其是迟暮之感。当然他也批判了某些劣根性，其中既有借助英雄的符号化使用，又有滥权的伪英雄。

[第一节]

论鲁迅小说中的教师话语

从在家乡绍兴读私塾到负笈南京洋学堂（水师、路矿），再到东渡日本留学（曾求教于章太炎，也曾学医又弃医从文），鲁迅作为学生的经历可谓丰富多彩。从1909年回国到绍兴担任教师、学监，到北京时期（1912—1926）一边担任教育部公务员一边兼课（大、中学教师），再到1926年厦门大学、1927年中山大学担任全职教授又于1927年弃绝教授[1]，鲁迅对学校、教师的理解与复杂态度耐人寻味。

从鲁迅的小说文体来看，有关教师的书写可谓贯穿始终。从鲁迅的第一篇小说——文言文写作的《怀旧》开始，他就以儿童的视角重新观照其周边世界，尤其是私塾老师及乌龙长毛事件等，其中已经呈现出现代性的元素。[2] 晚年的《故事新编》中的《出关》(1935)，涉及孔子老子之争，讲述老师/弟子之间的进退关系转换，别有韵味。在鲁迅的34篇小说中，多多少少涉及教师书写的超过1/3，甚至有些篇章还是焦点书写，如《端午节》《高老夫子》等。在有关散文书写中，鲁迅也有情真意切的独特创制，有些已经成为经典名篇。如《从百草园到三味书屋》中对寿镜吾老先生的书写，尊敬之余亦不乏调侃，并部分彰显出私塾教育方式的相对滞

---

1. 具体论述可参拙文：论鲁迅对学院教授的弃绝[J]．南京师范大学文学院学报，2012（03）．
2. 具体论述可参拙文：论鲁迅小说中的儿童话语及其认知转化[J]．西南民族大学学报（人文社科版），2008（01）．

后；《藤野先生》书写留日时期的老师藤野先生，迄今为止已成为中日两国民间文化交流的代表性人物之一；甚至到了去世前不久，他还撰写了《关于章太炎先生二三事》区分革命志士与国学大师不同身份交叠的章太炎先生，呈现出自己清晰的取舍与态度。

除此以外，鲁迅还在《立论》一文中提及了小学生向其老师求教如何立论的片段。在我看来，在小学生"我"和老师之间有一种复杂的象征意蕴：比如对文化习得与规划的学习、掌握与实践。成年老师是熟谙世界秩序的历练者和过来人，老师通过一个故事不同路向的发展给小学生提供选择项和他自己的答案。作为作者的化身，"我"的感受和反应（从迷惑到无语）恰恰吻合进化论视野下的"中间物"特征——在这个世界发展的链条上，是一个过渡。借此，鲁迅批判了成年老师身上的劣根性/恶习，并呈现出这种劣根性对孩子/后代的污染，潜意识中呼应了"救救孩子"的"呐喊"式呼吁。[1]

当然如果说开去，鲁迅对教师的理解亦有更大的指涉。比如他在《琐记》中提及南京水师学堂求学时的"中体西用"经历，但真正的思想冲击却是来自《天演论》，"哦，原来世界上竟还有一个赫胥黎坐在书房里那么想，而且想得那么新鲜？一口气读下去，'物竞''天择'也出来了，苏格拉第、柏拉图也出来了，斯多噶也出来了"[2]。他因此遭到相对保守的本家的指责，但似乎并不在意，"仍然自己不觉得有什么'不对'，一有闲空，就照例地吃侉饼，花生米，辣椒，看《天演论》"[3]。从此角度看，先进性与现代性文化资源才是真正的教师，值得求学者认真师法，这里的教师已经成为思想/文化启蒙的象征。

相较而言，鲁迅在小说书写中对教师的角色批评较多，而在散文书写中则以情真意切的感激为主。这固然呈现出不同文体风格的差异，但同时

---

1. 具体可参拙著：《野草》文本心诠[M]. 北京：人民出版社，2016: 249.
2. 鲁迅全集：第2卷.306.
3. 鲁迅全集：第2卷.306.

可看出散文家鲁迅温情脉脉、自我疗治的一面。在小说家鲁迅那里，有关教师的主体书写部分恰恰和他兼任/专任教师的时间段大致叠合。由于亲见或听说，鲁迅对此行业的书写有着更直接的便利与冲击，其批判的力道也令人印象深刻。本节的教师话语不是单纯归纳小说实践中教师书写类型，而是要仔细探勘鲁迅有关思考的运行轨迹，以及它与鲁迅长期以来的整体思想架构的内在关联，而这里的话语[1]也多是福柯意义上的借用。

一、同情式剖析

从书写对象来看，知识分子和农民是鲁迅小说中最常见且别具一格的书写对象，教师大致可划入知识分子行列。简单而言，鲁迅对知识分子的情感态度可以分为两个层面：一个是相对深切的了解与同情；另一个则是入木三分式的批判，即他们也是国民劣根性批判的重要载体。当然，二者往往纠缠在一起。本节主要聚焦于鲁迅对教师的同情式剖析。

（一）谋生的变异

结合鲁迅自身的经历，其教书生涯中有一相当重要的缘由就是要养家糊口或补贴家用。他之所以从日本中断留学（和以文艺救国的梦想）从物质角度看原因大抵也是如此，而北京时期在各学校兼职亦有此动因。不难理解，在其小说书写中亦有这样的指向，不乏和现实呼应的意味（比如讨薪），但同时又多了更复杂与深切的反思。

1. 被挫败的启蒙。《孤独者》《在酒楼上》被称为是"最富鲁迅气氛"[2]的小说，而往往不被强调的是，小说中的主人公恰恰都是教师身份。经由此道，鲁迅游刃有余地彰显出革命理念传递及实践坚守的艰难。

《孤独者》中张力十足的魏连殳的身份也是教师，"所学的是动物学，

---

1. 具体论述可参拙著：鲁迅小说中的话语形构[M]. 广州：中山大学出版社，2017.
2. 钱理群：鲁迅作品十五讲[M]. 北京：北京大学出版社，2003：60.

却到中学堂去做历史教员；对人总是爱理不理的，却常喜欢管别人的闲事；常说家庭应该破坏，一领薪水却一定立即寄给他的祖母，一日也不拖延。此外还有许多零碎的话柄；总之，在 S 城里也算是一个给人当作谈助的人"。[1] 可以理解的是，因为其个性较强，更关键的是其具有超前的现代性观念（如情感表达、对待人的平等观念等），他因此失业且难以维生，最终不得不做了杜师长的顾问/幕僚。而发人思考的是，"我"也是被欠薪的卑微教师，"山阳的教育事业的状况很不佳。我到校两月，得不到一文薪水，只得连烟卷也节省起来"。[2] 而发达之后的魏连殳却写信给"我"说："你前信说你教书很不如意。你愿意也做顾问么？可以告诉我，我给你办。其实是做门房也不妨，一样地有新的宾客和新的馈赠，新的颂扬……"[3] 言语中间不乏嘲讽意味。教育事业被踩到奴性十足的封建官僚体制下面喻示了现代启蒙的挫败。这既是魏连殳作为个体的挫败，更是对一个行当实际位次的辛酸表征。

《在酒楼上》则通过和一个昔日英姿飒爽的友人十年后的偶遇与对话彰显出革命/启蒙理念历经岁月大潮淘汰之后的没落和挫败。我们可以从中看出吕纬甫自身性格的懦弱与迁就，比如顺从母亲为尸骨无存的小弟迁坟，或者是送剪绒花给阿顺姑娘。他在此类无聊事务中虚度光阴并削弱了奋斗的勇气，但他最后的落脚点依然是教育："自然。你还以为教的是 ABCD 么？我先是两个学生，一个读《诗经》，一个读《孟子》。新近又添了一个，女的，读《女儿经》。连算学也不教，不是我不教，他们不要教。"[4] 而令人惊讶的是其无所谓的顺从态度，他已经把无聊变成了常态并随波逐流了。

2. 主动世俗：重读《端午节》。 方玄绰算是和现实鲁迅（周树人）在工作身份上对应程度最高的一个角色。既是公务员，同时又在其他学校兼职，并也遭遇了令人尴尬的欠薪经历。有论者指出："方玄绰是一个现代

---

1. 鲁迅全集：第 2 卷 .88.
2. 鲁迅全集：第 2 卷 .101.
3. 鲁迅全集：第 2 卷 .104.
4. 鲁迅全集：第 2 卷 .33.

知识分子，他明白问题的症结：制度不让他坚守人的主体性和创造性。他在生计受到威胁的时候，还得要依靠制度保证自己活下去，于是，他就用'差不多'的策略，企图通过泯灭事情的是非曲直来寻找心灵的出路。"[1]而在我看来，方玄绰其实是在两种身份的夹缝中犹疑、逃避。他既不满于被欠薪，却又不去讨薪；他既不想让有关当局难堪，却又不得不面对家庭维生者，尤其是太太的催逼，并想方设法应付。物质上他继续要求赊账，好好享受，喝莲花白、抽大号哈德门香烟；在精神上却又借助现代性的产物——胡适的《尝试集》来对付没有文化的太太，其实他骨子里也是一个俗人。小说名为《端午节》，原本有纪念伟大爱国者屈原纯粹、热烈、决绝的文化隐喻，而现代生活中的方玄绰却纠缠于细枝末节、小恩小惠、小打小闹，心机颇重，的确是一种潜在的反讽。

（二）为师的艰辛

鲁迅对教师行当有着切身的体验、深刻的理解，同时也倾注了同情。《孔乙己》中的主人公孔乙己读书不少却没有进学，似乎在备考的过程中逐步形塑或扭曲了自己的性格和知识结构，但同时其还保留了一丝未曾泯灭的善良人性。比如他曾好心教小伙计识字，却惨遭无视与嘲讽。孔乙己的不同的传神表情展示了其内在善良的性格，但同时鲁迅也委婉批评了他"好为人师"的特征。他往往借生僻技巧（"茴"的四种写法）或不能经世济用的陈旧知识刷存在感，其内心深处想为人师传授知识的冲动显而易见，而这种用心却为其作为谈资的悲剧性角色所掩盖。

更引人注目的则是《奔月》。羿的英雄迟暮与落魄心理路程经过了三个场景、阶段或由远而近的伤害：与老婆子关于射死老母鸡的争辩及赔偿是世俗算计及其流言话语[2]的个案例证，这些不过是对羿的初次中伤与

---

1. 蒋永国. 从旧知识分子"末人"到新知识分子"犬儒"——谈《白光》和《端午节》的现代启示 [J]. 中国图书评论，2014 (02): 107.
2. 具体论述可参拙文: 论鲁迅小说中的流言话语 [J]. 中山大学学报（社会科学版），2011，51 (02).

围剿,毕竟羿在此过程中的确有因为"五谷不分"误把老母鸡当成鹁鸪的尴尬与错误。而最严重或致命的伤害则是来自在家中守候的娇妻——嫦娥的背叛,可谓后院起火。她居然偷吃了仙丹私自飞升,而他却一直为她打算。

和本文有关的中间阶段的伤害则是来自学生逢蒙对老师羿的伤害。逢蒙的伤害主要有三个阶段:第一阶段是造谣,在不明真相的普通民众间散布谣言抢夺老师的丰功伟绩;第二阶段是逢蒙亲自上阵以箭射杀老师未遂;第三阶段则是愤怒地叫骂诅咒,甚至令羿也颇觉绝望,"'真不料有这样没出息。青青年纪,倒学会了诅咒,怪不得那老婆子会那么相信他。'羿想着,不觉在马上绝望地摇了摇头"[1]。某种角度上看,如果考虑到传统文化中"事师如父"的尊敬传统以及"知子莫若父"的实践,羿作为老师其实是相当失败的:逢蒙表现得越卑劣,反过来也越证明羿看人、教化的失败。其绝望一方面来自逢蒙的伤害,另一方面也该来自为师的自己。

二、入木式批判

如前所述,鲁迅以小说对知识分子的状描中也倾注了强烈的批判性态度,也就是入木式批判。不必多说,教师这个行当对于师风师德和专业水准都具有较高要求,但现实中往往有不合规范的人士滥竽充数:他们要么只是将教师当作日后事业飞黄腾达的垫脚石,要么别有所图厕身其间敷衍塞责,而且随着革故鼎新的展开,往往出现了有关传统教育范式的落伍乃至日益保守反动的问题。鲁迅横跨晚清帝国与民国亲历各种历史变革,他非常敏锐地体验与剖析了其间新的可能性。

---

1. 鲁迅全集: 第2卷 .377.

（一）伪现代的卑劣

如果说《肥皂》的主题之一是戳穿伪道学四铭的丑陋面目[1]，那么《高老夫子》则是鲁迅对打着现代性旗号的伪士的辛辣嘲讽，主人公高干亭的身份就是女校的一个不称职的代课老师。有论者如此界定其真面目："不学无术的骗子，灵魂肮脏的流氓，狡猾顽固的复古派，这就是高老夫子的真正面目。"[2]

我们可以从两个层面剖析其卑劣：

1. 师德的沦丧。 高干亭私德卑劣，他不仅和狐朋狗友"一同打牌，看戏，喝酒，跟女人"[3]，而且去女校教书的目的是"看女学生"，这明显和混混流氓本质雷同。不仅如此，他们还一起通过打牌坑蒙拐骗。去女校代课只是延宕了其劣迹斑斑的惯性，文末他在教学失败后又很自然地回到了旧轨道上来且得心应手。鲁迅幽默且辛辣地写道："高老夫子的牌风并不坏，但他总还抱着什么不平……不过其时很晚，已经在打完第二圈，他快要凑成'清一色'的时候了。"[4]

2. 不学无术。 如果从教师的专业水准角度考察高老夫子，不难发现：一方面，他不学无术，所懂得的有限知识不过是人人皆知的常识，乃至是皮毛，并没有资格为人师；另一方面，他思想守旧、反动封建、色厉内荏，上课失败也在意料之中。

如果从细节角度考察，高老夫子依然是一个无聊自私的人。"这一天，从早晨到午后，他的工夫全费在照镜，看《中国历史教科书》和查《袁了凡纲鉴》里……首先就想到往常的父母实在太不将儿女放在心里。"[5]一个男人过度关注外表表明他的无聊堕落，至少反衬出他对内在气质和知识摄

---

1. 当然有更复杂的解读，具体论述可参拙文："肥皂"隐喻的潜行与破解——鲁迅《肥皂》精读[J]. 名作欣赏，2008（11）.
2. 曾华鹏，范伯群. 论《高老夫子》[J]. 扬州师院学报（社会科学版），1984（02）：24.
3. 鲁迅全集：第2卷 .77.
4. 鲁迅全集：第2卷 .85.
5. 鲁迅全集：第2卷 .76.

取的轻视。而他的思考也似是而非，更多呈现出自私地推卸责任，抱怨父母监护不严而不反省自己的淘气，这一再表明他是一个专业（和道德）上的失败者。如人所论："高老夫子是一个自卑症患者，一个心理上的软弱者，一个人生的失败者……因此，鲁迅透过这一形象不仅讽刺了不学无术者和保守者，同时对微妙隐秘的心理进行了深刻揭示。"[1]

（二）旧传统的僵化

相较而言，鲁迅小说中的教师书写多数角色（即使有些貌似新潮）依然隶属于旧传统，比如其中的私塾师等，对于这些个体及其传统背负，鲁迅毫无疑问是大力批判的。

1. 私塾的滞后性。早在《怀旧》这篇文言小说中鲁迅就以儿童的视角批判这种旧式教育的问题乃至劣根性。它的问题就是以相对僵化的方式要求学生背诵，缺乏循循善诱与因材施教。而更大的担忧在于，这些私塾师本身的素质和追求并不远大，很多只是借此做跳板或养家糊口，到了《白光》中相关弊端就更加凸显了。

《白光》中的陈士成一方面是备考的老士子，而另一方面则是一个权宜的私塾师。在他又一次放榜失败时，甚至连他的弟子都看不起他。从教师的角度看，他并没有真正做好自己的本分，而孩子们也并不认同他的教育，因此最后他在夜里追随"白光"——"书中自有黄金屋"的考试终极目标之一，落水而死。表面上看，这篇小说在嘲讽科举制的危害，在我看来，这恰恰反衬出（不合格）教师的身份低下和有关教育方式与理念的滞后性。

2. 进化的悖论：重读《出关》。《出关》中涉及孔老相争的故事，若从教师话语角度考察，别有韵味。一般以为，这篇小说主要嘲讽老子的空谈性格，支持孔子的实干精神。但在我看来，这种看法略显皮相，《出

---

1. 姜彩燕. 自卑与"超越"——鲁迅《高老夫子》的心理学解读[J]. 西北大学学报（哲学社会科学版），2015（05）：64-65.

关》同样有批判孔子的地方。

　　小说中，当老子第一次点拨孔子时，孔子好像受了当头一棒，失魂落魄地坐着，恰如一段呆木头；而第二次孔子想通后，"大约过了八分钟，孔子这才深深的呼出了一口气，就起身要告辞，一面照例很客气的致谢着老子的教训"[1]。孔子的悟道恰恰是老子必须出关的原因/前提条件。从此角度看，老子是深谙孔子习性的聪明老师。正如老子的分析："你要知道孔丘和你不同：他以后就不再来，也再不叫我先生，只叫我老头子，背地里还要玩花样了呀。"[2]鲁迅调侃了出关的老子，言及他国语不太灵光。希望他编讲义，其实是关尹喜剥削老作家的手段。实际上老子根本不受俗人理解与待见，他不走流沙也没有出路，虽然出关也是死路一条。从此角度看，老子无法和这个他已看清楚的世界和平相处，他进退失据。而孔子的进取貌似积极，但同时有其功利和野心家的一面。如人所论："小说《出关》虽表达了鲁迅对孔子'以柔进取'和'知其不可为而为之'的肯定，但这只是相对于老子的'以柔退却'而言，未必更具积极意义。"[3]

三、自反的悖论：现代教育形塑

　　相较而言，鲁迅在小说中对教师形象的批判较多，而在散文书写中，对教师的褒扬较多，原因何在？从相对宏阔的视角思考，这和鲁迅对于现代教师的形塑理路息息相关，或者更准确地说，凡是和现代教师理念相关的，他建构性褒扬的比重较高，而在破旧的时候，批判自然较多，并且和其成长经历关联甚殷。"从创作心理学的角度来说，鲁迅笔下的教师形象在相当大的程度上都是作者心理郁结外泄的产物。这些心理郁结，有少年时期开始形成、并随着岁月的增长的对封建教育、封建塾师极度厌

---

1. 鲁迅全集：第2卷.456.
2. 鲁迅全集：第2卷.457.
3. 高远东.论鲁迅对道家的拒绝——以《故事新编》的相关小说为中心［J］.中国现代文学研究丛刊，2007（01）：93.

恶的情绪；有青年时期开始形成、并随着岁月而增长的对中国国民性的极度焦虑凝成的情结；有对辛亥革命以后教育现状不满的情绪。"[1]

（一）弘扬"立人"的教育

通读鲁迅有关教师书写的散文，不仅情真意切，而且富含了现代教育理念。《从百草园到三味书屋》中表扬了寿镜吾老先生的师德，极方正、质朴、博学。他教学严谨而开明，"有一条戒尺，但是不常用，也有罚跪的规则，但也不常用"[2]，而且好读书并自得其乐。但细读此文，我们不难发现，鲁迅此文的焦点更在于弘扬新的儿童观念，尊重儿童好玩等天性，甚至调侃了私塾制度及其执行者相对开明的寿老先生。

《藤野先生》的焦点有二：一方面是生活上马虎的藤野先生对学术的认真细致（比如逐一校对鲁迅的课堂笔记）；另一方面则是在军国主义甚嚣尘上时，他超越国界的博爱精神和为人师表的胸怀。"他的对于我的热心的希望，不倦的教诲，小而言之，是为中国，就是希望中国有新的医学；大而言之，是为学术，就是希望新的医学传到中国去。他的性格，在我的眼里和心里是伟大的。"[3]而《关于章太炎先生二三事》的服膺焦点不只是太严先生的学术（尽管鲁迅也钦佩和赞赏），更是其革命精神。对其晚年的某些倒退做法和被人装扮成复古派大师的利用，弟子鲁迅是颇不以为然的。不难看出，上述褒扬文字中贯穿的是其现代教育理念与精神认知。

或许正是有感于前辈师长身上的闪光点，鲁迅自己做老师，尤其是执教于北京大学等学校时，就充分展现出为师的典范作用。"为了编好讲义，他总要查阅大量书籍，尽量找到第一手资料，把所讲的问题搞得清清楚楚，决不含糊其辞。为了编写《中国小说史略》这本教材，他走遍了京师图书馆、通俗图书馆、教育部图书馆等，校阅了上千种材料，做了详细

---

1. 雷锐. 浅论鲁迅笔下的教师形象 [J]. 广西民族学院学报（哲学社会科学版），1992（04）：58.
2. 鲁迅全集：第2卷 .290.
3. 鲁迅全集：第2卷 .318.

的笔记。有时为了一个字的不同，要考查好几个版本……正是这种辛勤的劳动，呕心沥血地读书钻研，才换来了高质量的教材和教学效果。因此我们可以这样说，鲁迅先生的讲课，外在表现为深入浅出，生动幽默，而实质上是缘于他的认真负责，知识渊博，治学严谨，缘于他对青年的深切的爱。"[1]

除了在师德上做表率，专业上精益求精，鲁迅在人才培养上也有自己的独特认知。比如教育对"立人"至关重要，"施以狮虎式的教育，他们就能用爪牙，施以牛羊式的教育，他们到万分危急时还会用一对可怜的角"[2]。在天才产生以前，要甘心做泥土，鲁迅热情地赞美了培养花朵的泥土。他指出，这泥土"不是艰苦卓绝者，也怕不容易做；不过事在人为，比空等天赋的天才有把握。这一点，是泥土的伟大的地方，也是反有大希望的地方"[3]。

（二）"破"的反思与警醒

令人警醒的是，处于革故鼎新之际的现代教育理念往往超前于思想缓慢转型的时代，深谙中国语境世道人心与国民劣根性生成机制的鲁迅对于理念推行和传布中的各种弊端和伤害也了然于胸。比如以剪辫的复杂经历为中心，可以彰显出其中的问题与陷阱。有关小说主要以《头发的故事》为代表。

N先生提及自己剪辫后作为中学监学的复杂经历：因为自己无辫，在宣统初年如坐冰窖、如处刑场。有些学生也剪了辫子，形成风潮，师范学堂的六名学生也剪了，而当日便被开除，这是追随现代性的代价。除此以外，N先生更关注的是女子剪辫问题，在他（或许也是鲁迅）看来，在社会大环境依然严峻与保守的情况下不该鼓励女学生做无谓的牺牲，因

---

1. 王国英.鲁迅论教师[J].教育科学，1989（01）：64.
2. 论赴难和逃难[M]//鲁迅全集：第4卷.488.
3. 未有天才以前[M]//鲁迅全集：第1卷.177.

为代价沉重。

　　李长之曾批判鲁迅的某些小说"坏到不可原谅"[1]，其中就有《头发的故事》，但他的思考角度更多是从小说叙事的现代性角度思考的。如果从意义的独特深度来看，其结论未必可靠。不容忽略的是，鲁迅此文的目的是提醒大家牢记双十节这个新纪元之于确立/保护现代性潮流之一——合法/自由剪辫的重要性，提醒的视角来自一个教师，他既有爱护学生的拳拳之心，又有对既存旧秩序杀伤力的深切提醒与韧性规避。这种反思是超出同时代人的线性思维的：或者强调打打杀杀，或者示弱投降，或者迂回曲折徘徊忘记了进攻。相当耐人寻味的是，鲁迅在其第一篇现代白话小说《狂人日记》中已经呈现出他对正常人际关系的呼唤，"他们可是父子兄弟夫妇朋友师生仇敌和各不相识的人，都结成一伙，互相劝勉，互相牵掣，死也不肯跨过这一步"[2]。其中就有师生关系，彼时的鲁迅尚未在北京高校兼职，而之后其有关书写源源不断，可以展现出他对此的持续关注与思考。

　　结语：考察鲁迅作品中的教师话语，可以发现鲁迅在小说书写中主要呈现出两种风格：同情式剖析与入木式批判。前者涉及了作为谋生职业中的个体变异以及为师的艰辛，后者则批判了伪现代的卑劣与旧传统的僵化。相较而言，鲁迅在有关散文书写中褒扬更多，因为其中贯穿了"立人"的现代性教育理念及有关角色形塑，同时鲁迅也从"破"的角度进行了独特的反思与高度警醒，从而呈现出有破有立、双管齐下的深入思考。从教师话语角度我们可以探勘鲁迅破旧立新、改造国民性的繁复思考。

---

1. 李长之.鲁迅批判[M].北京：北京出版社，2003：96.
2. 鲁迅.鲁迅全集：第1卷.451.

[第二节]

鲁迅小说人物命名中的解／构辩证

从儿时就善于给人起绰号[1]，到创作时长于变换笔名（尤其是后期杂文书写），再到小说中五彩缤纷的人物命名，鲁迅关于人物命名的实践可谓令人眼界大开，其间的繁复张力值得我们仔细探勘。可以肯定，其间的大部分精彩之处是鲁迅苦心经营的结果，因为他有夫子自道式的清晰认知："创作难，就是给人起一个称号或者诨名也不易。假使有谁能起颠扑不破的诨名的罢，那么，他如作评论，一定也是严肃正确的批评家，倘弄创作，一定也是深刻博大的作者。"[2] 好友许寿裳深谙鲁迅的习性，总结道："鲁迅对人，多喜欢给予绰号，总是很有趣的。"[3]

某种意义上说，有关此论题的研究相对比较成熟，论题已相当丰富。比如讨论《呐喊》《彷徨》人物命名的类型总结："《呐喊》《彷徨》共收小说廿五篇，描写人物近一百四十人。鲁迅给这些人物的命名基本上可分为四种类型：一类是正式起名字的""另一类是给人物以绰号命名""又一类是以人物某些特征命名的""再一类是借人物的排行、辈份、身份等称

---

1. 许寿裳在《鲁迅传》中多次提及鲁迅留日时期给人起绰号的趣事，随手拈来，包括对翻译家严复称呼的转变，从"不佞"到"载飞载鸣"；称维新人物蒋智由为"无威仪"；将东京时期从教于章太炎先生的钱玄同命名为"爬来爬去"；等等。
2. 五论"文人相轻"——明术［M］//鲁迅全集：第6卷：396.
3. 许寿裳.鲁迅传［M］.北京：九州出版社，2017：13.

呼"。[1]也有论者看出其间人物命名的阶级性和鲜明的对抗性:"鲁迅对作品中的农民和乡村统治者的命名是有强烈的对比色彩的。华老栓、七斤、闰土、长富和他们的子女华小栓、六斤、水生、阿顺等,都散发着浓厚的乡土气息,折射出他们所处的社会地位,命名中所取的祈求吉祥、平安的字样都透露出'像压在大石底下的草一样'的贫苦人民的心态。而作品中乡村统治者的命名,如赵贵翁、赵七爷、赵太爷、钱太爷、鲁四老爷、慰老爷等,仅从这些显赫的姓氏和尊贵的称谓本身,也不难看出他们作威作福,横行乡里的地位和权势。"[2]

显而易见,如果仅仅是梳理小说人物命名的类型并加以初步分析,实在是怠慢了鲁迅小说命名实践中活泼而丰富的张力。按照之前的类型划分,挖掘潜力较小的两种类型是风俗化命名和人物生理特征命名。但此主题仍然不乏值得继续挖掘和再论述的空间。如人所论:"研究鲁迅也应该像重视研究鲁迅的众多笔名、作品集名称那样重视剖析鲁迅笔下的人物名称。因为命名问题在作家创作过程中虽小却远非不重要。"[3]

相较而言,密布了权力/话语(power/knowledge)的人物命名操作中,有另外两种类型特别值得细查:一种是正式的文化命名,其中可能掺杂了知识型话语[4];另一种则是无名/共名的实践。与《呐喊》《彷徨》相比,《故事新编》中的小说人物命名似乎因"故事"的限制而貌似缺乏新意,而往往为论者所忽略,但实际上,它的"新编"还是让鲁迅在其间有所发挥和张扬主体性的。需要指出的是,这里对鲁迅小说命名的探究或许只是一种策略或答案,鲁迅自身命名的主观性和后人多种解读的开放性特征意味着这很可能只是一家之言。

---

1. 夏中华,任丽芬.《呐喊》《彷徨》人物命名的修辞艺术[J].锦州师院学报(哲学社会科学版),1987(01):14.
2. 段留锁.《呐喊》《彷徨》的命名艺术[J].唐都学刊,1994(06):43.
3. 刘平清.试论鲁迅小说人物命名问题[J].鲁迅研究月刊,1995(01):37.
4. 具体论述可参拙文:当知识化为权力——论鲁迅小说中的"知识型"话语[J].鲁迅研究月刊,2008(02).

一、正名：知识的悲剧

命名是一种权力宣示和文化寄寓相结合的双重意义实践，往往对人的命运和性格形成暗示作用。鲁迅自己学名的改变本身就是一种实证：从开始的周樟寿（豫山，因为谐音雨伞）变成豫才，再到南京江南水师学堂读书时的周树人（被改名）、北京时期开始的鲁迅（主动使用，以后大名赫赫，而其他笔名[1]像是众星拱月）。鲁迅在小说创作中对正名的理解往往是严谨的、端正的，必然寄托了有意为之的深切意蕴。如果从书写主题上分，鲁迅有关人物学名的命名实践可分为新旧两大种类：一类是关于旧人物/老古董的总结；另一类则是对新人物/现代性的寄寓。整体而言，其基调却是不容乐观的。

（一）旧的刻板与顽固

鲁迅指出："批评一个人，得到结论，加以简括的名称，虽只寥寥数字，却很要明确的判断力和表现的才能的。必须切帖，这才和被批判者不相离，这才会跟了他跑到天涯海角。"[2]某种意义上说，这等于是他的自我总结，他显然长于此道，其人物命名中颇富指涉意义内部对抗的张力，并往往具有类/群的效果和高度代表性。

1. 顽固与刻板。相当令人印象深刻的是鲁迅对旧式知识分子的状描，其中既有对传统文人生活的勾勒，又不乏再现他们如何应对新潮。《孔乙己》的主人公孔乙己和《白光》中的陈士成就是千千万万科举应试士子中失败的代表。陈士成的命名和他的窘迫及最终惨死可谓反讽强烈：他作为屡败屡战的科举老臣子依然是屡屡挫败，甚至连他厕身其间谋生教书的

---

1. 实际笔名数量应该更多，有论者声称找到180多个。有关鲁迅笔名的整体研究可参：李允经.鲁迅笔名索解[M].福州：福建教育出版社，2006.
2. 五论"文人相轻"——明术[M]//鲁迅全集：第6卷.395.

私塾小童们都可以讥笑他。《孔乙己》更是千千万万失败的一事无成最终也必然不得寿终正寝的士子的代表。"孔"姓代表了文化人的万世师表指向,"乙己"不过是士子练习描红本中随便截取的名字。他有文人的小缺点,自控力差,小偷小摸,偶尔做事不认真,但在穷困潦倒中依然善良可爱——分茴香豆给小童们吃,热心教小伙计识字记账,最终却被同行的丁举人打断了腿。"丁举人"这个命名(姓+身份)组合显示出现实政治的残酷,其中的张力令人唏嘘。

《肥皂》中的"四铭"其实和"八戒"相对应的喜剧效果,从中可以看出四铭的伪善、猥琐、顽固不化。而其对儿子学程的命名亦可见一斑——"学"习"程"朱理学,又一次反衬出其专制与假道学。[1]《高老夫子》中的高尔础的命名有一丝对抗的张力:模仿文豪高尔基主动改名后的高尔础并没有相应地改变他的顽固、功利、狭隘、猥琐的本质,所谓的"新"不过是用来抬升身份、包装自我的工具。更耐人寻味的是,《肥皂》《高老夫子》中主人公的狐朋狗友似乎都有用植物命名的习惯,如何薇园、万瑶圃,似乎借此表征他们的高洁抑或园丁能力,但实际上都是愚昧与龌龊的代名词。类似的还有《弟兄》中对中医的命名,白问山(白费力?)虽然态度好,但功利、医术马虎甚至可能贻害他人,而西医普大夫虽然是泛称,却呈现出精准、认真、高效的特征,其中当然也反映出医学话语的更丰富的关怀。[2]

2. 污名化现代。鲁迅小说世界中中国传统文化对付现代性的策略往往和对付异文化的手法相似:要么棒杀(征服),要么捧杀(或同化),在涉及命名权时还可以污名化。《狂人日记》中对传统人物的命名往往是含混的,"他们——也有给知县打枷过的,也有给绅士掌过嘴的,也有衙役占了他妻子的,也有老子娘被债主逼死的"[3];或者是类型化的,如赵贵翁

---

1. 具体论述可参拙文:"肥皂"隐喻的潜行与破解——鲁迅《肥皂》精读[J].名作欣赏,2008(11).
2. 具体论述可参拙文:论鲁迅小说中的医学话语[J].福建论坛(人文社会科学版),2010(05).
3. 鲁迅全集:第1卷.445-446.

（土豪）、陈老五（排行，没文化，且地位低）；他们在处理狂人——"我"时则善于污名化，大哥"高声喝道，'都出去！疯子有什么好看！'"[1]作者借助狂人之口自己诠释道："他们岂但不肯改，而且早已布置；预备下一个疯子的名目罩上我。将来吃了，不但太平无事，怕还会有人见情。佃户说的大家吃了一个恶人，正是这方法。这是他们的老谱！"[2]《狂人日记》的犀利之处就在于戳穿了文化传统吃人的本质以及其形形色色的吃人策略，污名化当然也是典型的一种。

类似的还有《长明灯》。其中的人物命名也有似曾相识的特征，指向了传统及其载体的顽固与狡诈，如阔亭们的狭隘、灰五婶及其周边人士的插科打诨乃至猥琐。但更令人关注的是他们如何处置那个要熄掉长明灯的"他"：打死不成就软禁起来，同时选择污名化之手段用过继孩子的办法进行收编。"你看，他年纪这么大了，单知道发疯，不肯成家立业。"[3]"疯"的污名化并未缺席，"他"最终还是被关押起来，其"危险"的思想也被收编，成了童谣中无害的随口编排。

（二）新的希望与没落

有论者指出："鲁迅小说的'国民'想象已荒腔走板，从人物命名便可窥见一二……指称与命名蕴含着作者权力与意志的运作，这一系列包含了姓名、绰号，或是外观指称的名字，似乎令人看不到希望。前述的东方英、华自立等寄寓了民族强盛的名字在鲁迅的小说中总是缺席，而表征旧传统与民族衰败之名却萦绕不去。我们若深察名号，便可发现鲁迅通过命名的方式，夺去与剥落了晚清小说中出现的民族义务、精神风范、道德面貌等内涵。"[4]严格说来，鲁迅小说中新派人物的正式命名比以上观点

---

1. 鲁迅全集：第1卷 .453.
2. 鲁迅全集：第1卷 .453.
3. 鲁迅全集：第2卷 .66.
4. 颜健富.晚清小说的新概念地图[M].北京：北京联合出版公司，2018：277-278.

更复杂，鲁迅的精心设置还是让我们在悲剧基调中看到了新的希望，当然亦有不得不的折堕与主动没落。

1. 脆弱的希望。在对新式人物的命名中，鲁迅还是听从将令保留了一丝亮色和希望。《药》中夏瑜坟上的花环就是一个主观操作或添加。实际上，"夏瑜"与"秋瑾"也别有风采，既有对美玉的盛赞，同时"夏"姓本身亦有热度。遗憾的是，鲁迅借此却呈现出一种反讽，比如夏瑜就是被同姓族亲出卖而锒铛入狱的，小说中的"华""夏"两家之间（华小栓、夏瑜）则是一种被救和吃恩人的复杂关系。《伤逝》中的主人公的命名亦令人感佩。"子君"的命名明显是对勇敢、高尚、富有行动力的女性的礼敬和尊称；"涓生"中的"涓"既可以表现为细流之意，又可以喻示选择。所以，"涓生"其实可以理解为选择新的生路的意思。当然其中富有反讽：涓生的生路却是子君的死路。从此视角看，他的确也是相对于女中君子的子君的小男人。

《孤独者》中的主人公魏连殳的命名亦有深意。根据《辞源》的解释，"魏"，"魏然，独立貌"，而"殳"则是一种古代兵器。"魏连殳"的名字其实就意味着"独立不倚地接连不断地舞动着长而无刃的武器"[1]。不难看出，这种命名既有其作为小说主人公的独立自主层面，又包含了鲁迅对彼时"荷戟独彷徨"的精神苦闷而孤独的自况。《在酒楼上》的主人公吕纬甫的名字亦别有内涵，"甫"要么可以解读为"大"，要么可视为古代在男子名字下加的美称。无论如何，"吕纬甫"此名中富含了经天纬地的宏阔与伟大。

2. 折堕与没落。令人遗憾的是，在新旧交替且旧派依然顽固的时代，希望总是脆弱的。其中既有旧派势力强大所导致的挫败，又有新派自身"中间物"特征或附带的劣根性引发的折堕。前述《在酒楼上》的吕纬甫本应该经天纬地，实际上他却相当无聊（比如来S城的目的：一件是奉母

---

1. 具体论述可参：李春林.鲁迅《孤独者》主人公命名本意[J].社会科学辑刊，1983(06)：144.

命为三岁时夭亡、如今尸骨无存的小兄弟迁葬；另一件是母亲要他给旧时的邻家姑娘阿顺送两朵剪绒花）。即使借助教书糊口也是开历史倒车，"你还以为教的是 ABCD 么？我先是两个学生，一个读《诗经》，一个读《孟子》。新近又添了一个，女的，读《女儿经》。连算学也不教，不是我不教，他们不要教"[1]。《孤独者》中的魏连殳，虽然在文章开端、结尾孤独不合作，但是中间为了皮囊的生存，终于不得不投靠杜师长做幕僚，践行了物质生存和精神独立二者之间"失败的成功、成功的失败"的对流哲学。同样，《弟兄》中的命名"靖甫""沛君"只是名字上的高雅或表面呈现出兄弟怡怡的关联，但潜意识中亦难免自私。

或许更值得反省的是《端午节》。小说中的主人公方玄绰的名字意味深长，"玄"有玄虚和神秘之意，"绰"则有宽裕的意思。既是大学教师又是学官的方玄绰，原本是有地位、有尊严的知识分子，在被有关部门拖欠薪水时奉行"差不多主义"拒绝讨薪。他无力面对欠薪导致的尴尬的连锁问题，一方面继续赊账命令小厮服侍自己，享受"小确幸"；另一方面则借助既有的现代性搪塞妻子的质疑与考问。"他脸色一变，方太太料想他是在恼着伊的无教育，便赶紧退开，没有说完话。方玄绰也没有说完话，将腰一伸，咿咿呜呜的就念《尝试集》。"[2]他的诸种令人无语的行径和他名字的霸气形成了强烈的反讽。

二、无名 / 共名：无处可逃

作为一个留学日本七年（1902—1909）的敏锐观察者、深沉反思者以及犀利表达者，鲁迅通过他的反思解剖自我及国民劣根性的事业卓有成效。而这种妙思与锐利也呈现在其小说人物命名的实践中。特别引人注目的是，其小说中有一类是无名 / 共名书写，一种是阿 Q 之类的洋名处理，

---

1. 鲁迅全集：第2卷 .33.
2. 鲁迅全集：第1卷 .567-568.

另一种则是没有个性的共名实践。

（一）被剥夺的逃洋

有论者指出："采用拉丁字母代替人名和地名在'五四'时期是一种时尚，而鲁迅的有意为之的目的在于：避免让读者将故事中的人物和故事发生的地点仅仅局限于实际生活中的某人或某处，以便引起读者更多的反省，使作品发挥更为强烈的批判和讽刺效应。"[1]实际上，鲁迅小说中关于洋文字母的使用意义远比上述论述复杂。比如《兔和猫》中的 S 居然是一只小狗的名字，而在我们读者的心中，鲁迅笔下的 S 城往往是绍兴的别称。

1. 无处可逃：以《阿 Q 正传》为中心。 毫无疑问，《阿 Q 正传》中塑造的不只是作为国民代表性的经典形象阿 Q，即使从鲁迅命名阿 Q 的角度看，亦可谓精心创制。首先需要明了的是，阿 Q 的命名是无处可逃的备选。中国人强调名正言顺，他原本姓赵，却被赵太爷剥夺了姓赵的权利。"你怎么会姓赵！——你那里配姓赵！"[2]而在名上，因为不识字，他也是被命名的。"他活着的时候，人都叫他阿 Quei，死了以后，便没有一个人再叫阿 Quei 了。"[3] "Quei"这个发音对应的字可能是"贵"或"桂"，但经考察又都难以决断，最终"生怕注音字母还未通行，只好用了'洋字'，照英国流行的拼法写他为阿 Quei，略作阿 Q。这近于盲从《新青年》，自己也很抱歉，但茂才公尚且不知，我还有什么好办法呢"[4]。鲁迅继续幽默道："我所聊以自慰的，是还有一个'阿'字非常正确，绝无附会假借的缺点，颇可以就正于通人。"[5]在这段文字背后是浓重的悲凉：对

---

1. 唐晋先，周逢琴.论鲁迅小说中拉丁字母人名和地名的构成[J].西南科技大学学报（哲学社会科学版），2008，25(06)：64.
2. 鲁迅全集：第1卷.513.
3. 鲁迅全集：第1卷.514.
4. 鲁迅全集：第1卷.514.
5. 鲁迅全集：第1卷.515.

于底层游民阿Q来说，无文化又被剥夺诸多权利的他只能躲在洋文字母Q里寻求卑微而模糊的身份认同。这表面是一种幽默，实则是一种控诉。如果从精神胜利法的角度思考，"Q"如果是"贵"的谐音，底层的"小D"则类似的具有"Don"（"堂""唐"）的（西班牙式）贵族神圣，而"王胡"亦有王侯化的意图。

其次，Q的字形与现实中拖着辫子孤苦伶仃的孱弱的晚清国民形象恰好吻合，也神似。

再次，Q还可以理解为Q(question)。实际上，阿Q的一生处处都是疑问和问题，发不了财、恋不了爱、打不了工、革不了命、保不住命，活脱脱是一个彻底的失败者（loser）。

2. 含混与丰厚。 启用洋文命名还可呈现出指涉的含混。比如《阿Q正传》中小D的命名，他原本不过是和阿Q一类的流民（以后成为"屌丝"的前辈乃至鼻祖），为阿Q所看不起，却在阿Q恋爱事故后顶替了阿Q的工作空缺。"他留心打听，才知道他们有事都去叫小Don。这小D，是一个穷小子，又瘦又乏，在阿Q的眼睛里，位置是在王胡之下的，谁料这小子竟谋了他的饭碗去。"[1]相当有意味的是，鲁迅把头脑简单而浅薄却又互掐的体形羸弱的二人"龙虎斗"放到类似皮影戏的平台上。"从先前的阿Q看来，小D本来是不足齿数的，但他近来挨了饿，又瘦又乏已经不下于小D，所以便成了势均力敌的现象，四只手拔着两颗头，都弯了腰，在钱家粉墙上映出一个蓝色的虹形，至于半点钟之久了。"[2]实际上，D的字形也的确不比Q好看或圆满，但D如果关涉了堂吉诃德(Don Quixote)似乎就显得高大上了，王胡的意义指涉也是类似的，但他们现实的身份地位极其卑微，相当反讽。

《幸福的家庭》中把理想家庭的所在地定为"A"，仿佛无可置疑，"总

---

1. 鲁迅全集：第1卷.529.
2. 鲁迅全集：第1卷.530.

之,这幸福的家庭一定须在A,无可磋商"[1]。又说,"幸福的家庭的房子要宽绰。有一间堆积房,白菜之类都到那边去。主人的书房另一间,靠壁满排着书架,那旁边自然决没有什么白菜堆"[2]。相当吊诡的是,A字同时也是写作青年逼仄居处白菜堆的形状,小说中并非偶然地出现了两次,从而形成了对主人公臆想的现实嘲讽以及别具特色的"场景反讽"。[3]

特别值得关注的是,《头发的故事》中主人公被命名为N。N的命名与诠释因为含混而变得丰富多彩。在我看来,N的第一重内涵是N(new)。此文更多是为了纪念双十节的新纪元,而非之前类似剪辫留辫的改朝换代。"我最得意的是自从第一个双十节以后,我在路上走,不再被人笑骂了。"[4] N的第二重指涉可以是N(no)。N先生不仅仅向旧制度、国民劣根性说不,同时也向新事物中不合理、不成熟之处说不。比如批评人们对于新纪元纪念的不认真乃至健忘,并认为在社会不成熟时不该步子迈得太大而让年轻人吃尽苦头。"现在你们这些理想家,又在那里嚷什么女子剪发了,又要造出许多毫无所得而痛苦的人!"[5] 他也质疑那些轻易许诺给人黄金世界的人们应如何承担自己的许诺,提倡成熟革命并加以提醒:"你们的嘴里既然并无毒牙,何以偏要在额上帖起'蝮蛇'两个大字,引乞丐来打杀?……"[6]

(二) 共名的麻木或反拨

有论者指出:"个体被放到社会中来考察,精神和灵魂成为被考察的重要对象。与此相关,鲁迅小说人物命名不再满足于'黄''华'的政治命名,而是采取了社会病态考察的命名方式。这就需要'明确的判断力和

---

1. 鲁迅全集: 第2卷.36.
2. 鲁迅全集: 第2卷.39.
3. 具体论述可参: 朱崇科,陈沁."反激"的对流:《幸福的家庭》《理想的伴侣》比较论[J].中国文学研究,2014(02): 99.
4. 鲁迅全集: 第1卷.485.
5. 鲁迅全集: 第1卷.484-485.
6. 鲁迅全集: 第1卷.488.

表现的才能',要有'观察力',要做到名与实的'贴切'。传统小说取名强调取名者的情趣爱好和文化趣味,鲁迅小说取名侧重以'被批评者'的实际情况,背后是客观观察的现代理性精神。"[1]鲁迅小说的命名实践中还有一种共名的操作,其中的主要火力源于批判;但同时,民族的脊梁往往也来自民间,其中亦有一些反拨。

1. 面目模糊。命名的目的之一就是为了辨别乃至铭记,但鲁迅小说笔下的人物大多属于共名的一群,他们不仅脑中空空,甚至连给他们命名都显得多余。作为看客书写的经典篇目,《示众》一文似乎不太像是小说,而更像是电影摇镜头扫描的文字演示,观看的焦点是:"一个是淡黄制服的挂刀的面黄肌瘦的巡警,手里牵着绳头,绳的那头就拴在别一个穿蓝布大衫上罩白背心的男人的臂膊上。"[2]形形色色的看客们粉墨登场:十一二岁的胖孩子、秃头的老头子、赤膊的红鼻子胖大汉、抱着孩子的老妈子、小学生、工人似的粗人、挟洋伞的长子、更圆的胖脸、车夫、学生、椭圆脸,等等。他们拥挤不堪、各显神通、互相挤兑,焦点变换迅速,是"在场的不在场"。相当反讽的是,鲁迅恰恰是以他们的常见身体特征来论证其模糊性、麻木性和典型性的。

类似的书写还在《长明灯》中有所体现,那些围剿"疯子"的村民的命名尤其神似,比如三角脸、方头、庄七光、四爷、灰五婶,等等;《离婚》《风波》中亦然,除了庄木三,还有九斤老太、七斤、六斤等名字的延续,等等。如人所论:"鲁迅小说中风俗化的人名主要有三类:一类是数字人名,一类是拟音人名,还有一类是与绍兴地方掌故有密切关系的人名。这三类人名,不仅具有鲜明的风俗化特征,而且其艺术修辞的特征和效果,还从一个特殊的方面显示了鲁迅小说这个海纳百川的艺术世界的个性色彩以及与之相关的思想和情感倾向。"[3]值得一提的是,上述共名的

---

1. 刘保庆.鲁迅小说中人物取名的现代意义[J].南京师范大学文学院学报,2016(04):83.
2. 鲁迅全集:第2卷.70-71.
3. 许祖华,潘蕾.鲁迅小说风俗化人名的修辞意义[J].武汉大学学报(人文科学版),2014,67(02):98.

事件发生地点主要集中在两类公共空间中,一类是茶馆或酒店(如咸亨),另一类则是村镇,比如未庄等。如果从更宏阔的视角思考,其中还富含了一种村镇政治话语。[1]

2. 民间反拨。在共名的遮蔽下,也可能潜伏令人尊敬的民间力量。《一件小事》中劳工神圣视野下的人力车夫并没有名字,他的勇于担当和坚定践行表征了一类人的平凡的伟大。《社戏》中对儿时乡村美好民俗与民风的褒扬或怀旧也都聚焦于普通人。小伙伴阿发(最朴素而又怀有期待的民间命名)主张偷/用自己家的罗汉豆当夜宵盛情款待小伙伴。"他于是往来的摸了一回,直起身来说道,'偷我们的罢,我们的大得多呢。'一声答应,大家便散开在阿发家的豆田里,各摘了一大捧,抛入船舱中。"[2] 整个过程显得慷慨、负责、热心而又自然而然。较老的六一公公也慷慨分享自家的罗汉豆,尽管在"我"看来,"我吃了豆,却并没有昨夜的豆那么好"[3]。从此人物命名角度思考,这是来自民间的反拨,是其精神麻木、思维单一的另一面,即简单朴素、热心诚恳。

三、去名:神圣的尴尬

相较而言,《故事新编》中的新人物命名研究较少。或许是因为其间的书写遵循旧文本或前文本的限定太多,如《奔月》《出关》《非攻》中并未启用有意味的新人物。但"新编"才更可彰显鲁迅的主体介入,尤其是其间呈现出繁复的三重世界:哲学、历史、现实的交叉。[4] 其中呈现出鲁迅对神仙圣贤名分油彩的祛除,至少是部分消解,可以命名为"去名"。

---

1. 具体可参拙文:论鲁迅小说中的村镇政治话语[J].新世纪学刊(新加坡),2011(11).
2. 鲁迅全集:第1卷.595.
3. 鲁迅全集:第1卷.597.
4. 具体论述可参拙著:论故事新编小说中的主体介入[M].台北:秀威资讯,2018.

(一) 现实的猥琐

有论者在分析《故乡》中"豆腐西施"的命名时指出了鲁迅的巧妙思考与其间指涉的张力，并认为其彰显了鲁迅对杨二嫂的价值／情感取向。"恰恰是小市民气漫溢的消极力量和'负能量'，是让鲁迅深恶痛绝的消极力量和'负能量'，这又在现实性上消解了鲁迅对像西施一样的女人曾经葆有的同情心，至少是使鲁迅对像西施一样的女人的同情心的浓度大大地降低了。所以，对现实中的这个'西施'，除了用文字进行讽刺批判之外，似乎别无他法。于是，小说改造国民性的题旨也就这样地被导引出来了。"[1]《故事新编》中也不乏此类批判。

《理水》中的批判性特别明显，其中新人物的命名批判主要集中于两类人：一类是文化山上的学者。这一类人，鲁迅既刻画出其群像特征，如拿拄杖的学者、不拿拄杖的学者等，也有焦点刻画，即"鸟头学者"。其口吃以及红鼻子的特征明显，加上要和乡下人打官司等情节，他可以被对号入座为鲁迅一生很罕见的私敌之一——顾颉刚。鲁迅借此对学者们的批判焦点之一是其拘泥于理论而又双重标准，还有其欺下媚上、迂腐不堪、帮闲而势利，等等。另一类则是无名的下民代表，特征是"头有疙瘩"，他们既有麻木自私、胆小怕事的一面，又有逢迎拍马、颠倒黑白的"共谋"顺民气质。此两类的衬托对象是真正的英雄治水的大禹，他们是艰苦奋斗的大禹拯救和服务的对象，这实在是相当嘲讽。

类似的，《补天》中亦有精彩描写，尤其是对各色"小东西"的描写：从一开始的精致与可爱，到不同风格的迂腐、自私、伪善，乃至在女娲死后还要抢占尸体争当正宗的恶劣行径。"他们就在死尸的肚皮上扎了寨，因为这一处最膏腴，他们检选这些事是很伶俐的。然而他们却突然变了口风，说惟有他们是女娲的嫡派，同时也就改换了大纛旗上的科斗字，写道'女娲氏之肠'"[2]，彰显出现实的多元猥琐。《铸剑》中的黑色人名为"宴

---

1. 许祖华.有意味的人名——重读鲁迅小说《故乡》[J].华中学术，2013（02）：250.
2. 鲁迅全集：第2卷.366.

之敖者",其中夹杂了"兄弟失和"事件中鲁迅的现实心理,"宴"拆解后(宀+日+女)就变成了被家里的日本女人赶出家门。少年眉间尺出门为父报仇的成长过程中,遭到了流氓"干瘪脸的少年"的骚扰。"干瘪脸的少年却还扭住了眉间尺的衣领,不肯放手,说被他压坏了贵重的丹田,必须保险,倘若不到八十岁便死掉了,就得抵命。闲人们又即刻围上来,呆看着,但谁也不开口;后来有人从旁笑骂了几句,却全是附和干瘪脸少年的。"[1]可见此命名其实亦是群体罪恶的再现。

(二)神圣的难堪

有论者指出:"鲁迅小说以辩证的方式为小说人物命名的现代转向奠定了基础。'无名无姓'和'有名有姓'不再以作者取向为原则,而是以'社会'为广度、以'精神'为深度来定位'人的全般'。这种'人的全般'不以形体特征、个人能力或者道德高低来衡量,而是'正如传神的写意画',旨在'神情毕现'。因此,人物取名应该与人物'贴切',这与传统小说人物命名的'不贴切'形成鲜明对比:或者拔高正面人物,或者贬低负面人物,失之简单化。"[2]在《故事新编》中有关新人物的命名的确吻合上述努力,并呈现出上佳效果。

《采薇》中虽略显迂腐但坚守气节的伯夷、叔齐之死是令人感慨的事情。他们没有死于颠沛流离,他们躲过了姜子牙的威武之师、山大王小穷奇的搜刮骚扰、饮食的日益恶化,但最后他们生命的终结者却是阿金。[3]这个上海滩姨娘中常见的小保姆在穿越到二老的时代以后对二老造成了致命一击。阿金对物质的迷恋、对精神气节的羞辱与诋毁来自对贰臣主人的鹦鹉学舌,但就是这一点让二老觉得如五雷轰顶,最终绝食而死。而她

---

1. 鲁迅全集:第2卷.439.
2. 刘保庆.鲁迅小说中人物取名的现代意义[J].南京师范大学文学院学报,2016(04):84.
3. 具体论述可参拙文:女阿Q或错版异形?——鲁迅笔下阿金形象新论[J].山东师范大学学报(人文社会科学版),2015,60(01).

的八卦、恶毒与流言话语[1]甚至让死后的二老难逃被编排的命运。对应的，我们不难察觉先贤们的深层尴尬。

《起死》中鲁迅将被好事而顽固的庄子复活的人物命名为杨大（学名必恭）。而实际上，他是令庄子无所适从且对其不恭敬的乡下人。一开始他索要自己的衣服、包裹和伞子去探亲，和庄子讨论未果后不仅出口成"脏"，"你这贼骨头！你这强盗军师！我先剥你的道袍，拿你的马，赔我……"[2]，甚至亲自动手、老拳相向，"（发怒，）放你妈的屁！不还我的东西，我先揍死你！（一手捏了拳头，举起来，一手去揪庄子。）"[3]

鲁迅在《故事新编》中对神仙圣贤的去名化处理有着相当丰富的精神关怀。首先是借助其再现现实的猥琐，他指出国民劣根性文化传承的一致性，古今绵延未绝；其次，他又相当深刻地阐述了旧有的文化传统必须重新评估，所谓"取今复古，别立新宗"，但不能指望旧文化能一劳永逸地拯救新时代。这种思路是非常荒诞的，因为即使是神仙圣贤也无能为力。

结语：毫无疑问，鲁迅小说有着宏阔的意义探索与创新性追求，他涵容古今、力贯中西。如人所论："他改造了民间小说的叙述方式，打破章回体叙述结构（这个结构也是那个对称倒影的表现形式之一），为叙述者（这伴随着西方话语的压力）及下层民众（作为小说文本中的角色）赢获历史的命名权；其后期杂文写作则切断了中国主流文化传统的诗性性格与交往形式，前立后破。"[4]拥有小说命名权的鲁迅在小说人物命名中亦别有洞天。令人印象深刻的是，在严谨正名（名正言顺）的实践中，他再现了"旧"的刻板与顽固，也彰显了"新"的希望与没落；在无名／共名实践中，他以洋文命名国人本身既有无处可逃的尴尬，又借之呈现出可能的含混与丰富，而共名背后既有麻木单一，又可能有坚定的民间力量的反拨；

---

1. 具体论述可参拙文：论鲁迅小说中的流言话语[J]．中山大学学报（社会科学版），2011，51（02）．
2. 鲁迅全集：第2卷．491．
3. 鲁迅全集：第2卷．490．
4. 风子，夏可君．命名的修辞学分析：阿Q及其可能的镜像[J]．鲁迅研究月刊，1996（09）：33．

在《故事新编》中,他又有去名的操作,企图呈现出他更繁复而深刻的思考——依靠旧传统,即使是神仙圣贤也未必能够适应新时代,而批判国民劣根性从不该停下脚步。

[第三节]

鲁迅小说中的创伤话语

从宏阔的视野考察鲁迅的一生，既可以说是不断探索、批判、搏斗的一生，又可以说是他与"创伤"协商的一生。从他的经历来看，早期由小康堕入困顿深切感知世态炎凉的屈辱感，父亡后作为长子长孙和母亲相依为命打点家庭事务的艰难，乃至不得不背井离乡去洋学堂求学、赴日留学，工作时亦遭受各种各样的挫折（如同部门领导教育总长章士钊的官司），哪怕是成为专业作家以后也要面对各式各样的唇枪舌剑，而在其个人生活中，无论是不幸的包办婚姻，还是伤筋动骨的"兄弟失和"事件，还有多愁多病的晚年，等等，诸多创伤性事件伴随并构成了鲁迅的一生。

本节中所指的"创伤"主要是指"精神创伤"，弗洛伊德的精神分析对"精神创伤"的解释是："一种经验如果在一个很短暂的时期内，使心灵受一种最高度的刺激，以致不能用正常的方法谋求适应，从而使心灵的有效能力的分配受到永久的扰乱，我们便称这种经验为创伤的。"[1]这些（巨大的）创伤会对个体、民族乃至国家产生较大影响，甚至形成了一种"创伤记忆"。张志扬在《创伤记忆》中如此定义"创伤记忆"："所谓民族的苦难记忆或个体承担的创伤记忆，说到底是各种形式的暴力——自然的人为的、恶的善的、理性的非理性的、政治的道德的，包括话语的——从个

---

1. 弗洛伊德.精神分析引论[M].高觉敷,译.北京:商务印书馆,1984: 216.

人的在世结构的外层一直砍伐到个人临死前的绝对孤独意识，像剥葱头一样，剥完为止，每剥一层都是孤独核心的显露。我把这种孤独核心的强迫性意识叫做创伤记忆。"[1]

作为一个聪慧早熟、敏感锐利的作家，鲁迅在其文学生产中对"创伤"进行了大量的书写，无论是小说还是《野草》中，都相当常见。比如《呐喊·自序》如果从此角度看，就是对"创伤"进行克制性文学描述的生产与再现：被侮辱与伤害的少年亡父，逃往异地求学，幻灯片事件带来的震撼，以文学（刊物）救国的理想的破灭。鲁迅用关键词"寂寞"来概括和应对这诸多创伤的打击："只是我自己的寂寞是不可不驱除的，因为这于我太痛苦。我于是用了种种法，来麻醉自己的灵魂，使我沉入于国民中，使我回到古代去，后来也亲历或旁观过几样更寂寞更悲哀的事，都为我所不愿追怀，甘心使他们和我的脑一同消灭在泥土里的，但我的麻醉法却也似乎已经奏了功，再没有青年时候的慷慨激昂的意思了。"[2]哪怕是回望的言辞中依然有不甘和落寞。

有论者指出："创伤原来是突发的威胁对人产生的影响和后遗症。跟是男性或者女性都没有关系，也跟当场逃跑或者战斗没关系。可是，在中国文学里勇敢的斗士基本上不知道恐惧；只有女人、孩子和惧怕被阉割的男人体验创伤。因为文学描写的创伤事件大部分与国家和家庭有关系，所以创伤也涉及对性别、家庭和民族性的理解和期望。"[3]所论有相对粗糙和简单之处，但涉及"创伤"的个体性与集体性之间的复杂关联的论述是一种洞见。某种意义上说，鲁迅作品中的"创伤"再现既是个体的，又是民族的，同时，其背后还有更繁复的类型与因果关联。这里的创伤话语，不是单纯小结"创伤"的文字呈现及其形式意义，而更强调这种内在感受化为文字后的思维/思想运行轨迹。它在化为文学作品时，有时是直接挪

---

1. 张志扬.创伤记忆——中国现代哲学的门槛[M].上海：上海三联书店，1999：161.
2. 鲁迅全集：第1卷.440.
3. 耿德华.断裂的强迫重复：论创伤的表述策略[J].文艺研究，2013（10）：35.

用既有的创伤经验,有时则是化为一种批判姿态、思路,当然其中也密布了鲁迅特色的悖论。

一、再现创伤:挫败惯习

不必多说,在人生关键时期的创伤会对个体产生不容忽略的影响,往往是挫败感和悲剧感。如果是相对羸弱怯懦的个体,甚至会抑郁崩溃。相较而言,提倡韧性战斗的鲁迅面对挫折时亦相对坚韧,但敏感多情、才华横溢的他也有不少文字细描:或者轻描淡写一笔带过,或者浓墨重彩,或者从某角度涉猎,或者近乎全面铺开。在鲁迅的三部小说集中,涉及创伤话语的书写篇目超过2/3。耐人寻味又可以理解的是,大多数篇什呈现了挫败惯习。这种挫败土壤一方面来自强大传统的阻隔,另一面则来自现代转型的失败。但不管怎样,鲁迅借此再现了"创伤"的痕迹、层次、类型与共通性。

(一)致人挫败的传统

弗洛伊德指出:"一个人生活的整个结构,如果因有创伤的经验而根本动摇,确也可以丧失生气,对现在和将来都不发生兴趣,而永远沉迷于回忆之中。"[1]相较而言,鲁迅作为韧性十足的战士,并不是弗氏所指的普通一员,但创伤经验对于他也有相当明显的挫伤效力,表现在文学作品尤其是小说生产中则是对连绵不断的传统挫败力的再现。

1. 创伤传统的普泛性。或许是鲁迅将自身的不愉快经历化成了相关书写的底色,在其小说中创伤话语生产中往往彰显出传统的卑劣和伤人的普泛性。《狂人日记》中塑造了"狂人"的形象,借此揭露传统文化吃人的本质。小说中"狂人"被害妄想症的症状不时发作,月光强烈时尤甚,

---

1. 弗洛伊德. 精神分析引论[M]. 高觉敷, 译. 北京: 商务印书馆, 1984: 217.

这可视为受伤惯习的经典性条件反射。鲁迅从主体的复杂感受和周边环境的方方面面论证了宏大传统的糟粕属性——吃人。

鲁迅也书写了这种创伤传统在其他层面的杀伤力。比如《孔乙己》《白光》中的男主人公如何被吞噬。孔乙己"青白脸色，皱纹间时常夹些伤痕"[1]，但更令人受伤乃至心寒的则是社会的冷漠，他屡遭伤害却不过是咸亨酒店（及其社会象征语境）茶余饭后的谈资。而陈士成即使死了也仍被人羞辱，被剥去衣裤，其实这是"辱尸罪"，"浑身也没有什么衣裤。或者说这就是陈士成。但邻居懒得去看，也并无尸亲认领，于是经县委员相验之后，便由地保抬埋了。至于死因，那当然是没有问题的，剥取死尸的衣服本来是常有的事，够不上疑心到谋害去"[2]。这是创伤传统如何对付传统知识分子。

创伤传统还会伤害"贱民"(subaltern)[3]，比如底层妇女。《明天》中的寡母单四嫂子在独子宝儿死后其实已经没有明天，她如此寂寞，在急匆匆送宝儿就医途中还被闲汉蓝皮阿五借帮助抱小孩的名义骚扰，儿子死后她"单觉得这屋子太静，太大，太空罢了"[4]。不难看出，这又是一个被封建伦理严重伤害的孤寂个体。《祝福》中祥林嫂也遭受了多重身心创伤的折磨：从老公祥林去世到被逼二嫁，结果新老公贺老六死于伤寒，乖巧的儿子阿毛又在一时疏忽中被狼吃了，而无比纠结的她拿出积蓄捐了门槛后依然被剥夺在祭祀时打下手的权利。简而言之，她其实死于"集体谋杀"。[5]她也是一个长期被侮辱和伤害的对象。

除此以外，还有对其他底层人民的伤害。如《故乡》中的中老年闰土，可以视为农民代表，被各种事故打击到只剩下沉默与木讷；《风波》中刨除现代性事件的搅局，变成了茶杯里的风波，而尘埃落定后，民国已经

---

1. 鲁迅全集：第1卷.458.
2. 鲁迅全集：第1卷.575.
3. 有关鲁迅小说中"贱民"的分析可参拙文：论鲁迅小说中的贱民话语[J].中国文学研究，2011(01).
4. 鲁迅全集：第1卷.479.
5. 具体论述可参拙文：鲁迅小说中吃的话语形构[J].鲁迅研究月刊，2007(07).

过去了数年，最受伤害的依然是底层的儿童，六斤被裹了小脚，"六斤的双丫角，已经变成一支大辫子了；伊虽然新近裹脚，却还能帮同七斤嫂做事，捧着十六个铜钉的饭碗，在土场上一瘸一拐的往来"[1]。由上可见，传统的吃人性历历可辨且流毒深远。

2. 无法拯救现在的传统。传统有其糟粕致人挫败的创伤习惯，但另一面，即使是其精华部分，在面对新传统、现代性语境时，亦有其可能的限制：要么无法回应新形势，要么反衬出时代的局限性，这尤其体现在鲁迅的《故事新编》中。

《奔月》中曾经立下射杀封豕长蛇和射下骄阳烈日等丰功伟绩的羿却屡遭重创：乡下老婆子的指桑骂槐令其相当狼狈，"五谷不分"的责任（老母鸡还是鹁鸪）显而易见；学生逢蒙的中伤、明箭、诅咒更令其狼狈不堪，但为师的羿似乎亦有教导无方之错；最大的伤害却是来自美艳娇妻嫦娥的背叛——她偷服下仙丹私自奔月去了。盛怒之下的羿亦有射月之举，"飕的一声，——只一声，已经连发了三枝箭，刚发便搭，一搭又发，眼睛不及看清那手法，耳朵也不及分别那声音。本来对面是虽然受了三枝箭，应该都聚在一处的，因为箭箭相衔，不差丝发。但他为必中起见，这时却将手微微一动，使箭到时分成三点，有三个伤"[2]。实际上月亮却毫发无伤。令人遗憾的是，迟暮的英雄已经无力惩罚月亮[3]了，即使他之前曾经射落几个太阳。《采薇》中的伯夷、叔齐二兄弟因为坚守气节不食周粟而不得不逃难，他们数次幸免于难，比如遭遇文王军队、山大王小穷奇的劫掠、饮食的日益恶化，却终结于来自阿金的现实一击："'普天之下，莫非王土'，你们在吃的薇，难道不是我们圣上的吗！"[4]甚至死后还要遭受流言[5]

---

1. 鲁迅全集：第1卷 .499.
2. 鲁迅全集：第2卷 .380.
3. 这里的月亮也是月精，具体论述可参拙文：论鲁迅小说中月的话语形构 [J]. 新世纪学刊（新加坡），2009（09）.后收入拙著：鲁迅小说中的话语形构 [M]. 广州：中山大学出版社，2017.
4. 鲁迅全集：第2卷 .424.
5. 具体论述可参拙文：女阿Q或错版异形？——鲁迅笔下阿金形象新论 [J]. 山东师范大学学报（人文社会科学版），2015，60（01）.

的中伤——阿金编排他们贪心不足导致自我覆灭。

此外，鲁迅还写了主动出击传统的无能为力。《起死》中的庄子不听劝告悍然让司命大神复活了500年前的骷髅，结果复活过来的汉子却以历史记忆（身份）质疑庄子的高蹈理论，沟通非常不畅，险以老拳相向，最后庄子只好求助巡警帮忙。鲁迅用这个笑剧（melodrama）说明了传统面对鲜活现实的自以为是与必然挫败。同样的道理亦出现于《出关》：孔老之争中认输并企图走流沙出关的老子其实无路可走，他不仅不被时人理解，而且还被关尹喜以"优待老作家"的名义进行嘲弄与剥削。易言之，传统资源并不能拯救现代世界。

（二）惯习统摄的现代

作为一个留日七年的学生，更靠近现代性的鲁迅有很多对自我、民族及中国的反省。当然这也可能表征了他们那一代留日作家的关怀，"'支那'之痛也促使留日作家开始由自卑转向自省。这种自省既包含着对国家民族出路的思考，也包括了对本国国民性的反思。可以说，日本体验是中国现代国民性批判的外源性文化资源。中国现代留日作家首先将国民性批判矛头指向了留日学生界。在一系列以日本为生活背景的文学作品里，他们给我们描绘了一道灰色的风景"[1]。相较而言，鲁迅的"日本创伤"并不多，除了对幻灯片事件的屡次叙述，他在《头发的故事》中也曾加以剖析，提及了日本时期的剪辫经验。但该文最深刻的地方是一个创伤者的谆谆告诫："你们的嘴里既然并无毒牙，何以偏要在额上帖起'蝮蛇'两个大字，引乞丐来打杀？……"[2]

更常见的则是传统痼习对现代性的围剿。比如《药》中夏瑜的经历，因亲戚出卖而被关在牢里的他依然努力劝说众人包括牢头"造反"，结果不仅被殴打还被盘剥。但更大的伤害则来自被启蒙者的不理解，乃至以传

---

1. 苏明．"支那"之痛：现代留日作家的创伤性记忆［J］．中国现代文学研究丛刊，2010（01）：45．
2. 鲁迅全集：第1卷．488．

统恶习（用人血馒头治病）进行的伤害和屠戮。《在酒楼上》中的吕纬甫则呈现出革命挫败之后的妥协，他灰心接受传统（如为尸骨无存的小弟迁坟）的规定，面对不公也只是发发牢骚便认命了。《端午节》中的方玄绰和吕纬甫有相似之处，即处事的差不多原则，但更为恶化，他甚至借助曾经的现代性（以胡适的《尝试集》）打压他的被启蒙者——太太。这种创伤反衬出现代被围剿之后的集体挫败。令人印象深刻乃至最典型的创伤角色则是来自《孤独者》中的魏连殳，他表面上遵守丧葬礼仪，实际上有自己的原则坚守和情感宣泄方式——他以一头受伤的狼的形象既震撼了世人、时人，又震惊了普通读者。"大殓便在这惊异和不满的空气里面完毕。大家都快快地，似乎想走散，但连殳却还坐在草荐上沉思。忽然，他流下泪来了，接着就失声，立刻又变成长嚎，像一匹受伤的狼，当深夜在旷野中嗥叫，惨伤里夹杂着愤怒和悲哀。这模样，是老例上所没有的，先前也未曾豫防到，大家都手足无措了，迟疑了一会，就有几个人上前去劝止他，愈去愈多，终于挤成一大堆。但他却只是兀坐着号咷，铁塔似的动也不动。"[1]如鲁迅好友许寿裳所言："鲁迅是大仁，他最能够感到别人的精神上的痛苦，尤其能够感到暗暗的死者的惨苦。"[2]

当然也有现代性自身造成的内部伤害。《伤逝》中盘旋着一种哀痛之伤。在刨除道德层面的谴责外，涓生直面客观现实的态度恰恰呈现出现代性面对旧有传统浪漫套路的残酷性：他不爱之后自谋出路的实践却是对以爱为中心的子君的致命伤害。这可能是"新人"形塑的内部创伤。《幸福的家庭》呈现出拟想的表面、物质现代性在强大传统世界里的脆弱与不堪一击，其中还可能彰显了更复杂的内涵。[3]《弟兄》中书写作为"兄弟怡怡"示范的沛君其表面的现代情感结构在精神分析审视下呈现出传统私心作祟的内在阴暗。"他看见自己的手掌比平常大了三四倍，铁铸似的，向荷生

---

1. 鲁迅全集：第2卷 .90-91.
2. 许寿裳 . 鲁迅传[M]. 北京：九州出版社，2017: 86.
3. 具体论述可参：朱崇科，陈沁."反激"的对流：《幸福的家庭》《理想的伴侣》比较论[J]. 中国文学研究，2014（02）.

的脸上一掌批过去……荷生满脸是血,哭着进来了。"[1]他在预想中不断打击弟弟靖甫死后留下的小孩以缓解经济、精神压力,这恰恰是对未来希望——儿童的伤害,也是对表面现代情感结构的反讽。

鲁迅小说中的创伤话语还有更复杂的面向,比如从自然进化论到人为的反拨:《鸭的喜剧》中爱罗先珂喜欢以自然的音乐充实北京寂寞的环境,而文中的鸭子却吃掉了成长中的蝌蚪,这呈现出自然界中弱肉强食的法则或食物链对人为设定的反讽;《兔和猫》中喜欢可爱弱者——兔子的"我"却要以氰化钾毒杀强者——猫,呈现出另一种企图以人力反拨自然淘汰法则的心态。

按照拉卡普拉对创痛/创伤的理解,其可以分为"历史性创伤"（historical trauma）与"结构性创伤"（structural trauma）。[2]简单而言,鲁迅小说中的"创伤"往往是混杂的产物。如果非要区分的话,小说中涉及的长时间累积的压抑个性的中国传统往往是"结构性创伤",也即所有的历史都是创伤,我们共享了同类的有关文化;鲁迅个体所经受/体验的各类重大事件则是"历史性创伤",我们可以对之加以再现与反刍。一般而言,鲁迅对和个体息息相关且就事论事的"历史性创伤"关注更多一些,鲁迅的"国族寓言"风格则巧妙融合了二者。

二、复仇创伤:记录或偕亡

应对创伤的策略其实既简单又复杂。简单而言,要么疗伤,要么消极应对;复杂点说,无论积极消极,应对创伤的过程既长期纠缠难以根除,又可能衍生出更复杂的转移、宣泄乃至生产功能。作为文学家的鲁迅对待"创伤"亦态度复杂,令人印象最深刻的策略之一则是"复仇创伤",以

---

1. 鲁迅全集: 第2卷.143.
2. 具体论述可参: Dominick LaCapra, Writing History, Writing Trauma [M].Baltimore; London: Johns Hopkins University Press, 2001.

下主要从两个层面展开论述：

（一）反抗遗忘、自奴

如果从更细致的角度划分，"创伤"可以分成"自然创伤"和"人为创伤"两大类：前者主要是指自然灾害、生老病死或突发事件带来的创伤，而后者则是由人自身引发的创伤。人为创伤又可以细分为：（1）个体缺陷导致的挫败、悲剧；（2）统治阶层有意制造的灾难或惩罚，简而言之，就是出于统治需要有意展开的惩罚或规训机制。

《故乡》中的闰土从一个神似哪吒的活泼少年最终变成了一个木讷、苦不堪言的老农（"他只是摇头；脸上虽然刻着许多皱纹，却全然不动，仿佛石像一般。他大约只是觉得苦，却又形容不出，沉默了片时，便拿起烟管来默默的吸烟了。"[1]）这恰恰呈现出各种创伤在他脸上的镌刻。"母亲和我都叹息他的景况：多子，饥荒，苛税，兵，匪，官，绅，都苦得他像一个木偶人了"[2]。不难看出，上述创伤性压制几乎是全方位的：物质方面的欺压，包括饥饿、重税，精神方面的欺压，包括伦理道德的束缚，环环相扣层层相逼，闰土已经无力应对了。在这种情况下为了应对"创伤"，"精神胜利法"可谓应运而生，其中的"奴性"显而易见。更甚者，则在专制机构以"创伤"施压前"自奴"，以避免更直接或大量的惩戒。

1. 警醒遗忘。 在《头发的故事》中鲁迅经由 N 之口缕述辫子的故事，一方面强调要牢记"双十节"这个保障现代性习惯得以顺利运行的民国新纪元，另一方面论述了创伤记忆的重要性和韧性应对建议。不难看出，这是一种双线并进的强调，既要反对遗忘，同时又要牢记现代。而《阿 Q 正传》则是另一种套路理解下的复杂文本。

严格说来，《阿 Q 正传》就是一个阿 Q 不断受伤害被侮辱乃至冤死以及阿 Q 如何应对的悲剧故事，虽然表面上它是逗乐的笑剧。其中复杂地

---

1. 鲁迅全集：第 2 卷 .508.
2. 鲁迅全集：第 2 卷 .508.

呈现出人为创伤对阿Q的围剿。一方面包含了统治策略：他被剥夺了姓"赵"的权利因而只能是无名或被草率命名的对象，他不仅被忽略了可能的革命诉求还成为沆瀣一气的新旧势力的替死鬼，新旧势力都深深地伤害了他（包括新式的错误审判与画押），甚至让他送命；另一方面阿Q自身的劣根性也令人绝望，不管是众所周知的"精神胜利法"，还是其欺软怕硬、偷摸懒散的秉性都相当和谐地与这种创伤惩戒合谋。他既是一个受害者，又是一个加害者、施暴者（比如对同道和小尼姑），还是一个自奴者。但无论如何，创伤记忆的有意无意丧失是阿Q悲剧的要因之一。

2. 复仇看客。《阿Q正传》末尾，临终前的阿Q终于看清了看客因因相袭、似曾相识的吃人性，"而这回他又看见从来没有见过的更可怕的眼睛了，又钝又锋利，不但已经咀嚼了他的话，并且还要咀嚼他皮肉以外的东西，永是不近不远的跟他走"[1]。如饿狼一般的眼睛，具有极强的吞噬性。阿Q是无力复仇这些看客了，但他的创造者——鲁迅可以。

在《复仇》一文中，其中指向的批判目标就是看客："路人们从四面奔来，密密层层地，如槐蚕爬上墙壁，如马蚁要扛鲞头。衣服都漂亮，手倒空的。然而从四面奔来，而且拼命地伸长颈子，要赏鉴这拥抱或杀戮。他们已经豫觉着事后的自己的舌上的汗或血的鲜味。"[2]但二人只是枯干地面对面，最终结果是"路人们于是乎无聊；觉得有无聊钻进他们的毛孔，觉得有无聊从他们自己的心中由毛孔钻出，爬满旷野，又钻进别人的毛孔中。他们于是觉得喉舌干燥，脖子也乏了；终至于面面相觑，慢慢走散；甚而至于居然觉得干枯到失了生趣"[3]。在我看来，鲁迅借此无聊复仇无聊，主要批判了看客们"焦点模糊""脑残嗜血"的劣根性。[4]

某种意义上说，"遗忘""自奴""看客"特征其实部分共享了"创伤"应对的某些劣根品行，这恰恰是鲁迅呈现、批判、反抗的对象。如人所

---

1. 鲁迅全集：第2卷.552.
2. 鲁迅全集：第2卷.176.
3. 鲁迅全集：第2卷.177.
4. 具体论述可参拙著：《野草》文本心诠［M］.北京：人民出版社，2016：82-83.

论:"鲁迅将国人的痛感认知理解为'人'主体意识觉醒的重要标记。鲁迅笔下的人物用遗忘的方式消解现实困境,使得他们回避了基于痛感而衍生的反抗行为。面对着国民精神虚空的精神状态,鲁迅冷静地剖析了这种奴性人物的思维形态,建构了独特的批判视野,并将之纳入其思想改造的价值体系之中。"[1]

(二)攻击/偕亡

令人印象深刻的一点是,鲁迅在其作品中往往有极强的攻击性,包括相当激烈和繁复的复仇情结。杂文尤其如此,其次是散文(如《女吊》《二十四孝图》等),小说中亦不乏此类书写。简单而言,这和鲁迅的创伤感及其超克密切相关,我们不应该轻视这种攻击性的复杂性。如夏济安所论:"众所周知,他对当前的问题总是采取极端的立场,而且积极拥护进步、科学和文明。但这并不是他个性的全部。如果不把他的好奇,他对自己所憎恶的事物同时又怀着隐秘的渴望和爱恋等等估计在内,也不能代表他的天才。若是只把鲁迅看作一个吹响黎明号角的天使,那就低估了这位中近现代史上尤其深刻而又病态的重要人物。他确实吹响过号角,但他吹出的乐声阴沉而讥讽,希望中透着绝望,是天堂的仙乐交织着地狱的悲鸣。"[2]

《铸剑》即使不结合"宴之敖者"的衍生解读——被屋里的日本女人赶出来(兄弟失和)的创伤性事件指向,也可以判断它是创伤性写作。优柔寡断、淘气好玩的眉间尺走向成熟的精神催化剂是对其亡父冤仇未报的震惊,但初经人事的他遭遇到俗世的困扰与纠缠。复仇之神黑色人帮他解围并告知他如何复仇,于是他奉上了宝贝青剑与自己的头颅。实际上黑色

---

1. 吴翔宇."痛感"认知的开掘与审思——鲁迅小说的创伤美学分析[J].温州大学学报(社会科学版),2014,27(06):9.
2. 夏济安.黑暗的闸门:中国左翼文学运动研究[M].万芷君,译.香港:香港中文大学出版社,2016:137.

人也是伤痕累累的存在，他本身就是"创伤"的集大成者和需要疗治的人。"我一向认识你的父亲，也如一向认识你一样。但我要报仇，却并不为此。聪明的孩子，告诉你罢。你还不知道么，我怎么地善于报仇。你的就是我的；他也就是我。我的魂灵上是有这么多的，人我所加的伤，我已经憎恶了我自己！"[1]最终结果变成了"创伤"的狂欢：黑色人在发现眉间尺无法战胜王时主动自刎加入战场。"他的头一入水，即刻直奔王头，一口咬住了王的鼻子，几乎要咬下来。王忍不住叫一声'阿唷'，将嘴一张，眉间尺的头就乘机挣脱了，一转脸倒将王的下巴下死劲咬住。他们不但都不放，还用全力上下一撕，撕得王头再也合不上嘴。于是他们就如饿鸡啄米一般，一顿乱咬，咬得王头眼歪鼻塌，满脸鳞伤。"[2]这个有点狂欢[3]色彩的结局呈现出同归于尽的悲凉，同时有关"创伤"的悲情、愤怒与压抑也随之扩散。

某种意义上说，"同归于尽"是一种非常决绝而悲壮的复仇方式，也是瓦解"创伤"的激烈对策。这和主张韧性战斗的鲁迅的气质有契合之处，毕竟鲁迅强调血性和飞扬神采。他曾激情四射地写道："站在沙漠上，看看飞沙走石，乐则大笑，悲则大叫，愤则大骂。"[4]他也曾大声疾呼："世上如果还有真要活下去的人们，就先该敢说，敢笑，敢哭，敢怒，敢骂，敢打，在这可诅咒的地方击退了可诅咒的时代！"[5]除此以外，鲁迅还通过批判个体、群体、国民劣根性来平复或升华创伤体验。这既是一种自我疗治，又是一种新的现代性建构。如人所论："文明痼疾的补偿性反应这一思路和结论，无论是适用于个体的鲁迅还是我们整体的社会文化，都至为到位与有效。创伤、病态破坏和改变了鲁迅的常态人生，但补偿机

---

1. 鲁迅全集：第2卷.441.
2. 鲁迅全集：第2卷.447.
3. 更多论述可参拙著：张力的狂欢——论鲁迅及其来者之故事新编小说中的主体介入[M].上海：上海三联书店，2006.
4. 《华盖集》题记[M]//鲁迅全集：第3卷.4.
5. 忽然想到（五）[M]//鲁迅全集：第3卷.45.

制却使他独辟蹊径建构和完善了自我。"[1]

三、疗治的悖论

有论者指出:"创伤叙事是人在遭遇现实困厄和精神磨难后的真诚的心灵告白。也只有通过真诚的心灵告白,心灵的创伤才能得到医治。从这个意义说,创伤叙事是对创伤的抚慰和治疗。"[2]从此角度看,鲁迅作品中的创伤话语也是对自己创伤记忆的一种疗治,但由于鲁迅的复杂性和深刻性,在其疗治中亦有悖论。

(一)直视/自虐

对鲁迅一生影响甚巨的母亲鲁瑞相当清楚鲁迅的某些人格特征,正所谓"知子莫若母"。俞芳在《鲁迅先生的母亲谈鲁迅先生》中说:"太师母说:你们的大先生从小就很懂事,办事能干。先是爷爷介孚公下狱,接着太先生卧病三年,医治无效,吐狂血而逝世,从此沉重的家庭担子,就落在他的肩上。在那艰难的岁月里,他最能体谅我的难处;特别是进当铺当东西,要遭受到多少势利人的歧视,甚至奚落;可他为了减少我的忧愁和痛苦,从来不在我面前吐露他的苦恼和遭遇。而且,对于这些有损自尊心的苦差使,他从来没有推托过,每次都是默默地把事情办好,将典当来的钱如数交给我,不吐半句怨言。"[3]在《记念刘和珍君》一文中鲁迅写道:"真的猛士,敢于直面惨淡的人生,敢于正视淋漓的鲜血。"[4]某种意义上说,这也是一种夫子自道。

一方面,鲁迅是勇于直视自我的创伤的,这在其作品中屡有呈现。

---

1. 贾振勇.鲁迅:创伤·病态·吹响黎明号角的天使[J].鲁迅研究月刊,2012(10):42.
2. 季广茂.精神创伤及其叙事[J].山东师范大学学报(人文社会科学版),2011,56(05):65.
3. 俞芳.鲁迅先生的母亲谈鲁迅先生[J].新文学史料,1979(04):190-191.
4. 鲁迅全集:第3卷.290.

《过客》中的过客在对话中提及:"是的,我只得走了。况且还有声音常在前面催促我,叫唤我,使我息不下。可恨的是我的脚早经走破了,有许多伤,流了许多血。(举起一足给老人看,)因此,我的血不够了;我要喝些血。但血在哪里呢?"¹过客的疲乏和受伤显而易见,而当小女孩让他用一块布裹伤时,他先接(received 而非 accepted)后拒,因为背后的爱沉重不堪。过客身上承载了鲁迅的形象,走向安逸乃至没落的老翁亦然。²

《复仇(其二)》当然可以有多种解读角度,如复仇大众、现实关怀(尤其是关涉"兄弟失和"事件)、血肉宗教³等,但相当耐人寻味的是作品中屡屡提及他没有喝止痛的调料酒,而是悉心清醒体验钉杀的痛楚。"他在手足的痛楚中,玩味着可悯的人们的钉杀神之子的悲哀和可咒诅的人们要钉杀神之子,而神之子就要被钉杀了的欢喜。突然间,碎骨的大痛楚透到心髓了,他即沉酣于大欢喜和大悲悯中。"⁴这种切肤之痛直至死亡,让他刻骨铭心,一方面可以借此直视残酷的罪恶的现实,另一方面则让他体验到拯救俗世的艰难,是一种清醒的自虐。

《颓败线的颤动》中的老妇人面对来自亲人绵密且巨大的递进式伤害时,向我们呈现出一种直视、愤怒且反抗的姿态。"她开开板门,迈步在深夜中走出,遗弃了背后一切的冷骂和毒笑……她于是举两手尽量向天,口唇间漏出人与兽的,非人间所有,所以无词的言语。"⁵这种气势甚至波动天地,是一种应对"创伤"的不满与宣泄过程。更令人震撼的则是《墓碣文》,抉心自食、创痛剧烈,这是直视自我/探索自我和惨烈自虐的完美结合。"墓碣"和"我"是一种复杂的分裂和整合的关系,而整个文本又是"我"的自剖记录。鲁迅甚至还借用了"诈尸"的策略与手法,让复活的主体继续自我表述,呈现出它的乐观性和预见性,在毁灭中呈现出

---

1. 鲁迅全集:第2卷.196.
2. 具体论述可参:朱崇科.执著与暧昧:《过客》重读[J].鲁迅研究月刊,2012(07).
3. 具体论述可参:朱崇科.现在式复仇的狂欢:重读《复仇(其二)》[J].创新,2016(02).
4. 鲁迅全集:第2卷.179.
5. 鲁迅全集:第2卷.210-211.

同归于尽的欢喜，乃至狂欢。[1]

（二）自塑／利他

有论者指出，鲁迅的创伤体验其实有助于他个性的形塑："这种创伤性体验（缺失性体验）也促进了鲁迅独特个性与思维方式的形成。如果说鲁迅早年所接受的浙东学术与'师爷气'的熏陶为他的独特个性与思维方式奠定了一个基本的初型，那么这次'家庭变故'的巨大的物质与精神的创伤，则是一种契机，加速了这一独特个性与思维方式的形成。"[2]这是的论，但可以推展的是，这种自塑有其复杂性：一方面，其中不乏对自我的正视和深切解剖；另一方面又有对优秀品质乃至民族脊梁的赞许与弘扬。

《一件小事》恰恰呈现出"解剖"和"弘扬"的双重指向。事故是车夫别倒了一个老女人。"跌倒的是一个女人，花白头发，衣服都很破烂。伊从马路边上突然向车前横截过来；车夫已经让开道，但伊的破棉背心没有上扣，微风吹着，向外展开，所以终于兜着车把。幸而车夫早有点停步，否则伊定要栽一个大觔斗，跌到头破血出了。"[3]"我"的判断是："料定这老女人并没有伤，又没有别人看见，便很怪他多事，要自己惹出是非，也误了我的路。"[4]但车夫毫不理会。某种意义上说，这里弘扬的是车夫的慎独和勇于担当的精神，相较而言，"我"的自私显得渺小。但不应忽略的是，这种自省本身也是一种自我提升，"独有这一件小事，却总是浮在我眼前，有时反更分明，教我惭愧，催我自新，并且增长我的勇气和希望"[5]。结合创伤话语，车夫树立了一个典范：如何处理哪怕是不那么

---

1. 具体论述可参：朱崇科.互看的奇特与灵思：《墓碣文》重读[J].鲁迅研究月刊，2016（01）.
2. 王晓初.家庭变故：鲁迅的创伤性体验与求索精神——周氏家族对于鲁迅的影响[J].淮北职业技术学院学报，2009，8（02）：7.
3. 鲁迅全集：第1卷.481.
4. 鲁迅全集：第1卷.483.
5. 鲁迅全集：第1卷.481.

明显或严重的创伤。

《长明灯》中的男主人公"疯子"被关在社庙中，作者写道："他也还如平常一样，黄的方脸和蓝布破大衫，只在浓眉底下的大而且长的眼睛中，略带些异样的光闪，看人就许多工夫不眨眼，并且总含着悲愤疑惧的神情。"[1]而在和其他村民对话时，"他两眼更发出闪闪的光来"[2]，并坚称"我放火"，升华了"熄掉他"的理念／口号。虽然他最终无法实践理念，但他这种历尽艰辛依然痴心不改的反抗精神无疑令人钦佩。

除此以外，鲁迅还有面对创伤勇于反抗的篇章。如《淡淡的血痕中》，鲁迅以叛逆的勇士对抗狡猾的造物主[3]，"叛逆的猛士出于人间；他屹立着，洞见一切已改和现有的废墟和荒坟，记得一切深广和久远的苦痛，正视一切重叠淤积的凝血，深知一切已死，方生，将生和未生。他看透了造化的把戏；他将要起来使人类苏生，或者使人类灭尽，这些造物主的良民们"[4]。其中既包含了对"奴役"的破解，同时又亮出"反抗"与"建构"的旗帜，寄望于改造国民劣根性的人类的自强，新国民或新世界由此得以产生。[5]

鲁迅在临终前不久撰写的《"这也是生活"……》中有一句名言："无穷的远方，无数的人们，都和我有关。"[6]这呈现出鲁迅的格局、视野、现实关切以及精神追求。从"创伤话语"视角关注亦然，正是有这样的超越性高度、鲜活性体验，他的文学生产才会如此与众不同、匠心独具。如人所论："尽管他还要承受'生之创伤'的不断置换和重现，但是随着以文艺为核心的各种精神资源的不断累积，他个人的人生体验终于和民族的、社会的体验契合、凝聚在一起，他不但治疗和修复自己的创伤体验，

---

1. 鲁迅全集：第2卷.61-62.
2. 鲁迅全集：第2卷.62.
3. 更丰富的论述可参论文：鲁迅作品中的"造物主"身份及悖论［J］.文艺争鸣，2014(05).
4. 鲁迅全集：第2卷.226-227.
5. 具体论述可参拙著:《野草》文本心诠［M］.北京：人民出版社，2016：313.
6. 鲁迅全集：第6卷.624.

而且将自己内在的情绪和思想转化为文艺的高度意义结构,以大无畏的姿态去治疗民族和社会的心理痼疾和精神创痛。"[1]

结语: 鲁迅少时丧父,生活从小康堕入困顿,赴日留学走异路中亦颇多艰辛,而后又有兄弟失和的打击、与人笔战等,鲁迅一生经历的创伤体验并不少,在其文学生产中,创伤话语屡屡可见。他的小说在对"创伤"的再现中,呈现出"创伤"的挫败性惯习:一方面指向了传统致人挫败的杀伤力,另一方面则说明现代转换中亦有类似惯习。鲁迅亦有"复仇创伤"的书写实践,他既强调"反抗遗忘"和"自奴",同时还有颇具攻击性乃至同归于尽的复仇理念。而在其作品中,还有"疗治创伤"的书写,其中也是悖论重重,比如"直视"和"自虐"并存,"自塑"中的"自剖""利他互补"等。

---

1. 贾振勇. 捐住黑暗的闸门:创伤体验与鲁迅的自我救赎[J]. 鲁迅研究月刊, 2010(02):31.

[第四节]

论鲁迅作品中的寡妇话语

在鲁迅的人生成长历程中，其长子长孙身份和父亲去世后与母亲相依为命的人生体验想必一生刻骨铭心。实际上鲁迅一生对母亲都非常尊敬。但从某种角度上说，鲁迅的某些长期而浓烈的痛苦似乎也和其母亲息息相关，比如他和朱安有名无实的婚姻悲剧（大家耳熟能详的"礼物"说——鲁迅挚友许寿裳提及："鲁迅说：'这是母亲送给我的一件礼物，我只能好好地供养她，爱情是我所不知道的。'"[1]）。这种经历也可部分解释为何他和二弟周作人年轻时成长路线近似，日后却性格迥异的事实。可以理解的是，上述无爱婚姻煎熬的痛苦、母子并肩作战的和谐、寡母抚孤的艰辛以及伦理道德负累导致的纠结怨恨等复杂情感，也流泄到敏感多才的鲁迅的笔端并化成五彩文字。实际上，鲁迅在不同种类的作品中对此都有所涉及，我们不妨称之为"寡妇情结"。

在其杂文中，特别令人印象深刻的是《寡妇主义》（1925）和《我之节烈观》（1918）。不必多说，他对寡妇及其道德伦理的危害传统与延续（"寡妇主义"）有着相当深切的认知：所谓"寡妇"，是指和丈夫死别的；所谓"拟寡妇"，是指和丈夫生离以及不得已而抱独身主义的。他特别指出"寡"的精神危害，对个体人性的扭曲可谓洞若观火："至于因为不得已而

---

1. 许寿裳.亡友鲁迅印象记[M].北京：人民文学出版社，1977：60.

过着独身生活者,则无论男女,精神上常不免发生变化,有着执拗猜疑阴险的性质者居多。欧洲中世的教士,日本维新前的御殿女中(女内侍),中国历代的宦官,那冷酷险狠,都超出常人许多倍。别的独身者也一样,生活既不合自然,心状也就大变,觉得世事都无味,人物都可憎,看见有些天真欢乐的人,便生恨恶。尤其是因为压抑性欲之故,所以于别人的性底事件就敏感,多疑;欣羡,因而妒嫉。其实这也是势所必至的事:为社会所逼迫,表面上固不能不装作纯洁,但内心却终于逃不掉本能之力的牵掣,不自主地蠢动着缺憾之感的。"[1]同时他对"慈母"的判断亦有其辩证,或许亦出于感同身受或切肤之痛。我们不该忘记的事实是,鲁迅在和许广平谈恋爱之前保持了事实单身的状态,他对造成自己婚姻不幸的母亲也未必没有怨言。"倘有慈母,或是幸福,然若生而失母,却也并非完全的不幸。"[2]可以理解的是,他的小说中多对"母性"采取解构立场,"在他的小说中关于母亲形象的塑造都带有明显的消解传统母性神话的性质"[3]。

而在其散文书写中,亦不乏层次与立场分明的实践。如《阿长与〈山海经〉》对于个性鲜明又具有相当代表性的阿长姆妈的怀念,《野草》之《颓败线的颤动》中对老妪的聚焦式考察,都令人印象深刻。层次更繁复亦更有韵味的则来自鲁迅的小说书写。直抒胸臆情感流露的段落有《呐喊·自序》,"我要到N进K学堂去了,仿佛是想走异路,逃异地,去寻求别样的人们。我的母亲没有法,办了八元的川资,说是由我的自便;然而伊哭了,这正是情理中的事,因为那时读书应试是正路,所谓学洋务,社会上便以为是一种走投无路的人,只得将灵魂卖给鬼子,要加倍的奚落而且排斥的,而况伊又看不见自己的儿子了。然而我也顾不得这些事,终于到N去进了K学堂了"[4],曲折多变的文字中颇有几分无奈、心酸,然

---

1. 鲁迅全集:第1卷.280-281.
2. 伪自由书·前记[M]//鲁迅全集:第5卷.4.
3. 郑悦.从鲁迅到张爱玲——女性异化命题的探索[J].鲁迅研究月刊,2007(07):61.
4. 鲁迅全集:第1卷.437-438.

而亦有坚守。而在《祝福》《明天》《铸剑》《阿Q正传》《风波》等文本中则又呈现出更复杂的探索。

相较而言，有关此类研究并不算少，但大多将之置于鲁迅作品中的"妇女书写"框架下进行分类处理。或者以个案（祥林嫂等）为主，结合民俗（寡妇再嫁等）进行分析；或者进行面的类别分层。以上研究固然开人眼界，但也有令人不满足之处。在我看来，鲁迅的相关作品中呈现出一种相当浓重的"寡妇情结"，它不是单纯的喜好、厌恶、同情、理解等的混杂，而是一种相当复杂的情感、理性与文化批判的有机投射与凝结，甚至部分彰显出鲁迅自身某一主体/主题层面的感觉结构（structures of feeling，或译"情感结构"）[1]的悖论性特征，值得我们仔细探勘。

一、无父的隐喻

鲁迅对寡妇的传统以及其作为文化糟粕的深远危害是洞若观火且企图加以剿灭的。因此，他在《寡妇主义》一文中猛烈批判可能的"寡妇主义教育"，大力炮轰其钳锢思想、压抑人性的弊端。"倘使没有善法补救，则寡妇主义教育的声势，也就要逐渐浩大，许多女子，都要在那冷酷险狠的陶冶之下，失其活泼的青春，无法复活了。全国受过教育的女子，无论已嫁未嫁，有夫无夫，个个心如古井，脸若严霜。"[2]但同时正是因为深谙其复杂性，鲁迅并没有只是进行口号式批判，而是将之安放在更多元而繁复的历史语境中进行凝练：一方面呈现出与传统相互裹挟、印证的身心悲剧，另一方面却又从人道主义/人性高度挖掘其间的部分闪光点。

---

1. 这是英国学者雷蒙德·威廉斯论述的关键词之一，这里的感觉并不是与思想相对的感觉，而是被感觉到的思想和作为思想的感觉（thought as felt and feeling as thought），具体论述可参：Raymond Williams. Marxism and literature [M].Oxford: Oxford University press, 1977：132. 有关此概念的简单梳理可参曹成竹．情感结构：威廉斯文化研究理论的关键词[J]．北方论丛，2014（03）.
2. 鲁迅全集：第1卷.282.

（一）无父的父权机制

对于"父权话语"及其运行机制的批判在鲁迅的作品中可谓比比皆是，小说中亦然。大家耳熟能详的鲁四老爷、七大人、四铭等，是古老中国"超稳定结构"的底层代言人，或至少是载体。在古老中国形象的塑造中，他们甚至变成了形构村镇政治话语的主要角色。[1]如果我们反思鲁迅"寡妇书写"的哲理高度，它们其实彰显了一种无父乃至弑父的文化隐喻。这既是一种文化趋势，同时亦有具体的各色生态。比如《药》中的明暗两条主线：从明线来看，作为父亲的华老栓固然不择手段地企图拯救得了肺痨的华小栓，但他同时也是愚昧无知的流言话语（人血馒头治病）的牺牲品；从暗线来看，夏瑜的英勇就义更多是一种转述，悲剧的是，他死后前来上坟的也只是有爱但愚昧的夏大妈。从这个角度看，如果不是作者"听将令"加上一个花环，夏瑜的启蒙革命其实就变成了"前无古人，后无来者"的灭门事业。

某种意义上说，在书写或呈现传统的强大时，鲁迅往往在小说中采用对照的手法。《风波》中传统的遗存堪称无处不在，赵七爷的身上凝聚了太多的反讽：这个到了民国时代依然靠着残缺的《三国演义》常识治理乡村的遗老荒唐可笑，反衬出（愚民）传统依然强大，至少底层民众依然精神荒芜。主人公七斤经由乡村与城市间的撑船事业原本可以开阔眼界、独立思考，但他只是本末倒置、人云亦云，关注小道消息，把民国成立与张勋复辟理解为剪辫与留辫的琐屑人生。更耐人寻味的是，他的独自出现的祖母——九斤老太，其存在无非是"一代不如一代"的看不顺眼的抱怨，可谓老态毕现，同时她无力提供任何新的人生体验进行分享和传递。从此角度看，她和七斤无非是"在场的不在场"，他们不过是枯燥无聊的传统的活的传声筒罢了。

---

1. 具体论述可参拙文：论鲁迅小说中的村镇政治话语［J］．新世纪学刊（新加坡），2011（11）．亦可参拙著：鲁迅小说中的话语形构——"实人生"的枭鸣［M］．北京：人民出版社，2011．

(二)母性的碎光再现

在《小杂感》中,鲁迅写道:"女人的天性中有母性,有女儿性;无妻性。妻性是逼成的,只是母性和女儿性的混合。"[1]相较而言,成为寡妇之后的女人更多了些母性,因为妻性的发挥空间被强行压缩。鲁迅在其作品中同样部分彰显了寡居妇女的母性光辉,虽然很多都是一闪而过的,或者是破碎的光影。

1. 浓墨重彩:《阿长与〈山海经〉》。此文是一篇回忆性散文,称呼"阿长"显然并非文中儿时的讨厌习惯(如她压死了他的隐鼠)的发作,而是沉淀了回顾的怀旧式亲切。阿长的身份当是个寡妇,"我终于不知道她的姓名,她的经历,仅知道有一个过继的儿子,她大约是青年守寡的孤孀"[2]。鲁迅并没有为尊者讳,但也不轻视,甚至有种欲扬先抑的机巧。作为保姆,她管得太多,睡姿不好,并固守民间的规范,传播有限的人生道理,而到了确认自己的价值时,偶尔也自炫其对付长毛的虚幻功能,她还不小心谋杀了"我"的宠物隐鼠,以上种种,足以彰显她的不可爱。但令人感动的是,她也是一个颇尊重文化且有爱心的女性。回家探亲时她心细如发,辗转帮"我"买回了"我"念兹在兹的《山海经》。文末作者甚至慨叹道:"仁厚黑暗的地母呵,愿在你怀里永安她的魂灵!"[3]整体而言,阿长身上闪耀着民间朴素而厚重的善的光辉,而其认真精神也值得表扬。[4]

2. 轻描淡写的美好。在小说中,鲁迅也偶尔展现出母性、母爱的美好,但它们大多数只是轻描淡写或者相对边缘的存在。《社戏》中的母亲要体谅十一二岁少年的心思,同时又要顾及其安全。一旦后者得到保障,她最终还是希望"我"能够开心玩耍,"外祖母和母亲也相信,便不再驳回,都微笑了。我们立刻一哄的出了门"[5]。深夜平安返回后,母亲的表现

---

1. 鲁迅全集:第3卷.555.
2. 鲁迅全集:第2卷.255.
3. 鲁迅全集:第2卷.255.
4. 具体论述可参:王景山.鲁迅五书心读[M].北京:首都师范大学出版社,2013:355.
5. 鲁迅全集:第1卷.592.

也呈现出类似的慈母心态，"母亲颇有些生气，说是过了三更了，怎么回来得这样迟，但也就高兴了，笑着邀大家去吃炒米"[1]。出于安全考虑未成年人的迟归自然会让人担心、生气，但她还是体谅安全归来的孩子们的开心并热心招待。

《孤独者》中提及了魏连殳和其祖母（父亲的继母）之间的情感。魏连殳说道："但她却还是先前一样，做针线；管理我，也爱护我，虽然少见笑容，却也不加呵斥。直到我父亲去世，还是这样；后来呢，我们几乎全靠她做针线过活了，自然更这样，直到我进学堂……"[2]这种没有血缘关系却隔代相依为命的关联令人感慨。这也可以从魏连殳在祖母逝世时遵从被安排好的仪式，之后却如狼嗥一样的"愤怒和悲哀"反衬出来。但不管怎样，无论是浓妆还是淡抹，其间的母性姿态还是部分撕裂了传统道德对寡妇节操设置的天罗地网，至少让人感到一丝温暖和光亮。

二、牺牲的悖论

相较而言，如果把寡妇群体置于更宏阔的文化/历史语境中，她们的角色更多是牺牲品，尤其是考虑到中国长期处于（封建）男权社会，有关道德伦理传统往往具有特殊指向性，她们因此往往成为受压迫者和被规训的产物。鲁迅的不同凡响之处在于，他总能深入思考事物/事务的复杂性和另类代表性，比如呈现出所谓牺牲的悖论。

（一）被动的存在

从被动牺牲的角度来看，《祝福》中的祥林嫂是鲁迅小说中最为凄惨的一位：她一出场的身份即是寡妇，自己名字的命名则来自死去的祥林；她企图在鲁四老爷家通过自食其力过活，却被逼二嫁卖钱，帮其小叔子

---

1. 鲁迅全集：第1卷 .596.
2. 鲁迅全集：第2卷 .99.

换取迎娶新娘的彩礼钱;她以死抗争未克,康复后想安心跟买家——山坳里的贺老六过日子时,一开始似乎不错,可好景不长、命途多舛——老公得了伤寒而死,儿子阿毛又被狼吃掉;捐门槛赎罪却无济于事,她又被逼成了底层毫无希望的身心俱灰的"贱民"寡妇,最后只能在祝福节日里凄惨赴死,成为各种落后道德传统环绕中众人共谋的牺牲品。如人所论:"《祝福》通过祥林嫂的婚姻遭遇,写出了一个普通的中国妇女从肉体到精神的全部毁灭,不只是着眼于祥林嫂生活的苦难,而是更注重挖掘她心灵的创伤,她健康、纯朴,是一个有血有肉的女人,她同命运挣扎过,相信凭着自己的勤劳,可以过上真正的人的生活,可是在人生的牢笼中,她只能像旧中国千万个妇女一样挣扎着活又挣扎着死,吃人的社会现实剥夺了她起码的人权,否定了她存在的价值,封建礼教更在精神上摧毁了她的价值感。"[1]

《明天》中再次聚焦了孤儿寡母的悲剧。这一次鲁迅将焦点聚集在寡母丧子事件上。男权社会中寡妇存在的希望或身份确认就是以其子立身(通俗点说,就是"母凭子贵"),单四嫂子显然深谙此理。即使从母子情深血浓于水的角度看,亦然。她辛勤劳作日夜纺织借此抚养宝儿,却无力阻挡他病逝的命运。当然其中庸医/中医误诊的过失显而易见,里面灌注了鲁迅对中医的某种痛恨情绪[2]。但无论如何,随着宝儿的去世,单四嫂子已经没有明天。某种意义上说,祥林嫂的落难下场是肉眼可见的"悲催"的前车之鉴。

《阿Q正传》中亦有对寡妇的书写,比如吴妈。尽管她并非主角,却是主角阿Q几个人生阶段(如恋爱事故、革命欲望及处死前游行)的见证人。因为骚扰羞辱小尼姑而被骂"断子绝孙"的阿Q触动了潜意识里传宗接代的念头。在赵府春米前夕,阿Q和"赵太爷家里唯一的女仆"吴妈聊天,阿Q可谓精虫上脑。"'女人……吴妈……这小孤孀……'阿Q

---

1. 万燕. 鲁迅婚恋小说的女性三部曲[J]. 鲁迅研究月刊, 1996(01): 46.
2. 具体论述可参拙文: 论鲁迅小说中的医学话语[J]. 福建论坛(人文社会科学版), 2010(05).

想。"[1]他罔顾吴妈的闲谈，直奔主题，"'我和你困觉，我和你困觉！'阿Q忽然抢上去，对伊跪下了"[2]。这造成了重大事故：感觉受辱的吴妈各种哭诉，乃至寻死觅活，而阿Q则被敲了现实和经济的双重竹杠。

有论者指出："尼姑被想象成为一个不洁的对象，那么阿Q的调戏正好满足很多看客的窥看心理。而吴妈就不一样了，她是一个寡妇，守护她的节操和贞洁是符合传统道德的，因而冒犯吴妈意味着和传统伦理纲常相悖，这必然会遭致吴妈的雇主赵太爷的惩罚。"[3]这种观点相对皮相，对尼姑的妖魔化和意淫其实也是一种相对猥琐、边缘而民间的传统道德观。因为这个群体逸出了传宗接代的主流伦理规范的限制，所以并不值得保护和提倡。此外，阿Q被处罚的原因之一是吴妈是赵太爷的女佣。阿Q的确太不识时务，正如地保所骂："阿Q，你的妈妈的！你连赵家的用人都调戏起来，简直是造反。害得我晚上没有觉睡，你的妈妈的！"[4]所谓"打狗还得看主人"，精虫上脑且表达拙劣的阿Q实在是缺乏阶级意识高度——即使吴妈和他同阶层，但因为打上了赵府的标签自然有所不同了。

（二）牺牲中的主观能动

不必多说，某些优秀女人在面对苦难/挫折时往往呈现出相当强大的韧性。即使为更强大绵密的男权机制/体制所碾压，她们仍然表现出相当不屈的活力。当然这种力量既可以是逆风飞扬彰显气节与个体追求的坚守，但同时又可能是顺势而为的保守乃至反动。

相当震撼的力量首先来自《颓败线的颤动》。文中的女主人公年轻时也是一个寡妇，在和小女儿相依为命，需要养家糊口之际，她只好选择了以身体谋生，"空中还弥漫地摇动着饥饿，苦痛，惊异，羞辱，欢欣的

---

1. 鲁迅全集：第1卷.526.
2. 鲁迅全集：第1卷.526.
3. 吴翔宇.鲁迅小说的中国形象研究[M].北京：九州出版社，2017：53.
4. 鲁迅全集：第1卷.528.

波涛……"[1]可以理解的是，这是吻合鲁迅的一贯主张的：一要生存、二要温饱、三要发展。在女儿成家立业后，她当年的艰难生存历史却成为一家两代人唾弃和辱骂的对象，于是愤怒的老妪继续以身体表达自我并震撼天地。"她赤身露体地，石像似的站在荒野的中央，于一刹那间照见过往的一切：饥饿，苦痛，惊异，羞辱，欢欣，于是发抖；害苦，委屈，带累，于是痉挛；杀，于是平静。……又于一刹那间将一切并合：眷念与决绝，爱抚与复仇，养育与歼除，祝福与咒诅……。她于是举两手尽量向天，口唇间漏出人与兽的，非人间所有，所以无词的言语。"[2]相当令人震撼的是，她两次以裸体展现出女人的战斗力和自我图存。《铸剑》中的寡母也实现了自己的角色，履行了职责，把独子眉间尺抚养成人并让他仗剑找王为父报仇。而在此过程中母亲的关爱／温暖也成为初入红尘的眉间尺抵抗欺侮和戏耍的精神盾牌。

　　鲁迅并未放弃对反智主义等劣根性女性载体／主体的主观能动发挥进行思考与批判。比如他在《阿金》中对来上海谋生的女佣阿金的深入思考：一方面，她具有相对旺盛的体力、上佳的学习能力却精神空虚，呈现出进化的彪悍；另一方面，她缺乏对优良传统的敬畏，却对现代性有着偏执的认知和截取。[3]类似的反思亦在寡妇书写中出现。比如《长明灯》中作为剿灭"疯子"革命思想的团体密谋之一的灰五婶不仅掌握了部分话语权，而且还是倚老卖老、猥琐调笑的存在，"你看我那时的一双手呵，真是粉嫩粉嫩……"[4]。这当然也是围绕寡妇的议题之一（所谓"寡妇门前是非多"）。如人所论："乡村寡妇在鲁迅的笔下，不只都像祥林嫂一样过着被人买卖的生涯，占据一定经济资本的寡妇，在鲁迅的乡土世界中还是生活得别有一番滋味的……经营着小茶馆的灰五婶，在怎样处理疯子的问题

---

1. 鲁迅全集：第2卷 .209.
2. 鲁迅全集：第2卷 .211.
3. 具体论述可参拙文：女阿Q或错版异形？——鲁迅笔下阿金形象新论［J］.山东师范大学学报（社会科学版），2015，60（01）.
4. 鲁迅全集：第2卷 .59.

上，她不仅能够参与到男人的讨论中，而且拥有话语权。"[1]需要指出的是，灰五婶的主动恰恰强化了"吃人"与"瞒和骗"传统的杀伤力，她同时是被男性消费的对象。

三、寡母情结

在《我之节烈观》中鲁迅相当悲情地写道："节烈这事，现代既然失了存在的生命和价值；节烈的女人，岂非白苦一番么？可以答他说：还有哀悼的价值。他们是可怜人；不幸上了历史和数目的无意识的圈套，做了无主名的牺牲。可以开一个追悼大会。"[2]显而易见，鲁迅对包括守寡在内的所谓的"节烈"是相当不满的。其中有着切肤之痛，身为长子的他分担了寡居的母亲操劳大家庭和拉扯子女的不易。但另一面，鲁迅本身的诸多苦痛，包括不幸的婚姻，却又是母亲赐予的。因此他对母亲的情感是相当繁复的。当谈到信奉无神论的他是否同样如此告知或启蒙自己的母亲时，他在《我要骗人》里写道："倘使我那八十岁的母亲，问我天国是否真有，我大约是会毫不踌蹰，答道真有的罢。"[3]这段话当然有它的原初语境，但也可以表征理性犀利的鲁迅面对母亲时的感性善意（欺骗），其母子间的情结是有张力的。

（一）依恋与理解

考察鲁迅笔下书写的寡妇形象，简单小结一下，可以发现如下共同特征：

第一，最经典的书写往往具有寡母抚孤的特征，而且其中往往会有温暖的母子情深。比如祥林嫂屡次重复的阿毛形象："我一清早起来就开了

---

1. 闫宁. 从浙东"逼醮"民俗看鲁迅的妇女观［J］. 昆明学院学报，2012，34（01）：123.
2. 鲁迅全集：第1卷.130.
3. 鲁迅全集：第6卷.505.

门,拿小篮盛了一篮豆,叫我们的阿毛坐在门槛上剥豆去。他是很听话的,我的话句句听;他出去了。"[1]即使阿毛无法自我表述,也可以看出他能体谅母亲的不易。《明天》中的宝儿则在单四嫂子回忆的背景中进行了自我表述,他甜美地给了妈妈一个美好的愿景:"妈!爹卖馄饨,我大了也卖馄饨,卖许多许多钱,——我都给你。"[2]其他还有《铸剑》等,皆是如此。从这个角度看,鲁迅对这个主题的关注与聚焦其实部分呈现出他的恋母情结,他将少年时的艰辛记忆与日后长期的现实提醒(包括按月供养老母)化成笔端下对母亲的依恋与致敬。

第二,鲁迅还呈现出寡妇们"妻性"[3]的一面。《明天》中单四嫂子虽然被不怀好意、无聊至极的老拱、蓝皮阿五打趣,但纺线至深夜的单四嫂子其实也因此有了陪伴。她在宝儿发高烧抱他前去就诊回来的过程中,蓝皮阿五还曾借帮忙抱小孩揩油。"单四嫂子在这时候,虽然很希望降下一员天将,助他一臂之力,却不愿是阿五。但阿五有些侠气,无论如何,总是偏要帮忙,所以推让了一会,终于得了许可了。他便伸开臂膊,从单四嫂子的乳房和孩子中间,直伸下去,抱去了孩子。单四嫂子便觉乳房上发了一条热,刹时间直热到脸上和耳根。"[4]不难看出,单四嫂子固然遵守妇德,但她的青春活力、本能欲望难以扼抑。平时暗夜里纺织的她和在酒店聊天的阿五其实遥相呼应,她的心里其实也有他的位置。《颓败线的颤动》中卖身的年轻母亲的复杂感受中也夹杂了"欢欣",一方面可能是卖力服务的认真,另一方面则可能是妻性活力的体现。[5]简言之,妻性的视角可以帮助我们重新解读有关文本,但我们不能夸大这种描述。同时,此类书写让我们感受到鲁迅对年轻守寡妇女的理解、体谅与活力再现,经由此道,他也变相、侧面批判了有关伦理道德制度的僵化与残忍。

---

1. 鲁迅全集: 第2卷 .15.
2. 鲁迅全集: 第1卷 .478.
3. 具体论述可参拙文: 从"妻性"看鲁迅小说中的利比多再现[J]. 齐鲁学刊, 2015(05).
4. 鲁迅全集: 第1卷 .475.
5. 具体论述可参拙著:《野草》文本心诠[M]. 北京: 人民出版社, 2016: 230.

严格说来,《补天》中的女娲算不上寡妇,但显而易见,她也有孤单、寂寞乃至无聊的力比多冲动。尽管她是造人的神圣母亲,但她身上也有女性的活力冲动。鲁迅也通过她的尴尬遭遇展现出经过人伦的(神圣)母亲的复杂性:女神尚且如此,何况寡妇?

(二)伤害与怨恨

丰子恺在《我的母亲》中写道:"陶渊明诗云:'昔闻长者言,掩耳每不喜。'我也犯这个毛病;我曾经全部接受了母亲的慈爱,但不会全部接受她的训诲。"[1]可以理解的是,作为孝子贤孙、长子长孙的鲁迅其实对母亲的感情相当复杂,呈现出一种悖论性:一方面他要和母亲相依为命、通力合作努力战胜各种困难;另一方面,他得压抑自己的合理感受和诉求而倍受包含了母亲在内的传统的蹂躏,从而难免心生不甘与愤怒。如人所论:"鲁迅爱他的母亲,固然是母子亲情的天然感情,但在谈鲁迅致母亲的书信和结合鲁迅私下对朋友们说起的对母亲的抱怨时,我们又会发现,他对母亲的感情又有非常理智的一面,这当中我们也能看出鲁迅在面对传统的重压下默默承受的性格……他意识到了这种角色的不合理,但他又得承受这种重压。"[2]这种复杂感受的镌刻和悖论性让他明显有别于生活能力相对低下、遇事高高挂起的二弟周作人。他既有非常革命、高举猛打的一面,又有因为牺牲而优柔寡断的一面。

这种非常繁复的情感历练自然加强了其书写的批判性,反过来又让他的作品显得更富悖论与张力。在鲁迅的"寡妇书写"中,有关形象往往是多元的,即使是大力表扬中也会有调侃乃至腹诽,而批判中也偶尔有一丝人性的光辉或脉脉温情。在男权社会中摸爬滚打的女人虽然往往带上了被同化的特征或习气,但同时又不乏另类的活力。

---

1. 丰子恺.活着本来单纯[M].南京:江苏凤凰文艺出版社,2016:64.
2. 谢泳.鲁迅致母亲书的文化意义[J].鲁迅研究月刊,1993(08):17.

结语：鲁迅作品中呈现出一种独特的"寡妇情结"。从文化隐喻角度看，文本中的无父设置本身就是一种弑父欲望的表现。吊诡的是，它们往往呈现出在场与不在场的辩证，父权的伦理道德规范依然在起作用，其中亦偶尔闪耀着人性的光辉。整体而言，多数寡妇往往扮演了牺牲品的角色，其中既有被动的存在，又有主观能动指向层次的复杂性。相当耐人寻味的是，上述书写呈现出现实中和母亲曾经相依为命的鲁迅内心深处的"寡母情结"：既不乏依恋与理解，但又有伤害和怨恨情愫。其实鲁迅自己也是传统伦理规范的牺牲品，因而其文字反击尤为深切有力。

[第五节]

鲁迅小说中的英雄话语

母亲鲁瑞收到长子鲁迅寄来的照片后曾对俞芳说:"你们的大先生的一双眼睛多么有神,从他的眼光中,可以看出他很有主见,非常刚正;他从小就不欺侮弱小,不畏强暴;他写文章与人争论,话不饶人;但对朋友,心地却很厚道,很善良的。"[1]所谓"知子莫若母",这当然是的论,从中也可以看出鲁迅的性格中不乏英雄气质。实际上鲁迅的一生经历中有不少时刻呈现出其英雄情结:比如少时即有的民族主义情绪(学骑马尚武术)、好打抱不平,留学日本时期的壮怀激烈与爱国情怀,北京时期的爱护青年(尤其是1926年"三一八事件"中的仗义执言并据说因此被通缉),广州时期"四一五事件"中挺身而出爱护学生,以及上海时期的以笔为旗、韧性战斗等,都闪耀着英雄的光辉。

正如具有"革命家"头衔的鲁迅其实更多是源于其卓绝深邃的文化革命思考及实践一样,在鲁迅的英雄精神气质中也包含了文化英雄维度。或许我们不该忘记鲁迅的另一个身份是优秀学者——其古籍校勘,尤其是《嵇康集》等,其《中国小说史略》关于古典小说言简意赅的精深研究,都令人刮目相看。而这些研究对于敏感锐利的鲁迅来说,既是一种工作需要、精神寄托,又有一种反向渗透。如人所论:"鲁迅对中国古典文学的

---

1. 马蹄疾.鲁迅生活中的女性[M].天津:南开大学出版社,2017:31-32.

观照,具有鲜明、独特的英雄气质。他对屈原、嵇康、阮籍的反抗精神予以肯定;对陶渊明诗歌世界中的英雄形象如精卫、刑天、夸父、荆轲高度赞美;对唐末、明末'战斗'的小品文给予了极高的评价。鲁迅对中国古典文学的英雄的视角观照,是鲁迅自身英雄气质的反映和投射,这种气质,概言之,具有个性的反抗、决绝的复仇、孤独的牺牲等特征;鲁迅的英雄气质,既渊源于故乡越地文化特质的深远影响,也受到西方现代思想界英雄元素的滋养,更是清末民族复兴的时代政治、文化思潮作用下的产物。"[1]

相较而言,关于鲁迅英雄书写的研究有一些成果,大致上主要集中在《故事新编》及单篇文本如《奔月》上,偶尔亦有线性梳理,如阎庆生《试论鲁迅的英雄情结》(鲁迅研究月刊,1991年第11期)。上述研究有勾勒、有细描,增益了我们对有关议题的认知,但亦有可以持续推进的空间:一方面,我们可以涵盖鲁迅全部小说中的此类书写,探勘更全面的思考;另一方面,可以借助英雄话语理念研究中的有关运行机制以及它与鲁迅书写的主体性之间的对应关系。当然,这里的英雄既可以是一种立足于丰功伟绩基础之上的文化气质与精神贯穿,同时又可以是一种身份确认。

在留日时企图以文艺救国的鲁迅遭遇了连番挫败,比如《新生》刊物的流产,比如指望热卖的《域外小说集》的滞销,等等。鲁迅在《呐喊·自序》中提及这种落差,认识到了这种自我的英雄主义与严酷多变的现实之间的冲突,说自己"决不是一个振臂一呼应者云集的英雄"[2]。在1924年9月24日,鲁迅在写给李秉中的信里说:"我也常常想到自杀,也常想杀人,然而都不实行,我大约不是一个勇士。"[3]先是否定自己是英雄,再否定自己可能的勇士身份,这呈现出鲁迅非常复杂和矛盾的内心纠结。但实际上,鲁迅并没有放弃英雄梦想,而是以更加韧性的方式前行:既可

---

1. 白振奎.鲁迅的英雄品格及其中国古典文学研究的英雄视角[J].复旦学报(社会科学版),2008(04): 125.
2. 鲁迅全集:第1卷.439-440.
3. 鲁迅全集:第11卷.453.

以积极"呐喊"呼吁启蒙,又可以独自"彷徨",但一如"野草"般顽强生长。甚至在郁闷孤独时,在《这样的战士》中抒发的心志,也是他一贯的"立人"思想的别样表达。如人所论:"他以战士作为'立人'思想的承载者、执行者和出口,显示出身为战士的坚守策略:有勇有谋、韧性战斗,同时他也揭示了战士的斗争策略及其中国遭遇,虽身处困境,但最终亦反抗绝望和各种限定性,他可以失败,可以死去,但是,战士韧性、理性、自信战斗的精神永存。"[1]

一、英雄气质:再造与强化

某种意义上说,书写英雄在鲁迅的文本世界中至关重要。从宏大的层面来说,如何借此实现启蒙目标——"立人"从而凸显立国大业是其追求之一。"在文化启蒙的宏大工程中,破除固有的象征秩序是启蒙实践的重要任务之一。英雄崇拜作为人类持久的社会心理,理所当然地成为启蒙者整合与改造的对象之一。历史所积淀的英雄观是重要的文化资源,它必然被改造之后进入新的文化系统。再造的英雄形象作为强有力的象征符号担当起重构象征秩序的重任。始终坚持启蒙立场的鲁迅,也在致力于英雄形象的再造。"[2]从微观层面看,这也是鲁迅内心深处英雄情结的外化。借此甚至还能够安慰同道,"呐喊几声,聊以慰藉那在寂寞里奔驰的猛士,使他不惮于前驱"[3]。当然,如果更进一步,这也是他为英雄们"立言"的实践,如《药》中对秋瑾就义的纪念与铭记。值得提醒的是,鲁迅也借此方式表达了他对革命(含刺杀)的态度——支持和而不同的韧性战斗而非一击毙命同归于尽。

---

1. 具体论述可参拙著:《野草》文本心诠[M]. 北京:人民出版社,2016:279.
2. 王寰鹏. 鲁迅的英雄理念及其历史小说中的英雄叙事[J]. 山东师范大学学报(人文社会科学版),2005(02):61.
3. 呐喊·自序[M]// 鲁迅全集:第1卷.439-440.

（一）个性与创造

毫无疑问，"文化英雄"最常见的特征之一就是颇具个性和创造力。青年鲁迅对尼采尤其着迷，他在早期书写中曾呼唤天才与摩罗诗人。在庸众与天才之间，他毫无疑问会选择后者。他区分"个人"与"众数"，强调"任个人""排众数"。"与其抑英哲以就凡庸，曷若置众人而希英哲？"[1]"不若用庸众为牺牲，以翼一二天才之出世，递天才出而社会之活动亦以萌，即所谓超人之说，尝震惊欧洲之思想界者也。"[2]

相较而言，为了更好地"立人"，鲁迅小说中的主人公的精神资源多有采自西方现代性之处。从此角度看，《狂人日记》中的"狂人"在月光正浓时往往也最锐利、目光如炬，所以他可以洞悉中华文化传统中的"吃人"真相。同时因其身上的现代性，假扮中医的刽子手并不能真正为其把脉且对症下药，而"狂人"却可以洞悉其奸。"他们这群人，又想吃人，又是鬼鬼祟祟，想法子遮掩，不敢直截下手，真要令我笑死。我忍不住，便放声大笑起来，十分快活。自己晓得这笑声里面，有的是义勇和正气。老头子和大哥，都失了色，被我这勇气正气镇压住了。"[3]同样，《伤逝》中勇于反抗旧伦理道德，勇敢迈出第一步且宣称"我是我自己的，他们谁也没有干涉我的权利"[4]的一对青年——子君和涓生，既有个性又有勇气，而他们的精神战斗资源之一就是文学巨匠们的战斗精神的指引。"谈家庭专制，谈打破旧习惯，谈男女平等，谈伊孛生，谈泰戈尔，谈雪莱……。她总是微笑点头，两眼里弥漫着稚气的好奇的光泽。壁上就钉着一张铜板的雪莱半身像，是从杂志上裁下来的，是他的最美的一张像。"[5]

当然，英雄可能在沧海横流中才更显本色，但也可能倍受打压挫败而变得消沉。《孤独者》中的前半段的魏连殳可谓颇具个性，因为爱曾经相

---

1. 文化偏至论[M]//鲁迅全集：第1卷.54.
2. 文化偏至论[M]//鲁迅全集：第1卷.53.
3. 鲁迅全集：第1卷.115.
4. 鲁迅全集：第2卷.448.
5. 鲁迅全集：第2卷.114.

依为命的继祖母，表面上他接受了有关人士安排的传统伦理丧葬礼仪的限定与约束，但实际上他有独特的情感表达方式，"忽然，他流下泪来了，接着就失声，立刻又变成长嚎，像一匹受伤的狼，当深夜在旷野中嗥叫，惨伤里夹杂着愤怒和悲哀……他哭着，哭着，约有半点钟，这才突然停了下来，也不向吊客招呼，径自往家里走。接着就有前去窥一探的人来报告：他走进他祖母的房里，躺在床上，而且，似乎就睡熟了。"[1] 甚至在其死后，虽然在众人摆布下配上军衣军裤军帽，但"他在不妥帖的衣冠中，安静地躺着，合了眼，闭着嘴，口角间仿佛含着冰冷的微笑，冷笑着这可笑的死尸"[2]。实际上骨子里他并不妥协，在因为维生而不得不投靠杜师长做幕僚后，却又自戕速死，清醒而痛苦。如人所论："悖反在鲁迅的英雄小说中，具有至上的意义：神圣的理性呈现为荒谬的疯狂，时代的英雄，成为社会的公敌。换句话说，如果失去这种悖反，作品塑造的人物也就不能称其为时代的英雄。同样，悖反的孤独，才是英雄的孤独。"[3]

创造力往往也是判断英雄与否的相当重要的指标之一。原名《不周山》的《补天》按照鲁迅自己的说法是想"解释创造"：女娲在精力过剩相对无聊时造人，谁承想不同手法制造的小东西们不断分化乃至异化，不仅不满意自己的神圣母亲，而且还因为私利开战，甚至搞得天崩地塌。女娲不得不奋力补天，终因精疲力竭而死，而她死后的尸体还被小东西们争相利用。鲁迅借此写出了人性的丑恶，甚至让女娲为此付出代价。但毫无疑问，作为神圣而巍峨的母亲，"创世记"的女娲具有惊人的创造力。"伊在这肉红色的天地间走到海边，全身的曲线都消融在淡玫瑰似的光海里，直到身中央才浓成一段纯白。波涛都惊异，起伏得很有秩序了，然而浪花溅在伊身上。这纯白的影子在海水里动摇，仿佛全体都正在四面八方的进散。但伊自己并没有见，只是不由的跪下一足，伸手掬起带水的软泥来，

---

1. 鲁迅全集：第2卷.90-91.
2. 鲁迅全集：第2卷.110.
3. 王列耀.耶稣受难与鲁迅的英雄叙事[J].鲁迅研究月刊，1998(11)：29.

同时又揉捏几回，便有一个和自己差不多的小东西在两手里。"[1]

（二）实干与牺牲

1940年代，张爱玲曾深深体会到战时被日本铁蹄蹂躏的人们对"力"的渴望，然而，她毫不客气地回应自己无法生编硬造出"力"来："我知道人们急于要求完成，不然就要求刺激来满足自己嗜好。他们对于仅仅是启示，似乎不耐烦。但我还是只能这样写。我以为这样写是更真实的。我知道我的作品里缺少力，但既然是个写小说的，就只能尽量表现小说里人物的力来。而且我相信，他们虽然不过是软弱的凡人，不及英雄的有力，但正是这些凡人比英雄更能代表这个时代的总量。"[2]这当然可以帮助我们理解张爱玲的小说为何历经时代变换却依然具有生命力和广泛读者。实际上，在凡人和英雄之间可以共享某些元素或优秀品质，只是英雄们的涵盖性和程度更高而已。其中最具代表性的英雄元素就是实干和牺牲。

1. 平凡中的不凡。鲁迅在《中国人失掉自信力了吗》写道："我们从古以来，就有埋头苦干的人，有拼命硬干的人，有为民请命的人，有舍身求法的人，……虽是等于为帝王将相作家谱的所谓'正史'，也往往掩不住他们的光耀，这就是中国的脊梁。"[3]实际上他在小说中也不乏对普通人身上的不凡素质进行状描。

《一件小事》中难能可贵地褒扬了作为底层人士的人力车夫的善良、正直与担当精神。在发生轻微刮蹭而且乘客"我"告诫他老女人可能撒谎时，"车夫听了这老女人的话，却毫不踌躇，仍然挽着伊的臂膊，便一步一步的向前走。我有些诧异，忙看前面，是一所巡警分驻所，大风之后，外面也不见人。这车夫扶着那老女人，便正是向那大门走去"[4]。《头发的故事》中提及辛亥革命中的牺牲，他们都是普通人却主动前赴后继地

---

1. 鲁迅全集：第2卷.358.
2. 张爱玲.自己的文章[M]//张爱玲.张爱玲文集.北京：中国华侨出版社，2002：453.
3. 鲁迅全集：第6卷.122.
4. 鲁迅全集：第1卷.482.

牺牲，最终铸就了改天换地的大事业，革命初步成功时当好好纪念他们。"几个少年辛苦奔走了十多年，暗地里一颗弹丸要了他的性命；几个少年一击不中，在监牢里身受一个多月的苦刑；几个少年怀着远志，忽然踪影全无，连尸首也不知那里去了。——"[1]令人印象深刻的还有《药》，其中的暗线主角——夏瑜，他在牢里还劝人"造反"（其实就是一般人不懂的"革命"），在被牢头殴打时，反说对方"可怜"，这的确令人震撼。鲁迅写道："听着的人的眼光，忽然有些板滞；话也停顿了。小栓已经吃完饭，吃得满头流汗，头上都冒出蒸气来。"[2]最后他们只能以"发了疯"定义夏瑜，来掩饰"群己"的愚昧无知。

2. 英雄本色。当然鲁迅也塑造了一些真正的英雄人物作为典范，从而期冀"取今复古，别立新宗"。《理水》中的大禹毫无疑问是个实干家，在众多官员贪污腐化、顽固保守之时，他苦心孤诣、脚踏实地。"这时候，局里的大厅上也早发生了扰乱。大家一望见一群莽汉们奔来，纷纷都想躲避，但看不见耀眼的兵器，就又硬着头皮，定睛去看。奔来的也临近了，头一个虽然面貌黑瘦，但从神情上，也就认识他正是禹；其余的自然是他的随员。"[3]同时他有创意，抛弃过去的老法子——"湮"，而启用"导"的办法治水，这是他和同事们由辛苦实践得出的真知。"白须发的，花须发的，小白脸的，胖而流着油汗的，胖而不流油汗的官员们，跟着他的指头看过去，只见一排黑瘦的乞丐似的东西，不动，不言，不笑，像铁铸的一样。"[4]

《铸剑》中的黑色人，作为复仇之神，颇有牺牲精神，且不求报答。他对眉间尺说："仗义，同情，那些东西，先前曾经干净过，现在却都成了放鬼债的资本。我的心里全没有你所谓的那些。我只不过要给你报仇！"[5]在眉间尺的头颅在鼎里和王头鏖战处于下风时，黑色人将自己的头

---

1. 鲁迅全集：第1卷 .484-485.
2. 鲁迅全集：第1卷 .469.
3. 鲁迅全集：第2卷 .395.
4. 鲁迅全集：第2卷 .398.
5. 鲁迅全集：第2卷 .440.

斩落鼎中，联头作战，终于复仇成功。"黑色人和眉间尺的头也慢慢地住了嘴，离开王头，沿鼎壁游了一匝，看他可是装死还是真死。待到知道了王头确已断气，便四目相视，微微一笑，随即合上眼睛，仰面向天，沉到水底里去了。"[1]不难看出，黑色人言必行、行必果，勇于自我牺牲，颇具英雄风采。

同样值得关注的还有《非攻》，其主人公墨子虽然生活上艰苦朴素，却还要劝说强大的楚国不要攻打相对弱小的宋国。外表上看，他其貌不扬，"墨子在这里一比，旧衣破裳，布包着两只脚，真好像一个老牌的乞丐了"[2]。作为英雄，他更高的格局是热爱天下和平，以大多数人的利益为重，所以当公输班说："老乡，你一行义，可真几乎把我的饭碗敲碎了！"[3]墨子回答说："但也比敲碎宋国的所有饭碗好。"[4]从此角度看，墨子有勇有谋有格局，胸怀苍生的幸福与安危，的确是大英雄。

二、英雄的泪与伪：剖析与批判

一般而言，所谓"乱世出英雄"，英雄往往和时代形成繁复张力：一方面，乱世可以成就英雄并验证其真伪；另一方面，乱世又可能阻挠和打压英雄，让英雄落泪、有迟暮之感，甚至遭遇重大悲剧。当然，这悲剧本身值得双向反思。"在这样的悲剧中我们一方面要反思庸众身上所体现的国民劣根性，另一方面更要反思这些'英雄'身上的劣根性，反思他们是怎样由英雄沦落为凡人甚至伪君子的。《故事新编》不仅是表层意义上英雄和先贤们的悲剧，更是深层意义上当时整个中国社会和中国人的悲剧。"[5]

---

1. 鲁迅全集．第2卷．448．
2. 鲁迅全集．第2卷．472．
3. 鲁迅全集．第2卷．478．
4. 鲁迅全集．第2卷．478．
5. 杨程．论鲁迅《故事新编》"英雄"形象塑造与人性剖析［J］．湖北民族学院学报（哲学社会科学版），2016, 34(01)：117．

(一)英雄泪

不必多说,即使鲁迅自己,亦有面对失败清醒意识到自己局限性的时候,甚至也会产生强烈的挫败感。比如他企图以文艺救国,比如他的真诚牺牲遭遇了欺骗乃至诅咒,再比如他本身的中年心态以及每况愈下的情况设想与努力突围,严苛真切、细腻精致的自剖,等等。落实到艺术风格上来时,也打上了中国语境中鲁迅特色的烙印。如人所论:"鲁迅的自我解剖,则要现实、具体得多。在更多的时候,他都是深刻地体验着人与人之间的欺诈、伪善和隔膜,正是它们扼杀了自身生命的完成,而自己在某种程度上也自觉不自觉地粘滞着这些令人齿冷的'鬼气'。"[1]甚至可以生发开去,成为一种主义:"恐怕也只有建立在鲁迅这种独具特色的精神苦闷基础上的文艺才是真正的不盲从、不伪饰的现代文艺,只有建立在这一体验基础上的现代主义才是中国的现代主义。《奔月》的艺术风格也可以从此得以说明。"[2]

《奔月》从任何角度看都是一篇颇富意义张力乃至狂欢色彩的小说。鲁迅在其中最少设置了三重意义世界:羿的古典神话、鲁迅的现实主体介入以及有关传统文化现代化的可能性及其他方面哲理性的思考。[3]若从"英雄泪"的角度解读《奔月》,不难发现有着鲁迅自我投射的羿其实面临着双重困境。

第一重是来自自我的衰落,所谓英雄迟暮。羿严格说来缺乏居安思危的精神,在他的鼎盛时期,他未曾想到可持续发展的必要性。"他于是回想当年的食物,熊是只吃四个掌,驼留峰,其余的就都赏给使女和家将们。后来大动物射完了,就吃野猪兔山鸡;射法又高强,要多少有多少。"[4]出去狩猎时,他可能是由于(老眼)昏花,误把老太太的黑母鸡当成

---

1. 李怡.红巾不揾英雄泪——《奔月》与鲁迅的精神苦闷[J].鲁迅研究月刊,1990(08):38.
2. 李怡.红巾不揾英雄泪——《奔月》与鲁迅的精神苦闷[J].鲁迅研究月刊,1990(08):38.
3. 具体论述可参拙著:张力的狂欢——鲁迅及其来者之故事新编小说中的主体介入[M].上海:上海三联书店,2006:228-234.
4. 鲁迅全集:第2卷.372.

鸽子。"远远地望见一间土屋外面的平地上，的确停着一匹飞禽，一步一啄，像是很大的鸽子。他慌忙拈弓搭箭，引满弦，将手一放，那箭便流星般出去了。"[1]在妻子嫦娥飞升月亮后，他企图以射日弓射落月亮，"他一手拈弓，一手捏着三枝箭，都搭上去，拉了一个满弓，正对着月亮。身子是岩石一般挺立着，眼光直射，闪闪如岩下电，须发开张飘动，像黑色火，这一瞬息，使人仿佛想见他当年射日的雄姿"[2]。结果月亮毫发无损，"他前进三步，月亮便退了三步；他退三步，月亮却又照数前进了"[3]。从神话中可以射落九个太阳到对月亮完全无能为力，从英雄主体角度来看，这喻示了英雄的没落与穷途末路。

第二重困境则是来自自我周边的伤害。其中一方面是得意门生逢蒙的背叛与忤逆。他通过流言话语[4]抢占羿的丰功伟绩，并亲自上阵企图以箭射杀师父，未遂后又以言语诅咒。"'真不料有这样没出息。青青年纪，倒学会了诅咒，怪不得那老婆子会那么相信他。'羿想着，不觉在马上绝望地摇了摇头。"[5]另一方面则是来自爱妻嫦娥的背叛。羿在日暮途穷只能吃乌鸦炸酱面思考退路时提及："我呢，倒不要紧，只要将那道士送给我的金丹吃下去，就会飞升。但是我第一先得替你打算，……所以我决计明天再走得远一点……。"[6]而在射月失败后，他又自我反省道："那么，你们的太太就永远一个人快乐了。她竟忍心撇了我独自飞升？莫非看得我老起来了？但她上月还说：并不算老，若以老人自居，是思想的堕落。"[7]不难看出，其中彰显出羿对嫦娥一以贯之的真爱。当然，我们还可以继续探讨逢蒙和嫦娥的背叛是否与现实中的高长虹角色行为叠合。但毫无疑问，羿受到了巨大伤害，而作者鲁迅书写此文时也灌注了深深的忧虑：既是对自

---

1. 鲁迅全集：第2卷.374.
2. 鲁迅全集：第2卷.380.
3. 鲁迅全集：第2卷.380.
4. 具体论述可参拙文：论鲁迅小说中的流言话语[J].中山大学学报（社会科学版），2011，51（02）.
5. 鲁迅全集：第2卷.377.
6. 鲁迅全集：第2卷.373.
7. 鲁迅全集：第2卷.380-381.

我衰老的忧伤，同时也是对可能的婚恋（尤其是他和许广平）的未来有一种悲剧性的预知，毕竟鲁迅的婚恋小说最后结果往往都是悲剧。[1]

《奔月》或许还可以做更深层的解读，那就是文化层面的精神资源的寻找尝试。表面上看，羿不适合于新的时代变迁，作为旧时代的英雄，站在新时代的转捩点上他显得落伍而孤独。如人所论："鲁迅笔下的后羿不是处在充满敌意的周围世界中，他们没有'敌人'，是没有'敌人'的孤独。鲁迅站立于远离现代文明的'乡村中国'的土地上，以悲悯的目光注视着人生，并感受了人生的许多无常。他试图寻找中国现代精神界之战士却看到了无奈中的英雄和英雄的无奈。"[2] 从新旧转换时期必须以现代性进行回应的逻辑思考，羿的没落其实也是历史的必然，一如他射日时是英雄，射月时却无法面对／超克月的狡诈，象征着传统文化无力回应新时期的中国的诉求。

"英雄泪"还应该包括坚守精神纯粹与原则捍卫的失败。《采薇》中的伯夷、叔齐若从历史进化论角度看或许称不上英雄，因为他们恍若开历史倒车，但实际上他们是真正捍卫气节至死不渝的存在。鲁迅对他们的这一心态和实践是尊敬的，并借不少反面例证加以说明。比如姜子牙的老谋深算、老于世故，小丙君的两面三刀、急功近利和沽名钓誉，山大王小穷奇的伪善粗鄙，阿金的鹦鹉学舌等平庸之恶，等等。从此角度看，伯夷叔齐还是可爱的。鲁迅虽然调侃和嘲讽他们的天真与顽固，但对于他们的精神节操还是赞许的。遗憾的是，在乱世或转型期，他们必然是牺牲品，不得不死。

（二）伪英雄

在1927年所写的《小杂感》中，鲁迅以辛辣的讽刺口吻揭露了投机者

---

1. 具体论述可参拙文：论鲁迅小说中婚恋话语中的悲剧性机制［J］.汕头大学学报（人文社会科学版），2010，26（01）.
2. 修磊.英雄的没落——我读鲁迅《奔月》［J］.名作欣赏，2013（14）：83.

的卑劣心理:"要上战场,莫如做军医;要革命,莫如走后方;要杀人,莫如做刽子手。既英雄,又稳当。"[1] 其中所谓的"英雄"也部分带上了贬义,因为它掺杂了不少虚假元素,背离前述英雄的几个基本特征与品格。

1. 符号式借用。《风波》中的赵七爷的统治策略和资源恰恰来自陈旧的传统文化知识——残缺不全的《三国演义》常识。面对社会转型,他的慨叹是:"倘若赵子龙在世,天下便不会乱到这地步了。"[2] 而对付质疑他的人,他则是借助英雄(比如张飞)进行绘声绘色的恐吓和自我标榜。他吓唬寡妇八一嫂说:"'张大帅就是燕人张翼德的后代,他一支丈八蛇矛,就有万夫不当之勇,谁能抵挡他,'他两手同时捏起空拳,仿佛握着无形的蛇矛模样,向八一嫂抢进几步道,'你能抵挡他么!'"[3] 相当吊诡的是,这两个为民所敬仰、爱民如子的英雄却成为赵七爷对抗现实中国演进及愚昧且待启蒙的底层人民的武器。

《阿Q正传》中则呈现出一个底层流民对革命的有关思考与误用。阿Q对革命的理解源自民间戏曲的文化资源,除了《小孤孀上坟》就是《龙虎斗》,基本上就是欲望与权力的表征。尤其是在辛亥革命时代,他挂念的却是封建时期的"我手执钢鞭将你打"。他借助陈旧的文化资源便只能将现代的"革命"理解为"造反"。"造反?有趣,……来了一阵白盔白甲的革命党,都拿着板刀,钢鞭,炸弹,洋炮,三尖两刃刀,钩镰枪,走过土谷祠,叫道,'阿Q!同去同去!'于是一同去。……"[4] 而在其幻想中他对财产、女人的处理方式活脱脱显示出他根本不是英雄,而只是借英雄权势谋取私利、趁火打劫的底层失败者。

2. 刚愎自用。《起死》中的庄子本该是个英雄,但他是一个刚愎自用,不懂得善待苍生和谨慎使用权力/法力的伪英雄。他想复活有生命历史记忆的500年前的骷髅。在他施法时,无论是鬼魂还是司命大天尊都劝

---

1. 鲁迅全集:第3卷.554.
2. 鲁迅全集:第1卷.494.
3. 鲁迅全集:第1卷.497.
4. 鲁迅全集:第1卷.540.

他少管闲事，因为"死生有命"，他却执意不肯，强行要求复活，还打着为别人好的旗号。"臣是见楚王去的，路经此地，看见一个空髑髅，却还存着头样子。该有父母妻子的罢，死在这里了，真是呜呼哀哉，可怜得很。所以恳请大神复他的形，还他的肉，给他活转来，好回家乡去。"[1]结果复活后的汉子沉醉在旧时的记忆中，要求庄子归还他的衣服与包裹等，甚至一言不合，竟至于老拳相向。搞得庄子只好再度求救于司命大天尊，无效，只好借助现代的巡士，结果摆不平的巡士又再找了巡士帮助。鲁迅此文的书写有其深意，即希望可以彰显传统文化资源难以拯救现代中国的道理。作为主人公的庄子并未谨慎使用其英雄权限，缺乏对生命的敬畏、对历史的认知和对自我的克制，导致了闹剧的发生。

结语：相较而言，在鲁迅小说中的英雄话语的文本实践中，《呐喊》《故事新编》篇目较多，《彷徨》最少，只有两篇涉及。这是可以理解的。《呐喊》时期的鲁迅还抱着启蒙、"为人生"的心态，在新文化运动时期虽不是主帅，但也是勤恳耕耘的大将之一，他要为同志们摇旗呐喊，同时也作为一种自我激励。而《彷徨》是新文化运动陷入低潮时期的产物，其风格也相对写实，呈现出书写与反抗绝望的特征，整体而言，悲剧意味浓厚。《故事新编》是鲁迅"取今复古，别立新宗"的丰厚实践文本，既彰显出可借鉴的民族脊梁及其精神资源，同时又指出单纯依赖传统实现现代化的虚妄性。其中的"油滑"与对英雄的调侃既有反讽嘲弄，又有自我的纾解与减压，但无论如何都是其"英雄情结"的表达。如人所论："英雄情结是鲁迅人格结构中潜在的情绪性冲动和意志张力，它为主体提供着行为的固定模式，为意识层面上的对应物——革命英雄主义思想、革命意志提供着必要的心理能量；它吸引着主体丰富的人生经验，固着于主体'反抗''复仇''革命'之类的观念形式上，有力地强化着主体的意志，

---

1. 鲁迅全集：第2卷．486．

并经升华而汇入主体的革命思想和世界观里面。"[1]

在我看来,鲁迅在小说中的"英雄话语"自有其独特追求:一方面是状描与剖析英雄气质,如个性/创造,实干与牺牲,借此实现对"新人"的强调/再造和"立人"思想的再现;另一方面他以同情之笔抒写并自我投射了英雄泪,尤其是迟暮之感。当然他也批判了某些劣根性,如借助英雄的符号化使用和滥权的伪英雄。无论如何,这些实践都呈现出鲁迅的别具匠心与苦心孤诣。

---

1. 阎庆生. 试论鲁迅的英雄情结[J]. 鲁迅研究月刊, 1991(11): 30.

第四章

主题展演

　　鲁迅的"解剖"及有关研究也在不断展演中，毕竟，保持一个传统的巨大活力和细水长流的秘诀就在于深挖和拓展并举。从宏观面向来看，鲁迅之于汉语写作和文化自信力提升到底有何资源性意义？我们如何看待新的理论模型遭遇鲁迅？比如后殖民理论。鲁迅自身的思想到底该如何正确总结和深化？比如"中间物"论述模型的建设中鲁迅本人到底还有哪些可共享的资源？鲁迅的文统还可继续拓展，比如新加坡空间中的英培安个案；鲁迅的学统还可继续总结和反思，比如到底该如何建构和评判东南亚语境中的"王润华鲁迅"。无论如何，以上都是对"解剖者鲁迅"精神的再现和赓续。

　　鲁迅"中间物"的话语论述模型主要有三种：历史的中间物、价值的中间物和生命哲学论，但也各有缺点。实际上，鲁迅的"中间物"的使用是有其谱系的，也有繁复的意义指向，我们必须回到其不同文本的原初语境中才能有更准确的判断与逻辑推演。如果非要用一个词来概括鲁迅"中间物"的话，那该是"进化的中间物"。这里的进化显然不是线性演进的机械进化论，它可能推进，也可能退化，又可能多种类型并存；它不只是历史的，也不能窄化为价值判断，偶尔还可能回环，它就是在进化中的，既有古，又有今，还指向未来。

"后殖民鲁迅"作为鲁学中相当热门的论题之一彰显出有关理论与个案分析对话的繁复张力和有益联结，在不同时空都有相对精彩的实践。在东南亚地区赫赫有名的学者／作家王润华的相关书写犀利地反映出曾经的殖民地子民"逆写"的合法与急切，但也偶有伤及中国的矫枉过正的操作。作为"南洋"诗学的建设者，他对鲁迅作为精神资源和中国文化象征的挪用与警醒令人同情且深思。北美学者刘禾教授的实践既有清醒的棒喝、反问与提醒，又有剑走偏锋的偏执和悖论。实际上认真回归鲁迅本体，他本人也有对殖民主义的深入理解和发展，"香港借助"与"上海补偿"功能各司其职，展现出其丰厚、锐利与发展着的伟大。

探讨汉语修行与现代中国文学文化自信力提升的关系问题其实涉及了汉语文学创作的方方面面。它既包括了语言及其背后相关文化的丰富、淬炼以及创造性提纯，也包括文体形式创新的可行性，当然还涉及意义建构和世界观、人生观、价值观范式更新的宏大议题。经由鲁迅个案，其卓越实践和丰富内涵可以帮助和引导我们进行深入而开阔的思考——我们必须尊重汉语修行过程中语言发展的专业性、精神性与超越性；我们必须立足中国当下认真汲取古今中外的文化资源与精神创制，重新审视我们自身的缺憾、劣根性，汰除杂质、推陈出新；我们必须继续全面开放、引育并举，尊重个体的独创性并涵容其可能的缺陷，只有这样最终才能另立新宗。

英培安是鲁迅遗产在新加坡时空的最优秀传人，他在公共知识分子角色坚守、文体创新、杂文批判、反讽技艺等层面都对鲁迅有所继承，并亦有发展和变异，比如其长篇书写。从此角度说，关注他和鲁迅在创作上的关联只是考察英培安的一种视角，他的立体多元、丰富深刻已经使他成为新加坡最重要的长篇小说家，并将名垂青史。

"王润华鲁迅"不是一个单纯概念的新造，而是一个安放到东南亚语境以及王润华个体思想经历之后的认真总结。其研究理路清晰、新意盎然、风格独具，自有其迷人风采。按照历时性发展，大致可分成三个层次：(1) 去蔽：独特发声；(2) 跨越：国界与疆域；(3) 回归：壮大本土。当然"王润华鲁迅"也有其可能的限制，比如相对新颖但略显清浅，多点透视但偶尔散漫。

[第一节]

鲁迅"中间物"再辩证：进化的中间物

引言

"中间物"作为鲁迅思想论述中最炙手可热的关键词之一，相当引人注目。在鲁迅研究的丰厚脉络中，由于时代及主流意识形态的影响和个体研究的侧重，"中间物"得到的关注与析论虽然长期存在，但大致显得不温不火，直到20世纪八九十年代那个思想激荡的时代，"中间物"意识才被凝练升华提升到一个相当引人注目的高度。其中的代表性论述就是以汪晖为代表的"历史的中间物"的观点，主要反映在其博士论文的修订版《反抗绝望》一书中。在此书遭受质疑时，张梦阳对其学术地位及意义做了相当精准的论定："从中国鲁迅学史的学术发展角度来看，'中间物'这一概念的提出，标志着鲁迅研究的重心从客体方面内移到主体方面，从而展现鲁迅作品的心理内容，是鲁迅研究从外向内移位的转折点……然而，'中间物'的意义绝不仅限于此，它还有更为深广的精神哲学意义。"[1]除此以外，相当有代表性的观点还包括：价值的中间物（以何浩为代表）、生命哲学（以王乾坤为代表）等。

毫无疑问，汪晖是"中间物"论述的集大成者，尽管他不是彼时期的

---

1. 张梦阳.汪晖对历史的"中间物"和"反抗绝望"的阐释[M]//张梦阳.中国鲁迅学史.南京：江苏凤凰文艺出版社，2021：451.

"唯一"(还有钱理群、吴俊等)[1]。汪晖不仅结合鲁迅的经历和生平,尤其是早期思想与创作加以剖析,而且就其产生的来龙去脉与类似思维方式进行了深入阐发。比如他颇有"理解之同情"式的语境小结:"只有意识到自身与社会传统的悲剧性对立,同时也意识到自身与这个社会传统的难以割断的联系,才有可能产生鲁迅包含着自我否定理论的'中间物'意识。"[2]当然他的论述中更不乏高屋建瓴式的升华,认为鲁迅的此类意识和其小说紧密关联,凸显了小说书写者、刻画对象命运与宏阔世界的复杂连缀。"鲁迅的'中间物'意识正是这种'自我观察'和'自我分析'的结果,而这种自我观察与分析的过程同样体现在他的小说中,他的人物身上。鲁迅和他笔下的人物共同地感受着自己在反传统过程中与传统的联系,在对人民苦难的关注中潜藏着的道德责任,在与未来生活的深刻联系中体现出的与未来的遥远距离。"[3]

饶有意味的是,关于此关键词的论析亦众说纷纭、五花八门。如郑家建于2001年指出:"'中间物'意识除了包含着自我——历史这一个纵向的时间轴之外,还内含着自我——社会这样一个横向的空间轴。"[4]王得后则认为,鲁迅"中间物"思想"是以时间为轴线,在历史长河中的否定性达观。只有时间的轴线,才有承前启后的必然关系。空间不存在这种必然关系"[5]。以上可以视为一种对话关系。关于生命哲学的思考也拓展到生态学的角度,有论者指出:"鲁迅也深刻认识到,人类作为有生命的自然存在物,作为生物的灵长和高等动物,与其他自然存在物一样,只是'进化的长索子上的一个环',也是'中间物',是自然的一部分,是这个动态、进化生态系统的子系统,必须服从生命系统和生态系统的客观规律,尽

---

1. 具体论述可参:钱理群.作为思想家的鲁迅[M]//钱理群.走进当代的鲁迅.北京:北京大学出版社,1999;吴俊.鲁迅个性心理研究[M].上海:华东师范大学出版社,1992.
2. 汪晖.反抗绝望:鲁迅及其文学世界[M].石家庄:河北教育出版社,2000:108.
3. 汪晖.反抗绝望:鲁迅及其文学世界[M].石家庄:河北教育出版社,2000:146.
4. 郑家建.被照亮的世界——《故事新编》诗学研究[M].北京:人民文学出版社,2015:249.
5. 王得后.鲁迅"中间物"思想三题[J].鲁迅研究月刊,2009(11):6.

自己应尽的义务。"[1]这的确是部分吻合鲁迅使用"中间物"的意涵之一。

而关于"中间物"的话语地盘也在逐步增大、延伸，以及急剧扩张，甚至抢占了鲁迅核心思想——"立人"的风头。这也引起了某些论者的批判与不满，"将'中间物'作为抽象而独立的话语概念提取出来，或视为研究鲁迅世界的原点，或偏重其'历史的'属性——对进步或进化的信念以及反传统的价值取向，或专注于政治修辞美学（用政治修辞美学来阐释鲁迅本身就有待商榷）的层面，这或多或少背离了'中间物'在鲁迅话语系统中特定的语义范畴，使'中间物'沦为一种不着边际的话语现象，一种学理思辨的'迷障'"[2]，而他坚持认为"立人"才是鲁迅世界的阐释前提。平心而论，"中间物"的话语增殖的确应该有所限制，否则难免有"过度解释"（overinterpretation）乃至"强制阐释"之嫌。因此，我们有必要做好如下几件事情：一、认真梳理既有的几种理论模型，并指出其得失；二、回到原初语境探勘鲁迅"中间物"产生的谱系与意义指涉；三、结合其思想与文学创作，总结其可能的内在逻辑。

一、"中间物"模型及其偏至

如前所述，"中间物"话语在不同的论述中呈现出不同的意义指向、内涵层次乃至不同的模型，最主要的可以归纳为三种：

（一）"历史的中间物"：以汪晖为中心

汪晖的《反抗绝望》已然成为新时期以来鲁迅研究的经典论述，而"中间物"话语功不可没。在这部著作中，它不只是纲举目张的"纲"，

---

1. 佘爱春.中间物、生命、立人与优美林野——鲁迅的生态思想及其启示意义[J].海南师范大学学报（社会科学版）.2021, 34（01）: 14.
2. 杨经建.以"立人"为本旨的"中间物"状态（意识）: 走进鲁迅世界[J].福建论坛（人文社会科学版），2015（05）: 113.

而且还是画龙点睛的"睛"。

汪晖相当敏锐地把鲁迅的"中间物"思想凝练为"历史的中间物",虽不无争议,但不得不承认,这是最靠近鲁迅"中间物"意识的面向之一。其结合鲁迅论述令人醍醐灌顶的总结之一在于——"中间物"在鲁迅那里被升华成一种感受世界的世界观。这样就牢牢地把握住了"文学家鲁迅"的历史感和穿透力,既有鲜活的文学性、具体性,同时有突破历史循环论的超越性。该书还有颇多凝练特征,比如认为"历史的中间物"具有共同的精神特征,包括:1.与强烈的悲剧感相伴随的自我反观和自我否定;2.对"死"(代表着过去、绝望和衰亡的世界)和"生"(代表着未来、希望和觉醒的世界)的人生命题的关注;3.建立在人类社会无穷进化的历史信念基础上的否定"黄金时代"的思想,或者说是一种以乐观主义为根本的"悲观主义"认识。[1]

其次,汪晖的"历史的中间物"还对鲁迅思想启蒙层面的打开起到了照亮的功能。它突破了线性认知或标签论,比如人道主义、人性主义、进化论,而视之为一种中西合璧(19世纪末的现代思潮、中国优秀民间/传统文化)的"理性启蒙主义"。在此基础上,才更可以看出鲁迅"反抗绝望"的真切、复杂而决绝。如宋剑华所言:"作为'历史中间物',战斗并非鲁迅真实的生命本质,而是他思想'苦闷'与'彷徨'的一种延续,无奈且又必须去承受精神之困,即'虽然明知前路是坟而偏要走',这才是鲁迅对'反抗绝望'的自我注解。"[2]

相当耐人寻味的是,汪晖对鲁迅启蒙思想的这种文化资源的深入挖掘亦有指引性和反哺性,其视野甚至可以挪用到文化交流层面。有论者指出:"就文化交流来讲,鲁迅所说的'中间物'不属于中西方任何一种文化体系,但是它又保持着与原属传统文化的内在联系。这种'中间物'的文化意识既保留了中国传统文化中的'中道'优秀因子,又超越于特定的

---

1. 汪晖.反抗绝望:鲁迅及其文学世界[M].石家庄:河北教育出版社,2000:191-195.
2. 宋剑华."中间物"与鲁迅自己的生命哲学[J].华中师范大学学报(人文社会科学版),2017(02):96.

某种文化意识之上，从而可以从更为客观公正的视野下来建立新文化的价值标准，来更新与沟通不同文化之间的联系，来促进不同文化间的融合与创造繁荣。"[1]

汪晖的"历史的中间物"论述亦有争议，最大的质疑来自何浩。他认为汪晖误读了鲁迅，并提出自己的招牌观点——"价值的中间物"。"简单地说，鲁迅这里的进化，并非一种历史观。毋宁说，它指的是一种生命价值类型学。进化，指生命价值类型的转化。这种转化，与人类历史的变迁并不同步，而是不断重复……由于取消了抵达终极目的地的可能性，生命的进化其实就是价值秩序在世世代代不同个体肉身中的不断循环。"[2] 上述观点令人眼前一亮，但既有洞见，又有用力过猛的不见。

在我看来，汪晖的"历史的中间物"的最大问题在于相对窄化了"中间物"的丰富可能性，尽管此观点已经在很大程度上靠近"元中间物"（如果有的话）的内涵；同时，由于他及有关论者并未认真探勘鲁迅"中间物"一词的发展和使用谱系，某种程度上多论述概念的主流部分而未能顾及其他层面。这正是本节论述的意义所在。

（二）价值的中间物：何浩的偏至

值得肯定的是，何浩具有非常敏锐的问题意识，并具有不卑不亢的学者气质——敢于挑战权威和既有的成熟论述。在《价值的中间物：论鲁迅生存叙事的政治修辞》一书中，他堪称全面出击，批评了前辈学者，如汪晖、王乾坤（乃至郜元宝的部分观点），认为他们并未真正注意到鲁迅的比喻，即把人比作植物/动物、无脊椎动物/脊椎动物进化链上的中间物。在此基础上，他亮出了自己的观点："中间物，是一个价值的中间物，进化中的价值中间物，是生命价值进化的中间物，是生命价值进化中为转

---

1. 吴钧.鲁迅"中间物"思想的传统文化血脉[J].齐鲁学刊，2008(02)：146.
2. 何浩.价值的中间物：论鲁迅生存叙事的政治修辞[M].北京：北京大学出版社，2009：35.

变而无节制战斗的中间物。"[1]恰恰是从政治哲学的角度，何浩详细论证了中间物的叙事伦理（真与善）、世俗拯救、指向未来、中毒的中间物（文化身份），等等。从宏阔的意义上说，何浩的"价值的中间物"是对汪晖"历史的中间物"的一种有益补充。

客观而言，"价值的中间物"亦有值得商榷之处。比如他着力论述的比喻字句其实也可以是实指，他的批评和指责也多是一家之言。实际上"中间物"未必一定是指人，所以鲁迅才会说："一切都是中间物。"[2]另外，"价值的中间物"窄化了鲁迅的复杂性。何浩关于进化作为生命价值类型的不断重复的结论与鲁迅自身进化论变异的谱系并不吻合。实际上，鲁迅一生对进化论的复杂汲取、巧妙转化、急性"轰毁"与韧性坚守自有其丰富历程。[3]

而在对某些意象的理解上，何浩虽有出人意料之处，但也显得偏执。比如《过客》中对"坟"的理解："如果'坟'指代死亡，过客如何能常常去玩、看？并问老者，走完之后是什么？坟显然不是指死亡……坟墓是指一切庸伪道德，一切价值鄙下者，一切末人世界的洞穴生活。"[4]实际上，这里的"坟"当然可以指涉为坟场／墓地，过客也因此可以探访，而驻足不前的老翁仍然不能知晓未来，因为他的停滞让他无法跨越小女孩眼中的坟地圈限。更深切地说，小女孩、过客、老翁其实是勇于追求的个体由精神层次决定的不同生命阶段的角色对应，小女孩是好奇心浓郁的少年过客，而老翁则是停滞而堕落的老年过客，他们完全可以是三位一体的一个人。[5]

"价值的中间物"持论相对犀利，但亦不乏剑走偏锋之嫌，如果结合

---

1. 何浩．价值的中间物：论鲁迅生存叙事的政治修辞［M］．北京：北京大学出版社，2009：71．
2. 写在《坟》后面［M］//鲁迅全集：第1卷．302．
3. 具体论述可参：James Reeve Pusey.Lu Xun and Evolution［M］.Albany, NY: State University of New York Press, 1998.
4. 何浩．价值的中间物：论鲁迅生存叙事的政治修辞［M］．北京：北京大学出版社，2009：40．
5. 具体论述可参：朱崇科．执著与暧昧：《过客》重读［J］．鲁迅研究月刊，2012（07）．

鲁迅的原文本，其中的生物类型并置并非一定是价值类型高低的评判，而更可能是不同种属的代际物种的多元并存。从此角度看，何浩的立论基础原本就有另类的解读空间，这也就意味着他的路径只是一种答案，远非他自信文字阐发呈现出来的板上钉钉。

（三）生命哲学：以王乾坤为核心

作为哲学学者出身的王乾坤，他在反思鲁迅"中间物"理念时也打上了浓厚的个人痕迹，强调其思辨性。在他看来，"鲁迅给无限终极以消解，为的是给中间物、有限以合适的位置，落脚点则是活生生的人，或此在的生命"[1]。后来者将其发扬光大，讨论鲁迅"中间物"生命哲学的意义层面，认为鲁迅的"中间物"生命哲学意义蕴含包括三个方面：有别于"中间"的"中间物"概念，执着"现在"的生命——时间观，以及对终极的消解与眷顾。同时指出，鲁迅的"中间物"哲学对我们树立正确的语言观、文化观和翻译观有积极意义，更重要的是对我们树立正确的世界观、生命观和价值观有深刻的当代启示。[2]

简单而言，王乾坤更加强调鲁迅"中间物"的形而上意义和高度涵盖性。他认为："从根本上说，'中间物'论是鲁迅的生命哲学。那蔚为大观的生命气象都有可能从这里说开去……'中间物'构成了鲁迅全部思想的一个轴心概念。其他思想可以看作这个轴心的一个个展开。而从研究的角度看，'中间物'也就成了释读其思想的总向导。这个总向导不能代替具体的方法，但却是根本性的。"[3]有论者高度评价了王乾坤有关论点的内在理路与重要意义："王乾坤的'中间物'思想提供了一条值得注意的线索：他由鲁迅追溯至尼采，由尼采上溯至柏格森，由柏格森勾连起东方的印度哲学智慧以至到达了中国的佛禅及儒家的心学传统。这是一种在各个文

---

1. 王乾坤.鲁迅的生命哲学[M].北京：人民文学出版社，1999：98.
2. 张志清，黄振定.解读鲁迅的"中间物"生命哲学及其当代启示[J].求索，2013（02）：95.
3. 王乾坤.鲁迅的生命哲学[M].北京：人民文学出版社，1999：14.

化与精神形态间游走的相当开阔的思路。"[1]不必多说，王乾坤的这个观点不管是贯穿性还是深刻度都令人钦佩。

尽管如此，王乾坤的生命哲学论述也有其难以避免的缺憾。相较而言，他是三种模型体系性最弱的，整体上显得高远，但也不乏空泛之嫌，尤其是以生命哲学名义进行统摄，议题和层次近乎无所不包，难以具有良好的可操作性和更严整的逻辑分层。

小结三种关于鲁迅"中间物"诠释类型的优缺点，他们都非常难能可贵地开拓并推进了我们对有关议题的认知深度与宽度。但令人遗憾的是，他们往往也不够充分重视"中间物"话语在鲁迅自身书写中的嬗变，往往到头来变成了借鲁迅浇自己胸中块垒而难免私我的偏执。我们要想超克这种偏至／偏执，就必须认真细究"中间物"的本源与发展。

二、细究来源：以《写在〈坟〉后面》为中心

有论者指出何浩有关论述的缺点："何浩以'价值的中间物'为中心的分析洞察了鲁迅思想的这一根柢，真正构建了理解鲁迅思想的整体性态度。但他对'历史的中间物'的绝对排斥，也多少低估了前者在历史解释中的合理性成分。"[2]严格说来，如果我们仔细探勘鲁迅"中间物"使用的历时性和复杂性，可能对有关话语的后来人为增添、扩张或断论更能洞幽烛微。

（一）概念谱系：复数"中间物"

准确地说，鲁迅在他的名文《写在〈坟〉后面》之中并非第一次使用

---

1. 张克. "中间物"：历史与价值之间——鲁迅"中间物"思想研究的考察［J］. 理论学刊，2004（10）：125.
2. 符鹏. 何谓中间物，哪一种进化？——评何浩《价值的中间物：论鲁迅生存叙事的政治修辞》［J］. 中国现代文学研究丛刊，2012（03）：210.

第四章　主题展演

"中间物"这个概念。在鲁迅文本内部，具有多重身份的鲁迅曾多次加以使用，而且意义指涉范围不同，彰显出其复数性。

根据目前的材料，鲁迅首次使用"中间物"这个术语应当是在1909年担任生理学化学教员时。从日本回国后鲁迅执教于浙江两级师范学堂，认真编写了生理学讲义《人生象斅》。该讲义在讨论"循环系及淋巴管第四"的"血之固体成分"赤血轮发生时以"按"的形式指出："或则谓出自骨髓……或则谓变自白血轮，其说曰：（一）已在脾静脉及骨髓中见其方变之中间物。"[1]显而易见，此时的"中间物"内涵相对简单，就是指一种过渡性存在。举例而言，即从A到E变化的中间B、C或D的角色。相当耐人寻味的是，对于这种意义及其载体的使用，弃医从文的"文学家鲁迅"在其后续创作中坚持使用且发扬光大，非常具有跨学科风范。《野草》中频频出现的临界点状态，从生物学变到物理学，象征了复杂的人的身份承认的政治。比如《死火》中的"死火"面临灭亡的必然结局：温度高则燃烧，低则冻灭，但它最终选择了更具积极意义的燃烧；《死后》中的"活死人"——人已死，但知觉还在，只是无法控制身体，他也因此见识了死后令人尴尬和不胜唏嘘的际遇；《影的告别》"中间物"——"影"徘徊于光明与黑暗之间，亦难以靠岸，当然它更多选择肩住"黑暗的闸门"沉入黑暗；《墓碣文》中则彰显出自我的分裂，无论是抉心自食，还是生/死、阴/阳的对视都既令人触目惊心，又发人深省。[2]

值得反思的是，"翻译家鲁迅"也曾经使用过"中间物"一词。他于1920年翻译的《察拉图斯忒拉的序言》第七节的一句话写道："但我于他们还辽远，我的意思说不到他们的意思。我于人们还是一个中间物在傻子和死尸之间。"[3]鲁迅这里的"中间物"其实寄托了一个想告知人们存在意义的意图——"超人"这类高尚追求却有无法实现的身份尴尬，他目前不

---

1. 鲁迅.人生象斅[M]//王世家，止庵.鲁迅著译编年全集：第1卷.北京：人民出版社，2009：403-404.
2. 有关上述几篇文本的论述可参拙著：《野草》文本心诠[M].北京：人民出版社，2016.
3. 尼采.察拉图斯忒拉的序言[M]//鲁迅博物馆.鲁迅译文全集：第8卷.福州：福建教育出版社，2008：84.

过是介乎一个不被人理解的傻子和以危险为职业却丧生的走索人（尸体）之间的存在。显而易见，这三者之间并非进化的价值类型判断，而不过是不被理解的弘道者的悲哀被限定或贴标签处理。当然，鲁迅和尼采在"中间物"关联的层面上有相对复杂的接受关系，尤其是对于指向未来的人的改造趋势，但早期鲁迅对尼采还是褒大于贬的。如人所论："尼采的'超人'说中内涵着强烈向往人生的学说，也有与鲁迅精神结构相契合的否定一切旧传统旧道德，重新估定一切价值的思想，这是鲁迅虽然认为'超人'说'太觉渺茫'，却并没有拒绝对它进行批判性接受的重要原因。从鲁迅对尼采的引用与议论中，不难看出：鲁迅极其重视尼采的'超人'说中所包含的'将来'维度。从这种理解出发，或许能够更为清晰地理解鲁迅后来在《写在〈坟〉后面》采用'中间物'一词的意义。"[1]

到了鲁迅的名文《写在〈坟〉后面》时，"中间物"概念的提出被包裹在白话与古文的张力关系中。鲁迅否定了别人对他白话文创作得益于古文的例证："大半也因为懒惰罢，往往自己宽解，以为一切事物，在转变中，是总有多少中间物的。动植之间，无脊椎和脊椎动物之间，都有中间物；或者简直可以说，在进化的链子上，一切都是中间物。当开首改革文章的时候，有几个不三不四的作者，是当然的，只能这样，也需要这样。"[2]鲁迅在这篇作品中彰显出他一贯的文风和丰富的情感缠绕，当然也表征出其相当繁复的"个"的论述——自谦、自剖和少为人察觉的自负/信。我们实在有必要让"中间物"还原到更大的语境中来。

查看鲁迅在撰写《写在〈坟〉后面》的1926年11月11日的日记："上午得中山大学聘书并李遇安信，五日发。得景宋信，七日发。"[3]貌似波澜不惊、平安无事，实际上探究1926年许广平11月7日写给鲁迅的书信，堪称潜流暗涌。此时，对鲁迅造成较大影响的其实是二人之间的情感小风

---

1. 李芳. 尼采、进化论与鲁迅的"中间物"思想——从相关研究中对"中间物"的虚构化说起[J]. 湖南工业大学学报（社会科学版），2013，18（05）：87.
2. 写在《坟》后面[M]// 鲁迅全集：第1卷：301-302.
3. 鲁迅全集：第15卷.645.

波。作为广东省立女子师范学校训育主任的许广平面对学生风潮之后萌生去意，在可能的前提下想去汕头工作，还对想来广州的鲁迅说："你暂不来粤，也好，我并不定要煽动你来。"[1]不难看出，在中山大学聘书的诚意邀请和许广平的冷淡之间，鲁迅的热心赴粤与爱人团聚想必因此遇冷而变成了"剃头担子一头热"（彼时的交通无论是广州到厦门还是到汕头都非常不方便），夹缝中的"中间物"。实际上，鲁迅是一个虽然表面冷静但情感相对浓烈的文学"青年"，因为其设身处地替他人着想的牺牲型人格，让他在面对世态炎凉或为爱人烦恼时颇觉劳累乃至受伤。比如在对感激的姿态上亦可彰显鲁迅的敏感："感激，那不待言，无论从那一方面说起来，大概总算是美德罢。但我总觉得这是束缚人的……因为感激别人，就不能不慰安别人，也往往牺牲了自己，——至少是一部分。"[2]从此角度看，《写在〈坟〉后面》里有一种难以排遣的寂寞、自怜式的唯恐负人的忧伤。

（二）意念阐发

鲁迅此时的"中间物"意识，首先呈现为一种对"个己"的确认，一种身份政治。结合相关文本，其中包括鲁迅对个人历史的有意记录与独特坚守。比如他在1926年10月30日撰写的《坟·题记》中指出："再进一步，可就有些不安分了，那就是中国人的思想，趣味，目下幸而还未被所谓正人君子所统一，譬如有的专爱瞻仰皇陵，有的却喜欢凭吊荒冢，无论怎样，一时大概总还有不惜一顾的人罢。只要这样，我就非常满足了；那满足，盖不下于取得富家的千金云。"[3]其中有着非常清晰的个性坚守，比如非常少见的对（荒）坟的好感乃至迷恋。当然其中也包括对自我的反观与解剖，如对"导师""前辈"称号的辞让，以不过所知的终点是坟作为常识性的例证。在文中鲁迅屡屡反思自我的阴暗面，认真自剖，避免传染

---

1. 两地书 七二 [M] // 鲁迅全集：第11卷 .201.
2. 250411 致赵其文 [M] // 鲁迅全集：第11卷 .477.
3. 鲁迅全集：第1卷 .4-5.

人，并换位思考、体贴朋友，同时做好自我保护、韧性战斗，"特地留几片铁甲在身上"[1]。如汪晖所言："鲁迅的自喻却是一种深刻的自我反观，历史的使命感和悲剧性的自我意识、对人类无穷发展的最为透彻的理解与对自身命运的难以遏制的悲观相互交织。"[2]

其次，是对"群己"的观照。其中既包含了对国民劣根性及其生成土壤的反思，同时也包括对其生存周边的逆流、思潮的清算与批判。比如对守旧派和调和派的鞭挞，这也是从"个己"到"群己"的延伸。"鲁迅用'自我否定'来解决'反传统'与主体的传统性之间的悖论关系，从而使'反传统'的最深刻的体现，或者说，与'传统'决裂的最终极的标志，不是他的犀利的社会文明批评，而是他对自己的自我审判，更确切地说，是对自身与无法摆脱、割舍不开的传统之间的联系的自省与否定。"[3]这是由"个己"到"群己"的共同批判，堪称刀刃向内。

最后，还包括可能的哲学思辨。比如无法阻挡的"逝去"——"坟"的终极指向。"总之：逝去，逝去，一切一切，和光阴一同早逝去，在逝去，要逝去了。——不过如此，但也为我所十分甘愿的。"[4]另外也包含了对未来与现在的关系的讨论的回环式落实："他的任务，是在有些警觉之后，喊出一种新声；又因为从旧垒中来，情形看得较为分明，反戈一击，易制强敌的死命。但仍应该和光阴偕逝，逐渐消亡，至多不过是桥梁中的一木一石，并非什么前途的目标，范本。跟着起来便该不同了，倘非天纵之圣，积习当然也不能顿然荡除，但总得更有新气象。"[5]未来未必是黄金世界，但个体或一代人必须对"现在"负责。这是鲁迅"中间物"话语的超越性所在之一。

---

1. 写在《坟》后面[M]//鲁迅全集：第1卷.300.
2. 汪晖.反抗绝望：鲁迅及其文学世界[M].石家庄：河北教育出版社，2000：105-106.
3. 汪晖.反抗绝望：鲁迅及其文学世界[M].石家庄：河北教育出版社，2000：130.
4. 写在《坟》后面[M]//鲁迅全集：第1卷.299.
5. 写在《坟》后面[M]//鲁迅全集：第1卷.302.

三、鲁迅的"中间物"逻辑

结合鲁迅"中间物"话语生产的谱系，如果从其内容包含来看，"中间物"不只是代表性的人物（尤其是转型时期的"有机知识分子"），更是一个生物系统。它并非一个线性发展的价值演进类型评价，而可能是一个万物和谐共存的语境/世界。因此，鲁迅的"中间物"论述其实有其丰富而辩证的逻辑理路。

（一）接触区域（contact zone）

从最中性的角度思考，"中间物"所处的场域其实就是一个接触区域。它处于一个能动或变动不居的过程中，虽也有所发展，但未必是一种价值递增。如果从时间角度思考，它是介乎过去与未来之间的一种中介质，既涵容了古与今，又指向了未来，但它又很难彻底归属于哪一个。如果从进化/退化的角度思考，"中间物"则既有前行的延展性，又有退化之虞。同时主体性极强的部分"中间物"虽可以实现对过去与未来的双重批判却无法真正超脱。从此视角看，"中间物"的立场可以让它更具推进动力，"中间物当然意味着有限，意味着不完美或不完满。因为终极永不可抵达。但这种有限和不完美是在价值等级秩序中，追求更好、更优秀、更值得过的生活方式的途中形成的，同时也是中间物不断欲求、不断'走'的动力所在"[1]。

饶有意味的是，鲁迅作品中的启蒙者或有个性的过渡期知识分子，往往呈现出向此方向递进又回环的特征。汪晖结合鲁迅的《呐喊》《彷徨》等加以分析并指出他们的发展路径："狂人的恐惧和发现→夏瑜的奋斗和悲哀→N 先生的失望和愤激→吕纬甫的颓唐和自责→疯子的幽愤和决绝

---

1. 何浩.价值的中间物：论鲁迅生存叙事的政治修辞[M].北京：北京大学出版社，2009：29.

→魏连殳的孤独和复仇,以及《伤逝》在象征意义上表述的'新的生路自然还很多''然而我还没有知道跨进那里去的第一步的方法'的绝处逢生的希望和彷徨,这是历史'中间物'在社会变革过程中间断与不间断相统一的完整心理过程。"[1]这更是有追求的探索型知识分子的心理路程,亦是思想史中的"中间物"。他们深谙旧有传统的危害,但同时也对未来所谓的黄金世界充满警惕和怀疑,背后的指向是提醒大家高度重视"现在"的使命、责任与践行。

```
           退化              进化
  过去  ←——→   中间物   ←——→   未来
           发展              批判
```

"中间物"的生态系统

(二)确认与反抗的身份探寻

如果从身份认同的角度看,"中间物"天然地具有对抗性特征。无论是个体还是群体,"中间物"的探寻的消极性趋势会指向可能的虚无主义与自我限度。正是因为看到了未来的悲剧性和消亡定势,"中间物"主体才更有可能自暴自弃。但同时,也恰恰由于"中间物"丰厚的传统积淀或背负,从而有了再出发的基础或励精图治的可能性。令人纠结的是,长久积淀的基础里又富含了劣根性。因此,简单而言,这是一个身份确认的政治历程,既要反抗旧标识和人为的刻板印象,又要实现新风采和新身份的再确认。

作为"中间物"代表的鲁迅,他的身份有群的象征意义及更新。无论是个体人,还是国家、民族的新确立都要求他勇于担当并实践坚守。这恰恰是"中间物""肩住了黑暗的闸门,放他们到宽阔光明的地方去;此

---

1. 汪晖.反抗绝望:鲁迅及其文学世界[M].石家庄:河北教育出版社,2000:202.

后幸福的度日,合理的做人"[1]的使命担当与角色定位。作为"中间物"的他既然难从传统文化氛围中找到良方,自然也就不吝于批判地乞灵于现代性的丰富面向。"鲁迅把改造'国民性'提高到根本性的位置,这与他的文化哲学,尤其是与个体性原则有着紧密的关联。就其预设的'己'或'我'的肯定性前提而言,个体性原则是建立在'无'之上的,即人的自性是和一切外在的力量相对立的,从观念体系、习惯道德、义务法律到国家、社会、群体,都将作为笼罩于个人之上,并使之迷失于'大群'的幻影而遭到否定。而这种保持了精神的独立性与自由的个体恰恰是'群之大觉''中国亦以立'的前提。这种思维逻辑不是来自中国的固有传统,而是来自西方近代哲学。"[2]

正是"中间物"的角色迷茫和身份痛苦,更让鲁迅意识到"立人"的重要性、必要性与迫切性。"立人"既是一个目标,也是一个阶段,同时还是通往"立国"的前提与手段。可以理解的是,鲁迅的身份确认也包括改造群众。如人所论:"鲁迅是从在当时体现着历史要求的先觉战士的心理发展中,提出改造群众精神的深刻命题的——这种一致性和独特角度也是'五四'思想革命实际状况的反映,它提供了表现社会精神状态以及包蕴在这种状态中的历史内容的最佳视角。"[3]因而,容易理解的是,鲁迅的文学创制中,既有深切的自我解剖,又有猛烈的国民性批判;既有对启蒙知识分子的状描,又有对启蒙对象、启蒙使命及效果的反思。这在他的《呐喊》《彷徨》等小说中尤其明显。"当我们把鲁迅小说放在乡土中国走向现代中国、封闭社会走向世界文明的总体文化背景上时,我们发现,《呐喊》《彷徨》展示的正是'中间物'对传统社会以及自我与这一社会的联系的观察和斗争过程。"[4]

---

1. 我们现在怎样做父亲[M]//鲁迅全集:第1卷.135.
2. 汪晖.反抗绝望:鲁迅及其文学世界[M].石家庄:河北教育出版社,2000:127.
3. 汪晖.反抗绝望:鲁迅及其文学世界[M].石家庄:河北教育出版社,2000:205.
4. 汪晖.历史的"中间物"与鲁迅小说的精神特征[J].文学评论,1986(05):55.

(三) 文化姿态

某种意义上说，"中间物意识"绝非海市蜃楼或空中楼阁，鲁迅对此有非常清晰的文化姿态或战略理念——"取今复古，别立新宗"。鲁迅的创造或建设并非彻底抛弃传统，而是进行可能的"创造性转化"。有论者指出："当鲁迅有了'中间物意识'，他显然已经从绝望的深渊中奋身跃起了，那些曾经困扰他的'悖论'、自我否定、罪感与耻感等等，很大程度上都被克服了。汪晖提出'历史中间物'概念，并且以鲁迅早期的文言文论文为核心来构建鲁迅之'反现代性的现代性'，认为这在鲁迅一生中是一以贯之的，显然忽略了1920年代后期鲁迅的思想转变，更忽略了1930年代鲁迅的文化政治思考。这一点，汪晖在2008年为《反抗绝望》第四版所作的跋中已经有所反省。"[1]

从论述结合的文学作品（尤其是小说）角度看，汪晖之前对《故事新编》的论述分量与比重都不太够[2]，而实际上这恰恰是一部可以一窥鲁迅"中间物"实践策略的经典文本。作为一部狂欢色彩浓郁的文本，《故事新编》在语言使用（方言、外语、古语、白话等）、意义指向（历史再现、现实介入、思辨哲理）、文体杂糅（戏剧体、杂文化等）等多个层面彰显出其多元风采。[3] 更加引人瞩目的是，《故事新编》的文化价值取向中亦不乏"中间物"风格：一方面鞭挞与嘲讽从古至今的劣根性演变及其散播，并进而指出单靠文化传统无法拯救现实中国与国人的论断与事实；另一方面则又从传统精华中汲取力量，恰恰是"中国的脊梁"们让中国百折不挠、历久弥新。甚至在叙事风格上，该文本也有"中间物"特征。"在'中间物'意识可以作为鲁迅内在思想基础以及'中间物'传奇可以作为小说叙事策略的意义上，每一次'突转'或每一个反讽，其实都是一个'逆造'

---

1. 祝宇红."中间物"意识辨析[J].鲁迅研究月刊，2011（07）：20.
2. 完成博士论文30余年后汪晖才集中研究《故事新编》，可参：汪晖.历史与幽灵——《故事新编》与现代中国上古史[M].北京：生活·读书·新知三联书店，待刊。前期成果可参近几年《文史哲》《中国社会科学》等期刊上的系列论文。
3. 具体论述可参拙著：论故事新编小说中的主体介入[M].台北：秀威资讯，2018.

的过程，所呈现出的始终还是一种悖论性的情境；而创作手法以及风格上的喜剧性存在，也不过是一种因'双向逆造'所完成的'虚''实'之间的'戏剧性'转换，大概都是一种创造'历史中间物'的传奇模式——当我们基于这种具有统摄意味的传奇叙事策略来观察《故事新编》时，许多问题可能都可以变得简单些了。"[1]

尽管鲁迅双向开火、双重否定，既批判传统糟粕，又提醒人们注意现代性及未来论中的虚妄、欺诈与可能的钳制。但面对现在的任务、使命与现状时，他是踏踏实实承担的，而且全力以赴。不管是向上还是向下超越，都是为了更美好的升华与进步而奋斗不息。有些时候，为了实现目标他不惜矫枉过正，但他的"偏至"自有其深远追求与合理性。"对于鲁迅而言，他的思想中的某些偏至，只是个别观点及其表述的偏至，在他的思想的总体上、根本特质上，并无偏至发生。这是他注重事实、常理，和思想深邃、思维明敏的缘故。也是他深知文化在发展过程中的偏至，保有清醒的理性的缘故。"[2]

结语：鲁迅"中间物"话语是有其谱系的，并有着繁复的意义指向，我们必须回到其不同文本的原初语境中才能有更准确的判断与逻辑推演。总结以上论述，如果非要用一个词来概括鲁迅"中间物"的话，那该是"进化的中间物"。这里的进化显然不是线性演进的机械进化论，它可能推进，也可能退化，又可能多种类型并存；它不只是历史的，也不能窄化为价值判断，偶尔还可能回环；它就是在进化中的，既有古，又有今，还指向未来。

---

1. 张文东. "历史中间物"——鲁迅《故事新编》中的传奇叙事[J]. 鲁迅研究月刊, 2007(12): 31.
2. 王得后. 鲁迅"中间物"思想三题[J]. 鲁迅研究月刊, 2009(11): 12.

[第二节]

后殖民鲁迅：主体性建构视野下的逆袭与正道

"鲁学"的大厦日益雄壮，让我们看到不同面向、层次、地域赓续与变异之后的鲁迅形象。比如"地域鲁迅"，北京、上海、广州、厦门、绍兴、南京，甚至日本的仙台、东京等地域的鲁迅；不同的人生角色解剖，文学家（含小说家、杂文家、散文家）鲁迅、翻译家鲁迅、学者鲁迅、公务员鲁迅，当然也包括周树人（中学、大学）老师的身份；颇有意味的还有革命家鲁迅（或政治鲁迅）、思想家鲁迅（哲学的鲁迅）等[1]。值得关注的是，在鲁迅的文学传统赓续与教科书形象发展方面颇有代表性的是日本与东南亚（尤其是华人社会）[2]，他们不只学习鲁迅，还化用、继承和发展了鲁迅的文学传统。类似的还有东北亚地区，尤其是韩国。不同个体、世界／地域之间的鲁迅研究亦有差异，并各有特色。整体看来，日本的准国

---

1. 上述地域与角色皆有丰富的研究乃至代表性论著，随手拈来，新世纪以来的出版物就有：萧振鸣.鲁迅与他的北京[M].北京：燕山出版社，2015；周晔.伯父的最后岁月——鲁迅在上海（1927—1936）[M].福州：福建教育出版社，2001；朱崇科.广州鲁迅[M].北京：中国社会科学出版社，2014；朱水涌，王烨.鲁迅.厦门与世界[M].厦门：厦门大学出版社，2008；徐昭武.寻求别样的人们——鲁迅在南京[M].南京：江苏凤凰文艺出版社，2016；绍兴鲁迅纪念馆.鲁迅与绍兴[M].上海：上海社会科学院出版社，2019；大村泉.鲁迅与仙台：鲁迅留学日本东北大学一百周年[M].解泽春，译.北京：中国大百科全书出版社，2005；王友贵.翻译家鲁迅[M].天津：南开大学出版社，2005；吴海勇.时为公务员的鲁迅[M].桂林：广西师范大学出版社，2005；钟诚.进化、革命与复仇："政治鲁迅"的诞生[M].北京：北京大学出版社，2018；俞兆平.哲学的鲁迅[M].北京：商务印书馆，2023；等等。
2. 有关鲁迅在新马的传统描写可参拙文：论鲁迅在南洋的文统[J].文艺研究，2015（11）；论鲁迅研究在南洋的学统[J].福建论坛（人文社会科学版），2016（03）.

民作家待遇语境中的鲁迅研究渊源深厚，欧美、大洋洲的鲁迅研究锐利又不失厚重，各地（代表性个人学者）皆有卓有成效的实践。

某种意义上说，由于鲁迅自身的丰富性、复杂性、关联古今中外的超强涵容性，他往往也是不同时期、流派文学理论的操练对象或试金石，现代性、存在主义、精神分析、性别研究、后现代主义、话语理论等皆曾轮番上阵且成绩斐然。当然，鲁迅的世界性与反压迫性特征也让与之相关的后殖民理论（post-colonialism）大放异彩，而鲁迅作为精神象征，的确也在诸多地区（含殖民地）光芒四射。如王润华所言："鲁迅是现代中国的品牌文化，他之所以能在不同历史时期、在各种不同文化的社会里成功（如殖民主义统治的社会、在后殖民的多元文化的社会，甚至在民族主义下），除了因为20世纪30至50年代盛行'左倾'政治、反殖民思想，更因为鲁迅提供普世共通的价值，提供一个与其他文化联结的场域。当东南亚各国独立后走向去殖民化，甚至去中国化，在变动的时代仍保有存在价值。"[1]是的，即便是压缩到东南亚场域，不同时期对鲁迅的价值功能的借用各异且常读常新。

耐人寻味的是，恰恰是因为鲁迅的繁复性，学者们在用后殖民理论审视他时有可能遭遇到不得不进行的调试。同时，由于理论使用者亦可能难以巧妙控制自己的主体性（主观性）或受生成语境所限，从而带来某些可能的误解与偏差。这些情况在不同时空并非偶然地有所呈现，而是彰显出相当缠绕的张力关系与绵密对抗的认知差异。我们必须认真剖析这些错置：一方面是为了还原历史现场，指出其应有的核心目的，践行"理解之同情"；另一方面又必须激浊扬清，既指明其可能的偏执，又要"回到鲁迅那里去"，真正揄扬其先见与努力。为此本节特别精选了具有代表性的东南亚学者/作家王润华教授以及北美的刘禾教授的研究成果进行剖析，他们从后殖民视角对鲁迅的重新解读与话语剖析值得后来者深入探勘。

毫无疑问，后殖民理论涵容广阔、多姿多彩，既跨学科又有主线，不

---

1. 王润华. 新马华文教科书中的鲁迅作品[M]//王润华. 越界跨国. 广州：广东人民出版社，2017：61.

同的研究派别（个体）各有特色与坚守。按照姜飞的总结："对后殖民文化批评理论的研究有三个层次：第一，民族主义的；第二，西方主义的；第三，普世主义的……事实上，只有理解到第三个层次的深意，我们才会发现后殖民文化批评理论在解构中建构的深意。或者反过来说亦可。"[1]而王、刘二人对于该理论的使用严格意义上说也不乏对其普世主义价值的采撷，但也有一些可能的误区需要辨析。他们的研究往往呈现出逆袭的路径，既不同凡响、出人意料，又难免有东鳞西爪之嫌。

一、王润华："逆写"的合法与重建的急切

1941年出生的王润华对于（后）殖民实践有着直接的细腻体验和深切的理论反思。彼时的马来（西）亚尚属英国殖民地，直到1957年才独立成马来西亚。他高中毕业后前往台湾留学，台湾无疑也具有浓厚的殖民地色彩——无论统治者是荷兰还是后来的日本。1967年王润华前往美国深造，在威斯康星（麦迪逊）大学博士毕业后于1973年来到故乡马来西亚对岸的新兴移民城市新加坡，先后在南洋大学、新加坡国立大学中文系执教，升任教授兼系主任。2002年（约30年后）王润华重返台湾（元智大学）教书，十年后返回马来西亚于南方大学学院担任资深副校长、讲座教授至今。某种意义上说，王润华的（自我）放逐就是一个作家、学者具有世界性、中国性（Chineseness）的生成与丰厚过程，具有阶段性和兼容性。[2]

需要提醒的是，王润华不只是东南亚赫赫有名、著作等身的诗人、散文家，还是横跨多个研究领域的著名学者。其研究专长包括：中国古代文论/文学，比如司空图和《二十四诗品》、王维等；中国现代文学，比如鲁迅、老舍、沈从文、郁达夫等；中西比较文学；东南亚华文文学等。唯其如此，他既强调对丰盈充沛的中国性进行汲取与再造，同时又能出

---

1. 姜飞.跨文化传播的后殖民语境（修订版）[M].北京：生活·读书·新知三联书店，2023：284-285.
2. 具体论述可参拙文：论王润华放逐诗学的三阶段[J].香港文学，2015（11）.

入其间探讨("南洋")本土性的生成,这是其思想演进的底色。

(一)"逆写"帝国的误置

作为曾经的英国殖民地子民的王润华在其学术理论上彰显出后殖民理论中在殖民者离开以后本土人"逆写"(write back)帝国(包含大英帝国)的坚定性与复杂性。某种意义上说,殖民父亲——大英帝国是他首要的解构与批判对象。在其大量诗作中不乏对马来亚"新村"(New Village)的书写,表达了对英军因对付"马共"而伤及无辜的不满和对自由的渴望诉求;其他还包括对新加坡的书写,比如如何重评新加坡开埠者莱佛士爵士、对抗日本侵略东南亚的英军在狮城(圣淘沙)的仓皇逃窜和溃败,等等。这些都是对殖民原乡的有力反击与对自身文化身份独立诉求的践行。

熟谙后殖民理论与实践的王润华在处理本土华文文学时有着相当清醒的认知与锐利的洞察力,他对其文学特征的构成了然于心。"新马的华文文学,作为一种后殖民文学,它具有入侵殖民地与移民殖民地的两种后殖民文学的特性。在新马,虽然政治、社会结构都是英国殖民文化的强迫性留下的遗产或孽种,但是在文学上,同样是华人,却由于受到英国文化霸权与中国文化霸权之不同模式与典范的统治与控制,而产生了两种截然不同的后殖民文学与文化。"[1]这种辨析告诉了我们马华文学生产场域的复杂性。易言之,作为(华人)移民后裔的王润华也需要仔细区隔不同外来者的实际身份,否则无论是被归入外来共谋者(conspirator)或者是合法性不充分的入侵者(intruder)都相当尴尬。这也是大马华人立国后不得不直面或消解的刻板印象之一。

简单而言,王润华的鲁迅研究主要分为两个板块:一方面是具有国际视野的鲁迅解读,包括比较文学的视野、历史现场还原以及借用新理论展开的新解读,往往令人耳目一新,也较少争议;另一方面则是"东南亚

---

1. 王润华.鲁迅与新马后殖民文学[M]//王润华.华文后殖民文学:中国、东南亚的个案研究.上海:学林出版社,2001:62.

鲁迅",主要内容包含了鲁迅在东南亚(含新、马)的传播(包括华文教科书的选用篇目),历次(政治/文学)运动中的鲁迅展演,同时还有鲁迅的诗学、精神在东南亚的传承与发展,也即"小鲁迅""新鲁迅"的生成。在这些过程中,鲁迅作为反抗者、放火者、革命者和伟大旗手的角色深入人心,成为新马华人的精神资源和支柱之一。"鲁迅作为一个经典作家,被人从中国移植过来,是要学他反殖民、反旧文化、彻底革命,可是最终为了拿出民族主义与中国中心思想来与欧洲文化中心抗衡,却把鲁迅变成另一种文化,尤其在文学思想、形式、题材与风格上。"[1]可以理解的是,鲁迅成为新马华人在不同时间节点一再借鉴的文化、政治与革命资源。

鲁迅的深刻性、独特性与丰富性向来会超越出于功利目的的借用者的认知框架。鲁迅在东南亚的起伏命运中,尤其是殖民地冷战时期(美苏阵营对抗、铁幕低垂)、西方文化强势压迫期(比如1980年代海外第一所华文大学——南洋大学[2]被迫关闭,1987年后新加坡中小学教学语言改用英语),鲁迅的口号性得以彰显,其繁复性往往被牺牲,甚至成为不同观点人士(比如现实主义者、现代主义者、左翼、右翼)互相攻击的借助。在研究上述问题时,王润华发出了需要清醒认知鲁迅的角色的慨叹。以鲁迅为代表的中国其实也是一个文化大国(虽然有其落伍的一面,但其文化体量和丰厚传统如泰山令人仰止),尽管中国是王润华祖辈的母国,对东南亚各国尤其是小国影响深远。这是从文化上"逆写"的一种必须,比如"去中国性"(De-Chineseness),但同时也是一种错置,因为1936年去世后的鲁迅不过是后来不同目的使用者手中的利器或凶器。"一方面'鲁迅神话'伴随整个新马华文文学发展乃至新马独立建国的整个过程,即便是'自我殖民化'也仍然映现出中国文学的强大威力;另一方面,鲁迅在新马被'封神'的关键节点在于其'抗拒为奴'的形象与新马反殖需求的配

---

1. 王润华.鲁迅与新马后殖民文学[M]//王润华.华文后殖民文学:中国、东南亚的个案研究.上海:学林出版社,2001:65.
2. 有关鲁迅和南洋大学的关系可参:胡星灿.道器之用:鲁迅与南洋大学[J].文学评论,2022(03).

合：新马独立后，文坛虽固守中国现代文学创作的'规范'，但中国文学从未主动施展力量。"[1]

可以理解的是，学者王润华在研究鲁迅时更想释放出的是（元）鲁迅的博大精深、可资挪用的文化力量，同时又努力超越或摒弃二手或僵化鲁迅为我所用的狭隘、功利与政治化。毕竟新马本土华文文学既需要各种支持、灌溉、滋养、提携，同时又指向自我的独立强大，所以在后殖民语境中应当有新的角色转型。"鲁迅曾是新马反殖民统治和独立国家建设中的某种'社会力量'，在完成这些附加的历史使命之后，复归鲁迅本身，回到文化艺术的领域，释放掉'新马鲁迅'身上的权力话语，还文化一个自主性和独立性，接收鲁迅与研究鲁迅势必迎来新的转型。"[2]

某种意义上说，王润华更欣赏的是一种开放式的"拿来主义"，即必须和本土文化气质契合的多元文化主义，鲁迅资源是中间不可或缺、不可替代但又不该是唯一垄断的精神源泉。形象一点说，主体建构者可以在其中畅游，偶尔呛水，但不能被淹没乃至溺死。

（二）重构"南洋"诗学的急切

王润华曾经在访谈中耐心解释别人对他的有关鲁迅"殖民者"角色的一再误读："这里我要特别解释，我所谓'后殖民鲁迅'不是说鲁迅在新马文坛或社会带来殖民当地的文学或文化思想。刚好相反，是指西方殖民主义以暴力强制改变新马人民的社会与文化之后，鲁迅在这种殖民主义统治时期与之后的后殖民社会里，发挥颠覆西方殖民主义文化思想的作用。"[3]这里自然彰显了鲁迅在后殖民社会中的独特文化功能，但实际上，王润华的心中或创作实践中还深埋着重构"南洋诗学"的梦想。这一

---

1. 郭风华."神话"的终结与"风景"的发现——对王润华华文后殖民文学研究之反思[J].华文文学，2022（06）：83.
2. 汤晶.建构的对象与借用的资源——新马两地鲁迅形象嬗变及其反思[J].鲁迅研究月刊，2022（12）：87.
3. 许可."越界跨国"下的鲁迅研究——王润华教授访谈[J].文艺理论与批评，2022（04）：105-106.

点他和自己的业师周策纵教授的理念不谋而合,他们一直倡导在中国大陆文学之外的场域中构建更富活力的多元文学中心和双重文学传统(binary literary tradition)。这也是新加坡华文文学一直发展着的独特性之一。

如前所述,后殖民理论指出一般具有两种类型殖民地:入侵殖民地(invaded colonies)和移民殖民地(settler colonies)。一种是被侵略和殖民的类型,另一种是美国、澳洲的白人作家在英国霸权文化与本土的冲突中建构本土性(indigeneity),从而创造出自己的文学传统。[1]显而易见,王润华对新马本土文学有着更积极的标杆和诉求。这就要求他一方面要认真清理英殖民者的历史遗产;另一方面要尽快建设、及时总结并创造出新马华文文学的独特性、本土性。"重新建构本土文学传统,除了重置语言,创造一套适合本土生活华语,也要重置文本(re-placing the text),才能表达本土文化与生活经验,把西方与中国文学中没有或不重视的边缘性、交杂性的经验与主题,跨越种族、文化,甚至地域的东西写进作品中,不要被西方或中国现代文学传统所控制或限制。"[2]易言之,破与立(必须)是同时进行的。

可以理解的是,由于要更热切地发现并建设本土文学的主体性与特异性,王润华更强调的是在新马本土基础之上的国际化与世界性。为此他必须向过度迷恋/强调鲁迅片面性的倾向开炮,甚至不惜矫枉过正。但同时,他也强调鲁迅是重塑新马华人文化气质的世界性资源之一,具有天然的亲和力、历史基础与可转化性,必须认真化用。"鲁迅在东南亚脱离殖民统治的时候,从政治社会的战斗力量,逐渐转型变成文化艺术的软权力,华人将鲁迅带入象征一个国家的教育文化核心价值的教科书里。从鲁迅跨时代与文化的交流现象,可以看出鲁迅逐渐成为东南亚各国华人文化生产

---

1. Bill Ashcroft, Gareth Griffiths, Helen Tiffin. The Empire Writes Back: Theory and Practice in Post-Colonial Literatures [M]. London: Routledge, 1989: 133-136.
2. 王润华. 鱼尾狮、榴梿、铁船与橡胶树:新马后殖民文学的现代性 [M] // 王润华. 越界跨国. 广州:广东人民出版社, 2017:131.

转化的媒介，同时也是自身再发现转化的动力。"[1]

王润华的"后殖民鲁迅"具有相当细腻与繁复的面向。一方面，不同时期鲁迅被借助用于各项事务，包括消解、对抗殖民（主义），凝聚民族/团体力量，建设国家/文化保种等，甚至江湖政治内斗。王润华对此既有肯定又有批判，尤其是对片面使用的批判。另一方面，"后殖民新马"的建设需要重构，既要剔除帝国资源中的糟粕与不合理性，同时又要取其精华，在此基础上形构并彰显本土风范。在这样多元的夹攻之下，王润华策略性地提出了"从反殖民者到殖民者"的口号批判与警醒，其背后是破立并存的借助、开拓与本土挖掘。

二、刘禾：国民性神话的复建

某种角度上说，鲁迅之于刘禾的学术研究占比并不大，即便有"后殖民"字眼的加持也不过是她学术涉猎与贡献的小部分。但刘禾的相关论述因其自身的冲击力以及日后相关抑鲁思潮（尤其是王朔、冯骥才等人石破天惊的言论）追根溯源似乎都与其息息相关而非常引人注目。有论者指出："与东方现实相比，后殖民理论显然更关心的是西方的东方表述，其论述过程也总是从话语到话语，而不关心东方话语与东方现实的切合程度。这是由后殖民理论的产生背景决定的——后殖民理论原本产生于西方，以边缘立场对中心理论进行反思，倡导者也多是就职于西方学界的东方人。"[2]刘禾的这种实践（反思鲁迅与西方思想的关系）的确有其独特之处。

（一）消解与警醒

作为中国出身而后身居北美常青藤名校的优秀学者，刘禾的诸多研究都有其高度、新意与穿透力。在《帝国的话语政治：从近代中西冲突看现

---

1. 王润华.新马华文教科书中的鲁迅作品[M]//王润华.越界跨国.广州：广东人民出版社，2017：45.
2. 王晴飞.一九九〇年代以来鲁迅研究中的自由主义与后殖民理论[J].当代作家评论，2014（01）：42.

代世界秩序的形成》一书中,她巧妙地指出了"夷"字误译导致中、英冲突过程中的文化性、政治性与幽微选择,并对此加以总结和升华。"这种诠释法,我将其称为跨语际的谬释法(catachresis)。跨语际的谬释法特指一种翻译行为,它一边跨越语言之间的界限,一边又掩饰其越界的痕迹,从而有效地操纵衍指符号的意义。"[1]她也深谙西方理论使用中的陷阱与问题,在论述詹明信的国族寓言观点时指出:"这种跨国的权力关系,明显体现在詹明信本人把第三世界文学展示给第一世界学术受众时的'翻译行为'。"[2]不难看出,刘禾在此过程中的高度警醒与批判力。

刘禾关于鲁迅评价的主要关键词是"国民性神话"。她抛出了一个令人讶异的观点:"斯密思的书只是国民性理论在中国人中传播的众多渠道之一,但它恰是鲁迅国民性思想的主要来源。"[3]暂时搁置其论点的偏执,认真思考这一论点的整体特征,该论点部分显示出刘禾一贯的犀利与高屋建瓴。她提出的问题具有很强的杀伤力:作为中国国民性再现与批判的集大成者,鲁迅是否误用了具有西方人刻板印象的精神资源进行自我洗脑乃至扩大范围地通过贬低国人他者并借此情感操控(PUA)读者?

从理论的推进与战斗力来看,刘禾亦有釜底抽薪式的杀伐果断,比如她指出了"国民性神话"的丰富层次、滑动性和虚幻性。"国民性的话语一方面生产关于自己的知识,一方面又悄悄抹去全部生产过程的历史痕迹,使知识失去自己的临时性和目的性,变成某种具有稳固性、超然性或真理性的东西。在我看来,问题的复杂性倒不在于文化与文化之间、国与国之间到底有没有差异,或存在什么样的差异。我们的困难来自语言本身的尴尬,它使我们无法离开有关国民性的话语去探讨国民性(的本

---

1. 刘禾.帝国的话语政治:从近代中西冲突看现代世界秩序的形成(修订译本)[M].杨立华,等译.北京:生活·读书·新知三联书店,2014:63.
2. 刘禾.跨语际实践:文学,民族文化与被译介的现代性(中国,1900—1937)(修订译本)[M].宋伟杰,等译.北京:生活·读书·新知三联书店,2014:211.
3. 刘禾.跨语际实践:文学,民族文化与被译介的现代性(中国,1900—1937)(修订译本)[M].宋伟杰,等译.北京:生活·读书·新知三联书店,2014:64-65.

质），或离开文化理论去谈文化（的本质），或离开历史叙事去谈历史（的真实）。"[1] 她一再提醒我们有关所谓"中国国民性神话"的虚幻、不可靠与人为建构性。

不仅如此，刘禾还精读了不少鲁迅的小说文本与核心事件加以论证。比如"幻灯片事件"，她认为，"幻灯片事件"在鲁迅作品中一再得以再现，《药》《示众》《阿Q正传》等作品的有关书写中展示出鲁迅的"重合与拒绝"姿态。"这种读者、叙事者、暴行旁观者之间的交叠与差异，正可以让我们了解鲁迅面对国民性理论时的两难处境。"[2] 显而易见，以上论述是对有关国民性观点的具化、深化与升华。某种角度上说，我们必须感谢刘禾的细腻、犀利及勇于直面核心议题的提醒与反问。这恰恰也是部分整合鲁迅自身的气质与后殖民理论自我反省精神的实践。

（二）美式语境与盲点

刘禾对国民性神话的批判终究是剑走偏锋，或者准确地说，鲁迅不过是她操练理论的注脚，鲁迅本体并未得到细致深入和精准宏阔的挖掘。比如断言斯密思的书是鲁迅国民性思想的主要来源，这不仅窄化了鲁迅的精神结构和主体特性，也把理论名称生产及其实质指向的复杂关系单一化了。细腻锐利的鲁迅自小就体验到国民性的具化生态，亦深受其劣根性伤害，显然并不是到了日本留学之后才知晓什么是国民性（内容），最多只是稍迟了解后起的国民性话语。整体而言，如人所论："事实上，刘禾对鲁迅的国民性话语批判，服务于文化批评的生产机制，她通过征用与国民性密切相关的诗学符号以完成自身的'理论游牧'过程……文化研究的理论游戏让我们发现，其不过依然沉浸在一种形而上学的语言操作之中，

---

1. 刘禾.跨语际实践：文学，民族文化与被译介的现代性（中国，1900—1937）(修订译本)[M].宋伟杰，等译.北京：生活·读书·新知三联书店，2014：88-89.
2. 刘禾.跨语际实践：文学，民族文化与被译介的现代性（中国，1900—1937）(修订译本)[M].宋伟杰，等译.北京：生活·读书·新知三联书店，2014：77.

它与其一直试图撇清关系的新批评和形式主义批评那种在封闭式文本内部的阐释，其实并没有走太远"[1]。易言之，鲁迅本体的主体性并未得到充分的尊重、认真梳理以及淋漓尽致的展现。

还有论者指出，刘禾在征用有关后殖民理论时其实有所节选，这影响了她对鲁迅的深入和全面理解。"也就是说，刘禾认为萨义德后殖民主义理论的核心要义在于借镜福柯的话语理论进而揭橥西方东方学中的知识—权力共生机制，这一认识直接关系她援用和拓进后殖民主义理论的内在路径。由此，我们不能不注意到，刘禾在回溯萨义德后殖民主义理论的思想资源时有意进行了筛选和排除，这对其'后殖民鲁迅'论述的展开产生了重要影响。"[2]这种操作虽然可以理解，但的确窄化了对症下药批评或反省鲁迅的可能性。实际上鲁迅是一个更为清醒的存在，他批判了中外东方主义者的刻板印象，尤其是笑里藏刀的表扬，同时他也针对有关妖魔化进行了反驳。此外，他又胸怀广阔地认真反省且接受他们一针见血的批评或可能善意的建议。这恰恰是鲁迅的高度、宽度与深度所在。

对后殖民理论颇有研究的赵稀方认为："在西方语境中，后殖民理论是一种站在边缘立场批判西方主流文化的理论，显示出文化批判的意义，但对于西方文化主流的批判到了中国的语境中，却产生了完全不同的意义。按照通常的说法，'启蒙'（亦即西方现代性话语的确立）在中国一向就被'救亡'所压倒，也就是说，民族主义是主流，而现代性话语则处于边缘，此在西方是边缘对于主流挑战的后殖民理论在中国则成了主流对于边缘的压抑。"[3]从此视角看，刘禾亦有其盲点，她不仅误读了鲁迅的先锋性、复杂性与批判性，而且还消解了其身为公共知识分子冒着风险创制的精神/文化创新性，从而与无视或掩饰国民劣根性的掩耳盗铃式行径产

---

1. 李石.徐贲、刘禾等的后殖民批评[M]//闫月珍，蒋述卓.百年海外华人学者的中国文艺理论建构.南京：凤凰出版社，2022：412.
2. 管勇.选择与遮蔽："后殖民鲁迅"的理论渊源及辨析[J].常熟理工学院学报（哲学社会科学），2021，35（06）：102.
3. 赵稀方.中国后殖民批评的岐途[J].文艺争鸣，2000（05）：51.

生了客观上的共谋，不仅污蔑了鲁迅的卓越贡献，而且延缓了启蒙事业与刀刃向内的自我革命的步伐。

作为身居第一世界学术前沿的高端知识分子，在研究第三世界文学时，刘禾吊诡地共享了她所批判的詹明信的盲点与潜在傲慢，甚至无意之中形成了批判者与被批判者的共谋。这恰恰是我们必须大力批判和深入反省的悖论。"归结起来说，殖民主义制造的文化'偶然性并置'带来殖民地文化发展选择的偶然性、被迫性和文化变迁的渐变性以及突变性的综合，这导致对文化自治理解的误读，而且全球化话语的网络特点促使文化在变迁过程中出现简单意义上的模仿和戏仿。而殖民地和现在的民族国家恰是在这样的模仿和戏仿中被打造成殖民者期待视野中的'文化干细胞'，在新老殖民者的主观意志下任意激活其组成部分，从领土殖民时期走来，向文化新殖民主义走去；从强制性植入开始，到自觉自愿的赞同结束。"[1] 易言之，刀刃向内的（思想）革命从来不是容易的，忠实继承容易混淆反动保守，全盘西化则和民族主义天然冲突，犀利批判如不指向自己就容易变成"双标"的荒诞。

三、鲁迅：岭南与上海的并置与疗治

从后殖民视角探勘鲁迅的主体性建构和发展，并借此反过来观照自我，不失为一条行之有效的提升自我的路径。但问题在于，我们必须认真面对鲁迅的真实性、发展性与复杂性，然后才能引申出更多的可能性，不管是之于鲁迅研究还是自我修炼。上述王润华、刘禾两种"后殖民鲁迅"的思考类型让我们看到了有意味的洞见，尽管也可能存在某种矫枉过正或自我言说的盲点。实际上如果聚焦于鲁迅本人，他其实对殖民主义也有清晰的演进步骤与思考路径，甚至有了部分答案。他曾传神地写道："一

---

1. 姜飞.跨文化传播的后殖民语境（修订版）[M].北京：生活·读书·新知三联书店，2023：231.

个旅行者走进了下野的有钱的大官的书斋,看见有许多很贵的砚石,便说中国是'文雅的国度';一个观察者到上海来一下,买几种猥亵的书和图画,再去寻寻奇怪的观览物事,便说中国是'色情的国度'。连江苏和浙江方面,大吃竹笋的事,也算作色情心理的表现的一个证据。然而广东和北京等处,因为竹少,所以并不怎么吃竹笋。倘若到穷文人的家里或寓里去,不但无所谓书斋,连砚石也不过用着两角钱一块的家伙。一看见这样的事,先前的结论就通不过去了,所以观察者也就有些窘,不得不另外摘出什么适当的结论来。于是这一回,是说支那很难懂得,支那是'谜的国度'了。"[1]这精彩地彰显出真实描绘或研究中国的难度,不只是指向类似于身在庐山的内部人士,而且还剑指自以为是的外来者。当然,我们也可以将其延展到我们对鲁迅的认知上。

(一) 香港迷思

广州时期(1927年1月—9月)的鲁迅有机会接触殖民主义的最直接场域就是同属岭南却又被殖民统治的香港。但很遗憾"广州鲁迅"与香港的三次相遇似乎有更多的不快,从而影响了鲁迅对香港的态度与判断。鲁迅对英国殖民者自有其犀利见解,首先,他一针见血地指出了殖民统治结构的模型及其间华人的惨状:"香港虽只一岛,却活画着中国许多地方现在和将来的小照:中央几位洋主子,手下是若干颂德的'高等华人'和一伙作伥的奴气同胞。此外即全是默默吃苦的'土人',能耐的死在洋场上,耐不住的逃入深山中,苗瑶是我们的前辈。"[2]其次,身处新文化并未彻底占据主流,旧文化依然生龙活虎的1927年,鲁迅对旧传统肆虐以及沉默的香港颇多批判,痛陈其封闭、反动与愚昧。可以理解的是,一旦被灵活的殖民者统治较久,被统治者也慢慢衍生了"自我殖民"的倾向与

---

1. 内山完造作《活中国的姿态》序 [M] // 鲁迅全集:第6卷.275.
2. 再谈香港 [M] // 鲁迅全集:第3卷.565.

习惯。[1]

当然，鲁迅亦有其香港迷思。他所不能深入体察的是，彼时抵抗殖民者的主流文化力量中也包含了中国传统文化。它们不只是所谓落伍的帮凶角色，也是本土人在文化和身份上存根保种的艰难凭借。其次，香港毕竟是多元文化并存之地，虽不免鱼龙混杂，但亦相当自由地孕育了各种可能性。如果我们采用后顾的视角，这个特点会更为清晰。如黄子平所言："边缘、夹缝、与比邻省份（广东、广西）相通的南方方言区，'新儒家'花果飘零兴废继绝……迅猛崛起的现代国际都市，等等——香港，便成为回顾一个多世纪以来汉语现代化运动和汉语写作的一个极有利的立足点。"[2] 这些迷思是可以理解的，毕竟鲁迅与香港的相遇是走马观花式的过客的一瞥，他缺乏机会深入了解（也包括言语隔膜的限制），但等他到了上海以后，这种认识会更加深刻、周全与透彻。

（二）上海补偿

上海十年（1927—1936）不只是鲁迅创作数量最丰硕的阶段，也是他全力以赴践行职业作家身份的时段。如果从后殖民视角切入，这也是鲁迅修正与丰富对租界个体建构认知的最好场域。显而易见的延续是，鲁迅享受并描述了上海租界现代性的多元、便利及其复杂性，其中交织了民族主义、反抗性与左翼现代性的转型与强化。更重要的是，鲁迅重申和细化了殖民压迫的模型与权力结构，并且以具体文本加以论证，如《倒提》等。1929年5月22日鲁迅在燕京大学国文学会演讲时延续了他一贯的洞察力："譬如上海租界，那情形，外国人是处在中央，那外面，围着一群翻译，包探，巡捕，西崽……之类，是懂得外国话，熟悉租界章程的。这一圈之

---

1. 具体论述可参拙文：鲁迅视野中的香港悖论[J].中山大学学报（社会科学版），2018，58（03）.
2. 黄子平.如何在21世纪的香港用汉语写作[M]//黄子平.文学的意思.天津：天津人民出版社，2022：390.

外，才是许多老百姓。"¹上海租界体验也深化了鲁迅的认知，比如《阿金》的横空出世不仅颠覆了早前《祝福》中所展现的对祥林嫂式人物"哀其不幸，怒其不争"的无奈情感，还描绘了身体活力满满、脑袋空空如也如"恶之花"绽放的上海小保姆的复杂形象。这是对国民性塑造的又一次具化与补充，其中还夹杂了伪现代性的成分²，令人讶异又压抑。

尽管晚年疾病缠身、事务繁杂、人际关系纷乱、生活不如意之处甚多，鲁迅却对半殖民地半封建社会语境中中国人的国民精神脊梁具有刻意强调的一面。这尤其体现在《故事新编》中，大禹（《理水》）、墨子（《非攻》）、黑色人（《铸剑》）尤其令人印象深刻，甚至连青少年眉间尺（《铸剑》）都有其担当大道，至少是为了完成使命而勇于牺牲的一面。某种角度上说，这是鲁迅对西方刻板印象的一种小说题材式的驳斥。"鲁迅显然无法接受这种充满殖民意味的'中国形象'认定。他对于中国国民性格刚强一面的揭示，正是对西方的扭曲了的'中国形象'的纠正和还原。"³从整体上看，这更是对"取今复古，别立新宗"理想的坚持，虽然《故事新编》中也不乏"含泪的笑"的悲剧意味。

值得一提的是，上海时期的鲁迅日益倾向于左翼，更爱护青年，并同意为了集体幸福与大多数人的利益开始真正重视组织起来的重要性和可行性，把理想从图纸落到实处。尽管一直存在个人主义与集体主义的张力或质疑（包括在"左联"内部与周扬等人的龃龉），但鲁迅对"民族魂"的追问、思辨与努力痕迹清晰可辨。从此角度看，鲁迅始终是一个灵活又坚韧的现实主义者。

结语："后殖民鲁迅"是一个相当有意味的论题。首先，无论如何众说纷纭，各色论述都各有其重要功能。它们更好地促进了理论旅行与论证

---

1. 现今的新文学的概观 [M] // 鲁迅全集：第 4 卷.136.
2. 具体论述可参拙文：女阿 Q 或错版异形？——鲁迅笔下阿金形象新论 [J]. 山东师范大学学报（社会科学版），2015，60 (01).
3. 朱双一. 鲁迅作品中的后殖民文化批判 [J]. 福建论坛（人文社会科学版），2006 (11)：105.

实践各自内部及二者之间的丰富对话、接触与调试，从而既丰富了理论的向度，又完善周全了中国形象。"就中国形象而言：我们看到了'中国'在后殖民文论中的多棱成像……就后殖民理论来讲，这为原先的后殖民理论提供了视力矫正和理论补充的可能，将'民族主义''文化对抗'模式转变为'语境还原''文化对话'模式；就中西文化的研究方法而言，把单向的理论影响转变为双向的理论旅行。"[1]

其次，很多论述往往是从各自的需要出发的，虽有切肤之痛的犀利，同时又有剑走偏锋的盲视，从而造成了理论分析个案的错置。实际上应对之策则包含了必须先"回到鲁迅那里去"，然后再生发、点染、挖掘、深化，甚至发现其盲点并加以补充与开展新的建构。

鲁迅自有其伟大之处，必须先懂得这种伟大的丰富与独特，才能站在巨人的肩膀上瞭望，也才有可能换位思考、发现巨人可能存在的不足、彰显有关理论之不足。彼此加深对话与补强可能才是更好的路径。

---

1. 吴娱玉.注脚·参照·理论——后殖民主义视域中的"中国"[J].中国比较文学，2018（04）：124.

[第三节]

汉语修行与现代中国文学的文化自信力提升
——以鲁迅为例

某种意义上说，一个民族、国家的文学高度展示并反映了该民族、国家的历史与现实、文化品格与精神内涵、民族气质与价值判断，当然更是其文化自信力流布的重要载体。可以理解的是，对与现代中国文学的生成、发展乃至经典化有着唇亡齿寒关系的汉语进行塑造和锤炼至关重要。这里特别借用了"修行"一词。"修行"出自《庄子·大宗师》："彼何人者邪？修行无有，而外其形骸。"其含义丰富，至少可以指涉德行、品行、操行、遵行、出家、行善积德。通行于今世的《现代汉语词典》则更强调其宗教修炼意味："佛教徒或道教徒虔诚地学习教义，并照着教义去实行。"[1] 无论如何它都是指通过长期努力追求从而实现更高境界，不难看出它有较强的系统性、精神性和超越性特征。当然这里的汉语修行更多是指和文学生产相关的汉语，而非泛义上的现代白话。

汉语的生成、发展与丰富并非单纯由行政身份上的中国人决定，而往往是操持此种语言的人们约定俗成的结果，其使用者也并非只有汉族人/中国人，所以讨论此议题我们必须有开阔的眼界和包容大度的"拿来主义"胸怀。因为汉语的边界也是滑动的，在中心和边缘之间、官方和民间/草根（含网络语言）之间、书面语与口语之间、古代汉语与现代汉语之间、

---

1. 中国社会科学院语言研究所词典编辑室.现代汉语词典：第6版[G].北京：商务印书馆，2014：1466.

汉语与外来语之间都有着共生共存、对立统一、混编杂糅的可能性。这里的（现代）汉语指当代中国语境里的通行语言。

与本节相关的特别需要界定的关键词还包括文化自信。从学术角度来看，关于文化自信的类型和理解大致可有两种：一种是政治性强烈的官方说法，尤其是十八大以来阐述的四个自信中的文化自信；另一种则显得相对悠久和文化意味浓厚，是指源远流长的潜存在中国人民精神世界里的文化自信。以下简述之：

类型一：中国特色社会主义的文化自信——当今中国的文化软实力。

文化自信是习近平总书记念兹在兹的关键词之一。在2014年2月24日的中央政治局第十三次集体学习中，他就提出要"增强文化自信和价值观自信"。之后他又多次强调。在2014年两会期间，在参加贵州代表团审议时，习近平总书记坚定指出："我们要坚持道路自信、理论自信、制度自信，最根本的还有一个文化自信。"至此我们可以清晰看出四个自信之间的复杂关系及文化自信的技高一筹，毕竟文化的力量更长远且更具亲和力。文化自信是基础和源泉，其覆盖面堪称无远弗届，国家民族整体形象的升华必须借助文化自信。

这个类型的文化自信中的"文化"的特定包含有三，如习近平总书记在中共十九大报告中明确指出："中国特色社会主义文化，源自于中华民族五千多年文明历史所孕育的中华优秀传统文化，熔铸于党领导人民在革命、建设、改革中创造的革命文化和社会主义先进文化，植根于中国特色社会主义伟大实践。"[1]简而言之，这种类型的文化自信历史悠久、层次井然，有自己比较清晰的限定和边界，它是一个官民结合、主线清晰的特定文化。

类型二：普泛的文化自信。

简单而言，这种类型的文化自信就是在古往今来的历史和伟大实践中

---

1. 习近平.决胜全面建成小康社会 夺取新时代中国特色社会主义伟大胜利[N].人民日报, 2017-10-28.

形塑和彰显的中国人民的文化认同、自豪感与创造力的杂糅，它生机勃勃、活力四射。鲁迅于1934年创作的名文《中国人失掉自信力了吗》中就提及："我们从古以来，就有埋头苦干的人，有拼命硬干的人，有为民请命的人，有舍身求法的人，……虽是等于为帝王将相作家谱的所谓'正史'，也往往掩不住他们的光耀，这就是中国的脊梁。"[1]这里指涉的是一代代中国人灵魂深处与实际践行着的自信力，历经不同类型、不同世代的灾难磨炼、砥砺、锤打却坚忍不拔、绵延不绝。

如果以发展的眼光看，这种普泛的文化自信必然是建构着的、流动着的，也因此可以一代代人继续传承累积、建设特色和增砖添瓦。如人所论："建构性是这种文化自信最突出的特征：从文化建构作为一个系统（一个物质、信息、能量的输入输出系统）来讲，它具有开放性、反思性、学习性、调适性；从文化建构的具体内容来讲，它具有求真性、向善性、审美性；从文化建构作为一个动作序列来讲，它具有实践性、生成性、过程性。"[2]

秉持普泛文化自信的主体既可以是个体，也可以是集体（民族、国家、华人、人类等），它自然有着高亢的精神追求层面。如人所论："文化自信是人的精神文化需求满足后的状态，是民族文化身份认同的结果。文化自信是一种主体心态、价值诉求和精神生活质量的新向度，是人的一种深度发展，是人在文化上增进自我、扩展自我的表现。"[3]现代中国文学所承载和彰显的文化自信更多是普泛的文化自信，它当然不是脱离政治的孤芳自赏，但有其高度的自治力和发展节奏、规律以及面貌。因此，本文所谈的文化自信更多是第二种类型，它不仅宽泛广阔，而且也更立体多元。

在桥接汉语修行与现代中国文学的文化自信两个概念时，我们面对的是相对浩瀚与宏阔的时空跨越、林立的个案与各种可能性。为了论题展开

---

1. 鲁迅全集：第6卷.122.
2. 易小明.论文化的建构型自信[J].世界哲学，2018（05）：20.
3. 廖小琴.文化自信：精神生活质量的新向度[J].齐鲁学刊，2012（02）：79.

与阐发的可操作性、科学性,我们以下的论述会以鲁迅为中心,不仅仅是因为身为"中间物"的鲁迅是"中国现代小说之父"和诸多新型现代文体的创造者与集大成者,而且因为他有自己的海内外传统,包括大中华、日本、南洋[1]等地的学统与文统,极具代表性、涵盖性、指导性与穿透力。

一、如何修行汉语?

毫无疑问,文学家鲁迅是语言实践的高手,同时也是现代汉语使用的先驱及顶尖高手之一。他相当繁复的经历、深切的反思和丰盈的文学实践也塑造和反映了其深厚的语言功力:于中文,他兼擅古文与白话;于外语,他日语流利[2],具有较高的水准。借助以日语为主的文本翻译,他更新了汉语使用的思维方式,拓宽了其边界,丰富了其内容。尤其耐人寻味的是,鲁迅身为现代文学大家,其闻名遐迩的《中国小说史略》却是用文言文写就,意味深长,彰显出"别具一格的述学文体"[3],其现代文学创作部分也涵容了古文。简单而言,鲁迅是长于多种语体风格的汉语修行大师。

如前所述,作为文学语言的现代汉语修行大致有三个主要特征:

(一)专业性

从情感上说,汉语是世界上最美的语言(之一),但从专业角度看,现代汉语既有其优点,又有其不足。比如某些官方语言使用风格上的过分

---

1. 有关日本鲁迅研究的历史梳理,可参:靳丛林,李明晖.日本鲁迅研究史论[M].北京:社会科学文献出版社,2019。韩国鲁迅研究概况,可参:鲁迅博物馆.韩国鲁迅研究论文集[M].郑州:河南文艺出版社,2005;朴宰雨.韩国鲁迅研究精选集[M].北京:中央编译出版社,2016。有关鲁迅在南洋,可参:朱崇科.论鲁迅在南洋的文统[J].文艺研究,2015(11);朱崇科.论鲁迅研究在南洋的学统[J].福建论坛(人文社科版),2016(03)。有关香港鲁迅研究的历史,可参:林曼叔.香港鲁迅研究史[M]//林曼叔.林曼叔文集:第4卷.香港:香港文学评论出版社,2016;林曼叔.香港鲁迅研究资料汇编(1927—1949)[G].香港:香港文学评论出版社,2017;等等。
2. 具体论述可参:陈红.日语源语视域下的鲁迅翻译研究[M].杭州:浙江工商大学出版社,2019.
3. 具体论述可参:陈平原.分裂的趣味与抵抗的立场——鲁迅的述学文体及其接受[J].文学评论,2005(05).

干练（有时刻板）、通俗（偶尔显得粗鄙），往往不够文雅、温润（比如偶尔有"文革"风格语言遗存）。同时，汉语又有很强的歧义性，期待使用者必须善于揣摩听出画外音，类似的，用鲁迅的话说，缺乏"诚与真"。语言往往是约定俗成的结果，因此我们要努力拓宽汉语的限度。

1. 经与权：实用与古董之辩。深谙中国传统文化糟粕和思维惯性的鲁迅在处理不同事务时采取的策略也不同，其间流淌着所谓经与权的辩证：某些事情看似极端，其实可能是矫枉过正的权宜之计；其务实的实践操作则可能相当理性，并指向长远追求。

其中非常著名的例子是"青年必读书"事件。1925年1月，《京报副刊》征求"青年必读书"书目，希望名流学者推荐十本当时青年人非读不可的书。对于这个问题，鲁迅起初的选择是置之不理，但因编辑孙伏园一再催稿，1925年2月10日鲁迅终于给出了自己的不太情愿的简要回答："从来没有留心过，所以现在说不出。"[1]最令人惊悚或让鲁迅招致骂名的则是其传授经验的附注："我看中国书时，总觉得就沉静下去，与实人生离开；读外国书——但除了印度——时，往往就与人生接触，想做点事。中国书虽有劝人入世的话，也多是僵尸的乐观；外国书即使是颓唐和厌世的，但却是活人的颓唐和厌世。我以为要少——或者竟不——看中国书，多看外国书。少看中国书，其结果不过不能作文而已。但现在的青年最要紧的是'行'，不是'言'。只要是活人，不能作文算什么大不了的事。"[2]

而在1930年秋，许寿裳的长子许世瑛考取了清华大学国文系，鲁迅应邀为他开列了一份应读（古代）文学书目（如《唐诗纪事》《唐才子传》《少室山房笔丛》《四库全书简明目录》《世说新语》《论衡》《抱朴子外篇》等）共12本。将这两件事情并置来看不是为了证明鲁迅的内外有别、表里不如一，也不是为了说明鲁迅伴随时光流逝而随机应变，而是想看到鲁迅在不同时期对经与权循序渐进的使用。在新旧对立、新事业陷入低潮而国

---

1. 青年必读书[M]// 鲁迅全集：第3卷 .13.
2. 青年必读书[M]// 鲁迅全集：第3卷 .13.

粹气势汹汹卷土重来时，鲁迅态度决绝，毫无疑问必须保证"新"的绝对优先，这是关系国民文化思潮塑造的重大事件，容不得退让。因而在"青年必读书"事件中，鲁迅最强调的是思想的更新和行动力的落实，需要借助生机勃勃的外国读物置换国民精神，而语言问题还在其次。

而在1930年给许世瑛开书单则是以真挚友谊做背景的私事，不影响国计民生，古典文学造诣深厚的鲁迅自然可以心平气和地为世交之子开出有意味的专业入门书目。顺便一提的是，1933年10月，作为公共知识分子的鲁迅和施蛰存在《申报·自由谈》等报纸上发生了关于《庄子》《文选》的论争。刨除其间的意气成分，鲁迅和施蛰存各有自己的合理性。施蛰存强调的是文学语言建构来源的丰富性和多元性，鲁迅着眼的则是捍卫当下来之不易的新思想，因为旧派事物乃至反动力量随时可能反扑，享受新时代缺乏警惕心的青年人必须明了这一点。

回到语言上来，因为中国古文字的僵化和不利于民众沟通、表达自我，鲁迅及其同时代人曾经主张汉字拉丁化。"开手是，像日本文那样，只留一点名词之类的汉字，而助词、感叹词，后来连形容词、动词也都用拉丁拼音写，那么，不但顺眼，对于了解也容易得远了。至于改作横行，那是当然的事。"[1]更有甚者还主张"废除汉字"。实际上这种观念背后是要让绝大多数被奴役、踩躏和拘役的同胞/国人能够用新的文字发声、思考、表达和创造，从而采用了矫枉过正的策略。但鲁迅也有其谨慎和放眼长远的考量，比如他当年曾经希望借助世界语（esperanto）帮助（新一代）国人自由表达。鲁迅具有世界视野，甚至和俄国盲人诗人爱罗先珂结下了深厚的友谊。在小说《鸭的喜剧》一文中他还专门书写了爱罗先珂，这也是对爱罗先琦的童话《小鸡的悲剧》的应和之作。在1927年执掌中山大学教务以后，鲁迅对推广世界语的态度却是谨慎的，只将其列为不计学分的选修科目。因为这涉及广大学子的切身利益，他不主张冒进的语

---

1. 汉字和拉丁化[M]//鲁迅全集：第5卷.585-586.

文实验。[1]而在鲁迅的实际创作中，鲁迅也坚持了经与权的策略，一时找不到合适的现代汉语，他就选择经典文言进行替代。这样就形成了具有独特韵味的不文不白、雅俗共赏的鲁迅文风，举例而言，不说"偶尔"而说"间或"，不说"擦"而说"拭"，不说"漫步"而说"踱着"，等等。

2. 汉语的辩证升华。如果简化汉语的发展路径，我们可以把它分成内外两种境遇。外部是由汉语到华语的变迁。随着大量中国人移民海外，在解决温饱和抒发情感的文化创制之间并无严格的界限，所操持的语言却因为遭遇异质性而在不知不觉中产生了变化：某种活化石的存留，某种新质的添加，从语汇到文化内涵与习惯都在逐步渗透其间。域外汉语文学的生产往往和外交官、漂泊流散的文化人以及留学生等息息相关。随手拈来，从早期的张弼士到黄遵宪，再到康有为、邱菽园[2]，从鲁迅到胡适，再到后来的作家王小波，等等，堪称名人辈出。在他们的语言使用上，尤其是在海外时间更长的文化人，都呈现出异域文化的深切影响。

内部则主要是由于不同民族之间的语言的混杂，包括方言、少数民族语言汉化之间的流动与融通，借此可以发展出新的汉语。不难看出，汉语其实经历了融汇、淬炼与升华的辩证过程。我们不妨以鲁迅小说的语言发展加以辨析。

如果从语言的角度来看鲁迅的小说，我们可以看出《呐喊》《彷徨》《故事新编》三部小说集产出的变化趋势：鲁迅在文字使用上越来越进退自如、得心应手。《狂人日记》(《呐喊》首篇) 依然有裹脚布的束缚，文言小序不只是传统小说的印记，而且语言上也有其限制。但开篇首句"今天晚上，很好的月光"[3]，已开始先声夺人。这不是简单的风景书写，而是

---

1. 具体论述可参拙著：鲁迅的广州转换[M].上海：上海三联书店，2019：225.
2. 具体论述可参拙文：本土意识的萌蘖抑或"起源"语境——论邱菽园诗作中的本土关怀[J].南大语言文化学报(新加坡南洋理工大学)，2008，7(01)：223-248.
3. 鲁迅全集：第1卷.444.

通过"月亮话语"[1]来展示狂人的清醒、困窘和与众不同。《在酒楼上》(《彷徨》中的代表作之一）明显是具有（后）五四风味的小说，从风景到对话到叙事推进都显得很现代，具有一种独特的韵味和意绪。小说结尾有一种让人延续孤独、忧伤而难以自拔的细密感："我们一同走出店门，他所住的旅馆和我的方向正相反，就在门口分别了。我独自向着自己的旅馆走，寒风和雪片扑在脸上，倒觉得很爽快。见天色已是黄昏，和屋宇和街道都织在密雪的纯白而不定的罗网里。"[2]《理水》(《故事新编》中的杰作之一）在文字运用上堪称百无禁忌、狂欢恣肆，不只是各种人物角色操持符合身份的语言，而且里面英语、方言、现代汉语、文言文等众声喧哗，组成了独特的合奏曲，所谓"张力的狂欢"。

（二）精神性

汉语自然有其巨大的文化价值——语言绝对不只是工具，还是文化传承的内容之一，现代文学语言亦然。文学家鲁迅很好地利用了文学语言的精神性特征，从而让我们看到了文化自信力的凸显。鉴于鲁迅的文学身份相当烦琐，他既是小说家，也是杂文家，还是散文（诗）的集大成者（包括《野草》《朝花夕拾》），所以限于篇幅我们也只是蜻蜓点水、点到为止。

1.《野草》诗学。鲁迅的《野草》作为其独特甚至不可蹈武的散文诗创造呈现出其不可复制的创造性、深不可测的晦涩气质以及繁复的诗学结构。概而言之，从诗学结构上来说，《野草》有其精心制作的痕迹，比如七篇"我梦见"系列《死火》《狗的驳诘》《失掉的好地狱》《墓碣文》《颓败线的颤动》《立论》《死后》的形式涵容了诸多不可能性：一方面是其梦诗学的精彩创制，他遵循梦的相关特征的同时又利用强烈的主体介入人工筑梦；另一方面他的梦话语意义指向又可以继续深挖，其中既有个体梦，

---

1. 具体论述可参拙文：鲁迅小说中"月"的话语形构[M]//朱崇科.鲁迅小说中的话语形构.广州：中山大学出版社，2017：29-41.
2. 鲁迅全集：第2卷.34.

呈现出鲁迅对弗洛伊德等人的性欲说的借鉴与反拨，以及他以梦修复创伤、弘扬英雄气质的关怀；同时也有国族梦，彰显出鲁迅对个体现代性的张扬与对国民劣根性的批判，而鲁迅又有更高远的宇宙视野，他的梦话语中也不乏超越时代和现实的未来反思与指涉。

如果从内容主题层面来看，我们要看到各种层面的立体交叉或多元并存，在晦涩文字表述背后其实是鲁迅不同境界的主题升华，既有可能是现实政治、大事纠缠，不方便直抒胸臆，也有可能是哲理思辨——生与死、火与冰、存在的各种可能性等，还有可能是历史事件的再度发酵、残留与曲折再现，比如兄弟失和、爱恨情仇、社会公义、文明批评等。如果考察《野草》的文化与文学来源，则既包括各种宗教介入，尼采影响，又包括中国文化传统糟粕的渗透等，不一而足。

2. 世俗洞察及其升华:《故乡》再解读。《故乡》作为鲁迅的经典作品，呈现出非常有意味的文学实践，有很强的精神性。在我看来，《故乡》中鲁迅最少用了三种策略推进并营构此篇小说：第一是大小结合的叙事策略，虽然相对简单，但是经典有效，所谓大的层面就是"离去—归来—离去"模式，而小的层面则是"我"与闰土的再度相逢，之间借重逢杨二嫂进行叙事延宕；第二则是抒情氛围的环绕，无论是回忆少年闰土时期的欢欣鼓舞，还是反思希望渺茫与隔膜时候的沉重、悲哀乃至绝望都难免打上了复杂的中年心绪印记，这是中学时代的学生们往往难以把握的；第三则是张力十足的评论文字，有画龙点睛之功效，但并非晓畅如画、一目了然，需要有心人对其中曲折之处加以必要的点拨。

在意义建构上，《故乡》也有其特异风格，其主题蕴含至少可以有三个层面：第一，作为老中国的隐喻/寓言，既有宏观图像描述，又有个体苶弱状描，同时引发了读者变革的冲动；第二，揭示其间对隔膜/国民劣根性的人为制造层面，一方面是精神奴化，另一方面则是经济动物驯养；第三，绝望的反抗与反抗绝望之间的复杂辩证。需要强调的是，鲁迅在《故乡》中展现了三个世界中代表性人物的困苦类型："我"、闰土和杨二嫂。即使是归来的"我"也无法真正解决这立体而多元的难题,"老屋离我愈远了;故乡的山水也都渐渐远离了我,但我却并不感到怎样的留恋。我只觉得我四面有看不见的高墙,将我隔成孤身,使我非常气闷;那西瓜地上的银项圈的小英雄的影像,我本来十分清楚,现在却忽地模糊了,又使我非常的悲哀"[1]。因此,《故乡》中回旋着一股无法排遣的悲哀,甚至是绝望。表面上看,这是个体的有病呻吟的际遇,实际上这更是群体的,乃至国家的难题,甚至是超越时代的。

3. 杂文的穿透力。读者在理解鲁迅杂文时最容易陷入的误区就是:(1)鲁迅太偏激了,不公允、不持中;(2)杂文有什么了不起,不就是骂人吗?实际上鲁迅杂文的生命力之所以强劲,自有其独特关怀和指向未来的穿透力。

需要明了的是,鲁迅的(短)杂文并非社论,它不需要(也不可能)面面俱到,要在有限的篇幅内达到最大杀伤力,必须"攻其一点,不及其余"。这也是和人论战的行为艺术策略,唯有如此才能一剑封喉、稳准狠,然后快速结束战斗。同时,一定要明了鲁迅的批判并非人身攻击,而是以其为靶子,指向的是具有悠久传统或新式类型的劣根性典型。这是鲁迅杂文超越了就事论事的高品格呈现,它们最终连缀成国民劣根性批判。在阅读鲁迅杂文时,还要注意不同文本之间的互文性,它们的主题因此显得更全面、深刻,甚至具有一定的系统性。

当然,我们还可以探讨鲁迅语言实践的其他卓越表现,比如令人眼界大开的重复技巧的使用,不管是散文诗《秋夜》,还是小说《出关》等。由上可见,被灵活使用的文学汉语自有其精神性。为此,我们必须尽量做好全球华语词典的推广和使用,要让修行后的汉语极具包容性和极强的"收编"能力,因为鲁迅本人也具有超强的涵容性。

---

1. 鲁迅全集:第1卷 .510.

（三）超越性

我们不应忽略的是，"翻译家鲁迅"[1]与"小说家鲁迅"的身份相辅相成，让我们看到了文学汉语的超越性特征。鲁迅的文学实践让我们看到了在一方天地内，古今中外的优美语言荟萃及文化精神展演，更关键的是，看到了他如何实现文学汉语的超越性。

1."硬译"的超越性

鲁迅对于"硬译"有着非常清醒的认知。我们重提鲁迅的翻译（硬译）有另外的反思和进路。在《"硬译"与"文学的阶级性"》（刊发于1930年3月上海《萌芽月刊》第1卷第3期）中鲁迅这样解释他为什么要"硬译"某些理论"天书"（含无产革命论述），"我的回答，是：为了我自己，和几个以无产文学批评家自居的人，和一部分不图'爽快'，不怕艰难，多少要明白一些这理论的读者"[2]。因为此类读物本就晦涩难懂，需要不断理解、思考，如琢如磨才可能有所突破。鲁迅还加上一句："自然，世间总会有较好的翻译者，能够译成既不曲，也不'硬'或'死'的文章的，那时我的译本当然就被淘汰，我就只要来填这从'无有'到'较好'的空间罢了。"[3]宁愿做被淘汰的定位准确的"中间物"，也不要因此破坏了其可能面貌。之前很多坚持意译的译者（包括林纾）固然一方面引入了新思想开人眼界，但另一方面也因为自身的限制和意译方式曲解、误读乃至糟蹋了世界名著，让中国读者收获到的文化震撼与冲击的力度不够。当然，鲁迅在翻译童话时并不固守"硬译"的原则，毕竟，童话首先是给特定读者看的，这就要求译者不仅自己要尽量搞懂，还要用儿童相对能接受的语言进行叙述。

不难看出，鲁迅力主"硬译"不是"死译"，不是毫不变通的"直译"，并不是故意佶屈聱牙，为难广大读者，而是对症下药地引入语法、习惯

---

1. 具体论述可参：王友贵.翻译家鲁迅[M].天津：南开大学出版社，2005.
2. 鲁迅全集：第4卷.213.
3. 鲁迅全集：第4卷.215.

语和异域文化中的独特思维结构和文化精神,期冀借此改造中国国民性和他们的精神认知模式。比如法语、德语的精准性、独特的思维方式的涵容,都可引入、汲取。鲁迅翻译的荷兰童话《小约翰》不只造福了国内读者,而且对于"中期鲁迅"的形成也至关重要。相较而言,鲁迅此时期的《野草》《朝花夕拾》和部分《故事新编》都与之有直接的关联,不管是书写风格、主题关涉,还是场景再现与想象力。但需要指出的是,鲁迅与《小约翰》又各擅胜场,鲁迅有自己的后发特色,彰显出"民族魂"的思想高度与诗学魅力。

2. 反哺性。文化自信的存在并非孤立的。有自信,自然也会有"他信",也应该有"互信",当然也可能有"共信"。这就意味着优秀文学的生成既会胃口大开、长于汲取,同时又会造福人民、反哺世界,鲁迅就是这样的风格。

理解鲁迅的人格、思想并非易事,解读鲁迅经典亦然,比如大家公认最为难读的《野草》。孙歌教授在细读鲁迅《野草》中的《希望》一文时发现,文本中的"肉薄"应是日语词,含义是近距离的"逼近""迫近",和近距离搏斗的"肉搏"有差别。所以,她解释"肉薄空虚中的暗夜":"就是逼近、迫近空虚中的暗夜,意味着不再把希望作为盾牌以求回避似有似无的暗夜,而是逼视它,迎上前去。为什么要这样做呢?因为下文最后点出一个重要的信息:就连这个暗夜也未必是真的。如果是'肉搏'的话,对手不仅是确定的,而且短兵相接;而未必是真的暗夜,是没有办法与之搏斗的。"[1]此解读颇有新意,令人眼前一亮。但更值得思考的问题是,创造力如此之强的鲁迅也有着强劲的汲取与消化能力。

非常耐人寻味的是,鲁迅也成为日本人民,至少是日本学者学习和汲取的精神资源之一。其中非常重要的一点就是,鲁迅拥有非常独特的思维方式,即双重否定思维——既能够看到中体西用的缺陷,而更强调土壤和

---

1. 孙歌.绝望与希望之外:鲁迅《野草》细读[M].北京:生活·读书·新知三联书店,2020:169.

精神涵育的功能，也大力批判国民劣根性，同时鲁迅又能够看到西方现代性的缺陷，比如过度物质化，民主中间的专制性（多数人可能压迫少数人的暴政），等等。简言之，鲁迅的独特性让他通过文字具有了反哺功能，因为他是中国出产的非中国特色精英，他是反传统的传统主义者，他是倒退着前进的先锋（胜不骄、败不馁），他也是批判国粹的新国学传统（今天尤其如此）。

如果想让汉语修行达到上面的境界和特点，我们必须多管齐下。其中"华语比较文学"[1]、华人文学研究本身就是拓宽汉语的方法之一，甚至是汉语修行的必经途径。所以，简单而言，不同区域的华文文学带给我们读者的不只是异域风情，还有不同文化的汇融，尤其是先走一步的区域华人和不同文化交流之后的产物，特别值得我们中国文学与汉语借鉴。

二、如何提升？

文学是一种非常复杂的存在，它往往呈现出既属于又不属于的暧昧特征，文体交叉、立场犹疑、大我小我、功利非功利并存，等等。"文学是审美的，也是施行性的；是精神上的，也是物质的；是个体的，也是集体的；是言语叙事的，也是行为动作的。此外，它既是自娱自乐的，也是一种伦理实践。"[2]中国（现代）文学亦然。

可以理解的是，汉语修行的主体既有个体，也有集体，两者之间存在着可能对流的关系，毕竟强大的个体会改变走向，可能成长为新集体，而优秀集体中间也可能产生特异的个体。汉语修行结合现代中国文学来看，首先是（优秀的有个性和创造力的）个体主体，因为（精英）文学往往是个体的事业；其次才是镕铸而成的集体自信。当然二者并不截然对立，因为优秀的主体的文学创作往往也会变成詹明信所言的"国族寓言"。

---

1. 具体论述可参拙著：华语比较文学——问题意识及批评实践 [M]. 上海：上海三联书店，2012.
2. 何成洲. 何为文学事件？[M] // 何成洲，但汉松. 文学的事件. 南京：南京大学出版社，2020: 19.

鲁迅作为经典个案，既具有创作文本的"文字力"，同时又颇具思考力，值得反思和借鉴之处颇多。其中，"取今复古，别立新宗"既是鲁迅的核心思想——"立人"之道，又是建构文化自信的不二法门。

（一）新编（中国）故事

德国汉学家顾彬屡屡对中国当代小说做出负面评价，并称卫慧、棉棉等人的作品是垃圾，同时他多次指出中国当代作家在语言、形式、世界观方面有问题。他指出的语言问题，主要包括中国当代作家多不懂外文，甚至连作为母语的文言文也同样不通。不懂外文就不知世界，不通文言则难以学习传统经典。我们要认真对待顾彬的忠告，如人所论："从技术角度说，文学有义务，也有责任弥补或克服不同语言、不同表达方式间的裂缝或障碍，接续传统与当代的脉传，沟通本土与域外的交流，这就需要具体的媒介，那就是语言。对中国当代作家来说，从现代汉语普通话出发，上涉文言文学，旁及世界文学，如果不使之成为一句空话，语言技术、语言素养问题和要求的提出就是一个当然的话题。在文学领域，离开文字语言这个中介，而侈谈文学传统或世界文学，必然会大打折扣。其实，语言学习的要义就是能使异文化者自由生活在母语世界之外，在技术上破除文化的壁障，对世界和异文化获得了解之同情。"[1]学好外语及其文化表面上看只是语言问题，实际上则是思维、心胸、格局等问题。恰恰是部分经由此道，鲁迅在文体上才有了不断创设新的可能性，不是一蹴而就，而是坚忍不拔地推进：小说、散文诗、杂文，等等。

其实哪怕是回到中国历史上来，我们也应该继续开放。汉唐盛世的秘诀之一就是强大的"拿来主义"胸怀，有信心消化一切"异"或挑战。鲁迅从汉画像那里感知并发现了这一点，认为他们从不避讳我们认为的硬汉之殇，当然也不担心自己会被异族同化。"汉唐虽然也有边患，但魄力究

---

1. 吴俊.顾彬的意义[J].文艺研究，2011（10）：20.

竟雄大，人民具有不至于为异族奴隶的自信心，或者竟毫未想到，凡取用外来事物的时候，就如将彼俘来一样，自由驱使，绝不介怀。一到衰弊陵夷之际，神经可就衰弱过敏了，每遇外国东西，便觉得彷佛彼来俘我一样，推拒，惶恐，退缩，逃避，抖成一团，又必想一篇道理来掩饰，而国粹遂成为孱王和孱奴的宝贝。"[1]

一方面，我们要以文学的方式深入挖掘优秀中华文化传统，包括《故事新编》。不必多说，《故事新编》堪称气象万千，作为对中国早期经典神话、诸子的回顾、重审与梳理，它具有盛大的格局与人文关怀。比如在《补天》中尚未陷入"油滑"的鲁迅如此描述女娲："伊想着，猛然间站立起来了，擎上那非常圆满而精力洋溢的臂膊，向天打一个欠伸，天空便突然失了色，化为神异的肉红，暂时再也辨不出伊所在的处所。伊在这肉红色的天地间走到海边，全身的曲线都消融在淡玫瑰似的光海里，直到身中央才浓成一段纯白。波涛都惊异，起伏得很有秩序了，然而浪花溅在伊身上。这纯白的影子在海水里动摇，仿佛全体都正在四面八方的迸散。"[2]这原本是女版创世记的上帝书写。可惜女娲未能控制好她多余的力比多以及无聊情愫，造出小人酿出了大祸，甚至自己不得不出来收拾残局尽瘁而死，最终还被人借以沽名钓誉。除此以外，鲁迅还营造了一个争议不断、难以清晰描绘的狂欢世界，包括其间的语言（外语、方言、白话、文言等）、文体形式（小说、诗歌、戏剧题材共融）、意义建构（古代历史、现实介入以及哲学思辨），等等。[3]

总结鲁迅的《故事新编》创制，他"重写历史"成功的原因是他呈现出上佳的"主体介入"。在新编故事的过程中，他既呈现出非常丰富的创造性和想象力，同时又及时加以限制，彰显出对前文本的适度尊重，强调新编"戴着镣铐跳舞"的合理性与说服力。但很遗憾这方面我们并没有

---

1. 看镜有感 [M] // 鲁迅全集：第1卷 .209.
2. 鲁迅全集：第2卷 .257-258.
3. 具体论述可参拙著：论故事新编小说中的主体介入 [M] . 台北：秀威资讯，2018.

继承好鲁迅的遗产，当代中国作家既没有这样的气度、气象、视野，同时在进行类似文体创作时，似乎连顶尖高手及现代小说源头——鲁迅的同类创作都未认真拜读过。比如苏童重写孟姜女的《碧奴》，整体上并不成功。在我看来，苏童重述神话所塑造的碧奴及其世界是一种伪民间的重写，其碧奴形象的塑造虽不乏闪光点，但从故事新编的视角来看，他的整体书写缺乏对故事新编书写中主体介入操作的丰富性和深刻性的有机借鉴，存在巨大败笔，这也是对他宣称的"最满意的作品"的无声嘲讽。[1]

另一方面，我们也要做好文化精神的挖掘／考古工作。"要论中国人，必须不被搽在表面的自欺欺人的脂粉所诓骗，却看看他的筋骨和脊梁。自信力的有无，状元宰相的文章是不足为据的，要自己去看地底下。"[2] 用鲁迅自己的话说，"刨祖坟"就是持续不断地做好清理工作，批判国民劣根性，汰除杂质，更好地"立人"。

正是因为有"故"事，文化自信力的发展与更新必须建立在永远革命、自我革命之上，也即要淘汰旧糟粕，不管它以什么样的面目进行包装，我们都要继续推陈出新。鲁迅的名作《药》书写了新旧斗争的残酷性，尤其书写了旧传统的根深蒂固和强大实力，羸弱的"新"难以立足——革命人士夏瑜连自己的亲生母亲都无力说服。人血馒头如该被批判、被清理的中医一样意味深长：这个蒙昧人士认同的神奇药方恰恰是置救命恩人于死地的邪恶偏方，不仅自己无法得救、新生，还泯灭了他救的可能性。鲁迅的《故事新编》和诸多论述在在告诉我们，即便是涵容了优秀元素的传统文化在纷繁复杂的现代社会中也无法拯救现实世界中的我们，"复古"并不是良方和终极杀器，"新宗"才是我们的终极追求。

---

1. 具体论述可参：朱崇科，李淑云. 失败的"故事新编"——评苏童的《碧奴》[J]. 文艺争鸣，2011(07).
2. 中国人失掉自信力了吗[M]// 鲁迅全集：第6卷.122.

(二)全面开放,引育并举

如前所述,现代中国文学文化自信力的提升要大力译介外国文学经典及前沿作品。因为这是不同文化的发展、形塑与塑造,只有经过对话、学习以及融会贯通才能继续创造。同时,我们还要继续大力引进优秀华人文学创作,凡是"华"自然都可以纳入扩展了的文化中国,从而使其兼容并蓄,逐步浑然天成。

1. 兼容并蓄,以华优先

特别令人欣慰的是,鲁迅的研究"学统"不仅遍布世界,尤其是华裔学者所在大学,而且有关鲁迅创作继承发展的"文统"也源远流长。我们不仅有"台湾鲁迅"——陈映真,也有"韩国鲁迅"——李泳禧,新加坡最靠近鲁迅精神的则有英培安[1]、郭宝崑,还有其他区域的优秀作家对鲁迅创作与精神一脉相承。而在汉语修行方面最靠近鲁迅的马华作家则是李永平。如何锤炼汉语,如何发展国民劣根性批判(尤其体现在《吉陵春秋》中),如何塑造"中国性",李永平的实践在在引人注目。相较而言,鲁迅的"中国性"更突出"政治中国性",从民族认识出发,意图通过再建"中国性"而帮助民族觉醒、再造,强化的是国家、民族层面的意义和追求;李永平的"中国性"则淡化"政治中国性",从血缘、地缘等种族认识出发,意图通过再现"中国性"来追求文化图腾意义上的"中国",强化"文化中国性"。需要强调的是,在李永平这里,文化认同不等于政治认同/国族认同。

在晚年创作中,二人亦有共通话语:都有一个直接借助、激活并改造中国传统文化、文学资源的转向,他们以"侠"为中心,意图再现/再造"中国性"。他们的晚期小说创作寓意丰富却也颇受争议,特别是鲁迅《故事新编》呈现出的"众声喧哗"的"复调"特色。这种晚期风格,与作家晚年遭受的疾病、死亡和离家漂泊的阴影相关,与作家无法解决自己发现

---

1. 具体论述可参拙文:论鲁迅在狮城的赓续——以英培安为中心[J].香港文学,2018(06).

或提出的问题而产生的焦虑、忧愤相关，当然也与作家自身思想的复杂、挣扎乃至无法调和、分裂相关。但无论如何，李永平等优秀个案完全可以成为我们丰富文化自信力的借助。

2. 包容异己，终成世界

制造出众多经典的大文豪鲁迅的经历告诉我们，他的复杂、深邃、独特与广阔既是个体的，之后又变成了全国的，最后使其傲然屹立于世界文豪之林。这就说明个体与集体并不必然富有对抗性张力，也可能殊途同归或由小河汇成大江大河，制造出中国经验、中国模式、中国话语、中国气派。但悖论的是，在优秀个体成为可以代表集体的个案之前往往难被理解或见容于体制。这就要求我们必须尽量包容异己，尤其是个性十足、才华横溢但又有人格缺憾的个体。很多时候，我们不应只是对国内作家如此，当我们汲取文化和精神资源时，对外国作家亦然。比如俄罗斯优秀作家陀思妥耶夫斯基，拥有现代中国文学难以企及的思想厚度和自我考问深度，这一点连鲁迅都自愧弗如。

类似的个案还有莫言。他既受西方文化的浸润，尤其是马尔克斯等人的魔幻手法及故乡书写的风范，同时他也对中国（山东）民间文化资源进行了借鉴，包括致敬蒲松龄和地方曲艺。而在意义追求上，莫言并不强调政治正确，而是不断拓宽历史、现实、文化、人性、想象力的边界。这样的文学实践一再丰富了百年中国的文化再现。他能够获得2012年度诺贝尔文学奖不是偶然，而是以其并不（主流）中国的风格代表了中国，征服了有关评委和西方读者。从此角度看，世界、民族、国家、个体在生产经典时往往要具有开阔的胸怀、眼界、视野与段位。

结语：探讨汉语修行与现代中国文学文化自信力提升的关系问题其实涉及了汉语文学创作的方方面面。它既包括了语言及其背后相关文化的丰富、淬炼以及创造性提纯，也包括了文体形式创新的可行性，更是意义建构和世界观、人生观、价值观范式更新的宏大议题。经由鲁迅个案，其卓越实践和丰富内涵帮助和引导我们进行深入而开阔的思考——我们必须尊重汉语修行过程中语言发展的专业性、精神性与超越性；我们必须立足当下中国认真汲取古今中外的文化资源与精神创制，重新审视我们自身的缺憾、劣根性，汰除杂质、推陈出新；我们必须继续全面开放、引育并举，尊重个体的独创性与涵容其可能缺陷。在此基础上，我们才可以彰显出现代中国文学的文化自信力，最终才能"另立新宗"。但需要提醒的是，这种文化自信是永远进行着、建构着、发展着，因为所谓的世界也在不断改变与更新。这就意味着这一切不能一蹴而就，而是要坚韧不拔地一代代地继续生发创造，及时调整自我，互信共信，才可能不断提升，笑傲世界，并反哺世界，展现自己的文化软实力。

[第四节]

论鲁迅在狮城的赓续
—— 以英培安为中心

鲁迅及其研究在海内外都有其影响,甚至有风姿绰约的传统。相当强势的自不待言,比如鲁迅留学过的日本,有关鲁迅的再创作和研究都称得上成绩斐然;即使是鲁迅未曾亲自涉足过的区域,某些传统亦是别具一格,比如南洋。

简单而言,鲁迅在南洋的传统可分成两大层面:一个是声势相对浩大、受鲁迅创作风格影响甚巨的文学创作传统(简称"文统"),从1920年代至今不同时段各有不同的风格和代表性人物。比如,20世纪50—70年代的关键词是左翼与本土,既指向殖民地的黑暗现实,又攻击林语堂,还包含对底层的关注;80—90年代则转向语言政治及其文化弊端;90年代以来,南洋文学的叙事风格不断增强,并多元反思新马社会的生活、文化和制度,可谓蔚为大观。[1]另一个则是相对沉寂但也稳步向前的有关鲁迅的学术研究传统(简称"学统"),不同世代亦有不同的追求、风格与代表性学人:既有郑子瑜的修辞角度的笺注与细读,又有文学史家方修的现实主义观照及其考辨;既有王润华步入国际学界的问题意识的越界与跨国,也有林万菁厚重、系统地以修辞切入文学风格的系统思考,还有新一代学人朱崇科糅合理论与文体诗学的开阔与锐利。[2]在本文语境内,我

---

1. 具体论述可参拙文:论鲁迅在南洋的文统[J].文艺研究,2015(11).
2. 具体论述可参拙文:论鲁迅研究在南洋的学统[J].福建论坛(人文社会科学版),2016(03).

们一般是指文统。

即使缩小范围到新加坡语境中来,有关传承亦有亮眼表现。从长期占据文坛主流的流派——现实主义书写的发展角度思考,从马来亚时空开始,鲁迅就被有意无意地视为现代华文创作最具代表性的经典人物,其文体的实验性、思想的博杂与锐利为追随者大力模仿,尤其是短平快的"鲁迅风"杂文。鲁迅传统和左翼资源遭遇并整合后,成为新加坡左倾文人最重要的文化资源之一,比如报人/文化人韩山元便部分继承了鲁迅风格。

随着时间的推移,东西方阵营在东南亚的对峙,铁幕沉降,建国前后的新加坡日益倒向西方阵营。南洋大学从1950年代的轰轰烈烈的万民参与创办到1980年被李光耀强行关闭,这一重大事件内涵丰富、众说纷纭。其中亦有和鲁迅相关的"林语堂事件"[1],此时的林语堂在左翼文人和有关校友的笔下恰恰坐实了鲁迅杂文中曾经批判过的负面西崽形象——这当然对林语堂有不公正之处,但从反面论证了鲁迅的巨大影响力。当然,文学中的南洋大学的意象指涉远比现实存在丰富,甚至成为新加坡语境中语言政治、中西角力、华校生哀悼华人身份认同错乱的载体。[2]

一穷二白连饮用水都要进口的新加坡在建国之后现代化进程可谓高速推进,其立国求存的危机意识、勤劳苦干和精诚团结的氛围浓厚,短短十余年,经济上突飞猛进。同时,政治上长期统治新加坡的李光耀政府的强势作风显而易见:对内高压专制,对外务实机动;文化上的相对滞后和保守也留下了后遗症(不少权宜之计化成了制度规定)。毫无疑问,文学作为一种现实再现和精神反思的载体可以部分彰显出其中的一些问题,虽然文学的功能远不止于此。结合本文主题,其中颇具鲁迅风骨的是戏剧家郭宝崑。简单而言,他勇气可嘉,虽屡遭打击(1976年在内安法令下被逮捕;1977年被取消公民权;1980年在居住/旅行受限的条件下获释;1992

---

1. 有关分析可参:何启良.南洋大学史上的林语堂[M]//李元瑾.南大图像:历史河流中的省视.新加坡:南洋理工大学中华语言文化中心、八方文化创作室,2007:93-137.
2. 具体论述可参拙文:论新马华文文学中的"南洋大学"书写[J].中山大学学报(社会科学版),2016,56(06).

年重新获得公民权），但始终如一坚守着一个真正知识分子的良心；同时他又以相当锐利的文体实验超越个人恩怨和得失转而深入反省新加坡政治体制及文化建设中的缺憾与弊端，具有丰满的前瞻性。[1]

如果从文学创作实绩与精神传承层面双管齐下思考的话，最称得上鲁迅在狮城的传人的作家当属英培安。英培安著作等身，所涉文体甚多。计有诗集《手术台上》（新加坡：五月出版社，1968）、《无根的弦》（新加坡：茶座出版社，1974）、《日常生活》（新加坡：草根书室，2004）；短篇小说集《寄错的邮件》（新加坡：草根书室，1985）、《不存在的情人》（台北：唐山出版社，2007）；中长篇小说《一个像我这样的男人》（新加坡：草根书室，1987）、《孤寂的脸》（新加坡：草根书室，1989）、《骚动》（台北：尔雅出版社，2002）、《我与我自己的二三事》（台北：唐山出版社，2006）、《画室》（台北：唐山出版社，2011）、《戏服》（台北：唐山出版社，2015）、《黄昏的颜色》（新加坡：城市书房，2019）等；戏剧《人与铜像》（新加坡：草根书室，2002）、《爱情故事》（台北：唐山出版社，2003）；文艺评论《阅读旅程》（香港：普普出版社，1997）；杂文集：《安先生的世界》（新加坡：茶座出版社，1974），《敝帚集》（新加坡：草根书室，1977），《说长道短集》（新加坡：南洋商报出版社，1982），《园丁集》（香港：山边出版社，1983），《人在江湖》（新加坡：文学书屋出版社，1984），《拍岸集》（新加坡：文学书屋出版社，1984），《风月集》（新加坡：草根书室，1984），《潇洒集》（新加坡：草根书室，1985），《翻身碰头集》（新加坡：草根书室，1985），《身不由己集》（新加坡：草根书室，1986），《蚂蚁唱歌》（新加坡：草根书室，1992）等。英培安同时还是出色的编辑和出版人，曾编辑过几份杂志：《茶座》（1968年始，文学杂志）、《前卫》（1973年，文艺杂志）、《接触》（1991年始，人文杂志）等。

---

1. 具体论述可参：朱崇科.开放与抽象：在慢性症候分析之上——以《边缘意象》为中心论郭宝崑的本土收放[J].汕头大学学报,2006(04).后收入拙著：考古文学"南洋"——新马华文文学与本土性[M].上海：上海三联书店,2008.

一、文体承续与契合

如果做一个相对简单的划分，鲁迅的文学遗产可以分成两大层面：一方面是文学文本的形式创新模拟（文体学），另一个方面则是文学意义/精神的贯穿与再生产。我们首先考察其文体层面的继承。

（一）杂文批判及其终结

杂文作为短平快、稳准狠的短小精悍的文体，其涉及广泛、杀伤力强，具有很强的普及性。这一文体在鲁迅笔下可谓发扬光大，呈现出很强的创造活力、受众基础和诗学特征。有论者指出，英培安的杂文书写涉及方方面面，主要包括政府的不合理政策、新加坡华文教育问题、国民性批判主题、创作界议题，等等。[1] 简而言之，这些议题可以分为鲁迅所言的难以截然分开的两类批评：“文明批评”与“社会批评”。从这个角度看，书写了20余年杂文的英培安不仅从外表上（比如杂文集名称、常用词汇等）模拟鲁迅，而且从精神气质和发挥杂文功能上也大致契合鲁迅的追求。

从文明批评角度来看，英培安对语言政治（英校生高高在上）、双语教育等问题的阐发颇具洞见。我们不妨以其中的儒家文化批评作为个案进行说明。儒家文化在狮城有着复杂的身份功能[2]，比如在英国殖民时期既可以成为特殊历史时期对抗英殖民文化霸权、葆有华人身份的凭借，又可以成为执政当局"创造性转化"奴化的工具。1927年2月鲁迅在香港演讲时就非常犀利地指出，要打破"无声的中国"、老调子必须唱完。新加坡政府曾于1980年代后期推行新儒家政策，表面上强调中华文化传统，为经济腾飞/政治统治找寻多元文化的合法性与合理性，实际上却脱不了继

---

1. 金进.新加坡作家英培安创作中的外来影响[J].外国文学研究，2012(04).
2. 有些功能可参拙文：林文庆与鲁迅的多重纠葛及原因[J].四川大学学报(哲学社会科学版)，2013(02).

续奴化的悖论和历史惯性的吊诡。英培安在其杂文中质疑、批评这种行为并以关键词进行嘲讽：知识分子的自我兜售，"出术"（《潇洒集》中讽刺某些学者刻意拔高孔子的地位）；传统落伍的女性价值观，如"七出""节烈女"（《破帽遮颜集》）；一针见血地指出其中的陷阱和实质，所谓"奴"（《身不由己集》）；等等。

另一类则是有关新加坡的现实社会批评。比如批评政府的某些（不合理）政策，甚至是李光耀本人。在写于1971年6月的《李总理为什么要对付新闻界》中，英培安言辞犀利，近乎锋芒毕露，同时又正话反说："李总理天天在忙，席不暇暖。在国内，他建组屋给我们住，使我们居者有其屋；改良教育，使我们的儿女都懂英文，有工艺可学；建联络所，使青年们有歌唱比赛看，不至于流浪街头，为非歹。在国外，他周游列国，为新加坡日夜奔波，替我们在世界上打下美好的声誉。李总理是个崇高的人，是新加坡青年的父亲意象。他为我们做了那么多事情，天呀！最后我们骂他是个独裁者！不过有人说李总理太累了，他想退休，不要做我们的父亲了。但我们都热爱他，不舍得他下台。李总理知道，下一届或下下一届，大选后他仍会再当总理。因为他是那么地爱新加坡，他是个崇高的人，他的责任心是那么的重，要做的事儿是那么的多。"[1]

对于新加坡三番五次折腾但相对失败的华语学习政策，他亦不留情面。在《如果时光能倒流》（1989年3月12日）中他指出："对新加坡教育的政策，李总理在作抉择的时候，他一定认为是最好的。所以现在实在不必喟叹。因为，他现在仍然是可以抉择的。要保留华校很容易，只要政府真正地重视华文，真正地重视受华文教育的人才，华校自然会留下来。否则，不管教育制度怎么改都没用；新加坡人和新加坡政府一样，很实际。"[2] 某种意义上说，此文已经指出了李光耀是双语政策如此折腾的始作俑者，而且直指上下"共谋"的病根。

---

1. 英培安. 安先生的世界［M］. 新加坡：茶座出版社，1974：20-21.
2. 英培安. 蚂蚁唱歌［M］. 新加坡：草根书室，1992：50-51.

可以理解的是，英培安1978年在新加坡"内部安全法令"下被秘密逮捕、拘禁3个月，因找不到任何颠覆政府的证据，最终被有条件释放（被限制不准出国、不准参加政治活动、不准发表政治言论、搬家需通知内政部等），出国禁令约两年后解除。这一切都表明在新加坡现实的限制多多，其他限制还包括宗教禁忌、言论自由限度、思想钳制、人身诽谤罪，等等。敏感而强势的李光耀政府不仅不允许漫画化、戏弄长官，甚至不允许"妄议"，同时新加坡的新闻媒体其实就只有一家，这意味着英培安杂文的发表途径难免受限[1]。因为现实原因，他的影响力日益（被逼）下降。

同时，如前所述，"鲁迅风"杂文整体上也有其问题。由于鲁迅的不可踵武性，他的杂文书写既有诗学创制，又有思想深度，后继者在缺乏才力、识见不明的情况下可能变成"画虎不成反类犬"。某些文人对于鲁迅杂文的理解和实践甚至变成了帮派内斗、意气宣泄的工具，或游戏文字、互相吹捧的肤浅借助。英培安虽然没有这样的问题，但在复杂而严苛的语境中，他的杂文创作从1990年代开始日益减少乃至终结，也在意料之中。

（二）跨文体写作

英培安是个创作的多面手，不只是长于杂文，相对早期的时候，他还是一个现代诗人。如其所言："我写诗。文坛的朋友较注意的是我的诗——现代诗。杂文，是我的另一面。注意我的杂文的朋友，很多并不看我的诗，有的甚至劝我不要浪费时间去搞现代文学，多写些《安先生的世界》之类的大众化文章。……'谁能塑起自己的肖像，然后用自己的手，毅然把它摔碎。'这是几年前在手术台上的诗句，这问题也一直在我脑里踌躇

---

1. 举例来说，1983年4月到1984年10月在《联合晚报》写专栏的英培安后来得知："据编辑告诉我，因为某部门打电话给报馆，表示对我的一篇叫'笑话二则'的文章不很高兴……我的'人在江湖'便立刻不见了。"可参：英培安. 几句话[M]//英培安. 身不由己集. 新加坡：草根书室，1986：5.

了很久，无论如何，总要解决的。惧于破的人，就绝不能立。断臂之痛固难忍，而这种痛，却是一个有原则，肯思索的创作者所必要的。"[1] 此外，英培安也书写剧本。在我看来，迄今为止，他最擅长的文体是小说，而且短、中、长篇皆擅长。

英培安《一个像我这样的男人》（以下简称《男人》）是对鲁迅《伤逝》的高度致敬和重写：小说中的男主人公周建生笔名涓生，女主人公名叫（林）子君。当然此长篇中亦有向香港著名女作家西西致敬的痕迹，小说书名脱胎自西西的《像我这样的一个女子》，主人公的反问、性特质（sexuality）考问也与西西有神似之处。

和《伤逝》主题类似，英培安的《男人》同样讲述爱情婚姻失败的悲剧：华校高中毕业生建生出身贫苦，爱舞文弄墨，和子君（中四女生）成为情侣，拍拖十年，后因她考上大学、找到理想工作而分手。建生开了间书店谋生，青梅竹马的邻居张美芬提供了人力物力的各种支持，二人由此同居，但二人在文化情趣上并不契合、矛盾重重。后建生又遇到了子君，二人情感死灰复燃，关系曝光后，美芬愤怒离开，远嫁吉隆坡。建生、子君终因收入、性格等问题再度分手，失落的建生去吉隆坡找美芬却无法联系上。不难看出，英培安设置了三角恋爱的框架，强化了生活琐事对当事人的更具体和琐碎的折磨。和鲁迅有别的是，英培安强化了其本土语境的语言政治和男性的自我反思的性特征的叙述。

1. 语言政治。英培安在杂文《英语》中指出："英语在本地的华人社会里，是非常重要的。'华人讲华语'，虽然是'合情又合理'，但只会讲华语，并不能保证你能飞黄腾达，升官发财。而华人讲英语，不仅'合情又合理'，还可以显示自己的身份和地位，只会讲英语与只会讲华语的华人，身份是不同的。"[2] 这其实已经形象地指出了语言政治所带来的利益落差。

---

1. 英培安. 自序[M]// 英培安. 安先生的世界. 新加坡：茶座出版社，1974：2.
2. 英培安. 英语[M]// 英培安. 翻身碰头集. 新加坡：草根书室，1985：9-10.

子君和建生恋爱的外在压力的罪魁祸首就是经济上的入不敷出，而核心原因恰恰是语言政治带来的教育学历收入不平等：建生作为华校毕业生经济始终没有大的起色，除了在美芬帮手经营书店时（但那已经不是他理想中的书店了，而更像以文具店为主的杂货经营）。不必多说，这是因为社会的主流价值观也是强调实用和功利的，就像建生反观子君："无论如何，她不过是我们社会制度里教育出来的产物，不是鲁迅笔下的子君。这是个实用主义的社会，所以，她的爱情观也是实用的。她的恋爱对象，必须要符合社会一般人的价值观；最低限度，要符合她现在将要爬上去的那个阶级的价值观；换句话说，我必须能在她的圈子里摆得出来。"[1]实际上，子君的妈妈也强烈反对建生、子君二人的恋爱，更不对他们的婚姻和未来抱以希望，主要是因为建生的收入无法和子君匹配，又不那么上进。

他的好友志强也持类似观点："或者你认为，她爱的是你的才华；你会写诗，是个诗人。但别忘了，诗人也是一种包装。她十六七岁时，因为年少无知，对爱情充满幻想，所以会选中你这种包装。但是，现在她长大了，要求不一样了，你这类包装已不合她的口味了。而且，这是个讲究实用的社会，她也是这个社会教育出来的。"[2]某种意义上说，建生就是新加坡社会里华校生中作为语言政治的一类（被打压的）牺牲品的象征。

2. 男性去势。某种意义上说，建生所代表的华族男子的被集体去势是共谋的结果。一方面是外在的生存环境，语言政治的不平等、急功近利的价值取向，让他无力建构自己的男性气质。但另一方面，我们也要看到，建生身上作为华族男子的劣根性比如他的占有欲和陈旧的贞操观念等大男人主义。之前他和子君拍拖十年有过种种爱抚但未曾真正交合，后终于在复合后得偿所愿。"子君第一次让我进入她的体内。我一直渴望着的，终于得到了。但我并不快乐。我想起她对我的薄情寡义；想起那个我不认

---

1. 英培安. 一个像我这样的男人[M]. 新加坡：草根书室，1987：14.
2. 英培安. 一个像我这样的男人[M]. 新加坡：草根书室，1987：36.

识的男人；想起她曾经在他的怀里，同样的狂热与缠绵。我燃烧着的情欲完全冷了下来，代之而起的是一阵阵难受的嫉妒、怨恨和曲辱。我像一个抽空了的稻草人，机械地运作着，毫无感情，闷闷不乐。子君当然感受到我变化的情绪，她默默地推开我，穿上衣服。"[1]实际上，在各方面都落魄的他无力提供子君一个可能的幸福空间，如子君吵架时咄咄逼人但相当合理的反问："这完全是你的大男人主义在作祟。我有计较过你和别的女人的性关系吗？你把我当着什么？你的财产还是你个人的玩物？你们这些自私的男人，只会要求女人坚守贞节，自己却放纵情欲，老想占女人的便宜。这样公平吗？"[2]

某种意义上说，男性去势和语言政治紧密相连。英培安对此问题的关注显然比鲁迅的《伤逝》有着更强的复杂性和本土议题关怀。有些时候，文学能够处理和刻画比政治更长远的文化遗产。"英对男人问题的梳理与呈现，也凸现了他对新加坡'华'族男子被去势的现实的正视，他企图通过解剖达到更进一层的弥补，表明了明知不可为而为之的精神。"[3]

（三）反讽技艺

毫无疑问，反讽技艺是鲁迅诸多文体最擅长的实践手法与风格之一。作为鲁迅狮城传人的英培安也精于此道。杂文中自不待言，兼擅多种文体的英培安还顺应新加坡时势借助不同文体（如戏剧、小说等）做出了不同的反讽策略。

1. 批评政治体制及其荒诞逻辑。 戏剧《人与铜像》文末的写作日期颇有意味："作于1969年4月，1989年9月改写，1992年10月第三稿。"可能暗示了诸多政治事件对书写的介入，如马来西亚"五一三"事件等。但归结到政治隐喻中时，英培安的底色无疑仍然是新加坡。剧中中年人的

---

1. 英培安.一个像我这样的男人[M].新加坡：草根书室，1987：108.
2. 英培安.一个像我这样的男人[M].新加坡：草根书室，1987：109.
3. 具体论述可参拙著："南洋"纠葛与本土中国性[M].广州：广东人民出版社，2014：93.

一句,"我们这儿禁止香口胶的,你怎么可以吃香口胶?"[1]就一语道破了玄机。

剧本通过铜像与中年人的对话展示出英培安对有关政治的深入反思。铜像在剧中实际上隐喻了政客和政府双重角色。英培安无情地撕开了政治崇高而神圣的面具,将它的虚伪、丑恶公之于众。铜像为了装点门面,"当然要懂一两句莎士比亚或者鲁迅""有一阵子也流行毛主席,现在是孔子"。其矛头指向新加坡随风多变的意识形态标语(话语术实践)。善于遮盖自己的禁忌以及以雕虫小技变戏法坑蒙拐骗也是铜像的必备能力,如"我总不忍心践踏我的朋友""那你就不可能高大起来"[2]点破了政治的不讲义气、肮脏和冷酷无情。毋庸讳言,中年人的好奇心、爱慕虚荣、单纯也是他上当受骗的要因。与长袖善舞的铜像相比,不具隐蔽的欺诈手腕的流浪汉则屡屡遭到中年人的呵斥与追打。然而,一旦中年人出卖灵魂成为低级铜像后,他才吊诡地发现,疯疯癫癫的流浪汉的那句"从现在开始,我升你们做准将!"包含了多少无谓的诱惑、希望、绝望和巨大嘲讽。

耐人寻味的是,英培安对三代人的处理中显然也寄托了一丝期冀,并反映了三代人对政治(府)态度的衍变。耽于幻想、沉湎于记忆的老人关心铜像(同乡?)的是:"他知道万字票开什么号码吗?"反映了他追求的实际和政治觉悟上的不开化。中年人对铜像的痴痴等待则暗喻了人民对政府的天真的依赖和信任("他能改变我的生活")。而新一代的年轻人则对中年人对铜像的那一套戏法的拙劣模仿,表现冷漠或不置可否:他只是敷衍这个可怜的已经被纳入体制的、孤"芳"自赏的中年人,在中年人走后,"年轻人摇头叹息"。

此剧和鲁迅的关联可谓颇令人尴尬:一方面最具杀伤力的鲁迅居然成了政客们装点门面的肤浅凭借,所谓的名人名言反衬出政客们以及公共政治的复杂性;另一方面,英培安的此一剧本创作也呈现出类似于鲁迅《过

---

1. 英培安. 人与铜像[M]. 新加坡: 草根书室, 2002: 53.
2. 英培安. 人与铜像[M]. 新加坡: 草根书室, 2002: 22.

客》意义指向的高度警醒[1]，《铜像》还可指向对神圣与权威的解构与警醒，而非只是关于新加坡的一个政治隐喻[2]。

2. 反思自我、左翼与革命。 鲁迅经常展开深刻而独特的自我解剖，并反省国民劣根性。尽管在晚年他日益靠近左翼、共产主义革命，但他同时也保留了一己的独立性和对自我的珍视。类似的，英培安也长于为新加坡华族（尤其是华校生）代言，并自我批判。尤其值得一提的是，他曾经靠近新加坡左翼，但日后还是保持了自由之精神和独立思考的能力。这里不妨以其《画室》[3]为例加以说明。

表面上看，《画室》的情节并不特别复杂，主要是讲在新加坡画室里发生的故事，以老师颜沛、学生思贤为主人公，以其他人如健雄、宁芳、素兰、模特继宗以及只来过一次的叶超群等为辅，呈现出各自的学业、事业、婚恋等人生经历，数十年后故事的结局又重回画室，而结果自然是物非人更非了。其中令人瞩目的是英培安的气度、格局与胸怀。这里面有空间离散，包括新加坡、马来西亚、中国大陆、中国香港等；同时包含了人物命运离散与身份认同的转变。从宏观层面来看，《画室》整部长篇分成两个部分，大致而言，第一部分可理解为革命时代的理想、婚恋与鱼龙混杂；第二部分则是后革命时代的发展、狗血和余绪。

在此书中，英培安通过健雄的视角间接反思了"马共"的问题：一方面，窥探了"马共"的神秘性与必然灭亡的宿命；另一方面，凭借对"马共"历史的边缘切入，英培安对有关话语进行了另类揭示与解读。整体而言，英培安没有（或无力？）正面主攻"马共"神话和历史真相，而从一个侧面反衬出新加坡文化认同中的僵化、刻板之处——它并不真正允许异议者或有个性的非官方言论自由发展。更进一步，英培安通过《画室》部

---

1. 有关《过客》的重读，可参拙著：《野草》文本心诠[M]. 北京：人民出版社，2016：157-171.
2. 具体论述可参拙文：新加坡书写与书写新加坡——解读英培安的一种向度[J]. 人文杂志（吉隆坡），2003（06）. 后收入拙著："南洋"纠葛与本土中国性[M]. 广州：广东人民出版社，2014.
3. 更多分析可参拙文：(被)离散(诗学)与新加坡认同的困境——英培安《画室》的叙事创新[J]. 华文文学，2014（06）.

分揭示了新加坡文化认同的滞后、单薄等困境及原因，指出了其内部离散甚至是内部殖民（internal colonialism）[1]的吊诡。

二、精神贯穿与变异

从鲁迅的特异性角度思考，他其实是很难被超越的文化存在：他兼擅多种文体的高度创造性；他杂文批判的力度、深度、广度、温度，往往可以模仿，但很难神似；他对人性关怀的高度、博大胸怀和德性追求，让他无愧于"民族魂"的荣号；他的创作、生活、思想本身 / 之间就是吊诡重重、富含张力的连缀与纠缠。从此角度看，他的文学遗产其实更是一种精神贯穿。同时任何一个接受其哺育、滋养的文学后继者 / 大家往往有其个性和生存语境，因此这种继承亦天然地具有变异性。英培安也不例外。

（一）始终践行公共知识分子职责

某种意义上说，英培安对于鲁迅所恪守的五四一代的思想和品格有着相当明确的坚守，他的思想资源自然不止鲁迅一家，这种华人知识分子的天然使命感是经由华文、文学和精神形成的一种血脉相连的传递。

英培安首先呈现出的是一种敢于直面现实的勇气。某种意义上说，1930年代生活在上海的鲁迅还有租界可以转圜，而生活在政治强人李光耀阴影下的英培安却必须有一种当仁不让的勇敢。从这个角度来看，他不是逞一时之快，而是具有大格局和为民请命的知识分子，所以和一般苟且者和追名逐利者不同，他往往能够以小见大、直指要害。

同时，他敢于通过文学书写的方式为华族同胞（尤其是华校生）代言，揭露他们普遍挫败的命运、际遇和现实。一方面他再现了人为的语言政

---

1. 比较经典的论述可参：Michael Hechter.Internal Colonialism：The Celtic Fringe in British National Development, 1536-1966 [M] .California: University of California Press. 1977.

治的杀伤力、粗暴性和不合理性，进而引导人们反省有关政治制度的弊端；另一方面他也无情地批判此类知识分子身上可能存在的劣根性和人性弱点。

同样需要指出的是，英培安也具有鲁迅提倡的韧性战斗精神，比如灵活面对各种遭遇并适度调试。在杂文空间日益逼仄的前提下，他同时或更侧重其他更具隐喻性的文体，并且不断变换新的叙事策略，为自己的呐喊提供新的空间和安全性。同时新加坡本身也是灵活多变的存在，随着其经济繁荣昌盛、政治稳定，有关部门也呈现出应有的大度。作为既非新加坡文艺协会，又非新加坡作家协会会员的英培安一路来斩获了不少奖项：《一个像我这样的男人》获1987—1988年新加坡书籍奖；《骚动》获2004年新加坡文学奖；《我与我自己的二三事》2008年再度获新加坡文学奖；2003年度的新加坡最高荣誉之文化奖（华文文学）也颁给了英培安。

作为新加坡社会，尤其是文化层面的把脉者，英培安始终具有公共知识分子的精神关怀和文化品格，不管他身处在怎样的境遇里。这一点其实就是对鲁迅精神的部分贯彻。但和鲁迅不同的是，英培安面对的政府和社会都是迥异于鲁迅时代的现代化存在，因此英培安在科层制的国家内部必然也有从对抗性批评到代表性建议的角色转变。

（二）跨越本土/外来

鲁迅的文字/文学内涵具有极强的辐射性和象征性，很多时候，我们甚至忘记了他是出生于浙江的作家。相当耐人寻味的是，鲁迅一生没有创作过长篇小说，他笔下的绍兴/S镇/未庄却已经成为乡土中国的一种类型，成为他操练国民性批判和剖析旧中国的重要凭借。而实际上，恰恰是凭借短篇小说话语[1]的连缀，他给我们描述了既具有横断面又具有立体感多层次的乡土中国以及形形色色的各类人物形象，尤其是知识分子、妇

---

1. 具体论述可参拙著：鲁迅小说中的话语形构——"实人生"的枭鸣[M]．北京：人民出版社，2011．

女、底层人民等令人过目不忘。某种意义上说，这是鲁迅能够跨越地方性一隅书写的超越性所在和表现。

英培安的书写自有其别致之处：一方面，他是新马语境中本土性书写的高度呈现者，其中甚至可能达到了"本土视维"[1]的高度；另一方面，他又是呈现海外华人际遇的凝练提纯者之一。简单而言，其小说书写至少可以再现出如下的集体隐喻层面：

1. 经济异化自我。稍微了解新加坡的人就会知道，在这个号称亚洲四小龙之一的花园城市国度里，经济主导发挥着怎样重要甚至是无所不在的作用。新加坡建国初期如此，人均收入跻身于发达国家之列后依然如此。对经济的过度强调其实慢慢养成了一种急功近利和"怕输"的社会倾向。在英培安的小说中，小说主人公的叙述"面具"无论如何调试，他总有不得不赚钱的紧迫感或挫败感。

《一个像我这样的男人》的男主人公是一个相当失败、失意的人，做生意问题多多，因此焦虑不堪；《孤寂的脸》中，男主人公不堪重重工作压力；《我和我自己的二三事》中，"我"在摆脱"我自己"后尽管一度飞黄腾达，但最终还是穷困潦倒。但不管怎样，自我在经济的过度强调中被绑架或者迷失、异化是不争的事实。

2. 威权政治的中文压制。差不多英培安所有的长篇小说中的男主人公（之一）都是文化人，而且是华校毕业的对华族文化有着热诚的人。在新加坡独特的语言政治环境中，这意味着男主人公前途的晦暗与惨淡。因为在一个英语占据主流和上层的社会中，这种坚守和语言身份往往被殖民思想及其拥护者视为低人一等。所以，虽然英培安的人物呈现出个体的特征，但最终"这一个"往往升华为群体的无声隐喻。他们其实更是新加坡威权社会中的失败者。在《孤寂的脸》中，他很气愤："在这群数典忘祖的假洋鬼子里，懂得华文，竟成了他的弱点，而且还成了他们取笑的对

---

1. 此概念来自拙文：本土性的纠葛——浅论马华文学史书写的主线贯穿［J］. 学海，2003（02）.

象。天下还有比这更荒谬的事么？"[1]《骚动》中，在冷战语境下，中文往往被当时的政府视为中华中心主义和"左"倾的标志。《我与我自己的二三事》中，也不乏对语言政治的深刻描绘，"华校生因为英文不灵光，进入社会之后，竟成了二等公民，华校生要考大学，只有进南大"[2]。

整体而言，英培安并不喜欢过分强调宏大话语、家国情怀和政治意识形态等，但是他的小说并非不介入此类议题。因为其创作往往具有超越性，可以让人反思并探勘其间的文化政治隐喻，呈现出以小见大、自由出入内外的特征。但相较而言，英培安所呈现出来的格局还是比鲁迅略小，毕竟，其人物塑造多带上了明显的海外（新马）华人特征。

（三）长篇优势

或许长篇小说的创作优势是鲁迅和英培安在文体书写上的最大差别。20世纪90年代大陆文化界贬低鲁迅的风气跌宕起伏，某些论者往往拿鲁迅毕生没有长篇巨制说事[3]。鲁迅曾数次提及长篇书写的可能性：比如重编有关唐明皇和杨玉环的长恨歌，比如和陈赓见面后畅谈对红军长征的再现以及对三代知识分子贴切而立体呈现的构想，等等。从书写的可行性角度来看，有关知识分子的书写应当最有可能实现。可惜这一切只是假设。

到了英培安这里，不仅书写长篇成为可能，而且书写不同时空不同际遇的知识分子的遭遇已经变成文化产品。某种意义上说，这既是英培安和鲁迅的差异，又是吊诡地对鲁迅遗愿的隔空完成。相较而言，我们可以把英培安的长篇书写从主题和风格方面分成两种类型：

1. 探勘自我。 所谓探勘自我是指英培安在小说书写中更加强调对主人公内在心理的挖掘和个体事务的描述。虽然也有对主人公存在和发展的

---

1. 英培安. 孤寂的脸[M]. 新加坡：草根书室，1989：129.
2. 英培安. 我与我自己的二三事[M]. 台北：唐山出版社，2006：25-26.
3. 有关分析可参：古大勇. "解构"语境下的传承与对话：鲁迅与1990年代后中国文学和文化思潮[M]. 北京：中国社会科学出版社，2011.

环境变迁的描写，但描写中心是人物。此类代表性长篇是《一个像我这样的男人》《孤寂的脸》《我与我自己的二三事》。

在叙述技艺上，他借鉴了法国新小说的手法，在叙事人称上也有亮眼表现。英培安自述："用法国新小说的方式，很细腻地描写周围的事物，然后用不同的人称'你''我''他'来叙述，用不同的时空隔开这样的方式在当时也是蛮新的一个方式……"在小说人称叙事的实验上，英培安的确不负众望，是个真正的玩家。[1]

当然更科学地说，此类书写并非只是关注个体与自我，因为通过以小见大和以个见总的策略可以对群体加以反映，因此这类个体往往也是一类华校生的象征。

2. 再现大历史。所谓再现大历史就是指英培安把主人公安放在新马历史的大语境中书写。这样一来就把个体的遭遇升华为族群的命运，借此重新反思国家/历史等重大议题。这类小说主要有《骚动》《画室》《戏服》。

《骚动》《画室》的视角都关涉了新马、中国香港和内地语境，通过不同青年在不同时空的际遇来反思不同道路的问题，从而感慨小人物的命运悲剧，令人不胜唏嘘。同样，在此视角中，也可以处理一些重大议题，比如"马共""文革"等。《戏服》既有细微本土（新马粤语的对话），又有大追求（故事从1930年代开始直到现在，历时80余年，呈现出新加坡不同时代的风貌）。通过讲述梁家三代人（梁炳宏与孙子剑秋）迷恋粤剧的不同命运来展现英培安对新加坡历史的刻画与反思。

耐人寻味的是，在这三部长篇中，英培安最擅长和常用的恰恰是颇有狂欢风格与气质的复调叙事，似乎也只有通过此种方式，他才可以呈现出史诗般的历史、人物的复杂纠葛与观点反思。

---

1. 具体论述可参：朱崇科.面具叙事与主体游移：高行健、英培安小说叙事人称比较论[J].西南民族大学学报（人文社科版），2009，30（03）.

结语：英培安是鲁迅遗产在新加坡的最优秀传人，他在公共知识分子角色坚守、文体创新、杂文批判、反讽技艺等层面都有所继承，并亦有发展和变异，比如其长篇书写。从此角度说，关注他和鲁迅创作的关联只是考察英培安的一种视角，他的立体多元、丰富深刻已经使他成为新加坡最重要的长篇小说家，而且可以名垂青史。

[第五节]

论"王润华鲁迅"的生成及理路

引言

某种意义上说,世界级文豪鲁迅是属于全世界读者的精神财富和情感寄托,他在世界各地尤其是华人聚居区,有着无与伦比的深远影响,并有花样繁多的呈现(不管是朴素阅读、惯性套用还是教材精读、专业研究,甚至是革命精神借用)。在东南亚亦然,相关影响也逾百年。简单而言,无论是从文学(及文化、思想)传承、(文体)发展创新上,还是从学术研究的深化、推进与再造上都有着深厚的传统,可以称为众人瞩目的"文统"与"学统"[1]。

作为清末民初鼎革之际中华文化(不得不)"创造性转化"(林毓生语,"creative transformation")[2]走向现代过程中的高峰存在之一,鲁迅不只是文体创新家(中国现代小说之父、散文诗《野草》作者、杂文家、中国古代小说史研究大家),他同时还是批判性思维(尤其擅长国民劣根性批判)的卓越践行者以及现代性思想"立人"思想的提倡与建构者。他不只是在1920年代进入了中华民国的中小学语文教材,于海外亦然,他进入

---

1. 具体论述可参拙文:论鲁迅在南洋的文统[J].文艺研究,2015(11);论鲁迅研究在南洋的学统[J].福建论坛(人文社会科学版),2016(03).
2. 林毓生.殷海光先生一生奋斗的永恒意义[M]// 林毓生.中国传统的创造性转化.北京:生活·读书·新知三联书店,1988: 312.

过日本、新马等地的语文教科书。虽然时间上跟中国相比有所延滞，但是往往在不同时期地域彰显出经典本色从不缺席的显著特征。如王润华在考察新马语文教材里的鲁迅作品后所言："鲁迅为什么始终在新加坡的'华文'中不会缺席？无论在被殖民、后殖民、独立、建构多元民族社会的华族文化时期，都有他的声音？就是因为他的作品中具有中华经典的文学性，同时具有语文学习、文学教育、文化熏陶的功能，也超越了狭隘的民族关怀。"[1]不难看出，"新马鲁迅"的应用层次、价值功能十分丰富与多元。

鲁迅研究不只是20世纪中国研究的制高点，而且世界各地关于鲁迅研究的集大成者也熠熠生辉，甚至欧美汉学界亦然，如夏氏兄弟（夏济安、夏志清）、李欧梵、普实克等。特别值得关注的区域是颇受鲁迅全方位、长时间影响的东亚，所以有"东亚鲁迅"之称。中国语境内，根据有关学术研究可以单独列称的就有："王富仁鲁迅""钱理群鲁迅""王得后鲁迅"等[2]。日本语境内的代表性大家更是群星璀璨——"竹内（好）鲁迅""丸山（升）鲁迅""木山（英雄）鲁迅""丸尾（常喜）鲁迅""藤井（省三）鲁迅""代田（智明）鲁迅"等。[3]

王润华恰巧是在东南亚类似传统与土壤中强势崛起的佼佼者和集大成者，他左手写诗与散文，右手创制论文，兼擅多语（汉语、英语、马来

---

1. 王润华.新马华文教科书中的鲁迅作品[M]//王润华.越界跨国.广州：广东人民出版社，2017：58-59.
2. 有关"王富仁鲁迅"的直接研究主要有：彭小燕.《鲁迅前期小说与俄罗斯文学》中"人道主义元素"的复杂况味——兼及"王富仁鲁迅"的可能内涵[J].山东社会科学，2019（07）；陈国恩.王富仁"鲁迅"与中国1980年代的思想启蒙[J].西南民族大学学报（人文社会科学版），2019（06）；李春雨.从"思想鲁迅"到"思想五四"——王富仁鲁迅研究的深刻内涵与现实意义[J].山东师范大学学报（社会科学版），2022（01）；等等。有关"钱理群鲁迅"的直接研究主要有：李裕洋.承担意识与行动精神——"钱理群鲁迅"的提出及其核心义涵[J].文艺争鸣，2017（10）；等等。有关"王得后鲁迅"的直接研究主要有：彭小燕，唐法."立人"之思及其实践意志——"王得后鲁迅"的核心维度[J].太原学院学报（社会科学版），2024（01）；等等。
3. 有关"竹内鲁迅"的直接研究论述繁复，甚至成为了一种文化现象，集大成者有：孙歌.竹内好的悖论[M].北京：北京大学出版社，2009；靳丛林.竹内好的鲁迅研究[M].北京：北京大学出版社，2012；等等。关于群像研究可参：赵京华.活在日本的鲁迅[M].北京：生活·读书·新知三联书店，2022；等等。

语)、著述等身、桃李满天下，成为东南亚华人文化圈赫赫有名的双栖存在。王润华的研究横跨多个领域，包括：中西比较文学、中国现代文学、中国古代文学（如司空图、王维、《红楼梦》等）、（新马）华文文学等。他的鲁迅研究是其中国现代文学研究中最为凸显的个案，虽然其沈从文、老舍等专人研究也颇有影响力。同时王润华还斩获多项创作及研究大奖，包括：新加坡文化奖（文学类）、亚细安文化奖（文学类）、泰国的东南亚文学奖、中国台湾元智大学杰出研究奖、南洋理工大学孔子学院南洋华文文学奖、马来西亚南方大学资深学者杰出研究奖，等等。

表面上看，王润华关于鲁迅研究的论述数量并不多，主要是《鲁迅小说新论》（上海：学林出版社，1993）、《鲁迅越界跨国新解读》（台北：文史哲，2006），主编《鲁迅在东南亚》（新加坡：八方文化创作室，2017）以及收入《越界跨国》（广州：广东人民出版社，2017）的相关论文和散作若干。以"王润华鲁迅"命名其鲁迅研究貌似略显夸张，但实际上王润华的鲁迅研究理路清晰、新意盎然、风格独具、开放包容，自有其迷人风采。如果将王润华安放在其人生成长、思想发展的丰富脉络中，其学术进路与文化实践更有章可循、洞烛幽微。而不少误读、偏见恰恰是脱离上述思考方法的剑走偏锋、盲人摸象式的反面论证。

一、去蔽：独特发声

简单来说，鲁迅的一生波澜壮阔、多姿多彩，既是创造、输出、特立独行的一生，也是与各种糟粕、限制、禁锢斗争的一生。吊诡的是，鲁迅及其研究往往因意识形态斗争（含20世纪东西方"冷战"大背景）的介入而禁忌、雷区不断。长期阅读、研究鲁迅而入籍狮城的王润华亲身经历了不同时期、地点、语境中的复杂纠葛，颇有独立精神乃至部分的反抗意识。

（一）破除禁区

祖籍广州从化，1941年出生于英属马来西亚霹雳州地摩（Temoh）小镇，嗣后就读于地摩华民小学及金宝培元中学，此时段王润华颇受马来亚左翼进步人士所推崇的左翼（含鲁迅）思潮影响。因为当时的大陆相对封闭，热爱中华文化的王润华只好"曲线救国"——获得台湾侨委会优秀侨生奖学金后前往台湾政治大学西洋语言文学系留学（1962—1966）。彼时的台湾语境里白色恐怖肆虐，1920—1930年代经常批判国民政府、晚年甚至靠近共产主义的鲁迅因此"当仁不让"地成为不折不扣的禁区（甚至还部分包含了沈从文）。在美国攻读研究院高级学位时，王润华的硕士论文《郁达夫在新马和印尼》则探讨了曾经莅临并终老"南洋"的中国现代浪漫文人郁达夫的复杂面貌。1973年王润华来到人声鼎沸、思潮暗涌的南洋大学（1955—1980）教书，而后到了新加坡国立大学。虽然王润华经历了新加坡华语地位逐步下降英语跃居第一语言、南洋大学被关闭、"讲华语运动"等诸多政策实施与政治变动，但在王润华心中鲁迅始终有其光芒、坚守，王润华自己亦有其清醒的判断与不卑不亢的立场，无论是面对来自哪一方面的限制与禁忌。

《鲁迅小说新论》首篇即开门见山表明立场。《从鲁迅研究禁区到重新认识鲁迅》一文是对长期以来神化以及僵化鲁迅产生重重禁区（有时也是误区）的操作的犀利揭示和批判。比如鲁迅的原配朱安[1]长期以来是沉默的他者，然而实际上她如此重要，陪伴了鲁迅的母亲鲁瑞40多年；鲁迅曾参加科举考试的事实也有一段时间不被提及，其实就是想屏蔽鲁迅与封建文化的关系，而这恰恰是鲁迅本人要大力祛除的"鬼气"土壤之一，深味其短的鲁迅才能更入木三分地加以解剖；鲁迅与国民党的关系，其实更多是个体交往，而国民党人士也分左、右以及反动与否的阶段性，不可一概而论；闰土原型章运水命运凄苦，庸俗迷信的他因为离婚并跟附近的

---

[1] 有关朱安的传记可参：乔丽华.我也是鲁迅的遗物——朱安传[J].北京：九州出版社，2017.

寡妇纠缠不清导致家庭经济下滑（至少是原因之一），但因为对农民形象的褒扬和维护又压抑了对有关国民劣根性的批判，等等。

　　身在海外的王润华对此类禁区洞若观火。在他看来，只有打破此等禁区，鲁迅研究才能重回正轨，也才能有机会实现可能的新突破。易言之"回到鲁迅那里去"只有经过海内外学者（包括王富仁、李欧梵等）的内外积极联动，才能真正得以实现。如倪墨炎所言："润华先生周游列国，眼观四方，知识广博，思想上没有什么绳索的束缚。他研究鲁迅能真正从鲁迅史实和鲁迅作品出发，因而能得出合乎事实的结论。他的反对'神化'和'禁区'，也就显得有力。"[1]这的确是剀切之论。

（二）还原鲁迅

　　"去蔽"的另一面就是要"还原"。王润华对鲁迅的"还原"有两种类型：一种是结合历史语境彰显鲁迅的现实性；另一种则是强化鲁迅的更多的可能性，比如象征性等。

　　1. 丰厚现实性。 王润华曾经回忆自己诗歌创作时的写实主义阶段，虽然从其书写主流上来说他是一个坚定的现代主义者。"我在1962到台湾进大学之前，是五四文学的崇拜者，写了不少五四风格的诗歌，写实又本土，颇得左派诗风。"[2]他对鲁迅的现实性也有着熟悉而坚定的再现，当然作为学者的王润华有很强的学术平衡性，在较早时期他往往一并指出了鲁迅的象征性。

　　《探访绍兴与鲁镇的咸亨酒店及其酒客——析鲁迅〈孔乙己〉的现实性与象征性》《论鲁迅〈故乡〉的自传性与对比结构》《论鲁迅〈白光〉中多次县考、发狂和掘藏的悲剧结构》系列论文集中彰显出王润华重新回到历史现场，结合第一、二手资料还原鲁迅的现实性的多元实践。这种操作非常有力：既尊重了鲁迅小说创作原型，又可以看出鲁迅的整合、升华

---

1. 倪墨炎. 序[M]// 王润华. 鲁迅小说新论. 上海：学林出版社，1993：2.
2. 赵秀敏. 行走中的坚守——访南洋著名作家、学者王润华教授[J]. 中国文学研究，2008(03)：121.

与创造力。在论述孔乙己时,他不仅多元立体地探勘孔乙己本身及其生存环境,还高瞻远瞩地指出其可能具有的世界范围的代表性。"实际他也同时在表现人类及其社会中永恒的一个悲剧……离开那个框框读《孔乙己》,我们更能感到这篇小说的意义的丰富,而且具有很强的世界性的意义。"[1]这样的总结既有普遍意义上的概括力,同时又有良好的前瞻性。实际上孔乙己这个形象一度在当下中国兴起,成为众多年轻人自我调侃、解压和不满的话语表征。

不仅如此,《五四小说人物的"狂"和"死"与反传统主题》一文还相当精彩地指出了鲁迅及其来者经由"狂"与"死"的人物来彰显反传统用意的现实主义实践,视野宏阔、个案鲜明,而且具有很好的延展性,可以继续深挖。

2. 力撑象征性。在《鲁迅与象征主义》一文中王润华非常鲜明地亮出核心观点,并且从多层面多角度探讨鲁迅与象征主义的关系、认知与实践。在另一篇新颖且层次清晰的论文《探索病态社会与黑暗灵魂之旅:鲁迅小说中游记结构研究》中,一方面他划分了鲁迅小说中游记结构的三种类型:故乡、城镇、街道之旅;另一方面他指出其实点睛之笔指向的都是其象征性,也即深挖中国国民劣根性及其生成。"由此看来,如果把上述小说只分成二组,即回乡与城镇之旅的小说,也很恰当,前者反映旧中国、旧社会、旧人民、旧知识分子,而城镇小说则描写中国革命的兴起及其幻灭。"[2]类似的,《从口号到象征:鲁迅〈长明灯〉新论》则是通过一个经典文本探勘其内部丰富的象征性,同时也述及《长明灯》与迦尔洵《红花》及鲁迅自己的《野草》等文本之间的丰富的象征性关联,堪称左右开弓、繁复集中。

无独有偶,"文革"后第一位中国现代文学博士王富仁在他1984年的博士论文中也对鲁迅的象征主义强调有加,堪称英雄所见略同。王富仁认

---

1. 王润华. 鲁迅小说新论 [M]. 上海:学林出版社,1993:98.
2. 王润华. 鲁迅小说新论 [M]. 上海:学林出版社,1993:56-57.

为，鲁迅面对的境遇是，地主阶级对人民群众的精神残害非常曲折、复杂、抽象。"只有浪漫主义的抒情手段是不够的，只有现实主义的理性刻画也是不够的"，"作为对现实主义的一个必要的补充，《呐喊》《彷徨》中糅进了较明显的象征主义因素"[1]。二王里应外合，不只凸显了鲁迅作品中的象征主义，还在当时的语境中难能可贵地大力推进了鲁迅（研究）的丰富性。

二、跨越：国界疆域

论者指出："竹内《鲁迅》后来之所以拥有那么高的学术地位，被学界尊称为'竹内鲁迅'，不仅是因为竹内《鲁迅》本身极具文采、内容丰富，更是因为竹内《鲁迅》给后来几代日本左翼知识分子们提供了一种解决政治与文学纠葛关系的范式与方法。解决了他们通过'转向'都未能找到解决之法——即如何打通现实（政治）与理想（文学）之间总是相互龃龉的宿命的通道。这一点，是我们理解'竹内鲁迅'的生成过程及后来它之所以能够成为日本战后文坛最具代表性的文学批评名作——不可或缺的一个知识基础和原因。"[2]不难看出，竹内好等一代日本知识分子颇有借特异鲁迅（精神、方法、思想）浇胸中块垒的实践和洞察。身处东（南）亚的王润华的鲁迅研究不只是在中国以外的异域语境中维持了一个鲁迅研究者的独立思想、科学精神与"理解之同情"，而且也有借此实现自我（含海外华人）身份确认、丰富中国性以及强化本土性的多元借鉴与开拓创新。

王润华的跨越是相当丰富多彩的：首先是他的跨国（含区域）的学术经历；其次则是古今中外学术研究领域与视野的交叉融合；最后是相当新颖的问题意识之于研究对象的生发与落实。这一切都可以演化成王润华的宏阔、新颖、诗意与多元。

---

1. 王富仁.回归启蒙:《呐喊》《彷徨》新解[M].北京：北京师范大学出版社，2023：187.
2. 陈朝辉.论"竹内鲁迅"的生成[J].日语学习与研究，2023(04)：114.

第四章　主题展演

（一）跨国交叉

2002年底在新加坡执教近30年、以新加坡国立大学中文系教授兼系主任退休的王润华转任中国台湾元智大学人文与社会学院院长兼中文系主任、大学级教授，此时他的身份已是蜚声中外的国际级学者。从负笈台湾的青春侨生到年富力强的国际华人学者，王润华的跨国性、世界性对比之下更加得以强化与彰显。他的《鲁迅越界跨国新解读》（2006）堪称应运而生，如其所言："我生长于中华文化边缘的东南亚，经常越界跨国，站在边缘思考与观察鲁迅。当鲁迅遇到东南亚受英文教育的华人如林文庆，鲁迅以冲突作为对话，当鲁迅到了南洋华人社会，鲁迅被支持者神话化，从反殖民变成文学殖民者。郁达夫进入新马华文后殖民文坛，为什么对鲁迅在海外影响产生反感与不满？重返日本仙台医专现场解剖周树人弃医从文的原因，我们发现幻灯事件的神话意义。"[1]

在该书同名作中，王润华点出了越界跨国的新威力，主要包括：西方汉学与中国学研究范式下的鲁迅研究、东欧汉学、科际研究、海外华人研究（尤其是王赓武）、新马华文文学中的鲁迅（"文学的殖民主义"），最后统称为"文化研究"视域下的鲁迅研究，以上可以视为宏阔的正面主攻和理论梳理。

而在个案实践操作时，王润华的焦点之一则是和"青年鲁迅"息息相关的日本场域。既对日本的相关研究进行了梳理（《以鲁迅为典范：日本中国现代文学研究》），同时又回到具有转捩点意义的历史现场——仙台医专（《回到仙台医专，重新解剖一个中国医生的死亡：周树人变成鲁迅，弃医从文的新见解》），结合鲁迅的医学经验进行了文本新解读（《从周树人仙台学医经验解读鲁迅的小说》）。其中细致探讨了鲁迅的身份转换（从周树人到鲁迅）以及弃医从文的幽微复杂性，不管是来自鲁迅本人的，还是外部环境的细腻影响。王润华不只是用中文进行阐发，他还使

---

1. 王润华. 自序[M]//王润华. 鲁迅越界跨国新解读. 台北：文史哲，2006：自序页3.

用自己擅长的更加国际化的英文进行论述，如 *Lu Xun's Medical Studies in Japan and His Fiction: A Deconstructive Reading*，*The Study of Lu Xun and other's Modern Chinese Writers in Japan: A Mirror of Japan's Modernization?* 等。在国际学界算得上苦口婆心，反复立论。

除了多元学科的交叉，王润华还特别注意学科内部的交叉与融合，其代表作《沈从文论鲁迅：中国现代小说的新传统》令人眼前一亮。此文不只相当精彩地彰显出相对年轻的沈从文对名家鲁迅的评价，而且还非常难能可贵地指出沈从文的特点"诗人批评家"（艾略特语），优缺点鲜明。王润华的有关论断非常贴切地展示出两栖文化人（包含王润华自己）的优势，正是因为他既创作又论述，既研究鲁迅，又评论沈从文，才能如此巧妙地发现与恰如其分地评议。

（二）多元聚焦

根据王润华的自述："当我出版《鲁迅越界跨国新解读》的时候，我提示出版社封面设计用7张鲁迅不同时期的照片，象征鲁迅及其作品的多面性。我要寻找回多样性的鲁迅，他既继承了旧文学如古诗的抒情传统、晚清讽刺小说的社会批判意识，又呈现了国际的文学现代性，因此西方学者也为之震惊，认为鲁迅已跑在西方现代主义之前。"[1]除了封面装帧，考察他在论述中的实战操作，的确吻合其一贯多元聚焦的策略与设计。

鲁迅的国际化现代性（或鲁迅式现代性）的确是一个宝藏，而王润华是较早在此方面进行探索的学者之一。他相对早期（执教南洋大学时期）的论文《西洋文学对中国第一篇短篇白话小说的影响》不只考察了鲁迅所受的果戈里同名作影响，还视野开阔地加以补强和创新，如迦尔洵的《红花》、尼采的《察拉图斯忒拉的序言》等的影响。他专门加以强调和声明："虽然如此，从上面所举的各种内外证据中，我们可以肯定这三篇作品都

---

1. 许可."越界跨国"下的鲁迅研究——王润华教授访谈［J］.文艺理论与批评，2022（04）：105.

给《狂人日记》很好的模型和启示作用。但是从整篇小说来说，它是鲁迅自己的创作，不是模仿。鲁迅只不过是随意改造地借用，表达自己，把作品更加丰富化而已。"[1] 英文论文 The Influence of Western Literature on China's First Modern Story 更是铿锵有力地加以重审和丰富。

南治国指出："如果说论述谨严，考证确凿，行文从容、稳健是王润华教授治学的一贯风格，那么，运用比较文学的理论和方法来研究中西文学关系则是他最常用的治学手段。在研究鲁迅、老舍和沈从文的文艺思想和创作方法时，王润华教授经常采用影响研究方法。"[2]

内部影响研究的论文还包括《红楼梦》对鲁迅等影响的论述，比如英文论文 The Impact of Dream of the Red Mansions on Lun Xun and other Modern Chinese Writers, A Journey to the Heart of Darkness: The Mode of Travel Literature in Lu Xun's Fiction 等，既放眼内外，又进行比照，非常精彩。毫无疑问，王润华的强项更在于研究他脚下的新马文化土壤与鲁迅的复杂关联。代表作《林文庆与鲁迅，马华作家与郁达夫的多元解读：谁是中心谁是边缘？》强调的是边缘与中心的流动性（fluidity）及其相关反思。而经典论述《从反殖民到殖民者：鲁迅与新马后殖民文学》则更是非常精妙地凸显了鲁迅与后殖民马华文学的复杂关联，以及人为操控与拉锯之下的身份变迁。当然其中也不乏争议乃至误读。

三、回归：壮大本土

2012年在台湾执教十年后，王润华返回大马柔佛新山南方大学学院担任资深副校长与讲座教授。其主编的《鲁迅在东南亚》等论述部分彰显了他对新马本土的殷切期待与热切眷恋。本节以回归作结，是对其一贯扎

---

1. 王润华. 鲁迅小说新论[M]. 上海：学林出版社，1993：74.
2. 南治国. 本真的诗人情怀 宏阔的学术视野——王润华教授与比较文学[J]. 中国比较文学，2001（02）：142.

根本土、如今重点突出的一种策略性描述。

(一)本土立场

某种意义上说，王润华的鲁迅研究自始至终都有一条立足新马立场的本土主线，无论王润华身居何方、受怎样的教育，他的身份认同都是新马华人。作为一个本土繁多重大事件的直接参与者，包括殖民与后殖民、左翼与马共、新马分家和各自独立、语言政治、南洋大学[1]被关闭等，王润华对于鲁迅在其间的复杂性有着切身体会。比如他提及"当年在新马的学校、工会与森林的马共游击队经常合唱歌颂鲁迅的歌曲。由于歌颂毛泽东是犯法的，英殖民政府不会逮捕歌颂鲁迅的人，因为英美学界已经承认鲁迅为世界著名作家，与共产党无关"[2]。

《鲁迅在东南亚》首先是宏微结合描述一些客观历史事实。王润华认为，一段时期内"整个东南亚的左翼运动也都以鲁迅为精神导师。一方面，这是由于毛泽东在特定的历史时期在东南亚成为禁忌，鲁迅于是就与他合二为一，说鲁迅便等同于说毛泽东，两者都象征了革命与进步的力量；但另一方面，鲁迅本身也是左翼精神的标志，他的作品激励了东南亚人民的反帝反殖斗争，甚至武装暴动，这恐怕是他本人都想象不到的事情"[3]。身处东南亚的王润华的视野早就越过了新马，还加上了印尼、越南、菲律宾等，具有了一种显而易见的东盟(或亚细安 ASEAN)意识。

王润华的身份(经历)颇值得玩味。他青春少年时代受左翼影响，大学及研究院时期右风刚猛(在中国台湾、美国接受大学以上教育)，在新加坡执教时期他既享受了英语优先的利益跻身中产以上阶层，但同时他又是相对主动远离政治中心的边缘知识分子。上述经历让他更加热爱与关切

---

1. 有关鲁迅和南洋大学的精彩论述可参：胡星灿.道器之用：鲁迅与南洋大学[J].文学评论，2022(03).
2. 王润华.鲁迅在东南亚：建构"东南亚鲁迅学"[M]//王润华，潘国驹.鲁迅在东南亚.新加坡：八方文化创作室，2017：xviii.
3. 李裕洋."五四"在东南亚——王润华教授访谈录[J].汉语言文学研究，2020，11(04)：142.

新马本土，尤其是本土如何崛起。他向来珍视鲁迅的精神资源、文体创造、承前启后、破旧立新的积极意义，但同时又反对不同力量假"鲁"济私的褊狭与专断。代表作《从反殖民到殖民者：鲁迅与新马后殖民文学》更是深得鲁迅精髓的实践——既以貌似矫枉过正的方式彰显"元鲁迅"，又吊诡地借助解/构鲁迅来深化和确立本土。有论者对此展开批判："值得注意的是，像王润华这样以第三世界知识分子自居，主张以本土性对抗'中国中心主义'，试图摆脱东南亚华文文学身上的'中国性'或者说'中国影响'，已形成了一股思潮。这股思潮的旗手除了王润华之外，还有马来西亚华裔学者黄锦树、张锦忠、林建国以及张光达等人。"[1]其实这是只看到王润华苦心孤诣操作的一面的实践或观点。王润华作为国际化的东南亚华人知识分子，其中正平衡、客观豁达是多年锤炼的性格气质与文化追求，而其诗人身份则让他傲然独立、活泼创新。

（二）壮大本土

在接受学者采访时，王润华坦承："再说我主编的《鲁迅在东南亚》，选择性地收集目前为止东南亚各国学者与文化界人士发表的论文。这些论文主要产生于殖民与后殖民时代的东南亚，所以更强调鲁迅作品反殖民的社会性价值，而非文学艺术价值。而且很多作者缺少严谨的学术理论与分析方法，多以个人的感受为准。其实我最大的目的，是要引发学术训练完整的新一代学者，重新以更客观、更学术的方式进一步建构'东南亚鲁迅学'。"[2]

上述言论其实呈现出王润华的一丝隐忧：一方面是在英语优先的大背景下新加坡（学）人如何继承并赓续丰厚的鲁迅文学/文化传统；另一方面则是东南亚本土的鲁迅研究有可能后继乏力，必须既保持国际化的胸怀

---

1. 朱文斌.中国文学是东南亚华文文学的殖民者吗？——兼与王润华教授等商榷[J].华文文学，2007（02）：45.
2. 许可."越界跨国"下的鲁迅研究——王润华教授访谈[J].文艺理论与批评，2022（04）：109.

吐纳兼容，同时要培养和引入归化人才壮大本土，从而让鲁迅传统发扬光大。

实际上，《鲁迅在东南亚》的选择也彰显出王润华的潜在追求：他既选择了对东南亚区域不同时空里鲁迅之于有关文学、政治、社会的整体影响以及有关人士的代表性论文，也特别分门别类地指出在新马的创作中有哪些作家的散文、小说颇受鲁迅影响。此外，他还顾及鲁迅在马来文世界里的翻译情况，甚至把不同研究领域关于鲁迅的认知的论文合在一起，想借此透射繁复多变的鲁迅。

当然，如果结合王润华自己的创作，我们不难发现，他努力建构一种有特色的"本土中国性"，他在"放逐诗学"方面经历了三个阶段：（1）台湾美国留学时期（提纯中国性），创作上以《内外集》(1978)作为分界；（2）新加坡时期（创设南洋诗学），以《热带雨林和殖民地》(1999)作结；（3）返台至今（凸显国际华人），以《重返集》(2010)为代表。[1]不难看出，他的创作从鲁迅那里获益良多。

结语：王润华的鲁迅研究自有其特色，值得关注、重视与借鉴。但王润华的鲁迅研究严格说来亦有其限制：（1）他的论述往往非常新颖、诗性气质浓厚、文字流畅易懂，但偶尔显得深度不足，缺乏充分的辩证性和回甘感；（2）论述多点开花、视野开阔，但相对缺乏系统性，整体上属于狐狸型学者。正如李春雨在探讨"王富仁鲁迅"中关于"思想鲁迅"的丰富和深远意义时指出："王富仁建构'思想鲁迅'的重要意义，已经不是仅仅局限在鲁迅研究本身，而是打开了一个更广泛意义上的'思想五四'之门。1980年代重提鲁迅的思想意义，在某种程度上也是对'五四'思想意义的呼唤和重申。"[2] "王富仁鲁迅"的厚重、深刻和绵延不绝的"当代性"

---

1. 具体论述可参拙文：论王润华放逐诗学的三阶段[J]．香港文学，2015(11)．
2. 李春雨．从"思想鲁迅"到"思想五四"——王富仁鲁迅研究的深刻内涵与现实意义[J]．山东师范大学学报(社会科学版)，2022，67(01)：66．

令人叹为观止,这恰恰是"王润华鲁迅"可以汲取营养的场域。

无论如何,"但开风气不为师",王润华的开放性、散点透视性、朝向未来性预计了更多的可能性,而其跨域越界多元聚焦的联动理念又可以更好地照亮鲁迅及其研究,值得有心人深入探勘。

第五章

重读新颜

"解剖者鲁迅"本身包含了我们重读、精读鲁迅经典文本乃至与之对话或质疑其某些观点、理路的实践，同时创造性细读是和学界同行切磋求教的过程。鲁迅的不少经典（小说）文本可谓常读常新，比如《阿Q正传》《故乡》《伤逝》，有关研究早已汗牛充栋，但在我看来依然可以另辟蹊径。而相对繁难且边缘的文本也有，比如《弟兄》，容易引起误读，不过这恰恰给我们重审鲁迅提供了机遇。

鲁迅短篇小说《兄弟》的主题非常丰富，叙述技艺先进。它通过空间诗学以"出悌"作为切入点来探讨"立人"的可能性及其限制。鲁迅通过家庭、梦境、公司三种空间来探讨其中的兄弟情谊与文化抗衡、精神焦虑与物质压迫、生死吊诡与对比表演，具有超越性追求和浓厚的现实关怀——宣泄焦虑、平复自我、刻画人性以及重新"立人"。

《故乡》作为鲁迅的经典名作，其意义指向相当繁复，可以理解为一种鼎立并合关系。其主题蕴含至少可以包含三个层面：第一，作为老中国的隐喻/寓言，既有宏观图像描述，又有个体荏弱状描，同时还引发了读者变革的反思或冲动；第二，揭示其间对隔膜/国民劣根性的人为制造机制，一方面是精神奴化，另一方面则是经济动物驯养；第三，绝望的反抗与反抗绝望之间的意绪的复杂辩证。《故乡》同时是鲁迅"感受结构"展现的经典文本，既反映出民国时期国民们的相通劣根性与可能隔膜的精神感受，又结合鲁迅文学生产的自身特征，反映出"小我"的颠沛模式，同时并置了填充/攫取模式。但无论如何，"立人""立国"都是悲剧。从此角度看，《故乡》是鲁迅抚慰自我及记录思想、反思自我与国家的生产性文本。

关于《阿Q正传》的解读其实有着颇多误区，需要继续探勘。从意义的指向上看，它既有其时代特征，又有其开放性/未完成性，而从历时性角度看，它也有新时代的延展性。很多时候它的中性指向（而非单纯批判）意义范围被严重压缩。回到相对窄缩化的国民性批判视角进行挖掘，它本身是一种近乎最大公约数模型的构筑，其中既有游民类型的聚焦与分层处理，亦有鲁迅小说中常见的其他不同类型角色身份与时空连缀语境中的宏阔联动，需要用超时代与去阶级的眼光加以审视或观照。《阿Q正传》其实书写了一个无名游民的辛酸挣扎、强作狂欢与满地破碎。

《伤逝》作为鲁迅现实主义小说中相对难懂的一篇，显然有着相对繁复的主题指向。从鲁迅毕生思想贯穿的"立人"思想角度进行解读，这篇小说相当精彩地彰显了鲁迅的多重思考：他以爱情作为切入点，反衬出现实压迫的强大，既批判了抱残守缺的惯习，又指出新人们谋生乏力。若从精神资源角度思考，其中亦不乏个体提升的悖论，子君和涓生分别呈现出自动停滞和被动停滞的风格。当然，如果从"新人""立人"的空间转换角度思考，还可以探勘其间大小社会的张力以及"新人"内部相当明显的隔膜，而这一切却未必和空间的优化成正比。

[第一节]

"立人"的"出悌"切入与多维验证：重读《弟兄》

1925年11月3日、6日，鲁迅相继完成了《彷徨》中的末两篇小说《弟兄》和《离婚》。这两篇的主题都有痛苦情感（亲情、婚恋）的积淀和悲剧意味，当然也可能在作者的主体介入中掺入了预设成分，让人感受到在新旧元素结合的社会语境下传统伦理的强大以及压抑气质。相当耐人寻味的是，在堪称汗牛充栋的鲁迅研究中（尤其是《呐喊》《彷徨》），对《弟兄》一篇的关注出人意料的稀少，且在既有论述中不乏严苛的批评、热烈的争议甚至误读，值得我们认真探勘。

如果罔顾鲁迅小说虚构的现实语境基础，不将有关小说解读安放在鲁迅思想发展的历程上进行点面结合的把控，而更强调其单篇文本的诗学/诗性，我们似乎很容易如李长之一样认为鲁迅有几篇作品写得很坏——包括《呐喊》里的《头发的故事》《一件小事》《端午节》，《彷徨》里的《在酒楼上》《肥皂》《弟兄》，它们"写得特别坏，坏到不可原谅的地步"[1]。但实际上，李长之25岁时对《弟兄》的判断有其缺憾，他既在整体上相对简单化了鲁迅的角色，同时在具体文本解读上忽略了其文学内涵的复杂性。

对这篇小说的解读，最常见或安全的主题关键词是嘲讽虚伪。"这是

---

1. 李长之.鲁迅批判[M].北京：北京出版社，2003：93.

一篇充满嘲讽的小说。从公益局一向无公可办、办事员在办公室里照例谈家务、局长经常'杳如黄鹤',到秦益堂的两个儿子老三老五为折在公债票上的钱能不能开公账而从堂屋一直打到门口,一直到张沛君'兄弟怡怡'的表象下隐藏极深的自私,无一不是嘲讽。"[1]但这种理解和思考在彰显此小说的主流意义以外明显也有其片面性。细读这篇小说,我们可以发现鲁迅倾注了同情、悲哀、焦虑等意绪和具有"理解之同情"的价值判断。

如果结合此小说标题来挖掘《弟兄》的主题指涉,我们会近乎本能地联想到著名的"兄弟失和"事件。当事人之一的周作人在结合此文回忆往事时更强调其中的事实成分,而不愿真正直面历史疮疤,甚至还有意遮蔽其中呈现出来的九曲回肠的抒情性纠结。作为鲁迅毕生的好友,许寿裳的观点则有所不同,在《关于〈弟兄〉》一文中,他从实证/抒情的角度来阐释这篇小说,他认为:"这篇小说的材料,大半属于回忆的成分,很可以用回忆文体来表现的,然而作者那时别有伤感,不愿做回忆的文,便做成这样的小说了。这篇小说里含有的讽刺的成分少,而抒情的成分多,就是因为有作者本身亲历的事实在内的缘故。"[2]这的确是知己之论,鲁迅在书写此文时浸润在伤感而悲哀的氛围里。而鲁迅的三弟周建人素与大哥鲁迅交好,他更多是从鲁迅的立场释放善意。周建人在提起和阐释《弟兄》时说:"鲁迅通过小说,是向周作人伸出热情的手,表示周作人如有急难,他还愿像当年周作人患病时那样救助。"[3]这种解读难免有功成名就后的后顾的道德感补偿意蕴。截至目前相对客观且具有平衡感的论述则来自郜元宝,他强调:"许多'书中人'对某些当事人和知情者还是'相干'的。唯其如此,鲁迅才能一石二鸟,既揭示某种普遍的人性和生活规律,又向若干'实有的人'传达他自己对'兄弟失和'的态度。"[4]既要指向个

---

1. 王景山. 鲁迅五书心读[M]. 北京:首都师范大学出版社,2013:227.
2. 许寿裳. 生存,并不是苟活:鲁迅传[M]. 北京:新星出版社,2017:173.
3. 周建人. 鲁迅和周作人[M]. 石家庄:河北教育出版社,2000:65.
4. 郜元宝.《弟兄》二重暗讽结构——兼论读懂小说之条件[J]. 文学评论,2019(06):85.

体缠绕，同时要关注其可能的普遍意义，我们必须兼具这种双重视野才可能更好地理解《弟兄》。

在我看来，解读《弟兄》必须有丰富的应对策略：一方面我们要结合历史/社会语境（social context）与鲁迅念兹在兹的人生经历——"兄弟失和"事件，这是一个不容忽略的情结，他在不少作品中都对其有所描述和释放[1]；同时不该遗忘的是，1925年8月鲁迅被章士钊免职与其对簿公堂申诉得直的事件，也让创作《弟兄》的鲁迅感触良多。《弟兄》与《离婚》具有部分共同的指向性——在新/现代性的变异介入的大背景下，传统伦理僵而不死，需要更强有力的揭露与批判，同时鲁迅内心深处的情感创伤渗透其间。实际上，就在鲁迅创作《弟兄》的前一天——1925年11月2日，章士钊主持教育部部务会议决议：小学自初小四年级开始读经，每周一小时，至高小毕业止。11月18日，鲁迅写下了杂文《十四年的"读经"》（专门批评）、《评心雕龙》（观点罗列更广）进行大力批判，其中就包含了对读经和反白话逆流运动的虚伪性、无效性的批判，同时力主对其顽固性进行软化与扫荡。

另一方面，我们更要看到鲁迅小说书写意义指向的整体高度、主题凝练及其单篇小说承载的具体性之间的幽微关联。从此角度看，《弟兄》无疑是一篇佳作，它更多呈现出鲁迅"立人"思想的伦理审视：从兄弟之情（所谓"出悌"）角度重新反思传统伦理及文化的复杂性以及居于其中的个体的尴尬与表演性特征。可以理解的是，鲁迅在结构上采用了类似CD唱片的封套结构，彰显出多维验证的空间诗学，以公益局为CD的外壳，内在包含的是家庭故事与主人公个体的梦境，最终又回到单位/公司。这样的结构会让普通读者或不细致的专业读者一头雾水，从而误读结尾。

---

1. 具体论述可参：朱崇科，陈沁.鲁迅作品中的"兄弟失和"纠结及其超克——以《伤逝》为中心[J].文艺争鸣，2015（11）.

一、家庭 / 公寓：在中西（医）与兄弟（账）之间

《弟兄》处于公寓的具有现代色彩的家庭是可以彰显伦理情感（含兄弟之情）的最直接场所，其中既可以呈现日常琐碎的原生态生活，又可以凸显因为重大事件 / 变故 / 病症等而导致的情感波动或再坚定轨迹。

（一）疾病研判：亲情与利害

对发高烧的弟弟靖甫是否感染时疫——猩红热的结果研判过程，可以清晰彰显二人相对友好而亲密的兄弟情谊。毋庸置疑，沛君是真切关心靖甫的，以至于这个疑似猩红热的疾病让相对遵奉现代科学的他有些手足无措，"他平时是专爱破除迷信的，但此时却觉得靖甫的样子和说话都有些不祥，仿佛病人自己就有了什么豫感"[1]，会有病急乱投医的实践——居然请了同寓的中医白问山。鲁迅借助这些细节变化来表现沛君对靖甫的这种真切的挂念，如时不时探看病人的变化；期盼德国医生的到来；看到医生到来时，殷切引领且打下手，"他像是得了宝贝一般，飞跑上去，将他领入病人的房中。两人都站在床面前，他擎了洋灯，照着"[2]。而在确诊靖甫是出疹子后，他的心情相当靓丽，虽也有如释重负的虚空，"房子里连灯光也显得愉悦；沛君仿佛万事都已做讫，周围都很平安，心里倒是空空洞洞的模样"[3]。

但同时我们要看到，在等待西医到来的过程中，沛君也预想了靖甫如果确诊猩红热之后的惨状：不用说更大的家庭维生问题，单是棺材都让人头痛，"后事怎么办呢，连买棺木的款子也不够，怎么能够运回家，只好

---

1. 鲁迅全集：第2卷 .137.
2. 鲁迅全集：第2卷 .140.
3. 鲁迅全集：第2卷 .141.

暂时寄顿在义庄里……"¹周作人曾写道："这篇既然是小说，论理当然应该是诗的成分加多了，可是事实却并不如此，因为其中主要关于生病的事情都是实在的，虽然末后一段里梦的分析也带有自己谴责的意义，那却可能又是诗的部分了……事实上他也对我曾经说过，在病重的时候'我怕的不是你会得死，乃是将来须得养你妻子的事'。"²周作人过于强调出疹子的事实固然有回避乃至遮蔽鲁迅悼念兄弟之情的感伤与示意，但也同样涉及了生计的艰难。这和八道湾时期兄弟二人努力挣钱养家却入不敷出（甚至需要鲁迅借钱度日）的窘迫具有一种潜在的对话关系。³平心而论，这种复杂考量（不管是来自鲁迅本人还是主人公沛君）是合情合理的，即便到不了"贫贱夫妻百事哀"的凄凉，利害的存在也始终是现实的另一极。

（二）文化抗衡：中西并存

郜元宝指出："解读、欣赏和评价类似《弟兄》这样写法特别的小说，确实要看读者能否知悉其创作背景（《弟兄》所涉鲁迅私生活之特殊内容），能否敏悟其独特构思（《弟兄》主副线之虚实相生），能否了解其潜文本（明引或暗引'旧典'）。"⁴这的确是的论，然而这也只是围绕周氏兄弟之情的处理，而忽略了《弟兄》文本中更宏阔的中西方文化关系——对抗与并存，从广义上说这也是一种兄弟关系。

1. 中西医学话语。⁵《弟兄》的家庭空间中显而易见的是中、西医学之间的对抗，鲁迅对中医的厌恶大家近乎耳熟能详（"不过是一种有意的或无意的骗子"⁶）。这种态度也投射到仰慕现代文化的沛君身上，他请昂贵的德国医生来诊断兄弟靖甫的病症并非舍近求远、追求时髦（虽然普大夫

---

1. 鲁迅全集：第2卷．140．
2. 周作人．周作人谈鲁迅·鲁迅与弟兄[M]．哈尔滨：北方文艺出版社，2014：74．
3. 具体论述可参：陈明远．鲁迅时代何以为生[M]．西安：陕西人民出版社，2013；黄乔生．八道湾十一号[M]．北京：生活·读书·新知三联书店，2016．
4. 郜元宝．《弟兄》二重暗讽结构——兼论读懂小说之条件[J]．文学评论，2019（06）：86．
5. 有关分析可参拙文：论鲁迅小说中的医学话语[J]．福建论坛（人文社会科学版），2010（05）．
6. 呐喊·自序[M]//鲁迅全集：第1卷．438．

颇受欢迎、非常忙碌），而是因为后者更精确、科学、值得信任（"好得快一点"[1]），表面上西医出诊费较高，但跟平庸、类似钝刀子割肉至无底洞的中医（不仅误诊，而且还狮子大开口，能否治好关键看"府上的家运"[2]）相比，优势一目了然。当然，中医在此文中也有自己的特点，比如便利、亲切，望闻问切的套路中明显有巫文化的残留。

在沛君身上呈现出的中、西医交叉之处在于：沛君在等待西医时，因为病急乱投医、死马当活马医，同寓的中医白问山才有了机会，当然也就可笑地成为对比对象以及批判的载体。

2. 声音中的文化对比。 小说《弟兄》中有交通工具——沛君回家坐的人力车与普大夫等人坐的流行的小汽车的对比（俨然有了对经济收入和支出不平衡的鲁迅式调侃，黄包车进，小汽车出，如何抵挡？）。正如许广平在回忆中所说，鲁迅对她说过："我总以为不计较自己，总该家庭和睦了吧，在八道湾的时候，我的薪水，全部交给二太太，连同周作人的在内，每月约有六百元，然而大小病都要请日本医生来，过日子又不节约，所以总是不够用，要四处向朋友借，有时候借到手连忙持回家，就看见医生的汽车从家里开出来了，我就想：我用黄包车运来，怎敌得过用汽车运走的呢？"[3] 用后顾者的视角来回看"兄弟失和"事件可能添加了一些情感因素从而得出不全面的结论，但是中间的节俭/奢华、传统/现代（人力与机器）的比较巧妙地融合在《弟兄》里。

其中也呈现出沛君对声音的判断的文化底蕴与价值立场。在等待普大夫时，他被现代化产物——汽车的汽笛声困住了。"忽而远远地有汽车的汽笛发响了。使他的心立刻紧张起来。听它渐近，渐近，大概正到门口，要停下了罢，可是立刻听出，驶过去了。这样的许多回，他知道了汽笛声的各样……他忽而怨愤自己：为什么早不留心，知道，那普大夫的汽笛

---

1. 鲁迅全集：第2卷 .139.
2. 鲁迅全集：第2卷 .138.
3. 许广平. 如此兄弟 [M] // 许广平. 鲁迅回忆录. 武汉：长江文艺出版社，2010: 61-62.

是怎样的声音的呢？"¹某种意义上说，这是鲁迅借助沛君的视角对现代性，尤其是物质性的一种形象描述。

同时对面公寓传来的寓客归来时吟唱戏曲的声音（京剧《失街亭》："先帝爷，在白帝城……"），令沛君讨厌，"他一听到这低微高兴的吟声，便失望，愤怒，几乎要奔上去叱骂他"²。其中浸染了他等待中的担忧与被打扰混淆的愤怒，（信奉不同文化的）人类的悲欢很难相通。这其实亦有中西文化的对比，表现了他对现代化的拥抱与支持，或更准确地说，他生活在一个中西合璧的时代，虽然新的生活方式刚刚崛起，但他更喜欢后者。

二、梦境：精神焦虑与物质压迫

对于梦的使用，鲁迅可谓轻车熟路。比如早期的小说《补天》里灵活使用了弗洛伊德的性本能发动理论，当然小说可能还有更高远的追求³。《弟兄》是偏重死亡本能。更大量的使用则是主体部分写于1924—1926年的《野草》，有七篇散文使用此技艺。

简单而言，梦的使用可以拓展主人公精神空间和事物发生空间的涵容范围与层次，更具想象力，借此呈现出现实世界无法实现的更多可能性并反观人类的历史、现实或文化流变。易言之，鲁迅的佳作《弟兄》在超越性的"时空体"方面也小试牛刀，做了有益的尝试。

---

1. 鲁迅全集：第2卷 .139.
2. 鲁迅全集：第2卷 .140.
3. 日本学者丸尾常喜就精辟地指出："这篇作品，是在人类的创造与文学的形成的历史这种壮阔的视野中构想的；鲁迅站在这一立场上，不能不根本性地把'辛亥革命'的结果所暴露出来的问题，至少作为中国的'人'本身、'文学'本身的问题来重新思考。"见：丸尾常喜. 耻辱与恢复——《呐喊》与《野草》[M].秦弓,孙丽华,编译.北京：北京大学出版社，2009：98-99.

（一）梦的焦虑折射与宣泄

《弟兄》中的梦境主要呈现的是因时疫——猩红热可能带来的死亡假设及艰难应对其所带来的破坏本能。其中包括沛君一开始成功地应对了靖甫的死，可以背着大棺材收殓靖甫（应对现实思考中的棺材无着落），但此后还有更大的压力——如何安置并公平对待靖甫的孩子们？对此，心力交瘁的沛君是通过暴力解决的，"他已经被哭嚷的声音缠得发烦，但同时也觉得自己有了最高的威权和极大的力。他看见自己的手掌比平常大了三四倍，铁铸似的，向荷生的脸上一掌批过去……"[1]不只如此，在荷生带人前来攻击他讨公道时，他一方面为自己辩护声称不要受人欺骗，另一方面，他又以暴力镇压，"荷生就在他身边，他又举起了手掌……"[2]这种血淋淋的破坏性在日常生活中是被"兄弟怡怡"的愿景/努力目标强压下去的，梦中却可以如实呈现。如人所论："尽管刺激如此之深，鲁迅却断然跳出真人的框范，也摒弃了生活中的'恩仇'，而是借助弗洛伊德的精神分析法，用梦与现实的对照，塑造出一位慈爱而又有隐潜自私的兄长。只有跳出'恩将仇报'的格局，才能提炼出新的主题。"[3]鲁迅对人物复杂性认识的深刻性就在梦里梦外的交织中表露无遗。

公平地说，梦境成了沛君清理阴暗面（潜伏负面情绪）与面对现实压迫产生的焦虑的孔径，同时这种宣泄又是它们的折射。忙碌了一天的沛君终究无法抵挡内在焦虑的累积，梦境就是再现和可能的解脱方式。但吓人或害人的梦境终究没有化成惨痛的现实，它反过来很好地维护了"兄弟怡怡"的真情建构。当然（专业）读者们还是可以看穿或洞察这种另类空间的真实，虽然小说本身也不过是虚构，即便周作人和众多研究者更强调其真实或现实元素的介入。

---

1. 鲁迅全集：第2卷 .143.
2. 鲁迅全集：第2卷 .143.
3. 范伯群，曾华鹏．慈爱者的隐潜的自私——论《兄弟》[J]．南京师大学报（社会科学版），1986（03）：75.

（二）物质压迫

有论者指出："《弟兄》仍然是关于现实物质生活的叙述，即血亲关系是如何在物质的制约下呈现出'虚弱'。较之于《孤独者》和《伤逝》，《弟兄》的叙述显得有些单刀直入，似乎迫不及待地要将血亲关系置于物质的场域中进行实验，以证明血浓于水的亲情依然无法抵御物质的魔力。"[1]归根结底，梦境中涉及的死亡及有关破坏本能的呈现主要还是源于现实生活中的强烈的物质压迫——财力不足以应对主要男劳动力的死亡。

众所周知，传统封建中国家族的运行往往以成年男丁为中心，在经济相对落后的情况下，人力资源的共同分责、互相支持至关重要。一个家庭里，一旦主力男丁陨落，则难免有大厦倾颓的担忧，比如在夜里等待普大夫前来的沛君自然而然地想到了现实中的家计（背后投射的也是鲁迅作为长子长孙的亲身体验和责任梳理），"那么，家计怎么支持呢，靠自己一个？虽然住在小城里，可是百物也昂贵起来了……"[2]"清官难断家务事"，亲疏远近有别，加上可能的分配不均，就会产生各种矛盾，内部矛盾一旦处理不好，则会严重影响家族颜面和声誉。

从梦境回到现实空间，伙计送药和包裹的细节也值得分析。睁开了眼的靖甫问询伙计送来何物，沛君更关心靖甫的健康，所以先答的是药，而昏迷乍醒的靖甫则是关注另一个是书的包裹。"靖甫伸手要过书去，但只将书面一看，书脊上的金字一摩，便放在枕边，默默地合上眼睛了。过了一会，高兴地低声说：'等我好起来，译一点寄到文化书馆去卖几个钱，不知道他们可要……。'"[3]他更关心的是通过译书（*Sesame and Lilies*）维持生计（其中也包含了周氏兄弟曾经的梦想和实践），而且相当高兴，这反倒更让人心酸地看到经济对他们生计的挤压。

梦境的借用是现实生活中不便展演的内容的虚拟延续，也是另一种对

---

1. 罗华. 物质制约下的伦理诉求——以《孤独者》《伤逝》《弟兄》为中心[J]. 中国现代文学研究丛刊，2007（05）：140.
2. 鲁迅全集：第2卷.140.
3. 鲁迅全集：第2卷.144.

话和深化：它不会造成大的实际伤害，却推演了心中丰富的所思所想以及应对危机的诸种可能性（包括负面的巨大破坏性），是一种心灵、情绪或灵魂的审视与洗礼，与现实形成了恍若镜像的对照。1925年11月3日，鲁迅还完成了《热风·题记》，其中弥漫着悲哀的意绪和对有情的珍视："我的应时的浅薄的文字，也应该置之不顾，一任其消灭的；但几个朋友却以为现状和那时并没有大两样，也还可以存留，给我编辑起来了。这正是我所悲哀的……无情的冷嘲和有情的讽刺相去本不及一张纸，对于周围的感受和反应，又大概是所谓'如鱼饮水冷暖自知'的；我却觉得周围的空气太寒冽了，我自说我的话，所以反而称之曰《热风》。"[1]这种悲哀不是一己的悲欢，而是对时代痼疾难去、新生难存的慨叹，"有情的讽刺"正是鲁迅以拳拳之心直面凉薄现实世界的风格与策略。《弟兄》的叙事氛围也和这种心境息息相关。

三、公司：生死吊诡与对比表演

作为封套的公益局（公司）空间本身就有较强的文化指涉和比照匠心，它当然可以呈现出民国初期有关机关服务的滞后与懒散，但更能呈现出鲁迅审视兄弟之情的独特实践，在此背后亦有鲁迅"立人"的期冀。

（一）比照侥幸：死的吊诡

表面上看，小说开头和结尾公益局的氛围差别不大：人浮于事，甚至连局长也"杳如黄鹤"，办事员们无非谈论琐屑、无聊度日。靖甫被确诊只是出疹子，在吃药变得健康之后，兄长沛君回到了办公室，原本他可以好好休息，毕竟之前噩梦不断，但面对处理无名男尸的公文时，他却坚持自己来办。同事月生念道："'公民郝上善等呈：东郊倒毙无名男尸

---

1. 鲁迅全集：第1卷.308.

一具请饬分局速行拨棺抬埋以资卫生而重公益由'。我来办。你还是早点回去罢,你一定惦记着令弟的病。你们真是'鹡鸰在原'……"[1]结果沛君坚持自己办理,"月生也就不再去抢着办了。沛君便十分安心似的沉静地走到自己的桌前,看着呈文,一面伸手去揭开了绿锈斑斓的墨盒盖"[2]。有论者指出,结尾男尸是谁没有明言可谓留下了伏笔。"他究竟作何选择,鲁迅不作明确交代,针对东郊倒毙无名男尸事件故意遮盖真相,事实上,作家故意在此留白:鲁迅根本不忍写明兄弟弃尸荒野的残酷事实。但我们深知,最有可能是张沛君暗中所为。明写张沛君满口仁义道德,暗写不仁不义,小说的嘲讽意图不言而喻。"[3]这其实是一种不明真相逻辑的肤浅误读。

结论是:沛君不可能是凶手!小说开端,在公益局聊天的沛君对可能爆发的时疫非常关注,对可能感染的弟弟无比关心,而且同事们知道他收入一般,"进款不多,平时也节省,现在却请的是这里第一个有名而价贵的医生"[4]。在梦境中,鲁迅让沛君感知到了预设中靖甫死亡之后的各种尴尬:很难安置兄弟的家庭——多了几口人,挣钱的主力还少了,自然压力更大。所以,结尾中到了公益局重新上班后,靖甫的病情好转让回到现实的他更觉欣慰,可谓如释重负,乃至有重生之感,所以他才放下包袱、热心工作,争着处理无名男尸。

如果从阴谋论的角度思考沛君,判断是:他杀死了靖甫,然后再处理无名男尸的后事以免泄露,所以显得主动。实际上这个逻辑无法成立:(1)他的作案时间太少,因为普大夫来就诊时就已经很晚了,他在杀人后还要抛尸,第二天还要上班,时间太紧张了;(2)他如果想除掉靖甫杀人灭口,应该不会是抛尸,更应该是毁尸灭迹;(3)让靖甫活着一起挣钱养家明显比杀掉他自己担负不起责任更舒适合理。综上所述,沛君热心处理无名死

---

1. 鲁迅全集:第2卷.146.
2. 鲁迅全集:第2卷.146.
3. 王传习.浙籍作家的城市流动与五四文学发展关系研究[M].北京:中国社会科学出版社,2019:206.
4. 鲁迅全集:第2卷.136.

尸其实表明了一种最坏结局被避免之后的庆幸与回馈感。

（二）对比表演：人性繁复

公益局空间中通过对话建构起来的对称比较的副线是秦益堂两个儿子老三、老五为公债票上亏损的钱是否开公账争吵不已，兄弟争利，终至大打出手，而且还继续发酵，"到昨天，到晚上，也还是从堂屋一直打到大门口。老三多两个孩子上学，老五也说他多用了公众的钱，气不过……"[1]在这种对照之下可以彰显沛君、靖甫兄弟真情的可贵和沛君的自我表彰（"我们就是不计较，彼此都一样。我们就将钱财两字不放在心上。这么一来，什么事也没有了。有谁家闹着要分的，我总是将我们的情形告诉他，劝他们不要计较。"[2]）。相比，似乎梦境里的死亡、暴力和鲜血又戳穿了这种彰显出来的清高与淡泊，毕竟经济压力会改变伦理走向。如人所论："作为个人，张沛君有着自己真实的爱、自己善良的人性；作为一个封建旧制度的牺牲品，张沛君则是一个畸形儿。畸形的社会制度，畸形的社会意识形态造就了他的特殊的双重人格。对于一个复杂的历史现象，对于一个生存于复杂的历史环境中的人，我们不能简单地用一个'虚伪'来笼统地概括。"[3]这的确是鲁迅对在复杂环境中彰显出的复杂人性的刻写，我们不应该简单粗暴对待。

如果从更高的追求来看，《弟兄》中的"出悌"切入更是一种视角，鲁迅想借此孔道探勘"立人"的路径、可能性与阻力。从此视角看，张沛君的个人性及其与靖甫之间的兄弟之情既有其合理、丰富、感人的一面，同时亦有其缺憾、伪善以及劣根性生成机制的值得批判的另一面。鲁迅通过三种层次井然的空间诗学进行了仔细验证与探勘，家庭、梦境、公司等交织杂糅，现实经历、应对思考，梦境拼凑、血痛混溶、公私并立、

---

1. 鲁迅全集：第2卷.145.
2. 鲁迅全集：第2卷.135.
3. 吴小欢.鲁迅《弟兄》主题新解[J].上海大学学报（社会科学版），1990(06)：107.

死生穿梭，这也正是此篇小说相当繁复且易引起误读的迷人之处。其中的兄弟之情及其变异既有传统元素和感情寄托，也渗入了西方文化的观照与更新。

结语：《弟兄》的主题并非只是"兄弟失和"事件的小说式思考，它通过空间诗学以"出悌"作为切入点来探讨"立人"的可能性及其限制。鲁迅通过家庭、梦境、公司三种空间来探讨其中的兄弟情谊与文化抗衡、精神焦虑与物质压迫、生死吊诡与对比表演，具有超越性追求和浓厚的现实关怀——宣泄焦虑、平复自我、刻画人性以及重新"立人"。

[第二节]

论《故乡》的"意绪秀异"

1921年1月创作、是年5月发表于《新青年》第9卷1号的《故乡》似乎注定是一篇家喻户晓的经典作品。从其文本自身来说，一方面它相对通晓流畅，具有较强的可读性；另一方面它含义隽永，适合反复咀嚼。实际上它的确较早就进入了中、日两国学者的研究视野和语文教材，并且逐步形成了各自的历史传统。

中国方面，1923年顾颉刚等人编辑的《新学制国语教科书》就将《故乡》收入民国教科书，迄今仍跻身于国人的语文必读篇目中。[1]而日本方面，1927年，白桦派代表作家武者小路实笃在其编辑的杂志《大调和》上发表日文版《故乡》（译者身份未明）；1953年，《故乡》由日本著名中国文学研究者、《鲁迅》作者竹内好翻译成日文并选入日本教育出版株式会社的中学国语教科书，供初三学生阅读，以后几成定例。[2]

入选中学语文教材的《故乡》的主题解读视角有其不同时代的意识形态限制。简单而言，它更侧重其历史反映功能和批判社会的黑暗、专制、腐败等杀伤力维度，比如"隔膜说""农民问题说""批判辛亥革命说"等。[3]

---

1. 具体论述可参：藤井省三. 鲁迅《故乡》阅读史——近代中国的文学空间[M]. 董炳月, 译. 北京：新世界出版社，2002.
2. 具体论述可参：佐藤明久. 在日本中等教育方面鲁迅研究的回顾和发展[J]. 瞿斌, 译. 上海鲁迅研究，2006（夏季号）：247-257.
3. 具体论述可参：陈漱渝. 教材中的鲁迅[M]. 福州：福建教育出版社，2013：311-312.

但同时，似乎难以避免的是，这种带有意识形态导引及中学语文教育限制下的实践其实窄化了经典文本《故乡》的丰富性与多元性。比如某些关于《故乡》的常见教学目标设计的主导核心就是：通过对这篇小说内容的把握，深刻理解在旧中国帝国主义、封建主义不仅是我国农村经济凋敝、农民生活日益贫困的根源，而且也在思想灵魂上对农民造成了深深的毒害，激发学生热爱新中国、努力建设社会主义精神文明的强烈愿望。[1]

2000年王富仁在其宏文《精神"故乡"的失落——鲁迅〈故乡〉赏析》中提出了"三个故乡"的说法：一个是回忆中的、"过去时"的，一个是现实的、"现在时"的，另一个则是理想中的、"未来时"的。[2]此文于2003年6月被收入人民教育出版社《九年级〈语文〉上教师教学用书》，因此影响深远，对长期以来关于鲁迅《故乡》理解的简单化乃至刻板化处理进行了部分矫正。

相较而言，中学语文教育及有关生产者、执行者更侧重和开发《故乡》作为经典读物和语文教材层面的意义，加上教师手册有关阅读指导或揣摩应试功能的主线引导，《故乡》固有的丰富性往往难以被彻底开掘出来。实际上，《故乡》中的"故乡"既是"一"，又是"多"。"一"是指作为鲁迅营造并介入的立体繁复指涉，"故乡"浑然自成一体，无论虚实远近；"多"是指"故乡"涵盖的意义层面多元，值得我们仔细探勘。

"中国现代小说之父"鲁迅在《中国小说史略》中称赞《西京杂记》："在古小说中，固亦意绪秀异，文笔可观者也。"[3]实际上，此结论也可挪用到他精心制作的《故乡》上来，尤其是《故乡》的"意绪设计"别具一格：既有繁复意义的铺陈，同时又有"情感结构"的构建，而上述层面又巧妙编织、浑然天成。在我看来，《故乡》中鲁迅至少用了三种策略推进并营构此篇小说：第一是大小结合的叙事策略，虽然相对简单，但是经典有

---

1. 这种设计在网络上搜索后可谓比比皆是，目前的初中语文关于《故乡》的教学设计中此种思路并不罕见。有关说明可参：蔡栅栅.日本教科书中的鲁迅《故乡》[N].中华读书报，2015-7-22(19).
2. 王富仁.精神"故乡"的失落——鲁迅《故乡》赏析[J].语文教学通讯，2000(24).
3. 鲁迅.中国小说史略[M].上海：上海古籍出版社，1998：21.

效,所谓大的层面就是"离去—归来—离去"模式,而小的层面则是"我"与闰土的再度相逢,之间借重逢杨二嫂进行叙事延宕;第二则是抒情氛围的环绕,无论是回忆少年闰土时期的欢欣鼓舞,还是反思希望渺茫与隔膜时候的沉重、悲哀乃至绝望都难免打上复杂的中年心绪印记,这往往是中学时代的学生们难以把握的;第三则是张力十足的评论文字,有画龙点睛之功效,但并非晓畅如话、一目了然,需要有心人对其中曲折之处进行必要点拨。

一、老中国隐喻

无论是从文本自身的丰富寓意进行发散思考,还是从鲁迅对于家国同构的深切认知进行逻辑推演;无论是故乡指向的繁复性,还是鲁迅自己期冀的宏阔性,都会让我们把视野转向其间故乡可能的国家隐喻／寓言。

(一)中国图像

《故乡》的"离去—归来—再离去"模式有其相当有意味的功能—它可以激活故乡,使其变得熟悉又陌生,也方便引领读者进行内外对流的双重观照。

1. 宏观图像。在返乡人"我"的眼中,故乡呈现出一种"萧索"的整体氛围,"时候既然是深冬;渐近故乡时,天气又阴晦了,冷风吹进船舱中,呜呜的响,从篷隙向外一望,苍黄的天底下,远近横着几个萧索的荒村,没有一些活气。我的心禁不住悲凉起来了"[1]。这不只是对故乡,更是对清末民初半死不活的老中国的整体观感。但刹那间,也呈现出对观察者移形换位和主观心绪流动的双向理解,"我所记得的故乡全不如此。我的故乡好得多了。但要我记起他的美丽,说出他的佳处来,却又

---

1. 鲁迅全集:第1卷.501.

没有影像，没有言辞了。仿佛也就如此。于是我自己解释说：故乡本也如此，——虽然没有进步，也未必有如我所感的悲凉，这只是我自己心情的改变罢了，因为我这次回乡，本没有什么好心绪"[1]。

《故乡》中的故乡世界其实是一个相对开放（或半开放）的立体的接触区域[2]，里面至少包含了三重互相勾连的世界。第一重：上面/外面，它承接了"谋食的异地"，此处的异地远比"熟识的故乡"更加适合谋生，"我说外间的寓所已经租定了，又买了几件家具，此外须将家里所有的木器卖去，再去增添"[3]。小说中有虚化的成分（结合鲁迅日记等现实依据），比如阔别二十年的夸张等[4]，《故乡》的实际背景则是周氏兄弟筹了3500大洋购买了八道湾11号[5]作为栖身京城的家族落脚点。相较于故乡绍兴，北京明显是文化段位、谋生机遇更丰富的实体和精神空间。

故乡世界中间世界的存在就是此城市中间阶层的宗族或街坊的文化社会关系，所谓亲戚本家、豆腐西施杨二嫂等。这一部分相对简写，起到了过渡和对比的效果。故乡世界下接的则是闰土们的乡下世界：一方面，他们成为故乡中间世界里的"忙月"存在，而他们进入故乡其实也就成了"上城"；另一方面，闰土们成为乡下生活摧残的对象。外表上的老年闰土（实则41—42岁）令人心酸，"先前的紫色的圆脸，已经变作灰黄，而且加上了很深的皱纹；眼睛也像他父亲一样，周围都肿得通红，这我知道，在海边种地的人，终日吹着海风，大抵是这样的。他头上是一顶破毡帽，身上只一件极薄的棉衣，浑身瑟索着；手里提着一个纸包和一支长烟管，那手也不是我所记得的红活圆实的手，却又粗又笨而且开裂，像

---

1. 鲁迅全集：第1卷.501.
2. 具体论述可参：Marry Louise Pratt, Imperial eyes: Travel Writing and Transculturation [M].London: Routledge, 1992: 6-7.
3. 鲁迅全集：第1卷.502.
4. 具体论述可参：王润华.论鲁迅"故乡"的自传性小说与对比结构[M]//王润华.鲁迅小说新论.上海：学林出版社，1993.
5. 更多论述可参：黄乔生.八道湾十一号[M].北京：生活·读书·新知三联书店，2015.

是松树皮了"[1]。

概而言之，故乡其实更像是老中国的形象，颇有点半殖民地半封建社会的特征：一方面是广袤而陈旧的古老乡村，底层生活凄惨、精神苦闷；另一方面则是无法真正承担救赎功能的半现代社会，往往受制于更宏阔的帝国主义政治经济压迫与根深蒂固的本国国民劣根性蔓延。

2. 个体荏弱。 令人触目惊心的是，《故乡》中的三个世界的人物们呈现出与之前状态相比的荏弱性。来自现代性第一世界的"我"相当迷惘，想以想象的、回忆的"故乡"作为怀旧的现代性[2]实现对自我的救赎，而最终只有失望，因为故乡已经变成回不去的地方，它的破败，令人忧伤与尴尬。

第二世界的杨二嫂从豆腐西施到瘦骨伶仃圆规的变化反映出她的令人惊讶的庸俗化特征。比如贪小便宜，"圆规一面愤愤的回转身，一面絮絮的说，慢慢向外走，顺便将我母亲的一副手套塞在裤腰里，出去了"[3]。诋毁别人依然是为了小便宜，"母亲说，那豆腐西施的杨二嫂，自从我家收拾行李以来，本是每日必到的，前天伊在灰堆里，掏出十多个碗碟来，议论之后，便定说是闰土埋着的，他可以在运灰的时候，一齐搬回家里去；杨二嫂发现了这件事，自己很以为功，便拿了那狗气杀……飞也似的跑了，亏伊装着这么高底的小脚，竟跑得这样快"[4]。当然如果从客观现实环境考量，这也从另一个侧面反衬出杨二嫂生活环境的恶化，至少是维生艰难。

第三世界的闰土更令人大跌眼镜：他从少年时代一个近乎是神话儿童的少年（特别像哪吒或红孩儿）步入中老年时已呆若木鸡、形同木偶。"他只是摇头；脸上虽然刻着许多皱纹，却全然不动，仿佛石像一般。他大约只是觉得苦，却又形容不出，沉默了片时，便拿起烟管来默默的吸烟

---

1. 鲁迅全集：第1卷 .506-507.
2. 具体可参：赵静蓉 .怀旧——永恒的文化乡愁[M].北京：商务印书馆，2009.
3. 鲁迅全集：第1卷 .506.
4. 鲁迅全集：第1卷 .509.

了。"[1]更令人震撼的是,他对少年时代平等而快乐的交往玩伴的称呼也置换成"老爷"的尊称,并自己解释道:"这成什么规矩。那时是孩子,不懂事……"[2]

(二)变革的冲动与可能

在《我怎么做起小说来》,鲁迅写道:"我深恶先前的称小说为'闲书',而且将'为艺术而艺术',看作不过是'消闲'的新式的别号。所以我的取材,多采自病态社会的不幸的人们中,意思是在揭出病苦,引起疗救的注意。"[3]《故乡》亦然,相关书写其实也是为了引起注意,并加以改变。

1. 代入式批判。从叙述视角来看,《故乡》是以返乡的视角推进叙事的,这种做法可以吸纳更多读者的异质感,而将之转化为庞杂的变革冲动。而在叙述过程中,鲁迅亦加入不少枝蔓,如宏儿、母亲等人的视角,增强了第三方介入的合流感。

如前所述,家国同构的实践让人既有代入感,同时又于不知不觉中强化了变革的冲动。男主人公闰土的际遇让人不胜唏嘘,叙述者甚至现身说法,推导出其困苦的几大原因,"母亲和我都叹息他的景况:多子,饥荒,苛税,兵,匪,官,绅,都苦得他像一个木偶人了"[4]。杨二嫂的变化在令人慨叹之余也不乏深切反省的空间:不同世界的人们各有各自的痛苦、辛苦。

2. 启发式省思。鲁迅小说的独特或深刻之处往往不是提供了什么标准答案,反倒是更多提出复杂而普遍性的问题,并且展现出其繁复深邃的问题意识,《故乡》亦有此特点。

---

1. 鲁迅全集:第1卷.508.
2. 鲁迅全集:第1卷.507-508.
3. 鲁迅全集:第4卷.526.
4. 鲁迅全集:第1卷.508.

需要强调的是，鲁迅在《故乡》中展现的是三个世界中代表性人物的困苦类型："我"、闰土和杨二嫂。即使是归来的"我"也无法真正解决这立体而多元的难题。"老屋离我愈远了；故乡的山水也都渐渐远离了我，但我却并不感到怎样的留恋。我只觉得我四面有看不见的高墙，将我隔成孤身，使我非常气闷；那西瓜地上的银项圈的小英雄的影像，我本来十分清楚，现在却忽地模糊了，又使我非常的悲哀。"[1]因此《故乡》中回旋着一股无法排遣的悲哀，甚至是绝望。表面上看，这是个体的有病呻吟的际遇，而实际上这更是群体的，乃至国家的难题，甚至是超越时代的。

二、制造隔膜与国民劣根性

《故乡》中给人直接震撼的是少年闰土和中老年闰土之间的巨大落差，相当传神的表现就是称呼从两小无猜的"迅哥儿"到恭恭敬敬的"老爷"的变迁。于"我"而言，关于"闰土哥"的无数少时记忆涌现："我接着便有许多话，想要连珠一般涌出：角鸡，跳鱼儿，贝壳，猹，……但又总觉得被什么挡着似的，单在脑里面回旋，吐不出口外去。"[2]于闰土而言，则是"他站住了，脸上现出欢喜和凄凉的神情；动着嘴唇，却没有作声。他的态度终于恭敬起来了，分明的叫道"[3]。叙述者对此有相当精彩的感觉总结与点评："我似乎打了一个寒噤；我就知道，我们之间已经隔了一层可悲的厚障壁了。我也说不出话。"[4]平心而论，个体之间随着生存空间与人生际遇的差异而变得陌生，有所隔膜乃至隔阂，也是人生题中应有之义。但需要警醒的是，这种隔膜亦可能是统治阶层/思想企图保持长治久安的统治策略。而隔膜也可能有另样的辩证，在1934年6月10日创作的《隔膜》(发表于1934年7月5日上海《新语林》半月刊第一期，后收入

---

1. 鲁迅全集：第1卷.510.
2. 鲁迅全集：第1卷.507.
3. 鲁迅全集：第1卷.507.
4. 鲁迅全集：第1卷.507.

《且介亭杂文》)一文中,鲁迅一针见血地指出了统治阶级(含皇帝)对奴才的真实心态。如果太过隔膜,则很可能送了性命,可见太过隔膜也有弊端。

(一)在混沌与奴化之间

有论者指出:"鲁迅小说文本中存在的两个截然不同的乡村世界,就构成了其现实和象征意义与价值的对峙、碰撞与矛盾,也构成了叙述的内在矛盾,即叙事者'我'记忆中的'美丽的故乡',都与过去和过去的传统相关,在民族文化寓言的意义上,它象征着中国人不分尊卑地共有往昔的美好与辉煌,象征着过去的故乡、中国和传统的价值性存在即'先前阔'。"[1]当然即使是回到现实世界,少年闰土和中老年闰土也有进化论意义上的巨大差异,年青必然强过老年。如果从知识结构和学习能力角度来看,少年闰土和中老年闰土亦呈现出巨大差别。一方面是少年闰土具有较强的求知欲和学习能力,"我们那时候不知道谈些什么,只记得闰土很高兴,说是上城之后,见了许多没有见过的东西"[2];另一方面,出身乡间的闰土有许多来自自然生活实践的常识,令都市的少年(少爷"我")倍觉新奇,"阿!闰土的心里有无穷无尽的稀奇的事,都是我往常的朋友所不知道的。他们不知道一些事,闰土在海边时,他们都和我一样只看见院子里高墙上的四角的天空"[3]。限于经济能力或阶层限制,少年闰土不可能通过读书改变命运,但他是和自然紧密勾连的天人合一的产物,有其鲜活性和可塑性。

到了中老年闰土时期,首先令人震惊的是他对阶级/等级身份的认命/认定,除了自己叫昔日的玩伴为"老爷",还要让自己的孩子("这正是

---

1. 逄增玉.启蒙主义与民族主义的诉求及其悖论——以鲁迅的《故乡》为中心[J].文艺研究,2009(08):38.
2. 鲁迅全集:第1卷.503.
3. 鲁迅全集:第1卷.504.

一个廿年前的闰土"[1]遵从,"水生,给老爷磕头"[2]。不必多说,这是传统伦理体制规训的结果: 他已经被改造成可以乖乖被压榨和奴化的机器了。更令人感到悲哀的是,当让他去拣择某些主人不搬走的东西时,他的选择是,"下午,他拣好了几件东西: 两条长桌,四个椅子,一副香炉和烛台,一杆抬秤。他又要所有的草灰 (我们这里煮饭是烧稻草的,那灰,可以做沙地的肥料),待我们启程的时候,他用船来载去"[3]。"香炉和烛台"已经成为他主动抑或被动对抗/顺从奴化压抑的物质载体,其内在的苦闷需要借助外在的精神鸦片才可部分减轻。某种意义上说,这已经有了部分"自奴"[4]的嫌疑。

在这个统治结构中,还有第二世界的杨二嫂诋毁中老年闰土的情节设置,某种角度上说,这是因为有限物质争夺而产生的精神倾轧,从这个细节性侧面反映了统治阶层的奴化专制策略——他们有些时候未必(也无力)包办一切,分化被统治阶层使其内讧也是他们可以坐收渔翁之利并部分消耗其反抗性/斗争性的策略。久而久之,底层民众的国民劣根性就会形成,比如内斗、奴性强、迷信等。

(二)经济动物驯养

统治阶层一方面奴化被统治阶层,将其权益压缩到最低限度,另一方面其重要目的是压榨和剥削其身上的剩余价值,将其变成赚钱机器或工具。易言之,这就是经济动物的驯养。

从此角度看,《故乡》中的三个世界的人们皆受困于此限制/控制。"我"回乡的目的是处理售卖的旧屋,这是和故乡的物质联系,出售后将人物两清。理论上说,处于第一世界的"我"应该是最自由轻松的,实际

---

1. 鲁迅全集: 第1卷.507.
2. 鲁迅全集: 第1卷.507.
3. 鲁迅全集: 第1卷.508-509.
4. 有关"他奴""自奴""奴他"的分析可参拙文: 论鲁迅小说中的贱民话语[J].中国文学研究,2011 (01): 77.

上在现代化大都市中谋生的人们首先要满足的依然是物质需求。这一点同样也纳入了统治阶层的压榨范围内，杨二嫂的"真是愈有钱，便愈是一毫不肯放松，愈是一毫不肯放松，便愈有钱……"[1]，虽然是一边恭维一边抱怨的语句，却也部分反映出城市中产阶级的无奈。此外，"我"还有精神层面的迷惘与困惑，原本指望可以从对故乡的想象的怀旧中汲取资源或动力，最终不过是一场梦。

令人讶异的还有来自第二世界的杨二嫂的畸变，这个从小城女神滑向市侩大妈的堕落个案折射出经济动物角色对她的规训，当然这也源自其内心的庸俗不堪。其个体的闹剧与悲剧恰恰反映出升斗小民对经济败落的创伤式反应，她的语言夸张、活灵活现、机锋处处、张力十足，最终却可悲地指向了一点可有可无的蝇头小利，其投机取巧甚至部分巧取豪夺彰显出经济谋生对她的异化和操控。她作为当日众人艳羡的女神，如"我"的回忆，"我孩子时候，在斜对门的豆腐店里确乎终日坐着一个杨二嫂，人都叫伊'豆腐西施'。但是擦着白粉，颧骨没有这么高，嘴唇也没有这么薄，而且终日坐着，我也从没有见过这圆规式的姿势。那时人说：因为伊，这豆腐店的买卖非常好"[2]。如果一切变化不大，她原本可以相对优雅地继续面对生活。

当然最令人心碎而又触目惊心的则是经济对第三世界中的闰土的蹂躏与摧残，他从一个活泼可爱的好少年变成了木讷抑郁、苦不堪言的可怜老人。从此角度看，他似乎更是一个传宗接代的"中间物"，用其言语说："非常难。第六个孩子也会帮忙了，却总是吃不够……又不太平……什么地方都要钱，没有定规……收成又坏。种出东西来，挑去卖，总要捐几回钱，折了本；不去卖，又只能烂掉……"[3]从其历尽风霜的脸上也可反衬其无法言说之痛苦，"只是摇头"。

---

1. 鲁迅全集：第1卷.506.
2. 鲁迅全集：第1卷.505.
3. 鲁迅全集：第1卷.508.

可以理解的是，当不同世界的人们在经济上倍受压榨为了维生苦苦挣扎，同时精神追求上亦无法推进/升华，只能粗鄙、肤浅乃至迷信时，那么人与人之间的隔膜与原质化的国民劣根性都会显得相对绵长而剧烈。《故乡》中来自不同世界的人们的相同经历特征反过来表征和解释了隔膜的人为生成。这样的故乡和老中国让人远离，"故乡不能带给漂泊在外的'我'任何的精神依托和心灵抚慰，反而使归乡者感受到更多的苦闷和寂寥，回乡之旅成为漂泊者真正的精神离乡"[1]。

三、绝望的反抗与反抗绝望

《故乡》中有着一种希望、绝望交织的悲凉主旋律。很多时候，我们往往由于过于强调某个侧面，如希望等，很容易把结尾寻路的寓意（"我想：希望是本无所谓有，无所谓无的。这正如地上的路；其实地上本没有路，走的人多了，也便成了路。"[2]）解读成单调的正能量宣示，而实际上这是对鲁迅《故乡》主题的简化。

（一）绝望的反抗

自始至终《故乡》中笼罩着一种破败、萧索乃至悲凉的基调/氛围。不必多说，其中是有原因或表征的。

1. 启蒙无望。《故乡》结尾写道："我想到希望，忽然害怕起来了。闰土要香炉和烛台的时候，我还暗地里笑他，以为他总是崇拜偶像，什么时候都不忘却。现在我所谓希望，不也是我自己手制的偶像么？只是他的愿望切近，我的愿望茫远罢了。"[3]这段抒情议论并举的文字有其深切关怀：身处第一世界的"我"并不比处于第三世界的闰土拥有更高的精神段位，

---

1. 闫宁. 民俗学视域下的鲁迅与传统文化研究 [M]. 北京：中国社会科学出版社，2017: 145.
2. 鲁迅全集：第1卷 .510.
3. 鲁迅全集：第1卷 .510.

从实质上看，他们共享了希望的渺茫/僵化。易言之，《故乡》中的启蒙者并不比被启蒙者享有精神优势，即使从权势和社会地位上看前者远比后者具有明显的优越感。"闰土的物质性信仰崇拜和'我'的精神性理想崇拜（希望）在本质上应该是平等的，或者说是神似的。不难看出，'我'对这种启蒙关系其实是相当质疑的，这也反映了认同的流动性和不确定性。"[1]

2. 遗传隔膜。《故乡》中对于彼此之间的隔膜认知深切，除了"厚障壁"的比喻，鲁迅还写道："我想：我竟与闰土隔绝到这地步了，但我们的后辈还是一气，宏儿不是正在想念水生么。我希望他们不再像我，又大家隔膜起来……"相较而言，如果鲁迅所谓化解隔膜只是破冰，变成人际交往的润滑工具，那么少年儿童之间的沟通远比成年人容易，小说中的少年时代的闰土与"我"、宏儿与水生皆如此。但悲剧的是，如果隔膜是统治阶层的奴化策略之一，那么令人失望的是，这种人为培养的隔膜，无论是精神上的原质化、沙漠化、粗鄙化，还是物质上的蝇营狗苟或疲于奔命，其实是一脉相承、相互策应的，而且很可能会慢慢固化，难以真正破除。从这个角度看，希望的确是渺茫的。

（二）反抗绝望

《故乡》的魅力之一在于它拥有希望、绝望的对比反讽结构，尽管主体感觉主要是悲凉，但其中亦闪烁着希望。这希望不只是出现在表面的对少年闰土的想象中，"我在朦胧中，眼前展开一片海边碧绿的沙地来，上面深蓝的天空中挂着一轮金黄的圆月"[2]。这想象叠合了之前活力四射的少年闰土形象，"深蓝的天空中挂着一轮金黄的圆月，下面是海边的沙地，都种着一望无际的碧绿的西瓜，其间有一个十一二岁的少年，项带银圈，

---

1. 具体论述可参拙文：认同形塑及其"陌生化"诗学——论鲁迅小说中的启蒙姿态与"自反"策略[J]. 福建论坛（人文社会科学版），2008（01）：43.
2. 鲁迅全集：第1卷.510.

手捏一柄钢叉，向一匹猹尽力的刺去，那猹却将身一扭，反从他的胯下逃走了"[1]。钱理群提醒大家要注意其间的"绘画性""色彩感"和寓意。[2]在我看来，这种视觉冲击是一种显而易见的活力泼洒，更深层的希望则来自在萧索的基调中反抗绝望。

1. 寻求新路。面对三个世界的人们的辛苦生活，鲁迅是不满意的。他认为新一代人必该有新的生活，"他们应该有新的生活，为我们所未经生活过的"[3]。

首先，他指出三种生活模式皆令人不满："我"的辗转漂泊、闰土的麻木凄苦、杨二嫂的任性功利等，这些模式都是含辛茹苦、缺乏尊严的。

其次，尽管未能指明具体出路，他还是明确强调要走新路。至少这样的立场、态度是坚定的。

2. 踏实向前。关于小说结尾寻路的说法，其间有一个可以仔细回味的否定之否定：全篇的基调到此收尾，毫无疑问，希望是相对渺茫的，近乎若有若无。但若认同现状，也就等于自己判了自己死刑，所以践行、探索至关重要——路不过是人迹，走路却是反抗绝望、弘扬希望。"恰恰借此，鲁迅实现了对'路'的高度的重新测量与界定——它不是一种抽象的、乐观的形而上，亦非过分坐实的物实体，而是一种既在又不在，既抽象又具体的存在。"[4]从此角度看，鲁迅在结尾既坦陈了希望的虚妄性，却又借提倡践行反抗绝望，这种希望/绝望的辩证流动的确是鲁迅风格。

结语：《故乡》作为鲁迅的经典名作，其意义指向相当繁复，可以理解为一种鼎立并合关系。在我看来，其主题蕴含至少可以包含三个层面：第一，作为老中国的隐喻/寓言，既有宏观图像描述，又有个体荏弱状描，同时还引发了读者变革的冲动；第二，揭示其间对隔膜/国民劣根性的

---

1. 鲁迅全集：第1卷.508.
2. 钱理群.鲁迅与当代中国[M].北京：北京大学出版社，2017：65.
3. 鲁迅全集：第1卷.510.
4. 具体论述参考拙著：鲁迅小说中的话语形构[M].广州：中山大学出版社，2017：55.

人为制造机制，一方面是精神奴化，另一方面则是经济动物驯养；第三，绝望的反抗与反抗绝望之间的复杂辩证。整体而言，《故乡》的确是张力十足的经典书写。

[第三节]

论《故乡》中鲁迅"感受结构"的演绎

1921年1月鲁迅完成《故乡》，是年5月刊发于《新青年》第9卷第1号。1922年8月孙俍工、沈仲九编写的由上海民智书局出版的《初级中学国语文读本》第三册收录了《故乡》。[1]1923年8月由商务印书馆刊行的《新学制国语教科书》第五册也收录了此文，但原文里面及后面未附常见的注释、练习题等教材标配。此后《故乡》更是成为不同时期教科书中的常客，而且加上了更多材料，包含注释、习题、提问，甚至参考答案，等等。这其实已经打上了国家意识形态的烙印，一如藤井省三所言："民国时期二十八年间《故乡》被阅读的历史，就是'五四'时期确立的知识阶级的国民国家意识形态转换为以共产党为中心的社会主义国家意识形态之工具、改变机能与性质的历史。"[2]

不仅如此，《故乡》的影响力与日俱增，它漂洋过海、开枝散叶，除了1950年代入选日本教科书，而且在立国之后的新加坡当地自编的华语教材（之前使用中国出版的教材更是不在话下）中也占据一席之地——在1970年中华书局新加坡分局编印的《中华文选》第四册中就有收录。[3]而

---

1. 陈漱渝.教材中的鲁迅[M].福州：福建教育出版社，2013：24-27.
2. 藤井省三.鲁迅《故乡》阅读史——近代中国的文学空间[M].董炳月，译.北京：新世界出版社，2002：85.
3. 王润华.新马华文教科书中的鲁迅作品[M]//陈漱渝.教材中的鲁迅.福州：福建教育出版社，2013：392-393.

类似的仿写、摹写实践主线也清晰可辨，比如新加坡作家黄孟文《再见蕙兰的时候》就是对《故乡》的有意致敬。值得关注的是，《故乡》在新中国成立之后的语文教材中是被收录的鲁迅作品篇目中最常见的一篇，可谓经久不衰，而且不同时期亦有不同的解释视角与主流阐释范式，比如其中的阶级论（尤其是从农民阶级视角解说）等。

平心而论，《故乡》是一篇真正意义上的经典文本，它的影响力和超越性不是因为入选国语教材而得以彰显，而是它本身就具有相当丰沛的经典性：（1）任何时代都有人阅读，且具有常读常新的魅力；（2）相当丰盈的主题指向，与其先锋性（去情节化）、抒情性（包括结尾的议论点题与点染）珠联璧合；（3）具有时代无法限囿的超越性，它适合于不同时代的读者，且能引起深切共鸣与反思。有关《故乡》主题的解读及其观点可谓五花八门，甚至称得上百花齐放。主要如下：

1. 隔膜说。1921年《故乡》发表后不久，茅盾就在《小说月报》第12卷第8期上发表《评四五六月的创作》，非常敏锐地捕捉了《故乡》的主题之一——隔膜，认为《故乡》的主题是"悲哀那人与人中间的不了解，隔膜"。

2. 批判社会病根和封建制度。有论者指出："作品深刻反映了辛亥革命前后中国农村经济合趋破产、广大农民生活痛苦和精神麻木、人们之间严重隔膜的悲惨现实，揭示了产生的社会根源，控诉了反动统治阶级的罪恶，抒发了作者对农民的热爱、敬重和悯惜，表达了作者变革现实、创造新生活的强烈愿望。"[1]这其实也是某一时期教科书指导教案的核心观点，认为批判旧的社会制度是为了彰显新的迥异。

3. 农民问题说。严家炎在1961年撰写的论文《〈故乡〉与鲁迅小说的现实主义》中指出："小说通过闰土这个普通农民半生的悲苦遭遇，概括了19世纪末年到五四时期农民所受的深重苦难，深刻地反映了半封建半

---

1. 李兴武.《故乡》主题管见——与陈根生同志商榷[J].西南民族学院学报（哲学社会科学版），1981（02）：120.

殖民地中国农村的真实面貌。"[1]当然此类观点还可以继续延伸，涉及叙事手法的现实主义以及乡土文学流派或起源问题（小说次文类sub-genre，乡土小说）。

4. 多元主题说。有论者指出，《故乡》主题应包括四个方面的内容，即"深刻地反映了辛亥革命前后我国农村经济日趋破产的情势，广大农民生活痛苦和精神麻木的悲惨遭遇；揭露了反动统治阶级在政治上、经济上和精神上对农民的残酷奴役和迫害；通过'我'表达了作者对农民的热爱、敬重和同情，对同农民形成'厚障壁'而感到非常气闷和悲哀；进而提出了愿同农民联成一气，为创造未经生活过的新生活而斗争的希望和信心"[2]。当然也有不同意见，认为其中的某些观点指向松散重复，可以合并。

作为经典的《故乡》主题指向当然还可罗列或递增，但从上面挂一漏万的综述中也可窥得端倪：其解读必然是开放的、未完成的。在我看来，如果以叙述人"我"作为书写、思考的主体，《故乡》的主题恰恰是对鲁迅"感受结构"的精彩演绎。

"感受结构"是英国文化学者雷蒙德·威廉斯使用的最具创新性的术语。他在《电影序言》(*Preface to Film*，1954)中首次提出此语，后在《长期革命》(*The Long Revolution*，1961)和《马克思主义与文学》(*Marxism and Literature*，1977)等著述中加以延伸和推演。威廉斯在《长期革命》中如此定义"感受结构"："它就像'结构'所表明的那样是牢固的、明确的，但是它是在我们活动当中最微妙、最难以触知的部分发挥作用的。某种意义上，这种感受结构就是一个时期的文化：它是全部组织中所有要素的特定现实结果。"[3]简而言之，一代人会有自己的"感受结构"，有自己的模式。

同时，威廉斯也特别强调，这个概念与文学作品分析更贴合，"然而

---

1. 严家炎.论鲁迅的复调小说（增订版）[M].北京：北京大学出版社，2011：103.
2. 吴伯威.漫谈《故乡》的教学[J].吉林师大学报，1978(03)：83-84.
3. 威廉斯.政治与文学[M].樊柯，王卫芬，译.开封：河南大学出版社，2010：145.

与思考的结构相比，它更是一种感受的结构——一种由冲动、克制和语气构成的模式，其最好的证据常常是文学或戏剧作品中实际存在着的常规手法。直到今天，我发现我一直是从文学分析的实际经验而非从任何理论上的确信回归到这一概念的"[1]。除此以外，在威廉斯看来，我们也不能用表达清晰的"感受结构"取代或等同于尚未清晰表达的经验乃至社会结构、历史、阶级，等等，倘非要如此认知则是非常危险的。[2]

相较而言，威廉斯的"感受结构"概念具有非常宏阔的视野，它往往指称了一代人的情感冲动与文化表征模式，但依然可以在适当调试的前提下挪用到鲁迅身上，因为鲁迅的思考与文学再现往往具有个体性与集体性（民族魂）并存的特征。而《故乡》恰恰是其"感受结构"中呈现出新文化运动参与者的阶段性特征——迷茫，而非运动陷入低潮乃至失败之后的彷徨期，这是介乎开端的兴奋期与低谷的彷徨时期之间的一种情感抒发，其中也有小我、大我之分，无论大小皆有更丰富的指涉和隐喻。当然，分散其间的还有个体或民族一代人无法排解的悲剧体验、精神苦闷与繁复意绪。

一、小我的颠沛：立人

汪晖犀利地指出："如果因此而忽视了《故乡》的'自我纾解'的一面，便不能算真正读懂了小说。"[3]这里的自我相对复杂，既包括文本内部的"我"（包含了青年和中年的"我"，乃至是叙述人），又包含了书写者——文本外部的作者鲁迅。同时，小说中还包含了与自我对立统一的他者的比较/观照，借此可以凸显自我的身份定位。《故乡》中提及，"然而我又不愿意他们因为要一气，都如我的辛苦展转而生活，也不愿意他们

---

1. 威廉斯.政治与文学[M].樊柯，王卫芬，译.开封：河南大学出版社，2010：149.
2. 威廉斯.政治与文学[M].樊柯，王卫芬，译.开封：河南大学出版社，2010：155.
3. 汪晖.反抗绝望：鲁迅及其文学世界[M].石家庄：河北教育出版社，1999：34.

都如闰土的辛苦麻木而生活,也不愿意都如别人的辛苦恣睢而生活"[1]。"辛苦展转""辛苦麻木""辛苦恣睢"划分了三种存在/谋生的精神应对模式:颠沛流离、被填充以及自私攫取。

(一)颠沛流离

张全之认为:"在鲁迅的心中,他的故乡也具有这两重性:一个是根据记忆中零星的愉快的材料,加以想象的修补,幻化而成的富有诗意的故乡;另一个是那个切实存在的让他苦涩难言的故乡。"[2]无论是现实的故乡,还是现代性话语建构者/先锋们的宿命——出家弃家、无家可归,都注定了再度踏临的故乡远非他们的精神家园。

1. 自我找寻与现实漂泊。有论者指出,《故乡》讲述的是关于生存意义的"忧伤叙事","这其间有成人生活的孤绝引发的内在焦虑,有挣脱羁绊向往童真的诚挚渴求,更有苦苦挣扎终无所得的深重孤寂。现代人永远无家可归的宿命可以在这里找到最低回婉转,也是最意味深长的注脚"[3]。《故乡》中有一个"离乡—返乡—再离乡"的环形结构,这个环形中其实已经彰显出自我寻找的艰难与悲剧感。很多时候,"永远在路上"或过客精神既是一种不懈的精神探寻,同时又是(一如"无脚鸟")无法落地的无奈坚守。

探勘小说中主人公"我"的现实际遇,有两个层面让人觉得悲凉:第一,在外打拼的"我"其实混得并不如意,"我这次是专为了别他而来的"[4],最多只能算差强人意,"我"还需要卖老屋以及"须将家里所有的木器卖去,再去增添"[5]。可见手头并不宽裕,至少要盘算着过日子。

---

1. 鲁迅全集:第1卷.510.
2. 张全之.背对故乡:鲁迅文学的多维阐释[M].太原:山西人民出版社,2015:41.
3. 凤媛.启蒙话语遮蔽下的现代生存叙事——关于《故乡》的一种解读[J].安徽师范大学学报(人文社会科学版),2004(02):207.
4. 鲁迅全集:第1卷.501.
5. 鲁迅全集:第1卷.502.

第二,"我"所亲历的故乡让人失望,比如整体萧杀的环境/氛围,"从篷隙向外一望,苍黄的天底下,远近横着几个萧索的荒村,没有一些活气"[1];故乡的物非人非,比如豆腐西施杨二嫂变成了圆规之后的整体道德滑坡(尖刻、小气、阴损),还有故友闰土的日益麻木枯槁都令人扼腕。这两个现实层面的并存乃至对话关系恰恰也隐喻了自我寻找的艰难性——现实漂泊和物质困扰是如影相随的难堪。

2. 审视自我。钱理群指出:"以往的阅读偏于注重对闰土的命运及意义;其实,作者的着力点反倒是在对'我'的精神历程的审视。"[2]这个提醒很重要。从更宏阔的视野解读,漂泊在外的"我"的实践其实象征了"立人"理想的践行与探索过程。一方面作为"中间物","我"为了追求新知/新质必须决绝地与反对和阻碍新思潮的旧传统决裂,乃至不惜矫枉过正;另一方面,作为旧传统的载体,"我"在新质未立之时却也想从旧传统处(包含旧有的人情世故关系)寻找温暖。故乡,作为个体成长的历史家园与记忆凝聚,被诗化成新的美好精神家园,总有其怀旧的原始资质与精神借助。但现实往往是残酷的,无论有多少个故乡叠合,都支撑不住现实的推搡与摧残。

《故乡》中的自我审视一方面是对个体小知识分子思想中"立人"新质未能壮大、容易虚弱和动摇的警告与提醒,另一方面又通过呈现旧传统的强大与恶化现实来进行负面立靶,借此让自我变得更清醒,虽然也难免痛苦。其中尤其令人震撼的是启蒙者与被启蒙者关系姿态的转换,从以前的自上而下的俯视关系变成了无奈却又清醒的平视。[3]

---

1. 鲁迅全集:第1卷.501.
2. 钱理群.走进当代的鲁迅[M].北京:北京大学出版社,1999:154.
3. 具体论述可参拙文:认同形塑及其"陌生化"诗学——论鲁迅小说中的启蒙姿态与"自反"策略[J]. 福建论坛(人文社会科学版),2008(01):43.

(二) 填充 / 攫取

很多时候，鲁迅的复杂性超出了我们对他的认知。一方面他能为了"新"的确立对"旧"痛下杀手、毫不容情（比如1925年《京报副刊》征求"青年必读书"的书单，鲁迅回应的那句名言惊世骇俗："我以为要少——或者竟不——看中国书，多看外国书。"[1]）；另一方面却又可能因为多了几分了解之同情或其他原因，颇具包容性（比如1930年《开给许世瑛的书单》中提及的都是中国古典书籍）。

同样，鲁迅认同和弘扬革命的先锋性和战斗性，但也绝不以干掉同路人或不那么革命的存在（或中间路线坚守者）作为基础。他在《革命时代的文学》一文中曾写道："另有一种文学是吊旧社会的灭亡——挽歌——也是革命后会有的文学。有些的人认为这是'反革命的文学'。我想，倒也无须加以这么大的罪名。革命虽然进行，但社会上旧人物还很多，决不能一时变成新人物。"[2]他对挽歌文学的涵容与务实态度令人眼前一亮。而他在《故乡》中处理另外两种精神应对模式时亦有其复杂性。

1. 被填充的麻木。论者指出："《故乡》世界包含着诸多主题意蕴：对理想家园社会的乌托邦建构、对理想人性的想象、对童年世界的神美幻化等等。然而，在残酷的现实面前，这些憧憬与希望只能归于破灭。"[3]这个判断当然是正确的，但也有笼统之嫌。实际上少年闰土与中老年闰土的现实落差并未如小说描绘得那么巨大，我们毋宁说，这是对少年时代（平等天真、非功利、知识城乡互补等）进行诗化乃至美化以后的"我"面对现实中的中老年闰土无法接受的文化震撼（cultural shock）的再现。同时，在外打拼屡屡碰壁、相当迷茫的"我"原本想从故乡这里得到预想中的精神补给，但实际上现实中的人文环境早已恶化不堪。

若以冷静的眼光审视少年闰土，他被神化的光环慢慢褪色：其讲述的

---

1. 鲁迅全集：第3卷 .12.
2. 鲁迅全集：第3卷 .439.
3. 沈杏培，姜瑜.启蒙、精神还乡、家园意识的三重溃败——对鲁迅《故乡》主题的重新阐释[J].海南大学学报（人文社会科学版），2004（01）: 42.

知识框架对于地主少爷"我"来说固然新奇，但对于乡村少年这是生存和成长的有限常识，从此视角看，闰土并不强大、独特，虽然可爱。而中老年闰土的落魄、枯干随着黑暗社会对底层人士的蹂躏与毒打也在意料之中，如母亲和"我"的对话，"多子，饥荒，苛税，兵，匪，官，绅，都苦得他像一个木偶人了"[1]。无论是根植于其农民身份的文化形塑与规训，还是外在环境（谋生、经济、政治、生育等）的压迫，闰土随着年龄的增长似乎也只能麻木不堪，因为他无力改变命运和自身劣根性（无力或没有抗争），他注定是牺牲品和长工奴隶的角色。当然现实中闰土原型有和附近寡妇相恋解除原有婚姻的勇敢一面，却又因此加剧了个体生存经济环境的恶化，终究难以逃脱苦难现实的羁绊。

2. 主动出击的市侩。王学谦指出："《故乡》是三重批判：现实批判，封建文化批判和市民文化批判。只有向一切既定的社会秩序、一切既定的文明规范进行质疑的终极审判，即以自然对抗社会的反叛，才能够充分地承当起这种三重批判。"[2] 从此角度看，杨二嫂就是"辛苦恣睢"的代表，她身上的市侩气显而易见。杨二嫂的前后落差不小——青年时期的"豆腐西施"自有其魅力、矜持、风范，无须搔首弄姿生意效果上佳；而到了晚年，不仅絮叨、小气，而且阴损（如背后编排闰土）并趁机小偷小摸（如母亲的手套、狗气杀等）。即使单纯从语言角度也可以看出其后期内在的堕落：

杨二嫂的出场语言	话语分析
"哈！这模样了！胡子这么长了！"	故弄玄虚，引起注意
"不认识了么？我还抱过你咧！"	摆老资格，加深印象
"忘了？这真是贵人眼高……"	顺势而为，给人台阶

---

1. 鲁迅全集：第1卷.508.
2. 王学谦.鲁迅《故乡》新论[J].中国现代文学研究丛刊，1999(02)：184.

续表

杨二嫂的出场语言	话语分析
"那么,我对你说。迅哥儿,你阔了,搬动又笨重,你还要什么这些破烂木器,让我拿去罢。我们小户人家,用得着。"	继续抬高对方,降格自己
"阿呀呀,你放了道台了,还说不阔?你现在有三房姨太太;出门便是八抬的大轿,还说不阔?吓,什么都瞒不过我。"	继续抬举对方,包括夸大权势
"阿呀阿呀,真是愈有钱,便愈是一毫不肯放松,愈是一毫不肯放松,便愈有钱……"圆规(顺便将我母亲的一副手套塞在裤腰里)	打秋风、捞好处的猥琐真面目最终呈现

值得一提的是,鲁迅对杨二嫂的刻画恰恰是置于"我"和中老年闰土重聚之前的,他有意延宕了两位主人公的直面节奏,但杨二嫂的诡异俗化与道德堕落其实已经预示了闰土精神的必然颓败。

整体而言,这三种辛苦的精神应对模式都令人痛心:改变现实未克的"我"相当迷茫,接受现实蹂躏的闰土麻木痛苦,而主动出击在琐屑物质攫取中摸爬滚打的杨二嫂却又市侩不堪,显然这都不是"立人"的合理样板。从此来看,鲁迅通过分身或分层次、性别提出的"情感结构"既耐人寻味,又令人无语,小我的无奈努力与悲剧性在在可见。

二、大我的反思:立国

如前所述,鲁迅的"感受结构"有一代知识分子在苦难深重的转型时代(晚清民初)对建设可能的强大中国的思考与情感维系。如果从大我的角度思考,我们可以发现上述个体精神应对现实的模式其实就是国民(被)形塑自我的不同探索,其内在关联性和差异性值得认真关注和省思。其中一方面包含了个体成团乃至建国(所谓大我)的难度以及要因——隔膜;另一方面又明确了国民劣根性的层次、缺陷与后果。

（一）隔膜的"感受"

藤井省三曾经犀利地指出："《故乡》在20年代被阅读理解为倾诉五四时期新兴知识阶级的不安与绝望的心情的'情绪的文学'，或者描写知识阶级与农民之间的'隔膜'的'事实的文学'。这可以说是集结于都市的新兴知识阶级这一市民阶层的先进而孤独的共和国意识的反映。"[1]这是从阅读者的角度思考《故乡》对中华民国新意识的汇集与塑造作用。实际上小说中的"我"和现实中的鲁迅都是相当孤独的存在，作为民初国民意识的建构者及探索者，他的《故乡》毋宁是有关思想印迹的勾勒，而非成功事业的建构。不必说，国民之间的隔膜即使从整体性思维角度看都是巨大和明显的。

无论是"我"对少年闰土的美化、诗化，还是对中老年闰土的失望/绝望，都寄予了"我"的"感受结构"：它一方面指向了自我的"立人"伟业，包括对自己的改造，也涵盖了对自己事业进展的反思与改进；另一方面则可以见贤思齐，从其他新国民身上找寻更丰富的自我层次。从此角度看，少年闰土身上的天真、可爱、自信、不受传统打压的活泼原本就是符合其预设的农村少年的新形象的。这种气质恰恰是"立人"乃至"立国"所强调的核心素质之一，所谓"少年强则国强"。

相当遗憾的是，少年闰土的这种精神气质并没得以延续，中老年闰土在现实人生的挤压下变成了顺从者，牺牲品，传宗接代、麻木不仁的存在。见到幼时的小伙伴多年漂泊回乡后，"他站住了，脸上现出欢喜和凄凉的神情；动着嘴唇，却没有作声。他的态度终于恭敬起来了，分明的叫道"[2]。曾经的美好一闪而过，现实的隔阂扑面而来，悲剧不只是闰土本身被僵化，更大的悲剧则是他的后代——水生可能重蹈覆辙。面对现实人生中多重而无尽的苦难，他倍觉心酸，沉默寡言，唯有吸烟；而同时，

---

1. 藤井省三. 鲁迅《故乡》的阅读史与中华民国公共圈的成熟[J]. 中国现代文学研究丛刊, 2000(01): 123.
2. 鲁迅全集：第1卷. 507.

他不得不继续谋划生计,"他拣好了几件东西:两条长桌,四个椅子,一副香炉和烛台,一杆抬秤。他又要所有的草灰"[1]。不难看出,闰土其实亦有自己的精神追求乃至关怀,但遗憾的是,这更多是有意用来麻木自我的,拜神可以让现实的苦痛感觉不那么强烈,变得可以忍受。而这种精神的虚无/茫远却吊诡地和"我"不谋而合——"我"是因为前途迢远迷茫,闰土则是崇拜切近的偶像,但都彰显了应对痛苦的无奈和无效。

杨二嫂的隔膜则是另一种,她对"我"的回乡的判断依然是封建官员省亲时可以打秋风的朴素或狡诈理解。她无法理解"我"的苦衷/悲剧感或面对故乡(其实也是故国)的复杂情愫,她自身的变异更是人格/道德严重降格的表征——作为一个曾经众人欣羡的美女,到了老年却只能为老不尊、打诨揩油,既让人不满,又让人痛心。她的主动出击更有让人觉得不齿之处,通过打击同底层谄媚上层来获得蝇头小利。从更大的国家的角度来看,她更具有寄生性。但她的不幸又反过来论证了国家的孱弱——无力保护好良家妇女。

当然还有少年们之间的潜在隔膜。水生和宏儿虽然一见面就自来熟,却又可能因为分别多年境遇不同而重演上一代历历在目的等级区隔的悲剧。从上述层面来看,在"立国"的追求上国民们之间的精神关联形塑缺乏共识和精神高度,往往纠结于有限物质的索取与争夺,更具有可悲的奴隶性乃至动物性。实际上,鲁迅对于隔膜的祛除有更高的追求,那就是整个人类的心神相通。在《〈呐喊〉捷克译本序言》中他就热切期待:"自然,人类最好是彼此不隔膜,相关心。然而最平正的道路,却只有用文艺来沟通,可惜走这条道路的人又少得很。"[2]

(二)相通的劣根性

逄增玉指出:"与故乡和'过去'告别与永诀,虽然是理性的必需,

---

1. 鲁迅全集:第1卷 .508.
2. 鲁迅全集:第6卷 .544.

但也有情感的'难舍'和由此产生的感伤，理性的决绝和感情的感伤遂为小说的叙事风格。"[1]他指出了《故乡》中现代性视野中的理性决绝告别和难舍情感感伤之间的复杂张力。如果从"立国"的高度思考，鲁迅对《故乡》中劣根性的批判可谓高屋建瓴。耐人寻味的是，从劣根性角度反观，国民们呈现出一定的勾连与通融性。

1. 市侩性。某种意义上说，老年杨二嫂霸道的生存能力有极强的杀伤力，而上海时期鲁迅笔下的阿金形象更是令人大开眼界，她更年轻、更有活力，精神空洞的攫取能力也更令人害怕。[2]值得反思的是，这种平庸之恶的气质具有传染性，虽然被传染者的效力可能会下降。

《故乡》中"我"的母亲整体上是一个令人温暖的形象，她处事相对公道，识大体，善解人意。即便如此，她身上亦有相当的市侩性。在杨二嫂抱怨"我"不认识她时，母亲出来打圆场："'他多年出门，统忘却了。你该记得罢，'便向着我说，'这是斜对门的杨二嫂，……开豆腐店的。'"[3]这个两边讨好的解释说明，无论是同为女人，还是作为熟头熟脸的邻居，她们具有相对熟稔的共通性。在赶时间的中老年闰土自己下厨炒饭吃后，"母亲对我说，凡是不必搬走的东西，尽可以送他，可以听他自己去拣择"[4]。这表面上看是好意，但实际上因为未曾亲口允许闰土这样做，为杨二嫂诋毁闰土留下了伏笔。

甚至我们还可以推演下去，闰土被杨二嫂栽赃草灰中埋碗的事件中虽然闰土很可能是无辜的，但他亦可能难免有农民的狡黠或因谋生需求而带来的市侩气，从而私自夹带。"我"在听闻母亲讲述杨二嫂邀功诋毁闰土之后倍觉感伤，文中写道："那西瓜地上的银项圈的小英雄的影像，我

---

1. 逄增玉.启蒙主义与民族主义的诉求及其悖论——以鲁迅的《故乡》为中心[J].文艺研究，2009(08)：39.
2. 具体论述可参读文：女阿Q或错版异形？——鲁迅笔下阿金形象新论[J].山东师范大学学报(社会科学版)，2015，60(01).
3. 鲁迅全集：第1卷.505.
4. 鲁迅全集：第1卷.508.

本来十分清楚，现在却忽地模糊了，又使我非常的悲哀。"[1]无论如何，在"我"的心中，中老年闰土的确也相当令人绝望。

2. 降格化。《故乡》中弥漫着一种中年心态、无力感或暮年习气，集中展现出一个时代国人的精神症候。不必说中老年闰土的麻木或"愚弱化"，也不必说杨二嫂的"卑污化"或高度市侩性，就连启蒙者"我"原本可能的衣锦还乡都变成了更深层次的悲观失望——故乡的破败颓废更加强化了"我"的迷茫。

小说结尾中关于"路"的比喻前半段明显透露出对人生／现世的绝望感，而后面的践行"走路"才有了一种可能的反抗绝望层面的积极意义。尽管小说结尾留下了一点光明的元素，但整体上仍是问题居多，乃至悲剧感居多。"立人"近乎挫败，而"立国"亦困难重重。当然这种态度也具有繁复性，并很可能演化成伊藤虎丸所说的"终末论"："一方面认识到现实世界几乎不可能变革，一方面又将自己投放到其中，面对眼前零散琐屑的现实付出极为踏实的、科学的，而且是不知疲倦的持续不断的努力（有责任的参与）；同时，令这种活法成为可能的，是与终极意义上的绝对否定者的相遇。"[2]

在鲁迅《故乡》呈现出的"感受结构"中，"小我""大我"不能混为一谈，但也不能割裂开来，它们之间是可以流动与互补的。因此，阅读《故乡》时，我们不能单纯批判旧社会的黑暗、专制导致了闰土们的颓败，也不能动辄采取乐观主义乃至大团圆结局去思考鲁迅结尾的抒情（后三段抒情文字绝非蛇足，而是对小说主题和基调的点题、深化和强调，具有余音绕梁的效果）。实际上，在鲁迅那里，整篇文本的感受基调是绝望的。而企图从"小我"的"立人"转向"大我"的"人国"的方案，至少从当时的现实来看根本行不通。因为从个体的"立人"理想来看，无论哪个阶

---

1. 鲁迅全集：第1卷．510．
2. 伊藤虎丸．鲁迅与终末论：近代现实主义的成立[M]．李冬木，译．北京：生活·读书·新知三联书店，2008：179．

层、性别、年龄（少年略好点）的个体存在来看，都是值得质疑的。因此，我们绝对不能夸大结尾"走路"的积极意义。如果从"政治鲁迅"的长线视角看待此问题，也是悲剧居多。"鲁迅寄希望于造就新人来形成新的秩序（改造国民性以彻底摆脱'奴性'，并将矛头对准他认为造成'奴性'的传统文化与政治秩序），而没有看到意志动机中所含有的'必然与原因'（这源于对人的同质化的、普遍的、抽象的认识），所以在真实世界中，鲁迅所期待的人们的全新的意志是无法形成的（一定会受动机的约束）。"[1]

结语： 尾崎文昭指出："一直萦绕我心头的朦朦胧胧的'故乡'幻影，在回乡见到闰土之后崩溃了，少年闰土的形象于是也从'故乡'消失。原来能切近地感觉到的、作为过去的事实的'故乡'，是现实世界的'希望'，也是证明并保证人心相通的'希望'；而今，'故乡'的幻影与过去的事实分离，飘向不可企及的远方，在另一个角度上再生为净化了的、清澈宁谧的画面，成为'我'内心的一个光点、一个'希望'。"[2]其中指出了不同故乡的层次与区分，但就《故乡》的文本而言，它更是鲁迅"感受结构"展现的经典文本。既反映出民国时期国民们的相通劣根性与可能隔膜的精神感受，又结合鲁迅文学生产的自身特征，反映出"小我"的颠沛模式，同时并置了填充/攫取模式。但无论如何，"立人""立国"都更多是悲剧。从此角度看，《故乡》更是鲁迅抚慰自我、记录思想、反思自我及国家的生产性文本。

如果拓展开去，在《新青年》刊物上刊发《故乡》的鲁迅其实也把《新青年》当成了其思想故乡。这和他对鲁镇、S城的再现巧妙而繁复地糅合在一起，是另一种关于故乡的观察、判断与靠近。朱寿桐非常犀利地指出："像是乐于开掘故乡的人生题材一样，鲁迅在日常的观念表述中

---

1. 钟诚.进化、革命与复仇："政治鲁迅"的诞生[M].北京：北京大学出版社，2018：267-268.
2. 尾崎文昭."故乡"的二重性及"希望"的二重性（下）——《故乡》读后[J].庄玮，译.鲁迅研究月刊，1990（07）：38.

也十分乐意利用并开掘《新青年》的思想资源，常带着某种憧憬的情感提起《新青年》话题，字里行间为自己拥有的这个思想故乡深感自豪。同时，他也深知《新青年》内部的缺陷和弊端，与《新青年》核心层保持某种距离，这使得他对于《新青年》的思想故乡情结变得更加复杂而真挚。"[1]从此角度看，无论是现实的故乡还是精神的故乡其实都是回不去的原乡。

---

1. 朱寿桐.作为鲁迅"思想故乡"的《新青年》[J].中国现代文学研究丛刊，2005(05)：39.

[第四节]

底层游民之"承认的政治"
——重读《阿Q正传》

作为世界级的经典名作，鲁迅创作于1921年底的《阿Q正传》内涵丰富、影响深远。问世百余年来，吸引无数（专业）读者摩拳擦掌置喙、众说纷纭比拼，留下了无数观点犀利、思路新颖的论述叠加，成为"鲁学"中最亮眼的一道风景。如人所论："正是内涵丰富的典型性、高度的真实性、积极的但又是潜藏的倾向性、艺术形式和艺术风格的独创性的融合成为一个有机整体，这就使《阿Q正传》成为一篇杰出的具有不朽生命力的现实主义作品。"[1]

毫无疑问，不同时代的读者对《阿Q正传》进行了不乏交叉却又别具一格的解读，堪称各抒己见、莫衷一是却偶尔又不期然间殊途同归，代表性观点往往既很有特色（或限制），又有个人的视角洞见（或盲点）。但无论如何，这些汗牛充栋的论述构成了蔚为大观、迄今为止仍不断累积或膨胀的阿Q研究史。即便是以21世纪以来直接关联的个体研究为例也令人惊叹。比如毕生献身"鲁学"的张梦阳，他既有视域宏阔、高屋建瓴、体大周深的《中国鲁迅学史》（江苏凤凰文艺出版社，2021），里面涉及了阿Q研究的发展史，又有专著《阿Q一百年：鲁迅文学的世界性精神探微》（商务印书馆，2022）继续推进，从精神现象学的角度重思阿Q

---

1. 邵伯周.《阿Q正传》研究纵横谈[M].上海：上海文艺出版社，1989：261-262.

的典型性，并从历史论、艺术论、悟性论等多个层次论证其独特性和创造性，显得主题凝练、势大力沉。汪晖言简意赅的《阿Q生命中的六个瞬间》（华东师范大学出版社，2014）精读功力强劲，视角独特，以小见大，重审了前人的理论观点，非常精彩地提出了"向下超越"的复杂与奇特，令人叹为观止，当然也不乏争议。[1]

经典创制之所以经典，原因之一就是它拥有充沛的可读性（可诠释性），不同地域、时空与出身的人皆可参与其中。《阿Q正传》的相关研究往往开人眼界，但七嘴八舌的论述中也不乏误读、自以为是与错误疏漏。不必多说，我们哪怕是逐一检审百余年来代表性研究者的时代局限与个人盲点都是困难的，但我们可以更认真地精读《阿Q正传》及其相关文本自身，既回到文本生产的历史现场，又着眼其超越性和未来性，这样或许可以避免蹈入更多重复性误区。在我看来，《阿Q正传》既有其时代特征，又有其开放性/未完成性（尤其是从主题的建设性角度思考），很多时候它的中性指向（而非单纯批判）意义范围被严重压缩。实际上它也有新时代的延展性，即便是回到国民性批判视角挖掘，它本身也是一种模型的构筑，其中既有游民类型的聚焦或处理，亦有不同角色身份与时空连缀语境中的宏阔联动，需要用超时代与去阶级的眼光加以审视或观照。类似的，我们不能忽略《阿Q正传》中的建设性与辩证性，从此角度看，它其实更是指向未来之作。

一、生存/承认的政治：中性再现

从破题角度来看，《阿Q正传》的书写焦点有二：一、阿Q；二、正传。鲁迅在第一章"序"里半调侃半认真地消解了阿Q的名、姓与籍贯。

---

[1]. 有关商榷或继续讨论的论文可参：谭桂林.如何评价"阿Q式的革命"并与汪晖先生商榷[J].鲁迅研究月刊，2011(10)；陶东风.本能、革命、精神胜利法——评汪晖《阿Q生命中的六个瞬间》[J].文艺研究，2015(03)；钱文亮，卞文娅.生计问题的书写与阿Q的革命契机——重读《阿Q正传》[J].写作，2022(06).

最后,"我所聊以自慰的,是还有一个'阿'字非常正确,绝无附会假借的缺点,颇可以就正于通人"[1]。从此角度看,阿Q的传记其实更彰显出鲁迅对千千万万中国大众(乌合之众)被漠视、忽略或剥夺从而"废"名而不得不漂泊的命运的共名式书写。阿Q虽然无法"立功立德立言",但其卑微挣扎而又相对完整的一生的确被刻画出来了。特别需要指出的是,这是鲁迅的有意为之。考察《阿Q正传》的篇章结构,标题字数从一到六皆有,但最常见的字数是四个和五个。全文共九章,鲁迅很有意味地帮阿Q写了"准九五至尊"式的传记,可见他对无名小卒阿Q的同情与重视。而在1934年至1935年间鲁迅致青年木刻家刘岘的信中写道:"阿Q的像,在我的心目中流氓气还要少一点,在我们那里有这么凶相的人物,就可以吃闲饭,不必给人家做工了,赵太爷可如此。"[2]笔端依然带有同情。

无论如何,鲁迅塑造的阿Q的一生充斥着个体生存与承认的政治,虽然缺乏清醒主体意识的他往往混沌、孤寂而可悲。需要指出的是,鲁迅的这种书写其实更是一种中性再现,而不是单纯批判,但即便是从国民性批判视角考察,也有其复杂之处。"《阿Q正传》的叙述中包含着两个国民性的对话:一个是鲁迅的叙述本身体现出的国民性,我们可以称之为反思性地或能动性地再现国民性的国民性;另一个是作为反思和再现对象的国民性。如果'精神胜利法'是国民性的特征的话,它应该还有一个对立面或对应面,即将'精神胜利法'置于被审视位置上的国民性。"[3]我们要认真正视其间的复杂性和新的可能性。

(一)正常生活而不得

重审只能寄存于貌似"中西合璧"实则名字卑贱的阿Q,作为底层的他其实只想过上一种安稳的土地上的个体(农民)生活,然而这绝不可能。

---

1. 鲁迅全集:第1卷.515.
2. 鲁迅全集:第14卷.679.
3. 汪晖.阿Q生命中的六个瞬间[M].上海:华东师范大学出版社,2014:9.

他是一个漂泊不定,只能寄居于"未庄"(未定之庄)的"游民"(为谋生往返于城乡之间打短工,因瘦弱屡遭欺凌,想要生子传宗接代,为谋生千方百计,也有改革现状乃至革命的诉求)。这种气质和彼时的书写者鲁迅的生活状态颇遥相呼应:"第一章登出之后,便'苦'字临头了,每七天必须做一篇。我那时虽然并不忙,然而正在做流民,夜晚睡在做通路的屋子里,这屋子只有一个后窗,连好好的写字地方也没有,那里能够静坐一会,想一下。"[1]

易言之,阿Q有其物质、生理乃至主体性的合理诉求与伸张渴望,然而往往受阻。整体来看,他是一个变态社会里的失败者和牺牲品,当然结合其弱点/缺陷,有关制度的限制与压迫又造成了新的(国民)劣根性。如人所论:"从阿Q这个典型人物身上,鲁迅先生是把辛亥革命时代中国社会以及民族的基本矛盾一起抉发出来了,并且借此展开了社会思想形态的战斗……因为阿Q是被折磨得最不像样的一个人物,是奴隶群中间最悲惨的一员,他不仅土地工具被人家剥夺掉,弄得无家可归,到后来只剩下一条裤子,而尤其令人战栗的,是他的'人性'给磨折得那样残废不堪。这才是阿Q主义产生的根源,也即是鲁迅先生所要写出的奴隶的真实状貌。"[2]

不必讳言,阿Q身上有诸多生理缺陷以及不断延展和浓缩的劣根性。比如癞痢头以及讳疾忌医的心态,他很想以此作为别人的禁忌,不得讨论,没有皇权的他却也有对他人(包括同类底层)行使打压、限制乃至生杀予夺大权的期冀与野心;以赌博为乐乃至想借此发财的愚昧与赌徒心理;欺软怕硬且好斗迁怒,直男粗鄙,乐当看客乃至顺手牵羊,小人得志且迷恋权力,奴性十足。但作为外来户,他也有剑走偏锋的清醒和不合群。"鲁迅用'Q'这一洋文符号去为人物命名,其中所要表达的意思也很耐人寻味:'阿Q'难以融入'未庄',实际上也寓意着西方文化很难完

---

1. 《阿Q正传》的成因[M]//鲁迅全集:第3卷.397.
2. 荃麟.关于《阿Q正传》[M]//彭小苓,韩霭丽.阿Q70年.北京:北京十月文艺出版社,1993:195.

整地融入中国；如果它不能适合于中国文化这片土壤，那么它必将会受到强烈的排斥而无法生存。这不仅是鲁迅对于《新青年》阵营的一种讽喻，同时也是他本人'染缸'文化理论的思想核心。悠着点，慢慢来，这才是鲁迅本人文化变革思想的本质所在。"[1] 某种意义上说，阿Q身上蕴含了改良或变革的可能性与可行性。

如果继续升华阿Q作为个体的层次，他显然也应该有更高的被认同或承认的欲望，只是他本人限于受教育机会被剥夺而无法具备真正的觉悟，进行权利获取与捍卫，以及安放自尊。正如哈贝马斯着重研究了语言在社会交往中的"交互能力"，交往行为的目标之一是得到他人的认同。他表示："达到理解的目标是导向某种认同。认同归于相互理解、共享知识、彼此信任、两相符合的主观际相互依存。认同以对可领会性、真实性、真诚性、正确性这些相应的有效性要求的认可为基础。"[2] 从此角度看，阿Q和他周边社交环境的恶化首要原因在于人微言轻的他被奴化、被排斥以及被妖魔化的不公正待遇，这使得原本具有劣根性的他采取了对抗性和自我欺骗性的内外夹击举措，但在他无法自我言说的内心深处一直有一种被承认的政治诉求。

（二）防御/生存机制

底层游民阿Q自然有其个体的身心残缺问题，但也浸润了集体无意识的危机与文化隐喻，其中最具代表性和广为人知的就是"精神胜利法"。但需要省思的是，其中也不乏个体为求得生存及捍卫自尊所养成的防御机制。"心理学论及自我的'防御作用'（defense mechanism），包括补偿作用（compensation）、移置作用（displacement）、反向作用（reaction formation）、内射（introjection）、外射（projection）、自圆其说

---

1. 宋剑华. "未庄"为何难容"阿Q"？——也谈《阿Q正传》中"个体"与"共同体"之间的关系[J]. 鲁迅研究月刊，2015(01)：40.
2. 哈贝马斯. 交往与社会进化[M]. 张博树，译. 重庆：重庆出版社，1989：3.

(rationalization)，等等。人的心理并非一部纯逻辑的机器，总或多或少受到上述情绪作用的干扰。这类作用一旦在人格体系中成为主导，人就变得非理性。但偶一为之，却是人人有份的。"[1]

我们不妨以其中的恋爱事故为例加以说明。其前奏是阿Q和王胡比拼落败，无论是咬虱子发出的声响还是动手打架，屈辱感都很强。"在阿Q的记忆上，这大约要算是生平第一件的屈辱，因为王胡以络腮胡子的缺点，向来只被他奚落，从没有奚落他，更不必说动手了。而他现在竟动手，很意外，难道真如市上所说，皇帝已经停了考，不要秀才和举人了，因此赵家减了威风，因此他们也便小觑了他么？"[2] 不止如此，他还被假洋鬼子用"哭丧棒"（文明棍）伺候，于是得了"生平第二件的屈辱"。向更弱者小尼姑展开调戏与私欲宣泄是他转移屈辱、消除晦气和维持优胜的策略，但小尼姑略带哭声的詈骂"断子绝孙的阿Q"却诱发出他企图传宗接代而对女人的生理欲望以及有关错漏百出却又自然而然的"厌女症"逻辑。力比多的压抑与反弹让他向面前絮絮叨叨的吴妈下跪求欢，结果损失惨重，不仅需要赔礼道歉，经济上"割肉"，而且物质上失业名声上败坏。后面的革命臆想中对于女人的任意处置其实还是这种洗涤屈辱的变态反弹。不难看出，阿Q的大脑既是封建文化糟粕的跑马场，又是生理冲动/推助之下的践行物，同时又是维持个体面子及完整性生存下去的"活物"。小说中充斥了多重叙述声音，"所以入场声音的反讽或源自鲁迅的内心矛盾。此时鲁迅对知识者怀疑，但他还是要批判阿Q，一面批判一面又要回想，这就造成了阿Q的复杂"[3]。

张梦阳指出："阿Q是一位与世界文学中堂吉诃德、哈姆雷特、奥勃洛摩夫等典型形象相通的着重表现人类精神弱点的特异型的艺术典型，可

---

1. 孙隆基. 今日观《阿Q正传》[M] // 彭小苓，韩霭丽. 阿Q70年. 北京：北京十月文艺出版社，1993：431.
2. 鲁迅全集：第1卷.521.
3. 谢俊. 启蒙的危机或无法言语的主体——谈《阿Q正传》中的叙事声音[J]. 中国现代文学研究丛刊，2019（01）：38.

以简称为'精神典型'。以这些典型人物为镜像，人们可以看到自身的精神弱点，进行深刻的精神反思，'由此开出反省的道路'。"[1]鲁迅塑造的阿Q作为一个中性偏负面的形象，其气质或实践随着时代的变迁往往又有延伸。进入21世纪以来，不少文化名词或新事物新姿态如雨后春笋般冒现，如"屌丝""躺平"等。这些所谓的新事物貌似新生其实其来有自，传承的鼻祖之一就是阿Q，比如"屌丝"中的卑微男性精神来源就是阿Q。代表女性则是鲁迅笔下的另一重要人物——阿金，这一貌似积极争取的人物其实恰恰是对现代性的有意误读和功利性借用。[2]而内卷时代中"躺平"这一选择也是意味深长，其中既有应对"内卷"的得过且过、消极应对的负面性，也即过于务实地降低自己的需求放弃应努力承担的责任和宏大叙事，但同时有一种在追求承认与生存的合法性过程中对不合理榨取的无声抵抗乃至消解，易言之，把自己变成不太容易被割到的韭菜。当然，时人（尤其是精英）与阿Q的最大差别在于，前者主体性的相对清醒与丰富性压过了阿Q的相对被动与生理推动，但其共同之处在于，这种选择背后有其自然的合理性，值得同情，但又有可批判之处，比如自我欺骗和伏低苟活，需要彻底反思。但无论如何，这种呈现更多是中性视角而非单一的、负面的。

二、最大公约数：国民性模型的构筑

在描述《阿Q正传》的目的或功能时鲁迅写道："要画出这样沉默的国民的魂灵来，在中国实在算一件难事，因为，已经说过，我们究竟还是未经革新的古国的人民，所以也还是各不相通，并且连自己的手也几乎不懂自己的足。我虽然竭力想摸索人们的魂灵，但时时总自憾有些隔膜。在

---

1. 张梦阳.阿Q正传一百年[M].北京：商务印书馆，2022：343.
2. 具体论述可参拙文：女阿Q或错版异形？——鲁迅笔下阿金形象新论[J].山东师范大学学报（人文社会科学版），2015，60（01）.

将来，围在高墙里面的一切人众，该会自己觉醒，走出，都来开口的罢，而现在还少见，所以我也只得依了自己的觉察，孤寂地姑且将这些写出，作为在我的眼里所经过的中国的人生。"[1]其中"国民的魂灵"或国民性的精准呈现难度颇高，不管是整体代际的发展进度、时空差异，还是个体阅历有别都会导致概括或状摹的误差、迥异乃至片面，匠心独具的鲁迅于是采用了最大公约数的策略。从此角度考察，阿Q实际上更是一个模型的具化。我们不能忽略其丰满细腻的血肉，又不该忘却其铮铮风骨。

（一）聚焦"游民"

在"鲁学"发展史上，关于阿Q的身份确认不乏争议，比如到底是不是农民，1940年代以后中国语境中农民地位的提升（尤其是"工农兵"题材的主流化趋势）更让这种总结与批判显得尴尬，实际上鲁迅对于农民或乡土的书写一直有他的先锋性或厚重度。[2]结合小说文本，我们不难发现，阿Q的角色在模糊之余更加清醒地彰显其面貌是"游民"，这应当说是一个堪称伟大的设定。

1.（超）时代。《阿Q正传》中的阿Q的游民身份的设定具有相当的涵容性，且具有超/跨时代的特征。在相对漫长而封建的农耕社会，狭义的普通游民是相对于自耕农地位更低的贱民，其生活与工作往往具有不稳定性，而其流动性亦让其倍受歧视，难免有不足为外人道的辛酸乃至尴尬。从更宏阔的文化视角考察，不同时代的广义游民也有阶层和角色身份差异，和江湖人士、游侠、游士、艺人等密切相关，而不同时代的统治阶层对待他们的态度也千差万别。[3]

到了资本主义社会初期，在论者看来，工业革命的本质，是人类生产和生活的资源基础从以不可再生的土地为主向以可再生的资本为主进行转

---

1. 俄文译本《阿Q正传》序及著者自叙传略[M]//鲁迅全集：第7卷.84.
2. 具体论述可参拙文：论鲁迅乡土小说的建设性[J].海南师范大学学报（社会科学版），2020（03）.
3. 有关勾勒和梳理可参：王学泰.游民文化与中国社会[M].北京：同心出版社，2007.

第五章 重读新颜

变。因此工业革命时代蓬勃发展的工业社会与市场扩张迫切需要大量自由廉价劳动力，所以圈地运动一方面是为了获得更多的土地和原材料，另一方面则是逼迫原有的束缚在土地上的大量农民变成可以自由支配（实则被逼出卖劳动力）的劳动力群体。当然这也会带来劳动力过剩、人口向城市转移等诸多问题[1]，但无论如何，此时的游民性显而易见。

随着社会的进一步发展，到了全球化或晚期资本主义时代，全球合作大生产或跨国主义对于劳动力以及人才的需求更是引人注目，大量国际、国内、跨域的移民应运而生，虽然本土化的浪潮时有对抗或消解，但流动的趋势始终存在。其漂泊不定的中间性（in-betweenness）又和阿Q的游民性遥相呼应，并添加了认同的多元性和不确定性，政治、经济、文化、族群、业缘等，更令个体难以真正融合与统一。如印尼国宝级作家普拉姆迪亚·阿南达·杜尔就饱含深情地写道："对我个人来说，鲁迅使我经常怀念阿Q，在我们的眼前，鲁迅清楚地刻画了阿Q，使我们不能不认识到有一部分像阿Q这样的人。其实，阿Q的情况是我们自己一般人的情况——可能是在经济问题上，可能是在社会问题上，可能是在政治问题上，可能是在文化问题上。"[2]阿Q具有超越时空的人性模型特征。

2.（去）阶级。 恰恰是因为阿Q流民身份的含混性，其身上呈现出的国民性往往既包含了一定的阶级性或底层色彩，同时又浸染了不同阶级的气息，显示出去阶级的特征。某种意义上说，他的流动性更彰显出这种国民性涵盖的主线与支线交叉的混杂性特征，也即如果把这种特性约等于"鬼"性的话，是一种复合鬼——中国的宗教、文化、社会心理所生成的"鬼"，同阿Q彼时的姿态与心理叠合，展开了一个"国民性"的"鬼"与民俗之"鬼"的复合。[3]

---

1. 具体论述可参：高德步.英国的工业革命与工业化：制度变迁与劳动力转移[M].北京：中国人民大学出版社，2006.
2. 彭小苓，韩霭丽.阿Q70年[M].北京：北京十月文艺出版社，1993：518.
3. 丸尾常喜."人"与"鬼"的纠葛——鲁迅小说论析[M].秦弓，译.北京：人民文学出版社，1995：101-136.

阿Q固然不可能代表不同阶层或阶级的特征，他对其上层的知识框架与阶级意识的认识亦有颇多误解，但是相关的情感结构、生成背景与脉络交织在阿Q这里却是最丰富的，上下左右他都有所涉猎和关联。以第六章"从中兴到末路"为例，我们可以看到顺手牵羊获得赃物的阿Q炙手可热，不仅广受尊重和敬畏，"未庄老例，看见略有些醒目的人物，是与其慢也宁敬的，现在虽然明知道是阿Q，但因为和破夹袄的阿Q有些两样了，古人云，'士别三日便当刮目相待'，所以堂倌，掌柜，酒客，路人，便自然显出一种凝而且敬的形态来"[1]。各色人等，无论何等阶级，男女老幼都因可能的物美价廉的生意往来对他相当热情。

（二）内外联动

作为短篇小说书写的圣手，鲁迅成功地再现了晚清民初语境里中华帝国小人物的整体表现，尤其是小知识分子、妇女、儿童、农民等角色的悲惨、愚昧与挣扎。既有非常精彩的个案建构，又有令人震惊的宏观扫描，似乎不只是"国族寓言"，而且是近代中国"风景"的新发现与再现。其唯一的中篇小说《阿Q正传》相当精彩地展现出上述优点，而且具有更浓缩的意义与诗学建设。有论者剖析了小说文本中鲁迅的图画意识："鲁迅一生都对美术有浓厚的兴趣，对美术也有独到的见解，其中，启蒙思想是重要的组成部分。他吸取中西美术长处，将美术思维贯穿到《阿Q正传》的创作之中，小说呈现出强烈的图画意识。鲁迅也以此为契机画出了'沉默的国民魂灵'。小说中阿Q的事件序列只是这个所指中的几个能指，它们并不能够抵达所指，只是无限接近它，就像'大团圆'中鲁迅笔下的'圆'，接近于圆，但永远不会圆满。"[2]而其重要的策略之一就是内外联动。

1. 再建"时空体"。《阿Q正传》中设计了一个半开放并演变着的丰

---

1. 鲁迅全集：第1卷.533.
2. 高志.论《阿Q正传》的图画意识——兼驳启蒙论与革命论[J].现代中国文化与文学，2020(01): 89.

富"时空体",它既有着相对稳定的"超稳定结构"或"深层结构",以未庄为中心,各种阶层、职业和社会秩序井然,但同时这个乡土(中国)和(外界)城市通过水道相连,意味着变化的可能。而从进化论或历时性角度思考,这也是对从晚清到民初的社会演进的描绘,其中辛亥革命的影响显而易见。难能可贵的是,鲁迅在彰显阿Q主线时也非常精彩地呈现了各色人等的复杂拼盘:旧地主、新权贵、假洋鬼子、"贱民"造反,以及最终新旧同流合污、沆瀣一气,"贱民"阿Q成为牺牲品,当然同时他也是劣根性的聚焦之人。"阿Q这人是中国一切的'谱'——新名词称作'传统'——的结晶,没有自己的意志而以社会的因袭的惯例为其意志的人,所以在现社会里是不存在而又到处存在的……他像神话里的'众赐'(Pandora)一样,承受了噩梦似的四千年来的经验所造成的一切'谱'上的规则,包含对于生命幸福名誉道德各种意见,提炼精粹,凝为个体,所以实在是一幅中国人品性的'混合照相'。"[1]

2. 强化"中间性"。鲁迅小说创作最擅长或有口皆碑的主题人物类型是小知识分子和妇女(农民)。《阿Q正传》文本中的主人公——阿Q的角色恰恰是上述类型人物的连接地带,具有很强的"中间性"特征。夹在中间的阿Q彰显出相当复杂的性格/身份张力。

之于小说中的女性来说,男权社会里的"无主名无意识的杀人团"的一分子阿Q是一个愚顽且可耻的施暴者,比如他在身体上骚扰底层存在小尼姑,在精神上意淫和尚与尼姑私通;寡妇吴妈更是他淫欲泛起时生理上的诉求对象;在造反的幻梦中他对各种女性毫无尊重与平等观念,而是肆意评判与支配。他对女性的判断标准完全是落伍的、反动的,不管是对未缠小脚的吴妈的惋惜,还是对假洋鬼子的老婆因靠近西方现代性而堕落与淫荡的污蔑。

但另一方面,阿Q又是小说中新旧知识分子合谋(权力/利益勾结)

---

1. 周作人.阿Q正传[N].晨报副刊.1922-03-19.

后的牺牲品。他不仅被剥夺了姓，而且在处理骚扰吴妈事件时连带"取消"了该得的工钱，最后被沆瀣一气的共谋知识分子坑蒙拐骗地送上了绞刑架。"将人工具化，其根基在于反个人主义的观念，即对个人价值采取蔑视态度，把个人当作施行公共政策的工具，这种祭旗式随意牺牲他人的哲学，必然造就阿Q式的悲剧。"[1]但无论如何，阿Q式的施暴者与牺牲品角色合二为一，恰恰可以看出国民性的交叉性、涵盖力以及相关生产机制的绵长与繁复。

三、阿Q主义：开放性与未完成性

《阿Q正传》问世以来，褒扬之声不绝于耳，此文本毫无疑问成为世界文学殿堂中的经典之作。但似乎在不同时代刺耳的批评亦未完全消弭。机械进化论者或左派幼稚病分子认为鲁迅与阿Q皆已过时，因为我们所处的时代已经超越前人的。当然多数观点还是认为有关国民劣根性具有相当的普泛性与顽固性，只要有关土壤存在，便难以根除。"时代、环境、潮流已变，但是这些共同素质乃是中国文化里面的流毒，渗透到每一个中国人的血脉中，在不同时空以不同的形式表发出来。当中国文化与中国人的历史没有经过全面的、自觉的、彻底的重估、批判与改造，中国政治、社会与教育还要借某些劣质的传统来维持既得权力与利益者的地位与所得，那么，中国社会还不可能真正全面的现代化。阿Q还是中国人堕落的形象。阿Q有其深广的普遍性。"[2]

亦有论者，如成仿吾批评《阿Q正传》的结构，将其判定为"浅薄的纪实的传记"，"描写虽佳，而结构极坏"[3]。其中当然不乏偏见。实际上作

---

1. 张建伟.阿Q之死的标本意义[M].北京：法律出版社，2017：33-34.
2. 何怀硕.我对鲁迅与阿Q的看法[M]//陈漱渝.说不尽的阿Q——无处不在的魂灵.北京：中国文联出版公司，1997：640.
3. 成仿吾.《呐喊》的评论[M]//陈漱渝.说不尽的阿Q——无处不在的魂灵.北京：中国文联出版公司，1997：244-245.

为《中国小说史略》的作者和阅读过大量西方现代小说的鲁迅，深谙小说结构之道。《阿Q正传》的结构其实也是中西合璧的产物，不少论者曾论证其别出心裁。考察这些争议的背后，可能往往忽略了一点，鲁迅笔下的阿Q及其话语生成（主）其实是开放的、未完成的，正如我们所言的一千个人眼中有一千个阿Q。

（一）破与立的辩证

阿Q身上的意义承载以及他对读者的考验与引导等诸多层面从来都不是简单的或单向的解释，过去的不少研究往往更强调需要批判国民劣根性的层面，尤其是"精神胜利法"的副作用。这当然无可厚非，但实际上如果回到原文本，鲁迅更强调的应该是破立结合，破本身是立的基础、前提或另一种风貌。

正因为《阿Q正传》是开放的，小说中阿Q难得的几次觉醒（生理、心理并存）其实也彰显了辛亥革命后中华民族改善自我的基础与冲动，"鲁迅在此把阿Q之死与辛亥革命的失败连在一起，认为革命丝毫没有改善劳苦大众的生活，他把小说的读者也斥为同犯，并且暗示将来当世界上所有的阿Q苏醒以后，他们所作为的可能性。由此看来，这个故事的主人翁非但代表一种民族的弊端，也代表一种正义感和觉醒，这是近代中国文学作品中最关心的一点"[1]。

尤其是在涉及革命一章时呈现出丰富的面向——普通或底层民众对新生事物的尊重、参与感以及艰难挣扎，虽然不乏大量误读。"阿Q的耳朵里，本来早听到过革命党这一句话，今年又亲眼见过杀掉革命党。但他有一种不知从哪里来的意见，以为革命党便是造反，造反便是与他为难，所以一向是'深恶而痛绝之'的。殊不料这却使百里闻名的举人老爷有这样怕，于是他未免也有些'神往'了，况且未庄的一群鸟男女的慌张的神

---

1. 夏志清.夏志清论阿Q[M]//陈漱渝.说不尽的阿Q——无处不在的魂灵.北京：中国文联出版公司，1997：689.

情,也使阿Q更快意。"[1]其中喻示了一种新的可能性——发现、描述并打破劣根性模型。

如果从启蒙的角度看,《阿Q正传》中亦存在多元启蒙的实践层次:不只是小说中的新兴知识分子未尽到责任,而且新旧合流,制造了新的传统压迫,同时阿Q的劣根性和罕见的几次觉醒又反过来召唤新的持续不断的启蒙,直至真正的革命产生并继续。"鲁迅选择了因罪而死的阿Q作为小说主角,并且以极为复杂的眼光塑造阿Q,不惜尽一切努力贴近阿Q,完成一种双向互动的启蒙,的确型构了一种新的知识者的历史主体形象。这一新的知识者的历史主体形象,首先当然是知识者,承续着源自传统的历史担当的道义,其次又是一个主张永远革命的革命者,对革命后的社会和权力秩序也担心维持现状的后果,最后又是一个启蒙者,一个将阿Q这样的社会秩序的冗余存在视为镜像的启蒙者,在双向互动的意义上实践着启蒙的可能性。"[2]

某种意义上说,批判与建设是一体两面,启蒙是相当重要的桥梁或路径。这一使命本身是相当艰巨的、漫长的、沉重的却又是光荣的,因为这既是阿Q的蜕变,又是启蒙者自身的可能质变。"在这场远未结束的争夺价值世界的定义权的斗争中,阿Q的'精神胜利法'以'想象的胜利'标出了现代中国文化价值体系重建的历史低点和真实起点。而任何摆脱这个意义的零度和价值真空的努力,都必然意味着走出幻想的自给自足而朝向针对他人的历史冲突、矛盾、较量的迈进;意味着走出空洞的意识魔术,而向真实的自我实现迈进。"[3]

在第九章"大团圆"中,鲁迅写到了阿Q的悲凉的清醒、孤单与恐慌:"而这回他又看见从来没有见过的更可怕的眼睛了,又钝又锋利,不但已经咀嚼了他的话,并且还要咀嚼他皮肉以外的东西,永是不近不远

---

1. 鲁迅全集:第1卷.538.
2. 李国华.革命与"启蒙主义"——鲁迅《阿Q正传》释读[J].文学评论,2021(03):96.
3. 张旭东.中国现代主义起源的"名""言"之辩:重读《阿Q正传》[J].鲁迅研究月刊,2009(01):19.

的跟他走。"[1] 其中意蕴悠长，阿Q终于在赴死前直面了长期生产劣根性的"老大哥"的凝视与杀伤力，也借此部分消解了这种劣根性的控制力。"这是一个开放的经典，与其说《阿Q正传》创造了一个精神胜利法的典型，不如说提示了突破精神胜利法的契机。这些契机正是无数中国人最终会参与到革命中来的预言——参与到革命中来也可能死于革命，但革命创造的变动却是阿Q生命中的那些瞬间发生质变的客观契机。"[2]

（二）变与不变的哲思

"阿Q主义"中既有与时俱进的新思路、新话语或基于新变化之上的增删或进退，同时又有相对固定的人性劣根性共同点探寻，比如阿Q的贪婪/赌徒心理、好面子而非自尊、麻痹健忘，等等。易言之，《阿Q正传》在意义指向上也有变与不变的哲思，某些细节解读可能因人而异，但背后的某些精神共同体又可能异曲同工。

1928年3月1日《太阳月刊》3月号上，钱杏邨指出："《阿Q正传》虽有这么多的好处，在表现与意义两方面虽值得我们称赞，然而究竟不能说是代表十年来的中国现代文坛的时代的力作；十年来的中国农民是早已不像那时的农村民众的幼稚了。所以根据文艺思潮的变迁的形式去看，阿Q是不能放在五四时代的，也不能放在五卅时代的，更不能放到现在的大革命的时代的。"[3] 这种论述有点机械和过分政治正确，它忽略了小说书写中呈现出的某些不变特质的坚韧内核。当然我们也不能过分变通肆意解读，或者刻板固执，刻舟求剑与虚无主义同样荒诞不经。刘禾指出：鲁迅的小说不仅创造了阿Q，也创造了分析阿Q的"中国叙事人"，"国民性是'现代性'理论中的一个神话。说它是神话，我不过是在这里用了一个

---

1. 鲁迅全集：第1卷.552.
2. 汪晖.阿Q生命中的六个瞬间[M].上海：华东师范大学出版社，2014：66.
3. 钱杏邨.死去了的阿Q时代[M]//彭小苓，韩霭丽.阿Q70年.北京：北京十月文艺出版社，1993：80.

隐喻，指的是知识的健忘机制。理由是，国民性的话语一方面生产关于自己的知识，一方面又悄悄抹去全部生产过程的历史痕迹，使知识失去自己的临时性和目的性，变成某种具有稳固性、超然性或真理性的东西。"[1]我们一方面要警惕国民性神话的迭代与强化，但另一方面也不能过度虚泛，甚至不敢、不能、不想、不愿面对有关劣根性。

有关阿Q精神或主义往往不是个体的产物，也不局限于华人群体，进而可以推展到不同种族，或者更进一步挪用到不同的国家在面对历史巨变时候的惯习或病痛形成。这论述了不变的思辨性，同时也彰显了阿Q精神的涵盖力。如人所论："若说阿Q精神是中国独家的病症，倒也不公平。任何历史长久，且曾雄踞一方的文明，一朝自历史中惊醒，发觉人事全非时，总会同时采取三种应变方式：发奋图强追上历史，自欺欺人缩回历史，及自暴自弃忘却历史。当然，最后，三者之一会跃居主流，而形成其近代国家风格。风格倾向第一种者如日本，倾向二三者分别如中国与印度。"[2]

在此框架内还可以继续思考的是，鲁迅借助阿Q个案所要申发的解决方案绝不只是身体的，还有心灵的；不只是方法谈论的，还包括切实践行；甚至还难能可贵地经由"向下超越"，实现了另一种真实而完整的历练，虽然最终走向了死亡。如汪晖所言："不是向上超越，即摆脱本能、直觉，进入历史的谱系，而是向下超越，潜入鬼的世界，深化和穿越本能和直觉，获得对于被历史谱系所压抑的谱系的把握，进而展现世界的总体性。"[3]当然，真正深入和完整的解决之道可能可以借助于"向上超越"和"向下超越"的珠联璧合。

结语：从《阿Q正传》的整体指向来说，它反映了一个无名游民的

---

1. 刘禾.跨语际实践：文学、民族文化与被译介的现代性（中国，1990—1937）（修订译本）[M].宋伟杰，等译.北京：生活·读书·新知三联书店，2022：88.
2. 廖咸浩.阿Q启示录[M]//彭小苓，韩霭丽.阿Q70年.北京：北京十月文艺出版社，1993：430.
3. 汪晖.阿Q生命中的六个瞬间[M].上海：华东师范大学出版社，2014：89.

辛酸挣扎、强作狂欢与满地破碎。我们不能过分强调阿Q（精神）的负面性，而要认识到这是一种中性再现，其中强烈彰显了一种努力生存并获取承认的文化政治。同时鲁迅刻画的不只是一个鲜活的个体形象，而更是精彩构筑了一个最大公约数的国民性模型。其中既有"游民"焦点，同时又有内外联动的助攻。特别需要提醒的是，"阿Q主义"自有其开放性与未完成性，既有破与立的辩证，又有变与不变的哲思，陷入任何一端，都极易造成对《阿Q正传》的误读乃至伤害，从而反证了论者的片面、肤浅和狭隘。

[第五节]

从"立人"到"立国"的尝试隐喻及其破灭
——重读《伤逝》

创作于1925年10月21日的《伤逝》在收入《彷徨》前未曾在他处发表过，作为鲁迅相当罕见的一篇以爱情为主题的小说，其关注度颇高，有关它的研究可谓汗牛充栋，但有关其主题理解的部分误导性和狭隘性似乎也与此有关。比如就事论事讨论小说中爱情失败的原因，这种和作者探讨二人世界坍塌的做法更多属于辩论性质的实践派，或许是鲁迅期待看到的小说发表后的社会效果，但并非严谨而独特的学术讨论。实际上，如果把《伤逝》扩大到鲁迅全部小说中的婚恋话语，其悲剧性机制和背后深层原因可以反衬出鲁迅的深邃思考与复杂性。[1]除此以外，关于《伤逝》主题的另外一个视角则被周作人在《知堂回想录》第一四一节《不辩解说（下）》里解读为悼念兄弟之情："《伤逝》不是普通恋爱小说，乃是假借了男女的死亡来哀悼兄弟恩情的断绝的，我这样说，或者世人都要以我为妄吧，但是我有我的感受，深信这是不大会错的。"此观点颇有意味，思路发散，但论证方面似乎难以言之凿凿。

其他研究还包括反讽性[2]、性别视角及其反拨，比如讨论《伤逝》中涓

---

1. 具体论述可参拙文：论鲁迅小说中婚恋话语的悲剧性机制[J].汕头大学学报（人文社会科学版），2010，26（01）.
2. 具体论述可参：李今．析《伤逝》的反讽性质[J].文学评论，2010（02）.

生的"可靠性问题"[1]。也有论者很早就注意到其间的抒情性,比如李长之就指出:"鲁迅的笔根本是长于抒情的,虽然他不专在这方面运用它:在他的抒情的文字中,尤其是长于写寂寞的哀感,所以'伤逝'这题材是再合适没有了,因而也就无怪乎是他的完整的艺术品之一了。"[2]

需要提醒注意的是,对《伤逝》的理解不应该只是单纯的文本细读,也要把它放在鲁迅自己的文学生产语境里展开。1925年9月到11月,鲁迅创作的小说有《孤独者》《伤逝》《离婚》等,之后则更多地转向了杂文书写。同一时期,鲁迅具有原创性且高度文学性的篇什还包括收入《野草》中的《这样的战士》《聪明人和傻子和奴才》《腊叶》等。从更长线的视野看,1925年之于鲁迅亦是相当繁复与坎坷的一年[3],重大事件有:五卅惨案、北京女子师大事件(及以后的"三一八事件")、与许广平的爱情进展、与章士钊的官司纠结等。而从文学创作角度来说,他对杂文的重视度提高,也更坚定地走出了象牙之塔。比如创作于1925年下半年的《论睁了眼看》《从胡须说到牙齿》《坚壁清野主义》《寡妇主义》《论"费厄泼赖"应该缓行》等宏文往往既关切现实,又有文化底蕴,纵横捭阖、酣畅淋漓。从鲁迅自身复杂的文学场域角度思考,《伤逝》的主题似乎有了更多可能性,而不是单纯归结为爱情小说。

前述鲁迅的文学作品中,其书写指向无疑是多元的。杂文书写自然呈现出其社会批评和文明批评惯有的犀利洞察与敏锐关注,而其小说书写中亦有丰富指涉。如《孤独者》中既有对新文化运动走入低谷之后个体启蒙者、革命者经历与失败辩证的深切再现,又有对传统文化强大杀伤力的状描。类似的,《离婚》中除了对婚恋制度进行批判,同时还对根深蒂固的文化传统及其延异进行了犀利的再现,其中亦不乏对知识型话语的繁复

---

1. 具体论述可参:卢建红.涓生的"可靠性问题"[J].现代中文学刊,2012(06);谢玉娥.性别视角下的《伤逝》研究综述[J].玉溪师范学院学报,2010,26(10).
2. 李长之.鲁迅批判[M].北京:北京出版社,2003:90.
3. 有关分析可参:李松睿.做现实主义者,为不可能之事——1925年的鲁迅[J].文艺理论与批评,2016(03).

描述与透彻反思。¹ 而《弟兄》一文既有对兄弟怡怡之情的殷殷描述与潜意识反省，又有对中、西医学话语及文化的透彻比较与批判。²

相较而言，《腊叶》中有指向爱恋的成分，如鲁迅在《〈野草〉英文译本序》中所言："《腊叶》，是为爱我者的想要保存我而作的。"³ 但需要指出的是，这种爱亦是广阔的。"如果拓展开去，这里的'我'可以是小我，亦可以是大我，即鲁迅所言的'立人'的人——国人，然后是'立国'。"⁴ 而相当耐人寻味的是，在同一时期鲁迅创作的《这样的战士》与《聪明人和傻子和奴才》的主题诠释中亦有交叉点，那就是"立人"。前者更多从正面树立，鲁迅以"战士"作为"立人"思想的承载者、执行者和出口，显示出"战士"的坚守策略：有勇有谋、韧性战斗。同时他也揭示了"战士"的斗争策略及其中国遭遇：虽身处困境，但最终亦反抗绝望和各种限定性，他可以失败，可以死去，但是，"战士"韧性、理性、自信战斗的精神永存。⁵ 后者则是从反面清理奴性，它既从反面切入清理"奴才"（自奴化）、"聪明人"（帮闲）与"主人"（主谋）身上的奴性，同时又借助互文性策略来观照贯穿他人生的关联性主题思考。⁶

作为中国现代小说之父，鲁迅的小说创作与意义指向的繁复与晦涩程度可能比不上众人交口称赞的《野草》，但其小说往往具有发散性乃至歧义性，其小说文体的创新与实验性也令人刮目相看。我们很多时候会疑惑小说家、散文家、杂文家、学者这四个原本相对分裂和独立的身份是如何统一到一个人身上的，但这就是鲁迅。需要注意的是，鲁迅的很多创作都是不同文体在同一时段同时展开的，所以在主题理解和文体跨越上往往

---

1. 具体论述可参拙文：当知识化为权力——论鲁迅小说中的"知识型"话语［J］．鲁迅研究月刊，2008（02）．
2. 具体论述可参拙文：论鲁迅小说中的医学话语［J］．福建论坛（人文社会科学版），2010（05）．
3. 鲁迅全集：第4卷．365．
4. 具体论述可参拙著：《野草》文本心诠［M］．北京：人民出版社，2016：302．
5. 具体论述可参拙文："立人"思想的践行者及其中国遭遇——重读《这样的战士》［J］．名作欣赏，2016（22）．
6. 具体论述可参拙文："立人"的繁复性及互文性诗学——重读鲁迅散文诗《聪明人和傻子和奴才》［J］．名作欣赏，2017（07）．

可能有交叉成分，这可以成为我们重新思考和解读某些文本的语境基础。

不必多说，有关《伤逝》的解读似乎也不例外，某些主题可能是长线贯穿的，有些情绪或伤痛的发酵可能超过了一年，比如作品中可能也混杂了"兄弟失和"事件的情愫与创伤疗治。[1]但在我看来，"立人"主线或主题氛围成为解读《伤逝》的一个新角度，也即，其中的"新人"寄托了鲁迅的"立人"思想，乃至更大的可能——"立国"预设，只是这种设计到了最后变成了悲剧。

一、精神资源

某种意义上说，"立人"的践行必须建基于新颖、丰厚而独特的精神资源之上。它可以荟萃新旧传统，但必须有新的质素；它可以借鉴古今中外的文化源泉，但又必须扎根本土，形成相对独特的自我根基。相当令人遗憾的是，《伤逝》中男女主人公对"立人"或"新人"的精神资源的梳理与呈现却是相对单薄、苍白的。

（一）停滞的悲剧

《伤逝》中主人公"我"有着相对清醒的头脑，即对于各种追求的持续性坚守。恍如鲁迅一贯的对革命的悖论认知：革命一旦成功，革命亦将失败。如其所言："坚苦的进击者向前进行，遗下广大的已经革命的地方，使我们可以放心歌呼，也显出革命者的色彩，其实是和革命毫不相干。这样的人们一多，革命的精神反而会从浮滑，稀薄，以至于消亡，再下去是复旧。"[2]而《伤逝》中对于爱情的洞见也令人警醒："爱情必须时时更新，

---

[1]. 具体论述可参：朱崇科，陈沁. 鲁迅作品中的"兄弟失和"纠结及其超克——以《伤逝》为中心[J]. 文艺争鸣，2015(11).
[2]. 庆祝沪宁克复的那一边[M]// 鲁迅全集：第8卷.198.

生长，创造。"¹ 做人做事亦然，如何保持灵性与能力至关重要。"局里的生活，原如鸟贩子手里的禽鸟一般，仅有一点小米维系残生，决不会肥胖；日子一久，只落得麻痹了翅子，即使放出笼外，早已不能奋飞。现在总算脱出这牢笼了，我从此要在新的开阔的天空中翱翔，趁我还未忘却了我的翅子的扇动。"² 相当耐人寻味的是，即使是这二者（谋爱与谋生）之上的指导思想与精神资源，也陷入了不同类型的停滞状态。

1. 自动停滞：咀嚼口号与回忆。 通读整篇小说，可以发现子君在进入恋爱前后的明显变化：之前是坚定自由恋爱、无惧流言诋毁的勇敢女子，可谓巾帼不让须眉，甚至喊出了一代女性追求自由的最强音："我是我自己的，他们谁也没有干涉我的权利！"³ 这个铿锵有力的口号成为子君的标签，亦令涓生震惊，"这几句话很震动了我的灵魂，此后许多天还在耳中发响，而且说不出的狂喜，知道中国女性，并不如厌世家所说那样的无法可施，在不远的将来，便要看见辉煌的曙色的"，甚至感觉她"比我还透澈，坚强得多"⁴。

考察他们的精神资源，对于子君而言，似乎更多只是外来的激励，而且这种激励还有隔阂。实际上鲁迅对文艺是颇有期待的，在写于1925年7月22日的《论睁了眼看》中他认为："文艺是国民精神所发的火光，同时也是引导国民精神前途的灯火。"⁵ "破屋里便渐渐充满了我的语声，谈家庭专制，谈打破旧习惯，谈男女平等，谈伊孛生，谈泰戈尔，谈雪莱……。她总是微笑点头，两眼里弥漫着稚气的好奇的光泽。壁上就钉着一张铜板的雪莱半身像，是从杂志上裁下来的，是他的最美的一张像。当我指给她看时，她却只草草一看，便低了头，似乎不好意思了。这些地方，子

---

1. 鲁迅全集：第2卷 .118.
2. 鲁迅全集：第2卷 .121.
3. 鲁迅全集：第2卷 .115.
4. 鲁迅全集：第2卷 .115.
5. 鲁迅全集：第1卷 .254.

君就大概还未脱尽旧思想的束缚"。[1]可见,《伤逝》中的精神资源多只是流于皮毛的舶来品。

真正的分界来自他们恋爱关系的确定。子君接受涓生的求爱,从精神资源的践行角度看,这恰恰是子君的巅峰,而后她就堕入了中国民初社会世俗的尘网中:要么为二人的吃饭不辞辛苦地探勘,要么和同一屋檐下的小官吏太太暗中较劲、不自量力养宠物等。他们二人的恋爱历史存在被置换成了回忆,子君甚至偷偷开始了自己的修习,之后就是"我只要看见她两眼注视空中,出神似的凝想着,于是神色越加柔和,笑窝也深下去,便知道她又在自修旧课了"[2]。甚至到了他们的恋爱陷入僵局之后亦然,"她从此又开始了往事的温习和新的考验,逼我做出许多虚伪的温存的答案来,将温存示给她,虚伪的草稿便写在自己的心上"[3]。而在涓生拿出当年水过地皮湿的二人共享的西方精神资源之时,子君其实已然不懂,且将这种资源视为二人的精神落差和被遗弃的前奏。"她还是点头答应着倾听,后来沉默了。我也就断续地说完了我的话,连余音都消失在虚空中了。'是的。'她又沉默了一会,说,'但是,……涓生,我觉得你近来很两样了。可是的?你,——你老实告诉我'。"[4]易言之,世俗早已磨损了子君应有的锐气与斗志,她已经停滞不前,精神资源的枯竭也预示着爱情必将步入末路。

2. 被动的停滞:消费身体与孤独。涓生的精神停滞则是另外一种类型,而其分界点同样也是身体。之前毋宁是出于寂寞,在恋爱过程中对外来思想鹦鹉学舌的他也并没有超出子君的精神高度,反倒是子君的勇敢让其不容于世的恋爱坚定向前推进,直到"我"求爱成功,占有了她的身体。"我也渐渐清醒地读遍了她的身体,她的灵魂,不过三星期,我似乎于她已经更加了解,揭去许多先前以为了解而现在看来却是隔膜,即所

---

1. 鲁迅全集:第2卷.114.
2. 鲁迅全集:第2卷.116.
3. 鲁迅全集:第2卷.125.
4. 鲁迅全集:第2卷.126.

谓真的隔膜了。"[1] 这句后顾的自我评价可谓一针见血，他们二人的世界原本就差异明显。

之后的同居更让他们走上了不同的轨道：子君忙于做饭与斗气，涓生的停滞则源于被辞退之后的谋生压力，他有所反抗，但也只是提醒自己尽量不要堕落，"待到孤身枯坐，回忆从前，这才觉得大半年来，只为了爱，——盲目的爱，——而将别的人生的要义全盘疏忽了。第一，便是生活。人必生活着，爱才有所附丽。世界上并非没有为了奋斗者而开的活路；我也还未忘却翅子的扇动，虽然比先前已经颓唐得多……"[2] 在他那里，子君的身体已经熟悉，精神已经停滞，同甘共苦的物质基础也不具备了，似乎"我"也只能享受孤独了。拥抱现代性的"我"终究只能孤独，没有带子君双宿双飞的能力和勇气。"鲁迅不仅看到了浪漫爱情对抗残酷现实的挫败，而且也看到了性别差异中的权力运作。"[3]

（二）个体提升的悖论

现代个体的提升或曰"立人"的效果：一方面可以从个体与环境的关系，也即从他者视角进行考察和身份确认；另一方面，可以从内在原因来看，个体必须有独特的个性与内在执行力，能够自由地实施自己的意志。这种视角更可能凸显新的价值与意义。尤其是在评判涓生时，我们不能以旧有的道德标准去评判涓生身上现代性个体的展现，称之为现代负心汉或陈世美，这是非常肤浅的道德皮相之见。

相较而言，子君（叙述人描述的相对被动的角色）对于个体提升的关注相对薄弱。如前所述，在处理个体及其外在环境时，面对传统痼疾的敌视与束缚，她呈现出相当孤绝的勇气。因为她相信内心真爱的直觉（冲动），加上对美好未来的期待双管齐下，呈现出比作为男性的涓生更强大

---

1. 鲁迅全集：第2卷 .117-118.
2. 鲁迅全集：第2卷 .124.
3. 具体论述可参拙著：鲁迅小说中的话语形构 [M]. 广州：中山大学出版社，2017：52.

的勇气与风采。但子君的个体内在是苍白的、琐碎的和细节化的,她缺乏深邃的理论性与丰厚的层次性。从此角度看,她更多是跟着感觉走的,她更多是爱上了恋爱中的自己。因此,一旦恋爱关系相对确立、安全感确认后,她便由于缺乏对个体提升的新目标、预设,而渐渐转向了传统的惯性安排、物质性以及女人性、琐屑化的一面。

涓生的个性提升显然远比子君的复杂。一方面,他有着相对清醒的现实认知与自我提升的高度警醒;另一方面,他对个体的弱点无能为力。毫无疑问,涓生远比子君世故。在爱情经历中他的勇气远比不上子君的,他以子君的身体排解寂寞亦有相对传统的一面,但他的恋爱实践中不乏现代个体的元素。首先是自由恋爱的精神来源,他汲取了西方斗士的精神源泉,同时他对子君坦诚相待。"其时是我已经说尽了我的意见,我的身世,我的缺点,很少隐瞒;她也完全了解的了。"[1]其次是他保持着相对的清醒,包括对爱情更新的期许、外在的打击以及自我的努力面对。最后是他明确告知子君他已经不爱她,他有自己的选择,直言不讳且倡导各自开辟新路。"新的路的开辟,新的生活的再造,为的是免得一同灭亡。"[2]

从现代性主体自我角度来看,涓生是一个相对坦诚、真实甚至有点冷酷的"新人",但若从"立人"的角度出发,他的性格是符合新式逻辑的(总好过"瞒"和"骗"的国民劣根性),也即强调个性提升与自我的升华。当然,涓生诉说的真实和隐含作者的铺陈中间有丰富的张力和反讽。"涓生讲述的是他自认为的真实,他对自己的言行不一,信念和事实,显意识和潜意识的矛盾,完全无知无觉。隐含作者不动声色地稍加点染,略作铺陈而形成的反讽语境,使涓生的讲述越真诚,越加自我暴露,也越加自我反讽,从而使文本传出两种声音、双重意义。"[3]

若从更高的"德性"角度来看,涓生又有些悖论缠身:他的身上既有

---

1. 鲁迅全集:第2卷.115.
2. 鲁迅全集:第2卷.126.
3. 李今.析《伤逝》的反讽性质[J].文学评论,2010(02):141.

现代性个体的合理一面，又有传统元素作祟。易言之，在破旧立新的夹缝里，破旧不彻底，立新又不够有力。因此在"新人"面对传统打压或逼迫时，他虽然看到了各自的弊端，但想到更多的是各自逃命。其现代性反思层面与新道德中的利他倾向也因此难以彰显。实际上现代性也有其问题和值得反思之处，如吉登斯的精彩质疑："现在我们怎么会生活在一个如此失去了控制的世界上，它几乎与启蒙思想家们的期望南辕北辙？为什么'甜蜜理性'（sweet reason）的普及并没有创造出一个我们能够预期和控制的世界？"[1]甚至在小说开端与结尾，他也以感情来填充这种悖论，让读者以为这不过是旧道德语境中的抛弃与负心。

二、空间转换

毋庸讳言，"立人"或"新人"的形塑需要空间的承载与转换，而物理空间、社会空间与个体的精神空间实则息息相关，其差别与位移恰恰可以部分彰显出"立人"的新意、变迁与失败原因。

（一）大小社会

子君和涓生惊世骇俗的爱情需要新的空间安放，而不同空间的差异可以展现出背后有关传统与现代的张力。《伤逝》中最重要的几个地点包括：会馆[2]、吉兆胡同、通俗图书馆等。

1. 会馆：以"个"为始终。会馆作为异乡人涓生旅居异地的翼蔽有其独特功能：一方面它证明了涓生的外来性、异质性、边缘性；另一方面，它作为一个桥梁，连通了外来与本地。从涓生个体角度思考，会馆是一个进可攻、退可守却又半死不活的飞地。不必多说，会馆也有其保守性

---

1. 吉登斯.现代性的后果[M].田禾，译.南京：译林出版社，2011：133.
2. 有关会馆的介绍和功能梳理可参：王熹，杨帆.会馆[M].北京：北京出版社，2006；关于会馆的文学史意义可参：彭晓丰，舒建华.S会馆与五四新文学的起源[M].长沙：湖南教育出版社，1997.

和混杂性：它一方面混溶了家乡的本土性；另一方面又可能滞后于现代化大都市的现代气质。

相较而言，涓生的爱情在这样的空间中发酵自有其合理性与不合法性。这彰显出他们相对底层的文化人身份，但同时因为其鱼龙混杂，又成为新生事物的批判场所：其间既有偷窥者，又有告密者。即使他们转换了空间，涓生依然难逃因自由恋爱而被检举失业的厄运。而令人唏嘘的是，涓生的爱情故事或事故起自会馆，那时去见"单身狗"涓生的子君不惧这种世俗的猥琐；而最终涓生又回归了会馆，那时他们已经分手，且回归父家的子君已死。

2. 吉兆胡同：家的俗暖与冰冷。恋爱自有其部分超越时空的神圣性与形而上色彩。在会馆中子君和涓生相爱，但为了更好地安放爱情，他们必须转换空间，于是租了吉兆胡同的南屋。其主人是小官，既有其文化包容性和身份，又有其世俗色彩和保守性。这也埋下了子君与官太太为虚荣争风吃醋的伏笔。但相对舒适和宁静的空间又让人沉静、停滞乃至堕落。"安宁和幸福是要凝固的，永久是这样的安宁和幸福。我们在会馆里时，还偶有议论的冲突和意思的误会，自从到吉兆胡同以来，连这一点也没有了；我们只在灯下对坐的怀旧谭中，回味那时冲突以后的和解的重生一般的乐趣。子君竟胖了起来，脸色也红活了；可惜的是忙。管了家务便连谈天的工夫也没有，何况读书和散步。我们常说，我们总还得雇一个女工。"[1]正如所有的巅峰往往也意味着没落，精神枯寂、物质穷困的他们终究也走到了情感上的末路。吉兆胡同变得无聊而且冰冷，说出不爱的真相后，子君离开吉兆胡同回到她曾经背叛的家庭，很快便死去，而涓生重归会馆。不同的是，在会馆之初是寂寞，在子君死后回到会馆却让人感觉空虚。"经过许多回的思量和比较，也还只有会馆是还能相容的地方。依然是这样的破屋，这样的板床，这样的半枯的槐树和紫藤，但那时使

---

1. 鲁迅全集：第2卷.118.

我希望，欢欣，爱，生活的，却全都逝去了，只有一个虚空，我用真实去换来的虚空存在。"[1]

3. 通俗图书馆：俗的雅间。如人所论："仅从字面上看，《伤逝》也不是一个纯粹的'五四'式命题。文本不断提供给读者的超越爱情故事层面的借涓生之心理体验传递出的幻灭感时时勾勒出现代人无根漂泊的空虚，成为凌驾在经典爱情故事忠诚／背叛结构上的一座浮桥。"[2]无论是主人公内心深处，还是其与外部居住环境的复杂因应，都呈现出一种别样的空间喻示。

别有韵味的是小说中的通俗图书馆空间，是一个吊诡的存在：（1）它貌似有文化，其实通俗，多数人前去是为了在冬天取暖；（2）于涓生而言，它又是一个宽松的异质空间，可以思考与安放孤独的自我，当然也是他逃避吉兆胡同（新家）的替代，"在通俗图书馆里往往瞥见一闪的光明，新的生路横在前面"[3]。

反思不同空间的隐喻，其实这本身也是大小社会，乃至家国的缩影。会馆是本土与外来的复杂流动所在，而吉兆胡同则喻示了更大的现代都市空间。子君涓生爱情的萌生、发展与死灭游走于不同的空间之间，既有其自身的逻辑，又呈现出大小社会与个体之间的摩擦与角力。从更宏阔的视野思考，这恰恰指涉了新旧社会交替时期，个体新生的困难，也即"立人"未克、"立国"无望的内在逻辑论断。《伤逝》中还有其他空间设置，比如工作环境、居住环境和社会环境等。它们其实往往就是扼杀子君涓生爱情的厚障壁。"[4]

---

1. 鲁迅全集：第2卷.132.
2. 国家玮."空间"的现代性：论《伤逝》的第一人称叙事[J].鲁迅研究月刊，2015（05）：6.
3. 鲁迅全集：第2卷.127.
4. 具体论述可参：朱崇科，陈沁.鲁迅作品中的"兄弟失和"纠结及其超克——以《伤逝》为中心[J].文艺争鸣，2015（11）：79.

（二）你我之间

更加耐人寻味的是，子君与涓生之间的心灵空间难以真正交会。他们之间的内在隔膜相当明显，即使身处同一个物理空间时亦然。而且从会馆到吉兆胡同的转换（空间优化）并没有真正改变或弥合二人之间的心理、精神沟壑，反倒可能在同一屋檐下更加凸显二者诸多层面的差异。

相较于对西方精神资源的生疏，子君更长于回忆二人的世俗恋爱细节。"她却是什么都记得：我的言辞，竟至于读熟了的一般，能够滔滔背诵；我的举动，就如有一张我所看不见的影片挂在眼下，叙述得如生，很细微，自然连那使我不愿再想的浅薄的电影的一闪。夜阑人静，是相对温习的时候了，我常是被质问，被考验，并且被命复述当时的言语，然而常须由她补足，由她纠正，像一个丁等的学生。"[1] 同时，这种温习是强迫性重复（repetition compulsion）[2]，内化成了她对自我的认同——她喜欢上了身在其中的自己。而到了吉兆胡同之后，子君的安全感相对增强，人却走向了世俗化：川流不息地做饭，养宠物，和邻居斗气等。更关键的是，她也不能让男主人公真正拥有一个可以以文字谋生与思考的自己的房间，"可惜的是我没有一间静室，子君又没有先前那么幽静，善于体贴了，屋子里总是散乱着碗碟，弥漫着煤烟，使人不能安心做事，但是这自然还只能怨我自己无力置一间书斋。然而又加以阿随，加以油鸡们。加以油鸡们又大起来了，更容易成为两家争吵的引线"[3]。最终，是她自己让这个新家变得枯燥冷漠的，而他和她形同陌路，只得走向分离。

易言之，他们的隔膜日益明显，一开始共同对外时还有所遮蔽，等到涓生得到子君的身体、子君有了所谓的安全感以后，这种隔膜反倒日渐清晰和强化。显而易见，涓生的被逼出走有逃避成分，但也彰显出二人的心理落差与三观迥异。空间的转换既可能产生遮风挡雨的新空间场域，又

---

1. 鲁迅全集：第2卷．116．
2. 此观点来自弗洛伊德的《超越唯乐原则》，具体可参：弗洛伊德．自我与本我［M］．林尘，张唤民，陈伟奇，译．上海：上海译文出版社，2011．
3. 鲁迅全集：第2卷．121．

可能孕育了旧有矛盾或隔膜激化的掘墓人。

三、现实压迫

某种意义上说，无论是书写者鲁迅，还是《伤逝》中的男主人公涓生，他们践行"立人"思想的最大最直接的敌人其实都是残酷而冰冷的现实压迫。从小说家鲁迅的角度来说，《伤逝》中密布了忏悔情愫之外的现实控诉，即使以年轻人最为勇敢、热衷或擅长的恋爱作为突破口，也难有大作为，更不必说实现文化的代际更新。从《伤逝》的内在逻辑来说，子君涓生的爱情悲剧，或者说作为新人重生可能性的探索，除了自身的内部不足，最大的外在阻力依然是铁板一块、铁幕一般的现实。

（一）抱残守缺的现实

即使是人人可能体验与理解的爱情，以传统与守旧的眼光看待自由恋爱往往显得猥琐与俗气。当子君前来会馆与涓生会晤时，旧有思想的人总想偷窥，而即使他们二人也要保持距离以及对闲话的敬畏。"送她出门，照例是相离十多步远；照例是那鲇鱼须的老东西的脸又紧帖在脏的窗玻璃上了，连鼻尖都挤成一个小平面；到外院，照例又是明晃晃的玻璃窗里的那小东西的脸，加厚的雪花膏。她目不邪视地骄傲地走了，没有看见；我骄傲地回来。"[1]而在二人世界的幸福中也难免受到传统惯习的嘲笑，"我们这时才在路上同行，也到过几回公园，最多的是寻住所。我觉得在路上时时遇到探索，讥笑，猥亵和轻蔑的眼光，一不小心，便使我的全身有些瑟缩，只得即刻提起我的骄傲和反抗来支持。她却是大无畏的，对于这些全不关心，只是镇静地缓缓前行，坦然如入无人之境"[2]。

鲁迅在书写这篇小说及其出版以后也多次深受流言之苦。有人认为

---

1. 鲁迅全集：第2卷．115．
2. 鲁迅全集：第2卷．117．

《伤逝》是鲁迅的一篇"自传体"小说。对此，鲁迅曾在1926年12月29日致韦素园书信中无可奈何地说："我还听到一种传说，说《伤逝》是我自己的事，因为没有经验，是写不出这样的小说的。哈哈，做人真愈做愈难了。"[1]在新旧并存的时代，旧有的惯习往往敌视新的萌芽，但是健康、完整、现代的个体必须在对抗与自立中得以保存。

不仅如此，自由恋爱还可能使当事人众叛亲离，子君涓生的个案就是如此。"和她的叔子，她早经闹开，至于使他气愤到不再认她做侄女；我也陆续和几个自以为忠告，其实是替我胆怯，或者竟是嫉妒的朋友绝了交。"[2]甚至涓生的小公务员身份也因为某些人的检举揭发而失去，"这在会馆里时，我就早已料到了；那雪花膏便是局长的儿子的赌友，一定要去添些谣言，设法报告的。到现在才发生效验，已经要算是很晚的了"[3]。更令人纠结的是，自由恋爱分手之后的子君必然独自面对更严厉的苛责，她父亲也是传统的现实对立面（代表）。"她以后所有的只是她父亲——儿女的债主——的烈日一般的严威和旁人的赛过冰霜的冷眼。此外便是虚空。负着虚空的重担，在严威和冷眼中走着所谓人生的路，这是怎么可怕的事呵！而况这路的尽头，又不过是——连墓碑也没有的坟墓。"[4]

（二）谋生乏力

破坏掉"立人"思想践行过程的还有惨淡现实中"新人"们的谋生乏力。两个私奔的"新人"首先要面对物质、金钱的挑战。他们搬出人多口杂的会馆，想为二人的爱提供一个私密空间，于是搬到了吉兆胡同。"我们的家具很简单，但已经用去了我的筹来的款子的大半；子君还卖掉了她唯一的金戒指和耳环。我拦阻她，还是定要卖，我也就不再坚持下去了；

---

1. 鲁迅全集：第11卷 .667.
2. 鲁迅全集：第2卷 .129-130.
3. 鲁迅全集：第2卷 .119-120.
4. 鲁迅全集：第2卷 .120.

我知道不给她加入一点股分去，她是住不舒服的。"[1]尽管做一个小公务员，收入于生活上只能半死不活，但毕竟还是一个聊胜于无的差使，所以一旦被辞退，"那么一个无畏的子君也变了色，尤其使我痛心；她近来似乎也较为怯弱了"[2]。这种怯懦让涓生想撤回到看起来安宁的会馆。"她近来实在变得很怯弱了，但也并不是今夜才开始的。我的心因此更缭乱，忽然有安宁的生活的影像——会馆里的破屋的寂静，在眼前一闪，刚刚想定睛凝视，却又看见了昏暗的灯光。"[3]

但更大的悲剧和打击还在后头——他们赖以存活的现代技能在传统根深蒂固的社会里并没有太大的生存空间，更不可能让他们体面地过活。这的确给鲁迅和坚持新文化运动的同人当头一棒，同时这也是一种痛苦的自我警示与反省。比如涓生想通过译书、为文过活，结果只侥幸刊出了小品文。"写给《自由之友》的总编辑已经有三封信，这才得到回信，信封里只有两张书券：两角的和三角的。我却单是催，就用了九分的邮票，一天的饥饿，又都白挨给于己一无所得的空虚了。"[4]所得明显只是杯水车薪。相当悖论的是，最终不得不离去的子君却给涓生留下了所有的物质材料。"我转念寻信或她留下的字迹，也没有；只是盐和干辣椒，面粉，半株白菜，却聚集在一处了，旁边还有几十枚铜元。这是我们两人生活材料的全副，现在她就郑重地将这留给我一个人，在不言中，教我借此去维持较久的生活。"[5]逐步世俗化、物质化、停滞不前的子君临走前却以仅有的物资彰显她卑微而执着的爱。

结合鲁迅自身的经历，无论是公务员经历、会馆状描，还是通俗图书馆（他在教育部的管辖范围）；无论是译书、创作，还是因恋爱可能遭受的冷眼（他和许广平逐步升华的爱情）。这诸多烦琐的主题，意味着这并

---

1. 鲁迅全集：第2卷 .117.
2. 鲁迅全集：第2卷 .120.
3. 鲁迅全集：第2卷 .120.
4. 鲁迅全集：第2卷 .128.
5. 鲁迅全集：第2卷 .129.

非一篇简单的爱情小说，而可能杂糅了更多关怀。其中包括了"鲁迅对自己与许广平婚恋过程以及结果的某种预测、幻想和忧思：外人的阻力、自我的退化等"[1]。

小说中即使恋爱失败，涓生也并未彻底放弃"立人"的思想。一方面他依然嘲讽世人的守旧与简单，"长久的枯坐中记起上午在街头所见的葬式，前面是纸人纸马，后面是唱歌一般的哭声。我现在已经知道他们的聪明了，这是多么轻松简截的事"[2]；另一方面，他也嘲讽自己，但同时又坚守现代性的"真实"原则，继续向前，"我要向着新的生路跨进第一步去，我要将真实深深地藏在心的创伤中，默默地前行，用遗忘和说谎做我的前导……"[3]

结语：《伤逝》作为鲁迅现实主义小说中相对难懂的一篇，显然有着相对繁复的主题指向。从鲁迅毕生思想贯穿的"立人"角度进行解读，这篇小说其实相当精彩地彰显了鲁迅的多重思考：他以爱情作为切入点，反衬出现实压迫的强大，既批判了抱残守缺的惯习，又指出"新人"们谋生乏力。同样，若从精神资源角度思考，其中亦不乏个体提升的悖论，子君和涓生分别呈现出自动停滞和被动停滞的风格。当然，如果从"新人""立人"的空间转换角度思考，则可以探勘其间大小社会的张力以及"新人"内部相当明显的隔膜，这一切未必和空间的优化成正比。虽然从个体"立人"到后来的"立国"难以在现实中践行，但鲁迅在文末依然强调了现代性真实的难能可贵，至少敢于直面现实人生。

---

1. 具体论述可参拙著：鲁迅小说中的话语形构[M]．广州：中山大学出版社，2017：83．
2. 鲁迅全集：第2卷．133．
3. 鲁迅全集：第2卷．133．

参考书目

中文书目

B

巴赫金.巴赫金全集［M］.钱中文,主编;晓河,贾泽林,张杰,等译.石家庄:河北教育出版社,1998.

巴什拉.梦想的诗学［M］.刘自强,译.北京:生活·读书·新知三联书店,2017.

C

陈安湖.《野草》释义［M］.北京:人民出版社,2013.

陈红.日语源语视域下的鲁迅翻译研究［M］.杭州:浙江工商大学出版社,2019.

陈明远.鲁迅时代何以为生［M］.西安:陕西人民出版社,2013.

陈漱渝.说不尽的阿Q——无处不在的魂灵［M］.北京:中国文联出版公司,1997.

陈漱渝.教材中的鲁迅［M］.福州:福建教育出版社,2013.

D

大村泉.鲁迅与仙台:鲁迅留学日本东北大学一百周年［M］.解泽春,译.北京:中国大百科全书出版社,2005.

邓晓芒.启蒙的进化［M］.重庆:重庆出版社,2013.

F

范美忠.民间野草[M].北京：中央广播电视大学出版社，2012.

房向东.鲁迅与胡适："立人"与"立宪"[M].石家庄：河北人民出版社，2011.

弗洛伊德.精神分析引论[M].高觉敷，译.北京：商务印书馆，1984.

弗洛伊德.精神分析引论新编[M].高觉敷，译.北京：商务印书馆，2017.

弗洛伊德.自我与本我[M].林尘，张唤民，陈伟奇，译.上海：上海译文出版社，2011.

G

高德步.英国的工业革命与工业化：制度变迁与劳动力转移[M].北京：中国人民大学出版社，2006.

郜元宝.鲁迅精读[M].上海：复旦大学出版社，2005.

古大勇."解构"语境下的传承与对话：鲁迅与1990年代后中国文学与文化思潮[M].北京：中国社会科学出版社，2011.

H

哈贝马斯.交往与社会进化[M].张博树，译.重庆：重庆出版社，1989.

哈顿.玫瑰解密：文化史和符号学[M].丁占罡，钱亚萍，王爱英，等译.北京：北京大学出版社，2015.

何成洲，但汉松.文学的事件[M].南京：南京大学出版社，2020.

何浩.价值的中间物：论鲁迅生存叙事的政治修辞[M].北京：北京大学出版社，2009.

胡司德.古代中国的动物与灵异[M].蓝旭，译.南京：江苏人民出版社，2016.

胡尹强.鲁迅：为爱情作证——破解《野草》世纪之谜[M].北京：东方出版社，2004.

黄乔生.周氏三兄弟：周树人 周作人 周建人合传[M].杭州：浙江人民出版社，2008.

黄乔生.八道湾十一号[M].北京：生活·读书·新知三联书店，2016.

J

吉登斯.现代性的后果[M].田禾，译.南京：译林出版社，2011.

姜飞.跨文化传播的后殖民语境（修订版）[M].北京：生活·读书·新知三联书店，2023.

靳丛林，李明晖.日本鲁迅研究史论[M].北京：社会科学文献出版社，2019.

靳新来."人"与"兽"的纠葛：鲁迅笔下的动物意象[M].上海：上海三联书店，2010.

K

康德.历史理性批判文集[M].何兆武，译.北京：商务印书馆，1990.

L

勒庞. 乌合之众: 大众心理研究 [M]. 冯克利, 译. 桂林: 广西师范大学出版社, 2007.

李长之. 鲁迅批判 [M]. 北京: 北京出版社, 2003.

李何林. 鲁迅《野草》注解 [M]. 西安: 陕西人民出版社, 1981.

李天明. 难以直说的苦衷——鲁迅《野草》探秘 [M]. 北京: 人民文学出版社, 2000.

李欧梵. 铁屋中的呐喊 [M]. 尹慧珉, 译. 长沙: 岳麓书社, 1999.

李新宇. 鲁迅的选择 [M]. 郑州: 河南人民出版社, 2003.

李玉明. "人之子"的绝叫:《野草》与鲁迅意识特征研究 [M]. 北京: 北京大学出版社, 2012.

李元瑾. 南大图像: 历史河流中的省视 [M]. 新加坡: 南洋理工大学中华语言文化中心、八方文化创作室, 2007.

李允经. 鲁迅笔名索解 [M]. 福州: 福建教育出版社, 2006.

林曼叔. 香港鲁迅研究史 [M] // 林曼叔文集: 第4卷. 香港: 香港文学评论出版社, 2016.

刘春勇. 多疑鲁迅: 鲁迅世界中主体生成困境之研究 [M]. 北京: 中国传媒大学出版社, 2009.

刘禾. 帝国的话语政治: 从近代中西冲突看现代世界秩序的形成 (修订译本) [M]. 杨立华, 等译. 北京: 生活·读书·新知三联书店, 2014.

刘禾. 跨语际实践: 文学, 民族文化与被译介的现代性 (中国, 1900—1937) (修订译本) [M]. 宋伟杰, 等译. 北京: 生活·读书·新知三联书店, 2014.

刘彦荣. 奇谲的心灵图影——《野草》意识与无意识关系之探讨 [M]. 南昌: 百花洲文艺出版社, 2003.

鲁迅. 鲁迅全集 [M]. 北京: 人民文学出版社, 2005.

鲁迅博物馆. 鲁迅译文全集 [M]. 福州: 福建教育出版社, 2008.

鲁迅博物馆. 韩国鲁迅研究论文集 [M]. 郑州: 河南文艺出版社, 2005.

M

马蹄疾. 鲁迅生活中的女性 [M]. 天津: 南开大学出版社, 2017.

麦金太尔. 德性之后 [M]. 龚群, 译. 北京: 中国社会科学出版社, 1995.

木山英雄. 文学复古与文学革命——木山英雄中国现代文学思想论集 [M]. 赵京华, 编译. 北京: 北京大学出版社, 2004.

P

彭晓丰, 舒建华. S会馆与五四新文学的起源 [M]. 长沙: 湖南教育出版社, 1997.

彭小苓，韩霭丽. 阿Q70年 [M]. 北京：北京十月文艺出版社，1993.
片山智行. 鲁迅《野草》全释 [M]. 李冬木，译. 长春：吉林大学出版社，1993.
朴宰雨. 韩国鲁迅研究精选集 [M]. 金英明，译. 北京：中央编译出版社，2016.

Q

钱理群. 与鲁迅相遇 [M]. 北京：生活·读书·新知三联书店，2003.
钱理群. 鲁迅与当代中国 [M]. 北京：北京大学出版社，2017.
乔峰. 略讲关于鲁迅的事情 [M]. 北京：人民文学出版社，1954.
乔丽华. 我也是鲁迅的遗物：朱安传 [M]. 上海：上海社会科学院出版社，2009.
渠红岩. 中国古代文学桃花题材与意象研究 [M]. 北京：中国社会科学出版社，2009.

S

萨莫瓦约. 互文性研究 [M]. 邵炜，译. 天津：天津人民出版社，2003.
桑塔格. 疾病的隐喻 [M]. 程巍，译. 上海：上海译文出版社，2003.
上海鲁迅纪念馆. 鲁迅与书籍装帧 [M]. 上海：上海人民美术出版社，1981.
邵伯周.《阿Q正传》研究纵横谈 [M]. 上海：上海文艺出版社，1989.
绍兴鲁迅纪念馆. 鲁迅与绍兴 [M]. 上海：上海社会科学院出版社，2019.
孙歌. 绝望与希望之外：鲁迅《野草》细读 [M]. 北京：生活·读书·新知三联书店，2020.
孙郁. 鲁迅与周作人 [M]. 沈阳：辽宁人民出版社，2007.
孙玉石. 现实的与哲学的：鲁迅《野草》重释 [M]. 上海：上海书店出版社，2001.
孙玉石.《野草》研究 [M]. 北京：北京大学出版社，2010.

T

谭德晶. 鲁迅小说与国民性问题探索 [M]. 北京：中国社会科学出版社，2004.
藤井省三. 鲁迅《故乡》阅读史——现代中国的文学空间 [M]. 董炳月，译. 南京：南京大学出版社，2013.

W

丸尾常喜. 耻辱与恢复——《呐喊》与《野草》[M]. 秦弓，孙丽华，编译. 北京：北京大学出版社，2009.
丸尾常喜."人"与"鬼"的纠葛——鲁迅小说论析 [M]. 秦弓，译. 北京：人民文学出版社，1995.

汪晖. 反抗绝望：鲁迅及其文学世界 [M]. 石家庄：河北教育出版社, 2000.

汪晖. 阿Q生命中的六个瞬间 [M]. 上海：华东师范大学出版社, 2014.

汪卫东. 探寻"诗心"：《野草》整体研究 [M]. 北京：北京大学出版社, 2014.

王传习. 浙籍作家的城市流动与五四文学发展关系研究 [M]. 北京：中国社会科学出版社, 2019.

王得后. 鲁迅教我 [M]. 福州：福建教育出版社, 2006.

王富仁. 回归启蒙：《呐喊》《彷徨》新解 [M]. 北京：北京师范大学出版社, 2023.

王瑾. 互文性 [M]. 桂林：广西师范大学出版社, 2005.

王景山. 鲁迅五书心读 [M]. 北京：首都师范大学出版社, 2013.

王乾坤. 鲁迅的生命哲学 [M]. 北京：人民文学出版社, 1999.

王润华. 鲁迅小说新论 [M]. 上海：学林出版社, 1993.

王润华. 越界跨国 [M]. 广州：广东人民出版社, 2017.

王润华. 华文后殖民文学：中国、东南亚的个案研究 [M]. 上海：学林出版社, 2001.

王世家, 止庵. 鲁迅著译编年全集 [M]. 北京：人民出版社, 2009.

王学泰. 游民文化与中国社会 [M]. 北京：同心出版社, 2007.

王熹, 杨帆. 会馆 [M]. 北京：北京出版社, 2006.

王友贵. 翻译家鲁迅 [M]. 天津：南开大学出版社, 2005.

威廉斯. 政治与文学 [M]. 樊柯, 王卫芬, 译. 开封：河南大学出版社, 2010.

吴海勇. 时为公务员的鲁迅 [M]. 桂林：广西师范大学出版社, 2005.

吴俊. 鲁迅个性心理研究 [M]. 上海：华东师范大学出版社, 1992.

X

夏济安. 黑暗的闸门：中国左翼文学运动研究 [M]. 万芷君, 译. 香港：香港中文大学出版社, 2016.

肖新如.《野草》论析 [M]. 沈阳：辽宁教育出版社, 1987.

萧振鸣. 鲁迅与他的北京 [M]. 北京：燕山出版社, 2015.

许广平. 许广平忆鲁迅 [M]. 广州：广东人民出版社, 1979.

许广平. 鲁迅回忆录 [M]. 武汉：长江文艺出版社, 2010.

徐吉军, 贺云翱. 中国丧葬礼俗 [M]. 杭州：浙江人民出版社, 1991.

徐昭武. 鲁迅在南京——寻求别样的人们 [M]. 南京：江苏凤凰文艺出版社, 2016.

许寿裳. 亡友鲁迅印象记 [M]. 北京：人民文学出版社, 1977.

Y

颜健富.晚清小说的新概念地图[M].北京:北京联合出版公司,2018.

闫宁.民俗学视域下的鲁迅与传统文化研究[M].北京:中国社会科学出版社,2017.

闫月珍,蒋述卓.百年海外华人学者的中国文艺理论建构[M].南京:凤凰出版社,2022.

伊藤虎丸.鲁迅与终末论:近代现实主义的成立[M].李冬木,译.北京:生活·读书·新知三联书店,2008.

俞兆平.哲学的鲁迅[M].北京:商务印书馆,2023.

Z

张闳.声音的诗学:现代汉诗抒情艺术研究[M].上海:上海书店出版社,2016.

张建伟.阿Q之死的标本意义[M].北京:法律出版社,2017.

张洁宇.独醒者与他的灯:鲁迅《野草》细读与研究[M].北京:北京大学出版社,2013.

张梦阳.中国鲁迅学史[M].南京:江苏凤凰文艺出版社,2021.

张梦阳.阿Q一百年:鲁迅文学的世界性精神探微[M].北京:商务印书馆,2022.

张全之.背对故乡:鲁迅文学的多维阐释[M].太原:山西人民出版社,2015.

张志扬.创伤记忆——中国现代哲学的门槛[M].上海:上海三联书店,1999.

赵静蓉.怀旧——永恒的文化乡愁[M].北京:商务印书馆,2009.

郑家建.被照亮的世界——《故事新编》诗学研究[M].福州:福建教育出版社,2001.

钟诚.进化、革命与复仇:"政治鲁迅"的诞生[M].北京:北京大学出版社,2018.

周建人.回忆大哥鲁迅[M].上海:上海教育出版社,2001.

周建人,周晔.鲁迅故家的败落(增订本)[M].福州:福建教育出版社,2017.

周晔.伯父的最后岁月——鲁迅在上海(1927—1936)[M].福州:福建教育出版社,2001.

朱崇科.张力的狂欢——论鲁迅及其来者之故事新编小说中的主体介入[M].上海:上海三联书店,2006.

朱崇科.华语比较文学——问题意识及批评实践[M].上海:上海三联书店,2012.

朱崇科."南洋"纠葛与本土中国性[M].广州:广东人民出版社,2014.

朱崇科.广州鲁迅[M].北京:中国社会科学出版社,2014.

朱崇科.《野草》文本心诠[M].北京:人民出版社,2016.

朱崇科.鲁迅小说中的话语形构[M].广州:中山大学出版社,2017.

朱崇科.论故事新编小说中的主体介入[M].台北:秀威资讯,2018.

朱崇科.鲁迅的广州转换[M].上海:上海三联书店,2019.

朱水涌,王烨.鲁迅:厦门与世界[M].厦门:厦门大学出版社,2008.

竹内好. 近代的超克 [M]. 孙歌，编；李冬木，赵京华，孙歌，译. 北京：生活·读书·新知三联书店，2005.

英文书目

Bill Ashcroft, Gareth Griffiths, Helen Tiffin. The Empire Writes Back: Theory and Practice in Post-Colonial Literatures [M]. London: Routledge, 1989.

Michael Hechter. Internal Colonialism: The Celtic Fringe in British National Development, 1536-1966 [M]. California: University of California Press, 1977.

Dominick LaCapra. Writing History, Writing Trauma [M]. Baltimore; London: Johns Hopkins University Press, 2001.

Marry Louise Pratt. Imperial eyes: Travel Writing and Transculturation [M]. London: Routledge, 1992.

James Reeve Pusey. Lu Xun and Evolution [M]. Albany, NY: State University of New York Press, 1998.

Raymond Williams. Marxism and literature [M]. Oxford: Oxford University press, 1977.

Raymond Williams. The Long Revolution [M]. London: Pelican Books, 1976.

致　谢

任何一本著述的产生都有其理由和际遇，正如一个走到最后的美好结局往往离不开多种元素的成全。作为本人的第13本书——《破立之间：鲁迅新解》是我关于鲁迅研究的第6本论著，其面世浸润了很多关爱与托举。在它成为一部论著之前曾在如下的刊物中以五彩面目彰显，特别真诚地感谢有关主编、责编和匿名评审专家们的提携、支持与指正，主要发表刊物有：《文艺争鸣》《学术研究》《鲁迅研究月刊》《南方文坛》《湘潭大学学报》《首都师范大学学报》《西南民族大学学报》《惠州学院学报》《粤海风》《海南师范大学学报》《上海鲁迅研究》《关东学刊》《玉林师范学院学报》《世界华文文学论坛》；中国香港《香港文学》《文学评论》；加拿大《文化中国》、澳大利亚《中文学刊》等。

《破立之间：鲁迅新解》跨越了单篇论文的孤军奋战而最终以一本书的面貌优雅呈现。首先必须大力感谢的是中山大学以及学科建设经费的支持，作为我的母校和工作单位，我入读本科时她70周岁，如今已是百年华诞，30年来，不少前辈、同行、同事照拂过我，不同时代的学生青睐于我，这本小书也算是一份微薄的百年献礼吧。其次感谢闻名遐迩的广西师范大学出版社上上下下的有力加持（包括总编汤文辉先生，尤其是责编梁文春、冉娜自始至终的认真细致耐心负责）。同时还要特别感谢业界同行，正是因为他们的杰出贡献让我可以在雄厚的"鲁学"基础之上不敢懈怠、勠力增砖添瓦，也警醒我在偶尔自鸣得意时依然保持清醒继续向前。当然也谢谢我朝夕相处的弟子们，尤其是从事鲁迅研究的"小伙伴"们，他们为该书以更好面目呈现提供了建议、支持与帮助。

当然，发自内心感谢的还有王润华教授。非常荣幸他在百忙之中的慷慨赐语推荐，也让拙著刹那间"蓬荜生辉"。一直以来，王润华的各类论述都是我的案头参考书，而其高瞻远瞩、深刻锐利与丰富厚重也是我辈学人必须礼敬和学习的榜样气质。

最后特别需要永远感谢的是鲁迅先生，作为一种精神资源、美学现代性的集大成者、跨时代的前辈知己，他一直在灌溉着各个阶段的我，让我以自己不那么讨厌的面目对抗世俗、平庸与邪恶。书中所有的可能错误皆由我个人负责。

祝福大家开卷与自审愉快，这或许是年近半百的我回馈关爱者的最佳方式了。

2024年冬于依山傍海的中山大学珠海校区